全新！我的第一本
韓語文法

高級篇

全MP3一次下載

https://globalv.com.tw/mp3-download-9789864544189/

iOS系統請升級至 iOS13以上再行下載
下載前請先安裝ZIP解壓縮程式或APP，此為大型檔案，建議使用 Wifi 連線下載，以免占用流量，並確認連線狀況，以利下載順暢。

前言

　최근 한국 문화와 한국에 대한 관심이 커지면서 한국어를 배우는 사람들이 다양해지고 그 수가 많이 증가하고 있습니다. 이에 따라 학습자의 학습 목적에 맞는 다양한 교수법들이 연구·개발되었고 이를 적용한 교재들 또한 많이 출간되고 있어 요즘 한국어를 배우는 학생들은 이전에 비해 좀 더 쉽고 재미있게 한국어를 학습할 수 있게 되었습니다.

　이렇게 한국어 교육이 발전하고 있음에도 불구하고 여전히 많은 학생들이 한국어는 배우면 배울수록 어렵다는 이야기를 합니다. 이는 한국어가 다른 외국어에 비해 어미와 조사가 상당히 많고 그 쓰임이 복잡한 데다가 의미는 비슷하지만 미묘한 어감의 차이를 보이는 것들이 많기 때문으로 보입니다. 그래서 학습 기간이 늘어남에도 기존에 배웠던 문법들과 새로 배우는 문법들을 헷갈려하고 잦은 오류를 만들어 내고 있는 것 같습니다.

　본 책은 *Korean Grammar in Use*의 시리즈의 세 번째 책으로, 한국 대학의 한국어 교육 기관에서 사용하고 있는 5~6급 교재와 한국어능력시험(TOPIK) 고급 시험에 많이 나오는 문법들을 정리하여 고급 수준의 한국어를 배우기 원하는 학생이나 이미 배운 한국어 문법을 정리하고자 하는 학생들을 위한 교재로 기획되었습니다. 고급 학습자를 대상으로 하는 책답게 문법과 예문은 고급 수준의 한국어를 사용했으며 좀 더 명확한 의미 전달을 원하는 학생들을 위해 중국어 번역도 함께 실었습니다. 또한 기존의 문법책에서는 다루지 않은 그동안 현장에서 가르치면서 학생들이 어려워하거나 많이 틀리는 부분들에 대해서도 언급하여 학생들이나 교사에게 도움을 주고자 하였습니다. 그리고 일반적인 문법책이 가지고 있는 단점, 즉 문법의 의미는 알지만 사용되는 상황을 정확히 알기 힘들다는 점을 보완하기 위해 특정한 상황에서 목표 문법을 사용하여 대화를 만들어 보는 활동도 첨가했습니다. 뿐만 아니라 최근 관심이 집중되고 있는 한국어능력시험(TOPIK)을 대비할 수 있도록 한국어능력시험 유형의 연습 문제도 실었습니다.

　이 책을 통해 한국어를 배우는 많은 학생들이 좀 더 다양하고 고급스러운 한국어를 구사할 수 있기를 바랍니다. 또한 현장에서 한국어를 가르치는 교사들 역시 수업을 진행하고 이끌어 나가는 데 도움을 받을 수 있었으면 합니다.

　끝으로 사명감을 가지고 좋은 한국어 교재를 편찬하는 데 최선을 다하는 다락원 한국어 출판부 편집진에게 감사의 말을 드립니다. 여러 가지 어려운 일에도 불구하고 본 교재가 나오기까지 꼼꼼하게 신경을 써 주신 것에 감사를 드립니다. 또한 이 책의 번역을 맡아 주신 노홍금 교수님과 조언과 기도를 해 주신 모든 분들께 고마움을 전합니다.

저자 일동

近來對韓國與韓國文化的關心大增，學韓語的人越來越多樣化，人數也大幅增加。在這樣的風潮之下，符合不同學習者之學習目標的各種教學方式漸漸被研發出來，而適用於這些教學法的教材亦大量出版。因此現在的學習者更能夠以輕鬆愉快的方式來學習韓語。

即便韓語教育如此發展，依然有許多同學們覺得韓語越學越困難。這是由於韓語除了語尾與助詞比其他外語更為繁多、用法更複雜之外，常常會有語意類似，語感卻有著微妙差異的狀況。也因此，就算增加了學習時間，也可能會將學過的文法與新學到的混淆，頻頻出錯。

本書為《我的第一本韓語文法》第三本，我們將韓國大學附屬韓語教育機構使用的5~6級教材與韓國語文能力測驗(TOPIK)高級試題中常出現的文法加以統整，為願意學習高階韓語的同學們以及希望將學過的文法予以總整理的同學們企劃出了這本教材。為了更符合高階學習者的需求，本書的文法與例句皆使用高階水準的韓語，同時一併列出中文翻譯，提供追求語意傳達精確的同學們參考。同時，本書探討了市面上文法書不曾觸及過的領域，即針對實際教學中，學習者感覺較難理解或是常出錯的部分做說明，盼能對學習者與教師有所助益。另外，一般文法書容易讓學習者只知道文法的意思，卻難以確切瞭解該在什麼狀況下使用，為了彌補這方面的不足，我們增加了在特定情境中活用目標文法並試作對話的活動。不僅如此，本書還收錄了韓國語文能力測驗(TOPIK)類型的習題，讓學習者能夠有效應對目前備受關注的韓國語文能力測驗。

希望這本著作不僅能夠讓許許多多的韓語學習者們靈活運用更豐富且高階的韓語，也對在第一線傳授韓語的教師們帶動課程的進行上有所助益。

最後，感謝竭盡全力，以使命感編撰優質韓語教材的多樂園韓語出版部編輯小組，因為他們不畏困境、悉心費神地付出，才有這本書的出版。還要感謝負責本書翻譯的盧鴻金教授與給予我們指教、為我們祈禱的每個人。

全體作者

如何使用這本書

목표 문법 제시
본 단원(Unit)에서 배워야 할 목표 문법을 제시하였습니다.

음성 파일
각 음성 파일을 QR 코드로 제공하여 명확한 발음과 속도를 바로 확인할 수 있으며, 다락원 홈페이지에서도 MP3 파일을 무료로 다운받을 수 있습니다.

도입
본격적으로 목표 문법을 학습하기 전의 워밍업 (warming-up) 단계로 그 문법이 사용되는 상황과 의미에 대해 미리 추측해 보도록 그림과 대화를 제시하였습니다. 대화는 목표 문법의 상황이 가장 잘 나타나는 것으로 선정하였고 상황이 잘 드러나는 그림도 함께 넣었습니다.

문법을 알아볼까요?
목표 문법에 대한 의미적인 설명을 하고 해당 문법을 품사와 시제별로 활용할 수 있도록 표와 예문을 제시하였습니다. 이때 A는 형용사, V는 동사, N은 명사를 나타냅니다.

04 -느니만큼

가 여러분, 드디어 우리 회사가 신도시 개발 프로젝트를 따냈습니다.
나 사장님, 정말 잘됐어요. 큰돈이 걸린 일이니만큼 경쟁이 아주 치열했잖아요.
가 그렇지요. 모두 그동안 열심히 해 준 여러분 덕분입니다.
나 계약을 어렵게 따냈으니만큼 저희도 더 열심히 뛰겠습니다.

문법을 알아볼까요?

이 표현은 선행절이 후행절의 이유나 근거가 됨을 나타낼 때 사용합니다.
本文法用於表示「前子句為後子句的理由或根據」。

	A	V	N이다
과거/완료	-았으니만큼/었으니만큼		였으니만큼/이었으니만큼
현재	-(으)니만큼	-느니만큼	(이)니만큼

· 손님들이 돈을 많이 내고 먹느니만큼 서비스에 좀 더 신경을 쓰는 게 좋겠어요.
  顧客付了很多錢來用餐，在服務上也希望你們多用點心。
· 출산일이 얼마 남지 않았으니만큼 준비할 게 많겠어요.
  離預產期也沒多久了。要準備的事情應該很多吧。
· 회사의 중요한 행사니만큼 직원들 모두 적극 참여해 주십시오.
  這是公司重要的活動，請全體員工積極參與。

도입대화문 번역
가 各位，我們公司終於爭取到新市鎮開發案了。
나 社長，真的太好了。這份工作牽涉到巨額款項，競爭不是非常激烈嗎?
가 是啊，這都要歸功於各位這段時間的努力付出。
나 不容易才爭取到這份合約，我們也會更加努力工作的。

더 알아볼까요?

1. 이 표현은 큰 의미 차이 없이 '-는 만큼'과 바꾸어 쓸 수 있습니다.
本文法可與「-는 만큼」交替使用，意義沒有太大的差異。
· 손님들이 돈을 많이 내고 먹는 만큼 서비스에 좀 더 신경을 쓰는 게 좋겠어요.
· 출산일이 얼마 남지 않은 만큼 준비할 게 많겠어요.

2. 이 표현은 같은 명사를 두 번씩 반복하여 쓰는 경우가 있는데 이때는 그 상황 안에서 명사가 의미하는 바를 강조하여 말하는 것입니다.
本文法有時會重複使用兩次相同名詞的情況，此時是強調該狀況中名詞所表示的意義。
가 친구와 동남아에 가려고 하는데 여름옷을 사려면 어디로 가야 할까요?
나 지금 겨울이잖아요. 계절이 계절이니만큼 여름옷을 구하기가 쉽지는 않을 거예요.
가 영업 일을 하시니까 사람들을 많이 만나시겠네요.
나 네, 직업이 직업이니만큼 사람들을 많이 만나게 돼요.

비교해 볼까요?

이 표현은 이유를 나타낸다는 점에서 '-(으)니까'와 같지만 '-느니만큼'은 선행절의 비중을 고려하여 후행절의 행동이나 상태가 일어남을 의미한다는 점에서 차이가 납니다.
本文法在表示理由上與「-(으)니까」是一樣的，但「-느니만큼」是先考慮前子句的比重後，才有後子句中的行為或狀態。在這層意義上是不同的。

-(으)니까	-느니만큼
· 사장님의 기대가 크니까 더 열심히 하십시오. → 사장님의 기대가 크다는 이유를 말하고 있습니다. 陳述事情的理由為「社長的期待很大」。	· 사장님의 기대가 크니만큼 더 열심히 하십시오. → 사장님의 기대에 비례하여 더 열심히 해야 한다는 의미입니다. 즉, 사장님의 기대가 크면 클수록 더 열심히 일해야 하고 사장님의 기대가 작으면 작을수록 덜 열심히 일해도 됨을 의미하고 있습니다. 意指隨著努力的程度與社長的期待成正比，也就是社長的期待越大，就業越認真工作；若社長的期待越小，則不須太努力工作也無妨。

더 알아볼까요?
'문법을 알아볼까요?'에서 설명한 문법의 의미 외에 목표 문법의 다른 의미와 형태적인 제약, 사용 시 주의해야 할 점을 제시하였습니다.

비교해 볼까요?
목표 문법과 형태나 의미가 비슷한 문법을 혼동하지 않도록 문법들 간의 유사점과 차이점을 비교하였습니다.

이럴 때는 어떻게 말할까요?

특정한 상황에서 목표 문법을 사용하여 실제로 어떻게 의사소통을 할 수 있는지 연습해 보도록 하였습니다. 목표 문법은 모범 대화문에서 빨간색으로 표시하였고, 모범 대화문은 아래 부분에 제시된 상자 안의 색깔과 동일한 부분을 대체하여 연습할 수 있도록 하였습니다.

연습해 볼까요?

배운 목표 문법을 연습하고 제대로 이해했는지 점검해 보도록 하였습니다. 다양한 상황에서 연습할 수 있도록 대화 및 여러 형식의 문제를 넣었습니다. 각 문제의 (1)번은 <보기>에 해당하는 것으로 (1)번과 같이 활용하여 연습할 수 있도록 하였습니다.

확인해 볼까요?

각 단원 (Unit) 에서 배운 의미와 기능이 비슷한 문법에 대한 문제를 풀어 보면서 한 장 (Chapter) 전체를 복습하도록 구성하였습니다. 한국어능력시험 (TOPIK) 고급 문제 형식으로 제시하여 시험에 대비할 수 있도록 하였습니다.

如何使用這本書

標示出目標文法
標示出本單元將要學習的目標文法。

導入
在正式學習目標文法之前的暖身階段中,利用插圖與對話讓學習者能先行推敲出該文法之適用情境與意義。選用最符合目標文法情境的對話,並附上相應的插圖。

文法重點!
說明目標文法的意義,並整理出表格與例句,讓學習者能夠依詞類與時制的不同來運用該文法。此處 A 為形容詞,V 為動詞,N 為名詞。

QR Code 線上音檔
正文中附的 MP3 是單軌音檔,學習者也可至書名頁下載全書音檔。

04 -느니만큼

가 여러분, 드디어 우리 회사가 신도시 개발 프로젝트를 따냈습니다.
나 사장님, 정말 잘됐어요. 큰돈이 걸린 **일이니만큼** 경쟁이 아주 치열했잖아요.
가 그렇지요. 모두 그동안 열심히 해 준 여러분 덕분입니다.
나 계약을 어렵게 **땄으니만큼** 저희도 더 열심히 뛰겠습니다.

문법을 알아볼까요?

이 표현은 선행절이 후행절의 이유나 근거가 됨을 나타낼 때 사용합니다.
本文法用於表示「前子句為後子句的理由或根據」。

	A	V	N이다
과거/완료	-았으니만큼/었으니만큼		였으니만큼/이었으니만큼
현재	-(으)니만큼	-느니만큼	(이)니만큼

손님들이 돈을 많이 내고 **먹느니만큼** 서비스에 좀 더 신경을 쓰는 게 좋겠어요.
출산일이 얼마 남지 않**았으니만큼** 준비할 게 많겠어요.
회사의 중요한 행사**니만큼** 직원들 모두 적극 참여해 주십시오.

도입 대화문 번역

가 여러분, 我們公司終於爭取到新市鎮開發案了。
나 社長, 真的太好了。這份工作牽涉到鉅額款項, 競爭不是非常激烈嗎?
가 對啊, 這都要歸功於各位這段時間的努力付出。
나 好不容易才爭取到這份合約, 我們也會更加努力工作的。

深入瞭解!
列出目標文法在「문법을 알아볼까요?」中尚未說明過的其他意義與形態上的限制,以及使用時需注意的重點。

더 알아볼까요?

1 이 표현은 큰 의미 차이 없이 '-는 만큼'과 바꾸어 쓸 수 있습니다.
本文法可與「-는 만큼」交替使用,意義沒有太大的差異。
• 손님들이 돈을 많이 내고 먹는 만큼 서비스에 좀 더 신경을 쓰는 게 좋겠어요.
• 출산일이 얼마 남지 않은 만큼 준비할 게 많겠어요.

2 이 표현은 같은 명사를 두 번씩 반복하여 쓰는 경우도 있는데 이때는 그 상황 안에서 명사가 의미하는 바를 강조하여 말하는 것입니다.
本文法有時會有重複使用兩次相同名詞的情況,此時是強調該狀況中名詞所表示的意義。
가 친구 동남아에 가려고 하는데 여름옷을 사려면 어디로 가야 할까요?
나 지금 겨울이잖아요. 계절이 계절이니만큼 여름옷을 구하기가 쉽지는 않을 거예요.
가 영업 일을 하시니까 사람들을 많이 만나시겠네요.
나 네, 직업이 직업이니만큼 사람들을 많이 만나게 돼요.

비교해 볼까요?

이 표현은 이유를 나타낸다는 점에서 '-(으)니까'와 같지만 '-느니만큼'은 선행절의 비중을 고려하여 후행절의 행동이나 상태가 일어남을 의미한다는 점에서 차이가 납니다.
本文法在表示理由上與「-(으)니까」是一樣的,但「-느니만큼」是先考慮前子句的比重後,才有後子句中的行為或狀態,在這層意義上是不同的。

-(으)니까	-느니만큼
• 사장님의 기대가 크니까 더 열심히 하십시오.	• 사장님의 기대가 크니만큼 더 열심히 하십시오.
☞ 사장님의 기대가 크다는 이유를 말하고 있습니다. 陳述事件的理由為「社長的期待很高」。	☞ 사장님의 기대가 비례하여 더 열심히 해야 한다는 의미입니다. 즉, 사장님의 기대가 크면 클수록 더 열심히 일해야 하고 사장님의 기대가 작으면 작을수록 덜 열심히 일해도 됨을 의미하고 있습니다. 意指努力的程度與社長的期待值成比例, 也就是社長的期待越大,就要越認真工作; 而社長的期待越小,則不須太努力工作也無妨。

哪裡不一樣?
比較類似文法之間的異同,避免學習者將目標文法與其他形態或意義相近的文法混淆。

在什麼時候應該怎麼說呢？

讓學習者在特定情境中活用目標文法，並練習實際溝通的方式。目標文法在範例對話中以紅色標示，將範例對話中有底色的部分置換為下方文字方塊中底色相同的內容便能練習對話。

練習看看

複習在本單元學習過的文法，並評量學習者是否已徹底理解。此處收錄了對話與各種形式的習題，讓學習者能夠在多樣化的情境中複習。每大題的(1)皆為範例，其餘問題則按照(1)的方式來作答。

確認一下

將各單元中意義與功能相近的文法整合成習題，在解題的同時複習整章的學習內容。提供韓國語文能力測驗（TOPIK）高級題型以利學習者備考。

目錄

前言 2
如何使用本書 4

單元 1　선택을 나타낼 때
表示選擇時
01　-느니 12
02　-(으)ㄹ 바에야 15
03　-건 -건 18
04　-(느)ㄴ다기보다는 21

單元 2　인용을 나타낼 때
表示引用時
01　보고 29
02　-(느)ㄴ다니까 29
03　-(느)ㄴ다면서 32
04　에 의하면 36

單元 3　명사화됨을 나타낼 때
表示名詞化時
01　-(으)ㅁ 42
02　-는 데 47
03　-는 바 51

單元 4　원인과 이유를 나타낼 때
表示原因與理由時
01　(으)로 인해서 56
02　-는 통에 59
03　(으)로 말미암아 63
04　-느니만큼 66
05　-는 이상 70
06　-기로서니 73
07　-기에 망정이지 76
08　-(느)ㄴ답시고 79
09　-(으)ㅁ으로써 82
10　-기에 85
11　-길래 89

單元 5　가정 상황을 나타낼 때
表示假設狀況時
01　-더라도 96
02　-(으)ㄹ지라도 99
03　-(으)ㄴ들 103
04　-(으)ㄹ망정 106
05　-(느)ㄴ다고 치다 110
06　-는 셈치다 114

單元 6　순차적 행동을 나타낼 때
表示循序的行動時
01　-기가 무섭게 120
02　-자 123

單元 7　조건과 결정을 나타낼 때
表示條件與決定時
01　-는 한 130
02　-(으)ㄹ라치면 133
03　-노라면 136
04　-느냐에 달려 있다 139
05　-기 나름이다 143

單元 8　따로 함과 같이 함을 나타낼 때
表示獨行與並行時
01　은/는 대로 148
02　-는 김에 151

單元 9　대조와 반대를 나타낼 때
表示對照與對立時
01　-건만 156
02　-고도 160
03　-(으)ㅁ에도 불구하고 163

單元 10 유사함을 나타낼 때
表示類似時
- 01 -듯이 168
- 02 -다시피 하다 172

單元 11 추가와 포함을 나타낼 때
表示添加與包括時
- 01 -거니와 178
- 02 -기는커녕 182
- 03 -(으)ㄹ뿐더러 185
- 04 -되 188
- 05 마저 191
- 06 을/를 비롯해서 194

單元 12 습관과 태도를 나타낼 때
表示習慣與態度時
- 01 -아/어 대다 200
- 02 -기 일쑤이다 203
- 03 -는 둥 마는 둥 하다 206

單元 13 정도를 나타낼 때
表示程度時
- 01 -(으)리만치 212
- 02 -다 못해 215

單元 14 의도를 나타낼 때
表示意圖時
- 01 -(느)ㄴ다는 것이 222
- 02 -(으)려고 들다 225
- 03 -(으)려다가 229

單元 15 추측과 가능성을 나타낼 때
表示推測與可能性時
- 01 -는 듯이 234

- 02 -(느)ㄴ다는 듯이 238
- 03 -는 듯하다 242
- 04 -(으)ㄹ게 뻔하다 246
- 05 -(으)ㄹ 법하다 250
- 06 -(으)ㄹ 리가 없다 254
- 07 -기 십상이다 257

單元 16 당연함을 나타낼 때
表示理所當然時
- 01 -기 마련이다 262
- 02 -는 법이다 266

單元 17 나열함을 나타낼 때
表示列舉時
- 01 -는가 하면 272
- 02 -느니 -느니 하다 276
- 03 -(으)랴 -(으)랴 280
- 04 (이)며 (이)며 283

單元 18 결과와 회상을 나타낼 때
表示結果與回想時
- 01 -(으)ㄴ 끝에 288
- 02 -아/어 내다 292
- 03 -(으)ㄴ 나머지 296
- 04 -데요 300

單元 19 상황이나 기준을 나타낼 때
表示狀況或基準時
- 01 -는 가운데 306
- 02 -는 마당에 309
- 03 치고 312
- 04 -(으)ㅁ에 따라 315

目錄

單元 20 강조를 나타낼 때
表示強調時
- 01 여간 -지 않다 320
- 02 -기가 이를 데 없다 324
- 03 -(으)ㄹ래야 -(으)ㄹ 수가 없다 327

單元 21 높임법을 나타낼 때
表示尊待法時
- 01 하오체 332
- 02 하게체 336

單元 22 기타 유용한 표현들
其他實用表現
- 01 -(으)므로, -(으)나, -(으)며 342
- 02 피동과 사동 346
- 03 -(으)ㄹ세라, -는 양, -는 한편,
  -(으)ㄹ 턱이 없다 351

■ 附錄
- ●解答 358
- ●이럴 때는 어떻게 말할까요? 劇本 372
- ●연습해 볼까요? & 확인해 볼까요? 生字・表現 ... 390
- ●文法索引 406

선택을 나타낼 때
表示選擇時

본 장에서는 선택을 나타낼 때 사용하는 표현을 공부합니다. 초급에서는 '(이)나①, -거나'를, 중급에서는 '아무+(이)나/아무+도, (이)나②, (이)라도, -든지 -든지, -는 대신에'를 배웠습니다. 고급에서 배우는 표현들은 이미 배운 문법 표현과 의미가 비슷한 것도 있고 두 가지 동작을 비교하면서 선택하는 것도 있으므로 공통점과 차이점을 잘 유의해서 사용하시기 바랍니다.

本單元中要學習的是表示選擇時使用的文法。我們初級時學過「(이)나①、-거나」；中級時學過「아무+(이)나/아무+도、(이)나②、(이)라도、-든지 -든지、-는 대신에」等。在高級階段所要學習的，有些在文法表現和意義上與過去學習過的文法類似，有的則是針對兩種動作比較與選擇，學習者在使用前請務必仔細留意兩者的異同。

01 -느니
02 -(으)ㄹ 바에야
03 -건 -건
04 -(느)ㄴ다기보다는

01 -느니

001.mp3

가 요즘은 결혼이 필수가 아니라 선택 사항이 된 것 같아요.

나 저도 결혼해서 시댁 눈치 보랴 애들 키우랴 힘들게 사느니 그냥 마음 편하게 혼자 사는 것도 나쁘지 않다고 생각해요.

가 그래도 평생을 혼자 외롭게 지내느니 차라리 힘들더라도 둘이 함께 의지하며 사는 게 더 낫지 않을까요?

나 음……. 그럼 안 하는 것보다 해 보고 후회하는 게 나을까요?

문법을 알아볼까요?

이 표현은 선행절과 후행절의 내용이 둘 다 만족스럽지 않지만 그래도 후행절의 상황이나 행위가 선행절보다 더 나을 때 사용합니다. 후행절에 '차라리'나 '아예'가 자주 어울려서 사용되고 동사에만 붙습니다.

本文法用於表示對前後子句的內容皆不甚滿意，但後子句的狀況或行為比起前子句更好一些。後子句常與「차라리」或「아예」搭配使用，且只能與動詞連結。

연습도 제대로 못 하고 대회에 참가하느니 아예 다음 기회에 도전하겠다.
與其沒有好好練習就去參加比賽，倒不如下次比賽再挑戰。

마음이 맞지 않는 사람과 일을 하느니 차라리 밤을 새워도 혼자 하는 게 낫지.
與其和不投緣的人一起工作，倒不如熬夜自己一個人做。

멀리서 출퇴근하느라 시간을 낭비하느니 집값이 비싸더라도 이 근처로 이사 오는 게 어때요?
雖然房價比較高，但與其上下班長途跋涉浪費時間，還不如搬到這附近來，你覺得怎樣？

도입 대화문 번역

가 最近結婚似乎不再是必須，而是成為選項了。

나 我也覺得與其結婚之後過著邊看婆家臉色，邊養育孩子的苦日子，自己一個人過自在的生活倒也不賴。

가 但是與其一個人孤單地過日子，辛苦的時候兩個人至少還能互相依靠不是更好嗎？

나 嗯……那麼結了婚再後悔會比不結婚來得好嗎？

이럴 때는 어떻게 말할까요?

살다 보면 쉽지 않은 선택을 할 때가 있지요? 때로는 용기가 필요한데요. 여러분은 어떤 선택을 할 때 용기를 내셨나요?

가 짝사랑을 고백하는 게 쉽지 않았을 텐데 어디서 그런 용기가 났어요?

나 혼자서 끙끙 앓느니 차라리 거절을 당해도 제 마음을 표현하는 게 나을 것 같았어요.

Tip
끙끙 앓다 悶在心裡　마음을 졸이다 提心吊膽
벌을 받다 接受處罰　진행하다 進行

짝사랑을 고백하다	혼자서 끙끙 앓다 / 거절을 당해도 제 마음을 표현하다
자기의 실수를 인정하다	언젠가 알려질까 봐 마음을 졸이다 / 인정하고 벌을 받다
거의 다 완성된 일을 그만두다	남에게 피해를 주면서까지 일을 계속 진행하다 / 그쯤에서 포기하다

연습해 볼까요?

生字・表現 p.390

1 다음 [보기]에서 알맞은 단어를 골라 '-느니'를 사용해서 대화를 완성하십시오.

> 보기　결혼하다　　다니다　　되다　　기다리다　　부탁하다

(1) 가 그 청년이 아주 성실하고 돈도 잘 번다더라. 결혼은 그런 사람이랑 하는 거야.
　　나 저는 사랑하지도 않으면서 조건만 보고 **결혼하느니** 차라리 평생 혼자 살래요.

(2) 가 저 집 핫도그가 유명하대. 사람들 줄 서 있는 거 보이지? 우리도 한번 먹어 볼까?
　　나 저것 하나 먹겠다고 삼십 분이나 줄을 서서 ＿＿＿＿＿＿ 차라리 안 먹고 말겠어.

(3) 가 이번 프로젝트는 이 분야에 경험이 많은 김 대리와 함께 하는 게 어때요?
　　나 유능하지만 책임감 없는 김 대리와 한 팀이 ＿＿＿＿＿＿ 차라리 성실한 신입 사원을 데려다 처음부터 가르치면서 하겠습니다.

(4) 가 일이 많아 보이는데 수현 씨에게 부탁하는 게 어때?
　　나 됐어. 수현 씨한테 ＿＿＿＿＿＿ 시간이 걸리더라도 그냥 나 혼자 할래.

(5) 가 요즘 경기도 안 좋은데 기분이 좀 상하더라도 그 회사에 그냥 다니지 그러니?
　　나 이렇게 무시당하면서 이 회사에 ＿＿＿＿＿＿ 차라리 당분간 쉬면서 다른 회사를 알아볼래요.

2 다음 [보기]에서 알맞은 표현을 골라 '-느니'를 사용해서 이야기를 완성하십시오.

> 보기   집에만 있다   딱 달라붙는 옷을 입다   집에만 모셔 놓다
>   눈에 띄는 신발을 신다   유행 타는 가방을 들다

오늘은 첫 월급을 받은 날이다. 바쁜 부모님 대신 어렸을 때부터 나를 키우느라고 고생하신 할머니께 맛있는 식사와 좋은 선물을 사 드리고 싶었다. 그래서 할머니와 저녁 식사 약속을 하고 퇴근 후에 회사 근처 백화점 앞에서 할머니를 만났다.

 할머니, 차 타고 멀리까지 나오시느라 힘드셨죠? 멀미는 안 하셨어요?
힘들긴 뭐가 힘들어. 그냥 심심하게 (1) **집에만 있느니** 멀미를 좀 하더라도 밖에 나오는 게 낫지. 우리 예쁜 손녀랑 데이트도 하고 좋아.

저녁을 먹기 전에 할머니 선물도 사 드릴 겸 백화점 구경을 하기로 했다.

 할머니, 저 신발 어때요? 디자인이 아주 멋있는데요.
 멋있긴 뭐가 멋있어. 저렇게 촌스럽게 (2) _____
차라리 맨발로 다니는 게 낫지. 할머니 집에 신발 많아.

 할머니, 그럼 저 옷은 어때요? 색깔이 아주 예쁜데요.
 예쁘긴 뭐가 예뻐. 저렇게 요란하고 (3) _____
차라리 한복을 입고 다니는 게 낫지. 할머니 집에 옷 많아.

 할머니, 그럼 저 가방은 어때요? 요즘 다시 유행이라는데 아주 고급스러워 보이는데요.
고급스럽긴 뭐가 고급스러워. 저렇게 크기도 작고 (4) _____
_____ 차라리 시장 가방을 들고 다니는 게 낫지.
할머니 집에 가방 많아.

할머니는 보는 것마다 계속 마음에 안 든다고 하셨다.

 집에 많은데 또 사서 뭐 해? 괜히 비싼 돈 주고 사서 한 번도 쓰지 않고 (5) _____
_____ 차라리 그 돈으로 맛있는 거나 실컷 사 먹는 게 낫지.

나는 안다. 우리 할머니의 마음을. 할머니는 물건들이 마음에 안 드셨던 게 아니라 손녀의 돈을 쓰기가 아까우셨던 것이다. 할머니의 사랑을 어떤 물건으로 대신할 수 있을까? 앞으로 할머니와 더 많은 시간을 보내며 할머니께 좋은 추억을 선물해 드려야겠다.

02 -(으)ㄹ 바에야

003.mp3

가 요즘 하고 있는 프로젝트는 잘 진행되고 있어요?

나 여러 사람과 일하는 게 쉽지 않네요. 몇몇 팀원들이 제가 능력은 아주 뛰어난데 자기들의 의견을 무시한다면서 배려가 없다고 계속 불평해서 마음이 힘들어요. 이렇게 스트레스를 받으면서 일할 **바에야** 그만둘까 하는 생각도 들어요.

가 그건 배려의 문제가 아니죠. 서로 다른 의견을 하나로 모아서 프로젝트를 성공적으로 이끄는 게 팀장의 역할이니까요. 저는 리더들이 사람은 좋은데 일은 못한다는 말을 들을 **바에야** 차라리 사람은 냉정한데 일은 잘한다는 말이 훨씬 더 낫던데요.

나 고마워요. 그렇게 말해 주니까 힘이 되네요.

문법을 알아볼까요?

이 표현은 선행절의 내용이 후행절의 내용보다 매우 못하다고 여겨 최선의 선택은 아니지만 혹은 어쩔 수 없이 후행절의 내용을 선택할 때 사용합니다. 후행절에 '차라리'나 '아예'가 자주 어울려서 사용되고 동사에만 붙습니다.

此文法用於表示話者認為前子句的內容遠不如後子句的內容，所以即便不是最佳選項，或迫於無奈的狀態下，仍必須選擇後子句的內容。後子句常與「차라리」或「아예」搭配使用，且只能與動詞連結。

적성에 맞지 않는 일을 하면서 마음고생을 할 **바에야** 차라리 몸이 힘든 일을 하는 게 낫겠어요.
與其因為做一份不適合自己的工作而勞心，倒不如做一份勞力的工作。

뭐든지 꾸준히 해야지. 중간에 하다가 그만둘 **바에야** 아예 처음부터 안 하는 게 나아.
任何事都要持續不懈地做下去。與其做一做放棄，倒不如一開始就別做。

사랑만 해도 시간이 모자랄 판에 그렇게 매일 싸울 **바에야** 차라리 헤어지는 게 어때?
光是相愛時間都不夠用了，與其這樣每天吵架，不如乾脆分手吧？

도입 대화문 번역

가 你最近進行的專案還順利嗎？

나 與團隊一起工作並不容易啊。有幾位組員一直在抱怨我雖然能力很強，卻忽略了他們的意見，不懂得體恤人心，這讓我心裡很不好受。我甚至還想過，如果要一直在這樣的高壓下工作，倒不如辭職算了。

가 懂不懂體恤人心並不是重點。因為組長的責任是整合不同的意見，帶領專案走向成功。我倒覺得，身為領導者，被說是人很好，但能力不足，遠不如得到「這個人雖然冷漠，但能力很強」的評價。

나 謝謝你。你的話好振奮人心啊。

더 알아볼까요?

이 표현은 큰 의미 차이 없이 '-느니'와 바꿔 사용할 수 있습니다.
此文法可以與「-느니」交替使用，意義沒有太大的差異。
- 적성에 맞지 않는 일을 하면서 마음고생을 <u>하느니</u> 차라리 몸이 힘든 일을 하는 게 낫겠어요.
- 뭐든지 꾸준히 해야지. 중간에 하다가 <u>그만두느니</u> 아예 처음부터 안 하는 게 나아.

<참조> 1장 선택을 나타낼 때 01 '-느니'.

이럴 때는 어떻게 말할까요?

004.mp3

요즘 세상 살기가 참 힘들어졌다고들 하는데요. 여러분은 언제 그런 생각이 드시나요?

가 요즘 채소 값이 너무 비싸져서 채소를 사 먹을 수가 없어요.

나 그러게요. 이렇게 채소를 비싸게 주고 사 먹을 바에야 번거로워도 직접 집에서 길러 먹어야겠어요.

Tip
번거롭다 麻煩　　　대출 貸款
집단 따돌림 集體霸凌　모험을 하다 冒險
대안 학교 配套學校　홈 스쿨링 在家自學

채소 값이 너무 비싸져서 채소를 사 먹을 수가 없다	채소를 비싸게 주고 사 먹다 / 번거로워도 직접 집에서 길러 먹다
전세금이 너무 올라서 전셋집을 구하기가 어렵다	비싼 돈 내고 전세로 살다 / 대출을 받아서라도 집을 하나 장만하다
폭력이나 집단 따돌림 등의 문제가 너무 심각해서 아이를 학교에 보내기가 두렵다	걱정하면서 일반 학교에 보내다 / 모험을 하더라도 대안 학교에 보내거나 홈 스쿨링을 하다

연습해 볼까요?

生字・表現 p.390

1 다음 [보기]에서 알맞은 표현을 골라 '-(으)ㄹ 바에야'를 사용해서 대화를 완성하십시오.

  평생을 함께하다　　　　　　　　부당한 대우를 받다
　　　앉아서 걱정만 하다　　　　　　　　일을 맡기다

(1) 가 결혼식 날 사라진 신부 이야기 들으셨어요?
　　나 네, 영화에서나 있을 법한 일이지 않아요? 사랑하지도 않는 남자와 **평생을 함께할 바에야** 도망가는 게 낫다고 생각한 모양이죠.

(2) 가 다른 사람한테 맡기지 그 일을 혼자 어떻게 하려고 그러니?
나 모르는 사람을 믿고 _____ 아예 처음부터 저 혼자 하는 게 마음이 편해요.

(3) 가 이상하네. 우리 애가 집에 도착할 시간이 훨씬 넘었는데 안 들어오네.
나 이렇게 _____ 차라리 밖에 나가서 찾아 보는 게 낫지 않겠어?

(4) 가 아니 김 과장, 이런 일로 사직서를 내시면 어떡합니까?
나 제가 하지도 않은 일 때문에 이런 _____ 차라리 그만두겠습니다.

2 다음 [보기]에서 알맞은 표현을 골라 '-(으)ㄹ 바에야'를 사용해서 대화를 완성하십시오.

> 보기
> 매번 신경 쓰면서 먹이다   가지고만 있다
> 취직을 보장받지 못하다   죽음을 기다리다

전업주부, 이유식 사업으로 100억대 매출 대박

(1) 가 전업주부이면서 어떻게 이유식 사업을 시작하게 되셨나요
나 요즘 음식에 이상한 것을 넣는 사람이 많잖아요. 우리 아기가 먹는 음식인데 **매번 신경 쓰면서 먹일 바에야** 손이 많이 가더라도 제가 직접 만들어서 먹여야겠다고 생각한 게 계기가 되었어요.

암 말기 환자, 자전거로 전국 일주 성공

(2) 가 암 말기 환자이면서 어떻게 국내 일주 여행을 시작하게 되셨나요?
나 그냥 가만히 누워서 _____ 위험하더라도 하고 싶은 일을 다 해 보고 싶었어요.

고교 졸업생, 최다 자격증 소유로 한국 기네스북에 올라

(3) 가 자격증 한 개 따기도 어려운데 어떻게 젊은 나이에 이렇게 많은 자격증을 소유하게 되셨나요?
나 대학교를 졸업해도 _____ 차라리 고등학교 졸업 후에 전문 자격증을 따는 게 낫다고 생각했어요.

노점상 할머니, 복권 1등 당첨금 전액 기부

(4) 가 당첨된 돈을 전부 기부하기가 쉽지 않은데 어떻게 그 많은 돈을 기부하게 되셨나요?
나 평생 다 쓰지도 못하면서 _____ 아깝더라도 필요한 사람에게 나눠 주는 게 낫겠다고 생각했어요.

03 -건 -건

005.mp3

가 맛집으로 소문난 식당에 간다고 하더니 어땠어요?
나 맛은 있었는데 손님이 들어오**건** 나가**건** 종업원들이 신경도 안 쓰고 인사도 제대로 안 하는 거 있죠?
가 그래요? 너무 바빠서 그런 거 아닐까요?
나 그럴 수도 있겠지만 바쁘**건** 한가하**건** 손님에게 친절하게 대하는 게 기본 아닌가요?

문법을 알아볼까요?

이 표현은 '-거나 -거나'의 준말로 선행절에 비교 가능한 내용이나 반대되는 내용을 나열하면서 그중 어느 경우를 선택해도 후행절의 상황이나 결과는 같을 때 사용합니다.

本文法是「-거나 -거나」的縮寫，是在前子句中條列出可以做比較或彼此相反的內容，以表示不論在其中選擇何者，皆不影響後子句的狀態或結果。

	A/V	N이다
과거/완료	-았건/었건 -았건/었건	였건/이었건 였건/이었건
현재	-건 -건	(이)건 (이)건

저는 일찍 자**건** 늦게 자**건** 매일 같은 시간에 일어나요.
不管早睡還是晚睡，我每天都會在同樣的時間起床。

지켜보는 사람이 있**건** 없**건** 규칙은 지켜야 해요.
不管有沒有人在看，都應該要遵守規則。

그 일을 스스로 **했건** 다른 사람의 도움을 받아서 **했건** 중요한 것은 기한 내에 끝냈다는 거예요.
不管那件事情是自己做的還是在別人的幫助下做的，最重要的是已經在期限之內完成了。

도입 대화문 번역

가 聽說妳去過那家好吃到出名的餐廳，妳覺得如何？
나 好吃是好吃，但客人不管要進來還是要離開，店員都毫不在意，也不好好招呼，你懂吧？
가 真的嗎？是不是因為太忙了呢？
나 也是有可能，但不管是忙的時候還是閒的時候，親切地招待客人不都是最基本的嗎？

더 알아볼까요?

1 이 표현은 뒤에 '간에'나 '상관없이'를 붙여서 뜻을 분명히 할 수 있습니다.
在此文法後連接「간에」或「상관없이」可使語意更加明確。
- 월급이 많건 적건 간에 맡은 일은 최선을 다해야지요.
- 비가 오건 눈이 오건 상관없이 내일 행사는 계획대로 진행됩니다.

2 '누구(누가), 언제, 어디서, 무엇(무슨), 어떻게(어떤)'와 '-건'을 함께 사용하기도 하는데 이때도 같은 의미로 사용됩니다.
「누구(누가)、언제、어디서、무엇(무슨)、어떻게(어떤)」也可以與「-간」一起使用，意義相同。
- 누가 이 일을 맡건 간에 잘해 낼 수 있을 거라 믿습니다.
- 무슨 일을 하건 자기가 좋아하는 것을 하는 게 중요해요.

3 이 표현은 큰 의미 차이 없이 '-든(지) -든(지)' 또는 '-든가 -든가'로 바꿔 쓸 수 있습니다.
此文法可與「-든(지) -든(지)」或「-든가 -든가」交替使用，意義沒有太大的差異。
- 저는 일찍 자든지 늦게 자든지 매일 같은 시간에 일어나요.
- 지켜보는 사람이 있든가 없든가 규칙은 지켜야 해요.

4 이 표현은 대립되는 것을 강조하기 위해서 '-건 안 -건', '-건 못 -건', '-건 말건'의 형태로 긍정과 부정을 같이 사용하기도 합니다.
此文法為了強調其對立性，也可使用「-건 안 -건」、「-건 못 -건」、「-건 말건」的形態，將肯定與否定一起使用。
- 그 사람이 나오건 안 나오건 일단 약속 장소에 나가서 기다려 봐.
- 제가 먹건 말건 신경 쓰지 마세요.

이럴 때는 어떻게 말할까요?

006.mp3

사람마다 상황을 대하는 방법이 다르지요? 어떤 자세로 자신에게 주어진 상황을 맞이해야 될까요?

가 항상 기분 좋게 일을 하시는 것 같아요.
나 좋건 싫건 간에 어차피 제가 해야 하는 일이라면 즐기면서 해야지요.

Tip
대하다 對待
어차피 反正

항상 기분 좋게 일을 하다	좋다 / 싫다 / 어차피 제가 해야 하는 일이라면 즐기면서 하다
작은 일에도 최선을 다하다	중요한 일이다 / 중요하지 않은 일이다 / 제가 맡은 일이니까 최선을 다하다
다른 사람의 평가를 별로 신경 쓰지 않다	사람들이 칭찬을 하다 / 비난을 하다 / 제가 옳은 일을 했다면 신경 쓰지 말다

연습해 볼까요?

生字 · 表現 p.390

1 다음 [보기]에서 알맞은 표현을 골라 '-건 -건'을 사용해서 대화를 완성하십시오.

| 보기 | 계시다 | 한식이다 | 재미있다 | 예쁘다 | 다 왔다 |

(1) 가 오늘 부모님도 안 계신데 늦게까지 놀다 들어가도 되지 않아요?
　　나 부모님이 **계시건 안 계시건** 간에 12시까지는 들어가야지요.

(2) 가 이번 수업은 재미없을 것 같은데 우리 빠지고 놀러 갈까?
　　나 _____ 수업은 빠지면 안 되지.

(3) 가 점심으로 한식을 먹을까? 양식을 먹을까?
　　나 _____ 느끼하지 않은 음식으로 하자.

(4) 가 아직 사람들이 다 안 온 것 같은데요.
　　나 사람들이 _____ 간에 시간이 되었으므로 회의를 시작하겠습니다.

(5) 가 엄마, 제 친구가 예쁜 여자를 소개시켜 준대요.
　　나 난 네가 _____ 지혜롭고 겸손한 여자를 만났으면 좋겠구나.

2 다음 이야기를 읽고 '-건 -건 간에'를 사용해서 밑줄 친 문장을 바꾸십시오.

> 대학교 4학년생인 김성호 씨는 요즘 한창 취업 준비로 바쁩니다. (1) <u>수업이 없어도 항상 학교 도서관에 갑니다.</u> 그리고 (2) <u>전공과목이나 교양 과목이나 관계없이</u> 아주 열심히 공부합니다. 저녁이 되면 (3) <u>날씨가 나빠도 하루도 빠짐없이 운동을 합니다.</u> 체력이 좋아야 공부도 잘할 수 있다고 생각하기 때문입니다. (4) <u>식사를 할 때도 운동을 할 때도 MP3를 들으며 영어 공부를 합니다.</u> 다른 사람이 (5) <u>듣든 안 듣든 상관하지 않고</u> 큰 소리로 따라 해서 사람들의 눈총을 받기도 합니다. 뭐든지 열심히 하는 김성호 씨가 올해 꼭 취직했으면 좋겠습니다.

(1) <u>수업이 있건 없건 간에 학교 도서관에 갑니다</u>.

(2) _____.

(3) _____.

(4) _____.

(5) _____.

04 -(느)ㄴ다기보다는

가 강아지 이름이 뭐였죠? 어딜 가나 데리고 다니시는 걸 보면 강아지를 많이 사랑하시나 봐요.
나 하랑이요. 얘는 애완동물**이라기보다는** 제 친구이자 아들이라고 할 수 있어요.
가 주인의 사랑을 많이 받아서 그런지 하랑이 얼굴이 빛이 나네요.
나 그래요? 하지만 하랑이가 제 사랑을 받**다기보다는** 제가 하랑이로 인해 더 행복한 삶을 살고 있다고 할 수 있어요.

문법을 알아볼까요?

이 표현은 선행절의 내용보다는 후행절의 내용이라고 표현하는 것이 더 적절할 때 사용합니다.
此文法用於表示相較前子句的內容，用後子句的內容來表達會更為貼切。

	A	V	N이다
과거/완료	-았다기보다는/었다기보다는		였다기보다는/이었다기보다는
현재	-다기보다는	-(느)ㄴ다기보다는	(이)라기보다는

가 요즘 승기 씨 이야기를 자주 하네. 너 그 사람 좋아하는구나?
　妳最近常提起勝基呢，妳是喜歡他吧？
나 내가 그랬나? 음……. 승기 씨를 좋아한**다기보다는** 존경한다는 표현이 맞을 거야.
　我有這樣嗎？嗯……比起喜歡，尊敬這個說法會更貼切。

도입 대화문 번역

가 你的小狗叫什麼名字？看你不管去哪裡都帶著牠，你一定很愛狗吧？
나 他叫夏郎。與其說牠是我的寵物，倒不如說牠既是我的朋友，又是我的兒子。
가 不知道是不是因為被主人深深地愛著，夏郎的臉都在發光呢。
가 真的嗎？不過與其說是夏郎被我深愛著，倒不如說是我因為夏郎而過著更幸福的人生呢。

가 이 스카프 어때? 선물 받은 건데 여기에 매면 촌스러워 보일까?
　　這條圍巾怎麼樣？這是人家送我的禮物，圍在這裡會不會看起來很土？

나 촌스럽**다기보다는** 그 옷에는 좀 안 어울리는 것 같아.
　　與其說是土氣，倒不如說是和那件衣服不搭。

가 시각 장애인을 도와주는 사업을 시작하신 특별한 계기가 있었나요?
　　是有什麼特別的契機讓您開始進行幫助視覺障礙者的事業嗎？

나 특별한 계기가 있**었다기보다는** 주위에 앞이 안 보여 고생하는 사람들이 여러 명 있다 보니 저절로 그쪽으로 관심이 생겼던 것 같아요.
　　與其說是有什麼特別的契機，倒不如說是因為身邊有幾位深受失明所苦的人，讓我自然而然地開始關懷他們。

이럴 때는 어떻게 말할까요?

008.mp3

부모들이 원하는 대로 자녀들이 잘 자란다면 얼마나 좋을까요? 자녀들이 주위 사람들로부터 칭찬을 받을 때 부모들은 어떻게 대답할까요?

가 그 집 딸이 논술 대회에서 우승을 했다니 머리가 좋은가 봐요.

나 머리가 좋다기보다는 어려서부터 책을 많이 읽도록 한 게 도움이 된 것 같아요.

> **Tip**
> 논술 대회 辯論比賽　우승 冠軍　경시대회 競賽
> 경연 대회 競演　대상 首獎　여기다 當作

논술 대회에서 우승을 했다니 머리가 좋다	머리가 좋다 / 어려서부터 책을 많이 읽다
수학 경시대회에서 일등을 했다니 천재이다	천재이다 / 어려서부터 아빠랑 숫자를 가지고 놀이를 하다
배운 지 얼마 안 돼서 피아노 경연 대회에서 대상을 받았다니 원래 소질이 있었다	원래 소질이 있었다 / 어려서부터 피아노를 장난감처럼 여기며 놀다

연습해 볼까요?

生字・表現 p.390

1 다음 [보기]에서 알맞은 표현을 골라 '-(느)ㄴ다기보다는'을 사용해서 대화를 완성하십시오.

| 보기 | 춤이다 | 잘 맞다 | 맛이 있다 | 잘생겼다 |

(1) 가 저 춤이 요즘 젊은 층에서 한창 유행하고 있대.
나 뭐? 저건 **춤이라기보다는** 사람들이 그냥 정신없이 움직이는 것 같지 않니?

(2) 가 요즘 야근할 때마다 그 식당에 가는 걸 보니 맛이 있나 봐요.
나 _____ 늦은 시간에 문을 연 식당이 거기밖에 없어서 그래요.

(3) 가 지난번에 소개받은 남자는 잘생겼나요?
나 _____ 호감이 가는 얼굴이라고 할 수 있어요.

(4) 가 오랫동안 프로젝트를 같이 하는 걸 보면 민주 씨랑 성격이 잘 맞나 봐요.
나 성격이 _____ 서로 피해를 안 주려고 조심하는 거예요.

2 다음을 읽고 '-(느)ㄴ다기보다는'을 사용해서 대화를 완성하십시오.

기자 이번 영화는 액션 영화인가요?
배우 (1) **액션 영화라기보다는** 휴먼 스포츠 영화라고 하는 편이 맞을 거예요.
기자 지금까지 액션 영화나 스포츠 영화를 많이 찍으셨는데 특별히 이런 장르를 고집하는 이유가 있나요?
배우 (2) _____ 새로운 것에 도전하는 것을 좋아해 지금까지 안 해 본 역할을 찾다 보니 그런 것 같아요.
기자 지난번 발목 부상도 있었고 드라마가 끝나자마자 바로 시작해서 몸이 많이 힘드셨을 텐데요.
배우 (3) _____ 주변 사람들의 기대와 시선이 부담스러운 데다가 실력도 늘지 않아서 마음이 더 힘들었어요.
기자 그럼 이제 힘들었던 영화 촬영이 다 끝났으니까 홀가분하시겠네요.
배우 (4) _____ 그동안 배우, 스태프들과 가족처럼 정이 많이 들어서 헤어지기 아쉬워요.
기자 그렇겠군요. 영화가 곧 개봉한다고 하니까 저도 기대해 보겠습니다. 오늘 인터뷰 감사합니다.

23

單元 1 확인해 볼까요?

生字・表現 p.390

※ 〔1~2〕 다음 ( )에 알맞은 것을 고르십시오.

1   어차피 끝까지 (   ) 처음부터 솔직하게 말하는 게 낫지 않을까?

① 숨기지 못할뿐더러 ② 숨기지 못할 바에야
③ 숨기지 못한다 해도 ④ 숨기지 못하기는커녕

2   가 이번에 해외 영업부로 지원하셨다면서요? 원래 그쪽 일을 하고 싶으셨어요?
   나 (   ) 지원하는 사람이 아무도 없어서 하게 된 거예요.

① 하고 싶었음에도 ② 하고 싶었다고 치고
③ 하고 싶었기로서니 ④ 하고 싶었다기보다는

※ 다음 ( )에 들어갈 수 없는 것을 고르십시오.

3   가 컴퓨터가 또 고장 났네. 수리 센터에 맡겨야겠어.
   나 오래돼서 금방 또 고장 날 게 뻔한데 돈 들여서 (   ) 차라리 새로 사는 게 어때?

① 수리하느니 ② 수리하는 것보다
③ 수리한다기보다는 ④ 수리할 바에야

※ 다음에 제시된 단어를 이용해서 알맞은 형태로 바꿔 쓰십시오.

4   젊었을 때는 모든 일의 결과를 보고 평가를 했다. 그래서 항상 성공해야 한다는 부담감에 나뿐만 아니라 다른 사람에게도 스트레스를 주는 일이 많았다. 이제는 나이가 드니 (성공하다, 실패하다) 더 중요한 것은 그 일의 결과가 아닌 과정이라는 것을 깨닫게 되었다. 목표를 향해 열심히 노력하는 과정 중에 내가 배우는 것이 많았다면 결과야 어찌됐든 나는 그만큼 성숙되어 있기 때문이다.

(   )

※ 다음 밑줄 친 부분이 틀린 것을 고르십시오.

5   ① 저는 사람들이 어떤 말을 하건 신경 안 써요.
   ② 이건 선물이라기보다는 제 마음의 표현이에요.
   ③ 과자 같은 걸로 배를 채울 바에야 제대로 된 밥 한 끼를 먹는 게 낫다.
   ④ 혹시 사고라도 났을까 봐 불안하느니 전화해서 직접 확인해 보는 게 어때?

24

인용을 나타낼 때
表示引用時

　본 장에서는 인용할 때 사용하는 표현들을 배웁니다. 인용할 때 사용하는 말은 말하는 사람이 이전에 했던 말을 다시 하거나 혹은 듣거나 읽은 내용을 다시 말할 때 사용하는 것입니다. 초급에서는 직접 인용문과 간접 인용문을 배웠고, 중급에서는 '-(으)ㄴ다고요?, -(으)ㄴ다고 하던데, -(으)ㄴ다면서요?, -(으)ㄴ다니요?'를 배웠습니다. 고급에서 배우는 표현들도 많이 쓰이므로 잘 익혀서 사용하시기 바랍니다.

　本單元中要學習的是在引用時所使用的文法。引用表現使用在話者重複自己曾經說過的話，或是再次敘述聽過、讀過的內容。在初級，我們曾學過直接引用與間接引用；在中級，我們曾學過「-(으)ㄴ다고요?、-(으)ㄴ다고 하던데、-(으)ㄴ다면서요?、-(으)ㄴ다니요?」等。在高級即將學習到的也都是常用表現，請學習者多加練習並妥善使用。

01 보고
02 -(으)ㄴ다니까
03 -(으)ㄴ다면서
04 에 의하면

01 보고

가 오늘 신문에 가수 마리아 씨 기사가 났던데 보셨어요?

나 네, 마리아 씨가 어렸을 때 노래하는 걸 들은 선생님이 마리아 씨**보고** 꼭 다른 사람을 위해서 노래해야 한다고 했다지요? 마리아 씨의 목소리가 마음을 치유하는 능력이 있다면서요.

가 맞아요. 마리아 씨는 노래를 포기하고 싶을 때마다 그때 선생님이 해 주신 말씀을 떠올리고 다시 용기를 내 무대에 섰다고 하더라고요.

나 선생님의 진심 어린 칭찬과 격려가 지금의 마리아 씨를 있게 한 거네요. 생각해 보면 저도 저**보고** 계속 '잘한다, 최고다.'라고 말해 주는 부모님과 친구들이 있었기에 지금 이 자리에 있다는 생각이 들어요.

문법을 알아볼까요?

이 표현은 질문이나 부탁 혹은 제안이나 명령 등 말하는 행위가 어떤 사람에게 미칠 때 사용합니다. 인용문에서 쓰이는데 주로 입말에서 많이 사용합니다.

本文法用於當提問、請託、建議或命令等行為涉及某人時。用在引用句中,主要做口語使用。

희선 씨가 세훈 씨**보고** 보고서 쓰는 걸 도와 달라고 하던데요.
喜善叫世勳幫助她寫報告。

의사 선생님이 아버지**보고** 담배를 끊으라고 하시더라고요.
醫生要爸爸戒菸。

남편이 저**보고** 보라색이 잘 어울린다고 했어요.
我先生說紫色很適合我。

도입 대화문 번역

가 你有看到今天歌手瑪麗亞的新聞報導嗎?

나 有,小時候老師聽到瑪麗亞的歌聲後,就請她務必要為別人唱歌,對吧?那位老師說瑪麗亞的聲音有治癒人心的能力。

가 是啊,每當瑪麗亞想要放棄唱歌時,就會想起那位老師跟她說的話,讓她可以再次鼓起勇氣站上舞台。

나 老師充滿真心的讚美與鼓勵,造就了現在的瑪麗亞。仔細想想,我也是因為有不斷告訴我「做得好,你最棒了」的父母跟朋友,才有今日的我。

더 알아볼까요?

1 이 표현은 큰 의미 차이 없이 '더러'와 바꿔 쓸 수 있습니다.
本文法可與「더러」交替使用，意義上沒有太大的差異。
- 희선 씨가 세훈 씨더러 보고서 쓰는 걸 도와 달라고 하던데요.
- 의사 선생님이 아버지더러 담배를 끊으라고 하시더라고요.

또한 '더러'는 대명사 '나', '너' 뒤에서 'ㄹ더러'로도 쓰이는 경우가 많습니다.
此外，「더러」也很常被置於代名詞「나」、「너」之後，用做「ㄹ더러」。
- 세호가 날더러 동아리 활동을 같이 하자고 하네.
- 누가 널더러 이 일을 하라고 했어?

2 '보고'와 '더러'는 '한테'나 '에게'로 바꿔 쓸 수 있습니다.
「보고」與「더러」可與「한테」或「에게」交替使用。
- 김 선생님이 저보고 말을 놓으라고 하셨어요.
  = 김 선생님이 저한테 말을 놓으라고 하셨어요.

그러나 인용문이 아닌 경우에는 '한테'나 '에게'를 '보고'나 '더러'로 바꿔 쓸 수 없습니다.
但在非引用句的狀況下，則不能用「보고」或「더러」來代替「한테」或「에게」。
- 요즘 수현 씨한테 무슨 일 있나요? (○)
- 요즘 수현 씨보고 무슨 일 있나요? (×)

☞ 인용문이 아니므로 '보고'를 사용하면 틀린 문장이 됩니다.
由於不是引用句，若使用了「보고」便會成為錯誤的句子。

010.mp3

이럴 때는 어떻게 말할까요?

다른 사람들이 여러분에게 한 말 때문에 기분이 상할 때가 있지요? 사람들은 보통 어떤 말에 기분이 상할까요?

가 오늘 회의 때 무슨 일 있었어요? 얼굴이 왜 그래요?
나 글쎄, 김 선배가 우리 팀 사람들보고 일 좀 제대로 하라고 그러잖아요. 내가 기분 안 나쁘게 생겼어요?

> **Tip**
> 글쎄 哎呀，真是的
> 제대로 好好地
> 상식을 키우다 增進常識

오늘 회의 때	김 선배가 우리 팀 사람들 / 일 좀 제대로 하라고 그러다
여기 오다가	휴대 전화만 쳐다보고 가던 사람하고 부딪쳤는데 나 / 눈을 어디에다 두고 다니냐며 오히려 화를 내다
오늘 동창회에 간다더니	동창 한 명이 우리 남편 / 상식 좀 키워야겠다고 그러다

연습해 볼까요?

다음 그림을 보고 '보고'나 '더러'를 사용해서 문장을 완성하십시오.

(1) 요즘 아들이 며칠 계속 늦게 들어왔더니
남편이 **아들보고 일찍 집에 들어오라**고 했다.

(2) 수지 씨가 열심히 음식을 만들었는데
케빈 씨가 _____고 했다.

(3) 아사미 씨가 _____고 해서
투안 씨가 고마움을 느꼈다.

(4) 박태민 씨가 _____고 해서
소피아 씨는 기분이 좋았다.

(5) 여양 씨가 _____고 해서 다른
동료들이 소희 씨를 무척 부러워했다.

(6) 아사미 씨가 _____고 해서
투안 씨는 그 스마트폰을 구입할까 생각 중이다.

28

02 -(느)ㄴ다니까

011.mp3

가 이 영화가 무척 재미있**다니까** 소피아 씨에게 같이 보러 가자고 하세요.

나 안 그래도 소피아 씨에게 같이 보러 가자고 물어봤었어요. 그런데 같이 보**자니까** 이런 영화는 안 좋아한다고 하더라고요.

가 어, 나한테는 이 영화 보고 싶다고 했었는데.

나 그래요? 소피아 씨는 여양 씨와 같이 보고 싶은가 보네요.

문법을 알아볼까요?

이 표현은 '-(느)ㄴ다고 하니까'가 줄어든 말로, 자신의 말 혹은 다른 사람에게서 들은 내용이나 알고 있는 사실을 이유·근거로 해서 그에 대한 반응을 나타낼 때 사용합니다. 이때의 반응은 행동을 하거나 말을 하는 것, 감정적인 것을 다 포함합니다.

本文法是「-(느)ㄴ다고 하니까」的縮寫，用於將自己說的話、從別人那裡聽來的內容、已知的事實等做為理由、根據，並對其表達出反應。此處的反應包括行動、言語、感情等。

		A	V	N이다
평서형	과거/완료	-았다니까/었다니까		였다니까/이었다니까
	현재	-다니까	-(느)ㄴ다니까	(이)라니까
	미래/추측	-(으)ㄹ 거라니까		일 거라니까
의문형		★-(으)냐니까	★-(느)냐니까	(이)냐니까
명령형		-	-(으)라니까	-
청유형		-	-자니까	-

★ 형용사의 의문형은 '-으냐니까'와 '-냐니까' 둘 다 가능하고, 동사의 의문형은 '-느냐니까'와 '-냐니까' 둘 다 모두 가능합니다.
形容詞的疑問形「-으냐니까」跟「-냐니까」兩者皆可使用；動詞的疑問形「-느냐니까」跟「-냐니까」兩者皆可使用。

도입 대화문 번역

가 這部電影非常好看，你找蘇菲亞一起去看吧。

나 不待你說，我已經問過蘇菲亞要不要一起去看了。但問她要不要一起去，她說她不太喜歡這種電影。

가 欸？她跟我說過她想看這部片的欸。

나 真的嗎？看來蘇菲亞是想跟呂楊你一起看吧。

방학 때 지중해로 크루즈 여행을 간다니까 모두들 부러워하더라고요.
我說放假的時候參加了地中海郵輪之旅，大家都很羨慕。

영국에서 일하게 되었다니까 다들 휴가 내서 놀러 간다고 하더군요.
我說我在英國找到工作了，大家都說要請假去玩呢。

친구가 이 책을 읽어 보라니까 읽긴 했는데 무슨 말인지 하나도 모르겠어요.
朋友要我看這本書，看是看了，我卻一點都看不懂在寫什麼。

더 알아볼까요?

이 표현은 선행절과 후행절의 주어가 서로 달라야 합니다.
此文法中，句子的前子句和後子句的主語應該要不一樣。

- 안느 씨가 운동을 하고 싶다니까 윤호 씨가 요가를 해 보라고 했어요.
- 내가 중국에서 공부를 했다니까 지연 씨가 중국어를 해 보라고 했어요.

012.mp3

이럴 때는 어떻게 말할까요?

다른 사람의 부탁을 잘 거절하지 못하는 사람들이 있지요? 그런 사람들은 어떤 이유로 다른 사람의 부탁을 거절하지 못할까요?

가: 태민 씨의 발표 준비를 또 도와주기로 했다면서요? 왜 그랬어요?

나: 발표 때문에 걱정이 돼서 잠을 못잔다니까 도와줘야겠더라고요. 사실 저도 그러고 나서 후회했어요.

Tip
아기를 보다 照顧孩子
안심하다 放心

태민 씨의 발표 준비를 또 도와주다	발표 때문에 걱정이 돼서 잠을 못 자다 / 도와주다
동호 씨 대신 또 야근하다	아내가 많이 아프다 / 대신 야근해 주다
옆집 아기를 또 봐 주다	나 말고는 안심하고 아기를 맡길 데가 없다 / 봐 주다

연습해 볼까요?

'-(느)ㄴ다니까'를 사용해서 문장을 완성하십시오.

(1)
내가 **잘 모르겠다니까** 투안 씨가 가르쳐 주겠다고 했어요.

(2)
아내한테 _____
아내는 30분째 잠깐만 기다려 달라고 하더군요.

(3)
1시간이나 설명한 뒤에 태민 씨한테 _____
태민 씨는 아무 말도 안 하더라고요.

(4)
엄마한테 _____
엄마가 화를 많이 내셨어.

(5)
여자 친구에게 _____
여자 친구가 정말 기뻐하더라고요.

(6)
여보, 오늘 _____
우산을 가지고 가세요.

31

03 -(느)ㄴ다면서

가 요즘 투안 씨가 무슨 일이 있나 봐요. 수업이 끝나자마자 늦었**다면서** 뛰어나가던데요.

나 지난주부터 학교 앞 갈빗집에서 아르바이트한대요.

가 그래요? 얼마 전에 돈이 없**다면서** 아르바이트를 해야겠다고 하더니 결국 일자리를 찾았군요.

나 네, 투안 씨 일하는 식당에 가면 투안 씨가 많이 먹**으라면서** 이것저것 더 갖다 주더라고요.

문법을 알아볼까요?

이 표현은 '-(느)ㄴ다고 하면서'가 줄어든 말로, 어떤 말을 하면서 다른 행위를 할 때, 혹은 어떤 말을 하고 나서 뒤이어 또 다른 말을 연결하여 전달할 때 사용합니다. '-(느)ㄴ다며'로도 사용할 수 있습니다.

本文法是「-(느)ㄴ다고 하면서」的縮寫,用於表示在說話的同時進行其他行為,或是說了一些話之後,又接著傳達其他的話。也可以用做「-(느)ㄴ다며」。

		A	V	N이다
평서형	과거/완료	-았다면서/었다면서		였다면서/이었다면서
	현재	-다면서	-(느)ㄴ다면서	(이)라면서
	미래/추측	-(으)ㄹ 거라면서		일 거라면서
의문형		★-(으)냐면서	★-(느)냐면서	(이)냐면서
명령형		-	-(으)라면서	-
청유형		-	-자면서	-

★ 형용사의 의문형은 '-으냐면서'와 '-냐면서' 둘 다 가능하고, 동사의 의문형은 '-느냐면서'와 '-냐면서' 둘 다 모두 가능합니다.
形容詞的疑問形「-으냐면서」跟「-냐면서」兩者皆可使用;動詞的疑問形「-느냐면서」跟「-냐면서」兩者皆可使用。

도입 대화문 번역

가 圖安最近好像發生了一些事。一下課就說來不及了,急著跑出去。

나 聽說他上禮拜開始在學校門口的排骨店打工。

가 真的嗎?不久前他還跟我說他沒錢了,該去找打工了,他終於找到工作啦。

나 是啊,去圖安打工的餐廳,他會叫你多吃點,還多送一堆有的沒的。

어떤 남자가 선호 씨를 찾는다면서 사무실을 기웃거렸다.
有個男的說要找善浩，在辦公室裡東張西望的。

동주 씨는 요즘 건강이 나빠졌다면서 운동을 해야겠다고 하더군요.
東柱說最近健康惡化，該做點運動了。

사장님은 신제품의 판매가 왜 이렇게 저조하냐며 새로운 판매 전략을 생각해 보라고 하셨다.
總經理問到新產品的銷售為何如此低迷，要我們想想新的銷售策略。

더 알아볼까요?

이 표현은 선행절과 후행절의 주어가 일치해야 합니다. 그리고 주어는 문장 앞에 한 번만 나옵니다.
本文法的前子句與後子句主語必須一致，且主語僅在句首出現一次。

- 윤호 씨는 복사기에 종이가 또 걸렸다면서 수진 씨가 짜증을 냈다. (×)
  → 윤호 씨는 복사기에 종이가 또 걸렸다면서 (윤호 씨가) 짜증을 냈다. (○)
- 수진 씨는 부장님께 결재를 받으러 간다면서 수진 씨는 5층으로 올라갔다. (×)
  → 수진 씨는 부장님께 결재를 받으러 간다면서 5층으로 올라갔다. (○)

Tip
결재를 받다
得到批准

비교해 볼까요?

이 표현은 중급에서 배운 '-(느)ㄴ다면서(요)?'와 형태는 같지만 의미와 쓰임에는 다음과 같은 차이가 있습니다.
本文法與中級時學過的「-(느)ㄴ다면서(요)?」形態相同，但意義與用法則有以下幾點差異：

-(느)ㄴ다면서	-(느)ㄴ다면서(요)?
(1) '-(느)ㄴ다고 하면서'가 줄어든 말로 어떤 말을 하면서 다른 행위나 이야기를 연결해서 전달할 때 사용합니다. 「-(느)ㄴ다면서」是「-(느)ㄴ다고 하면서」的縮寫，在說話的同時進行其他行為，或是接著傳達了其他的話時使用。	(1) 다른 사람에게서 이전에 듣거나 이미 알고 있는 내용을 상대방에게 확인할 때 사용합니다. 向對方確認從他人之處聽過或已經知道的內容時使用。
(2) 문장 중간에 위치합니다. 置於句中。 • 수진 씨는 오늘 몸이 안 좋다면서 일찍 퇴근했어요.	(2) 문장 끝에 위치합니다. 置於句尾。 가 수진아, 방송국 오디션에 합격했다면서? 나 응, 그런데 누구한테서 들었어?

이럴 때는 어떻게 말할까요?

여러분은 혹시 관심이 있는 사람이 있나요? 누군가에게 관심이 갈 때 사람들은 어떤 말과 행동을 하게 될까요?

가 태민 씨가 저한테 관심이 있나 봐요.
나 왜요?
가 며칠 전에 내 생각이 나서 샀다면서 스카프 하나를 주더라고요.

며칠 전에 내 생각이 나서 샀다 / 스카프 하나를 주다
어제 우리 집이 어디이다 / 집까지 태워다 주겠다고 하다
좀 전에 졸리면 마시다 / 나한테만 커피를 갖다 주다

연습해 볼까요?

生字·表現 p.390

1 다음 그림을 보고 '-(으)ㄴ다면서'를 사용해서 문장을 완성하십시오.

<지난주>　　　　　　　　　　　　<오늘>

(1) 시험에 떨어졌어요. → 투안 씨는 **시험에 떨어졌다면서** 우울해했어요.

(2) 친하게 지냅시다. → 케빈 씨가 _____ 손을 내밀었어요.

(3) 그 책 재미있어요? → 여양 씨가 _____ 내 옆에 앉았어요.

(4) 태민 씨가 _____ 뛰어나갔어요.

2 다음 그림을 보고 '-(느)ㄴ다면서'를 사용해서 문장을 완성하십시오.

(1) 아들이 **배가 고프다면서 밥을 달라고 했어요.**

(2) 소피아 씨가 _____ _____ _____.

(3) 케빈 씨가 _____ _____ _____.

(4) 투안 씨가 _____ _____ _____.

04 에 의하면

가 요즘 학교 앞 식당들이 다 커피숍으로 바뀐 거 알아요?

나 네, 이젠 식당보다 커피숍이 더 많은 것 같더라고요. 한 커피 회사 조사에 의하면 작년에 우리나라 성인 한 사람이 1년 동안 커피를 평균 312잔이나 마셨다고 해요.

가 그래요? 정말 많이 마시는군요. 이렇게 커피를 많이들 마시면 차를 마시는 사람들은 많이 줄었겠어요.

나 네, 어제 뉴스에 의하면 녹차 소비량은 3년 전보다 50%나 줄었다더군요.

문법을 알아볼까요?

이 표현은 어떤 사실이 어떤 것을 근거로 하거나 기초로 할 때 사용하는 것으로, 언론 매체나 어떤 정보의 출처를 기초로 하는 경우가 많습니다. 따라서 후행절에 인용문이 자주 옵니다. '에 따르면'으로 바꿔 쓸 수 있으며 주로 격식적인 상황에서 많이 사용됩니다.

本文法用於表示某事實是以某種根據或基礎所為，通常是源自媒體或某資訊出處，因此後子句中常使用引用句。可與「에 따르면」交替使用，主要用於正式場合。

세계 보건 기구의 발표에 의하면 간접흡연으로 매년 60만 명이 사망한다고 한다.
世界衛生組織的發表指出，每年有60萬人死於吸入二手菸。

한 실험 결과에 의하면 김치는 혈관 질환을 예방하는 효과가 있다고 한다.
根據某實驗結果顯示，泡菜具有預防心血管疾病的效果。

김수현 의원이 제출한 자료에 따르면 지방에 사는 다문화 가정 아이들의 고등학교 진학률은 45%에 불과하다.
根據金秀賢議員提供的資料顯示，居住在地方的多文化家庭孩子，高中升學率未達45%。

도입 대화문 번역

가 妳知道最近學校門口的餐廳都變成咖啡廳了嗎？

나 知道啊，現在咖啡廳比餐廳更多。根據咖啡公司的調查，去年我國每個成人1年內平均喝掉足足312杯咖啡呢。

가 真的嗎？喝得還真多啊。喝了那麼多咖啡，那麼喝茶的人口應該減少了許多吧。

나 是啊，根據昨天的新聞，綠茶消費量比3年前減少50%呢。

더 알아볼까요?

이 표현은 시제가 항상 현재입니다. 듣거나 보거나 한 시점이 과거라도 현재로 끝나야 합니다.
本文法的時制永遠是現在時制。即使聽到或看到的時間點為過去，仍必須以現在時制做為結尾。

- 뉴스 보도에 의하면 그 사고로 많은 사람들이 죽었다고 했다. (×)
  → 뉴스 보도에 의하면 그 사고로 많은 사람들이 죽었다고 한다. (○)

이럴 때는 어떻게 말할까요?

신문이나 뉴스를 보다 보면 청소년 문제를 자주 볼 수 있지요? 요즘 청소년들에게는 어떤 문제들이 있을까요?

가: 요즘 청소년들이 담배를 많이 피우는 것 같아서 걱정이에요.
나: 한 통계 자료에 의하면 우리나라 청소년 흡연율이 매년 증가하고 있다고 해요.

Tip
청소년 青少年　통계 자료 統計資料　흡연율 吸菸率
피해자 被害者　자살 충동 自殺衝動　시달리다 受折磨

청소년들이 담배를 많이 피우다	한 통계 자료 / 우리나라 청소년 흡연율이 매년 증가하고 있다
청소년들이 인터넷을 너무 많이 하다	여성 가족부의 조사 결과 / 우리나라 청소년의 30%가 인터넷에 중독되어 있다
청소년들의 학교 폭력이 심각하다	서울시가 조사한 바 / 학교 폭력 피해자 중 30%가 자살 충동에 시달리다

연습해 볼까요?

生字·表現 p.390-391

1 '에 의하면'을 사용해서 같은 뜻이 되도록 문장을 바꾸십시오.

(1) 교수님께서 한국 전래 동화에는 호랑이가 많이 나온다고 하셨어요.
→ **교수님 말씀에 의하면 한국 전래 동화에는 호랑이가 많이 나온다고 한다**.

(2) 신문에서 남미에 지진이 났다는 기사를 읽었어요.
→ _____.

(3) TV 뉴스에서 봤는데 한국에서 제일 수출이 많이 되는 것은 IT 관련 제품이라고 해요.
→ _____.

(4) 계약서에 1년 내에 연금 보험을 해지할 경우 원금을 보장해 주지 않는다고 쓰여 있다.
→ _____.

(5) 제품 설명서에 이 제품은 2년 동안 무상 수리를 받을 수 있다고 나와 있네요.
→ _____.

2 다음 글을 읽고 '에 따르면'을 사용해서 대화를 완성하십시오.

> 소희 씨는 최근 일본에 갔다 온 친구들로부터 일본 교토가 가 볼 만하다는 얘기를 들었다. 그래서 이번 휴가에 교토에서 가장 가까운 곳에 공항이 있는 일본 오사카로 가는 비행기에 몸을 실었다. 인터넷에서 제일 항공이 다른 항공사보다 50% 정도 싸다고 해서 제일 항공을 이용하기로 했다. 싸서 그런지 좀 시끄럽긴 했지만 구름 사이로 보이는 바다를 보면서 가는 기분이 좋았다. 얼마나 더 가면 될까 궁금해서 승무원에게 물어봤더니 20분 정도 남았다고 했다. 갑자기 옆에 앉은 아주머니가 오사카에 처음 가신다면서 소희 씨에게 이것저것 물어 오셨다. 이야기를 하시는 중간중간 뇌에 좋다면서 호두를 건네셨다. 한 건강 잡지에서 보셨다는 것이다. 아주머니는 오사카 호텔에 묵기로 하셨다고 했다. 여행사 직원이 오사카 호텔이 시내에 있어서 교통이 편리하다고 했다는 것이다. 그렇게 이야기를 하고 있는 동안 어느새 비행기는 오사카 간사이 공항에 도착해 있었다.

아주머니 일본에 처음 가서 그러는데 어디에 가면 좋을까요?
소희 (1) **최근 일본에 갔다 온 친구들 말에 따르면 교토가 가 볼 만하대요**. 오사카에서 가깝다니까 가 보세요.

아주머니 그래요? 거기에 꼭 가 봐야겠네요. 그런데 제일 항공은 다른 항공사보다 비행기 값이 얼마나 싼지 알아요?

소희 (2) _____.

아주머니 그렇군요. 그런데 일본까지는 얼마나 남았지요?

소희 (3) _____.

아주머니 비행기 타니까 일본까지 금방이네. 참 이 호두 좀 먹어 봐요.
(4) _____ 호두가 뇌에 그렇게 좋다네.

소희 아, 감사합니다. 잘 먹겠습니다. 그런데 일본에서는 어디에서 묵으실 거예요?

아주머니 오사카 호텔이요. (5) _____
_____.

소희 네, 맞아요. 어, 벌써 오사카에 도착했네요.

單元 2 확인해 볼까요?

生字・表現 p.391

※ [1~2] 다음 밑줄 친 부분과 바꾸었을 때 의미가 가장 비슷한 것을 고르십시오.

1 한 설문 조사 기관이 <u>조사한 바에 의하면</u> 20~30대는 안철민 후보를 가장 선호하는 것으로 나타났다.

① 조사한 바에 따라 ② 조사한 바에 따르면
③ 조사한 바와 같이 ④ 조사한 바와 달리

2 소현 씨가 <u>창업을 한다니까</u> 모두들 경험이 없다면서 반대를 했다.

① 창업을 한다면서 ② 창업을 하기는커녕
③ 창업을 한다고 하자 ④ 창업을 하건만

※ 다음 (   )에 알맞은 것을 고르십시오.

3 윤석 씨는 올 하반기에는 입사 경쟁률이 (   ) 걱정을 했다.

① 치열하다면서 ② 치열할 뿐더러
③ 치열하련만 ④ 치열하다기보다는

※ 다음 (   )에 들어 갈 수 <u>없는</u> 것을 고르십시오.

4 성호 씨는 나를 보자 (   ) 내 손을 덥석 잡았다.

① 반가운 듯이 ② 반갑다면서
③ 반갑다고 하며 ④ 반갑다니까

※ [5~6] 다음 밑줄 친 부분이 틀린 것을 고르십시오.

5 ① <u>뉴스에 의하면</u> 전셋값이 또 오를 거라고 한다.
② 윤주 씨가 <u>덥다면서</u> 혜선 씨가 에어컨을 켰어요.
③ 김 선배가 <u>날더러</u> 동아리 일 좀 도와 달라고 하네요.
④ 동호 씨가 다음 달에 유학을 <u>간다니까</u> 친구들이 아쉬워했어요.

6 ① 어머니는 <u>동생보고</u> 심부름을 시키셨다.
② 한 건강 프로그램에 <u>따르면</u> 블루베리가 눈에 좋다고 한다.
③ 태풍으로 채소 값이 많이 <u>올랐다니까</u> 장을 보기가 겁이 나요.
④ 제품에 문제가 <u>많다면서</u> 환불해 달라는 전화가 끊이지를 않았다.

單元 **3**

명사화됨을 나타낼 때
表示名詞化時

　본 장에서는 명사와 관련된 표현들을 공부합니다. 초급에서는 형용사나 동사를 명사형으로 만드는 '-기'를 배웠습니다. 고급에서 배우는 표현들도 역시 동사나 형용사를 명사형으로 만들어 문장 안에서 명사와 같은 역할을 하는 것입니다. 여기서 배우는 표현들은 고급에서 많이 사용되는 것들이므로 잘 익힌다면 신문이나 글을 읽을 때 또는 격식적이고 고급스러운 표현을 사용할 때 많은 도움이 될 것입니다.

　本單元中要學習的是與名詞相關的文法。我們在初級曾經學過將形容詞或動詞轉換成名詞形的「-기」，在高級階段將要學習的文法一樣是將動詞或形容詞轉換為名詞形，使其在文句中扮演等同於名詞的角色。由於本單元中學習的文法是高階韓語常常使用到的文法，若多加練習，對閱讀報紙、文章或是在運用講求格式的高階文法上都會有很大的幫助。

01 -(으)ㅁ
02 -는 데
03 -는 바

01 -(으)ㅁ

가 지난달 매출을 보면 여성용 화장품은 예년과 비슷한 데 반해 남성용 화장품은 20%나 떨어졌습니다.

나 이렇게 남성용 화장품의 판매가 감소함은 경기 불황과 관련이 깊겠지요?

가 꼭 그렇지는 않습니다. 경쟁사의 경우, 남성 화장품 매출이 5%나 늘었습니다. 이는 우리 회사보다 경쟁사가 요즘 남성들이 원하는 다양한 제품들을 많이 내놓았기 때문으로 보입니다.

나 그럼 이번 판매율은 우리가 그동안 남성 화장품에 대한 연구와 조사가 부족했음을 보여 주는 것이라 할 수 있겠군요.

문법을 알아볼까요?

이 표현은 동사, 형용사, '이다' 뒤에 붙어 앞에 나오는 말을 명사형으로 만들거나 문장 뒤에 붙어 그 문장을 명사절로 만드는 데 사용하는 것으로 문장 내에서 주어나 목적어 등의 기능을 하게 합니다. '-(으)ㅁ' 뒤에는 명사처럼 조사가 붙습니다. 주로 글말에서 사용합니다.

本文法接於動詞、形容詞、「이다」之後，將前方的詞彙轉化為名詞形；或是連接於句子之後，將整個句子轉化為名詞子句，使其在文句中發揮主語或受詞的功能。「-(으)ㅁ」後方接助詞，與名詞相同，主要用在書面語。

	A/V	N이다
과거	-았음/었음	였음/이었음
현재	-(으)ㅁ	임
미래	-겠음	이겠음

도입 대화문 번역

가 看上個月的銷售狀況，女性用化妝品與往年差不多，反之男性用化妝品則下滑了20%。

나 男性用化妝品的銷量減少，跟不景氣應該有很大的關係吧？

가 也不一定。我們競爭對手公司的男性化妝品銷量便增加了5%。這是由於競爭對手公司比我們推出了更多最近男性們需要的多樣化產品。

나 那麼這次的銷售率，可說是顯示我們近期對男性化妝品的研究與調查仍有不足吧。

인생의 행복은 돈의 많고 적음에 있지 않다.
人生的幸福並不在於錢的多寡。

회장님은 그 직원이 자신이 20년 전에 잃어버렸던 딸임을 알고 깜짝 놀랐다.
董事長知道那位員工就是他20年前失蹤的女兒後十分震驚。

한 유명 방송인이 학력을 위조했음이 드러나 사회적으로 큰 파문을 일으켰다.
某位知名廣播員因偽造學歷的事件曝光，在社會上引起了軒然大波。

더 알아볼까요?

1 이 표현은 입말에서 큰 의미 차이 없이 '-는 것'으로 바꿔서 사용할 수 있습니다. 그러나 모든 '-는 것'을 '-(으)ㅁ'으로 대체할 수 있는 것은 아니므로 사용에 주의해야 합니다.
本文法可與「-는 것」交替使用，口語上意義沒有太大的差異。但並非所有的「-는 것」都能夠替換成「-(으)ㅁ」，使用時務必留意。
- 인생의 행복은 돈이 많고 적은 것에 있지 않다.
- 회장님은 그 직원이 자신이 20년 전에 잃어버렸던 딸인 것을 알고 깜짝 놀랐다.

2 '-(으)ㅁ'이 접미사로 사용될 때는 일부 동사와 형용사 뒤에 붙어 명사를 만드는 역할을 합니다. 아래는 명사로 굳어져 사용되는 예들입니다.
「-(으)ㅁ」作為後綴詞使用時，部分置於形容詞與動詞後，具有將其轉化為名詞的作用。以下為固定作為名詞使用的例子。

기쁘다→기쁨	웃다→웃음	가렵다→가려움	살다→삶
아프다→아픔	울다→울음	그립다→그리움	알다→앎
슬프다→슬픔	젊다→젊음	두렵다→두려움	
추다→춤	믿다→믿음	어렵다→어려움	
꾸다→꿈	얼다→얼음	외롭다→외로움	

- 한국에 처음 왔을 때는 한국말도 모르고 문화도 달라서 어려움이 많았습니다.
- 어젯밤에 옥상에서 떨어지는 꿈을 꿨는데 이 꿈은 키가 큰다는 의미 맞지요?

3 이 표현이 문장의 종결형으로 사용될 때는 어떤 사실이나 정보를 알려 주는 기능이 있습니다. 주로 공고문, 안내문, 메모, 사전, 보고문 등에 많이 쓰입니다.
本文法作為句子的終結形使用時，具有告知事實或資訊的功能。常用於公告、指南、備忘錄、字典、報告書中。
- 타에 모범이 되어 이 상장을 수여함.
- 발음은 좋으나 문법 오류가 많음.
- 비행기에서 내리는 대로 연락하기 바람.

> **Tip**
> 타에 모범이 되다 成為他人的榜樣
> 상장 獎狀 수여하다 授予
> 오류 錯誤

4 이 표현은 '-(으)ㅁ으로 인해서', '-(으)ㅁ으로 말미암아', '-(으)ㅁ으로써', '-(으)ㅁ에도 불구하고', '-(으)ㅁ에 따라' 등에서와 같이 관용적인 표현에 자주 사용됩니다.
本文法常結合「-(으)ㅁ으로 인해서」、「-(으)ㅁ으로 말미암아」、「-(으)ㅁ으로써」、「-(으)ㅁ에도 불구하고」、「-(으)ㅁ에 따라」等作為慣用表現使用。
- 최근 환율이 하락함으로 인해 해외로 나가는 사람들이 늘고 있다.
- 시대가 변화함에 따라 사람들의 가치관도 변화하고 있다. <참조> 4장, 9장, 19장.

비교해 볼까요?

'-(으)ㅁ'과 '-기'는 모두 동사나 형용사를 명사형으로 만든다는 점에서는 같지만 다음과 같은 차이가 있습니다.

「-(으)ㅁ」與「-기」兩者都能將形容詞或動詞名詞化，但仍有以下幾點差異。

-(으)ㅁ	-기
(1) 이미 알고 있는 일, 이미 일어난 일 또는 완료되거나 결정된 일에 사용합니다. 따라서 이런 의미와 관련이 있는 '옳다, 후회하다, 인정하다, 보고하다, 고백하다, 확실하다, 드러나다, 알리다' 등과 어울려 씁니다. 用於已知的、已發生的、已完成或已決定的事。因此，常和與此種意義有關聯的「옳다、후회하다、인정하다、보고하다、고백하다、확실하다、드러나다、알리다」等搭配使用。 • 물건이 모두 팔렸음을 보고했다.	(1) 기대되는 일이나 미완료된 일, 어떤 동작의 과정을 나타낼 때 사용합니다. 따라서 이런 의미와 관련이 있는 '설득하다, 명령하다, 기대하다, 희망하다, 적당하다, 제안하다, 알맞다, 어렵다, 쉽다, 좋다' 등과 어울려 씁니다. 用於表現期待的或未完成的事、進行某動作的過程。因此，常和與此種意義有關聯的「설득하다、명령하다、기대하다、희망하다、적당하다、제안하다、알맞다、어렵다、쉽다、좋다」等搭配使用。 • 물건이 모두 팔리기를 희망하고 있다.
(2) '-는 것'으로 대체할 수 있습니다. 可置換為「-는 것」。 • 이런 장사는 신용을 얻음이 제일이다. = 이런 장사는 신용을 얻는 것이 제일이다.	(2) '-는 것'으로 대체할 수 있습니다. 可置換為「-는 것」。 • 그 음식은 먹기가 불편하다. = 그 음식은 먹는 것이 불편하다.
(3) 조사가 생략될 수 없습니다. 不可省略助詞。 • 아이가 공부를 하지 않음 나무랐다. (×) → 아이가 공부를 하지 않음을 나무랐다. (○)	(3) 조사 생략이 가능합니다. 可省略助詞。 • 그 친구는 만나기(가) 참 어렵다. • 열심히 공부해서 성공하기(를) 바랍니다.
(4) 종결형으로 사용할 수 있습니다. 可作為終結形使用。 • 박 부장님이 오셨다 가셨음. (과거) • 관계자 이외에는 들어오지 못함. (현재) • 4시 10분에 회의가 있겠음. (미래)	(4) 종결형으로 사용할 수 없습니다. 단, 규칙, 안내문, 간단한 메모, 속담 등에 사용할 수 있습니다. 不可作為終結形使用。但可用於規則、指南、簡單的備忘錄、俗語等。 • 오늘 일기 쓰기. • 집에 오면 손부터 씻기. • 누워서 떡 먹기.

이럴 때는 어떻게 말할까요?

여러분의 부모님은 어떻게 만나서 결혼을 하시게 되었나요? 두 분은 만남에서 결혼까지 어떤 과정을 거치셨을까요?

가 : 엄마는 아빠랑 어떻게 만나셨어요?
나 : 엄마랑 아빠는 회사에서 같은 부서에서 일했는데 아빠가 참 친절했어. 엄마는 아빠의 그 친절함에 마음이 끌렸단다.

Tip
거치다 經過
마음이 끌리다 傾心
계기 契機

엄마는 아빠랑 어떻게 만나다	엄마랑 아빠는 회사에서 같은 부서에서 일했는데 아빠가 참 친절하다 / 엄마는 아빠의 그 친절하다 / 에 마음이 끌리다
두 분은 중간에 헤어진 적은 없다	외할아버지가 반대를 심하게 하셔서 한 번 헤어진 적이 있다 / 그런데 그 헤어지다 / 이 서로의 사랑을 확인하는 계기가 되다
엄마는 어떻게 결혼을 결심하다	아빠한테 여러 가지 어려움이 많았는데 아빠는 좌절하는 법이 없다 / 어떤 상황에도 아빠가 좌절하지 않다 / 을 보고 평생을 같이 하고 싶다는 마음이 생기다

연습해 볼까요?

生字·表現 p.391

1 다음 [보기]에서 알맞은 표현을 골라 '-(으)ㅁ'을 사용해서 이야기를 완성하십시오.

보기
김민석 과장이다   자신이 한 일이다   뇌물을 주었다
판단할 수 없다   죄가 없다

얼마 전에 우리 회사 기밀이 유출되어 큰 손해를 입었다. 경찰이 6개월에 걸쳐 수사한 끝에 회사 기밀을 경쟁 회사에 팔아넘긴 사람이 우리 부서 **(1) 김민석 과장임을** 밝혀냈다. 부서 사람들은 깜짝 놀라지 않을 수 없었다. 김 과장이 평소에 말이 없고 얌전한 사람이라 그런 일을 할 사람으로 보이지 않았기 때문이다. 처음에 김 과장은 자신은 (2) _____ 주장했다고 한다. 그러나 경찰이 증거 자료를 내보이자 (3) _____ 인정했다고 한다. 더 놀란 사실은 김 과장이 승진을 하고자 회사 간부에게 (4) _____ 고백했다고 했다. 이 일로 회사는 발칵 뒤집혔다. 회사는 뇌물을 받은 회사 간부와 김 과장 모두를 해고했다. 정말 사람의 외모만으로는 그 사람을 (5) _____ 다시 한번 깨달았다.

2 다음 [보기]에서 알맞은 표현을 골라 '-(으)ㅁ'을 사용해서 안내문을 완성하십시오.

| 보기 | 들어올 수 없다 | 금하다 | 비가 오다 | 취해야 하다 | 맑아지다 | 쉬다 |

(1) 관계자 외에는 **들어올 수 없음**_____.

(2) 월요일에는 _____.

(3) 이 환자는 절대 안정을 _____.

(4) 동물에게 먹이 주는 것을 _____.

(5) 전국이 구름이 많다가 오후부터 점차 _____.

(6) 강원도 지방에는 곳에 따라 _____.

02 -는 데

가 한 할머니가 채소를 팔아 번 돈 2억을 장애우 보육 시설에 전달을 해서 화제가 되고 있다면서요?

나 네, 김말봉 할머니 역시 장애를 가진 아들이 있었는데 10년 전에 세상을 떠났다고 합니다. 김 할머니는 그 아들을 키우는 데 어려움이 많았기 때문에 장애우들을 돕고 싶었다고 합니다.

가 특별히 김 할머니의 후원금은 예술적 재능을 가진 장애우들을 후원하는 데 사용될 거라지요?

나 네, 그렇습니다. 평소 예술에 관심이 많았던 김 할머니는 예술에 소질이 있지만 여러 가지 한계로 재능을 발휘하기 힘들었던 장애우들을 위해 후원금을 써 달라고 부탁을 했다고 합니다.

문법을 알아볼까요?

이 표현은 '-는 일', '-는 것', '-는 경우' 혹은 '-는 상황'을 의미할 때 사용합니다. 주로 '도움이 되다, 효과가 있다/없다, 좋다/나쁘다, 필요하다, 몰두하다, 최선을 다하다, 사용하다, 걸리다, 들다' 등과 같이 쓰입니다. '에'를 붙여 '-는 데에'와 같이 사용할 수도 있으며 동사에만 붙습니다.

本文法用於表示「-는 일」、「-는 것」、「-는 경우」或是「-는 상황」。主要與「도움이 되다、효과가 있다/없다、좋다/나쁘다、필요하다、몰두하다、최선을 다하다、사용하다、걸리다、들다」等一起使用。亦可加上「에」，用做「-는 데에」，只能接在動詞後使用。

• 이 책은 아프리카의 문화와 역사를 이해하는 데 좋은 길잡이가 될 것이다.
  這本書對於了解非洲文化與歷史是很好的導引。

• 이번에 뽑힌 시장은 한국의 전통 시장을 되살리는 데 최선을 다하겠다고 밝혔다.
  本次當選的市長表示會盡全力去復甦韓國的傳統市場。

도입 대화문 번역

가 聽說有位老太太將自己賣菜賺來的兩億韓元捐給身心障礙者福利機構，成為了熱門話題？

나 是的，金末鳳老太太本身就有一位身障的兒子，於10年前辭世。金老太太表示她在兒子的扶養上遭遇過許多困難，因此希望能幫助身心障礙者。

가 據說金老太太的善款將被用來贊助具有藝術才華的身心障礙者？

나 是的，平常就對藝術很感興趣的金老太太要求將捐款用在雖然有藝術天份，卻因為各種侷限而無法發揮其才華的身心障礙者身上。

최근 자전거 타기가 성인병을 치료하고 예방하는 데에 도움이 된다고 하여 자전거를 타는 사람들이 늘고 있다.
最近盛傳騎自行車有助於成人病之治療與預防，騎車的人因而增加。

더 알아볼까요?

이 표현은 '-는데'와 형태는 매우 비슷하지만 의미적으로 다음과 같은 차이가 있습니다.
此文法的形態雖然與「-는데」極為相似，意義卻有以下的差異：

-는데	-는 데(에)
'배경, 대조, 이유'를 나타냅니다. 表現「背景、對比、理由」。 • 동생이 공부하는데 좀 조용히 해라.	'-는 일', '-는 것', '-는 경우' 혹은 '-는 상황'을 나타냅니다. 表達「-는 일」、「-는 것」、「-는 경우」或是「-는 상황」。 • 동생이 공부하는 데(에) 방해가 되지 않도록 방에서 나왔다.

이럴 때는 어떻게 말할까요?

외국에서 대학이나 대학원에 진학해서 공부하자면 여러 가지 어려움이 있을 텐데요. 보통 유학생들은 어떤 어려움을 겪을까요?

가 개강했죠? 한국말로 하는 강의는 들을 만해요?

나 교수님 말씀이 워낙 빠르고 어려운 말도 많이 쓰셔서 못 알아들을 때가 있어요. 더 열심히 노력해서 강의를 듣는 데 부족함이 없도록 해야죠.

Tip
분량 份量
발음이 꼬이다 發音不標準
말이 헛나오다 口誤

한국말로 하는 강의는 듣다	교수님 말씀이 워낙 빠르고 어려운 말도 많이 쓰셔서 못 알아들을 때가 있다 / 강의를 듣다 / 부족함이 없도록 하다
한국말로 된 전공 책은 읽다	전공 책에 모르는 전문 용어도 많고 읽어야 할 분량도 많아서 시간이 많이 걸리긴 하다 / 전공 책을 읽다 / 시간이 덜 걸리게 하다
한국말로 발표는 하다	모국어가 아닌 말로 많은 사람들 앞에서 발표를 하다 보니 긴장을 해서 발음이 꼬이고 말이 헛나올 때가 있다 / 제 생각을 전달하다 / 어려움이 없도록 하다

연습해 볼까요?

1 다음을 읽고 '-는 데'를 사용해서 신문 기사를 완성하십시오.

운동으로 스트레스를 해소하자

걷기나 가벼운 달리기, 등산, 에어로빅 등의 운동은 스트레스를 (1) **해소하는 데** 큰 도움이 되며 이틀에 한 번은 숨이 가쁘고 땀이 날 정도로 10~20분 정도 운동하는 게 좋다.

한식으로 뱃살을 줄일 수 있다

한식을 꾸준히 먹으면 서양 음식보다 복부 비만을 (2) _____ 효과적이라는 사실이 서울 백병원과 호주 시드니대학이 실시한 연구를 통해 증명됐다.

암 예방에 좋은 음식

채소나 과일을 많이 섭취하면 건강해진다는 사실은 누구나 알고 있다. 특히 암을 (3) _____ 채소나 과일을 많이 섭취하는 게 좋다. 암 예방을 위해 다양한 종류의 채소와 과일을 하루에 다섯 접시 이상 섭취할 것을 권장하고 있다.

불면증을 없애는 요가 동작

요즘 불면증으로 시달리는 사람들이 많은데 다음의 요가 동작은 목과 어깨의 긴장을 풀어줘서 불면증을 (4) _____ 효과가 있다. 다음의 요가 동작을 반복해서 편안한 수면에 빠져들 수 있도록 해 보자.

대전에서 철기 시대 유물 발굴, 철기 시대를 파악할 수 있어

대전에서 백화점 건축을 위해 땅을 파다가 철기 시대 유물이 발견되었다. 조사단은 이번 발굴은 대전 지역 초기 철기 시대 장례 문화를 (5) _____ 귀중한 자료가 된다고 평가했다.

2 다음 [보기]에서 알맞은 표현을 골라 '-는 데'를 사용해서 이야기를 완성하십시오.

> 보기
> 외모를 가꾸다　　　　키를 키우다　　　　체질을 개선하다
> 살을 빼다　　　　균형 잡힌 몸매를 만들어 주다

　　요즘 취업하기가 힘들어서 그런지 내 여동생은 (1) <u>온갖 스펙을 쌓는 데</u> 열심이다. 여동생의 하루는 새벽 5시부터 시작한다. 새벽 5시에 일어나 영어 학원으로 향한다. 새벽부터 누가 학원에서 공부를 할까 싶지만 여동생의 말을 들으면 아침 6시 수업에도 수업을 듣는 학생들이 가득하다고 한다. 새벽부터 (2) _____ 모두들 열심인 것이 놀라울 뿐이다.
　　영어 학원이 끝나면 컴퓨터 관련 자격증을 따기 위해 컴퓨터 학원으로 간다. 요즘같이 온라인으로 많은 것들이 이루어지는 시대를 (3) _____ 컴퓨터 자격증이 필수적이라는 것이다.
　　컴퓨터 학원이 끝나면 바쁘게 요리 학원으로 간다. 혹시 취업을 못하면 인터넷 동 사이트에서 개인 방송이라도 하려고 한다는 것이다. 요즘은 (4) _____ 음식만한 것이 없기 때문에 요리 학원을 다닌다는 것이다.
　　또 저녁에는 바리스타 학원에서 바리스타 자격증을 따려고 공부한다.
　　바리스타 자격증을 따려는 이유는 자격증이 하나라도 더 있으면 (5) _____ 좋지 않을까 싶어서라는 것이다.
　　취업하기가 힘든 것이 사실이지만 본인이 어떤 일을 하고 싶은지보다는 불필요해 보이는 자격증이라도 따려고 시간을 투자하는 것이 미래를 (6) _____ 얼마나 도움이 될지 싶어 걱정이 된다.

03 -는 바

가 우리 회사 일부를 외국 회사에 매각한다는 소문 들었어요?
나 네, 제가 들**은 바**로는 매각이 3월로 예정되어 있다고 하더라고요.
가 그럼 직원들이 많이 정리 해고가 될 수도 있겠네요.
나 글쎄요, 그것에 대해서는 **아는 바**가 없어요.

문법을 알아볼까요?

이 표현은 앞에서 말한 내용 그 자체나 일, 방법 등을 의미할 때 사용합니다. 이 표현은 주로 '-는 바로는', '-는 바가', '-는 바를', '-는 바에 대해', '-는 바에 의하면/따르면', '-는 바와 같이', '-는 바가 있다/없다'의 형태로 사용됩니다.

本文法指的是前述內容本身或事件、方法等。通常以「−는 바로는」、「−는 바가」、「−는 바를」、「−는 바에 대해」、「−는 바에 의하면/따르면」、「−는 바와 같이」、「−는 바가 있다/없다」的形態使用。

	V	N이다
과거/완료	-(으)ㄴ 바	였는/이었는 바
현재	-는 바	인 바

이번 안건에 대해 각자 생각하시**는 바**를 자유롭게 말씀해 주시기 바랍니다.
希望各位能夠針對本次議案自由地聊聊自己的想法。

한 대학 기관이 조사한 **바**에 따르면 한국인의 식생활이 빠르게 서구화되고 있다고 한다.
根據某大學機構的調查,韓國人的飲食正在急速西歐化。

위에서 살펴본 **바**와 같이 행복은 경제력이나 권력에 비례하지 않음을 알 수 있다.
根據上述觀察可得知,幸福與經濟能力或權力並非成正比。

도입 대화문 번역

가 你有聽說我們公司有一部分要賣給國外公司的消息嗎?
나 有啊,我聽到的是預計3月份進行買賣。
가 那可能會有很多員工被解僱吧。
나 這個嘛,這部分我就不清楚了。

더 알아볼까요?

1 이 표현은 '-(으)ㄹ 바'로도 쓰일 때가 있는데 이때는 관용적으로 다음과 같은 경우에 사용됩니다.
本文法有時會被用作「-(으)ㄹ 바」，此時有以下幾種慣用狀況。

- 몸 둘 바를 모르다: 그런 칭찬을 들으니 몸 둘 바를 모르겠네요.
  無地自容：聽到這種稱讚，我都快無地自容了。
- 할 바를 다 하다: 나는 할 바를 다 했으니 이제 결과는 하늘에 달린 것 같아요.
  該做的都做了：我該做的都做了，現在就把結果交給上天了。
- 어찌할 바를 모르다: 기자의 갑작스러운 질문에 김영수 의원은 어찌할 바를 몰라했다.
  不知所措：金榮秀議員因記者突然的提問而不知所措。

2 다음과 같이 '-는바'를 붙여 쓰는 경우는 후행절에서 어떤 사실을 말하기 위하여, 그 사실과 관련된 상황이나 근거, 배경 등을 제시할 때 사용합니다.
下列例句中，將「-는바」連接使用。此時是為了在後子句中陳述某個事實而提出與該事實相關的狀況、根據、背景等。

- 다음 주부터 장마가 시작되는바 비 피해가 없도록 철저한 준비를 해야 할 것입니다.
  下週梅雨季即將開始，應確實做好準備以防水災。
- 세계 경제의 침체로 올해도 낮은 경제 성장률이 예상되는바 정부는 일자리 창출을 위해 많은 지원을 할 예정이다.
  因全球經濟不景氣，今年預計也會出現低迷的經濟成長率，政府為創造工作機會，計畫投入大量援助。

이럴 때는 어떻게 말할까요?

사람들의 주목을 받는 연예인들은 데이트하는 모습도 관심을 끌게 마련이지요? 사람들은 연예인들의 애정 생활에 대해서 어떤 얘기들을 주고받을까요?

가 가수 김민수 씨와 이하연 씨가 사귄다는 소문이 있던데 사실인가요?

나 주변 사람들이 전하는 바로는 같이 광고를 찍으면서 가까워졌다고 합니다.

> **Tip**
> 애정 생활 愛情生活　　광고를 찍다 拍廣告
> 진지하다 真摯

사귀다	주변 사람들이 전하다 / 로는 같이 광고를 찍으면서 가까워졌다
결혼하다	두 사람이 진지하게 사귀는 것은 맞지만 결혼에 대해서는 아직 정해졌다 / 가 없다
헤어졌다	한 잡지사와 인터뷰했다 / 에 따르면 두 사람은 바쁜 스케줄로 인해 사이가 멀어졌다

연습해 볼까요?

生字·表現 p.391

관계있는 것을 연결하고 [보기]에서 알맞은 표현을 골라 '-는 바'를 사용해서 문장을 만드십시오.

보기	-는 바에 대해	-는 바에 의하면	-는 바와 같이
	-는 바가 있으므로	-는 바가	-는 바를

(1) 학생들은 기념관을 둘러보고 느꼈다
(2) 한 이동 통신 회사가 조사했다
(3) 용기와 힘을 가지고 옳다고 생각하다
(4) 정부는 공공요금 인상에 대해 아직까지 확정되었다
(5) 찰스 씨는 해외 NGO 단체에서 수년간 일했다
(6) 김 교수님께서도 말씀하셨다

㉠ SNS에 접속하는 사람의 52%가 모바일을 통해 접속한다고 하다
㉡ 관람 보고서를 써서 제출하기로 했다
㉢ 행동으로 옮긴다면 세상을 바꿀 수 있을 것이다
㉣ 빈곤 지역 개발 프로젝트에 적임자라는 생각이 듭니다
㉤ 아시아의 개발 도상국에 투자하는 것이 좋을 듯합니다
㉥ 없다고 전하고 있다

(1) ㉡ - **학생들은 기념관을 둘러보고 느낀 바에 대해 관람 보고서를 써서 제출하기로 했다**.

(2) _____.

(3) _____.

(4) _____.

(5) _____.

(6) _____.

單元 3 확인해 볼까요?

生字・表現 p.391

※ 〔1~2〕 다음 밑줄 친 부분과 바꾸었을 때 의미가 가장 비슷한 것을 고르십시오.

1 앞에서 <u>알아본 바와 같이</u> 발견된 질병은 치료법이 정해져 있는 것이 아니라 각각 개개인의 질병 상태에 따라 다른 형태의 치료가 제시된다.

① 알아봄으로써　　　　　② 알아본 것과 상관없이
③ 알아본 것처럼　　　　　④ 알아보는 데에는

2 유엔(UN)의 반기문 총장은 유엔이 추구하는 '안전하고 살기 좋은 세상'을 <u>만드는 데</u> 한국이 든든한 파트너가 되어 줄 것을 당부했다.

① 만드는 일에　　　　　② 만드는 바에 대해
③ 만듦을　　　　　　　④ 만드니만큼

※ 〔3~4〕 다음 (　) 에 알맞은 것을 고르십시오.

3 윤세룡 감독은 "나는 대표 팀이 우승할 때까지는 떠나지 않을 것이다."라고 하여 앞으로 당분간 대표 팀 감독을 (　) 분명히 밝혔다.

① 그만두는 바를　　　　② 그만두는 데
③ 그만둘 뜻이 없음을　　④ 그만둘 뜻이 있다는 것을

4 기업의 복지가 직장 생활을 원만히 하고 업무 능률을 (　) 중요한 요소로 떠오르면서 직장 내의 복지 프로그램이 달라지고 있다.

① 향상시킴이　　　　　② 향상시키는 바를
③ 향상하리만치　　　　④ 향상시키는 데

※ 다음 (　) 에 들어 갈 수 <u>없는</u> 것을 고르십시오.

5 윤경식 대표는 치과 치료의 후유증으로 감각 기능에 이상이 생겨 맛을 구분하기 힘들고 생활하는 데 많은 불편을 (　) 현재 대학 병원에서 치료를 받고 있다고 전했다.

① 느끼는바　　　　　　② 느끼는 바에 의하면
③ 느끼는 까닭에　　　　④ 느끼므로

※ 다음 밑줄 친 부분이 <u>틀린</u> 것을 고르십시오.

6 ① 칼슘은 뼈를 튼튼하게 <u>하는 데</u> 꼭 필요한 요소이다.
② 그는 항상 자기가 해야 할 <u>바를</u> 잘 알고 있는 사람이다.
③ 그 배우는 연극과 뮤지컬 등에서 연기 경력을 <u>쌓은 바</u> 있다.
④ 그는 교통사고에도 가족들이 <u>무사하였음</u> 하나님께 감사드렸다.

單元 4

원인과 이유를 나타낼 때
表示原因與理由時

본 장에서는 원인과 이유를 나타내는 표현에 대해 공부합니다. 원인과 이유를 나타내는 표현은 초급과 중급에서 많이 배웠습니다. 초급에서는 '-아서/어서, -(으)니까, -기 때문에'를, 중급에서는 '-거든요, -잖아요, -아/어 가지고, -느라고, -는 바람에, -는 탓에, -고 해서, -(으)ㄹ까 봐'를 배웠습니다. 고급에서 다루는 표현들도 많이 사용되는 것들이므로 차이점을 잘 유념해서 공부하시기 바랍니다.

本單元中要學習的是說明原因與理由的文法。說明原因與理由的文法我們在初級與中級已經學過很多了，包括初級階段的「-아서/어서、-(으)니까、-기 때문에」以及中級階段的「-거든요、-잖아요、-아/어 가지고、-느라고、-는 바람에、-는 탓에、-고 해서、-(으)ㄹ까 봐」等。在高級階段即將學到的也都是常常用到的文法，學習時請多留意其中的差異。

01 (으)로 인해서
02 -는 통에
03 (으)로 말미암아
04 -느니만큼
05 -는 이상
06 -기로서니
07 -기에 망정이지
08 -(느)ㄴ답시고
09 -(으)ㅁ으로써
10 -기에
11 -길래

01 (으)로 인해서

가 박태민 기자, 지금 그쪽 상황은 어떻습니까?
나 며칠째 계속 내리는 폭우**로 인해서** 다리가 통제된 상태입니다.
가 다리 통제**로 인해** 출근길 교통이 매우 혼잡하겠군요.
나 네, 그렇습니다. 출근하시는 분들은 평소보다 30분 정도 서둘러서 출발하셔야겠습니다.

문법을 알아볼까요?

이 표현은 어떤 상황 혹은 일에 대한 원인이나 이유를 나타낼 때 사용합니다. 글말이나 뉴스 보도, 발표와 같은 격식적인 상황에서 많이 사용합니다. '(으)로 인해서'의 '서'를 빼고 사용하기도 하고 '(으)로 인하여'로 사용하기도 합니다.

本文法用於表示某個狀況或事件的原因或理由。常用在書面語或新聞報導、發表等較正式的狀況中。使用時可將「(으)로 인해서」中的「서」刪除，也可用作「(으)로 인하여」。

잦은 실수**로 인해서** 회사에서 신뢰를 잃었다.
由於頻繁的失誤，他在公司裡已經失去他人的信任。

지나친 흡연**으로 인해** 폐암에 걸리는 사람들이 늘고 있습니다.
由於吸菸過量而罹患肺癌的人口正在增加。

인터넷**으로 인하여** 많은 정보를 쉽게 얻을 수 있게 되었다.
由於網際網路的發達，許多資訊都得以輕易取得。

도입 대화문 번역

가 朴泰民記者，現在那邊是什麼狀況呢？
나 由於持續數日的暴雨，橋樑目前是管制的狀態。
가 由於橋樑管制，上下班時間交通應該非常壅塞吧。
나 是的，上班的民眾必須比平常提早大約30分鐘出門。

더 알아볼까요?

1 이 표현은 앞에 동사가 올 때 '-(으)ㅁ으로 인해서'의 형태로 사용합니다.
本文法前面出現動詞時，須以「-(으)ㅁ으로 인해서」的形態來使用。
- 해외로 사업을 확장함으로 인해서 돈이 더 많이 필요하게 되었다.
- 금값이 상승함으로 인해 돌 반지를 선물하는 풍습이 사라지고 있다.

2 이 표현은 뒤에 오는 명사를 수식할 때는 '(으)로 인한'의 형태로 사용합니다.
欲以本文法修飾後方出現的名詞時，須以「(으)로 인한」的形態來使用。
- 겨울철에는 부주의로 인한 화재가 자주 발생합니다.
- 최근 10년 사이 교통사고로 인한 사망자가 5배나 증가했다고 합니다.

> **Tip**
> 부주의 疏忽
> 사망자 死者

3 '(으)로 인해서'는 '인해서'를 빼고 '(으)로'만으로 사용하기도 합니다.
亦可省略「-(으)로 인해서」中的「인해서」，僅使用「-(으)로」。
- 전쟁으로 인해서 고아가 많이 생겼습니다.
 = 전쟁으로 고아가 많이 생겼습니다.

💡 <주의> '(으)로'는 이유를 나타내는 것 외에 여러 의미가 있으므로 문맥에서 잘 파악하시기 바랍니다.
<注意>「(으)로」除了表原因、理由之外還有許多意義，請從文章脈絡妥善掌握其意義。

이럴 때는 어떻게 말할까요?

024.mp3

요즘 여러 가지 원인으로 건강이 안 좋아진 사람들이 많지요? 건강을 해치는 원인들은 무엇이 있을까요?

가 요즘 탈모 환자가 늘고 있다지요?
나 네, 스트레스로 인해 탈모 환자가 증가하고 있다고 해요.

> **Tip**
> 탈모 掉髮   아토피 過敏性皮膚炎   가려움증 搔癢症
> 수험생 考生   장시간 長時間

요즘 탈모 환자가 늘고 있다	스트레스 / 탈모 환자가 증가하고 있다
겨울철에는 아토피 증상이 심해지다	춥고 건조한 날씨 / 가려움증이 더 심해지다
수험생들 중에 허리가 아픈 사람들이 많다	장시간 잘못된 자세로 공부하다 / 허리에 문제가 많이 생기다

연습해 볼까요?

다음 이야기를 읽고 '(으)로 인해서'를 사용해서 대화를 완성하십시오.

세계 곳곳이 자연재해로 많은 피해를 입고 있다. 올여름 중국에서는 홍수가 발생해 수십억 원의 피해를 입었고 이와 반대로 아프리카는 극심한 가뭄에 시달리고 있다. 또한 남미에서는 지진이 나서 수십만 명의 사망자와 실종자가 생겼고 동남아시아에는 쓰나미가 덮쳐 막대한 피해를 입었다. 한편 지구 온난화 때문에 남태평양의 한 나라는 해수면이 상승해 섬의 일부가 물에 잠겼다고 한다.

가 세계 곳곳이 (1) **자연재해로 인해서** 많은 피해를 입고 있다지요?

나 네, 올여름에 중국은 (2) _____ 수십억 원의 피해를 입었대요.

가 중국과는 반대로 아프리카는 (3) _____ 물이 부족하다면서요?

나 네, 그렇대요. 참, 지난주에 남미에서 지진이 발생했다는 뉴스도 봤어요?

가 네, 봤어요. 이번에 발생한 (4) _____ 수십만 명의 사망자와 실종자가 생겼다고 해요.

나 그리고 얼마 전에는 (5) _____ 동남아시아의 나라들도 막대한 피해를 입었잖아요.

가 네, 그렇지요. 이젠 해외여행도 마음대로 못 하겠어요. 언제 어떤 자연재해가 발생할지 모르잖아요.

나 자연재해도 자연재해지만 지구 온난화도 문제예요. 남태평양의 한 나라는 (6) _____ 섬의 일부가 잠겼다고 하더라고요.

가 그래요? (7) _____ 해수면까지 상승하고 있군요. 그 나라 국민들은 정말 걱정이 많겠어요.

02 -는 통에

가 태민 씨, 왜 이렇게 피곤해 보여요?
나 아이가 밤새 우는 통에 한숨도 못 잤거든요.
가 그랬군요, 저는 남편이 밤새 코를 골아 대는 통에 잠을 못 잤는데요.
나 어디나 같이 사는 사람들이 문제군요, 하하.

문법을 알아볼까요?

이 표현은 어떤 부정적인 결과가 생기게 된 상황이나 원인을 나타낼 때 사용합니다. 대체로 복잡하고 정신없는 상황이나 상태 속에서 후행절의 일이 일어날 때 사용합니다. 동사에만 붙습니다.

本文法用於表示某負面結果生成的狀況或原因。通常用於「在複雜與慌亂的情形或狀態中，發生了後子句中的事件」時。此文法僅能連接動詞。

옆집에서 인테리어 공사를 하는 통에 공부를 하나도 못 했어요.
因為隔壁的裝潢工程，我完全沒辦法讀書。

아이들이 날마다 싸우는 통에 정신이 없어요.
孩子每天吵鬧，讓我昏頭轉向的。

파도가 거세서 배가 이리저리 흔들리는 통에 속이 울렁거렸다.
海浪太強，船搖搖晃晃的，害我一陣反胃。

도입 대화문 번역

가 泰民，你看起來怎麼這麼累？
나 因為孩子整晚都在哭，我根本都沒睡啊。
가 原來如此，我是因為先生整晚都在打呼，睡不著。
나 不管在哪，一起住的人都是個問題啊，哈哈。

더 알아볼까요?

1 이 표현은 후행절에 명령형과 청유형을 쓸 수 없습니다.
本文法的後子句中不能使用命令形與建議形。
- 아이가 자꾸 움직이는 통에 사진을 찍지 마세요. (×)
- 아이가 자꾸 움직이는 통에 사진을 찍지 맙시다. (×)
→ 아이가 자꾸 움직이는 통에 사진을 찍을 수가 없어요. (○)

2 이 표현은 부정적인 결과를 가지고 오는 원인과 함께 쓰이기 때문에 긍정적인 상황에서 사용하면 어색합니다.
本文法與帶來負面結果的原因一起使用,故在正面的狀況下使用會相當不自然。
- 아침마다 운동하는 통에 건강해졌어요. (×)
→ 아침마다 운동해서 건강해졌어요. (○)

3 이 표현은 명사 다음에 사용할 때도 있는데 '전쟁', '장마', '난리' 등 매우 제한적인 단어와 함께 사용됩니다.
本文法有時亦有接在名詞之後的情況,但只能與「전쟁」、「장마」、「난리」等極度有限的單字一起使用。
- 전쟁 통에 가족을 잃어버렸어요.
- 장마 통에 집이 물에 잠겼어요.

4 이 표현은 대체로 정신을 차릴 수 없는 상황에서 어떤 일이 일어날 때 사용하지만 부정적인 결과를 가져오는 일반적인 상황에도 많이 쓰입니다.
本文法通常是在無法集中精神的狀況下發生某事件時使用,但也常被用在帶來負面結果的一般狀況中。
- 환율이 오르는 통에 여행을 취소했어요.
- 버스를 잘못 타는 통에 반대 방향으로 한참을 갔어요.

비교해 볼까요?

원인이나 이유를 나타내는 표현 중에 부정적인 결과를 가지고 오는 것으로 '-는 통에' 외에도 '-는 탓에', '-는 바람에'가 있습니다. 이 셋은 다음과 같은 차이가 있습니다.
在說明原因或理由的文法中帶來負面結果的，除了「-는 통에」之外還有「-는 탓에」、「-는 바람에」。這三個文法的區別如下：

-는 통에	-는 탓에	-는 바람에
주로 복잡하고 정신없는 상황이 원인. 原因主要在於複雜與慌亂的狀況。	부정적인 일이 생기게 된 원인. 導致負面事件的原因。	외부적, 예상하지 못한 원인. 外在的、無法預料的原因。 전혀 기대하지 못했거나 예상 밖의 좋은 결과의 원인. 帶來並未期待或超乎意料之好結果的原因。
• 아내가 돈을 어디에 썼냐며 꼬치꼬치 캐묻는 통에 진땀깨나 흘렸다.	• 낮에 커피를 많이 마신 탓에 잠이 안 온다.	• 지하철에서 소매치기를 당하는 바람에 돈이 하나도 없다. • 인터넷에 올린 동영상이 인기를 끄는 바람에 여기저기서 인터뷰 요청이 많이 들어오고 있다.

Tip
꼬치꼬치 캐묻다 追根究底
진땀깨나 흘리다 滿頭大汗

이럴 때는 어떻게 말할까요?

여러 사람들이 같이 있는 공간에서는 다른 사람들이 불쾌하지 않도록 서로 예절을 지켜야 하지요? 여러분은 어떤 사람들을 보면 얼굴을 찌푸리게 되시나요?

가 : 아이들이 뛰어다니는 통에 밥이 코로 들어가는지 입으로 들어가는지 모르겠네요.
나 : 저도 그래요. 식당에서는 부모들이 아이들을 못 뛰게 해야 하는 거 아닌가요?

Tip
얼굴을 찌푸리다 愁眉苦臉
들락날락하다 進進出出

아이들이 뛰어다니다 / 밥이 코로 들어가는지 입으로 들어가는지 모르겠다	식당에서는 부모들이 아이들을 못 뛰게 하다
옆 사람이 계속 들락날락하다 / 영화에 전혀 집중이 안 되다	영화가 시작되면 다른 사람들에게 방해가 안 되도록 조심하다
아랫집 아저씨가 술에 취해 소리를 질러 대다 / 도통 잠을 못 자겠다	한밤중에는 이웃 사람들을 위해서 좀 조용히 하다

연습해 볼까요?

生字·表現 p.392

다음 [보기]에서 알맞은 표현을 골라 '-는 통에'를 사용해서 이야기를 완성하십시오.

보기	야근하다	조르다	나가자고 떼를 쓰다
	불이 나다	울려 대다	짜증을 내다

(1) 케빈 씨는 요즘 연말이라 무척 바빴습니다. 그래서 밤마다 **야근하는 통에** 친구들은커녕 가족들도 못 볼 때가 많았습니다.

(2) 요즘 가족들에게 소홀했던 게 미안했던 케빈 씨는 모처럼 가족들과 외식을 하러 갔습니다. 그런데 식당에서 아이가 _____ _____ 제대로 식사를 할 수가 없었습니다.

(3) 하는 수 없이 대충 식사를 하고 식당에서 나왔습니다. 아내가 백화점에서 살 게 있다고 해서 백화점으로 가는데 근처 빌딩에서 _____ 길이 너무 막혔습니다.

(4) 평소보다 1시간이나 더 걸려 백화점에 도착을 했습니다. 백화점에 가니까 아이가 장난감을 사 달라고 _____ 쇼핑도 오래할 수 없었습니다.

(5) 하루 종일 힘들어서 집에 들어가서 좀 쉬려고 했는데 회사에서 문제가 생겼다며 전화가 계속 오는 것이었습니다. 전화가 쉴 새 없이 _____ 케빈 씨는 정신이 하나도 없었습니다.

(6) 거기다 아내마저 휴일에 집에서까지 일을 한다며 케빈 씨에게 _____ 케빈 씨는 너무 피곤하고 힘들었습니다.

62

03 (으)로 말미암아

가 김재호 선수가 최근 소속 팀을 바꾸었지요?
나 네, 감독과의 불화에다 경기에서의 부진으로 말미암아 다른 팀으로 이적을 하게 되었다고 하더라고요.
가 그렇군요. 그런데 이전 팀에서는 그렇게 부진하더니 최근 이적한 팀에서는 연속으로 골을 다섯 번이나 넣는 선전을 했잖아요.
나 맞습니다. 그래서 그동안의 부진 때문에 떨어졌던 몸값이 최근의 선전으로 말미암아 몇 배는 올랐다고 합니다.

문법을 알아볼까요?

이 표현은 선행절의 어떤 현상이나 사물이 원인 또는 이유가 되어 후행절에 어떤 결과가 생길 때 사용합니다.
本文法用於表示前子句的某種現象或事物為原因或理由,導致了後子句的結果。

예전에는 명절 때만 되면 주부들이 많은 음식 준비로 말미암아 온몸이 녹초가 되곤 했다.
過去,在過年和其他節日時,家庭主婦經常因為準備各種美食而感到疲憊不堪,身體無力。

현대인들은 바쁜 일상으로 말미암아 가족조차도 함께 모여 식사하기가 쉽지 않다.
現代人因為忙碌的日常生活,就連和家人聚在一起吃頓飯都不容易。

한국인은 짜고 맵게 먹는 식습관으로 말미암아 다른 나라 사람들보다 위장병 발병률이 높다고 한다.
據說因為韓國人好鹹辣的飲食習慣,以致腸胃疾病的發病率比其他國家的人還要高。

도입 대화문 번역

가 金載浩選手最近換了所屬隊伍是吧?
나 是啊,據說因為與教練不合,加上比賽戰績也不佳,就轉到其他隊伍去了。
가 原來如此。不過他在前一個隊伍中戰績那麼差,最近在新東家中卻表現極佳,連續踢進五球呢。
나 沒錯。所以聽說他在前段時間因戰績低迷而下跌的身價,又因為最近的好成績而倍數翻漲了。

더 알아볼까요?

1 이 표현 앞에 동사나 형용사가 올 때는 '-(으)ㅁ으로 말미암아'의 형태로 사용합니다.
本文法前出現形容詞或動詞時，以「-(으)ㅁ으로 말미암아」的形態使用。
- 중동 지역의 정세가 불안함으로 말미암아 유가가 몇 달째 계속 상승하고 있다.
- 농촌 인구가 감소함으로 말미암아 학생 수가 줄어 농촌의 몇몇 학교가 문을 닫을 형편에 놓여 있다.

> **Tip**
> 정세 情勢
> 유가 油價
> 농촌 農村

2 어떤 것이 원인이나 근거가 되었다는 의미로 쓰일 때는 '(으)로부터 말미암다' 또는 '에서 말미암다'로 사용됩니다.
表示「某種事物成為原因或根據」時，以「-(으)로부터 말미암아」或「에서 말미암아」的形態使用。
- 루이스 씨가 역사에 관심을 갖게 된 계기는 서점에서 우연히 접한 작은 책자로부터 말미암는다.
路易斯對歷史產生興趣的契機源自於在書店裡偶然翻到的一本小冊子。
- 그들의 이러한 결정은 상대 회사의 입장을 이해하지 못하는 데에서 말미암은 것이다.
他們會做出這樣的決定，是因為無法理解對方公司立場所致。

이럴 때는 어떻게 말할까요?

028.mp3

최근 사회가 많이 변화하고 있습니다. 사회 변화에 영향을 주는 원인은 무엇이고 그 결과로 나타난 현상은 무엇일까요?

가 요즘 나이 드신 분들이 꽤 일을 많이 하시는 것 같아요.
나 고령 인구의 증가로 말미암아 은퇴 이후에도 계속 일을 하는 사람들이 늘고 있대요.

> **Tip**
> 거세다 猛烈
> 소셜 네트워크 서비스(SNS) 社群網路
> 도미노 현상 骨牌效應
> 다문화 가정 多元文化家庭

나이 드신 분들이 꽤 일을 많이 하시다	고령 인구의 증가 / 은퇴 이후에도 계속 일을 하는 사람들이 늘다
제3세계에서 민주화 운동이 거세다	소셜 네트워크 서비스 확대 / 제3세계에 민주화 도미노 현상이 일어나다
다문화 가정이 많아졌다	세계화 / 국제결혼에 대한 가치관이 변화하면서 다문화 가정이 증가하다

연습해 볼까요?

다음 그림을 보고 '(으)로 말미암아'를 사용해서 대화를 완성하십시오.

(1) [늪지대의 개발 때문에……]
가 최근 늪지대 개발이 많아지고 있는데 어떻게 생각하십니까?
나 **늪지대의 개발로 말미암아** 철새 서식지가 줄어들고 있습니다. 철새의 서식지를 보존하려면 무분별한 개발을 중지해야 할 것입니다.

(2) [폭설로 인해……]
가 구조 작업은 어떻게 진행되고 있습니까?
나 _____ 구조 작업에 어려움을 겪고 있습니다. 눈이 그치면 본격적인 수색 작업이 재개될 것 같습니다.

(3) [탈수 현상 탓에……]
가 이 선수는 왜 쓰러진 것입니까?
나 _____ 경기 도중 쓰러졌습니다.

(4) [경제 위기가 지속되어……]
가 요즘 실업률이 크게 증가하고 있는데 그 원인은 무엇입니까?
나 최근 _____ 실업률이 빠르게 증가하고 있습니다.

(5) [부상으로……]
가 최우진 사장님은 젊은 시절에는 레슬링을 하셨는데 진로를 바꾸게 된 계기가 있으십니까?
나 레슬링 경기 도중 부상을 당했습니다. 그때의 _____ 인생의 방향을 바꾸게 된 것입니다.

(6) [죄를 지어……]
가 아담과 이브가 에덴동산에서 쫓겨난 이유가 무엇입니까?
나 그들이 _____ 에덴동산에서 쫓겨나게 되었지요.

04 -느니만큼

가 여러분, 드디어 우리 회사가 신도시 개발 프로젝트를 따냈습니다.
나 사장님, 정말 잘됐어요. 큰돈이 걸린 일**이니만큼** 경쟁이 아주 치열했잖아요.
가 그렇지요. 모두 그동안 열심히 해 준 여러분 덕분입니다.
나 계약을 어렵게 따**냈으니만큼** 저희도 더 열심히 뛰겠습니다.

문법을 알아볼까요?

이 표현은 선행절이 후행절의 이유나 근거가 됨을 나타낼 때 사용합니다.
本文法用於表示「前子句為後子句的理由或根據」。

	A	V	N이다
과거/완료	-았으니만큼/었으니만큼		였으니만큼/이었으니만큼
현재	-(으)니만큼	-느니만큼	(이)니만큼

손님들이 돈을 많이 내고 먹**느니만큼** 서비스에 좀 더 신경을 쓰는 게 좋겠어요.
顧客付了很多錢來用餐,在服務上也希望你們多用點心。

출산일이 얼마 남지 않**았으니만큼** 준비할 게 많겠어요.
離預產期也沒多久了,要準備的事情應該很多吧。

회사의 중요한 행사**니만큼** 직원들 모두 적극 참여해 주십시오.
這是公司重要的活動,請全體員工積極參與。

도입 대화문 번역

가 各位,我們公司終於爭取到新市鎮開發案了。
나 社長,真的太好了。這份工作牽涉到巨額款項,競爭不是非常激烈嗎?
가 是啊,這都要歸功於各位這段時間的努力付出。
나 好不容易才爭取到這份合約,我們也會更加努力工作的。

더 알아볼까요?

1 이 표현은 큰 의미 차이 없이 '-는 만큼'과 바꾸어 쓸 수 있습니다.
本文法可與「-는 만큼」交替使用，意義沒有太大的差異。
- 손님들이 돈을 많이 내고 먹는 만큼 서비스에 좀 더 신경을 쓰는 게 좋겠어요.
- 출산일이 얼마 남지 않은 만큼 준비할 게 많겠어요.

2 이 표현은 같은 명사를 두 번씩 반복하여 쓰는 경우도 있는데 이때는 그 상황 안에서 명사가 의미하는 바를 강조하여 말하는 것입니다.
本文法有時會有重複使用兩次相同名詞的情況，此時是強調該狀況中名詞所表示的意義。

가 친구와 동남아에 가려고 하는데 여름옷을 사려면 어디로 가야 할까요?
나 지금 겨울이잖아요. 계절이 계절이니만큼 여름옷을 구하기가 쉽지는 않을 거예요.
가 영업 일을 하시니까 사람들을 많이 만나시겠네요.
나 네, 직업이 직업이니만큼 사람들을 많이 만나게 돼요.

비교해 볼까요?

이 표현은 이유를 나타낸다는 점에서 '-(으)니까'와 같지만 '-느니만큼'은 선행절의 비중을 고려하여 후행절의 행동이나 상태가 일어남을 의미한다는 점에서 차이가 납니다.
本文法在表示理由上與「-(으)니까」是一樣的，但「-느니만큼」是先考慮前子句的比重後，才有後子句中的行為或狀態，在這層意義上是不同的。

-(으)니까	-느니만큼
• 사장님의 기대가 크니까 더 열심히 하십시오. ☞ 사장님의 기대가 크다는 이유를 말하고 있습니다. 陳述事件的理由為「社長的期待很高」。	• 사장님의 기대가 크니만큼 더 열심히 하십시오. ☞ 사장님의 기대와 비례하여 더 열심히 해야 한다는 의미입니다. 즉, 사장님의 기대가 크면 클수록 더 열심히 일해야 하고 사장님의 기대가 작으면 작을수록 덜 열심히 일해도 됨을 의미하고 있습니다. 意指該努力的程度與社長的期待值成比例。也就是社長的期待越大，就要越認真工作；而社長的期待越小，則不須太努力工作也無妨。

이럴 때는 어떻게 말할까요?

외국 여행을 가게 되면 미리 알아 둬야 할 것도 많고 준비해야 될 것도 많지요? 외국 여행을 가는 친구에게 어떻게 조언하면 좋을까요?

가 얼마 전에 그 나라에 갔다 오셨잖아요. 준비해 가야 할 게 있으면 좀 알려 주세요.

나 가시는 곳이 자외선이 강하니만큼 자외선 차단 제품은 꼭 가지고 가도록 하세요.

Tip
자외선 차단 제품 防曬產品　노출이 심하다 過於暴露
삼가다 節制　　　　　　　고대 유적지 古代遺址
보전되다 被維護

준비해 가야 할 게 있다	자외선이 강하다 / 자외선 차단 제품은 꼭 가지고 가다
조심해야 할 게 있다	이슬람 국가이다 / 노출이 심한 옷은 삼가다
갈 만한 곳이 있다	고대 유적지가 잘 보전되어 있는 곳이다 / 고대 유적지는 꼭 돌아보다

연습해 볼까요?

生字·表現 p.392

1 '-느니만큼'을 사용해서 같은 뜻이 되도록 문장을 바꾸십시오.

(1) 세계 정상들이 모이는 자리라서 엄청난 수의 경찰들이 배치되었다.
→ **세계 정상들이 모이는 자리니만큼** 엄청난 수의 경찰들이 배치되었다.

(2) 그 나라에는 이민자가 많기 때문에 이민자를 위한 여러 제도가 잘되어 있다.
→ _____ 이민자를 위한 여러 제도가 잘되어 있다.

(3) 요즘 전국적으로 오디션 열풍이 뜨겁다. 그로 인해서 가수뿐만 아니라 배우, 아나운서까지 다 오디션으로 뽑는다.
→ _____ 가수뿐만 아니라 배우, 아나운서까지 다 오디션으로 뽑는다.

(4) 이번 행사가 외국에서 열리다 보니 시간, 거리, 비용 등 여러 가지 제약이 많다.
→ _____ 시간, 거리, 비용 등 여러 가지 제약이 많다.

(5) 최근 세계 문화유산으로 등재되었으니까 관광객들이 몰릴 것으로 예상된다.
→ _____ 관광객들이 몰릴 것으로 예상된다.

2 다음 [보기]에서 알맞은 표현을 골라 '-느니만큼'을 사용해서 대화를 완성하십시오.

| 보기 | 아이들이 먹는 것이다 | 우리나라와 지리적으로 가깝다 | 때가 때이다 |
| | 그쪽 분야에서 오래 일했다 | 온 국민이 축구에 열광하다 | |

(1) 가 어떤 재료가 들어 있는지 꼼꼼하게 살펴보시네요.
나 **아이들이 먹는 것이니만큼** 몸에 나쁜 게 있는지 잘 살펴봐야지요.

(2) 가 이 나라에서 어떤 사업을 하면 잘될까요?
나 _____ 축구 관련 사업을 하면 어떨까요?

(3) 가 일본어 배우시나 봐요.
나 일본이 _____ 간단한 회화 정도는 배워 두는 게 좋을 것 같아서요.

(4) 가 김 대리한테 이번 일을 맡겨도 될까요?
나 _____ 믿고 맡겨도 될 것 같아요.

(5) 가 과일 값이 엄청 비싸네요.
나 명절 전이잖아요. _____ 가격이 비쌀 수밖에 없죠.

05 -는 이상

가 여양 씨는 우리 회사가 마음에 안 드나 봐요. 지각도 잦고 일도 불성실하게 하더라고요.
나 회사가 마음에 안 들어도 우리 회사 직원으로 일하**는 이상** 열심히 일해야지요.
가 그렇죠. 그런데 이번 프로젝트가 예상보다 시간이 많이 걸리는 것 같던데 다음 주까지 끝낼 수 있겠어요?
나 계약서에 그렇게 하기로 서명을 한 **이상** 무슨 일이 있어도 끝내야죠.

문법을 알아볼까요?

이 표현은 선행절의 내용이 이미 정해졌거나 확실하므로 어떻게 해야 한다거나 어떤 상황이 당연하다는 것을 나타냅니다. 즉, '이미 그렇게 된 상황에서는' 또는 '그렇게 되고 있는 상황에서는'을 의미합니다.

本文法用於表示「由於前子句的內容已經決定或相當明確，因而該怎麼做或會發生什麼狀況都是理所當然的」。也就是指「處於已成定局的狀況中」或是「處於正在成型的狀況中」。

	A	V	N이다
과거/완료	-	-(으)ㄴ 이상	-
현재	-(으)ㄴ 이상	-는 이상	인 이상

국민의 대부분이 반대하**는 이상** 정부도 계속 이 일을 추진할 수는 없을 것이다.
既然大部分民眾表示反對，政府也將無法繼續推動這件事。

부장님의 비리를 알게 된 **이상** 그냥 가만히 있을 수는 없었습니다.
既然得知了部長的舞弊行為，就無法坐視不管。

정신병자가 아닌 **이상** 그런 일을 할 리가 없지요.
他既然不是精神病患者，就沒有做那種事的道理。

도입 대화문 번역

가 呂楊好像對我們公司不是很滿意。經常遲到，工作也不實在。
나 就算對公司不滿意，既然身為我們公司的員工，就該認真工作吧？
가 就是啊。不過這次的企劃案花的時間好像超出預期，下星期應該可以完成吧？
나 既然已經在合約上簽名同意這樣進行，無論如何都要完成。

이럴 때는 어떻게 말할까요?

리더가 되는 것은 쉽지 않은 일이지요? 책임감도 따르고요. 리더가 된 다음엔 어떤 변화가 따를까요?

가 케빈 씨는 팀장이 되고 나서 대하기가 불편해진 것 같아요.

나 팀장이 된 이상 예전처럼 직원들과 편하게 농담을 주고받을 수는 없겠지요.

Tip
철저하다 徹底　　가장 家長　　엄격하다 嚴格
책임지다 負責　　건성건성 草率

032.mp3

팀장이 되고 나서 대하기가 불편해졌다	팀장이 되었다 / 예전처럼 직원들과 편하게 농담을 주고받다
결혼하고 나서 돈 관리를 철저하게 하다	이제 한 집안의 가장이다 / 결혼하기 전처럼 마음대로 돈을 쓰다
프로젝트 책임자가 되고 나서 많이 엄격해졌다	자신이 모든 일을 책임져야 되다 / 일을 건성건성 하다

연습해 볼까요?

生字·表現 p.392

1 관계있는 것을 연결하고 '-는 이상'을 사용해서 문장을 완성하십시오.

(1) 한국 사람과 결혼했다 · · ㉠ 우리도 물건을 구입할 수가 없습니다

(2) 학생들을 가르치다 · · ㉡ 한국 문화에 익숙해지도록 노력해야지요

(3) 가격을 내리지 않다 · · ㉢ 교사로서 학생들에게 모범을 보여야 할 것이다

(4) 제품에서 하자가 발견되었다 · · ㉣ 좀 더 책임 있는 모습을 보여 줄 필요가 있다

(5) 한 나라의 대통령이다 · · ㉤ 제품 구매자들에게 적절한 보상을 해야 할 것이다

(1) ㉡ - 한국 사람과 결혼한 이상 한국 문화에 익숙해지도록 노력해야지요   .
(2) _____.
(3) _____.
(4) _____.
(5) _____.

2 다음 [보기]에서 알맞은 표현을 골라 '-는 이상'을 사용해서 대화를 완성하십시오.

> [보기]　　한 번이라도 신고 외출하다　　정치인의 아내이다
> 　　　　　기부를 하기로 마음먹다　　　어렵게 공부를 시작하다
> 　　　　　서식지로 판명되다

(1) 가 신발을 한 번 신고 나갔었는데 환불이 됩니까?
　　나 <u>한 번이라도 신고 외출한 이상</u> 환불은 불가능합니다.

(2) 가 너무 힘들어서 미술 공부를 포기하고 싶어요.
　　나 _____ 힘들어도 포기하면 안 되지요.

(3) 가 남편이 국회의원이다 보니 남편 때문에 가고 싶지 않은 모임도 많이 가야지요?
　　나 네, _____ 하고 싶지 않은 일도 해야 할 때가 많아요.

(4) 가 막상 기부를 하려니까 돈이 좀 아까운 것 같아요.
　　나 이왕 _____ 기쁜 마음으로 하면 좋을 것 같아요.

(5) 가 그 지역에 희귀 동물들이 많이 산다면서요?
　　나 네, 희귀 동물들의 _____ 무분별한 개발을 하지 않도록 조심해야 할 것입니다.

06 -기로서니

가 소피아 씨, 지난번에 바람맞혀서 미안해요.
나 아무리 바쁘**기로서니** 못 나온다고 전화도 못 해요?
가 그날 회사 일 때문에 정신이 없어서 연락을 못 했어요. 요즘 너무 힘들어서 회사를 그만뒀으면 좋겠다는 생각마저 들어요.
나 회사 일이 좀 힘들**기로서니** 그만둔다는 말을 그렇게 쉽게 하면 안 되지요.

문법을 알아볼까요?

이 표현은 선행절의 사실을 인정하지만 후행절의 일이 일어나기에는 그 이유나 조건이 충분하지 않음을 강하게 나타낼 때 사용합니다. 후행절에서 나타난 일이 정도에 지나치다는 느낌이 있으며 '아무리'와 같이 쓰는 경우가 많습니다.

本文法用於強烈地表示「雖然認同前子句的事實，但對後子句中事件的發生並沒有充分的理由或條件」。由於後子句中發生的事件有超過正常程度的意味，常與「아무리」一起使用。

	A/V	N이다
과거/완료	-았기로서니/었기로서니	였기로서니/이었기로서니
현재	-기로서니	(이)기로서니

가 이번에 한 실수로 회사에서 해고될까 봐 걱정돼 죽겠어요.
　我很怕會因為這次的失誤被公司解雇，真是擔心死了。
나 실수를 좀 **했기로서니** 그만한 일로 해고를 하겠어요?
　儘管你有失誤，但公司會為了這點小事就開除人嗎？

도입 대화문 번역

가 蘇菲亞，抱歉上次放妳鴿子。
나 不管再怎麼忙，會連打電話說你不能來都沒空嗎？
가 那天因為公司的事情忙得昏頭轉向，沒辦法跟妳聯絡。最近太累了，我甚至想過要辭職。
나 公司的事再怎麼累人，也不能那麼輕易就說出辭職這種話吧？

가 선영 씨가 우리가 생일 선물로 준 스카프를 자기 취향이 아니라면서 민아 씨에게 줬대요. 우리 앞에서는 그렇게 예쁘다고 하더니 말이에요.
聽說善英覺得我們在生日送她的那條圍巾不是她喜歡的類型，就轉送給敏兒了。她在我們面前還直說好看呢。

나 아무리 선물이 마음에 안 들기로서니 선물을 준 사람들의 성의가 있는데 정말 너무하네요!
禮物再怎麼不喜歡，也有送禮人的誠意在裡面啊，真的太過分了！

가 엄마, 내일 그 가수 콘서트에 꼭 가고 싶어요.
媽，明天那個歌手的演唱會我非去不可。

나 아무리 아이돌 가수가 좋기로서니 학교도 안 가고 콘서트에 가간다는 게 말이 되니?
不管有多喜歡偶像歌手，不去上學而跑去看演唱會像話嗎？

이럴 때는 어떻게 말할까요?

존경할 만한 정치인도 많지만 실망감을 주는 정치인도 많지요? 존경하기 힘든 정치인들을 볼 때 여러분은 어떻게 말하세요?

가 뉴스에서 보니까 국회에서 정치인들끼리 욕하며 싸우더라고요.

나 아무리 서로 의견이 다르기로서니 국회에서 막말을 해서는 안 되지요.

Tip
막말을 하다 說粗話　　　불법 행위 不法行為
눈감아 주다 睜一隻眼閉一隻眼　양심을 팔다 昧著良心

뉴스에서 보니까 국회에서 정치인들끼리 욕하며 싸우다	서로 의견이 다르다 / 국회에서 막말을 하다
선거철만 되면 양로원이나 고아원에 가는 정치인들이 많다	지지율을 높이고 싶다 / 외롭고 불쌍한 사람들을 이용하다
일부 정치인들이 돈을 받고 대기업의 불법 행위를 눈감아 줬다	돈이 좋다 / 국민의 존경을 받아야 하는 정치인이 양심을 파는 일을 하다

연습해 볼까요?

生字・表現 p.392

다음 그림을 보고 '-기로서니'를 사용해서 대화를 완성하십시오.

(1)
- 가 쓰레기봉투 값이 아까워서 그랬어요. 죄송해요.
- 나 **아무리 쓰레기봉투 값이 아깝기로서니** 놀이터에 쓰레기를 버리시면 어떻게 합니까?

(2)
- 가 급한 일이 생겨서 그만 신호를 어겼네요. 죄송합니다.
- 나 _____
  신호를 어기면 어떻게 합니까?

(3)
- 가 생활고에 시달리다 보니 남의 집을 털게 되었습니다. 죄송합니다.
- 나 _____
  남의 집을 털면 어떻게 합니까?

(4)
- 가 날씨가 너무 덥길래 웃통을 벗었어요. 이해해 주세요.
- 나 _____
  공공장소에서 웃통을 벗고 있으면 어떻게 합니까?

(5)
- 가 너무 담배가 피우고 싶어서 피웠습니다. 한 번만 봐 주세요.
- 나 _____
  _____?

(6)
- 가 주차할 데가 없길래 장애인 주차 공간에 주차했습니다. 죄송합니다.
- 나 _____
  _____?

07 -기에 망정이지

가 오늘 지각 안 했어요? 갑자기 폭설이 내리는 바람에 지각한 사람들이 많더라고요.
나 다른 날보다 일찍 출발했기에 망정이지 저도 지각할 뻔했어요.
가 우리 회사 임시 창고도 눈의 무게를 못 이기고 무너졌다면서요?
나 네, 창고 안에 아무도 없었기에 망정이지 정말 큰일 날 뻔했어요.

문법을 알아볼까요?

이 표현은 어렵고 당황스러운 일이 생겼지만 선행절의 내용 덕분에 다행히도 나쁜 결과가 생기지 않았음을 나타낼 때 사용합니다. 후행절에는 주로 '-았을/었을 거예요', '-(으)ㄹ 뻔했어요'와 같이 가정하는 말이 옵니다.

本文法用於表示「雖然發生了艱難且令人恐慌的事件，但多虧前子句的內容，才不至於產生不好的結果」。後子句通常會連接「-았을/었을 거예요」、「-(으)ㄹ 뻔했어요」等假設表現。

	A/V	N이다	
과거/완료	-았기에/었기에	였기에/이었기에	+ 망정이지
현재	-기에	(이)기에	

가 버스 정류장에서 펜션이 가깝다고 했는데 벌써 20분째 걷고 있잖아요.
   聽說公車站離度假村很近，但我們已經走了20分鐘欸。
나 오늘 날씨가 따뜻하기에 망정이지 어제처럼 추웠다면 저는 중간에 돌아갔을 거예요.
   幸好今天天氣很暖和，要是和昨天一樣冷的話，我走到一半就會調頭了。

도입 대화문 번역

가 妳今天沒遲到嗎？因為突然下起暴雪，遲到的人好多。
나 幸好我有比平常早出門，不然就要遲到了。
가 聽說我們公司的臨時倉庫也因為無法承載雪的重量而倒榻了？
나 是啊，幸好倉庫裡沒人，要不然就糟糕了。

76

가 컴퓨터가 바이러스를 먹었다면서요? 작업하던 문서는 안 날렸어요?
聽說你電腦中毒了？正在做的文件沒有不見吧？

나 USB에 따로 저장해 놨**기에 망정이지** 처음부터 다시 작성할 뻔했어요.
幸好我有把它另外儲存在USB裡，不然就要重新做一份了。

가 아침에 통장 잔고를 확인해 보니까 몇천 원밖에 안 남았더라고.
我早上確認了一下我的帳戶餘額，只剩下幾千塊了。

나 내가 돈 좀 아껴 쓰라고 그랬지? 오늘이 월급날**이기에 망정이지** 아니었으면 어쩔 뻔했어?
我是不是告訴過你錢要省點花？幸好今天是發薪日，不然你要怎麼辦啊？

더 알아볼까요?

'망정이지' 앞에 오는 '-기에'는 '-(으)니', '-아서/어서', '-(으)니까'로도 바꿔 쓸 수 있습니다.
「망정이지」前面連接的「-기에」可以與「-아서/어서」、「-(으)니까」交替使用。

- USB에 따로 저장해 놨기에 망정이지 처음부터 다시 작성할 뻔했어요.
 = USB에 따로 저장해 놨으니 망정이지 처음부터 다시 작성할 뻔했어요.
 = USB에 따로 저장해 놔서 망정이지 처음부터 다시 작성할 뻔했어요.
 = USB에 따로 저장해 놨으니까 망정이지 처음부터 다시 작성할 뻔했어요.

이럴 때는 어떻게 말할까요?

036.mp3

'소문난 잔칫집에 먹을 게 없다.'라는 말이 있지요? 소문과 달리 실상은 별 볼일 없을 때 어떻게 말할까요?

가 회사 앞 짬뽕집이 그렇게 맛있다고들 하던데 정말 소문대로던가요?

나 소문대로긴요. 배가 고팠기에 망정이지 아니었으면 많이 남겼을 거예요.

Tip
소문난 잔칫집에 먹을 게 없다 名不符實
일정을 잡다 安排行程
시간이 남아돌다 時間充裕

회사 앞 짬뽕집이 그렇게 맛있다	배가 고팠다 / 아니었으면 많이 남기다
그 드라마에 나왔던 여행지에 그렇게 볼 게 많다	하루로 일정을 잡았다 / 이틀로 잡았으면 시간이 남아돌다
태영 씨가 그렇게 통역을 잘하다	그 회사 직원이 한국말을 잘하다 / 그렇지 않으면 투자를 못 받다

연습해 볼까요?

生字·表現 p.392

다음을 보고 '-기에 망정이지'를 사용해서 문장을 완성하십시오.

	문제 상황	예상된 나쁜 결과	나쁜 결과가 생기지 않은 이유
(1)	어머, 바지가 찢어졌네.	창피했을 것이다.	이른 아침이라 길에 사람이 없었다.
(2)	뛰지 마!	항의했을 것이다.	아랫집 할머니가 귀가 어둡다.
(3)	부서 회식인데 이렇게 좁은 곳을…….	부서 사람들이 회식 장소에 다 못 들어갔을 것이다.	사람들이 많이 오지 않았다.
(4)	일주일째 독감…….	학교에 며칠 결석했을 것이다.	요즘 방학이다.
(5)	식사비가 엄청 많이 나왔네.	식사비로 한 달 용돈을 다 썼을 것이다.	할인 쿠폰이 있었다.
(6)	2시간이나 늦었잖아.	다른 사람들 같으면 화가 나서 가 버렸을 것이다.	친구 부부가 이해심이 많다.

(1) 이른 아침이라 길에 사람이 없었기에 망정이지 창피했을 것이다   .
(2) _____.
(3) _____.
(4) _____.
(5) _____.
(6) _____.

08 -(으)ㄴ답시고

가 피서 잘 다녀오셨어요?
나 빠른 길로 간답시고 모르는 길로 가다가 길을 잃어버려서 얼마나 고생을 했는지 몰라요.
가 아이고 저런. 모처럼 받은 휴가인데 기분이 많이 상하셨겠네요.
나 게다가 피서지에서는 바가지를 많이 씌우니까 돈을 아낀답시고 음식을 싸 갔는데 날씨가 더워서 다 상해 버렸지 뭐예요.

문법을 알아볼까요?

이 표현은 '-(으)ㄴ다고 해서' 또는 '-(으)ㄴ다는 이유로'의 의미로, 후행절의 행동이나 상태가 나타나게 된 근거나 이유를 나타낼 때 씁니다. 보통 어떤 일을 제대로 하려고 했는데 의도와는 달리 그 결과가 못마땅하거나 만족스럽지 못함을 빈정거리는 투로 말할 때 사용합니다. 동사에만 붙습니다.

本文法是「-(으)ㄴ다고 해서」或「-(으)ㄴ다는 이유로」的意思，用來表示後子句的行動或狀態發生的根據或理由。通常以嘲諷的語氣表示原本打算妥善進行的事件，發展結果卻不如預期中順利圓滿。此表現只能連接動詞。

컴퓨터를 고쳐 본답시고 다 뜯어 놓더니 더 못 쓰게 만들었다.
我原本說要修理電腦，就把它解體了，結果搞得更加無法使用。

세호 씨는 자기 사업을 한답시고 가게를 차렸는데 6개월도 안 돼 가게 문을 닫고 말았다.
世浩說什麼要創業就開了一家店，但不到6個月店舖就倒閉了。

영진이는 풍경 사진을 찍는답시고 들로 산으로 놀러만 다니더니 성적이 밑바닥이다.
永鎮說什麼要拍風景照，光顧著遊山玩水，成績卻跌到了谷底。

도입 대화문 번역

가 避暑之旅還順利嗎？
나 我原想抄近路過去，就走了一條不認識的路，但走到一半卻迷路了，真是累到不行。
가 哎唷怎麼這樣，難得的休假欸，心情一定很受影響吧。
나 再加上避暑的地方很坑人，我想說要省錢就自帶食物過去，卻因為天氣太熱居然全都壞掉了。

더 알아볼까요?

1 이 표현은 단순히 어떤 상태나 행동 혹은 사건이 못마땅하거나 만족스럽지 못할 때도 사용합니다. 이때는 동사 외에도 형용사와 명사 모두 사용할 수 있습니다.
本文法也可以單純用來表達對某種狀態、行動、事件的不滿。此時除了動詞之外，形容詞與名詞也都可以使用。
 • 아들이 기침 조금 하는 것 가지고 <u>아프답시고</u> 학교에 못 가겠대요.
 • 친구가 <u>선물이랍시고</u> 자기가 입던 옷을 주더라고요.

2 이 표현은 말하는 사람이 자신의 행동에 대해 겸손하게 말할 때도 사용합니다. 이때는 '-(으)ㄴ답시고 -았는데/었는데'의 형태로 많이 쓰입니다.
本文法也可以在話者對自己的行為表示謙虛時使用。此時常會以「-(으)ㄴ답시고 -았는데/었는데」的形態呈現。
 • 제 딴에는 열심히 <u>한답시고</u> 했는데 결과가 잘 나올지 모르겠어요.
 • 예쁜 걸로 <u>고른답시고</u> 골랐는데 마음에 드셨으면 좋겠어요.

> **Tip**
> 제 딴에는 依我看

이럴 때는 어떻게 말할까요?

038.mp3

부모들은 아이들이 하는 행동이 마땅치 않을 때가 한 번쯤은 있을 텐데요. 어떤 경우에 그럴까요?

가 요즘 우리 집 아들은 속만 썩이는데 그 집 아들은 어때요?

나 말도 마세요. 얼마 전에는 <u>영어를 배운답시고 미국 드라마를 새벽 3시까지 보더라고요.</u>

> **Tip**
> 동영상 影片　강의 課程
> 치 ~份　학원을 끊다 報名補習班

영어를 배우다 / 미국 드라마를 새벽 3시까지 보다
동영상 강의를 듣다 / 컴퓨터를 사 놓고 게임만 하다
공부하다 / 학원을 3개월 치나 끊어 놓고 일주일도 안 나가다

연습해 볼까요?

生字・表現 p.392

다음 그림을 보고 '-(으)ㄴ답시고'를 사용해서 문장을 완성하십시오.

(1) 저녁을 차릴게. / 부엌에 가더니 재료 준비만 2시간째 하고 있네.

(2) 수학을 가르쳐 줄게. / 동생을 데리고 가더니 가르치기는커녕 동생을 울리고 있네.

(3) 방 정리를 할 거야. / 옷을 다 꺼내더니 방만 더 어지럽혀 놓았네.

(1) 오빠는 저녁을 차린답시고 부엌에 가더니 재료 준비만 2시간째 하고 있다.

(2) 오빠는 _____.

(3) 오빠는 _____.

(4) 그림 연습을 할 거야. / 태블릿 피시를 사 놓고 밤새 웹툰만 보고 있네.

(5) 쿠키를 팔아 용돈을 벌 거야. / 잔뜩 만들어 놓고 하나도 팔지 못해 결국 가족들이 다 먹고 있네.

(6) 친구들과 같이 학교 숙제를 할 거야. / 친구들을 불러 놓고 세 시간 넘게 연예인 얘기만 하고 있네.

(4) 동생은 _____.

(5) 동생은 _____.

(6) 동생은 _____.

81

09 -(으)ㅁ으로써

가 어제 텔레비전에 가수 이명민 씨가 나온 거 봤어요?

나 네, 봤어요. 백 명이 넘는 가난한 아이들을 도와주고 있다는 얘기가 참 감동적이더라고요.

가 한 달에 2~3만 원 정도를 기부함으로써 빈곤층 아이들의 삶을 변화시킬 수 있다잖아요.

나 네, 하루에 커피 한 잔 값을 아낌으로써 누군가의 삶을 달라지게 하는 건 정말 멋진 일인 것 같아요.

문법을 알아볼까요?

이 표현은 선행절의 동작이 수단이나 방법 또는 이유가 되어 후행절의 동작이나 상황이 생길 때 사용합니다. 동사의 명사형 '-(으)ㅁ'에 '수단이나 방법'을 나타내는 조사 '으로써'가 붙은 말입니다. 글말에서 많이 사용합니다.

本文法用於表示前子句的動作為一種手段、方法或理由，後子句的動作或狀況因而發生。這是在動詞的名詞形「-(으)ㅁ」之後連接表示「手段或方法」的助詞「으로써」。在書面語中經常使用。

이번 이식 수술이 성공을 함으로써 수많은 암 환자들이 희망을 갖게 되었다.
這次移植手術的成功，讓無數癌症患者燃起了希望。

선거에 참여함으로써 민주 시민의 권리와 책임을 수행할 수 있다.
透過參與選舉，可以行使民主社會公民的權利與責任。

지난달에 노사 협상을 타결 지음으로써 회사의 오래된 문제가 해결됐다.
上個月的勞資協商達成了協議，公司存在已久的問題得以解決。

도입 대화문 번역

가 妳昨天有看到歌手李明敏上電視嗎？
나 有啊，有看到。他幫助了一百多個貧困孩子的故事，真的很令人感動。
가 一個月捐出2～3萬韓元左右，就能改變貧困孩子的人生呢。
나 是啊，一天省下一杯咖啡的錢，就能讓一個人的人生改變，真的是一件很棒的事情。

비교해 볼까요?

1 '-(으)ㅁ으로써'는 수단이나 방법을 나타내는 반면 '-(으)므로'는 원인이나 이유를 나타냅니다.
「-(으)ㅁ으로써」是表示手段或方法，而「-(으)므로」則是表示原因或理由。

-(으)ㅁ으로써	-(으)므로
수단, 방법 手段、方法 • 수영 씨는 춤을 춤으로써 스트레스를 해소한다.	원인, 이유 原因、理由 • 수영 씨는 높은 신발을 신고 춤을 추므로 발목 부상이 많다.

💡 <참조> 22장 기타 유용한 표현들 01 '-(으)므로, -(으)나, -(으)며'.

2 명사 다음에 오는 '(으)로써'와 '(으)로서'는 형태는 비슷하지만 다음과 같은 면에서 의미의 차이가 납니다.
連接在名詞後的「-(으)로써」與「-(으)로서」兩者形態雖相似，但以下幾個層面上的意義是有所差異的：

(으)로써	(으)로서
도구, 수단, 방법 工具、手段、方法 • 싸우지 말고 대화로써 문제를 풀어 가도록 합시다. • 그 가수는 '그리움'이라는 노래로써 이름을 날리게 되었다.	지위, 신분, 자격 地位、身份、資格 • 지훈 씨는 우리나라의 대표로서 국제회의에 참석했다. • 동수 씨는 친구로서는 좋지만 배우자로서는 별로예요.

이럴 때는 어떻게 말할까요?

040.mp3

정부에 대해 불만을 가질 때도 많지만 정부가 하는 일이 자랑스러울 때도 있지요? 여러분은 언제 정부가 자랑스러우신가요?

가 우리나라에서 세계 정상 회의가 개최된다지요?
나 네, 그렇습니다. 이번 정상 회의를 개최함으로써 국제 사회에 우리나라의 위상을 한층 더 높일 수 있을 거라고 예상됩니다.

Tip
위상 威望　　남미 南美　　FTA(자유 무역 협정) 自由貿易協定
체결하다 簽訂　　조성하다 建造　　탄소 배출 排放碳

우리나라에서 세계 정상 회의가 개최되다	이번 정상 회의를 개최하다 / 국제 사회에 우리나라의 위상을 한층 더 높일 수 있을 거라고 예상되다
우리나라가 남미 국가들과 FTA를 체결하게 되었다	남미 국가들과 FTA를 체결하다 / 남미에 전자 제품 수출이 증가될 것으로 기대되다
정부가 새로 조성하는 공원에서는 전기 차와 자전거만 이용하게 하다	전기 차와 자전거만 이용하게 하다 / 탄소 배출을 줄일 것으로 생각되다

연습해 볼까요?

生字·表現 pp.392-393

1 관계있는 것을 연결하고 '-(으)ㅁ으로써'를 사용해서 문장을 완성하십시오.

(1) 웃음은 면역 세포의 기능을 높여 주다   •   • ㉠ 수십만 명의 목숨을 앗아간 내전이 막을 내리게 되었다

(2) 그 나라의 독재자가 사망했다   •   • ㉡ 질병의 예방과 치료에 도움이 된다고 하다

(3) 정부로부터 투자를 받았다   •   • ㉢ 신제품 개발에 가속도가 붙을 예정이다

(4) 외국인을 배우자로 맞이하는 사람들이 증가하다   •   • ㉣ 다문화 가정에 대한 사회적 관심도 높아지고 있다

(1) ㉡ - 웃음은 면역 세포의 기능을 높여 줌으로써 질병의 예방과 치료에 도움이 된다고 한다.
(2) _____.
(3) _____.
(4) _____.

2 다음 [보기]에서 알맞은 표현을 골라 '-(으)ㅁ으로써'를 사용해서 대화를 완성하십시오.

> [보기] 저소득층에게 건강 보험료를 지원하다   비상근무 체제를 운영하다
>   직접 작곡한 곡을 들려 드리다   정기적으로 건강 검진을 하다

(1) 기자   시장님, 최근 저소득층의 의료비 부담이 큰데 어떻게 개선하실 생각이신가요?
    시장   <u>저소득층에게 건강 보험료를 지원함으로써</u> 의료비에 대한 경제적 부담을 줄여 줄 계획입니다.

(2) 기자   암 환자의 완치율을 높이려면 어떻게 하는 것이 좋을까요?
    의사   _____ 조기에 암을 발견하면 완치율을 높일 수 있습니다.

(3) 기자   주말에 폭우가 예보되어 있는데 이에 대한 특별한 대책이 있으십니까?
    소방청
    관계자 _____ 재난 발생 시 신속하게 대처할 수 있도록 대비하고 있습니다.

(4) 기자   임선우 씨, 이번 팬 미팅에서 새로운 것을 보여 줄 계획이라면서요?
    배우
    임선우 네, _____ 또 다른 모습을 보여 드릴 예정입니다.

84

10 -기에

가 김소희 씨, 부장님께 보고서 제출했습니까?
나 아까 제출하러 갔었는데 부장님께서 회의 중이시기에 못 드렸습니다.
가 그랬군요. 그런데 지난번에 얘기한 기계는 언제 구입할 예정이지요?
나 알아보니까 가격이 많이 올랐기에 가격이 좀 내리면 구입하려고 하고 있습니다.

문법을 알아볼까요?

이 표현은 선행절의 내용이 후행절의 원인이나 이유, 근거를 나타낼 때 사용합니다. 주로 글말과 격식적인 상황에서 많이 사용합니다.
本文法用於表示前子句內容為後子句的原因、理由或根據。主要用在書面語與正式場合中。

	A/V	N이다
과거/완료	-았기에/었기에	였기에/이었기에
현재	-기에	(이)기에
추측	-겠기에	(이)겠기에

마감 일을 못 맞추겠기에 소희 씨에게 좀 도와 달라고 했다.
因為無法配合截稿日期，我就請昭熙幫忙了。

각계각층의 사람들이 모금 활동에 적극 참여했기에 목표 금액을 쉽게 달성할 수 있었다.
因為各階層人士積極參與募款活動，我們很輕鬆便達到了目標金額。

그 책은 경제 원리에 대해 그림으로 쉽게 설명하고 있기에 아이들이 경제 개념을 익히기에 좋다.
那本書用插圖簡單地說明了經濟原理，很適合讓孩子們去認識經濟概念。

도입 대화문 번역

가 金昭熙小姐，報告書提交給部長了嗎？
나 我剛剛過去提交了，但是部長在開會，所以沒辦法交給他。
가 原來如此。不過上次提過的機具預計什麼時候採購呢？
나 我去打聽了一下，價格上漲太多了，所以我打算等價格略為下滑時再採購。

더 알아볼까요?

1. 이 표현은 다른 사람에게서 들은 내용이 후행절의 행동을 하는 이유나 원인이 될 때는 '-(느)ㄴ다기에'로 사용합니다.
   本文法若表示從其他人那邊聽來的內容為進行後子句行動的理由或原因，則以「-(느)ㄴ다기에」的形態使用。
   - 비가 온다기에 우산을 들고 나왔는데 맑기만 하네요.
   - 친구가 인삼을 먹어 보라기에 먹어 봤는데 저한테는 잘 안 맞더라고요.

2. 이 표현은 후행절에 명령형이나 청유형은 오지 않습니다.
   本文法的後子句不使用命令形或建議形。
   - 가격이 싸기에 하나 더 살까요? (×)
   - 가격이 싸기에 하나 더 사세요. (×)
   → 가격이 싸기에 하나 더 살까 해요. (○)

이럴 때는 어떻게 말할까요?

살다 보면 주위 사람들에게 싫은 소리를 하게 될 때가 있지요? 직장 내에서는 어떤 경우에 아랫사람들에게 싫은 소리를 하게 될까요?

가: 얼마 전에 사무실 사람들에게 한마디 하셨다면서요?

나: 네, 최근에 지각들이 하도 잦기에 한마디 좀 했습니다.

Tip
싫은 소리 刺耳的話　잦다 頻繁
한마디 하다 責備 (說一句 / 唸一句)
뭐라고 하다 責備 (說了些什麼 / 唸了些什麼)
덜렁대다 冒冒失失

얼마 전에 사무실 사람들에게 한마디 하다	최근에 지각들이 하도 잦다 / 한마디 좀 하다
오전에 김 대리한테 뭐라고 하다	꼼꼼하지 못하고 하도 덜렁대다 / 뭐라고 좀 하다
어제 동현 씨한테 싫은 소리를 하다	지난번에 하라고 한 보고서를 아직 못 끝냈다 / 싫은 소리 좀 하다

연습해 볼까요?

1 다음 [보기]에서 알맞은 단어를 골라 '-기에'를 사용해서 신문 기사를 완성하십시오.

보기   비슷하다   적다   바쁘다   높다   있다

암도 닮는다

한 가족 내에 암에 걸리는 비율이 10년 전보다 2배 이상 증가했는데 특히 생활 습관과 관련 있는 암이 증가하고 있다. 가족끼리는 유전적 요인 외에도 생활 습관이 (1) **비슷하기에** 가족 중에 암 환자가 있다면 특별히 더 조심할 필요가 있다.

귀국 김윤이, "일단 쉬고 싶어요."

세계 선수권 대회를 끝내고 귀국한 김윤이 선수는 그동안 올림픽이며 세계 선수권 대회며 빡빡한 일정을 소화하느라 눈코 뜰 새 없이 (2) _____ 한국에 돌아가면 우선 가족과 친구들을 만나고 싶다고 밝혔다.

카페인 많은 에너지 음료, 자주 마시면 '독'

피로 회복에 도움이 된다는 입소문이 돌면서 에너지 음료를 찾는 사람들이 늘고 있다. 그러나 일반 음료에 비해 에너지 음료는 카페인 함량이 (3) _____ 과용하면 건강에 좋지 않은 영향을 미칠 수 있다.

꿈을 설계하라

세계 유명 회사의 CEO 송연호 씨는 지금의 성공에 대해 이렇게 말한다. "지금 일하고 있는 분야에서 최고가 되고 싶다는 꿈이 (4) _____ 대학 시절부터 다양한 인턴 경력을 통해 나만의 경쟁력을 키웠고, 그것이 성공의 발판이 되었다."

삶을 즐기는 소비 계층, 싱글족의 지갑을 열어라

최근 싱글들을 위한 제품들이 쏟아져 나오고 있다. 싱글들은 가족 부양에 대한 부담이 (5) _____ 자기표현이라든가 자기 투자에 대한 관심이 굉장히 높다. 과거에는 가족 전체를 위한 제품들이 주를 이뤘다면 최근에는 싱글들을 위한 제품들이 주를 이루고 있다. 매출도 전년 대비 약 20% 성장했다.

2 다음 그림을 보고 '-(느)ㄴ다기에'를 사용해서 대화를 완성하십시오.

(1) 홍삼이 몸에 좋아요.

가 홍삼을 드시네요.
나 네, 홍삼이 **몸에 좋다기에** 얼마 전부터 먹고 있어요.

(2) 폭설이 내리겠습니다.

가 주말에 스키 타러 간다고 하지 않으셨어요?
나 일기예보에서 _____ 다음 주로 연기했어요.

(3) 브라질에서 왔어요.

가 이번 회의 때 포르투갈어 통역을 소피아 씨한테 맡겼다면서요?
나 네, 소피아 씨가 _____ 해 달라고 했어요.

(4) 다음 달부터 라면 가격이 오르겠습니다.

가 라면을 왜 이렇게 많이 사셨어요?
나 다음 달부터 _____ 미리 좀 샀어요.

(5) 반품하시면 택배비를 내셔야 합니다.

가 지난번에 구입한 옷을 반품한다더니 했어요?
나 반품하면 _____ 그냥 입기로 했어요.

11 -길래

가 이거 프랑스 초콜릿이네요. 휴가 때 프랑스에 다녀오셨나 봐요.
나 네, 친정어머니가 손자를 보고 싶어 하시**길래** 가족들과 프랑스에 다녀왔어요.
가 얼마 만에 고향에 가신 거였어요?
나 1년 만이었어요. 오래간만에 가서 그런지 부모님께서 무척 좋아하시더라고요. 근처에 사는 친척들도 우리를 본다고 왔**길래** 가까운 곳으로 가족 여행도 다녀왔어요.

문법을 알아볼까요?

이 표현은 말하는 사람이 후행절의 동작을 하게 된 이유나 원인 또는 근거를 선행절에서 나타낼 때 사용합니다. 이때 후행절에서 말하는 사람이 한 행동의 원인이나 근거는 자신이 의도한 것과는 상관이 없이 다른 사람 혹은 외부적 상황 때문에 하게 되는 것을 의미합니다.

本文法用於話者於前子句表示後子句中動作的理由、原因、根據。此時話者做出後子句中之行為的原因或根據與本身的意圖無關，是由於他人或外在因素。

	A/V	N이다
과거	-았길래/었길래	였길래/이었길래
현재	-길래	(이)길래
추측	-겠길래	(이)겠길래

날씨가 덥**길래** 에어컨을 틀었어요.
天氣太熱，所以我就把空調打開了。

도입 대화문 번역

가 這是法國的巧克力呢。看來妳放假去了趟法國吧。
나 是啊，娘家的母親說想念孫子，所以我就跟家人去了趟法國。
가 妳多久沒回家鄉了呢？
나 有一年了。可能是因為很久沒回去了，父母親真的非常開心。住附近的親戚也有過來看我們，所以也去近郊家族旅行了呢。

태풍이 와서 바람이 심하게 불길래 약속을 취소하고 집에 있었어요.
因為颱風來了，風勢很大，所以我就取消了約會待在家。

외국 신문에 재미있는 기사가 났길래 번역해서 내 블로그에 올렸다.
外國報紙上有一則很有趣的報導，所以我就把它翻譯出來放到部落格上了。

더 알아볼까요?

1. 이 표현은 다른 사람에게서 들은 내용이 후행절의 행동을 하는 이유나 원인이 될 때는 '-(느)ㄴ다길래'로 사용합니다.
   本文法用於表示由他人處聽來的內容為後子句中行為的理由或原因，以「-(느)ㄴ다길래」的形態表示。
   - 같은 반 친구가 한국어 공부가 어렵다길래 요즘 도와주고 있어요.
   - 주말에 친구가 우리 집에 놀러 온다길래 음식을 만들려고 장을 좀 봤어요.

2. 이 표현은 평서문의 경우, 선행절과 후행절의 주어가 같으면 안 됩니다. 후행절의 주어는 항상 말하는 사람(1인칭)이 되어야 하며, 선행절의 주어는 2인칭이나 3인칭이 되어야 자연스럽습니다.
   本文法若是陳述句時，前子句與後子句的主語不得相同。後子句的主語永遠必須是話者（第一人稱），而前子句的主語必須是第二人稱或第三人稱才自然。
   - 아이가 준비물을 놓고 갔길래 (내가) 학교에 갖다 주고 왔어요.
   - 남편이 계속 자고 있길래 (내가) 깨웠어요.

   그러나 후행절에서 말하는 사람이 어떤 행동을 한 이유가 말하는 사람 자신이 의도한 것이 아님을 나타낼 때는 선행절에 1인칭 주어를 쓸 수 있습니다.
   但是當後子句中話者做出某種行為的理由並非出自話者本身的意圖時，前子句便可以使用第一人稱作為主語。
   - (내가) 현금이 없길래 은행에 가서 돈을 좀 찾아왔어요.
   - (나는) 유럽 여행을 하다가 우연히 한국 사람을 만났길래 값이 싸고 안전한 숙소가 어디인지 물어봤다.

3. 이 표현은 평서문의 경우, 후행절에는 동사만 올 수 있습니다.
   當本文法是陳述句時，後子句只能接動詞。
   - 그 가게에서 파는 액세서리가 특이하길래 사람이 많아요. (×)
     → 그 가게에서 파는 액세서리가 특이하길래 (내가) 샀어요. (○)
     → 그 가게에서 파는 액세서리가 특이하기에 사람이 많아요. (○)

   그러나 의문문의 경우에는 동사와 형용사 모두 올 수 있습니다.
   但是在疑問句時，動詞與形容詞皆可使用。
   - 요즘 뭐 하시길래 그렇게 바쁘세요?
   - 민수 씨가 어떻길래 모두들 그 사람을 싫어하는 거예요?

4 이 표현은 평서문의 경우, 후행절에 오는 동사의 시제는 과거나 현재 진행형이어야 하며 미래 시제는 올 수 없습니다. 그러나 '-(으)려고 하다'와 같은 의지나 의도를 나타내는 표현은 올 수 있습니다.
當本文法出現在陳述句時，後子句的動詞時制必須為過去或現在進行時制，不能連接未來時制。但是可以連接「-(으)려고 하다」等表達意志或意圖的表現。
- 약속 시간까지 1시간 정도 남았길래 서점에 가서 책을 좀 볼 거예요. (×)
  → 약속 시간까지 1시간 정도 남았길래 서점에 가서 책을 좀 봤어요. (○)
  → 약속 시간까지 1시간 정도 남았길래 서점에 와서 책을 좀 보고 있어요. (○)
  → 약속 시간까지 1시간 정도 남았길래 서점에 가서 책을 좀 보려고 해요. (○)

5 이 표현은 후행절에 명령형, 청유형이 올 수 없습니다.
本文法的後子句不可以是命令形或建議形。
- 사람들이 요즘 이 책을 많은 읽는 것 같길래 도서관에서 빌릴까요? (×)
  → 사람들이 요즘 이 책을 많은 읽는 것 같길래 도서관에서 빌립시다. (×)
  → 사람들이 요즘 이 책을 많은 읽는 것 같길래 도서관에서 빌렸어요. (○)

6 이 표현은 추측이나 추정을 할 때는 '-길래' 앞에 '-겠-'뿐만 아니라 '-(으)ㄹ 듯하다'도 쓸 수 있습니다.
本文法若表示推測或估計時，「-길래」前除了可以使用「-겠-」，還可以使用「-(으)ㄹ 듯하다」。
- 지하철역 앞에서 파는 치킨이 맛있겠길래 한 마리 사 왔어요.
- 지하철역 앞에서 파는 치킨이 맛있을 듯하길래 한 마리 사 왔어요.

7 이 표현은 의문문의 경우, 평서문과는 달리 선행절과 후행절의 주어가 일치해도 되고 일치하지 않아도 됩니다. 그리고 선행절과 후행절에 1인칭을 제외한 2인칭과 3인칭을 모두 쓸 수 있습니다. 그리고 선행절에는 '왜, 언제, 누구(누가), 무엇, 어떻게, 얼마나, 무슨, 어느, 어떤'과 같은 의문사가 반드시 와야 합니다.
當本文法在疑問句時，前子句與後子句的主語可以是相同的，也可以是不同的。且前後子句的主語除了第一人稱之外，第二人稱與第三人稱都可以使用。此外，前子句中必須要有「왜、언제、누구(누가)、무엇、어떻게、얼마나、무슨、어느、어떤」等疑問詞。
- 오늘 누구를 만나길래 이렇게 예쁘게 차려 입었어요?
- 무슨 일이 있었길래 얼굴이 이렇게 안 좋아요?
- 도대체 어떤 곳이길래 너도나도 가고 싶어 하는 거야?

8 이 표현은 보통 입말에서 사용하며, 글말에서는 큰 의미 차이 없이 '-기에'로 바꿔 쓸 수 있습니다. 그러나 '-길래'가 '-기에'에 비해 문법적 제약이 많으므로 사용할 때 많은 주의가 필요합니다.
本文法通常在口語中使用，書面語中可以替換成「-기에」，意義沒有太大的差異。但是「-길래」在文法上的限制比「-기에」多，使用時須多加留意。
- 날씨가 덥기에 에어컨을 틀었어요.
- 태풍이 와서 바람이 심하게 불기에 약속을 취소하고 집에 있었어요.

💡 <참조> 4장 원인과 이유를 나타낼 때 10 '-기에'.

이럴 때는 어떻게 말할까요?

물건을 사거나 무엇인가를 하려고 돈을 지불한 후에 이런저런 이유로 환불을 받는 경우가 있지요? 여러분은 어떤 경우에 환불을 받으세요?

가 소희 씨, 한 달이나 사용한 세탁기를 새 제품으로 교환했다면서요?

나 네, 계속 고장이 나더라고요. 세 번 이상 고장이 나면 새 제품으로 교환이 가능하다길래 바꿨어요.

Tip
전액 全額　　　　측 ~方
추가 비용 額外費用　일등석 頭等艙

한 달이나 사용한 세탁기를 새 제품으로 교환했다	계속 고장이 나다 / 세 번 이상 고장이 나면 새 제품으로 교환이 가능하다 / 바꾸다
학원비를 환불받았다	강의가 별로 마음에 안 들다 / 강의가 만족스럽지 못하면 전액 돌려주다 / 환불받다
이번 출장에서 돌아오면서 일등석을 탔다	비행기 예약이 잘못되어 있다 / 항공사 측의 실수라 추가 비용 없이 바꿔 주다 / 일등석으로 타고 오다

연습해 볼까요?

生字·表現 p.393

1 다음 [보기]에서 알맞은 표현을 골라 '-길래'를 사용해서 대화를 완성하십시오.

보기
열이 나다　　　　하도 맛있게 먹다　외출 중이다
들어왔다　　　　네티즌들의 평이 괜찮다

(1) 가 여보, 오늘은 아기가 잘 놀았어? 감기는 좀 나아진 것 같아?
　　나 아침에 **열이 나길래** 약을 좀 먹였더니 괜찮아졌어요.

(2) 가 김 대리 만났어요?
　　나 사무실에 가니까 ＿＿＿＿＿＿＿＿＿＿ 메모만 남기고 왔어요.

(3) 가 오늘 누구 만나요?
　　나 네, 유학 간 친구가 잠깐 ＿＿＿＿＿＿＿＿＿＿ 만나려고요.

(4) 가 이번에 개봉하는 중국 영화 보러 간다면서요?
　　나 인터넷을 보니까 ＿＿＿＿＿＿＿＿＿＿ 보기로 했어요.

(5) 가 원래 밀가루 음식을 안 드시지 않았어요?
　　나 어제 준호 씨가 칼국수를 ＿＿＿＿＿＿＿＿＿＿ 저도 한번 먹어 보려고 시켰어요.

2 다음 그림을 보고 '-길래'를 사용해서 대화를 완성하십시오.

(1) 가 뭘 이렇게 많이 산 거예요?
 나 **딸기 한 팩을 사면 한 팩을 더 준다길래** 욕심을 부렸더니 너무 많이 샀나 봐요.

(2) 가 보험은 절대 가입 안 한다더니 보험 설계사는 왜 만나려고 해요?
 나 며칠 전에 _____ 갑자기 불안해져서 상담이나 해 보려고요.

(3) 가 여보, 루이가 울면서 나가던데 당신이 뭐라고 했어요?
 나 그 녀석이 쓸 일이 많다면서 _____ 야단을 쳤어요.

(4) 가 이번에 그 회사에서 출시되는 차가 1억이나 한다면서요?
 나 _____ 그렇게 비싼 거예요?

(5) 가 아이를 납치해서 5천만 원을 요구했던 사람이 잡혔다면서요?
 나 _____ 어린아이까지 납치하는 건지 모르겠네요.

單元 4 확인해 볼까요?

生字·表現 p.393

※ 〔1~2〕 다음 밑줄 친 부분과 바꾸었을 때 의미가 가장 비슷한 것을 고르십시오.

1 아무리 성공을 하고 <u>싶기로서니</u> 학력을 위조하면 어떻게 합니까?

① 성공을 하고 싶으니만큼 ② 성공을 하고 싶다고 해도
③ 성공을 하고 싶음으로써 ④ 성공을 하고 싶을망정

2 눈이 많이 <u>내렸다기에</u> 다른 날보다 일찍 집에서 나왔어요.

① 내릴 둥 말 둥 하니까 ② 내림으로써
③ 내린다고 치고 ④ 내렸다고 해서

※ 다음 ( )에 알맞은 것을 고르십시오.

3 이번 개발 사업은 침체된 지역 경제에 획기적인 변화를 ( ) 지역 경제를 살리고 활기를 불어넣어 줄 것으로 기대되고 있다.

① 가져다줌으로써 ② 가져다주길래
③ 가져다주기로서니 ④ 가져다주는 통에

※ 다음 ( )에 들어갈 수 <u>없는</u> 것을 고르십시오.

4 가 왜 그 선수가 월드컵에 못 나가게 된 거지요?
    나 ( ) 월드컵에 출전하지 못하게 되었대요.

① 발목 부상 때문에 ② 발목 부상으로 말미암아
③ 발목 부상이 있기에 망정이지 ④ 발목 부상으로 인해

※ 〔5~6〕 다음 중 밑줄 친 부분이 <u>틀린</u> 것을 고르십시오.

5 ① 도로에서 시위를 <u>하는 통에</u> 길이 많이 막혔다.
    ② 그 식당은 음식이 <u>맛있길래</u> 손님들이 많습니다.
    ③ 민수 씨는 <u>사업 실패로 인해</u> 큰 어려움을 겪었다.
    ④ 그가 회사를 그만둔 것은 건강 <u>악화로 말미암은</u> 것이다.

6 ① 남편은 주식으로 돈을 <u>번답시고</u> 투자해 놓고 손해만 봤다.
    ② 소매치기가 <u>많은 통에</u> 지갑을 잃어버리지 않도록 조심하세요.
    ③ 급한 일이 <u>아닌 이상</u> 근무 시간에 사적인 전화는 삼가 주세요.
    ④ 시험이 며칠 안 <u>남았으니만큼</u> 더 집중해서 공부하도록 하세요.

單元 5

가정 상황을 나타낼 때
表示假設狀況時

　　본 장에서는 가정을 나타낼 때 사용하는 말을 공부합니다. 가정이란 사실이 아니거나 또는 사실인지 아닌지 분명하지 않은 것을 임시로 그렇다고 인정하는 것을 말합니다. 초급에서는 '-(으)면, -아도/어도'를, 중급에서는 '-(느)ㄴ다면, -았더라면/었더라면, -(으)ㄹ 뻔하다'를 배웠습니다. 초급과 중급에서 배운 표현들은 같은 가정 상황이라도 의미 차이를 쉽게 알 수 있지만 고급에서 배우는 표현들은 의미 차이가 거의 없어 구별하기가 쉽지 않으므로 맥락을 통해서 의미를 이해할 수 있도록 유의해서 사용하시기 바랍니다.

　　本單元中要學習的是表示假設狀況時所使用的說法。假設指的是並非事實，或是將尚未確定是否為真者暫且承認之。初級階段我們曾經學過「-(으)면、-아도/어도」；中級階段則學過「-(느)ㄴ다면、-았더라면、-았더라면、-(으)ㄹ 뻔했다」等。在初級與中級學到的文法，我們都能夠輕易分辨假設情境中的意義差異。但是在高級階段學習的文法幾乎沒有意義上的差別，難以區分，所以使用時須格外注意，才能透過前後文的脈絡來理解其意義。

01 -더라도　　　　04 -(으)ㄹ망정
02 -(으)ㄹ지라도　　05 -(느)ㄴ다고 치다
03 -(으)ㄴ들　　　　06 -는 셈치다

01 -더라도

가 이번에 드디어 히말라야 에베레스트 등반을 성공하셨는데요. 그동안의 실패로 부담이 많이 되셨을 것 같은데 어떠셨습니까?

나 이번에 또 실패하**더라도** 다음에 다시 도전하겠다는 각오로 갔기 때문에 그리 큰 부담은 없었습니다.

가 갑작스러운 눈사태로 아주 위험한 상황까지 갔었다고 들었는데요. 그럼에도 불구하고 계속 산에 오르시는 특별한 이유가 있나요?

나 산을 오르면서 많은 것을 배웠습니다. 거대한 자연 앞에서의 겸손함, 도전 정신, 특히 정상을 정복한 순간의 그 기분은 뭐라 말할 수가 없습니다. 그게 위험을 무릅쓰**더라도** 제가 산을 포기할 수 없는 이유지요.

문법을 알아볼까요?

이 표현은 선행절의 내용을 가정하여 인정하지만 그것과는 상관없이 후행절의 내용이 됨을 의미할 때 사용합니다. 선행절에는 단순하게 가정한 내용 혹은 현재 상황을 인정하는 내용이 옵니다. '아무리'와 자주 어울려서 사용됩니다.

本文法用於表示「假設且承認前子句的內容，但後子句的內容與之無關」。前子句的內容為單純的假設或承認現狀。此文法常與「아무리」搭配使用。

	A/V	N이다
과거/완료	-았더라도/었더라도	였더라도/이었더라도
현재	-더라도	(이)더라도

도입 대화문 번역

가 您這次終於成功登上喜馬拉雅山聖母峰了。過去的失敗想必造成您很大的壓力吧？

나 因為這次我是抱著就算失敗，下次也要再挑戰的覺悟前往聖母峰的，所以並沒有太大的壓力。

가 聽說您這次因為突如其來的雪崩而陷入非常危險的狀態中。有什麼特別的理由讓您即便如此仍不放棄往上爬呢？

가 在登山的過程中我學到很多。包括在大自然面前的那份謙遜、挑戰精神，尤其是征服頂峰那一剎那的心情，簡直是言語無法形容的。這就是我即便冒著危險也無法放棄登山的理由。

지금은 그 일을 끝내기가 어려워 보이더라도 끝까지 포기하지 말기를 바랍니다.
雖然這件事在現階段看來很難完成，但還是希望你不要放棄，堅持到最後。

내가 손해를 보는 일이 있더라도 다른 사람에게 피해를 주는 일은 하고 싶지 않다.
即便吃了虧，我也不想去做害人的事情。

그 사람이 그 일에 대해서 부정적으로 평가를 내렸더라도 저는 그 일을 계속할 거예요.
即便他對那件事有負面的評價，我也會繼續做下去。

비교해 볼까요?

이 표현은 '-아도/어도'와 바꿔 쓸 수 있지만 다음과 같은 차이가 있습니다.
本文法可與「-아도/어도」交替使用，但兩者之間仍有以下差異：

-아도/어도	-더라도
'-더라도'보다 가정의 느낌이 약할 때, 실현 가능성이 높을 때 사용합니다. 假設的感覺較「-더라도」弱、實現的可能性較高時使用。 • 남들이 뭐라고 해도 신경 쓰지 말고 소신껏 일을 추진해 나가세요. ☞ 남들이 뭐라고 할 가능성이 높습니다. 別人會說些什麼的可能性高。	'-아도/어도'보다 가정의 느낌이 강할 때, 실현 가능성이 적을 때 사용합니다. 假設的感覺較「-아도/어도」強、實現的可能性較低時使用。 • 남들이 뭐라고 하더라도 신경 쓰지 말고 소신껏 일을 추진해 나가세요. ☞ 남들이 뭐라고 할지 확실하게는 모르는 느낌이 있습니다. 有「不太確定別人是否會說些什麼」的感覺。

이럴 때는 어떻게 말할까요?

Tip
당장 立刻、馬上　　처리하다 處理　　익히다 學會
상대방 對方　　거래처 客戶　　돈벌이 賺錢

046.mp3

사회생활을 하다 보면 여러분에게 조언을 구하는 사람들이 있지요?
여러분이라면 어떻게 조언해 주시겠어요?

(이것도 좀 도와줘요.) (또?)

가 회사 동료가 자기가 맡은 일을 자꾸 도와 달라고 하는데 거절하면 관계가 불편해질까 봐 어떻게 해야 할지 모르겠어요.

나 당장은 관계가 불편해지더라도 자신의 업무를 스스로 처리하는 법을 익히는 것도 필요하니까 상대방을 위해서도 앞으로는 거절하는 게 좋을 것 같아요.

회사 동료가 자기가 맡은 일을 자꾸 도와 달라고 하는데 거절하면 관계가 불편해지다	당장은 관계가 불편해지다 / 자신의 업무를 스스로 처리하는 법을 익히는 것도 필요하니까 상대방을 위해서도 앞으로는 거절하다
거래처 직원을 좋아하게 됐는데 고백하면 거절을 당하다	거절을 당하다 / 나중에 후회하는 것보다 고백을 하다
영화 관련 일이 너무 좋아서 하고 싶은데 사람들 말대로 돈벌이가 안 되다	처음에는 돈을 많이 못 벌다 / 좋아하는 일을 열심히 하다 보면 돈도 따라오는 법이니까 하고 싶은 일을 하다

연습해 볼까요?

生字・表現 p.393

1 다음 [보기]에서 알맞은 표현을 골라 '-더라도'를 사용해서 대화를 완성하십시오.

> 보기   사다   선배이다   말했다   불편하시다

(1) 가 아니, 오이 하나 사면서 벌써 몇 분째 고민하고 있어요?
 나 요즘같이 고물가 시대에 작은 것 하나를 **사더라도** 가격 비교는 필수예요.

(2) 가 요즘 진이 씨가 아이 문제로 힘들어하길래 생각해서 몇 마디 조언을 해 줬더니 기분 나빠하더라고요.
 나 아무리 좋은 의도로 _____ 듣는 사람이 받아들일 준비가 안 되어 있으면 조언의 의미가 없지요.

(3) 가 도대체 얼마나 더 여기에서 기다려야 하는 거예요?
 나 지금 차가 고장이 나서 그러니까 고칠 동안만 _____ 조금만 참아 주세요.

(4) 가 김 선배는 나보다 두 살 어리지만 대학교는 2년 선배야.
 나 아무리 자기가 _____ 형이 두 살이나 많은데 반말을 하는 건 듣기 안 좋네요.

2 다음 [보기]에서 알맞은 표현을 골라 '-더라도'를 사용해서 이야기를 완성하십시오.

> 보기   바쁘다   귀찮게 하다   거절하기 곤란하다
>   졸리시다   말을 걸다   초인종을 누르다

우리 엄마는 예쁜 잔소리꾼입니다. 아침마다 출근하는 아빠와 학교에 가는 나를 붙들고 잔소리를 하십니다.
"여보, 아무리 (1) **바쁘더라도** 점심은 꼭 제시간에 챙겨 드세요. 그리고 (2) _____ 술 약속은 되도록 하지 마세요.
 훈이야, 길에서 모르는 사람이 (3) _____ 절대로 따라가면 안 된다. 그리고 친구가 (4) _____ 절대로 싸우면 안 된다. 또 집에 아무도 없을 때 누가 (5) _____ 절대로 문을 열어 주면 안 된다."
그럼, 저도 한마디 합니다.
"네, 엄마. 엄마는 (6) _____ 가스레인지 불 위에 냄비 올려놓고 주무시면 안 돼요."

02 -(으)ㄹ지라도

가 '세월'이라는 영화 봤어요? 지적인 분위기의 역할만 도맡아 하던 박혜경 씨가 할머니 역으로 나오던데요.

나 그 역이 영화에서 아주 중요한 실마리를 가진 역할인데 비중도 적은 데다가 치매 환자 역할이라서 처음엔 그 역할 맡는 것을 꺼려했다고 하더라고요.

가 비록 관객들의 평은 엇갈릴 수 있**을지라도** 연기 변신을 시도했다는 점에서 저는 좋은 점수를 주고 싶어요.

나 저도요. 이미지 관리에 연연하는 몇몇 배우들과는 달리 자기 모습이 흉하게 나올**지라도** 혼신의 힘을 다해 연기를 하는 모습에 박혜경이라는 배우를 다시 보게 되었어요.

문법을 알아볼까요?

이 표현은 선행절의 상황이나 상태를 인정하거나 가정한다고 해도 후행절에 그것에 얽매이지 않은 상황 혹은 반대되는 상황을 나타낼 때 사용합니다. 선행절보다는 후행절의 의미를 강조할 때 사용하며 '비록'이나 '아무리'와 자주 어울려서 사용됩니다.

本文法用來表達「儘管承認或假設了前子句的情況或狀態，後子句的狀況也不會因此受到牽制或與前子句相互對立」。在欲強調後子句意義時使用，常與「비록」或「아무리」做搭配。

	A/V	N이다
과거/완료	-았을지라도/었을지라도	였을지라도/이었을지라도
현재	-(으)ㄹ지라도	일지라도

도입 대화문 번역

가 你有看過《歲月》這部電影嗎？朴慧京過去總是演出具有知性氣質的角色，這次卻扮演老太太呢。

나 這個角色在電影中雖握有最重要的線索，戲份卻非常少，而且還是個老年痴呆症患者，據說她一開始並不願意接演這個角色。

가 觀眾的評價可能會很兩極，但是就憑她嘗試轉型演出這點，我願意給予她高分評價。

나 我也是。朴慧京和那些執著於維持形象的演員不一樣，就算扮相醜陋，也竭盡全力去演出，令人刮目相看。

어떤 어려움이 닥칠지라도 낙망하지 않고 꿈을 이루기 위해 노력하겠습니다.
不論遇到怎樣的難關，我都不會灰心，將一直為夢想努力。

비록 승산은 없을지라도 도전도 해 보지 않고 포기한다는 건 말이 안 돼.
就算沒有勝算，不試著挑戰就放棄也太不像話了。

비록 하 선생님은 우리의 곁을 떠났을지라도 그분의 정신은 우리들의 마음속에 영원히 남아 있을 거예요.
雖然河老師離開了我們，但他的精神會永遠留在我們心中。

비교해 볼까요?

이 표현은 '-아도/어도', '-더라도'와 의미가 비슷하지만 다음과 같은 차이가 있습니다.
本文法雖然與「-아도/어도」、「-더라도」意思相近，但仍有下列幾點差異：

	-아도/어도	-더라도	-(으)ㄹ지라도
의미 비교 意義比較	선행절의 내용이 실현 가능성이 크다고 생각합니다. 認為前子句實現的可能性大。 • 비가 와도 바다에 나갈 것이다.	'-아도/어도'에 비해 선행절의 내용이 일어날 가능성이 거의 없거나 희박하다고 생각합니다. 與「-아도/어도」相較之下，認為前子句內容發生的可能性近乎於零或是非常渺茫。 • 혹시 내일 비가 오더라도 바다에 나갈 것이다.	'-아도/어도', '-더라도'에 비해 자신의 생각이나 의지를 강조해서 말할 때 사용합니다. 與「-아도/어도」、「-더라도」相較之下，偏向強調自己的想法或意志。 • 설령 내일 비가 오고 태풍이 올지라도 반드시 바다에 나갈 것이다.
어떤 상황을 가정할 때 假設某種狀況時	사용 가능. 可以使用 • 내가 실수를 했어도 정미는 화를 안 냈을 것이다. (○) • 내일 날씨가 안 좋아도 산에 올라가겠다. (○)	사용 가능. 可以使用 • 내가 실수를 했더라도 정미는 화를 안 냈을 것이다. (○) • 내일 날씨가 안 좋더라도 산에 올라가겠다. (○)	사용 가능. 可以使用 • 내가 실수를 했을지라도 정미는 화를 안 냈을 것이다. (○) • 내일 날씨가 안 좋을지라도 산에 올라가겠다. (○)
이미 일어났거나 현재의 사실 혹은 상태에 대한 경우 當事實、狀態已經發生或存在	사용 가능. 可以使用 • 어제 몸이 아팠어도 회의에 참석했다. (○) • 전화를 해도 받지 않아요. (○)	사용 불가능. 不可以使用 • 어제 몸이 아팠더라도 회의에 참석했다. (×) • 전화를 하더라도 받지 않아요. (×) 단, 후행절에 의지나 의무, 당위성에 대한 내용이 올 경우에는 사용할 수 있습니다. 但是，當後子句中出現與意志、義務、必要性相關的內容時，可以使用的。 • 상황이 어렵더라도 최선을 다하겠다. (○) • 지금 비바람이 몰아치더라도 출발해야 한다. (○)	사용 불가능. 不可以使用 • 어제 몸이 아팠을지라도 회의에 참석했다. (×) • 전화를 할지라도 받지 않아요. (×) • 상황이 어려울지라도 최선을 다하겠다. (○) • 지금 비바람이 몰아칠지라도 출발해야 한다. (○)

이럴 때는 어떻게 말할까요?

다른 사람의 반대에도 불구하고 어떤 사람에게 업무를 맡길 때가 있지요? 그 사람에게 일을 맡기는 이유는 무엇일까요?

가 태민 씨가 다른 사람들에 비해 **나이가 어린데** 팀장을 맡기면 잘할 수 있을까요?

나 비록 **나이는 어릴지라도 책임감도 강하고 이쪽 분야에서 일한 적도 있으니까** 잘해 낼 수 있을 겁니다.

Tip
분야 領域	실무 實務	관련 업무 相關業務
연수 研修	여리다 脆弱	결정적인 순간 關鍵時刻
판단력 判斷力	추진하다 推動	

나이가 어리다	나이는 어리다 / 책임감도 강하고 이쪽 분야에서 일한 적도 있다
실무 경험이 부족하다	실무 경험은 부족하다 / 관련 업무의 연수도 받았고 전공도 이쪽이다
마음이 여리다	마음은 여리다 / 결정적인 순간에는 정확한 판단력으로 강하게 추진해 나가다

연습해 볼까요?

生字・表現 pp.393-394

1 다음 [보기]에서 알맞은 표현을 골라 '-(으)ㄹ지라도'를 사용해서 대화를 완성하십시오.

| 보기 | 친한 사이이다 | 떨어지다 | 피할 수 있다 | 실수했다 |

(1) 가 내 친구가 이번에 자기 조카가 우리 회사에 입사 원서를 냈다고 잘 좀 봐 달라고 부탁하네. 거절할 수도 없고, 어떻게 하지?

나 아무리 **친한 사이일지라도** 그런 부탁은 해서도 안 되고 들어줘서도 안 되지.

(2) 가 제가 너무 큰 실수를 저지른 것 같아 죄송합니다.

나 사람은 누구나 다 실수할 수 있어. 다만 _____ 그걸 바로 인정하고 사과를 하는 것이 성숙한 행동 아니겠나?

(3) 가 이 신문 기사 좀 보세요. 한 설문 조사에서 성인의 70%가 문제가 생기면 현실에서 도피하고 싶다고 응답했대요.

나 저도 한때 그런 생각을 했었어요. 그런데 비록 당장의 상황은 _____ 그렇다고 문제가 해결되는 건 아니잖아요.

(4) 가 진수랑 쇼핑몰 사업한다면서? 진수도 디자인 쪽에 재능이 있었나?

나 아니, 진수가 디자인 감각은 좀 _____ 경영학을 전공해서 전반적인 운영 관리를 맡아서 해 주거든. 그래서 우린 팀워크가 잘 맞는 것 같아.

101

2 다음을 읽고 [보기]에서 알맞은 표현을 골라 '-(으)ㄹ지라도'를 사용해서 대화를 완성하십시오.

> [보기]
> 귀하다　　　　　비싸다　　　　　비난받을 수는 있다
> 잘못했다　　　　개성 존중의 시대이다　　건강에 좋다

DARAK 뉴스　스포츠　오늘의신문　라이브러리　날씨　　+Mobile
05.03 (금)　대구 17°C　주요뉴스▶　　섹션 핫이슈·시사 상식·언론사 뉴스·TV 편성표·뉴스스탠드·칼럼

요즘 '한 자녀 가정'이 추세이다. 그러나 외동 자녀들을 너무 귀하게만 키워 인성 및 사회성이 부족하다는 결과가 나오자 사랑의 체벌이 필요하다고 응답한 부모들이 늘고 있다고 한다.

가　자녀가 아무리 (1) **귀할지라도** 자녀에게 한 번도 사랑의 매를 들지 않는다는 건 있을 수 없는 일이에요. 귀하면 귀할수록 더 엄격하게 가르쳐야 하는 법이에요.

나　아무리 아이가 (2) _____ 말로 잘 타일러야지 매를 든다는 것은 말이 안 돼요. 아이들도 한 명의 인격체라고요.

DARAK 뉴스　스포츠　오늘의신문　라이브러리　날씨　　+Mobile
05.03 (금)　대구 17°C　주요뉴스▶　　섹션 핫이슈·시사 상식·언론사 뉴스·TV 편성표·뉴스스탠드·칼럼

요즘 격식이 사라지고 있다. 결혼식이나 장례식에도 예전에는 정장을 갖춰 입는 게 예의였으나 요즘은 청바지와 같은 편안한 옷차림 또는 화려한 옷차림, 심지어 운동복을 개성 있게 차려 입고 가는 사람들이 늘고 있다고 한다.

가　아무리 (3) _____ 중요한 날이니만큼 예의는 갖추어야 해요.

나　정장을 안 입었다고 해서 그 사람을 축하하지 않는 것은 아니잖아요. 예의가 아니라고 (4) _____ 단정하게만 입고 간다면 큰 문제는 아니라고 봐요.

DARAK 뉴스　스포츠　오늘의신문　라이브러리　날씨　　+Mobile
05.03 (금)　대구 17°C　주요뉴스▶　　섹션 핫이슈·시사 상식·언론사 뉴스·TV 편성표·뉴스스탠드·칼럼

요즘은 김밥에도 명품이 있다. 김밥 한 줄에 십만 원. 주인이 직접 뒷마당에서 재배하는 유기농 채소와 한방 재료로 하루에 딱 백 개만, 그것도 예약한 주문에 한해서만 만들며 만드는 과정은 인터넷을 통해 직접 볼 수 있다고 한다.

가　아무리 좋은 재료를 사용하여 (5) _____ 김밥이 십만 원이나 한다는 것은 너무해요.

나　요즘 김밥 전문점에서 파는 김밥 재료에 대해 말이 많은데 어떤 재료를 사용하는지도 모르는 음식을 먹느니 가격은 (6) _____ 몸에도 좋고 믿을 수 있는 음식을 먹어야지요.

03 -(으)ㄴ들

가 내 친구 김 사장 알지? 그 집 아이가 계속 몸이 아프다고 하는데 병원에 가서 진료를 해 봐도 특별한 병이 없다고 한대. 그래서 유명하다고 하는 병원은 여기저기 다 찾아다니는 모양이야.

나 부모들 마음이 다 그렇지요. 아이의 병이 나을 수만 있다면 무슨 일**인들** 못하겠어요?

가 루이랑 당신은 어때? 어디 특별히 아픈 데는 없지?

나 네, 우리는 아주 건강해요. 가족을 위해서 열심히 일하는 것도 좋지만 당신이야말로 건강에도 신경 좀 쓰세요. 아무리 돈이 많**은들** 건강을 잃는다면 무슨 소용이 있겠어요?

문법을 알아볼까요?

이 표현은 선행절의 어떤 조건을 가정해서 인정한다고 해도 후행절의 결과가 예상과 다른 내용임을 나타낼 때 사용합니다. 후행절에는 의미를 강조하기 위해서 '-겠어요?, -(으)ㄹ까요?' 등의 의문문 형식이 주로 사용됩니다. 그리고 '아무리'와 자주 어울려서 사용됩니다.

本文法用於表示，不管如何認定前子句假設的何種條件，後子句的結果還是與預想的內容有所不同。在後子句中，為強調其內容的意義常以「-겠어요?、-(으)ㄹ까요?」等疑問句形式來呈現。另外也常與「아무리」搭配使用。

아무리 예술적 재능이 뛰어난**들** 그 재능을 펼칠 기회가 없다면 무슨 소용이 있겠는가?
藝術上的才華再怎麼出眾，沒有施展長才的機會又有什麼用？

어려운 전문 용어들을 사용해서 말하는데 여러 번 설명한**들** 아이들이 알아듣겠어요?
你用艱深的專業術語來說明，就算反覆說明好幾次，孩子們會聽得懂嗎？

내가 그동안 사람들을 속여 왔다고 생각하는데 이제 와서 진실을 말한**들** 날 믿어 줄까?
我覺得自己過去一直在騙人，現在就算說出事實，還會有人相信我嗎？

도입 대화문 번역

가 妳知道我朋友金社長吧？他們家的孩子身體一直很不好，去醫院接受治療，醫院也說他沒有什麼特別的疾病。他們好像正在四處造訪知名的醫院呢。

나 天下父母心啊。只要孩子的病能痊癒，有什麼事做不到呢？

가 路易跟妳都還好嗎？沒有什麼不舒服的地方吧？

나 是的，我們都非常健康。為了家人努力工作是很好，但您也要注意自己的健康啊。錢再多，失去健康又有什麼用呢？

103

더 알아볼까요?

이 표현을 '-았던들/었던들'의 형태로 사용하면 과거의 일을 반대로 가정할 때 사용합니다. 선행절의 일이 이루어지지 않은 것에 대한 원망이나 아쉬움, 후회스러운 마음이 있을 때 사용합니다. 후행절에는 주로 '-(으)ㄹ 것이다, -(으)ㄹ 텐데'와 같은 추측 표현이 옵니다.

本文法以「-았던들/었던들」的形態呈現時，表示對過去發生的事做相反的假設。對前子句的事件未能實現有所埋怨或感到惋惜、後悔。後子句主要連接「-(으)ㄹ 것이다，-(으)ㄹ 텐데」等推測的表現。

- 부모님께서 돌아가시지 않았던들 이렇게 외롭지는 않았을 거예요.
  如果父母沒有過世的話，我也不會那麼孤單。
- 그때 열심히 공부하라는 선생님의 충고를 들었던들 지금처럼 고생하지는 않았을 텐데.
  如果當時聽了老師的忠告努力讀書，我也不會像現在這麼辛苦了。

이럴 때는 어떻게 말할까요?

050.mp3

요즘 취직하기가 쉽지 않지요? 취직 준비를 하고 있는 후배에게 어떤 조언을 해 줄 수 있을까요?

가 외국어 점수가 높으면 취직할 때 도움이 되겠지요?
나 글쎄, 요즘은 아무리 외국어 점수가 높은들 유창하게 구사하지 못한다면 그리 도움이 되지 않는 것 같아.

Tip
(외국어를) 구사하다 運用   갖추다 具備
자격증을 따다 取得證照   인턴 實習

외국어 점수가 높다	외국어 점수가 높다 / 유창하게 구사하지 못하다
좋은 대학을 졸업하다	좋은 대학을 졸업하다 / 실력을 제대로 갖추지 못하다
자격증을 많이 따 놓다	자격증을 많이 따 놓다 / 업무와 관련된 인턴 경험이 없다

연습해 볼까요?

1 다음 [보기]에서 알맞은 표현을 골라 '-(으)ㄴ들'을 사용해서 대화를 완성하십시오.

> 보기   얼굴이 예쁘다   많이 받다   뭘 먹다   후회하다

(1) 가 윤아는 얼굴도 예쁘고 괜찮아 보이는데 친구가 없는 것 같더라.
    나 좀 이기적이래. 아무리 **얼굴이 예쁜들** 남을 배려할 줄 모르는데 누가 좋아하겠어?

(2) 가 마지막에 조금만 시간이 더 있었더라면 더 잘할 수 있었을 텐데…….
    나 다 지나간 일인데 이제 와서 _____ 무슨 소용이 있니?

(3) 가 이거 너무 맛있어요. 밥 한 공기만 더 주세요.
    나 하루 종일 굶었다면서 _____ 맛이 없겠니? 천천히 많이 먹어.

(4) 가 친구가 월급은 올랐는데 하는 일이 적성에 안 맞아서 회사를 옮길까 고민 중이래요.
    나 월급을 아무리 _____ 적성에 안 맞으면 얼마나 힘들겠어요?

2 '-(으)ㄴ들'을 사용해서 이야기를 완성하십시오.

> 내 꿈을 위해 한국에 와서 어학연수를 마치고 회사에 취직한 지 2년이 조금 넘었다. 처음엔 낯설었지만 이젠 이곳 생활이 많이 익숙해졌다. 하지만 아무리 이곳이 (1) **익숙한들** 우리 고향만 같을까? 여전히 나는 이방인처럼 느껴진다. 지금 살고 있는 하숙집은 시설도 좋고 편하다. 하지만 아무리 하숙집이 (2) _____ 고향 집만 할까? 고향 집이 항상 그립다. 학교 친구들이나 회사 동료들 모두 하나같이 친절하고 잘해 준다. 하지만 아무리 주위 사람들이 (3) _____ 가족들만 할까? 항상 가족들이 보고 싶다. 한국 음식은 처음에는 매워서 잘 못 먹었는데 이제는 김치찌개며 떡볶이며 매운 음식이 너무 맛있다. 하지만 아무리 한국 음식이 (4) _____ 엄마가 만들어 주신 음식만 할까? 엄마가 해 주신 음식이 생각난다. 요즘은 날씨가 쌀쌀해지니 마음까지 외롭다. 하지만 아무리 (5) _____ 내 꿈을 포기할 수는 없다.

04 -(으)ㄹ망정

가 우리 사장님은 집안이 어려워서 중학교도 졸업을 못 하셨다면서요?

나 네, 학교는 제대로 못 다녔을망정 자기 분야에서는 최고가 되어야겠다고 결심을 하고 피나는 노력을 하셨다고 하더라고요.

가 정말 대단하시네요. 게다가 성공을 하려면 정직하기가 쉽지 않은데 우리 사장님은 정말 정직하게 사업을 하시잖아요.

나 손해를 볼망정 부정한 방법으로는 돈을 벌지 않겠다는 게 사장님의 신조잖아요. 그런 신조가 많은 사람들에게 믿음을 주고 회사를 이렇게 크게 키울 수 있었던 것 같아요.

문법을 알아볼까요?

1 이 표현은 선행절의 사실을 가정하여, 선행절과 후행절 중의 하나를 선택한다면 후행절보다는 선행절을 선택하겠다는 강한 의지를 나타낼 때 사용합니다. 주로 후행절을 강조하거나 주어의 의지가 확고함을 나타내기 위해 선행절에 부정적이거나 극단적인 내용을 말하는 경우가 많습니다.

本文法用於假定前子句的事實，表示若要在前子句與後子句之間擇其一，與後子句相比將選擇前子句的內容之強烈意志。為強調後子句或表示主語意志堅定，前子句常使用負面或極端的內容。

	A/V	N이다
과거/완료	-았을망정/었을망정	였을망정/이었을망정
현재	-(으)ㄹ망정	일망정

도입 대화문 번역

가 聽說社長因為家境清寒，中學都沒能畢業？

나 是啊，聽說他即使無法好好完成學業，還是下定決心要在自己的領域成為第一人，並為此嘔心瀝血地努力過呢。

가 真的太了不起了啊！更何況想成功，要保持正直是不太容易的，但是社長真的很正派地在經營事業啊。

나 「寧可吃虧也不用不正當的手段來賺錢」是社長的信念啊。應該就是這樣的信念得到了許多人的信任，才能將公司經營得有聲有色。

동생은 길에서 얼어 죽을망정 집에는 절대로 들어가지 않겠다고 버티고 있다.
弟弟（妹妹）硬撐在那說，他寧可在路上凍死，也絕不回家。

김 교수님은 강의하다 쓰러질망정 병원에서 남은 생을 보내고 싶지 않다고 하셨다.
金教授說他寧可講課講到倒下，也不想在醫院度過餘生。

2 이 표현은 선행절의 사실을 인정하지만 후행절에 그런 선행절과 대립되거나 반대되는 다른 사실을 말할 때 사용합니다.
本文法用來表示承認前子句的事實，但在後子句陳述與前子句對立或相反的另一項事實。

그 영화는 흥행에 성공하지는 못했을망정 예술적인 가치는 높이 평가됐다.
那部電影雖然在票房表現上並不成功，但在藝術價值上卻有很高的評價。

그들이 민주화를 이루어 가는 방식은 서로 다를망정 나라를 사랑하는 마음은 다 같다.
他們在實現民主化的方式上雖有所歧異，但愛國的心都是一樣的。

더 알아볼까요?

1 이 표현은 '-지는 못할망정' 또는 '은/는 못할망정'으로도 자주 쓰이는데, 이때는 어떤 상황에서 일반적으로 기대되는 것을 하는 것이 정상인데 그렇게 하지 않아 어이없음을 나타냅니다.
本文法也常以「-지는 못할망정」或「은/는 못할망정」的形態表示。此形態用來表示在某種狀況下，一般期待的正常反應並沒有發生，令人感到無奈。

- 그 사람은 자기가 잘못해 놓고 사과하지는 못할망정 오히려 화를 냈다.
  他自己做錯了事，非但不道歉，反而還發脾氣。
- 경기를 앞둔 선수들에게 격려는 못할망정 욕을 해 대는 사람들도 있었다.
  對即將上場比賽的選手非但不給予鼓勵，反而破口大罵的人也很多。

2 이 표현은 '-(으)ㄹ지언정'과 큰 의미 차이 없이 바꿔 쓸 수 있는데 '-(으)ㄹ지언정'은 '-(으)ㄹ망정'보다 약간 더 강한 느낌이 있습니다.
本文法可以與「-(으)ㄹ지언정」交替使用，意義沒有太大的差異。但「-(으)ㄹ지언정」的語氣比「-(으)ㄹ망정」略強一些。

- 동생은 길에서 얼어 죽을지언정 집에는 절대로 들어가지 않겠다고 버티고 있다.
- 그 영화는 흥행에 성공하지는 못했을지언정 예술적인 가치는 높이 평가됐다.

이럴 때는 어떻게 말할까요?

여러분이 다니는 회사에 대해서 소개할 때가 있지요? 어떻게 말할까요?

가 투안 씨가 다니는 회사는 규모가 그리 크지 않다면서요? 좀 더 규모가 큰 회사로 옮기고 싶지 않으세요?

나 우리 회사는 규모는 작을망정 역사와 전통은 자랑할 만하거든요. 다른 데로 옮기고 싶지 않아요.

Tip
규모 規模　　복리 후생 公司福利待遇
지방 地方　　해외 연수 海外研修

규모가 그리 크지 않다 / 좀 더 규모가 크다	규모는 작다 / 역사와 전통은 자랑할 만하다
직원 수가 그리 많지 않다 / 좀 더 직원이 많다	직원 수는 많지 않다 / 복리 후생이 잘되어 있다
지방에 있다 / 서울에 있다	지방에 있다 / 해외 연수 기회가 많다

연습해 볼까요?

生字・表現 p.394

1 다음 [보기]에서 알맞은 표현을 골라 '-(으)ㄹ망정'을 사용해서 이야기를 완성하십시오.

보기
몸에는 좋다　　회식 자리에서 졸다　　돈은 못 벌었다
굶어 죽다　　월급은 못 올려 주다

요즘 이래저래 괴로운 일뿐이다. 나는 언젠가부터 매일같이 쏟아져 나오는 컴퓨터 기술을 따라잡는 것이 너무 힘들어졌다. 컴퓨터 관련 전공자도 아닌 나는 어쩌다 IT 회사에서 일하게 되었다. 이런 내가 새로운 기술과 정보를 따라잡으려면 다른 사람들보다 더 많은 노력이 필요하다. 하지만 내가 이러한 것들을 잘 모르면 동료들은 (1) **가르쳐 주지는 못할망정** 시대에 뒤떨어지는 사람 취급을 하는 것 같다. 시대를 (2) _____ 뒤떨어지는 사람은 되면 안 되겠다는 생각에 공부를 하려고 하지만 회사에 일이 많아 거의 매일 야근이다. 이렇게 야근을 하는 데에도 회사는 내년에 (3) _____ 삭감하겠다고 한다.
또 우리 아들 녀석은 어떤가? 가수가 되겠다고 고집을 부리고 있다. 워낙 음치라 내가 반대하자 단식까지 한다. (4) _____ 꿈은 절대로 포기할 수 없다면서 말이다. 한동안 조용했던 내 동생은 작년에 개업했던 가게 문을 지난주에 닫았다. 사업하다가 망한 게 이번이 벌써 네 번째인데 (5) _____ 좋은 인생 경험을 했다며 자신을 위로하고 있다. 또 사업을 한다고 할까 봐 걱정이다. 마음대로 안 되는 게 인생이라지만 요즘은 정말 힘들다.

2 다음을 읽고 '-(으)ㄹ망정'을 사용해서 문장을 완성하십시오.

> 얼마 전 천만 관객을 돌파한 영화 '이순신'의 임권호 감독은 젊은 시절 굶기를 밥 먹듯 했다고 한다. 어쩌다 돈이 생기면 영화가 좋아 밥은 굶더라도 영화는 보러 갔다고 한다.

(1) 임권호 감독은 젊은 시절에 돈이 생기면 __밥은 굶을망정 영화는 보러 갔다고 한다__.

> 아이들이 즐겨 읽는 전래동화 '흥부와 놀부'의 놀부는 음식이 남게 되면 쓰레기통에 버리는 편을 택하지 다른 사람들에게는 절대로 나눠 주지 않는 욕심쟁이였다.

(2) 놀부는 음식이 남게 되면 _____.

> 세계적인 인권 운동가 마이클 프리 씨는 제3세계에서 일어나는 인권 유린에 대해 폭로해서 입을 다물지 않으면 죽이겠다는 협박을 많이 받았다. 그러나 그는 목숨을 잃는 한이 있어도 진실에 대해 입을 다물지 않겠다며 협박에 굴하지 않았다.

(3) 인권 운동가 마이클 프리 씨는 _____
_____.

> 고구려는 북쪽 민족의 침입에 대비하기 위해 '천리장성'을 쌓았다. 일부에서는 잦은 전쟁과 가뭄으로 인해 고통을 겪는 농민을 도와줘도 부족한데 성을 쌓는 일에 동원해서는 안 된다는 비판도 있었다고 한다.

(4) '천리장성'을 쌓을 때 일부에서는 고통을 겪는 농민을 _____
_____.

> 술에 취해 길에 쓰러져 있던 한 남성이 자기를 도와주려던 구급대원에게 감사를 표하기는커녕 폭행을 가해 경찰에 체포되었다.

(5) 술에 취해 길에 쓰러져 있던 한 남성이 자기를 도와주려던 구급대원에게 감사를 _____
_____.

05 -(느)ㄴ다고 치다

가 부장님, 발표를 망쳐서 죄송합니다. 요 며칠 준비하느라고 밤을 새운 데다가 너무 긴장한 나머지 실수를 많이 한 것 같습니다.

나 버벅거린 거야 긴장을 많이 했기 때문**이라고 쳐도** 발표 내용은 왜 그렇게 엉망이었던 거죠? 제대로 준비한 거 맞아요?

가 죄송합니다. 한 번만 더 기회를 주신다면 실수 없이 해 보겠습니다.

나 이번에는 회사에 들어와서 처음 하는 발표라 실수 **했다고 치고** 기회를 한 번 더 줄 테니까 준비를 철저하게 해서 잘해 보세요.

문법을 알아볼까요?

1 이 표현은 어떤 사람의 주장이나 행동, 또는 그렇게 된 상황을 인정하거나 그러하다고 가정할 때 사용합니다. 후행절에는 주로 선행절을 반박하거나 선행절을 인정했을 때 문제가 되는 내용이 옵니다. 대체로 '-(느)ㄴ다고 치자(칩시다)', '-(느)ㄴ다고 쳐도', '-(느)ㄴ다고 치고'의 형태로 많이 쓰입니다. '-고'를 생략하고 '-(느)ㄴ다 치다'로 사용할 수도 있습니다.

本文法用於表示承認某人的主張、行為、既成的狀況，或假設該主張、行為、狀況為事實。後子句中主要是對前子句的反駁，或是承認前子句內容時所出現的問題。通常以「-(느)ㄴ다고 치자(칩시다)」、「-(느)ㄴ다고 쳐도」、「-(느)ㄴ다고 치고」的形態呈現。亦可省略「-고」只使用「-(느)ㄴ다 치다」。

도입 대화문 번역

가 部長，我很抱歉搞砸了發表。可能是為了準備發表熬夜，加上過度緊張，導致發生了很多失誤。

나 就算結結巴巴是因為過度緊張好了，但你發表的內容又為什麼如此糟糕呢？你真的有好好準備嗎？

가 很抱歉。再給我一次機會的話，我不會出錯的。

나 這次就算是你進公司後第一次做發表所以有所失誤，我會再給你一次機會，請做好萬全的準備，好好表現。

	A	V	N이다
과거/완료	-았다고/었다고 치다		였다고/이었다고 치다
현재	-다고 치다	-(느)ㄴ다고 치다	(이)라고 치다
미래/추측	-(으)ㄹ 거라고 치다		일 거라고 치다

가 이번 휴가 때 미국에 가면 어때? 숙박은 미국에 있는 혜주네 집에서 해결되니까 돈이 거의 안 들 거야.
這次放假去美國怎麼樣？住宿可以住在人在美國的惠珠家，花不到什麼錢的。

나 숙박은 혜주네 집에서 해결한**다고 쳐도** 미국까지 가는 비행기 표는 어떻게 마련할 건데?
就算住宿可以住在惠珠家，去美國的機票錢你要怎麼籌啊？

가 김 사장님이 물건 값을 깎아 주지 않으면 구입을 안 하겠다네요. 우리랑 거래도 오래하고 있으니 10%라도 깎아 줄까요?
金社長說不降價他就不買了，他都跟我們做這麼久的生意了，要不幫他打個九折？

나 김 사장한테는 물건 값을 깎아 준**다고 칩시다**. 그럼 그 소문을 듣고 온 다른 고객들이 똑같은 요구를 할 경우 어떻게 할 겁니까?
就算我們能幫金社長打折吧。要是聽到這個消息過來買的顧客們提出了一樣的要求，你打算怎麼處理呢？

2 이 표현은 어떤 행동을 하거나 어떤 상태라고 간주함을 나타낼 때 또는 그렇다고 가정함을 나타낼 때 사용합니다. '-(느)ㄴ다고 치고'의 형태로 많이 쓰입니다. '-고'를 생략하고 '-(느)ㄴ다 치다'로도 사용할 수 있습니다.

本文法用來表示「姑且認定某個行動或某個狀態存在」，或「假設該行動或狀態為事實」。常以「-(느)ㄴ다고 치고」的形態呈現，亦可省略「-고」只使用「-(느)ㄴ다 치다」。

가 아빠, 우리 집은 교통이 안 좋아서 지하철역까지 10분 이상 걸어가야 해요. 아빠가 아침마다 지하철역까지 태워다 주시면 좋겠어요.
爸爸，我們家交通很不方便，走到捷運站要10分鐘以上。希望爸爸可以每天早上載我去地鐵站。

나 남들은 살 빼려고 일부러 돈 내고 헬스클럽에도 가는데 너도 운동한**다고 치고** 그 정도 거리는 걸어 다니면 어떻겠니?
人家是為了減肥特地花錢去健身房，你也當成是運動，稍微走點路好嗎？

가 휴가철도 아닌데 이런 모텔이 하룻밤에 10만 원이나 한다니 정말 너무하네요.
又不是休假期間，這種旅館一天晚上要10萬韓幣，真的太過分了。

나 이 밤에 여기도 겨우 찾았는데 그냥 휴가철에 왔**다 치고** 마음 편하게 지내다가 갑시다.
大半夜的好不容易才找到這家，你就當作是來渡假的，安心睡一晚吧。

더 알아볼까요?

1 이 표현은 1번의 뜻으로 사용할 때 대화하는 사람들이 이미 알고 있거나 문맥에서 이해가 될 수 있는 내용에 대해서는 '그렇다고 치자', '그렇다고 쳐도', '그렇다고 치고'로도 많이 사용합니다.

本文法用於1號意義時，對話的人對已經知道或從上下文脈絡中能夠理解的內容亦可使用「그렇다고 치다」、「그렇다고 쳐도」、「그렇다고 치고」。

- 어제는 비가 와서 <u>그렇다고 치고</u> 오늘은 왜 또 늦은 건데?
- 10년 동안 연락 한 번 없었던 건 <u>그렇다고 쳐도</u> 왜 날 보고도 모르는 척한 거야?

2 이 표현은 2번의 뜻으로 사용할 때 큰 의미 차이 없이 '-는 셈치다'로 바꿔 쓸 수 있습니다.

本文法用於2號意義時，可以和「-는 셈치다」交替使用，意義沒有太大的差異。

- 남들은 살 빼려고 일부러 돈 내고 헬스클럽에도 가는데 너도 <u>운동하는 셈치고</u> 그 정도 거리는 걸어 다니면 어떻겠니?
- 이 밤에 여기도 겨우 찾았는데 그냥 휴가철에 <u>온 셈치고</u> 마음 편하게 지내다가 갑시다.

💡 <참조> 5장 가정 상황을 나타낼 때 06 '-는 셈치다'.

3 이 표현은 아직 일어나지 않은 일 또는 실제와는 다른 어떤 상황을 상상하거나 가정한 상태에서 어떤 행동이나 말을 할 때도 사용합니다.

本文法亦可用於想像尚未發生的事件、與實際相反的狀況、假設狀態中行使的某種行為或說的某些話。

가 관성이 뭐예요? 예를 들어서 가르쳐 주세요.
   慣性是什麼？可以舉例告訴我嗎？

나 네가 버스를 <u>탔다고 치자</u>. 달리던 버스가 갑자기 멈추면 앞으로 넘어지지? 그걸 관성이라고 하는 거야.
   假設你在搭公車，行駛中的公車突然停下來的話，就會往前倒吧？那就是所謂的慣性。

가 제품에 대해서 열심히 공부하긴 했는데 손님들이 오시면 잘 설명할 수 있을지 모르겠어요.
   雖然我已經認真研究過產品，但客人來的話，還不知道能不能好好介紹呢。

나 그럼 내가 <u>손님이라고 치고</u> 제품에 대해서 설명해 보세요.
   那就把我當成客人來介紹一下產品吧。

이럴 때는 어떻게 말할까요?

Tip 현장 답사 實地考察   겹치다 重合

여러분 주위에는 일을 하든지 항상 이런저런 핑계를 대는 사람들이 있나요?
그 사람들은 주로 어떤 핑계를 댈까요?

(이번에도?)

가 팀장님, 죄송한데 <mark>이번 세미나에 참석을 못 할 것 같아요.</mark>

나 지난번에는 갑자기 집에 급한 일이 생겨서 <mark>참석을 못했</mark>다고 치고 이번에는 또 무슨 일이 있는 겁니까?

이번 세미나에 참석을 못 하다	지난번에는 갑자기 집에 급한 일이 생겨서 참석을 못 했다 / 이번에는 또 무슨 일이 있다
오늘까지 보고서를 못 끝내다	내일 현장 답사를 가는 거는 동생 결혼식과 겹쳐서 못 가다 / 보고서는 왜 못 끝내다
다음 주에 있는 외국어 시험은 못 보다	지난번 시험은 손을 다쳐서 못 봤다 / 이번에는 왜 또 못 보다

연습해 볼까요?

1 '-(느)ㄴ다고 치다'를 사용해서 대화를 완성하십시오.

> 가 엄마, 성적 나왔어요. 그런데 역사는 배우지 않은 게 많이 나와서 성적이 안 좋아요.
> 나 역사는 배우지 않은 게 많이 나와서 (1) **성적이 안 좋다고 치고** 영어 성적은 이게 뭐야?
> 가 저는 영어에는 소질이 없는 것 같아요. 영어는 포기했어요. 그리고 말이 나와서 그러는데요, 친구들이고 선생님들이고 다 마음에 안 들어서 학교를 그만두고 싶어요.
> 나 그래, 네 말대로 학교를 (2) _____. 그럼 앞으로 뭐 하고 살 건데?
> 가 제가 만화에 소질이 있는 것 같더라고요. 그래서 말인데 미국에 만화를 공부하러 가고 싶어요.
> 나 만화를 배우러 미국에 (3) _____ 영어를 한마디도 못하는 네가 만화 공부는 어떻게 하려고 그러니?
> 가 영어가 뭐 그렇게 필요하겠어요? 학교에서는 그림만 잘 그리면 되죠.
> 나 학교에서야 (4) _____. 그런데 친구들하고는 어떻게 이야기할 거니?
> 가 가면 한국 친구들 있겠죠. 미국에 한국 사람이 얼마나 많은데요. 그리고 학비는 걱정하지 마세요. 제가 그림을 잘 그리니까 장학금을 받을 수 있을 거예요. 하지만 생활비는 보내 주셨으면 좋겠어요. 학비는 장학금을 (5) _____ 생활비 벌려고 아르바이트까지 할 수는 없잖아요. 그림만 그리기에도 시간이 부족할 텐데 말이에요.
> 나 너는 어쩜 네 자신에 대해서는 그렇게 긍정적인지 모르겠다.

2 다음 [보기]에서 알맞은 표현을 골라 '-(느)ㄴ다고 치다'를 사용해서 대화를 완성하십시오.

> [보기]   잊어버리다   야영하다   보다   면접관이다

(1) 가 경영학 책이 도대체 어디에 있는지 모르겠어. 내일은 꼭 가져가야 하는데 말이야.
　　나 아직도 못 찾은 거야? 그냥 **잊어버렸다고 치고** 새로 사는 게 어때?

(2) 가 아빠, 텐트 사 오셨어요? 새 텐트가 어떤지도 볼 겸 우리 마당에 한번 쳐 봐요.
　　나 그럼 _____ 오늘은 마당에서 텐트 치고 자 볼까?

(3) 가 내일 면접이 있는데 오빠가 면접 연습하는 것 좀 도와줄 수 있어?
　　나 좋아. 그럼, 내가 _____ 자기소개를 해 봐. 듣고 평가해 줄게.

(4) 가 목사님, 이번에 제3세계 아이들을 후원하는 '나눔 운동'을 시작하셨다면서요?
　　나 네, 모두가 경제적으로 어려운 상황이지만 영화 한 편 _____ 한 사람이 만 원씩만 후원해 주시면 수많은 아이들이 굶지 않게 될 것입니다.

06 -는 셈치다

가 태민 씨가 보고서에 들어갈 통계 자료 분석을 부탁했다면서요?
나 네, 중요한 일 때문에 시간이 없다면서 도와 달라고 사정사정하는데 거절할 수가 있어야지요. 저도 통계 쪽은 잘 모르지만 이번에 공부하**는 셈치고** 해 주기로 했어요.
가 중요한 일이요? 또 친구들이랑 술 마시러 가는 거겠죠. 지난번에도 그런 적이 있잖아요.
나 에이, 확실한 것도 아닌데 사람을 의심하는 건 안 좋아요. 그 이야기는 안 들**은 셈칠 테니까** 그런 얘긴 앞으로 하지 마세요.

문법을 알아볼까요?

이 표현은 어떤 동작을 한다고 가정하거나 그렇다고 간주함을 나타낼 때 사용합니다. 주로 '-는 셈치고'의 형태로 쓰이는데 이때는 선행절의 내용을 한다고 가정을 하거나 그렇다고 여기고 후행절의 행동을 함을 의미합니다. 동사에만 붙습니다.

本文法用來表示假設做某個動作或表示「當作、看做」。主要以「-는 셈치고」的形態呈現，意指「假設已經做了前子句的內容，或當作已經這麼做了之後，才做出後子句的行為」。此文法僅可連接於動詞之後。

	V
과거/완료	-(으)ㄴ 셈치다
현재	-는 셈치다

도입 대화문 번역

가 聽說泰民把報告書裡要放的統計資料交給你來做了？
나 是的，他說他有重要的事情，沒有時間做，苦苦哀求我幫忙，我也沒辦法拒絕他啊。我對統計也不太懂，這次就當作是學習，幫他處理了。
가 有很重要的事情嗎？又是跟朋友出去喝酒吧？他上次不是也這樣嘛。
나 欸，也不是確定的事情，懷疑別人不太好吧。我會當作沒聽過這件事，所以以後別再說這種話了。

가 좋아하지도 않으면서 무슨 군고구마를 열 개나 사요? 싸게 파는 것도 아닌데요.
你又不愛吃，為什麼要買10個烤地瓜呢？而且賣得也不便宜。

나 어려운 학생들 도와주**는 셈치고** 사는 거예요. 학생들이 추운데 팔고 있으니까 안됐잖아요.
就當作是幫助清寒學生而買的吧，看那些學生們在寒冷的天氣賣著地瓜，很過意不去。

가 지금은 유명한 연주가가 됐지만 그 당시에는 성공한다는 보장도 없는 청년을 어떻게 후원하실 생각을 하셨나요?
他現在雖然已成為知名演奏家，但是當時你怎麼會想去贊助一個還不保證會成功的青年呢？

나 어느 날 갑자기 찾아와서 자기를 후원해 주면 꼭 훌륭한 연주자가 되어 보답하겠다고 하더군요. 그 용기와 자신감이 기특해서 속**는 셈치고** 후원해 주기로 했지요.
有一天他突然來找我，說只要我贊助他，他一定會成為優秀的演奏家來報答我。我覺得他的勇氣與自信十分可貴，所以我就當作是被他騙了，決定贊助他。

가 커피 맛은 좋은데 이 케이크는 괜히 시켰네요. 비싸기만 하고 맛도 없고 말이에요.
咖啡的味道很好，但蛋糕不該點的。我是說只是貴，一點都不好吃。

나 벌써 손을 댔으니까 그냥 먹어야죠, 뭐. 그냥 비싼 커피 마신 **셈칩시다**.
我們已經吃了，就吃完它吧。我們就當作是喝了杯很貴的咖啡吧。

비교해 볼까요?

이 표현은 어떤 상황을 가정한다는 점에서 '-(으)ㄴ다고 치다'와 비슷하게 사용되지만 다음과 같은 차이가 있습니다.
本文法在假設某種狀況時，用法與「-(으)ㄴ다고 치다」相近，但仍有以下差異：

-(으)ㄴ다고 치다	-는 셈 치다
(1) 어떤 상황이나 사실을 가정하거나 그렇다고 간주함을 나타낼 때 사용할 수 있습니다. 表示假設某種狀況、事實或是表達「就當作是這樣了」時，便可使用。 • 사람 하나 살린다고 치고 그 친구의 부탁을 들어주기로 했다. (O)	(1) 어떤 상황이나 사실을 가정하거나 그렇다고 간주함을 나타낼 때 사용할 수 있습니다. 表示假設某種狀況、事實或是表達「就當作是這樣了」時，便可使用。 • 사람 하나 살리는 셈 치고 그 친구의 부탁을 들어주기로 했다. (O)
(2) 어떤 상황을 사실로 인정할 때 사용할 수 있습니다. 그리고 동사와 형용사, 명사 모두 올 수 있습니다. 在認可某種狀況為事實時可以使用，並可連接於動詞、形容詞、名詞之後。 • 아무리 옷값이 싸다고 쳐도 이렇게 많이 사면 어떡해? (O)	(2) 어떤 상황을 사실로 인정할 때는 사용할 수 없습니다. 그리고 동사만 올 수 있습니다. 在認可某種狀況為事實時不可使用，並只能連接於動詞之後。 • 아무리 옷값이 싼 셈 쳐도 이렇게 많이 사면 어떡해? (x)

이럴 때는 어떻게 말할까요?

여러분은 어떤 일이든지 긍정적인 눈으로 보는 편이신가요? 긍정적인 사고방식을 가진 사람들은 그리 좋지 않은 상황에서 어떻게 말할까요?

가 주말에 출장을 간다면서요?
나 네, 남들 쉴 때 출장을 가서 우울하기는 하지만 그냥 맘 편하게 여행 가는 셈치고 즐겁게 다녀오려고요.

Tip
돌려받다 收回   어이없다 無可奈何
마음을 졸이다 焦急   건강 검진 健康檢查
넘어가다 不計較

주말에 출장을 가다	남들 쉴 때 출장을 가서 우울하다 / 여행 가다 / 즐겁게 다녀오다
친구한테 빌려 준 옷을 아직까지 돌려받지 못했다	아끼는 옷이라 빌려 간 후로 몇 달째 아무 연락도 없어서 어이없다 / 선물했다 / 잊어버리다
병원 측의 실수로 받지 않아도 되는 진료를 받았다	혹시 큰 병이 아닐까 해서 마음을 졸인 시간 때문에 화가 나다 / 이번 기회에 건강 검진 제대로 받았다 / 참고 넘어가다

연습해 볼까요?

生字·表現 p.394

1 다음 [보기]에서 알맞은 표현을 골라 '-는 셈 치다'를 사용해서 대화를 완성하십시오.

보기
외식하다   미래를 위해 투자하다   결혼 예행연습을 하다
운동하다   좋은 경험을 하다

(1) 가 매달 이삼만 원씩 후원하는 게 좀 부담스럽지 않아?
　　나 한 달에 한 번 **외식하는 셈 치고** 하니까 그렇게 큰 부담은 안 돼. 오히려 이렇게라도 남을 도울 수 있으니까 기분이 좋더라고.

(2) 가 열심히 준비했던 프로젝트가 무산됐는데 괜찮아요?
　　나 물론 많이 아쉽지만 준비하면서 많은 걸 배우고 느꼈으니까 그냥 _____ _____.

(3) 가 얼마 전에는 사진 기술을 배우더니 또 미용 기술을 배워서 뭐 하시려고요?
　　나 지금 배워 두면 나중에 쓸 일이 있겠지요. _____ 배워 보려고요.

116

(4) 가 회사까지 걸어 다니시나 봐요.
　　나 네, 걸어서 오면 삼십 분 정도 되거든요. 그냥 _____
　　　 걸어 다니고 있어요.

(5) 가 연말이라 회사 일도 바쁠 텐데 내 결혼 준비하는 것까지 도와줘서 정말 고마워. 여기저기 돌아다니니까 피곤하지? 미안해서 어떡하지?
　　나 에이, 무슨 말을……. 제일 친한 친구로서 이 정도는 당연한 거지. 나도 언젠가는 결혼해야 할 거 아냐. _____ 재미있는데, 뭘.

2 '-는 셈 치다'를 사용해서 대화를 완성하십시오.

> 남자　같은 팀도 아닌데 저희 프로젝트 도와주느라 힘드셨지요?
> 여자　아니에요. 바쁘기는 했지만 새로운 일을 (1) <u>배우는 셈 치니까</u> 괜찮더라고요.
> 남자　그랬군요. 도와주신 것에 감사해서 상품권을 준비했어요. 얼마 안 되지만 옷이라도 한 벌 사 입으세요.
> 여자　아니에요. 마음은 고맙지만 (2) _____ 그냥 넣어 두세요. 큰 도움을 준 것도 아닌데요. 뭐.
> 남자　그래요? 그래도 뭔가 대접을 하고 싶은데……. 그럼 저녁에 식사라도 같이 하실래요?
> 여자　말은 고맙지만 오늘 저녁에는 약속이 있어요. 그냥 (3) _____.
> 남자　그래도 고마워서 뭐라도 해 드리고 싶은데요. 그럼 이번 주말에 영화 보러 가실래요? 저에게 공짜 표가 있거든요.
> 여자　어, 정말 미안해요. 주말에는 친척 결혼식이 있어서요. 그냥 (4) _____ 안 될까요?
> 남자　아, 네……. 그렇다면 할 수 없죠, 뭐.

單元 5 확인해 볼까요?

※ [1~2] 다음 밑줄 친 부분과 바꾸었을 때 의미가 가장 비슷한 것을 고르십시오.

1 올해는 우리 부모님의 결혼 50주년이 되는 해이다. 자식들 키우느라 해외여행 한 번 못 해 보신 부모님을 위해 이번에는 <u>비용이 많이 들더라도</u> 해외여행을 꼭 보내 드리고 싶다.

① 비용이 많이 들 바에야 ② 비용이 많이 들지라도
③ 비용이 많이 드는 셈 쳐도 ④ 비용이 많이 들다시피 해도

2 가 아무리 조기 교육이 중요하다고 해도 그렇게 비싼 영어 유치원을 보내려고요?
나 영어 공부는 시켜야 할 것 같고, 외국에 보낼 상황은 안 되니까 어학연수를 <u>보내는 셈치고</u> 한번 다니게 해 보려고요. 다들 효과가 있다고 하니까요.

① 보낸답시고 ② 보내는 듯이 ③ 보낸다고 치고 ④ 보낼라치면

※ 다음 ( )에 알맞은 것을 고르십시오.

3 가 태민 씨가 이번 일에 자기가 팀장으로서 책임을 지고 회사를 그만두겠다고 하는데 소희 씨가 좀 말려 보세요.
나 벌써 여러 번 말했는데도 소용없어요. 저렇게 결심이 확고한데 아무리 (   ) 듣겠어요?

① 주위에서 말릴수록 ② 주위에서 말린들
③ 주위에서 말리고도 ④ 주위에서 말린 끝에

※ 다음 ( )에 들어갈 수 <u>없는</u> 것을 고르십시오.

4 비록 당장은 아무것도 눈에 보이지 않고, 아무것도 이루어 놓은 게 (   ) 무엇이든 꿈꿀 수 있고 무엇이든 도전할 수 있는 것이 젊음의 특권 아니겠는가?

① 없을지언정 ② 없을지라도 ③ 없을뿐더러 ④ 없을망정

※ 다음 밑줄 친 부분이 <u>틀린</u> 것을 고르십시오.

5 ① 나한테 <u>무슨 일이 생긴들</u> 그 사람이 신경이나 쓰겠어요?
② 이 일은 <u>시간이 많이 걸리더라도</u> 최선을 다해서 완벽하게 끝내고 싶다.
③ 저도 선물 받은 거라서 찾고 싶기는 한데 필요했던 사람에게 <u>준 셈 치고</u> 잊어버리려고 해요.
④ 기름 한 방울 안 나는 나라에서 <u>아껴 쓸망정</u> 너도나도 자가용을 타고 다니니 문제가 아닐 수 없다.

單元 6

순차적 행동을 나타낼 때
表示循序的行動時

　본 장에서는 순차적 행동을 나타낼 때 사용하는 표현에 대해 공부합니다. 초급에서는 시간을 나타낼 때 쓰는 표현으로 '-기 전에, -(으)ㄴ 후에, -고 나서, -아서/어서, -(으)ㄹ 때, -(으)면서, -는 중, -자마자, -는 동안, -(으)ㄴ 지'를 배웠고, 중급에서는 시간이나 순차적 행동을 나타낼 때 쓰는 표현으로 '만에, -아/어 가지고, -아다가/어다가, -고서'를 배웠습니다. 고급에서 다루는 표현들은 그리 어렵지 않으면서도 많이 사용되는 것들이므로 초·중급에서 배운 것들과의 차이점을 잘 유의해서 공부하시기 바랍니다.

　本單元中要學習的是表達按順序行動的文法。在初級階段，我們學過的時間相關文法有「-기 전에、-(으)ㄴ 후에、-고 나서、-아서/어서、-(으)ㄹ 때、-(으)면서、-는 중、-자마자、-는 동안、-(으)ㄴ 지」等；中級階段學過的時間或按順序行動文法則有「만에、-아/어 가지고、-아다가/어다가、-고서」等。在高級階段所要學習的文法雖然不算太難，但十分常用，希望各位能夠在學習時，多留意它們與初、中級文法之間的差異。

01 -기가 무섭게
02 -자

01 -기가 무섭게

가 어제 정말 재미있었죠? 놀이공원에 가서 그렇게 즐겁게 시간을 보낸 게 몇 년 만인지 몰라요.
나 네, 오랜만에 신나게 놀았더니 재미는 있었는데 많이 피곤하더라고요.
가 저도요. 어찌나 피곤한지 저녁 먹고 수저를 놓**기가 무섭게** 쓰러져서 잤어요.
나 저는 신발 벗**기가 무섭게** 방에 들어가서 옷도 안 갈아입고 잤어요.

문법을 알아볼까요?

이 표현은 어떤 일이 끝나고 나서 바로 다음 일이 일어남을 강조하여 말할 때 사용합니다. 형용사 '무섭다'의 활용형인 '무섭게'를 사용하여 다음 동작이 무서울 정도로 빨리 일어남을 과장하여 말하는 것입니다. '-기 무섭게'로 사용하기도 하며 동사에만 붙습니다.

本文法用於表示強調某件事結束後，馬上接著發生下一件事情。形容詞「무섭다」的活用形「무섭게」可用來誇飾下一個動作以恐怖的程度快速發生。也可以以「-기 무섭게」的形態使用。此表現僅能接於動詞之後。

결혼하자는 말을 꺼내**기가 무섭게** 거절해 버렸다.
他一提起結婚的事，我就立刻拒絕了。

저 식당은 음식이 맛있어서 문을 열**기가 무섭게** 손님들이 모여든다.
那家餐廳的菜太好吃了，所以門一開，客人就蜂擁而上。

그 작가의 책은 마니아 층이 형성되어 있어서 출판되**기 무섭게** 다 팔려 버린다.
那位作家的書已經形成了書迷群，所以一出版就銷售一空。

도입 대화문 번역

가 昨天真的很好玩吧？都不知道幾年沒有在遊樂園玩得那麼開心了呢。
나 是啊，好久沒玩得那麼嗨，是很有趣啦，但真的好累。
가 我也是。我累到吃飽飯一放下碗筷就倒下睡著了。
나 我是一脫下鞋子就進了房間，衣服都還沒換就睡倒了。

더 알아볼까요?

이 표현은 큰 의미 차이 없이 '-자마자'와 바꿔 쓸 수 있는데, '-자마자'보다 후행절의 동작이 빨리 일어남을 더 과장해서 쓰는 느낌이 있습니다.
本文法可與「-자마자」交替使用，意義沒有太大的差異，但「-기가 무섭게」形容後子句動作發生的速度時比「-자마자」更有誇張的感覺。
- 결혼하자는 말을 꺼내자마자 거절해 버렸다.
- 그 작가의 책은 마니아 층이 형성되어 있어서 출판되자마자 다 팔려 버린다.

058.mp3

이럴 때는 어떻게 말할까요?

요즘 비싼 등록금으로 인해 대학생들이 공부도 하고 아르바이트도 하느라고 눈코 뜰 새 없이 바쁘다고 하는데요. 이런 대학생들은 하루를 어떻게 보낼까요?

가 수업 후 시간을 어떻게 보내나요?
나 수업이 끝나면 교수님이 나가시기가 무섭게 학교 식당으로 달려갑니다.

수업 후 시간을 어떻게 보내다	수업이 끝나면 교수님이 나가시다 / 학교 식당으로 달려가다
저녁 식사를 한 후에 무엇을 하다	저녁을 먹다 / 아르바이트를 하는 편의점으로 가서 밤 12시까지 일하다
공부는 언제 하다	아르바이트가 끝나다 / 집으로 돌아가서 그때부터 공부를 시작하다

연습해 볼까요?

生字·表現 p.395

1 다음 [보기]에서 알맞은 표현을 골라 '-기가 무섭게'를 사용해서 문장을 완성하십시오.

보기
날이 어두워지다   월급을 받다   새 영화가 개봉하다
책 한 권을 다 읽다   운전석에 앉다

(1) 밤 낚시광   __날이 어두워지기가 무섭게__ 물고기를 잡으러 나간다.
(2) 독서광   _____ 또 다른 책을 읽는다.
(3) 영화광   _____ 놓치지 않고 극장에 보러 간다.
(4) 스피드광   _____ 속도 내는 것을 즐긴다.
(5) 쇼핑광   _____ 쇼핑하느라 다 써 버린다.

121

2 다음 [보기]에서 알맞은 표현을 골라 '-기가 무섭게'를 사용해서 대화를 완성하십시오.

> 보기
> 물건을 내놓다 　　　　　제품을 생산하다
> 옷을 입고 나오다 　　　　드라마가 방송되다

기자　요즘 연예인들이 입은 이 회사 제품이 시장에 **(1) 물건을 내놓기가 무섭게** 팔리고 있다던데 그 인기를 실감하고 계신지요?

사장　네, 특히 매회 (2) _____ '김 실장님 패션'이 검색 순위 1위가 된다고 들었습니다.

기자　그 비결이 무엇이라고 생각하십니까?

사장　배우 김태평 씨가 깨끗하고 바른 청년의 이미지라서 드라마에 (3) _____ 입었던 옷에 대한 문의가 많이 들어오는 것 같습니다.

기자　광고 모델의 역할도 크다고 할 수 있군요. 요새 같은 불황에 아주 행복하시겠습니다.

사장　네, 요즘은 (4) _____ 거의 다 팔려서 빠른 시간 내에 제품을 다시 만들어 내느라 몸은 힘들지만 행복한 시간을 보내고 있습니다.

02 -자

가 어제 아이스쇼 잘 갔다 왔어요? 대단했다면서요?
나 네, 아주 멋있었어요. 공연이 시작되자 조명이 다 꺼지면서 공연장 천장에서 눈이 내리기 시작했어요.
가 와, 진짜요? 인공 눈이겠죠?
나 네, 맞아요. 그리고 음악이 나오면서 다른 선수들이 등장했어요. 마지막으로 김유나 선수가 무대에 등장하자 사람들이 모두 약속이나 한 듯이 기립 박수를 쳤어요.

문법을 알아볼까요?

1 이 표현은 선행절의 행위가 끝난 후에 곧바로 후행절의 행위가 일어날 때 사용합니다. 주로 글말에서 사용되며 동사에만 붙습니다.

本文法用於表示前子句的行為結束後，馬上有後子句的行為發生。通常用於書面語，且僅能連接於動詞之後。

창문을 열자 상쾌한 바람이 들어왔다.
窗戶一開，清涼的風就吹了進來。

버스에서 내리자 비가 오기 시작했다.
一下公車，就下起雨來。

2 이 표현은 선행절의 상황이 원인이나 동기가 되어 그 결과로 후행절의 상황이 이어질 때 사용합니다. 주로 글말에서 사용되며 동사에만 붙습니다.

本文法用於表示前子句的狀況為原因或動機，因其結果而有後子句的狀況接續著。通常用於書面語，且僅能連接於動詞之後。

도입 대화문 번역

가 妳昨天冰上表演看得開心嗎？聽說很棒？
나 是啊，太精采了。演出一開始燈光就全部熄滅，同時場館的天花板下起了雪來。
가 哇，真的嗎？是人造雪吧？
나 是的，沒錯。然後隨著音樂，其他選手們也陸續登場。最後金宥娜選手一上台，大家全都不約而同地起立鼓掌。

날이 어두워지자 북적거렸던 상가 안이 한산해졌다.
天一黑，人來人往的商店街就變得空空蕩蕩。

회사에 대한 안 좋은 소문이 나자 그 회사의 주가가 폭락했다.
只要哪家公司有了不好的傳聞，該公司的股價便會馬上暴跌。

비교해 볼까요?

선행절의 동작이 끝난 후에 후행절의 동작이 바로 일어날 때 사용할 수 있다는 점에서 '-자'를 '-자마자'로 바꿔 쓸 수 있지만 이 둘은 다음과 같은 차이가 있습니다.
用來表示前子句的動作結束後，馬上發生後子句的動作時，「-자」與「-자마자」可交替使用，但兩者之間仍有以下差異：

-자	-자마자
(1) 대체로 선행 동작이 이유나 동기 등의 전제 조건이 되어 후행 동작이 결과적으로 이루어졌을 때 많이 사용하므로 선행절과 후행절이 서로 연관성이 있을 때만 사용합니다. 通常前子句的動作成為理由或動機等前提之後，後子句的動作才得以實現，故僅能用於前後文互有關聯性時。 • 모자를 사자 잃어버렸다. (×) ☞ 모자를 사고 잃어버리는 것은 전혀 연관성이 없으므로 사용할 수 없습니다. 買了帽子與遺失帽子之間完全沒有關聯性，所以不能使用。	(1) 선행절과 후행절의 시간적 선후 관계에 중점을 두기 때문에 두 동작이 연관성이 없을 때도 사용할 수 있습니다. 由於重點在前子句與後子句的時間先後順序，所以在兩個動作沒有關聯性時也可以使用。 • 모자를 사자마자 잃어버렸다. (○) ☞ 두 동작이 연관성이 없지만 시간적으로 모자를 먼저 산 후에 잃어버렸으므로 사용할 수 있습니다. 兩個動作雖然沒有關聯性，但在時間上是先買了帽子之後才遺失，所以是可以使用的。
(2) 선행절 동작의 결과로 후행절의 상황을 지각했음을 의미합니다. 指因前子句動作的結果而得知後子句的狀況。 • 밖에 나오자 눈이 내리기 시작했다. ☞ 밖에 나오니까 눈이 내리기 시작하는 걸 알았다는 것을 의미합니다. 意指因為走出去，才知道已經開始下雪了。	(2) 후행절의 상황을 지각하는 것과는 관계없이 선행절의 동작이 일어난 후에 후행절이 바로 일어남을 의미합니다. 意指發生了前子句中的動作後，馬上發生了後子句的內容，與得知後子句狀況與否無關。 • 밖에 나오자마자 눈이 내리기 시작했다. ☞ 밖에 나온 후에 바로 눈이 내리기 시작했다는 것을 의미합니다. 意指走出去之後就開始下雪了。
(3) 후행절에 명령형이나 청유형이 올 수 없습니다. 後子句不得是命令形或建議形。 • 집에서 나가자 택시를 타십시오. (×) • 집에서 나가자 택시를 탑시다. (×)	(3) 후행절에 명령형이나 청유형이 올 수 있습니다. 後子句可以是命令形或建議形。 • 집에서 나가자마자 택시를 타십시오. (○) • 집에서 나가자마자 택시를 탑시다. (○)

이럴 때는 어떻게 말할까요?

국제 대회에서 수상을 한다는 것은 대단히 감격적인 일인데요. 여러분이 국제 경기에 출전하여 금메달을 딴 선수라면 어떻게 인터뷰에 응하시겠어요?

가 금메달을 따는 걸 알게 된 순간 기분이 어떠셨습니까?

나 결과가 발표되자 처음에는 아무 생각도 안 나고 이게 꿈인가 했어요.

Tip
- 시상대 頒獎台
- 애국가 國歌
- 울리다 響起
- 응원하다 加油
- 눈물이 왈칵 나다 眼淚嘩啦啦地流
- 감격스럽다 激動

금메달을 따는 걸 알게 된 순간 기분이 어떻다	결과가 발표되다 / 처음에는 아무 생각도 안 나고 이게 꿈인가 했다
시상대 위에서 많이 우시던데 특별한 이유가 있다	애국가가 울리다 / 그동안의 일들과 응원해 주셨던 분들이 생각나면서 눈물이 왈칵 났다
고향에 계신 부모님께서는 어떤 반응을 보이다	금메달 소식을 듣다 / 어머니께서도 너무 감격스러우셔서 한동안 말도 못 하고 눈물만 흘리셨다고 하다

125

연습해 볼까요?

1 다음 [보기]에서 알맞은 표현을 골라 '-자'를 사용해서 대화를 완성하십시오.

> [보기]
> 까마귀 날다　　　그 팀이 우승을 하다　　　모든 순서가 끝나다
> 뽀뽀를 하다　　　증거를 보여 주다　　　회장에 당선되다

(1) 가 내가 화장실을 쓰고 나서 고장이 났다면서 동생이 화를 내는 거 있지? 하필 그때 화장실이 고장이 날 게 뭐야?
　　나 그게 바로 **까마귀 날자** 배 떨어진다는 말이야.

(2) 가 예상외로 범인이 쉽게 잡혔네요.
　　나 네, 경찰이 ＿＿＿＿＿＿＿＿＿＿ 바로 자백을 했대요.

(3) 가 어제 오디션 프로그램 봤어요? 원더보이즈가 1등을 한 게 말이 돼요?
　　나 그러게 말이에요. ＿＿＿＿＿＿＿＿＿＿ 시청자들도 항의 전화를 했대요.

(4) 가 주홍 씨가 동아리 회장이 된 후로 칭찬이 자자하다면서요?
　　나 네, ＿＿＿＿＿＿＿＿＿＿ 자신이 한 공약을 잊지 않고 모두 지켰으니까요.

(5) 가 지난주에 회사 창립 기념식 행사에서 사회를 보셨다던데 어떠셨어요?
　　나 어휴, 말도 마세요. 행사 내내 어찌나 긴장을 했던지 ＿＿＿＿＿＿＿＿＿＿ 온몸에 힘이 다 빠져 버리더라고요.

(6) 가 엄마, 그래서 공주가 개구리한테 뽀뽀를 하니까 어떻게 됐어요?
　　나 공주가 ＿＿＿＿＿＿＿＿＿＿ 개구리가 아주 멋진 왕자님으로 변했단다.

2 다음 [보기]에서 알맞은 단어를 골라 '-자'를 사용해서 이야기를 완성하십시오.

> 보기 시작하다   알게 되다   치다   나타나다   달려오다

(1) 양이 풀을 뜯어 먹기 **시작하자** 양치기 소년은 너무 심심했답니다. 그래서 장난을 치기로 했어요.

(2) "도와주세요. 늑대가 나타났어요."
소년이 고함을 _____ 마을 사람들이 놀라 달려왔습니다.

(3) 마을 사람들이 숨을 헐떡이며 정신없이 _____ 양치기 소년은 너무 재미있어서 웃었어요.

(4) 양치기 소년이 거짓말을 했다는 것을 _____ 모두 화를 내며 돌아갔어요.

(5) 그러던 어느 날 진짜 늑대가 _____ 양치기 소년은 깜짝 놀라 소리쳤지만 아무도 오지 않았어요. 결국 양들은 모두 늑대에게 잡아먹혔답니다.

單元 6 확인해 볼까요?

生字·表現 p.395

※ 〔1~2〕 다음 밑줄 친 부분과 바꾸었을 때 의미가 가장 비슷한 것을 고르십시오.

1 그 제품은 출시되자 날개 돋친 듯 팔리기 시작했다.

① 그 제품은 출시되면 ② 그 제품은 출시되나 마나
③ 그 제품은 출시되자마자 ④ 그 제품은 출시되는데도

2 저녁상을 치우기가 무섭게 또 술상을 차리라고 한다.

① 치워 봤자 ② 치우고 나서 바로
③ 치우는 데다가 ④ 치우라고 하더니

※ 다음 (   )에 알맞은 것을 고르십시오.

3
가 올겨울은 유난히 눈이 많이 내리네요.
나 그래서 그런지 (   ) 스키를 타러 오는 사람들로 북새통이에요.

① 스키장을 개장하려고 해도 ② 스키장을 개장한다고 해도
③ 스키장을 개장할 정도로 ④ 스키장을 개장하기가 무섭게

※ 다음 (   )에 들어갈 수 없는 것을 고르십시오.

4
가 김 기자, 오늘 공항 근처가 저녁 내내 막혔다면서요?
나 네, 브로드웨이 뮤지컬 팀이 (   ) 순식간에 기자들과 팬들이 몰리면서 주변의 교통이 마비됐습니다.

① 공항에 도착하자마자 ② 공항에 도착하기가 무섭게
③ 공항에 도착하기에 ④ 공항에 도착하자

※ 〔5~6〕 다음 밑줄 친 부분이 틀린 것을 고르십시오.

5 ① 우리는 만나자마자 헤어졌다.
② 출장에서 돌아오자 연락 주십시오.
③ 집을 나서자마자 비가 오기 시작했다.
④ 가을이 되자 길가에 코스모스가 한창이다.

6 ① 질문을 하기가 무섭게 대답했다.
② 용돈을 주기가 무섭게 다 써 버린다.
③ 그 가수의 CD는 발매되기가 무섭게 다 팔린다.
④ 날씨가 덥기가 무섭게 에어컨 판매가 급증했다.

單元 7

조건과 결정을 나타낼 때
表示條件與決定時

본 장에서는 조건이나 결정을 나타낼 때 사용하는 표현을 공부합니다. 조건을 나타낼 때 사용하는 표현으로 초급에서는 '-(으)면, -(으)려면'을, 중급에서는 '-아야/어야, -거든'을 배웠습니다. 고급에서 다루는 것들은 다양한 조건을 나타내는 표현들과 어떤 일의 상황이나 상태가 다른 것에 의해 결정될 때 사용되는 표현들입니다. 이미 배운 문법 표현들과의 유사점과 차이점을 잘 비교해서 상황에 맞게 사용하시기 바랍니다.

本單元中要學習的是表達條件或決定的文法。初級階段我們學過表達條件的「-(으)면、-(으)려면」等；中級階段則有「-아야/어야、-거든」等。而高級階段我們要面對的是表達各種條件的文法，以及當某事件的情況或狀態取決於其他因素時所使用的文法。學習時，請與學過的文法表現仔細比較，了解其相似與相異之處，並在適當的狀況下使用。

01 –는 한
02 –(으)ㄹ라치면
03 –노라면
04 –느냐에 달려 있다
05 –기 나름이다

01 -는 한

가 신문 기사를 보니 맞벌이 주부들이 참 힘들겠더라고요.
나 맞아요. 가족들과 직장 동료들의 이해와 도움이 없는 한 집안일과 직장 일을 동시에 잘 해내는 것은 무리이지요.
가 다른 나라에 비해서 한국이 남녀 임금 격차가 큰 데다가 더 오랜 시간 일하기 때문에 더욱 힘들다고 해요.
나 여성이 일하는 것에 대한 사회적 인식이 개선되지 않는 한 저 같은 워킹맘들의 고민은 계속될 거예요.

네? 아이가 아프다고요?

문법을 알아볼까요?

이 표현은 선행절이 후행절의 내용에 대한 전제나 조건이 될 때 사용합니다. 동사에만 붙습니다.
本文法可用於前子句為後子句的前提或條件時，且僅能連接於動詞之後。

당신이 제 옆에 있는 한 저는 아무것도 두렵지 않아요.
只要你在我身邊，我就什麼都不怕。

아무리 실력이 뛰어나도 영어 시험에 합격하지 않는 한 승진하기가 어려워요.
儘管實力出眾，只要英語考試不合格，晉升還是很困難的。

백 선생님은 앞으로도 건강이 허락하는 한 봉사 활동을 계속하고 싶다고 하셨어요.
白老師說只要健康狀況許可，他希望能繼續做義工。

도입 대화문 번역

가 我看了一則報紙上的新聞，說雙薪家庭主婦們過得非常辛苦。
나 沒錯。要是沒有家人與公司同事的理解與協助，家事與職場的工作是很難同時做好的。
가 據說和其他國家相比，韓國的男女薪資差距較大，加上工作時間更長，更加辛苦。
나 社會對女性工作的認知再不改善，像我這種職業婦女的苦惱，還是會持續下去的。

더 알아볼까요?

1 이 표현은 '-는 한'의 형태로 사용하지만 동사 '관하다'는 관용적으로 '-(으)ㄴ 한'의 형태로 사용됩니다.
本文法雖以「-는 한」之形態使用，但動詞「관하다」的慣用形態為「-(으)ㄴ 한」。
- 그 문제에 관한 한 현재로서 아무런 대답도 해 줄 수 없어요.
- 조선 시대 풍습에 관한 한 김 교수님만큼 해박한 지식을 가지고 계신 분이 없을 거예요.

> **Tip**
> 해박하다 淵博

2 이 표현은 동사에만 붙지만 형용사 '가능하다'는 예외적으로 '가능한 한'의 형태로 사용합니다.
本文法雖僅能連接於動詞之後，但形容詞「가능하다」可例外地以「가능한 한」的形態使用。
- 가능한 한 일찍 오세요.
- 가능한 한 빨리 끝냈으면 좋겠네요.

이럴 때는 어떻게 말할까요?

062.mp3

'칠전팔기'란 말이 있지요? 여러 번 실패해도 포기하지 않고 꾸준히 노력한다는 말인데요. 이런 정신을 가진 사람들은 수많은 실패에도 불구하고 계속 도전하는 이유를 어떻게 말할까요?

가: 수십 번이나 운전면허 시험에 떨어지고도 어떻게 계속 시험을 보실 생각을 하셨나요?
나: 희망을 가지고 계속 도전하는 한 꼭 합격할 수 있다고 믿었기 때문이지요.

> **Tip**
> 칠전팔기 百折不撓
> 분야 領域
> 통역사 口譯人員

수십 번이나 운전면허 시험에 떨어지고도 어떻게 계속 시험을 보다	희망을 가지고 계속 도전하다 / 꼭 합격할 수 있다
중간에 실패도 많이 하셨을 텐데 30년 넘게 한 분야에서 어떻게 이 일을 계속하다	꿈을 가지고 열심히 노력하다 / 수많은 실패는 언젠가 성공으로 이어질 수 있다
늦은 나이에 영어 공부를 시작해서 어려움이 많으셨을 텐데 어떻게 통역사가 되다	할 수 있다는 믿음을 가지고 포기하지 않다 / 나이는 아무 상관없다

연습해 볼까요?

1 관계있는 것을 연결하고 '-는 한'을 사용해서 문장을 완성하십시오.

(1) 주위의 조언을 귀담아 듣지 않다 •　　　　• ㉠ 다른 사람과 화합할 수 없다

(2) 양보하지 않고 자기의 주장만을 고집하다 •　　　　• ㉡ 누구나 성공할 수 있다고 생각하다

(3) 참석자 과반수의 찬성이 없다 •　　　　• ㉢ 진정한 자기 발전을 할 수 없다

(4) 꿈을 잃어버리지 않다 •　　　　• ㉣ 더 많은 아이들을 후원하고 싶다

(5) 경제적 여건이 허락되다 •　　　　• ㉤ 그 법안은 통과될 수 없다

(1) ㉢ - 주위의 조언을 귀담아 듣지 않는 한 진정한 자기 발전을 할 수 없어요.
(2) _____.
(3) _____.
(4) _____.
(5) _____.

2 다음 [보기]에서 알맞은 표현을 골라 '-는 한'을 사용해서 대화를 완성하십시오.

> [보기]　독립을 하지 않다　　좋아해 주는 사람이 있다　　제 힘이 닿다
> 　　　　인류가 존재하다　　생각을 정확히 표현하지 않다

(1) 가 영이 씨가 드디어 부모님으로부터 독립을 했다더군요.
　　나 경제적으로 **독립을 하지 않는 한** 진정한 독립이라고 할 수 없지 않나요?

(2) 가 교통사고로 몸이 불편하신데도 고아원 봉사 활동을 계속하시는 이유는 뭔가요?
　　나 비록 몸은 불편하지만 _____ 그 아이들을 도와주고 싶어서요.

(3) 가 연세가 많으신데 아직까지도 무대에 대한 열정이 대단하시네요.
　　나 한 사람이라도 내 노래를 _____ 계속 무대에 서고 싶어요.

(4) 가 저는 아무 말도 안 했는데 왜 사람들이 저를 오해하는지 모르겠어요.
　　나 자기의 _____ 다른 사람은 오해할 수밖에 없지요.

(5) 가 어떻게 신생아를 위한 사업에 투자할 생각을 하셨나요?
　　나 _____ 아기들은 계속해서 태어날 것이기 때문이지요.

02 -(으)ㄹ라치면

가 요즘 방학이라 편의점에서 아르바이트 한다며? 어때?

나 일은 별로 안 힘든데 혼자 가게를 보니까 화장실 가기가 좀 불편해. 한가해졌다 싶어서 잠깐 화장실에라도 다녀올**라치면** 손님들이 갑자기 연달아 오는 거 있지?

가 어머, 화장실도 제대로 못 가고 힘들겠다.

나 아, 그리고 진짜 바쁘게 일하다가 손님이 뜸해져서 잠깐 앉아서 쉴**라치면** 그때 사장님이 꼭 오신다니까. 잘못한 것도 없는데 괜히 놀고 있었던 것 같아서 민망하더라고.

문법을 알아볼까요?

이 표현은 선행절의 일을 하려고 하면 으레 후행절의 상황이 일어남을 나타낼 때 사용합니다. 이것은 과거에 여러 번의 경험이 있었던 일로 보통 선행절의 동작을 하려고 생각하거나 가정하면 후행절의 상황이 일어나 선행절의 일을 제대로 할 수 없음을 나타냅니다. 주로 입말에서 사용합니다.

本文法用於表示只要打算做前子句的事情，照例就會發生後子句的狀況。意指因為過去多次的經驗，只要打算或假設要進行前子句的動作時，總會發生後子句的狀況而無法實現前子句的事情。此文法主要用於口語。

밥 좀 먹**을라치면** 계속 전화가 오니 제대로 먹을 수가 없다.
只要一吃飯，電話就會一直進來，讓我沒辦法好好吃。

리모컨이 평소에는 잘 보이다가 TV 좀 볼**라치면** 이상하게 안 보인다.
平常都有看到遙控器，但只要打算看電視就找不到了，真怪。

모처럼 날 잡아서 교외로 바람 좀 쐬러 나갈**라치면** 그날따라 꼭 비가 온다.
難得定好日子要去郊外兜風時，當天一定會下雨。

도입 대화문 번역

가 聽說你最近因為放假去便利商店打工了？還好嗎？

나 工作是不怎麼辛苦，但因為必須一個人顧店，要上廁所很不方便。每次覺得比較空閒想去一下洗手間的時候，客人就會一個接一個進來，妳懂吧？

가 天哪，連廁所都不能好好上，一定累壞了。

나 啊，還有，每當忙了一陣子客人開始變少，正想坐下來休息一下的時候，老闆一定會進來。雖然沒做錯事，但莫名的好像我偷懶了一樣，真是尷尬。

133

더 알아볼까요?

이 표현은 큰 의미 차이 없이 '-(으)려고 하면'과 바꿔 사용할 수 있는데, '-(으)려고 하면'보다 좀 더 구어적인 표현입니다.
本文法可與「-(으)려고 하면」交替使用，意義沒有太大的差異，但「-(으)ㄹ라치면」比「-(으)려고 하면」更口語化。

- 밥 좀 먹으려고 하면 계속 전화가 오니 제대로 먹을 수가 없다.
- 모처럼 날 잡아서 교외로 바람 좀 쐬러 나가려고 하면 그날따라 꼭 비가 온다.

이럴 때는 어떻게 말할까요?

064.mp3

모처럼 어떤 일을 하려고 하면 꼭 다른 일이 생겨서 하려고 했던 일을 못 하게 될 때가 있지요? 여러분은 어떤 경험이 있으세요?

가 주말이라 집에서 쉬면서 낮잠이나 실컷 잘 거라더니 뭐 해요?

나 낮잠 좀 갈라치면 옆집 아이가 피아노를 크게 치니 자고 싶어도 잘 수가 있어야지.

Tip
실컷 盡情地
마음잡다 定下心來
잠이 쏟아지다 睡意襲來

주말이라 집에서 쉬면서 낮잠이나 실컷 잘 거라더니 뭐 하다	낮잠 좀 자다 / 옆집 아이가 피아노를 크게 치니 자고 싶어도 자다
쉬는 날이라 같이 집 안 대청소나 하자고 하더니 어디 나가다	모처럼 집안일 좀 하다 / 꼭 나가야 할 일이 생기니 하고 싶어도 하다
오늘까지 읽어야 하는 책이 있다고 조용히 해 달라더니 뭐 하다	마음잡고 책 좀 읽다 / 갑자기 잠이 쏟아지니 읽고 싶어도 읽다

연습해 볼까요?

生字·表現 p.395

다음 그림을 보고 '-(으)ㄹ라치면'을 사용해서 문장을 완성하십시오.

(1) 모처럼 시간 내서 **세차 좀 할라치면** 비가 와.

_____

(2) 오랜만에 지하철 대신 _____ 꼭 내가 탈 버스만 안 와.

_____

(3) 기분이 우울해서 _____ 그날따라 친구들은 시간이 다 안 된대.

_____

(4) 지하철에서 계속 서 가다가 겨우 자리가 나서 _____ 꼭 다른 사람이 먼저 가서 앉아.

_____

(5) 무료 시식을 한다기에 한참 줄 서서 기다렸다 겨우 _____ 꼭 내 앞에서 준비된 음식이 다 떨어져.

_____

(6) 중요한 날이라 _____ 꼭 동생이 먼저 몰래 입고 나가 버려.

_____

03 -노라면

가 무슨 생각을 그렇게 깊이 하고 있어요? 몇 번이나 불러도 못 듣고…….

나 아, 그랬어요? 잠깐 생각에 잠겼었나 봐요. 이 음악을 듣고 있**노라면** 고향 생각이 나거든요.

가 요즘 생각에 잠겨 있을 때가 많은 것 같은데 무슨 일이 있는 건 아니지요? 외국에서 혼자 생활하**노라면** 힘들 때도 있을 거예요. 외롭기도 하고요.

나 네, 그렇긴 하지만 소희 씨 같은 친구들이 있어서 괜찮아요.

문법을 알아볼까요?

이 표현은 선행절의 행동이나 상태를 계속해서 유지하다 보면 후행절의 상황이나 상태가 됨을 나타낼 때 사용합니다. 동사에만 붙습니다.

本文法可用來表示「只要前子句的行動或狀態一直持續下去，就會進入後子句的情況或狀態」，且只能連接於動詞之後。

고민이 있을 때 친구와 이야기를 나누**노라면** 의외로 쉽게 해결될 때가 있어요.
煩惱的時候和朋友聊聊，有時會意外地輕鬆解決。

세상을 사**노라면** 기쁜 날도 있고 슬픈 날도 있게 마련이에요.
人生在世，必然會有開心的日子與悲傷的日子。

학생들을 가르치**노라면** 보람도 느끼고 배우는 것도 많아요.
教導學生時不但可以感受到自己的價值，也能學到很多東西。

도입 대화문 번역

가 你在想什麼想得那麼投入？我叫你好幾次你都沒聽到……。
나 啊，真的嗎？我可能一時陷入沉思了吧。因為我聽這個音樂就會想起家鄉。
가 你最近好像很常陷入沉思，該不會是發生了什麼事了吧？獨自在國外生活一定會有辛苦的時候，也會比較孤單。
나 是啊，不過因為有昭熙妳這樣的朋友，我沒事的。

더 알아볼까요?

이 표현은 큰 의미 차이 없이 '-다(가) 보면'과 바꿔 쓸 수 있는데, '-다(가) 보면'보다 예스러운 느낌이 있습니다.
本文法可與「-다(가) 보면」交替使用，意義沒有太大的差異，但「-노라면」比「-다(가) 보면」更有古語的感覺。

- 세상을 <u>살다가 보면</u> 기쁜 날도 있고 슬픈 날도 있게 마련이에요.
- 학생들을 <u>가르치다 보면</u> 보람도 느끼고 배우는 것도 많아요.

이럴 때는 어떻게 말할까요?

여러분은 주로 무슨 일에 시간을 투자하시나요? 어떤 일을 하면서 시간을 보낼 때 몸과 마음이 건강해질까요?

가 한강 근처로 자주 산책을 나가시는 것 같던데 거기로 가시는 특별한 이유가 있나요?
나 강 옆으로 난 길을 걷노라면 마음이 차분해지고 몸도 가벼워지는 것 같거든요.

Tip
차분하다 沉靜　운동광 運動狂　잡념 雜念
뛰놀다 玩耍　정화되다 被淨化

한강 근처로 자주 산책을 나가시는 것 같던데 거기로 가시다	강 옆으로 난 길을 걷다 / 마음이 차분해지고 몸도 가벼워지는 것 같다
운동광이시라고 하던데 그렇게 운동을 많이 하시다	헬스클럽에 가서 몇 시간씩 땀을 흠뻑 흘리다 / 잡념이 사라지고 어느새 기분이 좋아지다
유치원에서 봉사 활동을 하신다고 하던데 거기에서 봉사하시다	아이들과 어울려 뛰놀다 / 저도 모르게 마음이 순수해지고 정화되는 느낌이 들다

연습해 볼까요?

生字・表現 p.395

1 다음 [보기]에서 알맞은 표현을 골라 '-노라면'을 사용해서 대화를 완성하십시오.

> **보기**
> 은숙 씨 이야기를 듣다　　　　넓은 바다를 바라보고 있다
> 마음을 붙이고 살아가다　　　　바쁘게 지내다

(1) 가 은숙 씨는 같은 이야기라도 정말 재미있게 하는 것 같아요.
　　나 맞아요. <u>**은숙 씨 이야기를 듣노라면**</u> 어느새 그 이야기에 푹 빠지게 돼요.

(2) 가 한국에 산 지 오래되니까 가끔은 고향보다 한국이 더 편안한 느낌이 들어요.
　　나 어느 곳이든 _____ 고향과 같이 정이 들겠지요.

137

(3) 가 연락한다 한다 말만 하고 전화도 못 했네요. 죄송해요.
　　나 괜찮아요. _____ 그럴 수도 있지요.

(4) 가 오랜만에 바닷가에 오니까 좋지?
　　나 응. _____ 가슴이 탁 트여.

2 다음 [보기]에서 알맞은 표현을 골라 '-노라면'을 사용해서 대화를 완성하십시오.

　　보기　　충분히 휴식을 취하다　　　성실히 일하다
　　　　　　꾸준히 취업 준비를 하다　　반복해서 연습하다

(1) 케빈　요즘 체력이 약해져서 집중도 잘 안 되고 금세 피곤해져요.
　　세린느　영양가가 높은 음식을 잘 먹고 **충분히 휴식을 취하노라면** 다시 건강해질 거예요.

(2) 투안　졸업한 선배 대부분이 아직 취직을 못 하고 있어서 저도 취직을 못 할까 봐 걱정이에요.
　　세린느　희망을 가지고 _____ 곧 좋은 일자리를 찾을 수 있을 테니 걱정하지 마세요.

(3) 여양　한국말 발음이 안 좋아서 가끔 사람들이 제 말을 못 알아들어요.
　　세린느　정확한 발음을 들으면서 _____ 점점 발음이 좋아질 거예요.

(4) 김소희　동기들은 벌써 다 승진을 했는데 저만 아직도 평사원이에요.
　　세린느　주변 사람 신경 쓰지 않고 지금처럼 _____ _____ 언젠가는 인정을 받을 날이 올 거예요.

138

04 -느냐에 달려 있다

가 와, 진짜 맛있네요. 요리 솜씨가 좋으신데 무슨 특별한 비결이라도 있나요?

나 주부들은 다 기본적으로 하는 건데요, 뭐. 비결이라고까지 말할 수 없지만 저는 음식의 맛은 얼마나 신선한 재료를 쓰**느냐에 달려 있다고** 생각해요.

가 재료가 중요한 거군요. 다음에는 무슨 음식을 만들어서 저를 초대해 주실 거예요? 하하하.

나 음, 그건 손님이 어떤 음식을 먹고 싶**으냐에 달려 있으니까** 케빈 씨가 먹고 싶은 것을 말해 보세요.

문법을 알아볼까요?

이 표현은 선행절의 일이나 상태가 후행절의 내용에 의해서 결정될 때 사용합니다. 보통 '얼마나, 어떻게' 등의 의문사와 함께 쓰이는 경우가 많습니다.
本文法用於表示前子句的事件或狀態取決於後子句。通常與「얼마나、어떻게」等疑問詞一起使用。

	A	V	N이다	
과거	★-았(느)냐에/었(느)냐에		★였(느)냐에/이었(느)냐에	+ 달려 있다
현재	★-(으)냐에	★-(느)냐에	(이)냐에	

★ 형용사 현재형의 경우 '-냐에'와 '-으냐에' 둘 다, 동사의 현재형은 '-냐에'와 '-느냐에' 둘 다 가능합니다. 그리고 과거형은 '-았/었/였/이었-' 뒤에 '-느-'를 생략해도 되고, 넣어서 써도 됩니다.
若為形容詞現在時制,「-냐에」跟「-으냐에」皆可使用;若為動詞現在時制,「-냐에」跟「-느냐에」兩者皆可使用。且過去時制「-았/었/였/이었-」後面的「-느-」可寫可不寫。

모든 일은 어떻게 생각하**느냐에 달려 있어요**.
一切都取決於你怎麼想。

십 년 후의 우리 모습은 지금 어떤 목적을 가지고 어떻게 살고 있**느냐에 달려 있는 것 같아요**.
我們十年後的樣子取決於我們現在有什麼目標、怎麼生活。

도입 대화문 번역

가 哇,真的好好吃。你的手藝那麼好,有沒有什麼特殊的秘訣呢?

나 家庭主婦基本都會一點的。雖然不能說有什麼秘訣,但我覺得料理的美味度取決於你使用的食材有多新鮮。

가 食材是很重要的呢。妳下次要煮什麼來招待我呢?哈哈哈。

나 嗯,那就要看我的客人愛吃什麼了,所以凱文請告訴我你想吃些什麼吧。

이번 일의 결과는 그동안 얼마나 열심히 준비<u>했느냐에 달려 있어요</u>.
這件事的結果取決於我們這段時間有多用心準備。

더 알아볼까요?

1 이 표현은 '-고 안/못 -고는 -느냐에 달려 있다', '-고 안/못 -는 것은 -느냐에 달려 있다'의 형태로도 자주 사용합니다.
本文法也常以「-고 안/못 - 고는 - 느냐에 달려 있다」、「-고 안/못 - 는 것은 - 느냐에 달려 있다」的形態使用。
- 사람들에게 사랑을 받고 안 받고는 자기가 어떻게 <u>하느냐에 달려 있어요</u>.
- 이번 일이 성공하고 못 하는 것은 그동안 얼마나 열심히 <u>준비했느냐에 달려 있어요</u>.

2 이 표현은 명사와 함께 사용할 때 '에/에게 달려 있다'의 형태로 씁니다.
本文法與名詞一起使用時，須以「에/에게 달려 있다」的形態呈現。
- 이번 일의 결정은 여러분의 <u>선택에 달려 있어요</u>.
- 우리나라의 미래는 자라나는 <u>청소년들에게 달려 있어요</u>.

3 이 표현은 동사와 함께 '-기에 달려 있다'의 형태로도 사용할 수 있습니다.
本文法也能以「-기에 달려 있다」的形態與動詞一起使用。
- 행복은 <u>마음먹기에 달려 있어요</u>.
- 모든 일은 <u>생각하기에 달려 있어요</u>.

4 이 표현은 큰 의미 차이 없이 '-는가에 달려 있다' 또는 '-는지에 달려 있다'와 바꿔 쓸 수 있습니다.
本文法可與「-는가에 달려 있다」或「-는지에 달려 있다」交替使用，意義沒有太大的差異。
- 모든 일은 어떻게 <u>생각하는가에 달려 있어요</u>.
- 이번 일의 결과는 그동안 얼마나 열심히 <u>준비했는지에 달려 있어요</u>.

068.mp3

이럴 때는 어떻게 말할까요?

가끔 주위 사람들이 잘못된 생각을 가지고 사는 것을 볼 때가 있지요? 그 사람들의 생각이 잘못되었다고 느낄 때는 언제인가요?

가 가진 것이 많으면 행복하겠죠?
나 행복은 얼마나 많이 가지고 있느냐가 아니라 얼마나 자기의 삶에 만족하느냐에 달려 있다고 봐요.

Tip
만족하다 滿足　　흥행 票房　　마음을 사로잡다 征服人心

가진 것이 많으면 행복하다	행복은 얼마나 많이 가지고 있느냐가 아니라 얼마나 자기의 삶에 만족하다
운동을 많이 하면 건강해지다	건강은 얼마나 많이 운동하느냐가 아니라 얼마나 규칙적으로 운동하다
유명한 배우들이 나오면 영화가 흥행에 성공하다	영화의 흥행은 얼마나 많이 유명한 배우가 나오느냐가 아니라 어떻게 관객들의 마음을 사로잡다

연습해 볼까요?

1 다음 [보기]에서 알맞은 표현을 골라 '-느냐에 달려 있다'를 사용해서 대화를 완성하십시오.

> 보기
> 얼마나 빨리 회복되다   얼마나 잘 반영했다   언제 어디로 여행을 가다
> 내일 날씨   일이 몇 시에 끝나다   제품의 질

(1) 가 이번에 한국 팀이 우승할 수 있을까요?
    나 주장인 박주성 씨의 컨디션이 **얼마나 빨리 회복되느냐에 달려 있다고** 봅니다.

(2) 가 오늘 저녁 동창회 모임에 올 수 있겠어?
    나 그건 오늘 _____ 되도록이면 참석할게.

(3) 가 저 제품이 요즘 인기 있는 상품이래. 디자인이 예뻐서 잘 팔리나 봐.
    나 무슨 소리야. 요즘 소비자들은 똑똑해서 디자인만 예쁘다고 사지는 않는다고. 잘 팔리고 안 팔리고는 _____.

(4) 가 2박 3일로 여행을 가고 싶은데 비용이 어느 정도 들까요?
    나 비용은 _____. 싸게 가고 싶으면 휴가철을 피해서 여행 계획을 세워 보세요.

(5) 가 내일 친구들하고 야외로 소풍을 가기로 했는데 갈 수 있을까?
    나 그건 _____.

(6) 가 어떻게 하면 이번 프로젝트에서 좋은 평가를 받을 수 있을까요?
    나 글쎄요. 그건 변화하는 고객의 요구를 _____.

2 다음 그림을 보고 '-느냐에 달려 있다'를 사용해서 대화를 완성하십시오.

(1) [서로 양보하며 배려해야죠.]

가 어떻게 하면 원만한 부부 생활을 유지할 수 있을까요?
나 그건 <u>얼마나 서로 양보하며 배려하느냐에 달려 있어요</u>.

(2) [친절해야죠.]

가 우리 식당 음식이 맛있다고들 하는데 생각보다 손님이 적어요. 손님들이 더 많이 오게 할 수 있는 방법이 없을까요?
나 그건 종업원들이 _____. 맛도 맛이지만 서비스가 중요하거든요.

(3) [자기 관리를 잘해야죠.]

가 어떻게 하면 저 배우처럼 스캔들 없이 인기를 꾸준히 누릴 수 있을까요?
나 그건 _____.

(4) [오늘 경기 결과가 나와야죠.]

가 우리나라 팀이 월드컵 본선에 진출할 수 있을까요?
나 그건 _____.

05 －기 나름이다

가 어제 '우리 집이 달라졌어요'라는 TV 프로그램 봤어요?

나 네, 봤어요. 책을 좋아하는 부부를 위해 제일 큰 안방을 아예 도서관처럼 꾸미고 제일 작은 방을 침실로 꾸민 집 얘기죠?

가 확실히 공간은 활용하기 나름이더라고요. 전문가들이 가구의 위치를 조금만 바꾸고 정리를 해 주니까 같은 공간인데도 아주 달라 보이던데요.

나 맞아요. 뭐든지 꾸미기 나름인 것 같아요. 이제 안방은 무조건 침실로 한다거나 거실에는 TV와 소파를 놓는다거나 하는 등의 고정 관념을 깨고 가족의 생활 방식과 취향에 맞게 바꾸는 게 필요한 것 같아요.

문법을 알아볼까요?

이 표현은 어떤 일이나 행동을 어떻게 하느냐에 따라 그 결과가 달라질 수 있음을 나타낼 때 사용합니다. 동사에만 붙습니다.

本文法用於表示「依照如何做某件事或某項行為，其結果可能會有所不同」。僅能連接於動詞之後。

가 친구랑 새벽에 운동하기로 약속은 했는데 내가 일어날 수 있을지 모르겠어.
　我跟朋友約好凌晨去運動，但不知道起不起得來。

나 일찍 일어나는 것도 습관을 들이기 나름이야. 일찍 잠을 자도록 해 봐.
　早起也要看是否有養成習慣。試著早點睡覺吧。

도입 대화문 번역

가 你昨天有看《我們的家不一樣了》這個電視節目嗎？

나 有。他們為一對喜愛書籍的夫妻量身定做，把最大的主臥室佈置得像是圖書館；卻把最小的房間規劃成臥房，對吧？

가 空間的確會因運用方式而有所不同呢。那些專家光是稍稍改變家具擺放的位置，並加以整理，整個空間看起來就完全不一樣了。

나 沒錯。一切都取決於規劃。現在也該打破主臥室一定要當成臥房；客廳一定要放置電視和沙發等固有觀念，依家人的生活方式與興趣來做些改變了。

143

가 요즘 인성 교육을 제대로 못 받은 아이들이 많아서 큰일이에요.
最近沒好好接受品德教育的孩子太多了，真是糟糕。

나 아이가 올바른 인성을 갖느냐 못 갖느냐는 부모가 가르치**기 나름인데** 요즘 모든 교육이 입시 위주로 흘러가다 보니 인성 교육에 중점을 두기가 힘든 것 같아요.
孩子能否有端正的品行取決於父母親的教導，最近所有的教育都以應考為主，再這樣下去，便很難把重心放在品德教育上。

가 이번에 끝난 공연이 성공적이었다고 생각하세요?
您覺得這次完成的演出成功嗎？

나 그건 평가하**기 나름인데** 비록 관객 수는 적었지만 국내에서 최초로 시도된 공연이라는 점에서 성공적이었다고 봐요.
這個就要看如何評價了。雖然觀眾人數不多，但從這是國內首次嘗試的演出這一點來看，我認為是成功的。

이럴 때는 어떻게 말할까요?

다른 사람과 더불어 산다는 것은 쉬운 일이 아니지요? 어떤 삶의 자세가 필요할까요?

070.mp3

(급하시면 먼저……)

가 주위 사람들과 문제없이 잘 지낸다는 것은 쉬운 일이 아닌 듯해요.

나 맞아요. 하지만 인간관계는 서로 이해하려고 노력하기 나름인 것 같아요. 먼저 상대방의 입장이 되어 생각해 보고 배려하려 한다면 좋은 관계를 유지할 수 있지 않을까요?

Tip
선의의 경쟁자 良性競爭對手	동기 부여 賦予動機	성취감 成就感
수용하다 接受	자기 성찰 自我反省	삼다 當作
자극제 興奮劑		

주위 사람들과 문제없이 잘 지내다	인간관계는 서로 이해하려고 노력하다 / 먼저 상대방의 입장이 되어 생각해 보고 배려하려 한다면 좋은 관계를 유지할 수 있다
경쟁 사회에서 살아야 하다	모든 일은 생각하다 / 한 목표를 향해 같이 도전할 선의의 경쟁자가 있다면 동기 부여도 되고 성공했을 때의 성취감도 크다
다른 사람의 비판과 충고를 수용하다	그런 이야기는 받아들이다 / 사람들 이야기를 자기 성찰의 기회로 삼는다면 더 성숙하고 발전할 수 있는 좋은 자극제가 될 수 있다

연습해 볼까요?

다음 [보기]에서 알맞은 표현을 골라 '-기 나름이다'를 사용해서 대화를 완성하십시오.

보기	사용하다	요리하다	설명하다	훈련시키다
	개척하다	배치하다	예산을 짜다	

(1) 가 이 노트북 배터리는 한번 충전하면 몇 시간 정도 사용할 수 있어요?
   나 그건 **사용하기 나름이에요**. 계속해서 쓰면 금방 닳겠지요.

(2) 가 강아지가 너무 예쁜데 똥오줌을 못 가릴까 봐 키우기가 망설여져요.
   나 그건 _____. 그걸 두려워하면 절대로 못 키우죠.

(3) 가 여기에 소파까지 놓으면 방이 더 좁아 보이지 않을까요?
   나 그거야 가구를 _____. 이쪽 벽에 붙이면 좁아 보이지 않을 거예요.

(4) 가 고등어조림을 집에서 해 봤는데 생선 비린내가 나더라고요.
   나 그건 _____ 요리할 때 생강즙을 조금 뿌려 보세요.

(5) 가 이렇게 험난한 세상을 잘 살아갈 수 있을까?
   나 우리의 인생은 우리가 _____. 그런 나약한 생각은 버려!

(6) 가 이번 방학에 배낭여행을 가려고 하는데 비용이 얼마 정도 들까요?
   나 그건 _____. 먼저 숙소와 일정을 고려해서 계획을 세워 보세요.

(7) 가 이번에는 혜진 씨를 프로젝트에서 빼야 할 것 같은데 내가 개인적인 감정이 있어서 자기만 뺀다고 생각하지 않을까?
   나 글쎄, 그건 _____ 기분 나쁘지 않게 잘 말해 봐.

單元 7 확인해 볼까요?

※ 〔1~3〕다음 밑줄 친 부분과 바꾸었을 때 의미가 가장 비슷한 것을 고르십시오.

1 내 방에서 조용히 <u>공부 좀 하려고 하면</u> 동생이 와서 놀자며 귀찮게 한다.

① 공부 좀 할라치면 ② 공부 좀 하던 차에
③ 공부 좀 한다면 ④ 공부 좀 한다 치고

2 비싼 옷을 입는다고 해서 옷을 잘 입는 것이 아니라 싼 옷을 입더라도 어떤 옷을 무엇과 어떻게 입었느냐에 따라 달라진다. 옷을 잘 입고 못 입는 것은 <u>매치하기 나름이다</u>.

① 매치하기가 요구된다 ② 매치하기 십상이다
③ 매치하기에 달려 있다 ④ 매치하기 일쑤이다

3 아무리 피곤한 날이어도 집에 와서 아기의 웃는 모습을 <u>보다 보면</u> 기분이 좋아지고 피곤이 풀린다.

① 보련만 ② 볼라치면
③ 보더라도 ④ 보노라면

※ 다음 (　)에 알맞은 것을 고르십시오.

4 실패를 두려워하지 말라. 실패를 (　) 아무것도 할 수 없다는 것을 명심하라.

① 두려워하니만큼 ② 두려워할 바에야
③ 두려워할지라도 ④ 두려워하는 한

※ 다음 (　)에 들어갈 수 <u>없는</u> 것을 고르십시오.

5 가 도대체 이렇게 많은 사람 중에 내 미래의 남편은 어디에 있는 걸까?
　　나 계속 (　) 언젠간 만날 수 있을 거야.

① 찾노라면 ② 찾을라치면
③ 찾으면 ④ 찾다가 보면

※ 다음 밑줄 친 부분이 <u>틀린</u> 것을 고르십시오.

6 ① 모든 일에 <u>가능한</u> 최선의 노력을 다해야 후회가 없는 법이다.
　　② 자취 생활을 오래 <u>하노라면</u> 누가 옆에 있는 게 불편할 때가 있다.
　　③ 그 일을 하고 안 하고는 너의 결정에 <u>달려 있으니까</u> 잘 생각해 봐.
　　④ 그렇게 많던 못도 필요해서 <u>쓸라치면</u> 어디에 있는지 찾을 수가 없다.

單元 8

따로 함과 같이 함을 나타낼 때
表示獨行與並行時

　본 장에서는 말하고자 하는 내용이 따로 구별되거나 또는 두 가지 행위를 겸하여 할 때 사용하는 표현에 대해서 공부합니다. 두 가지 행동을 같이 할 때 사용하는 표현으로 초급에서는 '-(으)면서'를, 중급에서는 의도를 나타내는 표현으로서의 '-(으)ㄹ 겸 -(으)ㄹ 겸'을 배웠습니다. 고급에서 배우는 표현들도 많이 쓰이는 표현들이므로 유사점과 차이점을 유의해서 공부하시기 바랍니다.

　本單元中要學習的是表達獨行或兩者並行時使用的文法。兩者並行時使用的文法,在初級階段有「-(으)면서」;中級階段則有表達意圖的「-(으)ㄹ 겸 -(으)ㄹ 겸」。高級階段出現的文法也十分常用,學習時請多留意其中的異同。

01 은/는 대로
02 -는 김에

01 은/는 대로

가 이번 여름에 해안선을 따라 여행을 해 볼까 하는데 동해안 쪽이 좋아요, 서해안 쪽이 좋아요?

나 글쎄요. 동해안**은** 동해안**대로** 서해안**은** 서해안**대로** 각각 매력이 있어서 어디 한 곳을 말하기가 그러네요. 자동차로 가려고요?

가 아니요, 지금 계획은 자전거로 갈까 하는데 무리일까요?

나 자동차를 타는 것보다는 시간도 오래 걸리고 힘들겠지만 자전거**는** 자전거**대로** 천천히 자연을 느끼면서 여행할 수 있어서 좋을 것 같아요.

문법을 알아볼까요?

이 표현은 명사와 함께 사용하여 그 명사가 뒤에서 서술하고 있는 내용의 특성이 다른 것과 구별될 때 사용합니다.

本文法與名詞一起使用，用於名詞與後敘內容的特性有所差異或區別時。這裡「有所差異」的意思是指，本來敘述語就是一件很正常的事情，只不過當你指出要做敘述語的時候，需要什麼條件／差異／注意／提醒的情況。

너**는** 너**대로** 나**는** 나**대로** 어디에 있든지 최선을 다하면 되는 거야.
不管你在哪裡，我又在哪裡，只要盡全力去做就可以了。
（盡全力去做就可以了，提醒的情況是不管你在哪、我在哪。）

요즘도 남자**는** 남자**대로** 여자**는** 여자**대로** 따로 밥을 먹어야 하는 곳이 있단 말이에요?
你是說現在還有男生歸男生、女生歸女生，必須分開用餐的地方嗎？
（必須分開用餐的差異／條件是男女不同席。）

같은 재활용 쓰레기라도 종이**는** 종이**대로** 플라스틱**은** 플라스틱**대로** 분리해서 버려야 해요.
即使都是可回收垃圾，也要紙張歸紙張、塑膠歸塑膠予以分類丟棄。
（分類丟棄要注意的部分是紙張歸紙張、塑膠歸塑膠。）

도입 대화문 번역

가 我今年夏天想沿著海岸線旅行，但不知道要去東海岸好還是西海岸好？

나 這個嘛，東海岸有東海岸的好，西海岸有西海岸的好，各有各的魅力，很難選出一個來。你打算開車去嗎？

가 不是，我目前的計劃是騎單車去，是不是太勉強了？

나 騎車花的時間雖然比開車長，比較累，但騎單車也有騎單車的好，可以一邊慢慢感受大自然一邊旅行，好像也不錯。

이럴 때는 어떻게 말할까요?

각 사람마다 입장의 차이가 있는데요. 서로의 입장이 달라서 갈등이 생겼을 때는 어떻게 말해야 할까요?

가 그 회사의 임금 협상이 결렬되었다면서요?
나 네, 경영자는 경영자대로 이번에 책정된 임금은 현 회사 상황을 반영한 최적의 임금이라고 하고, 노조는 노조대로 실제 물가를 반영하지 않은 최저의 임금 수준이라고 주장한대요.

Tip
임금 협상 薪資協商   결렬되다 決裂   책정되다 制定
반영하다 反映   최적 最合適   최저 最低   합의 協議
원료 공개 原料公開   찬반 논란 正反方爭論   기밀 機密

그 회사의 임금 협상이 결렬되었다	경영자 / 이번에 책정된 임금은 현 회사 상황을 반영한 최적의 임금이다 / 노조 / 실제 물가를 반영하지 않은 최저의 임금 수준이다
그 폭력 사건에 대한 합의가 안 됐다	가해자 / 그 사건은 우연적인 사건이었다 / 피해자 / 계획적인 행동이었다
그 회사 제품의 원료 공개에 대한 찬반 논란이 계속되고 있다	생산업자 / 원료 공개는 회사 기밀이니까 밝힐 수가 없다 / 소비자 / 알 권리가 있으니까 밝혀야 하다

연습해 볼까요?

生字・表現 p.396

1 '은/는 대로'를 사용해서 대화를 완성하십시오.

(1) 가 부자는 걱정거리가 없어서 좋겠다.
    나 무슨 소리야? **부자는 부자대로** 걱정이 있는 법이라고.

(2) 가 재즈만 좋아하는 줄 알았더니 국악도 듣네요.
    나 _____ 각기 다른 맛이 있거든요.

(3) 가 좀 전에 밥을 그렇게 많이 먹더니 또 빵을 먹으려고?
    나 저는 _____ 들어갈 배가 따로 있어서 괜찮아요.

(4) 가 은주 씨, 이메일은 안 쓰세요? 항상 편지를 직접 쓰는 것 같네요.
    나 이메일도 쓰죠. 그런데 _____ 쓰는 사람의 정성을 느낄 수가 있으니까 자주 쓰는 편이에요.

(5) 가 반려동물을 기르고 싶은데 고양이랑 강아지 중에 뭐가 좋을까?
    나 얘기 들어 보면 _____ 키우는 재미가 있다던데……

2 다음 글을 읽고 '은/는 대로'를 사용해서 대화를 완성하십시오.

> 서울에서 태어나 쭉 도시에서만 살다가 남편 직장을 따라 시골 마을로 오게 됐다. 처음에는 시골 생활이 불편했는데 이제는 아주 익숙해져서 다시 도시에 나가서 살라고 하면 못 살 것 같다. (1) 도시가 여러 가지 편의 시설이 많아서 편리하지만 여기는 특히 공기가 맑고 조용해서 그 자체가 휴식이 된다. (2) 아파트에서만 살다가 주택에서 살아 보니까 삶을 풍요롭게 즐길 수 있다고나 해야 할까. 앞마당에는 나무도 심고 채소도 키우고 사람들을 초대해서 바비큐 파티도 할 수 있으니 아파트에서는 상상도 못 해 본 일이다. (3) 주변에 그 흔한 대형 마트는 없지만 삼 일마다 한 번씩 서는 장에 가는 것도 큰 즐거움 중의 하나이다. 시장에 가면 값도 싼 데다가 덤도 많이 주고 구경거리도 많기 때문이다. (4) 아이들은 산과 들을 맘껏 뛰어다니며 놀 수 있어서 좋아하고, (5) 우리 부부는 집 안팎의 일을 직접 하느라 따로 운동할 필요 없이 건강해지는 것 같아서 대만족이다. 이제는 다른 사람들에게도 이곳 생활을 적극 추천하고 싶다.

가 도시에서 살다가 시골에서 살아 보니까 불편하지?

나 도시가 편리하기는 한데 (1) **여기는 여기대로 공기가 맑고 조용해서 좋아**.

가 아파트에서 살다가 주택에 살면 불편하다던데…….

나 물론 아파트가 관리하기가 편하지. 그런데 (2) _____ 좋아.

가 주변에 대형 마트도 없다면서? 멀리 시장까지 가야 하니까 불편하지 않아?

나 마트가 있으면 편리하겠지만 (3) _____ 좋아. 그리고 구경거리도 많고.

가 그렇구나. 너희 가족들은 어때?

나 (4) _____ 좋아하고,
　(5) _____ 만족하고 있어.

가 잘됐네. 네 이야기를 들으니 아주 행복한 모양이구나.

나 응, 너도 여기로 이사 오면 좋겠다.

02 -는 김에

가 어제 휴일인데 뭐 하셨어요?
나 모처럼 친구를 만난 김에 영화도 보고 쇼핑도 했어요. 그랬더니 좀 피곤하네요.
가 저 지금 은행에 갔다 오려고 하는데 나가는 김에 커피 한 잔 사다 드릴까요?
나 그래 주실래요? 그럼 카페라떼로 부탁해요.

문법을 알아볼까요?

이 표현은 선행절의 행위를 하는 기회나 이미 일어난 어떤 상황을 계기로 계획에는 없었지만 그와 관련된 후행절의 행위를 겸하여 함을 나타낼 때 사용합니다.
本文法用於表示「以做前子句行為的機會或已經發生的某種情況為契機，同時做不在計畫內，但與其相關聯之後子句的行為」。

	V
과거/완료	-(으)ㄴ 김에
현재	-는 김에

가 이게 웬 호두과자예요?
　這裡怎麼會有核桃點心？
나 휴게소에 들른 김에 천안에서 유명하다고 해서 좀 샀어요. 드셔 보세요.
　我趁著去休息站的機會，聽說在天安這個很有名，就買了一點。您嚐嚐看。
가 어제 인천에 사는 동생네 집에 간 김에 인천 국제도시도 구경을 했어요.
　趁著昨天去住仁川的妹妹家，順便參觀了仁川國際都市。
나 저도 한 번 가 봤는데 국제도시답게 도시 계획을 잘했더라고요.
　我也去過一次，不愧是國際都市，規劃得非常好。

도입 대화문 번역

가 昨天是假日，您做了什麼呢？
나 趁著難得和朋友見面，順便看電影、購物，所以有點累。
가 我現在要去趟銀行，要不要我出去時順便幫您買杯咖啡呢？
나 可以嗎？那就拜託妳幫我買杯拿鐵了。

151

가 친구들이 내 첫인상이 너무 강해 보인다는데 머리 모양을 좀 바꿔 볼까?
朋友都說我給人的第一印象過於剛強，我是不是該換個髮型？

나 머리 모양을 바꾸는 김에 머리 색상도 조금 밝은 색으로 바꿔 보는 게 어때?
趁著改變髮型的機會，把髮色也順便換成亮色系如何？

더 알아볼까요?

1 이 표현은 과거의 상황일 때도 선행절과 후행절의 행위가 거의 동시에 이루어지면 '-는 김에'를 사용합니다.
本文法用於，即使是過去的狀況，若前後子句的行為近乎同時發生，則使用「-는 김에」。

- 제 것을 사는 김에 동생 것도 하나 샀어요.
- 어제 방 청소를 하는 김에 부엌 청소도 했어요.

2 이 표현은 현재의 상황일 때도 선행절의 행위가 완료된 뒤에 후행절의 행위가 시작되면 '-(으)ㄴ 김에'를 사용합니다.
本文法用於，即使是過去的狀況，若是在前子句的行為完結之後才開始後子句的行為，則使用「-(으)ㄴ 김에」。

- 이렇게 다 모인 김에 기념사진이나 찍을까요?
- 오랜만에 외출한 김에 분위기 좋은 곳에 가서 차나 한잔합시다.

비교해 볼까요?

어떤 행동들을 겸하여 한다는 점에서 '-(으)ㄹ 겸 -(으)ㄹ 겸'과 '-는 김에'가 비슷해 보이지만 다음과 같은 차이가 있습니다.
「-(으)ㄹ 겸 -(으)ㄹ 겸」與「-는 김에」雖然在並行某些行為的層面上很相近，但仍有以下差異：

-(으)ㄹ 겸 -(으)ㄹ 겸	-는 김에
두 가지 이상의 행동을 모두 하고자 할 의도나 목적을 가지고 있음을 의미합니다. 意指有同時進行兩種以上的行為之意圖或目的。 • 영화도 볼 겸 쇼핑도 할 겸 어제 시내에 나갔어요. ☞ 영화도 보고 쇼핑도 할 목적으로 시내에 나갔다는 의미입니다. 意指以既看電影又購物的目的前往市區。	어떤 행동을 할 기회를 이용하여 그와 연관된 다른 일을 같이 함을 의미합니다. 意指利用進行某種行為的機會，做與其相關的另一件事。 • 어제 시내에 나간 김에 영화도 보고 쇼핑도 했어요. ☞ 어떤 목적이 있어 시내에 나갔고, 그 기회에 계획에는 없었지만 영화도 보고 쇼핑도 했다는 의미입니다. 意指因某種目的而前往市區，趁此機會，進行了不在原定計劃中的看電影與購物。

이럴 때는 어떻게 말할까요?

그동안 하고 싶은데 시간이 없어서 미뤄 온 일들이 있지요? 여러분은 시간이 생기면 무엇을 하고 싶으신가요?

가 이번에 시간이 좀 생겨서 관광도 하고 휴식도 취할 겸 제주도에 갈까 해요.

나 그럼, 제주도에 가는 김에 감귤 초콜릿과 한라봉 쿠키 좀 사다 주세요.

Tip
감귤 柑橘   한라봉 漢拿峰(醜橘)   도자기 陶瓷器
가구 배치 家具擺設   벽지 壁紙

관광도 하고 휴식도 취할 겸 제주도에 가다	제주도에 가다 / 감귤 초콜릿과 한라봉 쿠키 좀 사다 주다
집에서도 쓰고 선물도 할 겸 도자기 만드는 법을 배우다	만들다 / 제 것도 기념으로 하나 만들어 주다
집 안 분위기도 바꾸고 기분 전환도 할 겸 가구 배치를 새로 하다	가구 배치를 새로 하다 / 벽지 색깔도 바꿔 보다

연습해 볼까요?

다음 [보기]에서 알맞은 표현을 골라 '-는 김에'를 사용해서 대화를 완성하십시오.

보기   말이 나오다   부탁하다   물어보다   도와주다   생각나다

(1) 가 길 건너편에 예쁜 카페가 새로 생겼는데 특이하게 붕어빵이랑 커피를 같이 판대.
   나 그래? **말이 나온 김에** 거기에 한번 가 볼까?

(2) 가 이 근처에 종관 씨 사무실이 있지 않아요?
   나 아, 그랬던 것 같아요. _____ 전화나 해 볼까요?

(3) 가 현빈 씨, _____ 한 가지만 더 물어봐도 되겠습니까?
   나 죄송합니다. 공식적인 인터뷰 시간은 벌써 끝났습니다.

(4) 가 저장할 때는 왼쪽, 삭제할 때는 오른쪽 버튼을 누르시면 돼요.
   나 고맙습니다. 그런데 _____ 이것도 좀 가르쳐 주세요.

(5) 가 이것만 가는 길에 우체통에 넣으면 되죠?
   나 네, 그런데 미안하지만 _____ 한 가지 더 부탁할게요.

單元 8 확인해 볼까요?

生字·表現 p.396

※ [1~2] 다음 (　)에 알맞은 것을 고르십시오.

1
가　무슨 사고라도 생긴 게 아닐까요?
나　곧 연락이 올 테니 (　) 조금만 더 기다려 봅시다.

① 기다리는 한　② 기다리는 바람에　③ 기다리는 김에　④ 기다리는 가운데

2
가　언니, 여자는 봄을 타고 남자는 가을을 탄다는데 난 왜 가을만 되면 마음이 울적해지는 걸까?
나　그건 의학적으로 근거가 없는 얘기야. 그럼, (　) 타는 나는 뭐니?

① 봄은커녕 가을마저
② 봄은 봄이고 가을은 가을이고
③ 봄부터 가을까지
④ 봄은 봄대로 가을은 가을대로

※ 다음에 제시된 단어를 이용해서 알맞은 형태로 바꿔 쓰십시오.

3　비빔밥은 요리하기가 간단해 보이지만 참 손이 많이 가는 음식이다. (고기, 고기, 나물, 나물) 따로 볶아야 제맛이 나기 때문이다. 이렇게 준비한 재료들을 따뜻한 밥 위에 올리고 고추장과 참기름을 각자의 기호에 맞게 양을 조절해 넣어서 비벼 먹는다. 한 그릇에 갖가지 영양소가 듬뿍 들어갔으니 그야말로 웰빙(well-being) 음식이 아닐 수 없다.

(　　　　　　　　　　　　)

4　무뚝뚝한 경상도 사람인 아버지는 자신의 감정을 드러내신 적이 별로 없었다. 서울에서 혼자 자취하는 아들이 걱정돼서 오셨어도 항상 볼일이 있어 (이 근처에 오다) 그냥 한번 들러 봤다고 말씀하시곤 했다. 하지만 어머니가 미리 준비하신 반찬이며 먹을거리를 잔뜩 들고 오신 아버지의 깊은 속마음을 모를 리 없었다.

(　　　　　　　　　　　　)

※ 다음 글을 읽고 (　)에 가장 알맞은 표현을 고르십시오.

5　최근 방송사들이 앞다퉈 '인포테인먼트' 프로그램을 만들고 있다. '인포테인먼트(infortainment)'란 정보를 나타내는 말과 오락을 나타내는 말을 합쳐서 만든 단어로, 딱딱한 교양 프로그램에 오락 프로그램의 재미를 더하여 (　) 까다로운 시청자들을 사로잡기 위한 새로운 프로그램 형식이다.

① 정보는 정보대로 재미는 재미대로 따지는
② 오락성만 있으면 정보 제공이 중요하겠냐는
③ 정보는 물론이고 재미도 상관할 바 아니라는
④ 오락성만큼은 정보 제공보다 못하면 안 된다는

154

單元 9

대조와 반대를 나타낼 때
表示對照與對立時

본 장에서는 대조나 반대를 나타낼 때 사용하는 표현을 공부합니다. 초급에서는 '-지만, -는데'를, 중급에서는 '-기는 하지만, -기는 -지만, -는 반면에, -는데도'를 배웠습니다. 고급에서 다루는 표현들은 이미 배운 문법 표현들과 의미도 비슷하면서 많이 사용되는 것들이므로 유사점과 차이점을 잘 익혀서 같은 상황에서도 다양한 표현들을 사용해 보시기 바랍니다.

本單元中要學習的是,表達對照與對立時所使用的文法。初級階段我們曾學過「-지만、-는데」;中級階段則學過「-기는 하지만、-기는 -지만、-는 반면에、-는데도」等。在高級階段要學習的文法,與過去學過的文法表現意義相近,同時也十分常用。請熟讀其中的異同,試著在相同的狀況中活用各種不同的表現方式。

01 -건만
02 -고도
03 -(으)ㅁ에도 불구하고

01 –건만

가 둘째도 많이 컸네요. 이제 아이들끼리 노니까 키우기가 조금 더 편해졌겠어요.

나 네, 아무래도 그런 점은 있죠. 그런데 둘이서 항상 사이좋게 지내면 좋**겠건만** 아직 아이들이라 잘 놀다가도 별일 아닌 일로 하루에도 몇 번씩 싸워요.

가 아이들은 싸우면서 큰다고 하잖아요. 전 외동딸이라 혼자 외롭게 커서 형제나 자매가 많은 친구가 항상 부러웠어요. 그래서 그런지 빨리 결혼해서 아이를 많이 낳고 싶**건만** 그게 생각처럼 쉽게 되지 않네요.

나 곧 좋은 사람을 만나게 될 거예요. 너무 조급하게 생각하지 마세요.

문법을 알아볼까요?

이 표현은 선행절의 내용으로 기대되는 상황이나 결과와 반대되는 내용이 후행절에 나타날 때 사용합니다.

當後子句的內容中是與前子句期待之狀況或結果相反的內容時,便可使用此文法。

	A/V	N이다
과거/완료	-았건만/었건만	였건만/이었건만
현재	-건만	(이)건만
미래/추측	-겠건만	(이)겠건만

도입 대화문 번역

가 你家老二也長大好多喔。孩子們現在可以一起玩了,帶起來應該也比較輕鬆一點吧。

나 對啊,的確是有這個好處。我也希望他們兩個能永遠和諧相處,但他們畢竟還是孩子,每天玩到一半,都會因為一些雞毛蒜皮的小事而吵好幾次架。

가 小孩子都是在打打鬧鬧中長大的嘛。我是獨生女,一個人孤孤單單地長大,一直很羨慕兄弟姐妹多的朋友。或許是因為這樣,我很想早點結婚,多生幾個小孩,但事情並沒有我想的那麼簡單啊。

나 你很快就會遇到好對象的。不要太心急。

햇살은 따뜻하건만 밖은 여전히 춥다.
雖然陽光很溫暖，但外頭還是很冷。

날마다 도서관에서 열심히 공부하건만 성적은 도무지 오르지 않는다.
雖然每天在圖書館用功讀書，成績還是沒有進步。

좋아한다고 그렇게 눈치를 주었건만 진짜 모르는 건지 모르는 척하는 건지 그녀는 아무 반응이 없다.
我已經很明顯地暗示說我喜歡她，但也不知道是真不知道還是裝不知道，她完全沒有任何反應。

이럴 때는 어떻게 말할까요?

여러분은 언제 나이가 들었다고 느끼시나요? 여러분이 생각하는 자신과 현실 속의 모습이 다를 때인가요? 다른 사람들은 언제 그렇게 느낄까요?

가 요즘도 새벽마다 운동하러 다니세요?

나 아니요, 마음은 아직도 청춘이건만 몸이 말을 듣지 않아서 일찍 못 일어나겠더라고요. 나이가 들었나 봐요.

Tip
청춘 靑春　　반복하다 反覆
도통 完全　　익히다 練習、使熟悉
도무지 全然

요즘도 새벽마다 운동하러 다니다	마음은 아직도 청춘이다 / 몸이 말을 듣지 않아서 일찍 못 일어나겠다
다시 시작한 영어 공부는 잘되다	같은 단어를 몇 번씩 반복해서 외우고 있다 / 단어가 도통 외워지지 않다
다음 달부터 바뀌는 컴퓨터 프로그램은 다 익혔다	여러 번 자세하게 설명을 들었다 / 무슨 말인지 도무지 모르겠다

연습해 볼까요?

1 다음 [보기]에서 알맞은 표현을 골라 '-건만'을 사용해서 대화를 완성하십시오.

> 보기
> 같이 가면 좋다   도와줄 상황은 아니다   쉬어 가면서 하면 좋다
> 챙겨 먹고 있다   그리 많지 않다   열심히 노력하다
> 비가 올 거라고 하다

(1) 가 영화표가 몇 장 생겨서 지수 씨랑 가려고 하는데 내일 시간 되면 같이 갈래요?
    나 저도 **같이 가면 좋겠건만 내일은** 일이 있어서 시간이 안 될 것 같아요.

(2) 가 오늘 날씨가 어떨 것 같아요?
    나 일기예보에서는 오늘 하루 종일 _____ 아침부터 하늘이 맑은 걸 보니 비는 안 올 것 같아요.

(3) 가 이번에 찍을 영화에서는 어떤 역할을 맡으셨어요?
    나 마라톤이 취미인 회사원 역을 맡았어요. 대사는 _____ 뛰는 장면이 많아서 요즘 열심히 운동하고 있어요.

(4) 가 요즘 건강은 어때?
    나 건강에 좋다는 음식은 열심히 _____ 나이가 들어서 그런지 옛날보다 쉽게 피곤해 지는 것 같아.

(5) 가 이번 프로젝트를 다른 부서가 맡게 됐다고 들었어요.
    나 네, _____ 결과가 좋지 않네요. 그래도 최선을 다했으니까 후회는 없어요.

(6) 가 퇴근하고 저녁에는 친구 가게 일을 도와준다면서요?
    나 네, 저도 사실 _____ 힘들어하는 친구를 보고 가만히 있을 수가 없더라고요.

(7) 가 그 집 첫째는 오늘도 회사에 갔나 봐요.
    나 네, 요즘은 주말도 없이 거의 매일 출근해요. 아무리 일이 좋더라도 좀 _____ 일이 너무 재미있다고 하니까 뭐라고 할 수가 있어야지요.

2 다음 [보기]에서 알맞은 표현을 골라 '-건만'을 사용해서 일기를 완성하십시오.

보기
늦지 않게 집에서 나오다   제시간에 오면 좋다   냉정할 것 같다
그냥 집에 가고 싶다   일찍 가서 기다리다   아무리 친구 사이이다
화를 낼 거라고 예상하다

유진이의 일기

오늘은 오랜만에 고등학교 친구 지민이를 만났다.

(1) **늦지 않게 집에서 나왔건만** 차가 많이 막혀서 약속 시간에 한 시간이나 늦었다.

지민이한테 미안해서 가는 도중에 계속 문자 메시지를 보냈다.

약속 장소에 도착했을 때 지민이가 (2) _____ 오히려 차도 막히는데 오느라고 고생했다면서 괜찮다고 했다.

지민이는 무뚝뚝해서 (3) _____ 실제로는 마음이 참 따뜻한 친구이다.

나는 이해심 많은 사람이 좋다.

지민이의 일기

오늘은 오랜만에 고등학교 친구 유진이를 만났다.

약속 장소에 (4) _____ 유진이는 오늘도 한 시간이나 늦게 왔다.

마음 같아서는 (5) _____ 유진이가 거의 다 도착했다고 계속 문자 메시지를 보내는 바람에 갈 수가 없었다.

한 번쯤은 (6) _____ 매번 늦다니…….

더구나 항상 같은 이유로 늦는 것은 (7) _____ 이해하기가 힘들다.

나는 약속 시간을 잘 지키는 사람이 좋다.

02 -고도

가 어제 모임에 여양 씨가 또 늦게 온 거 있죠?
나 그렇게 안 늦겠다고 다짐을 하고도 또 안 지켰단 말이에요?
가 더군다나 늦게 오고도 사과 한 마디 없는 거예요. 같이 기다리던 사람들한테 오히려 제가 미안하더라고요.
나 여양 씨는 늦게 오는 버릇만 고치면 참 괜찮은 사람인데 왜 그러는지 모르겠네요.

문법을 알아볼까요?

이 표현은 선행절의 행위가 완료된 후에 그 선행 동작 후에 예상되는 결과와는 다른 행위나 상황이 후행절에 나타날 때 사용합니다. 동사에만 붙습니다.

本文法用於，在前子句的行為結束後，後子句內容是與前子句行為預期結果不同的行為或狀況。僅連接於動詞之後。

직접 눈으로 확인하고도 아직도 못 믿겠단 말이에요?
你都親眼確認過了，還是不相信嗎？

돈이 있으면 뭐든지 살 수 있다고들 하지만 돈을 주고도 살 수 없는 것이 있다.
雖然大家都說，只要有錢，什麼都買得到，但還是有有錢也買不到的東西。

화상 회의를 통해 각지에 흩어져 있는 지사장들이 한 자리에 모이지 않고도 긴급한 안건을 논의할 수 있게 되었다.
透過視訊會議，分佈各地的分公司社長不須聚在一起，也可以討論緊急議案。

도입 대화문 번역

가 昨天的聚會呂楊又遲到了你知道嗎？
나 他保證過不會再遲到，但又沒守信用嗎？
가 再加上他明明已經遲到，卻連一句道歉的話都沒有。反而是我對一起等的人很抱歉呢。
나 呂楊只要把遲到的壞習慣改掉就是個很不錯的人，真不知道他為什麼要這樣。

더 알아볼까요?

1 이 표현은 선행절과 후행절의 주어가 같아야 합니다.
本文法的前子句與後子句主語須一致。
- 동생이 도자기를 깨고도 제가 깼다고 했어요. (×)
  → 동생이 도자기를 깨고도 (동생이) 깨지 않았다고 했어요. (○)
  → 동생이 도자기를 깼지만 제가 깼다고 했어요. (○)

2 이 표현 앞에는 시제를 나타내는 '-았/었-'이나 '-겠-'과 같은 어미들을 쓸 수 없습니다.
本文法前方不可使用表時制的「-았/었-」或「-겠-」等語尾。
- 그 친구는 늦게 왔고도 사과하지 않았다. (×)
  → 그 친구는 늦게 오고도 사과하지 않았다. (○)

3 이 표현은 일부 형용사에 붙어 어떤 것이 대립되는 두 가지 특성을 동시에 지니고 있음을 나타낼 때도 사용합니다.
本文法也可連接於部分形容詞之後,用來形容某種事物同時具有兩種相對立的特性。
- 가깝고도 먼 나라   既親近又遙遠的國家
- 길고도 짧은 인생   既綿長又短暫的人生
- 넓고도 좁은 세상   寬廣又狹窄的世界
- 슬프고도 아름다운 이야기   悲傷又美麗的故事

이럴 때는 어떻게 말할까요?

078.mp3

'선의의 거짓말'이란 말을 들어보셨나요? 정직한 것이 가장 좋지만 때로는 상대방을 배려해서 진실을 감출 때가 있는데요. 여러분은 어떤 경험이 있으신가요?

밥은 먹었니?
아뇨, 배고파요~.

가 선의의 거짓말을 해 본 적이 있나요?
나 얼마 전에 할머니를 찾아뵈었는데 밥상을 차려 놓고 기다리고 계셔서 밥을 먹고 가고도 안 먹은 척한 적이 있었어요.

Tip
선의의 거짓말 善意的謊言   복장을 하다 著裝
속이 안 좋다 肚子不舒服   방귀를 뀌다 放屁

얼마 전에 할머니를 찾아뵈었는데 밥상을 차려 놓고 기다리고 계셔서 밥을 먹고 가다 / 안 먹다
어렸을 때 아빠가 산타클로스 복장을 하고 선물을 들고 계시는 걸 봤는데 산타가 아빠인 걸 알다 / 모르다
극장에서 여자 친구가 속이 안 좋은지 방귀를 뀌었는데 여자 친구의 방귀 소리를 듣다 / 못 듣다

161

연습해 볼까요?

生字·表現 p.396

다음 [보기]에서 알맞은 단어를 골라 '-고도'를 사용해서 대화를 완성하십시오.

보기	혼나다	먹다	도와주다	가지 않다
	사귀다	밟다	졸업하다	

(1) 가 엄마, 한 시간만 더 컴퓨터 게임하면 안 돼요?
    나 아빠한테 그렇게 **혼나고도** 아직 정신을 못 차리니?

(2) 가 버스 안에서 어떤 남자가 제 발을 밟았는데 아무 말도 없이 그냥 지나가는 거예요.
    나 발을 _____ 사과를 하지 않았단 말이에요?

(3) 가 친구가 아프다기에 청소며 빨래며 다 해 줬더니 고맙다는 말은커녕 시끄러워서 잠을 못 잤다면서 화를 내는 거 있지?
    나 어머……. _____ 그런 소리를 들으니까 기분이 나빴겠구나.

(4) 가 '고학력 청년 백수'가 뭐예요?
    나 대학까지 _____ 취직이 되지 않아 집에서 놀고 있는 청년들을 말해요.

(5) 가 '실컷 _____ 살을 뺄 수 있게 해 드립니다.' 이게 가능하다고 생각해요?
    나 말이 안 된다고 생각해도 그 광고 보고 전화로 문의하는 사람이 많을걸요.

(6) 가 재헌 씨는 여자 친구를 사귄 지 3년이나 되었는데 아직 손도 못 잡아 봤대.
    나 뭐? 3년이나 _____ 손 한 번 못 잡아 봤다고? 너 그걸 진짜 믿니?

(7) 가 성적증명서가 필요해서 이번 주에 학교에 한번 가려고 해요.
    나 직접 _____ 인터넷으로 신청할 수 있어요.

03 -(으)ㅁ에도 불구하고

가 오늘 신문의 1면 기사 봤어요?
나 넉넉하지 않은 형편**임에도 불구하고** 가진 재산을 가난한 학생들에게 나눠 준 배달원 아저씨 얘기 말이지요?
가 네, 저는 그 기사를 읽고 얼마나 반성했는지 몰라요.
나 돈이 많**음에도 불구하고** 기부에 인색한 사람들과는 비교가 되는 이야기지요.

문법을 알아볼까요?

이 표현은 선행절의 행위나 상태로 기대되는 것과 다른 내용 또는 반대의 결과가 후행절에 나타날 때 사용합니다.
本文法用於表示「後子句內容出現與前子句預期內容不同或相反的結果」。

	A/V	N이다	
과거/완료	-았음에도/었음에도	였음에도/이었음에도	
현재	-(으)ㅁ에도	임에도	+ 불구하고
미래/추측	-겠음에도	(이)겠음에도	

경력이 없**음에도 불구하고** 이렇게 중요한 일을 믿고 맡겨 주시니 감사합니다.
儘管我沒有經歷，您還是把這麼重要的事情託付給我，非常感謝。

어려운 부탁**임에도 불구하고** 김 선생님은 거절하지 않고 선뜻 들어주셨다.
儘管這個請求很困難，金老師還是沒有拒絕，爽快地答應了。

마지막까지 최선을 다**했음에도 불구하고** 결과가 좋지 않아 조금 실망스럽다.
即使我盡全力做到最後，結果還是差強人意，令我有點失望。

도입 대화문 번역

가 今天報紙頭版新聞你看了嗎？
나 妳是說那個即便手頭並不寬裕，還是把所有財產捐給清寒學生的送貨大叔的故事嗎？
가 是的，我看了那則報導之後反省了好久。
나 這個故事和那些雖然有錢，卻吝於捐獻的人形成了很大的對比。

163

더 알아볼까요?

1. 이 표현은 명사 바로 뒤에 사용할 때는 '에도 불구하고'의 형태로 씁니다.
   本文法接在名詞之後時，以「에도 불구하고」的形態使用。
   - 거듭된 실패에도 불구하고 그는 포기하지 않고 계속해서 도전하였다.
   - 선수들의 뛰어난 활약에도 불구하고 아깝게 승리를 놓치고 말았다.

   Tip
   거듭되다 重複
   활약 活躍
   승리 勝利

2. 이 표현은 '불구하고'를 빼고 '-(으)ㅁ에도', '에도'로도 쓸 수 있으나 뒤에 '불구하고'를 붙이면 더 강조하는 표현이 됩니다.
   本文法雖可省略「불구하고」僅使用「-(으)ㅁ에도」、「에도」，但後方加上「불구하고」時，強調的語氣更重。
   - 경력이 없음에도 이렇게 중요한 일을 믿고 맡겨 주시니 감사합니다.
   - 거듭된 실패에도 그는 포기하지 않고 계속해서 도전하였다.

3. 이 표현은 큰 의미 차이 없이 '-는데도 (불구하고)'와 바꿔 쓸 수 있습니다. '-는데도 (불구하고)'는 입말에서 주로 사용하고, '-(으)ㅁ에도 불구하고'나 '에도 불구하고'는 글말에서 주로 사용하며 보다 격식적인 느낌을 줍니다.
   本文法可與「-는데도 (불구하고)」交替使用，意義並無太大的差異。但「-는데도 (불구하고)」主要使用於口語；而「(으)ㅁ에도 불구하고」或「에도 불구하고」主要使用於書面語，有更正式的感覺。
   - 어려운 부탁인데도 불구하고 김 선생님은 거절하지 않고 선뜻 들어주셨다.
   - 마지막까지 최선을 다했는데도 불구하고 결과가 좋지 않아 조금 실망스럽다.

이럴 때는 어떻게 말할까요?

우리 주위에는 감동을 주는 이야기들이 있지요? 힘든 상황에도 좌절하지 않고 고난과 역경을 극복한 이야기, 거기에 사랑과 나눔까지 더해진 아름다운 예를 알고 계시나요?

가 이번에 우리 대학 졸업생 대표가 된 학생이 화제라면서요?

나 네, 대학 시절 내내 공부하면서 생활비를 직접 벌어야 함에도 불구하고 시간을 쪼개어 자신보다 어려운 학생들을 돕는 봉사 활동을 했대요.

Tip
화제 話題   시간을 쪼개다 抽空、切割時間
불리다 被稱為   자활과 자립 自立自主
시각 장애인 視障人士   인권 운동 人權運動

이번에 우리 대학 졸업생 대표가 된 학생이 화제이다	대학 시절 내내 공부하면서 생활비를 직접 벌어야 하다 / 시간을 쪼개어 자신보다 어려운 학생들을 돕는 봉사 활동을 했다
서울역 앞 편의점 사장님이 '노숙자들의 어머니'라고 불리다	쓸데없는 일에 시간과 돈을 낭비한다는 주위의 비난 / 노숙자들의 자활과 자립을 도와줬다
한국인 최초의 시각 장애인 박사님이 얼마 전에 돌아가셨다	본인이 앞을 보지 못하는 장애를 가졌다 / 평생을 다른 장애인들의 인권 운동을 위해 사시다 돌아가셨다

연습해 볼까요?

生字・表現 p.396

1 관계있는 것을 연결하고 '-(으)ㅁ에도 불구하고'를 사용해서 문장을 완성하십시오.

(1) 결과가 좋지 않다 •   • ㉠ 감기 몸살로 인해 몸을 움직일 수가 없다

(2) 애완동물은 또 다른 가족이라는 인식이 높아지고 있다 •   • ㉡ 무대에서 긴장하는 모습이 없어 관객들을 감탄하게 만들었다

(3) 할 일이 산더미처럼 쌓였다 •   • ㉢ 끝까지 최선을 다했으므로 후회하지 않기로 했다

(4) 어린 나이이다 •   • ㉣ 살은 좀처럼 빠지지 않았다

(5) 저녁까지 굶으면서 노력했다 •   • ㉤ 아직도 사회의 무관심 속에 버려진 유기견들이 많다

(1) ㉢ – 결과가 좋지 않음에도 불구하고 끝까지 최선을 다했으므로 후회하지 않기로 했다 .
(2) _____ .
(3) _____ .
(4) _____ .
(5) _____ .

2 다음 [보기]에서 알맞은 표현을 골라 '에도 불구하고'를 사용해서 문장을 완성하십시오.

보기	국민들의 반대 여론　　　거듭되는 스캔들과 부상　　　추운 날씨
	90세의 고령　　　환경 단체의 대대적인 홍보

(1) 가 다음 달부터 서울 시내 교통비가 또 인상된다고 하지요?
　　나 **국민들의 반대 여론에도 불구하고** 서울시가 밀어붙일 모양이에요.

(2) 가 아직도 일회용 컵 사용과 플라스틱 포장 용기 사용이 줄어들지 않고 있대요.
　　나 _____ 여전히 환경 운동에 대한 인식이 부족해서 그래요.

(3) 가 어제 광화문에서 등록금 인상 반대를 위한 대규모 시위가 있었다지요?
　　나 _____ 시위 현장에 많은 사람들이 모였대요.

(4) 가 김철수 선수가 어제 경기에서 뛰어난 활약을 했더군요.
　　나 _____ 좌절하지 않고 끊임없이 연습한 결과지요.

(5) 가 옆집 할아버지는 건강 관리를 잘하시는 것 같아요.
　　나 _____ 마라톤에도 여러 번 참가하셨다고 하더라고.

165

單元 9 확인해 볼까요?

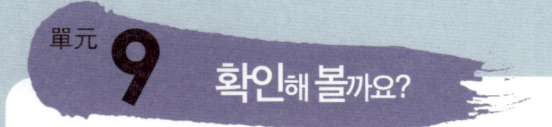

生字・表現 p.396

※ (1~2) 다음 ( )에 알맞은 것을 고르십시오.

1
> 아내한테서 아이가 아프다는 전화를 받았다. 마음 같아선 당장 ( ) 저녁에 중요한 회의가 있어 갈 수가 없다.

① 달려가고 싶은가 하면 ② 달려가고 싶거니와
③ 달려가고 싶으니만큼 ④ 달려가고 싶건만

2
> 가 통계 자료를 보니까 실제로 조기 유학의 성공보다는 실패 사례들이 많다고 해요.
> 나 자녀 교육에 많은 시간과 돈을 ( ) 성과가 없으면 부모의 입장에서 얼마나 실망스러울까요?

① 들인답시고 ② 들이고도
③ 들이는 한 ④ 들일 정도로

※ 다음 밑줄 친 부분과 바꾸었을 때 의미가 가장 비슷한 것을 고르십시오.

3
> 우리 학교 선수단은 세계 대회에 처음 <u>출전한 것인데</u> 결승까지 오르는 기대 이상의 성적을 거두었다.

① 출전하는 바람에 ② 출전하련만
③ 출전했음에도 불구하고 ④ 출전하고 해서

※ 빈칸에 가장 알맞은 것을 고르십시오.

4
> 가 이번에 신 선수가 심판의 불공정한 판정 때문에 다 이긴 경기에 졌다면서요?
> 나 네, 실력 때문에 졌다면 할 말이 없는데 _____.
> 그 경기를 보고 있던 저도 억울하던데 본인은 어땠겠어요?

① 그날만을 위해 열심히 노력해봤자 소용없는 일이잖아요
② 그날만을 위해 열심히 노력했다고 쳐도 그런 일을 당하면 못 참잖아요
③ 그날만을 위해 열심히 노력했을지라도 그렇게 판정이 나면 화가 나잖아요
④ 그날만을 위해 열심히 노력했건만 다른 사람으로 인해 물거품이 된 거잖아요

※ 다음 밑줄 친 부분이 **틀린** 것을 고르십시오.

5
① <u>졸고도</u> 졸지 않은 체한다.
② 상황이 <u>어려움에도</u> 포기하지 않았다.
③ 여러 번 그 사람을 <u>만나건만</u> 날 알아보지 못했다.
④ 조금만 노력하면 <u>성공하겠건만</u> 그 조금을 못 참는다.

166

單元 10

유사함을 나타낼 때
表示類似時

본 장에서는 선행절의 내용이 후행절과 비슷할 때 사용하는 표현들을 배웁니다. 초급에서는 '처럼'을 배웠는데 고급에서는 좀 더 복잡하고 다양한 쓰임을 가진 표현들을 배웁니다. 잘 익혀서 고급스러운 한국어를 구사하게 되길 바랍니다.

本單元中要學習的是前子句的內容與後子句的內容類似時使用的文法。初級階段我們曾學過「처럼」，高級階段我們將學到用法更加複雜且多樣的文法表現。希望學習者能多加練習，自由活用更高階的韓語。

01 -듯이
02 -다시피 하다

01 -듯이

가 어제 치러진 선거에는 투표율이 매우 높았다지요?
나 네, 투표 결과에 대한 뜨거운 관심을 반영하듯이 어젯밤 늦게까지 개표 방송을 보는 사람이 많았대요.
가 누가 당선이 되건 간에 자기 가족을 위하듯이 국민들을 진심으로 위하는 사람이 국회의원이 되면 좋겠어요.
나 그런 사람들이 많이 당선된다면 우리나라도 더 많이 좋아질 거예요.

문법을 알아볼까요?

1 이 표현은 선행절의 내용이 후행절의 내용과 거의 같다는 것을 나타낼 때 사용하며 '-는 것처럼', '-는 것과 마찬가지로'의 의미를 가집니다. '이'를 생략하여 '-듯'으로도 사용할 수 있습니다.
本文法用於前子句與後子句的內容幾乎一致時，它有「-는 것처럼」、「-는 것과 마찬가지로」的意思，也可以省略「이」，只使用「-듯」。

	A/V	N이다
과거/완료	-았듯이/었듯이	였듯이/이었듯이
현재	-듯이	이듯이

영주 씨한테 영주 씨 아이들이 소중하듯이 우리에게도 우리 아이들이 소중해요.
對英珠來說，英珠的孩子是最珍貴的，同樣地，對我們來說，我們的孩子也是最珍貴的。

제가 영국에서 좋은 시간을 보냈듯 제이 씨도 우리나라에서 좋은 시간을 보내시길 바랍니다.
我在英國度過了美好的時光，同樣地，希望傑伊也可以在我國度過美好的時光。

도입 대화문 번역

가 聽說昨天舉行的選舉投票率非常高？
나 是的，據說昨晚有好多人看開票節目看到很晚，似乎反映出大家對投票結果的熱烈關心呢。
가 誰當選都好，但願像對自己家人一樣真心為國民著想的人能當選國會議員。
나 那樣的人多選上幾位的話，我們的國家也會漸入佳境的。

168

2 이 표현은 후행절에 나타난 동작이나 상태를 보고 선행절의 동작이나 상태와 같거나 그렇게 보임을 추측하여 말할 때 사용하며 '-는 것처럼'의 의미를 가집니다. '이'를 생략하여 '-듯'으로도 사용할 수 있습니다.

表示「看了後子句出現的動作、狀態後，推測出它與前子句的動作、狀態相同或看起來相似」時，便可使用此文法。它有「-는 것처럼」的意思，也可以省略「이」，只使用「-듯」。

그 사람은 왜 항상 따지듯이 얘기하는 것일까? 좀 부드럽게 말하면 좋을 텐데.
他說話的時候為什麼總是像在追究些什麼一樣？語氣要是能溫和一點就好了。

비싼 가방이라고 하더니 민지 씨는 아이를 안듯 만나는 내내 가방을 안고 있더라고.
敏智說那個包包很貴，她就像抱孩子一樣，見面的時候一直抱著那個包包。

더 알아볼까요?

1 이 표현은 어떤 사실이 듣는 사람이나 말하는 사람이 모두 이미 알고 있는 것임을 확인하면서 그 사실과 같은 내용을 말할 때도 사용할 수 있습니다.

本文法可用來確認某個事實是否為聽者與話者都已經知道的，同時陳述與該事實相同的內容。

- 너도 알고 있듯이 외국어 공부에는 꾸준한 노력이 필요한 거야.

  就如你也知道的，學習外語需要持續不斷的努力。

- 앞에서도 여러 번 말씀드렸듯이 이제는 개발보다는 환경 보호에 신경을 써야 할 때입니다.

  如我先前提過許多次的，目前比起開發，更該致力於環境保護。

2 이 표현은 관용적으로 사용되는 것이 많은데 다음과 같은 것들이 있습니다.

本文法有許多慣用說法如下：

- 비 오듯이 땀이 흐르다: 땀이 아주 많이 흐르다.

  汗如雨下：汗流得非常多。

- 불 보듯이 뻔하다: 보지 않아도 앞으로 어떤 일이 일어날지 예상할 수 있다.

  明若觀火：不用看也可以猜到之後會發生什麼事。

- 가뭄에 콩 나듯이 하다: 어떤 일이 아주 드물게 일어나다.

  像乾旱中生豆子一般：某件事情非常罕見。

- 게 눈 감추듯이 먹다: 배가 많이 고파서 음식을 아주 빨리 먹다.

  吃得像螃蟹藏起眼睛一般：肚子非常餓，所以吃得很快。

- 밥 먹듯이 하다: 어떤 일을 습관처럼 자주 하다.

  像吃飯一樣：經常做某件事，已養成習慣。

- 제 집 드나들듯이 하다: 어떤 장소에 자주 가다.

  像進出自己家一樣：經常到某個場所。

- 눈 녹듯이 사라지다: 근심이나 걱정 등이 완전히 없어지다.

  如融雪般消失：擔憂與煩惱完全不見了。

이럴 때는 어떻게 말할까요?

누구나 중요한 일을 앞두고 있으면 이런저런 걱정을 많이 하게 되지요? 이러한 사람들에게 어떻게 격려를 하면 좋을까요?

가 제가 이번 세계 선수권 대회에서 우승할 수 있을까요?

나 그럼요. 평소에 하듯이 하면 금메달을 딸 수 있을 거예요.

Tip
앞두다 前夕
세계 선수권 대회 世界冠軍大賽

이번 세계 선수권 대회에서 우승하다	평소에 하다 / 하면 금메달을 따다
새 직장 동료들과 잘 지내다	학교 친구들을 대하다 / 대하면 새 직장 동료들과 잘 지내다
이번 사업에서 성공하다	지금까지 최선을 다했다 / 앞으로도 최선을 다하면 성공하다

연습해 볼까요?

生字・表現 p.397

1 관계있는 것을 연결하고 '-듯이'를 사용해서 문장을 완성하십시오.

(1) 동생은 청소를 끝낸 뒤 자랑이라도 하다 •   • ㉠ 가치관과 성격도 다르다

(2) 사람마다 외모가 다르다 •   • ㉡ 깔끔해진 집을 사진을 찍어 보내 왔다

(3) 장수하는 사람들의 생활에서 살펴봤다 •   • ㉢ 절대적인 안전성을 보장하는 기술이란 없다

(4) 이번 일의 성공 여부는 앞에서도 언급했다 •   • ㉣ 오래 사는 비결은 긍정적인 마음을 갖는 데 있다

(5) 얼마 전 원자력 발전소 사고에서 알 수 있다 •   • ㉤ 소비자의 요구를 얼마나 정확하게 읽어 내느냐에 달려 있다

(1) ㉡ - 동생은 청소를 끝낸 뒤 자랑이라도 하듯이 깔끔해진 집을 사진을 찍어 보내 왔다.

(2) _____.

(3) _____.
(4) _____.
(5) _____.

2 다음 [보기]에서 알맞은 표현을 골라 '-듯이'를 사용해서 대화를 완성하십시오.

보기	불 보다	제 집 드나들다	비 오다	눈 녹다
	게 눈 감추다	가뭄에 콩 나다	밥 먹다	

(1) 가 크리스 씨가 이번 시험에 합격할까요?
    나 떨어질 게 **불 보듯이** 뻔해요. 공부를 전혀 하지 않았잖아요.

(2) 가 어머니, 성적표예요.
    나 성적이 이게 뭐니? 거의 다 C, D잖아. A는 _____ 있구나.

(3) 가 엄마, 맛있게 잘 먹었습니다.
    나 배가 많이 고팠나 보구나. 이 많은 음식을 _____ 먹었네.

(4) 가 동현 씨가 이번에도 거짓말을 했지요?
    나 네, 동현 씨는 거짓말을 _____ 해서 이젠 어떤 말도 믿을 수 없어요.

(5) 가 밖에 날씨가 많이 더운가 봐요. _____ 땀을 흘리네요.
    나 아니에요, 방금 운동하고 와서 그래요.

(6) 가 며칠 야근하느라 힘들 텐데 그냥 집에 들어가서 쉬지 어떻게 여기까지 왔어요? 우린 다음에 봐도 되는데요.
    나 당신을 보면 회사에서 받은 스트레스가 _____ 사라지고 기운이 나니까 꼭 보고 가야겠더라고.

(7) 가 여보, 호성이가 오늘도 재호네 집에 갔나 보지? 일주일에 네다섯 번은 가는 것 같아.
    나 호성이는 재호랑 노는 게 정말 재미있나 봐요. 재호네 집에 _____ 가는 걸 보면요.

171

02 -다시피 하다

가 할머니와 무척 친한가 봐요. 할머니 이야기를 자주 하네요.
나 네, 우리 남매가 어렸을 때 부모님이 사업을 막 시작하셔서 거의 집에 안 계시**다시피 하셨거든요**. 그래서 할머니가 우리를 키우**다시피 하셨어요**.
가 부럽네요. 저는 어렸을 때 할머니가 돌아가셔서 할머니와의 추억이 없거든요. 할머니와는 자주 연락해요?
나 네, 거의 매일 통화하**다시피 해요**.

문법을 알아볼까요?

이 표현은 실제로 어떤 행위를 하는 것은 아니지만 그 행위에 거의 가깝게 할 때 사용하는 것으로, 어떤 상황의 정도를 강조하기 위해 사실을 과장해서 표현하는 것입니다.
本文法用於表示「雖然並非實際做了這個行為，但極度接近做了該行為」。通常是為了強調某個狀況的程度而誇大事實。

어제는 뭘 잘못 먹었는지 배탈이 나서 하루 종일 굶**다시피 했어요**.
我昨天不知道吃錯了什麼東西，拉肚子拉到幾乎整天餓肚子。

정부는 방치되**다시피 한** 유적지들을 복원하려는 계획을 발표했다.
政府發表了一個將幾近廢棄的遺跡修復的計畫。

올 상반기에는 부동산 경기가 안 좋아서 아파트 거래가 중단되**다시피 했었다**.
今年上半年不動產的景氣不佳，公寓的交易幾乎中斷。

도입 대화문 번역

가 妳跟奶奶感情好像很好。很常聽妳提起奶奶。
나 是啊，我們兄妹（姐弟）小時候，父母因為事業才剛起步，幾乎不在家。所以等於是奶奶把我們帶大的。
가 好羨慕啊。因為我小時候奶奶就已經過世了，沒有和奶奶之間的回憶。妳還常常和奶奶聯絡嗎？
나 有啊，我幾乎每天都跟她講電話呢。

더 알아볼까요?

1 이 표현은 피동 표현으로 현재 상태를 나타낼 경우, '-다시피 한다'로 쓰지 않고 주로 '-다시피 하고 있다'로 사용합니다.
　　本文法以被動表達現在的狀態時，不用「-다시피 한다」，而是使用「-다시피 하고 있다」。
　・갑자기 내린 폭설로 이 부근 도로는 마비되다시피 한다. (×)
　→ 갑자기 내린 폭설로 이 부근 도로는 마비되다시피 하고 있다. (○)
　・얼마 전에 난 산불로 인해 요즘 그 지역에는 관광객들의 발걸음이 끊기다시피 한다. (×)
　→ 얼마 전에 난 산불로 인해 요즘 그 지역에는 관광객들의 발걸음이 끊기다시피 하고 있다. (○)

2 '-다시피'만 사용하면 듣는 사람이 이미 알고 있는 사실을 확인하는 의미가 됩니다. 이때 '-다시피'는 '-듯이'와 바꿔 쓸 수 있습니다.
　　只使用「-다시피」時，有確認聽者已知之事實的意思。此時「-다시피」與「-듯이」可交替使用。
　・알고 계시다시피 최근 치매와 같은 노인성 질환이 급증하고 있습니다.
　= 알고 계시듯이 최근 치매와 같은 노인성 질환이 급증하고 있습니다.
　　如您所知，近來老年痴呆症之類的老人疾病正在快速增加。
　・지난번에도 말씀을 드렸다시피 이번 공사를 연말까지 차질 없이 마무리해 주십시오.
　= 지난번에도 말씀을 드렸듯이 이번 공사를 연말까지 차질 없이 마무리해 주십시오.
　　如同上次跟您提過的，本次工程請在年底前無差錯地完工。

> **Tip**
> 마비되다 癱瘓
> 발걸음이 끊기다 絕跡

이럴 때는 어떻게 말할까요?

피나는 노력과 강한 의지로 어떤 분야에서 성공한 사람들이 있지요? 그런 사람들은 어떤 노력을 어떻게 했을까요?

가 최영주 선수는 어떻게 해서 골프를 그렇게 잘 치게 되었대요?
나 초등학교 때부터 골프장에서 살다시피 하면서 연습을 해 오늘날의 최영주 선수가 되었대요.

> **Tip**
> 제품 개발 產品開發

최영주 선수 / 골프를 그렇게 잘 치게 되다	초등학교 때부터 골프장에서 살다 / 연습을 해 오늘날의 최영주 선수가 되다
한경미 회장 / 회사를 그렇게 크게 키울 수 있다	10년 이상 밤을 새우다 / 제품 개발에 힘을 써 세계 제일의 화장품 회사로 키울 수 있다
김수진 씨 / 그렇게 유명한 디자이너가 될 수 있다	20대 초반부터 백화점과 동대문 시장에 매일 출근하다 / 디자인을 연구해 세계적인 연예인들이 찾는 디자이너가 되다

연습해 볼까요?

1 '-다시피 하다'를 사용해서 같은 뜻이 되도록 문장을 바꾸십시오.

(1) 친구 집에서 숙식을 해결한 덕분에 일본 여행을 공짜로 한 셈이다.
→ <u>친구 집에서 숙식을 해결한 덕분에 일본 여행을 공짜로 하다시피 했다</u>.

(2) 천재 피아니스트 장성주 씨는 모차르트의 모든 곡을 거의 다 외우고 있다.
→ _____.

(3) 자동차의 대중화로 기름도 라면이나 쌀처럼 거의 필수품이 된 것이나 다름없다.
→ _____.

(4) 몇 년째 계속된 전쟁으로 폐허와 같은 상태로 변한 도시를 보니 마음이 아팠다.
→ _____.

(5) 이 소설은 1930년대 남미의 농장으로 팔려간 것이나 다름없었던 우리 선조들의 삶을 소재로 하고 있다.
→ _____.

2 다음 [보기]에서 알맞은 표현을 골라 '-다시피 하다'를 사용해서 대화를 완성하십시오.

| 보기 | 싸우다 | 뛰어다니다 | 먹고 자다 | 일하다 |

(1) 가 할아버지, 한국 전쟁 때 참전하셨다면서요?
　　나 맞아. 그때는 무기도 변변치 않아서 맨손으로 **싸우다시피 했어**.

(2) 가 회사를 처음 설립했을 때 어려운 점이 많으셨지요?
　　나 네, 할 일은 많은데 직원을 많이 쓸 형편이 되지 않아 혼자 _____.

(3) 가 최근에 정원 씨 식당에 가 봤어요?
　　나 네, 장사가 어찌나 잘되던지 직원들이 _____ 손님들을 맞더라고요.

(4) 가 김정호 연구원이 개발한 스마트폰이 아주 잘 팔린다면서요?
　　나 네, 연구실에서 매일 _____ 연구하더니 결국 좋은 제품을 개발했네요.

3 다음 [보기]에서 알맞은 표현을 골라 '-다시피 하다'를 사용해서 이야기를 완성하십시오.

| 보기 | 야식을 먹다　　맡다　　빼앗다　　침묵하다　　녹초가 되다 |

　　소희 씨는 지난 주말에 소개팅이 있었다. 그런데 최근 매일 밤 (1) **야식을 먹다시피 한** 탓에 살이 많이 쪄 입을 옷이 마땅치 않았다. 마침 언니의 줄무늬 원피스가 좀 날씬해 보일 것 같아 언니에게 빌려 달라고 했는데 언니가 절대로 안 된다는 것이었다. 그래서 언니의 원피스를 (2) _____ 소개팅에 입고 나갔다. 소개팅에 나온 남자는 아주 유명한 변호사라고 했다. 서울 시내 큰 소송은 혼자 (3) _____고 했다. 그래서 주말이면 일주일 동안 쌓인 피로로 (4) _____고 했다. 그래서 그런지 그 남자는 그날도 무척 피곤해 보였다. 소희 씨가 묻는 말에 가끔 '네', '아니요'만 할 뿐 소개팅 내내 (5) _____. 무안해진 소희 씨는 30분쯤 있다가 그 남자와 헤어져 집으로 돌아왔다.

單元 10 확인해 볼까요?

生字・表現 p.397

※ [1~2] 다음 밑줄 친 부분과 바꾸었을 때 의미가 가장 비슷한 것을 고르십시오.

1 최희주 씨가 한류 스타라는 것을 <u>증명이라도 하듯</u> 제작 발표회에 수많은 외국 기자들이 몰렸다.

① 증명이라도 하자 ② 증명이라도 하는 것처럼
③ 증명하건 말건 간에 ④ 증명이라도 한들

2 지난주에 내린 집중 호우로 침수된 도로가 아직 복구가 안 되고 있는 탓에 산간 마을은 <u>고립되다시피 한</u> 생활을 하고 있다.

① 고립된 가운데 ② 고립된 셈치는
③ 고립될라치면 ④ 고립된 거나 다름없는

※ 다음 ( )에 알맞은 것을 고르십시오.

3 박재수 후보는 선거가 끝나자 결과가 나오지도 않았는데 정권을 ( ) 매우 오만해 보였다.

① 잡기라도 한 듯이 ② 잡으리만치
③ 잡다시피 해서 ④ 잡느니 마느니 하다가

※ 다음 ( )에 들어 갈 수 <u>없는</u> 것을 고르십시오.

4 윤 교수님께서도 ( ) 지금은 투자할 시기로 적합해 보이지 않습니다.

① 말씀하셨지만 ② 말씀하셨다시피
③ 말씀하시기가 무섭게 ④ 말씀하셨듯이

※ 다음 밑줄 친 부분 중 <u>틀린</u> 것을 하나 골라 바르게 고쳐 쓰십시오.

5 내가 소라 씨를 처음 봤을 때 그녀는 너무나 아름다웠다. 얼굴도 ① <u>예뻤거니와</u> 장미꽃처럼 활짝 웃는 모습이 마치 천사를 보는 듯했다. 외모며 학벌이며 모든 게 별 볼 일 없던 나를 그녀는 있는 그대로 사랑해 줬고 우리는 마침내 결혼까지 약속을 하게 되었다. 그런데 ② <u>사랑에는 고통이 따르는 법이었다</u>. 평소 나를 못마땅하게 생각하신 그녀의 부모님이 우리의 결혼을 심하게 반대하신 것이다. 나는 결혼 허락을 받고자 그녀의 집을 매일 ③ <u>찾다시피 하지만</u> 번번이 거절을 당했다. 견디다 못한 그녀는 결국 ④ <u>도망치듯</u> 집을 나와 내가 사는 곳으로 찾아왔다. 그리고 우리는 둘만의 결혼식을 올렸다.

( )

176

單元 11

추가와 포함을 나타낼 때
表示添加與包括時

본 장에서는 하고자 하는 말에 추가나 포함의 의미를 더하여 나타낼 때 사용하는 표현을 공부합니다. 추가를 나타내는 표현으로 초급에서는 조사 '도'를, 중급에서는 '-(으)ㄹ 뿐만 아니라, -는 데다가, 조차, 만 해도'를 배웠습니다. 고급에서 배우는 표현들은 이미 배운 문법 표현과 의미가 비슷한 표현들도 있고, 어떤 내용에 조건이나 부연 설명을 덧붙일 때 사용하는 표현, 부정적인 상황에서만 사용하는 표현도 있으므로 공통점과 차이점을 잘 유의해서 익히시기 바랍니다.

本單元中要學習的，是在要說的話中增添附加或包括之意時使用的文法。添加的文法在初級階段裡有助詞「도」；中級階段則有「-(으)ㄹ 뿐만 아니라、-는 데다가、조차、만 해도」等。高級階段要學習的文法，有一部分意思與過去學過的類似，還有在某段內容中加上條件與延伸說明時使用的文法，以及只能在否定狀況中使用的文法等，所以練習時請多加留意其異同。

01 -거니와
02 -기는커녕
03 -(으)ㄹ뿐더러
04 -되
05 마저
06 을/를 비롯해서

01 –거니와

가 어제 하승기 씨가 주연하는 새 드라마 봤어요? 어땠어요?

나 기대 이상이었어요. 내용도 참신**했거니와** 배우들의 연기도 아주 좋았어요.

가 그래요? 그렇게 극찬을 하니까 저도 보고 싶어지는데요.

나 오늘 2회를 하니까 놓치지 말고 보세요. 액션 연기도 일품**이거니와** 남자들의 우정과 의리에 대한 이야기도 나오니까 여양 씨도 분명히 좋아할 거예요.

문법을 알아볼까요?

이 표현은 선행절의 사실을 인정하면서 거기에 후행절의 사실을 덧붙일 때 사용합니다. '도 -거니와'의 형태로 자주 사용됩니다. 이때 선행절이 긍정적인 내용일 때는 후행절도 긍정적인 내용으로, 선행절이 부정적인 내용일 때는 후행절도 부정적인 내용으로 써야 합니다.

本文法用於表示「承認前子句的事實，同時添加後子句的事實」。常以「도 –거니와」的形態呈現。此時前子句若為正面內容，後子句也須為正面內容；前子句若為負面內容，後子句也須為負面內容。

	A/V	N이다
과거/완료	-았거니와/었거니와	였거니와/이었거니와
현재	-거니와	(이)거니와
미래/추측	-겠거니와	(이)겠거니와

작가가 되려면 글을 잘 써야 하**겠거니와** 시대를 읽는 능력도 있어야 해요.
想要成為作家，不僅文章要寫得好，還要有解讀時代的能力。

도입 대화문 번역

가 妳昨天有看河勝基主演的新電視劇嗎？好看嗎？

나 比想像的好呢。不但內容創新，演員的演技也非常好。

가 真的嗎？因為妳的大力稱讚，我也想看了。

나 今天播第二集，不要錯過了。不但動作戲絕佳，還有男人間友情與義氣的故事，呂楊你一定會喜歡的。

성호는 공부도 잘하거니와 운동도 잘해서 친구들에게 인기가 많아요.
成浩不但書讀得好，也很擅長運動，在朋友之間頗受歡迎。

오늘은 날씨도 맑거니와 바람도 따뜻해서 산책하기에 좋아요.
今天不但天氣晴朗，風也很溫暖，很適合散步。

더 알아볼까요?

이 표현은 후행절에 명령형이나 청유형은 쓸 수 없습니다.
本文法之後子句不得為命令形或建議形。

- 일도 열심히 하거니와 운동도 열심히 하세요. (×)
    → 일도 열심히 하거니와 운동도 열심히 합니다. (○)
    → 일도 열심히 하고 운동도 열심히 하세요. (○)

이럴 때는 어떻게 말할까요?

하던 일을 중간에 그만둘 때가 있지요? 어떤 이유로 그만두게 될까요?

가 그동안 꾸준히 해 오던 다이어트를 그만두었다면서요? 무슨 일 있었어요?

나 음식 조절을 계속하는 것도 힘들거니와 건강에도 이상이 생기니까 그만하고 싶더라고요.

Tip
조절 調節　　이상이 생기다 出現異常
홍보부 宣傳部　가치관 價値觀

꾸준히 해 오던 다이어트를 그만두었다	음식 조절을 계속하는 것도 힘들다 / 건강에도 이상이 생기니까 그만하고 싶다
만나 오던 홍보부 김 대리와 헤어졌다	성격도 반대이다 / 가치관도 너무 다르니까 그만 만나고 싶다
준비해 오던 대회에 안 나가다	준비도 제대로 못 했다 / 같이 준비하던 친구와도 사이가 안 좋아지니까 나가고 싶지 않다

연습해 볼까요?

1. 다음 [보기]에서 알맞은 단어를 골라 '-거니와'를 사용해서 대화를 완성하십시오.

보기	부르다	좋다	물론이다	가깝다
	아팠다	들다	제철이다	

   (1) 가 TV 오디션 프로그램을 보면 꼬마 아이들의 실력이 어른들 못지않던데요.
       나 맞아요. 노래도 진짜 가수처럼 잘 **부르거니와** 춤 실력도 뛰어나더라고요.

   (2) 가 지금 사는 집이 오래돼 불편하다면서 왜 이사를 안 하세요?
       나 집은 오래됐지만 지하철역도 _____ 주위에 편의 시설도 많아서 편리하거든요.

   (3) 가 딸기를 많이 사셨네요. 정말 좋아하시나 봐요.
       나 요즘 딸기가 _____ 비타민도 풍부해서 아이들 간식으로는 그만이라서요.

   (4) 가 요즘 자전거로 출퇴근하는 사람들이 많이 늘어난 것 같아요.
       나 자전거로 출퇴근하면 건강에도 _____ 환경 오염도 줄일 수 있으니까 선호하는 것 같아요.

   (5) 가 왜 오늘 수업에 안 들어왔어?
       나 머리도 _____ 예습도 제대로 못 해서 수업에 집중할 수 없을 것 같았어.

   (6) 가 케린 씨를 우리 팀에 추천하는 이유가 무엇입니까?
       나 업무 처리 능력이 뛰어난 것은 _____ 대인 관계도 원만해서 우리 팀 사람들과 잘 어울릴 수 있을 것 같습니다.

   (7) 가 회사에서 왕복 항공권까지 주는데도 포상 휴가를 안 간다면서요? 무슨 일 있어요?
       나 항공권 외에 다른 추가 비용도 많이 _____ 친한 동료도 못 간다고 하니까 가고 싶지 않더라고요.

2 다음을 읽고 '-거니와'를 사용해서 밑줄 친 부분을 바꾸십시오.

편지쓰기

지엔, 안녕?

잘 지내고 있니? 난 잘 지내고 있어. 이메일 보낸다고 하고 이제야 보내서 미안해. 여기는 요즘 (1) 날씨도 따뜻하고 학교 가는 길에 꽃들도 많이 피어서 거리가 아주 예뻐.
아직 한국말은 어렵지만 (2) 반 친구들도 재미있는 데다가 선생님도 친절하게 잘 가르쳐 주셔.
그리고 새로운 하숙집은 하숙비는 조금 비싸지만 (3) 시설도 깨끗하고 주인아주머니의 음식 솜씨도 아주 좋아. 한국 음식이 너무 맛있어서 살이 좀 쪘어.
서울은 조용한 우리 고향과는 달리 좀 복잡하지만 (4) 교통도 편리한 데다가 먹을거리나 볼거리도 많아서 좋아. 너도 한번 놀러 왔으면 좋겠다.
잘 지내고 또 이메일 보낼게.
안녕.

서울에서 카일리가.

---

(1) 날씨도 따뜻하거니와 학교 가는 길에 꽃들도 많이 피어서 거리가 아주 예뻐.

(2) _____.

(3) _____.

(4) _____.

02 -기는커녕

가 소희 씨, 오늘 생일이죠? 축하해요. 아침에 미역국 먹었어요?

나 늦잠을 자는 바람에 미역국을 먹**기는커녕** 우유 한 잔도 못 마시고 나왔어요.

가 아이고, 저런. 그래도 저녁에는 남자 친구하고 만날 거죠? 소희 씨를 깜짝 놀래 주려고 멋진 생일 파티를 준비했을 거예요.

나 생일 파티는요. 조금 전에 통화했는데 제 생일을 기억하**기는커녕** 바쁜데 왜 전화했냐며 짜증을 내더라고요.

문법을 알아볼까요?

1 이 표현은 선행절의 내용은 물론이고 그것보다 더 조건이 못한 후행절의 내용도 이루어지기 어려울 때 사용합니다. 후행절에는 선행절의 내용보다 더 기본적이거나 훨씬 쉬운 상황이 오며, 주로 '-기는커녕 도(조차) 안 -/못 -/없다'의 형식으로 자주 쓰입니다.

此文法用於表示「不僅是前子句的內容，連比前子句條件更不如的後子句內容都難以實現」。後子句的內容比前子句內容更基本或容易許多，通常以「-기는 커녕 도(조차) 안-/못-/없다」的形式使用。

연우 씨가 선배를 보고 인사를 하**기는커녕** 못 본 체하고 그냥 가 버리더라고요.
延宇看到前輩不但不打招呼，還裝作沒看到就走掉了。

일찍 올 거라더니 일찍 오**기는커녕** 늦는다는 전화 한 통 없네요.
他說會早點回來，但他不僅沒早回來，連告知會晚回家的電話都沒打。

도입 대화문 번역

가 昭熙，今天是妳生日吧？生日快樂。早上吃過海帶湯了嗎？

나 我早上睡過頭，別說是海帶湯了，連杯牛奶都沒喝就出門了。

가 哎唷，怎麼會這樣。不過妳晚上會跟男朋友見面吧？他應該已經為昭熙妳準備好生日派對要給妳驚喜吧。

나 說什麼生日派對。我剛跟他通了電話，他不但不記得我的生日，還不耐煩地說他很忙，問我幹嘛打給他。

2 이 표현은 선행절의 내용은 당연히 이루어지기 어렵고 후행절에 선행절에서 기대했던 내용과는 다른 상황이나 반대의 결과가 나올 때 사용합니다. '오히려'와 자주 어울려서 사용됩니다.
本文法用於表示「前子句的內容顯然難以實現，且後子句出現了與前子句預期內容有所不同的其他狀況或相反的結果」。常與「오히려」搭配使用。

내일이 시험인데 공부를 하<u>기는커녕</u> TV만 보고 있어요.
明天就要考試了，他不但不讀書，還一直看電視。

열심히 공부했는데도 성적이 오르<u>기는커녕</u> 오히려 더 떨어졌어요.
雖然已經用功讀書了，但成績不但沒進步，反而更退步了。

더 알아볼까요?

1 이 표현은 명사와 함께 사용할 때 '은커녕/는커녕'의 형태로 씁니다.
本文法與名詞一起使用時，以「은커녕/는커녕」的形態呈現。
- 아침<u>은커녕</u> 점심도 아직 못 먹었어요.
- 요즘은 손님<u>은커녕</u> 문의 전화도 한 통 없어요.

2 큰 의미 차이 없이 '-기는커녕'은 '-는 것은 고사하고'로, '은커녕/는커녕'은 '은/는 고사하고'로 바꿔 사용할 수 있습니다.
「–기는커녕」可與「–는 것은 고사하고」交替使用；「은커녕/는커녕」則可與「은/는 것은 고사하고」交替使用，意義無太大差異。
- 일찍 올 거라더니 일찍 <u>오기는커녕</u> 늦는다는 전화 한 통 없네요.
  = 일찍 올 거라더니 일찍 <u>오는 것은 고사하고</u> 늦는다는 전화 한 통 없네요.
- <u>아침은커녕</u> 점심도 아직 못 먹었어요.
  = <u>아침은 고사하고</u> 점심도 아직 못 먹었어요.

이럴 때는 어떻게 말할까요?

기대했던 일이 예상과 다르게 진행되면 실망하게 되는데요. 여러분은 어떤 경험이 있나요?

가 친구하고 <mark>유명한 맛집에</mark> 간다고 했지요? 어땠어요? <mark>맛있었어요?</mark>

나 <mark>맛있기는커녕 비싼 데다가 양도 너무 적어서 마음껏 먹지도 못했어요.</mark> 기대했는데 실망스럽더라고요.

> **Tip**
> 맛집 美食店　　마음껏 盡情　　신나다 開心

유명한 맛집에 / 맛있다	맛있다 / 비싼 데다가 양도 너무 적어서 마음껏 먹다
캠핑을 / 신나게 놀다	신나게 놀다 / 갑자기 날씨가 너무 추워져서 텐트 밖으로 나가다
영화를 보러 / 재미있다	재미있다 / 내용이 너무 지루해서 잠이 드는 바람에 끝까지 다 보다

연습해 볼까요?

1 '은커녕/는커녕'을 사용해서 대화를 완성하십시오.

(1) 가 학생들이 예습을 잘 해 오나요?
　　나 **예습은커녕** 숙제도 안 해 오는 학생이 있어요.

(2) 가 돈 있으면 만 원만 빌려 줄래?
　　나 _____ 천 원도 없어.

(3) 가 지난 주말에 꽃구경 간다고 하더니 꽃구경은 잘 했어요?
　　나 _____ 도착한 날부터 비가 와서 호텔 안에만 있었어요.

(4) 가 할 얘기가 있는데 혹시 한 시간 정도 이야기할 시간 있어?
　　나 지금 너무 바빠서 _____ 십 분도 쉴 틈이 없어. 다음에 이야기하자.

2 다음 [보기]에서 알맞은 표현을 골라 '-기는커녕'을 사용해서 대화를 완성하십시오.

보기	살이 빠지다	피로가 풀리다	기분 전환이 되다
	잘못을 뉘우치다	멋있다	사과를 하다

(1) 가 다이어트 시작한 지 한 달쯤 됐죠? 살이 좀 빠졌나요?
　　나 다른 사람들은 다 빠진다던데 저는 **살이 빠지기는커녕** 오히려 더 찌더라고요.

(2) 가 미연 씨하고 화해했어요? 와서 사과하던가요?
　　나 자기가 잘못하고도 _____ 오히려 화를 내고 가더라고요.

(3) 가 정훈 씨가 입은 옷 어때? 유명한 디자이너가 만든 옷이라고 멋있지 않냐며 자랑하던데.
　　나 _____ 좀 이상하지 않니? 나 같으면 안 입을 것 같아.

(4) 가 어제 피곤해하더니 잠은 푹 잤어요?
　　나 네, 그런데 많이 잤는데도 _____ 오히려 더 피곤해요.

(5) 가 어제 초등학교 동창들을 만나니까 기분 전환 좀 됐어?
　　나 _____ 어느덧 나이 들어 달라진 모습을 보니까 기분이 좀 그렇더라.

(6) 가 김 팀장은 자기의 잘못을 인정하고 반성하는 걸 본 적이 없어요.
　　나 맞아요. 자기 _____ 모든 일을 남의 탓으로만 돌리더라고요.

03 -(으)ㄹ뿐더러

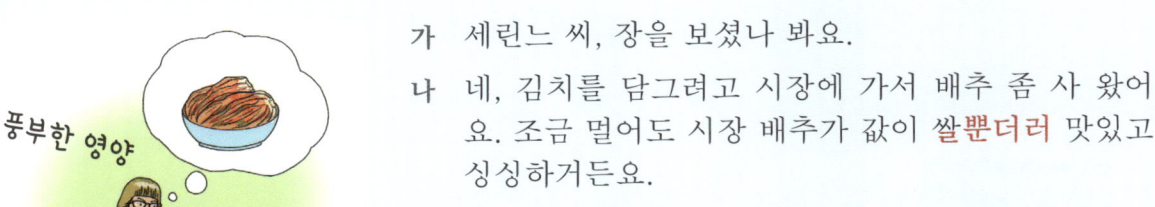

가 세린느 씨, 장을 보셨나 봐요.
나 네, 김치를 담그려고 시장에 가서 배추 좀 사 왔어요. 조금 멀어도 시장 배추가 값이 쌀**뿐더러** 맛있고 싱싱하거든요.
가 와, 김치도 담글 줄 아세요?
나 그럼요. 결혼하자마자 시어머니께 배웠죠. 김치는 발효 식품이라서 건강에도 좋**을뿐더러** 다이어트에도 효능이 있다고 하잖아요. 이제 김치가 없으면 밥을 못 먹을 정도이니 저도 한국 사람 다 되었지요.

문법을 알아볼까요?

이 표현은 선행절의 사실만이 아니라 거기에 더하여 후행절의 사실이 더 있음을 나타낼 때 사용합니다. 이때 선행절이 긍정적인 내용일 때는 후행절도 긍정적인 내용으로, 선행절이 부정적인 내용일 때는 후행절도 부정적인 내용으로 써야 합니다.

本文法可用來表示「除了有前子句的事實，另有後子句的事實存在」。此時前子句若為正面內容，後子句也須為正面內容；前子句若為負面內容，後子句也須為負面內容。

	A/V	N이다
과거/완료	-았을뿐더러/었을뿐더러	였을뿐더러/이었을뿐더러
현재	-(으)ㄹ뿐더러	일뿐더러

만성 피로는 일의 능률을 떨어뜨릴**뿐더러** 병을 일으키는 원인이 되기도 한다.
慢性疲勞不僅會降低工作效率，還是引發疾病的原因。

도입 대화문 번역

가 賽琳，妳去買菜了吧。
나 是的，我去市場買了點白菜來醃泡菜。雖然有點遠，不過市場的白菜不僅便宜，而且美味又新鮮呢。
가 哇，妳還會醃泡菜啊？
나 當然囉。我剛結婚就跟婆婆學了。泡菜是發酵食品，不僅對健康有益，聽說對減肥也很有效。現在我沒泡菜都不能吃飯了，我也變成韓國人了。

그곳은 주변 경치가 아름다울뿐더러 편의 시설이 잘 갖추어져 있어서 살기에 최적의 장소이다.
那附近不但風景優美，便利設施也十分完善，是最適合居住的地方。

아빠는 젊었을 때 노래 실력이 뛰어났을뿐더러 얼굴도 잘생겨서 인기가 많았다고 한다.
爸爸年輕的時候不僅歌唱實力出眾，長得也帥，聽說非常受歡迎。

더 알아볼까요?

이 표현은 큰 의미 차이 없이 '-(으)ㄹ 뿐만 아니라'로 바꿔 쓸 수 있습니다.
本文法可與「-(으)ㄹ 뿐만 아니라」交替使用，意義沒有太大的差異。

- 만성 피로는 일의 능률을 떨어뜨릴 뿐만 아니라 병을 일으키는 원인이 되기도 한다.
- 아빠는 젊었을 때 노래 실력이 뛰어났을 뿐만 아니라 얼굴도 잘생겨서 인기가 많았다고 한다.

그러나 '-(으)ㄹ 뿐만 아니라'는 명사와 함께 '뿐만 아니라'의 형태로 쓸 수 있지만 '-(으)ㄹ뿐더러'는 명사와 함께 '뿐더러'의 형태로 사용할 수 없습니다.
但是「-(으)ㄹ 뿐만 아니라」可以以「뿐만 아니라」的形態與名詞一起使用，「-(으)ㄹ 뿐더러」則不能以「뿐더러」的形態與名詞一起使用。

- 불고기는 아이뿐만 아니라 어른들도 좋아하는 음식이다. (○)
- 불고기는 아이뿐더러 어른들도 좋아하는 음식이다. (×)

090.mp3

이럴 때는 어떻게 말할까요?

여러분은 단골로 가는 곳이 있나요? 수많은 곳 중에서 특별히 그곳만을 찾게 되는 이유는 무엇일까요?

가 왜 그 많은 서점 중에서 유독 그 서점에만 자주 가는 거예요?

나 그 서점은 자유롭게 책을 읽을 수 있는 공간도 많이 있을뿐더러 '중고 책' 코너도 있어서 책을 싸게 살 수 있거든요.

Tip
유독 唯獨	참신하다 嶄新	매치하다 搭配
유달리 特別	유기농 有機	인공 조미료 人工調味料

서점 중에서 유독 그 서점	그 서점은 자유롭게 책을 읽을 수 있는 공간도 많이 있다 / '중고 책' 코너도 있어서 책을 싸게 살 수 있다
옷가게 중에서 특히 그 옷가게	그 옷가게는 참신한 디자인의 옷이 많다 / 같이 매치할 수 있는 액세서리나 가방 같은 것도 팔아서 여기저기 왔다 갔다 할 필요가 없다
식당 중에서 유달리 그 식당	그 식당은 사용하는 재료가 다 유기농이다 / 인공 조미료를 사용하지 않아서 다른 식당과는 맛이 다르다

연습해 볼까요?

生字·表現 p.397

1 관계있는 것을 연결하고 '-(으)ㄹ뿐더러'를 사용해서 문장을 완성하십시오.

(1) 강한 햇빛은 피부의 노화를 촉진시키다 •   • ㉠ 진출 분야도 많이 전문화되었다

(2) 우리는 말 한마디로 사람을 울고 웃게도 하다 •   • ㉡ 피부암의 가장 큰 원인이 되기도 하다

(3) 요즘은 여성의 사회 진출이 크게 늘었다 •   • ㉢ 대기의 오염 물질을 흡수하여 정화를 해 주기도 하다

(4) 나무는 산소의 주요 공급원이다 •   • ㉣ 더 나아가 한 사람의 인생을 변화시키기도 하다

(5) 지도자는 조직을 관리하는 통솔력을 갖춰야 하다 •   • ㉤ 변화하는 상황에 잘 대처하는 능력도 있어야 하다

(1) ㉡ - 강한 햇빛은 피부의 노화를 촉진시킬뿐더러 피부암의 가장 큰 원인이 되기도 한다.
(2) _____.
(3) _____.
(4) _____.
(5) _____.

2 다음 [보기]에서 알맞은 표현을 골라 '-(으)ㄹ뿐더러'를 사용해서 대화를 완성하십시오.

| 보기 | 쫄깃하다   재미있다   능력이 없다   벌어야 하다   해롭다 |

(1) 가 그 집 짬뽕이 그렇게 유명해요? 맛이 어떤데요?
　　나 네, 먹어 보니까 면발이 **쫄깃할뿐더러** 국물도 맵지 않고 담백하고 시원하더라고요.

(2) 가 영철 씨에게 이 일을 맡기기에는 좀 이른 것 같죠?
　　나 네, 아직 그런 일을 감당할 만한 _____ 경험도 많이 부족한 것 같아요.

(3) 가 재원 씨가 임신을 하더니 그렇게 좋아하던 커피를 끊더라고요.
　　나 엄마 몸에도 _____ 뱃속에 있는 태아에게까지 안 좋은 영향을 끼치니까 당연히 그래야죠.

(4) 가 저 교수님의 강의가 인기가 많다면서요?
　　나 네, 저도 들어 봤는데 강의가 _____ 내용도 유익하더라고요.

(5) 가 돈은 어떻게 쓰느냐가 중요한 것 같아요.
　　나 맞아, 돈은 벌기도 잘 _____ 쓰기도 잘 써야 하지.

04 -되

가 엄마, 저 숙제 다 했는데 잠깐 나가서 놀다 와도 돼요?
나 그래, 나가서 놀되 저녁 먹기 전까지는 들어와.
가 네. 아 참, 준호네 할아버지가 시골에서 과수원을 하신대요. 친구들이 이번 방학에 여행도 할 겸 도와 드리러 가자고 하는데 갔다 와도 돼요? 친구들은 다 간대요.
나 그래? 그럼 방학에 여행을 가기는 가되 엄마 걱정 안 하게 자주 전화해야 한다.

문법을 알아볼까요?

이 표현은 선행절의 내용은 인정하거나 허락하지만 그에 대한 조건이나 부연 설명이 후행절에 올 때 사용합니다. 후행절에는 명령형이나 '-아야/어야 한다', '-(으)면 안 된다'와 같은 표현들이 자주 쓰입니다.

本文法用於表示「雖認定或允許前子句的內容，但後子句中尚有其相關條件或延伸說明」。後子句常使用命令形或「-아야/어야 한다」、「-(으)면 안 된다」等表現。

천연자원을 최대한으로 이용하되 생태계를 파괴해서는 안 된다.
可以盡量使用天然資源，但不能破壞生態。

이야기를 충분히 나누어서 의견을 수렴하되 원칙은 지키도록 하세요.
可以充分討論，徵求意見，但請遵守原則。

이 방에 있는 책은 마음대로 읽으시되 읽고 다시 제자리에 꽂아 놓아야 합니다.
這間房間裡的書都可以隨意閱讀，但看完務必要把書回歸原位。

도입 대화문 번역

가 媽，我功課都寫完了，可以出去玩一下嗎？
나 好啊，出去玩是可以，但吃晚餐前要回來。
가 好的，啊，對了，聽說俊昊的爺爺在鄉下經營果園。朋友們說要一起去那裡旅行，順便幫幫爺爺，我可以去嗎？朋友們都說要去呢。
나 真的嗎？放假的時候去旅行是可以，但要常常打電話，別讓媽媽擔心。

더 알아볼까요?

1. 이 표현은 '-기는 -되' 또는 '-기는 하되'의 형태로도 사용할 수 있습니다.
   本文法亦可以「-기는 -되」或「-기는 하되」的形態使用。
   - 천연자원을 최대한으로 이용하기는 이용하되 생태계를 파괴해서는 안 된다.
   - 이야기를 충분히 나누어서 의견을 수렴하기는 하되 원칙은 지키도록 하세요.

2. 이 표현은 시제를 나타내는 '-았/었-', '-겠-'과 '있다, 없다' 뒤에는 '-으되'를 사용합니다.
   本文法連接在表時制的「-았/었-」、「-겠-」以及「있다、없다」後方時，用做「-으되」。
   - 그분은 이미 떠났으되 그분의 영향력은 아직도 남아 있다.
   - 그 사람을 만나러 가기는 가겠으되 오래 있지는 못할 거야.

3. 이 표현은 선행절과 후행절의 내용이 서로 대립됨을 나타낼 때도 사용합니다.
   本文法在前子句與後子句的內容互相對立時亦可使用。
   - 그 사람은 말은 잘하되 실천하지는 않는다.
     他把話說得很好聽，但總不實踐。
   - 이웃집 남자는 돈은 많이 있으되 시간이 없어서 돈을 쓸 수 없다고 한다.
     聽說隔壁男人有很多錢，但因為沒有時間，都用不上那些錢。

이럴 때는 어떻게 말할까요?

092.mp3

올바른 교육이란 해야 할 것과 하지 말아야 할 것을 가르치는 일이기도 한데요. 원하는 것을 무조건 다 해 줄 수 없을 때는 어떻게 해야 할까요?

가 우리 아이가 컴퓨터 게임만 하려고 하는데 무작정 못 하게 할 수는 없고 어떻게 하지요?

나 컴퓨터 게임을 하게 하되 하루에 한 시간 이상은 하지 못하게 하세요.

Tip
무작정 無計劃   떼를 쓰다 耍賴   먹이 飼料

컴퓨터 게임만 하려고 하는데 무작정 못 하게 하다	컴퓨터 게임을 하게 하다 / 하루에 한 시간 이상은 하지 못하다
강아지를 키우자고 떼를 쓰는데 계속 안 된다고 하다	강아지를 키우게 하다 / 강아지 산책과 먹이 주는 것을 담당하다
친구들과 밖에서 축구만 하려고 하는데 무조건 못 나가게 하다	밖에 나가서 축구를 하게 하다 / 숙제나 그날 해야 할 일을 다 끝내고 나가다

연습해 볼까요?

生字・表現 p.397

1 다음 [보기]에서 알맞은 단어를 골라 '-되'를 사용해서 대화를 완성하십시오.

| 보기 | 마시다 | 바꾸다 | 하다 | 쓰다 |

(1) 가 여보, 오랜만에 친구들이랑 한잔하고 들어가도 되지?
　　나 그러세요. 하지만 술을 **마시되** 취하지 않을 정도만 드셔야 해요. 알았죠?

(2) 가 명수 씨는 돈은 많은데 돈을 전부 자기를 치장하는 데만 쓰더라고요.
　　나 돈을 _____ 보다 가치 있게 쓰지 않는다면 나중에 후회하게 될지도 몰라요.

(3) 가 디자인이 약간 촌스러운데 바꾸라고 할까요?
　　나 디자인을 _____ 색상은 그대로 유지하라고 하세요.

(4) 가 여름에 수영복을 입으려고 요즘 열심히 운동하고 있어요.
　　나 운동을 열심히 _____ 한 번에 너무 무리하지는 마세요.

2 다음 그림을 보고 '-기는 -되'를 사용해서 대화를 완성하십시오.

(1) 공부를 해.
　송이　아빠, 친구랑 아빠 서재에서 공부해도 돼요?
　아빠　서재에서 (1) **공부를 하기는** 하되 아빠 물건은 만지면 안 된다.

(2) 텔레비전 봐.
　송이　엄마, 저 잠깐 텔레비전 좀 봐도 돼요?
　아빠　(2) _____ 딱 삼십 분만 봐야 해.

(3) 입어.
　송이　언니, 나 그 옷 좀 입어도 돼?
　아빠　(3) _____ 깨끗하게 입어야 해.

(4) 들어.
　송이　오빠, 나 오빠 MP3로 음악 좀 들어도 돼?
　아빠　(4) _____ 이 안에 저장된 건 아무거나 열면 안 된다.

190

05 마저

가 소피아 씨, 봄이 되니까 고향에 있는 남자 친구가 더 보고 싶지 않아요?

나 전화는 매일 하지만 아무래도 눈에서 멀어지니까 마음**마저** 멀어지는 것 같아요. 확실히 사랑은 변하나 봐요.

가 아이고, 사랑이 제일이라던 소피아 씨**마저** 그런 말을 하는 걸 보면 그 말이 틀린 말은 아닌가 보네요.

나 그렇지요? 저도 제가 이런 마음을 가지게 될 줄은 몰랐어요.

문법을 알아볼까요?

이 표현은 명사에 붙어 '어떤 사실에 이것도 더 포함해서', '마지막 하나 남은 이것까지'의 의미를 나타낼 때 사용합니다. 주로 부정적인 상황에서만 사용합니다.

本文法連接於名詞後，意指「連這個也包含在某事實內」、「連剩下的最後一個也……」。通常僅在負面狀況中使用。

그동안 서로 바빠서 만나지 못하다가 연락**마저** 끊기고 말았다.
那時彼此都忙，沒辦法見面，後來甚至斷了聯絡。

이제 그 사건의 마지막 생존자**마저** 숨을 거두었으니 사건은 미궁에 빠지게 되었다.
現在連那個事件的最後一位倖存者都過世了，整個事件陷入了迷宮。

그 나라는 오랫동안 진행된 내전으로 노인과 어린이들**마저** 전쟁에 동원되고 있는 실정이다.
那個國家因長年的內戰，現在連老人與小孩都被動員參與戰爭。

도입 대화문 번역

가 蘇菲亞，已經春天了，妳不會更想念家鄉的男朋友嗎？
나 雖然每天打電話，但相處少了，心好像也遠了。我們的感情好像真的變了。
가 哎唷，連愛情至上的蘇菲亞都說了這種話，看來此言不假。
나 是吧？我也不知道我會有這樣的想法。

더 알아볼까요?

이 표현은 큰 의미 차이 없이 '까지'로 바꿔 사용할 수 있습니다.
本文法可與「까지」交替使用，意義沒有太大差異。
- 그동안 서로 바빠서 만나지 못하다가 연락까지 끊기고 말았다.
- 그 나라는 오랫동안 진행된 내전으로 노인과 어린이들까지 전쟁에 동원되고 있는 실정이다.

그러나 '마저'는 부정적인 상황에서만 사용할 수 있는데 반해 '까지'는 긍정적인 상황에서도 사용할 수 있습니다.
但「마저」只能用於負面的狀況，而「까지」也可以用於正面的狀況。
- 미경 씨는 똑똑하고 마음씨도 곱고 얼굴마저 예쁘다. (×)
- 미경 씨는 똑똑하고 마음씨도 곱고 얼굴까지 예쁘다. (○)

비교해 볼까요?

'조차'와 '마저'는 부정적인 상황에서 어떤 사실에 그 이상의 것이 더해진다는 의미로 서로 바꿔 사용할 수 있으나 다음과 같은 차이가 있습니다.
當「조차」與「마저」被用來在負面狀況中為某事實增加強度時，可以彼此交替使用，但仍有以下幾點差異：

조차	마저
(1) '전혀 기대하거나 예상하지 않았던 이것까지' 혹은 '기본적인 이것까지'의 의미가 있습니다. 有「連完全不曾期待或預想過的也……」或是「連最基本的也……」的意思。 • 공휴일조차 쉬지 않는다. ☞ 다른 날은 몰라도 공휴일은 기본적으로 다 쉬는데 공휴일도 쉬지 않는다 는 의미입니다. 意指其他日子也就算了，國定假日基本上都要休息，現在卻連國定假日都無法休息。	(1) '마지막 하나 남은 이것까지'의 의미가 있습니다. 有「連剩下的最後一個也……」的意思。 • 공휴일마저 쉬지 않는다. ☞ 다른 날도 쉬지 않고 공휴일도 쉬지 않는다는 의미입니다. 意指其他日子不休息，國定假日也不休息。
(2) 문장이 전체적으로 부정적인 의미를 나타내는 상황인 경우에도 긍정문에는 사용할 수 없습니다. 即便在整個句子都表達負面意思的狀況下，也不能用於肯定句中。 • 오늘은 날씨도 추운데 바람조차 부는군요. (×) → 오늘은 날씨도 더운데 바람조차 불지 않는군요. (○) ☞ 부정문에만 사용합니다. 僅能使用於否定句。	(2) 문장이 전체적으로 부정적인 의미를 나타내는 상황인 경우에는 긍정문에도 사용할 수 있습니다. 在整個句子都表達負面意思的狀況下，也能用於肯定句中。 • 오늘은 날씨도 추운데 바람마저 부는군요. (○)

이럴 때는 어떻게 말할까요?

'설상가상'이라는 말이 있지요? 안 좋은 일이나 불행한 일이 연이어서 일어난다는 말인데요. 여러분 주위에 힘든 상황에 처해 있는 사람들이 있다면 그 이유는 무엇일까요?

가 요즘 태민 씨한테 무슨 일이 있어요? 안색이 너무 안 좋아 보여요.

나 아버지께서 사고로 얼마 전에 돌아가셨는데 어머니마저 병들어 누워 계셔서 여러 가지로 힘든가 봐요.

Tip
안색 臉色　사기를 당하다 被騙　동업 同行　공금 公款
야반도주하다 半夜逃走　부도가 나다 倒閉　넘어가다 轉到

아버지께서 사고로 얼마 전에 돌아가셨는데 어머니 / 병들어 누워 계시다
아는 사람에게 사기를 당해서 재산도 다 날린 데다가 동업하던 친구 / 회사 공금을 가지고 야반도주해 버리다
회사가 부도가 나는 바람에 회사도 남의 손에 넘어가고 집 / 비워 줘야 하는 상황이다

연습해 볼까요?

生字・表現 p.398

다음 [보기]에서 알맞은 단어를 골라 '마저'를 사용해서 대화를 완성하십시오.

| 보기 | 학교 동창들　막내딸　너　의욕　선배　부모님　희망 |

(1) 가 개업식에는 손님이 많이 왔어요?
　　나 아니요, 꼭 오겠다던 **학교 동창들마저** 안 왔지 뭐예요.

(2) 가 나도 이제 갈게.
　　나 다른 사람도 다 갔는데 ＿＿＿＿＿＿ 가면 저 혼자 이 일을 어떻게 해결해요?

(3) 가 이제 자녀들을 다 결혼시키셨으니까 시원섭섭하시겠어요.
　　나 네, ＿＿＿＿＿＿ 시집을 보내고 나니 집 안도 텅 빈 것 같고 마음도 허전하네요.

(4) 가 NGO 단원으로 봉사 활동을 갔다 오셨는데 그곳의 상황은 어떤가요?
　　나 아주 척박한 땅이었어요. ＿＿＿＿＿＿ 사라진 곳이라고나 할까요?

(5) 가 네가 진짜 그 일을 한 건 아니지?
　　나 다른 사람은 그렇다 치고 어떻게 가장 친한 친구라는 ＿＿＿＿＿＿ 나에게 그런 말을 할 수 있니?

(6) 가 처음에 이 일을 시작한다고 했을 때 좀 힘드셨겠어요.
　　나 네, 알아주는 사람도 없고 ＿＿＿＿＿＿ 반대하시니까 마음이 좀 힘들었죠.

(7) 가 지금은 다시 재기에 성공하셨지만 삼 년 전만 해도 이런 생각을 못 하셨을 텐데요.
　　나 맞아요. 가장 가까운 사람한테 배신을 당하고 나니까 그때는 다시 무엇을 시작할 ＿＿＿＿＿＿ 사라지더라고요.

06 을/를 비롯해서

가 근일 계속되는 눈으로 인해 집에만 계셨던 분들도 모처럼 따뜻한 날씨에 나들이를 생각하실 텐데요. 이 시각 도로 상황 알아보겠습니다. 박태민 기자.

나 네, 박태민 기자입니다. 휴일을 맞아 고속 도로를 비롯해서 전국의 도로에는 나들이 차량들이 줄을 잇고 있습니다.

가 그런데 강원도 영동 지방에는 아직도 눈이 내리고 있다지요?

나 네, 따뜻해진 중서부 지방과는 달리 눈이 너무 많이 쏟아져 대관령을 비롯해서 영동 산간 지방 도로의 교통이 통제되고 있습니다.

문법을 알아볼까요?

이 표현은 '앞에 오는 명사를 시작으로 하여 후행절에 오는 명사까지'의 의미를 나타낼 때 사용합니다. 주로 후행절에 나오는 명사는 선행 명사를 포함하여 같은 종류의 전체를 대표하는 명사입니다. '을/를 비롯해' 또는 '을/를 비롯하여'의 형태로도 자주 쓰입니다. 주로 격식적인 상황이나 신문이나 논문과 같은 글말에서 자주 사용합니다.

本文法用於表示「從前子句的名詞開始，到後子句的名詞為止」。通常在後子句中出現的名詞包含前子句名詞，且能夠代表同一類別之全體。常以「을/를 비롯해」或「을/를 비롯하여」的形態使用。主要使用於正式場合或報紙、論文等書面語中。

설날이 되면 할아버지를 비롯해서 온 집안 식구들이 모두 큰집에 모인다.
一到春節，從爺爺到整個家族的人都會聚集在大伯家。

도입 대화문 번역

가 由於近日持續降雪，就連只愛待在家的人也會想要在這久違的溫暖天氣中出遊吧。讓我們來看看目前的路況。朴泰民記者。

나 是的，我是朴泰民記者。適逢假日，從高速公路乃至全國各道路都是絡繹不絕的出遊車輛。

가 但是江原道嶺東地區還在下雪吧？

나 是的，有別於已回暖的中西部地區，這裡由於雪勢過大，包括大關嶺在內的整個嶺東山區道路都在管制當中。
*大關嶺：位於江原道的山嶺（以山嶺著稱的觀光地）
*嶺東地方：江原道大關嶺以東的區域，大關嶺以西稱為「嶺西地方」。

시우는 가정 문제를 비롯해 자신이 처한 여러 가지 어려운 문제를 상담해 오곤 했다.
時宇總會來這裡諮商包括家庭問題等各種自己所遭遇到的難題。

뉴스에 의하면 서울을 비롯해서 대도시의 환경 오염 상황이 이미 위험 수위를 넘어섰다고 한다.
根據新聞報導，首爾等大都市的環境污染狀況已超過了危險基準。

더 알아볼까요?

1. 이 표현은 뒤에 오는 명사를 수식할 때 '을/를 비롯한'의 형태로 사용합니다.
本文法在修飾後方名詞時，以「을/를 비롯한」的形態使用。
   - 회의에서는 쓰레기 재활용 방안을 비롯한 여러 안건들이 제시되었다.
   - 물가 상승으로 인해 우편 요금을 비롯한 공공요금이 오른다고 한다.

   Tip
   방안 方案
   안건 議題
   공공요금 公共事業費

2. 이 표현은 후행절에 같은 종류의 명사를 나열해서 사용할 수도 있습니다. 이때는 '을/를 비롯한'의 형태로는 사용할 수 없습니다.
本文法亦可在後子句中列舉同一種類的名詞。此時不能以「을/를 비롯한」的形態使用。
   - 불고기를 비롯해서 비빔밥, 잡채와 같은 음식은 외국인에게도 인기 있는 한국 음식이다.
   - 용산에 가면 TV를 비롯해 냉장고, 전자레인지 등 각종 전자제품을 싸게 살 수 있다.

이럴 때는 어떻게 말할까요?

096.mp3

요즘 한국에서는 다양한 국제 영화제들이 열리고 있는데요. 영화제에서는 어떤 이야기를 나눌까요?

가 이번 영화제에 주로 어떤 작품들이 출품됐나요?
나 상업 영화를 비롯해서 예술적 가치가 있는 예술 영화까지 다양한 장르의 작품들이 출품되었습니다.

Tip
출품되다 參展	상업 영화 商業電影
장르 類型	각계각층 各階層
인사 人士	개막작/폐막작 開幕片/閉幕片
상영작 上映作品	하이라이트 精彩片段

주로 어떤 작품들이 출품됐다	상업 영화 / 예술적 가치가 있는 예술 영화까지 다양한 장르의 작품들이 출품되었다
누가 참석할 예정이다	국내 영화계 감독들과 배우들 / 해외 유명 영화인 등 각계각층의 인사들이 참석할 예정이다
출품된 영화를 미리 볼 수 있는 방법이 있다	영화제 공식 사이트에서 개막작과 폐막작 / 주요 상영작 50여 편의 하이라이트와 영화 정보를 미리 보실 수 있다

연습해 볼까요?

生字·表現 p.398

1 다음 [보기]에서 알맞은 단어를 골라 '을/를 비롯해서'를 사용해서 대화를 완성하십시오.

> 보기   사장님   가족   고궁   아시아
>   선생님   저   음료

(1) 가 이 회사는 환경 보호를 위해 무엇을 실천하고 있나요?
    나 저희 회사는 **사장님을 비롯해서** 직원들까지 모두 자전거를 타고 출퇴근을 합니다.

(2) 가 이 지역의 특산물인 인삼 자랑 좀 해 주세요.
    나 인삼은 아시다시피 인삼차나 인삼주 등의 _____ 여러 보양 음식의 재료로 쓰이는 데다가 최근에는 화장품의 원료로도 쓰이니 그 효능은 말할 것도 없지요.

(3) 가 어렵게 학교를 졸업한 소감 좀 말씀해 주세요.
    나 먼저 _____ 함께 공부한 모든 친구들에게 고맙다고 말하고 싶어요.

(4) 가 연수 씨네 가족은 전부 키가 크신가 봐요.
    나 네, _____ 우리 형제들이 모두 키 작은 사람이 없는 걸 보면 키가 큰 것도 유전인가 봐요.

(5) 가 정 과장님이 갑자기 다니던 회사를 그만두었다면서요?
    나 네, _____ 주위 사람들의 만류에도 불구하고 사표를 쓰고 나왔대요.

(6) 가 요즘 K-pop의 인기가 대단하다지요?
    나 네, _____ 유럽 각 지역에서도 한류의 바람을 타고 인기가 많아지고 있다고 하네요.

(7) 가 외국인 친구가 여행을 와서 서울을 구경시켜 주고 싶은데 어디에 가면 좋을까?
    나 서울 시티 투어 버스를 타 보는 건 어때? 덕수궁이나 경복궁 같은 _____ 남산, 인사동 등 시내 주요 관광 명소를 다 돌며 구경할 수 있으니까 편리할 것 같아.

2 다음 글을 읽고 '을/를 비롯해서'를 사용해서 밑줄 친 부분을 바꾸십시오.

전 세계적으로 유명한 연예 기획사인 JSR 엔터테인먼트사는 이번에 서울로 본사를 옮기고, (1) 한국을 시발점으로 하여 아시아 각국에 지사를 설립하기로 했다고 발표했다. 아시아 지역이 신흥 문화 소비 시장으로 떠오르자 이와 같은 획기적인 결정을 한 것으로 보인다. JSR 엔터테인먼트사는 본사를 아시아 지역으로 새로 옮김에 따라 대대적인 한류 콘서트를 열고 (2) 텔레비전을 시작으로 하여 각종 매체를 통해 적극적으로 광고를 해 회사의 인지도를 넓힐 예정이다. 콘서트에는 (3) 미녀시대부터 슈퍼샤이니, 원더보이즈까지 한류 붐을 선도하고 있는 팀들이 대대적으로 참여할 예정이다. 또한 (4) 소년 소녀 가정을 포함해서 아시아 각국의 불우한 청소년들 중 재능이 있는 청소년들에게는 연습생이 될 수 있는 기회를 제공하고 적극적인 지원을 해 나갈 예정이다.

기자 이번에 중요한 결정을 하셨다고 하는데요?
홍보 직원 네, 저희 회사가 서울로 본사를 옮김에 따라 (1) **한국을 비롯해서** 아시아 각국에 지사를 설립 하기로 했습니다.
기자 아직 한국에서는 인지도가 낮은데요. 어떻게 알리실 생각이십니까?
홍보 직원 먼저 한류 콘서트를 열고 그 후에 (2) _____ 각종 대중 매체에 적극적으로 광고를 할 생각입니다.
기자 이번 콘서트에는 누가 참여하나요?
홍보 직원 (3) _____ 슈퍼샤이니, 원더보이즈 등 한류 붐의 주역들을 캐스팅할 생각입니다.
기자 사회적 공헌도 하실 계획이시라던데요?
홍보 직원 네, (4) _____ 아시아 각국의 불우한 청소년들 중 재능이 있는 사람에게 각종 지원을 해 나갈 예정입니다.

單元 11 확인해 볼까요?

生字·表現 p.398

※ 〔1~2〕 다음 (   )에 알맞은 것을 고르십시오.

1 아이가 잘못했을 때 (   ) 먼저 스스로 잘못을 깨닫고 반성할 기회를 주는 것이 바람직하다.

① 혼내다가도 ② 혼내기는 혼내되
③ 혼낸답시고 ④ 혼내기는 하는데

2 천재적인 예술가들의 대부분은 어릴 때부터 그 천재성을 (   ) 남들과 다른 특이한 생각과 행동으로 인해 놀림감이 되는 경우가 많았다고 한다.

① 인정받으리만치 ② 인정받으련만
③ 인정받기는커녕 ④ 인정받을망정

3 가 책상 위에 있던 팸플릿이요? 진수 씨가 필요하다면서 가져가던데요.
  나 하나밖에 안 남았는데 (   ) 가져갔단 말이야?

① 그것밖에 ② 그것이나
③ 그것마저 ④ 그것이라도

※ 다음 밑줄 친 부분과 바꾸었을 때 의미가 가장 비슷한 것을 고르십시오.

4 삼청동은 전통적인 모습과 현대적인 모습이 조화를 <u>이루는 데다가</u> 특색 있는 미술관과 음식점들도 많아서 볼거리와 먹을거리가 풍성하다.

① 이루는 반면 ② 이룰지라도
③ 이루는 이상 ④ 이룰뿐더러

※ 다음 (   )에 들어갈 수 없는 것을 고르십시오.

5 여름철에는 실내의 온도를 1도만 높여도 에너지를 (   ) 환경도 보호할 수 있다.

① 절약할 수 있다시피 ② 절약할 수 있을뿐더러
③ 절약할 수 있거니와 ④ 절약할 수 있을 뿐만 아니라

※ 다음 밑줄 친 부분이 틀린 것을 고르십시오.

6 ① 정말 하고 싶은 일이라면 <u>하기는 하되</u> 나중에 후회하면 안 된다.
  ② 일이 많아서 <u>점심시간마저</u> 쉴 수가 없으니 피곤이 쌓이는 게 당연하다.
  ③ 명절 연휴에는 <u>공공 기관을 비롯한</u> 우체국이 업무를 하지 않으므로 유의해야 한다.
  ④ 가까운 거리는 걷거나 자전거를 이용하면 <u>경제적이거니와</u> 환경까지 보호할 수 있다.

單元 12

습관과 태도를 나타낼 때
表示習慣與態度時

본 장에서는 어떤 사람의 습관이나 태도를 나타내는 표현을 공부합니다. 중급에서는 '-곤 하다, -기는요, -는 척하다'를 배웠습니다. 고급에서 다루는 것들은 어떤 일을 습관적으로 반복하는 행동과 어떤 행동을 할 때의 태도를 나타내는 표현인데 주로 부정적인 의미가 있습니다. 이 장에서 배우는 표현들도 많이 사용되는 것들이므로 차이점을 잘 유의해서 상황에 맞게 사용하시기 바랍니다.

本單元中要學習的是形容某人的習慣或態度的文法。中級階段我們曾學過「-곤 하다、-기는요、-는 척하다」等，而在高級階段所要看到的文法則是用來表示習慣性反覆某事的行動以及進行某行為時之態度的文法，主要帶有否定意味。本單元中要學習的文法也十分常用，請多加留意其中的差異，並視情境之不同正確使用。

01 -아/어 대다
02 -기 일쑤이다
03 -는 둥 마는 둥 하다

01 -아/어 대다

가 어머, 케빈 씨네 강아지예요? 너무 귀엽네요. 만져 봐도 돼요?

나 조심하세요. 물릴지도 몰라요. 요즘 이가 나려는지 보는 것마다 물**어 대서** 집 안 물건들이 다 엉망이에요.

가 그래요? 그래도 혼자 살다가 강아지가 있으니까 외롭지 않고 좋죠?

나 좋기는 한데 누가 오기만 하면 하도 짖**어 대서** 옆집 사람들한테 미안해요.

문법을 알아볼까요?

이 표현은 어떤 행동을 지나칠 정도로 계속해서 반복할 때 사용합니다. 주로 부정적인 뜻을 나타내므로 긍정적인 상황에서 사용하면 어색하며 예의를 차려야 하거나 격식적인 상황에서는 사용하지 않는 게 좋습니다. 동사에만 붙습니다.

本文法用於表示「某個行動過度持續反覆」，通常用來表示負面的意思，所以用在正面的狀況中會顯得不自然。在須注重禮儀或正式的場合中不宜使用。此文法僅能連接於動詞之後。

아이는 장난감 가게 앞을 지날 때마다 사 달라고 졸라 **댄다**.
孩子每次經過玩具店的時候都會吵著要買。

학교 선배의 친구가 한 번만 만나 달라고 자꾸 전화를 해 **대서** 귀찮아 죽겠다.
學長的朋友一直打電話來要約我見面，煩死了。

신영아, 다이어트한다면서 그렇게 과자를 먹**어 대면** 어떡하니?
申英啊，妳說要減肥卻猛吃零食，怎麼減啊？

도입 대화문 번역

가 天啊，這是凱文你的小狗嗎？太可愛了。我可以摸摸牠嗎？

나 妳小心一點，搞不好會被牠咬。不知道是不是最近在長牙齒的關係，看到一樣咬一樣，家裡的東西都被牠咬壞了。

가 這樣啊？不過自己一個人住，有小狗陪伴就不孤單了，不錯吧？

나 不錯是不錯，但只要有人來就會亂叫，對鄰居們很不好意思。

이럴 때는 어떻게 말할까요?

'참는 것이 이기는 것'이라는 말이 있는데요. 여러분은 싸움이 날 만한 상황에서 잘 참는 편이신가요? 보통 싸움이나 다툼이 일어나는 원인은 무엇일까요?

가 옆집 사람들끼리 이러면 되겠습니까? 좀 참으시지 그랬어요.

나 밤마다 술을 마시고 떠들어 대는데 시끄러워서 참을 수가 있어야지요.

Tip
우기다 嘴硬、堅持　　기가 막히다 無可奈何
배우신 분 讀過書的人　　욕을 하다 罵人

옆집 사람들	밤마다 술을 마시고 떠들다 / 시끄럽다
친한 친구들	자기가 잘못을 해 놓고 잘못이 하나도 없다고 우기다 / 기가 막히다
배우신 분들	저쪽에서 먼저 욕을 하다 / 화가 나다

연습해 볼까요?

生字・表現 p.398

1 다음 [보기]에서 알맞은 단어를 골라 '-아/어 대다'를 사용해서 대화를 완성하십시오.

> 보기　　골다　　지르다　　피우다　　놀리다　　울다

(1) 가 피곤해 보이네요. 어젯밤에 잠을 잘 못 잤어요?
　　나 네, 남편이 밤새 어찌나 코를 **골아 대는지** 잠을 잘 수가 있어야지요.

(2) 가 방에서 공부한다더니 왜 나와?
　　나 창밖에서 매미가 너무 시끄럽게 _____ 집중을 할 수가 없어요.
　　　도서관에 가서 공부할까 봐요.

(3) 가 얼마 전까지만 해도 건강해 보이던데 갑자기 왜 그렇게 되었대요?
　　나 그렇게 담배를 많이 _____ 건강한 게 이상한 거지요.

(4) 가 콘서트장에 직접 가 보니까 어땠어요?
　　나 옆에서 계속 소리를 _____ 귀가 아파 죽는 줄 알았어요.

(5) 가 주하가 왜 갑자기 유치원에 안 가겠대요?
　　나 어제 머리를 짧게 자르고 갔더니 친구들이 남자 같다고 _____ .

201

2 다음 [보기]에서 알맞은 표현을 골라 '-아/어 대다'를 사용해서 이야기를 완성하십시오.

> 보기   흔들다   긁다   싸우다   핥다   뽀뽀를 하다

이 사진 속의 강아지는 우리 할머니께서 키우시는 밍키예요. 가끔씩 할머니 댁에 가는데도 갈 때마다 저를 아주 반갑게 맞아 줘요. 제가 '밍키야' 하고 이름을 부르면 반갑다고 계속 꼬리를 (1) <u>흔들어 대요</u>. 저 꼬리를 보세요.

제가 밍키를 안아 주면 얼마나 제 얼굴에 (2) _____ 몰라요. 밍키는 저를 정말 좋아하는 것 같아요.

제가 소파에 앉아 있으면 밍키가 옆에 와서 계속 제 손을 (3) _____.

그리고 잠깐 제가 휴대 전화를 보거나 다른 것에 신경을 쓰고 있으면 자기에게 관심을 가져 달라고 제 팔을 (4) _____. 그 모습이 얼마나 귀여운지 몰라요.

옆집 강아지 제리를 만나면 자꾸 (5) _____ 할머니한테 혼나기도 하는데 그건 둘이 싸우는 게 아니라 같이 놀고 있는 거래요.
저는 그 모습도 아주 귀여운걸요.

밍키야~ 보고 싶다.
다음에 만날 때까지 건강하게 잘 지내~

02 -기 일쑤이다

가 세린느 씨 남편은 어떤 분이세요?
나 남편은 보기와는 다르게 좀 덜렁대는 편이라서 자꾸 물건을 어디에 놓고 오**기 일쑤예요**. 지난달만 해도 똑같은 책을 세 권이나 샀다니까요.
가 어머, 그래요? 세린느 씨는 어떠세요? 꼼꼼하고 침착한 편이신가요?
나 사실 저도 휴대 전화를 어디에 놓았는지 잊어버려서 벨이 울릴 때마다 찾**기 일쑤예요**. 부부는 닮는다고 하잖아요, 호호호.

문법을 알아볼까요?

이 표현은 어떤 일이 자주 일어나거나 또는 으레 그렇게 된다는 의미를 나타낼 때 사용합니다. 대체로 부정적인 의미의 행위가 자주 반복되어 일어날 때 사용합니다. '-기가 일쑤이다'로 쓰이기도 하고 '-기 일쑤다', '-기가 일쑤다'로 쓰이기도 합니다. 동사에만 붙습니다.

本文法用於「某件事時常發生，或總是如此」，通常在帶有負面意義的行為反覆發生時使用。可以用做「-기가 일쑤이다」，亦可以「-기 일쑤이다」、「-기가 일쑤다」的形態呈現。此表現僅能連接於動詞之後。

날마다 늦잠을 자는 데다가 밥맛도 없어서 아침을 거르**기 일쑤이다**.
每天睡過頭，加上沒胃口，早餐老是沒吃。

놀이공원과 같이 사람들이 많은 곳에서는 아이를 잃어버리**기 일쑤예요**.
遊樂園那種人多的地方，常有小孩走失。

회사 창업 초기에는 일이 많아서 밤을 새우**기가 일쑤였지만** 꿈이 있어서 힘든 줄 몰랐다.
公司創立初期因為事務繁多時常熬夜，但因為有夢想，就不覺得累。

도입 대화문 번역

가 席琳，你先生是個怎樣的人？
나 我先生的個性和他的外表不太一樣，有點冒冒失失的，老是把東西到處亂放。光是上個月，他就買了三本一模一樣的書。
가 天哪，真的假的？那你呢？你是比較嚴謹穩重的類型嗎？
나 其實，我也老是忘記手機放在哪裡，每次鈴聲響起都要四處找。大家都說夫妻倆會很相像嘛，呵呵呵。

더 알아볼까요?

이 표현은 부정적인 의미를 가지고 있으므로 긍정적인 상황에서 사용하면 어색합니다.
本文法含有負面意義，所以用在正面的狀況中會顯得不自然。

- 그 친구는 무슨 일이든지 열심히 해서 칭찬받기 일쑤다. (×)
  → 그 친구는 무슨 일이든지 열심히 해서 칭찬을 자주 받는다. (○)

이럴 때는 어떻게 말할까요?

100.mp3

여러분 주위에 같이 일하기 힘든 사람들이 있지요? 왜 그 사람들과는 같이 일하기가 힘들까요?

가 왜 친구하고 동업하다가 그만뒀어요?
나 친구가 꼼꼼하지 않아서 계산이 틀리기 일쑤였어요. 그러니까 믿고 돈을 맡길 수가 없더라고요.

Tip
동업하다 合夥　계산이 틀리다 算錯
덤벙거리다 粗心　빠뜨리다 漏掉
운영하다 運營　고집이 세다 固執
사소한 일 小事情

친구하고 동업하다	친구가 꼼꼼하지 않아서 계산이 틀리다 / 믿고 돈을 맡길 수가 없다
동생하고 인터넷 쇼핑몰을 같이 하다	동생이 덤벙거려서 자꾸 주문한 물건을 빠뜨리다 / 고객들의 불만이 많다
대학 선배하고 식당을 같이 운영하다	선배가 고집이 세서 사소한 일로 다투다 / 직원들 보기에도 안 좋은 것 같다

연습해 볼까요?

生字・表現 p.398

1 '-기 일쑤이다'를 사용해서 같은 뜻이 되도록 문장을 바꾸십시오.

(1) 소희 씨는 아침잠이 많아서 회사에 자주 지각한다.
→ 소희 씨는 아침잠이 많아서 **회사에 지각하기 일쑤이다**.

(2) 선예 씨는 기억을 잘 못해서 사람 얼굴을 못 알아볼 때가 많다.
→ 선예 씨는 기억을 잘 못해서 _____.

(3) 유빈 씨는 방향 감각이 없어서 여러 번 가 본 길도 자주 헤매요.
→ 유빈 씨는 방향 감각이 없어서 _____.

(4) 금솔 씨는 비가 오다가 그치는 날에는 버스에 우산을 종종 놓고 내렸다.
→ 금솔 씨는 비가 오다가 그치는 날에는 _____.

(5) 내 남자 친구는 나하고 한 약속을 자꾸 잊어버려서 화가 나요.
→ 내 남자 친구는 _____ 화가 나요.

2 다음 [보기]에서 알맞은 단어를 골라 '-기 일쑤이다'를 사용해서 대화를 완성하십시오.

| 보기 | 찾다 | 넘어지다 | 늦다 | 깨다 | 자다 |

(1) 가 그 드라마 봤어? 여자 주인공이 30대 초반밖에 안 됐는데 치매에 걸렸대.
나 응, 남의 일 같지가 않아. 나도 요즘 안경을 손에 들고 찾기 일쑤야.

(2) 가 이제 딸도 많이 컸으니까 간단한 집안일은 잘 도와주죠?
나 걔는 설거지만 했다 하면 그릇을 _____. 가만히 있는 게 도와주는 거예요.

(3) 가 옆집 부부는 왜 그렇게 날마다 싸운대요?
나 그 집 남편이 술만 마시면 길거리에서 _____.

(4) 가 역시 유명한 모델은 다르네요. 무대에서 실수를 한 번도 안 하잖아요.
나 지난번에 들으니까 그 모델도 처음에는 자기 발에 걸려 _____.

(5) 가 미나 씨하고 친한 사이였잖아요. 왜 요즘은 안 만나요?
나 그 친구는 여러 가지 이유로 약속 시간에 _____. 자꾸 그러니까 안 만나게 돼요.

03 -는 둥 마는 둥 하다

가 요즘 여양 씨가 이상하지 않아요? 아까도 도서관 앞에서 마주쳤는데 인사를 하는 둥 마는 둥 하고 그냥 가 버리더라고요.

나 얼마 전에 여자 친구하고 헤어졌대요.

가 아, 그랬군요……. 그래서 요즘 수업도 듣는 둥 마는 둥 했군요.

나 아마 말은 안 해도 많이 힘들 거예요.

문법을 알아볼까요?

이 표현은 어떤 일을 하는 듯도 하고 하지 않는 듯도 해서 제대로 하지 않음을 나타낼 때 사용합니다. 동사에만 붙습니다.

本文法可用來表示「好像有在做某件事，又好像沒有在做，並沒有認真執行」，且僅能連接於動詞之後。

어제 잠을 자는 둥 마는 둥 했더니 하루 종일 피곤해요.
昨天似睡似醒，今天整天都很累。

남편은 무슨 걱정이 있는지 아침도 먹는 둥 마는 둥 하고 출근했다.
我先生不知道有什麼煩惱，早餐也沒好好吃就去上班了。

늦잠을 자는 바람에 아침밥은커녕 세수도 하는 둥 마는 둥 하고 나왔어요.
我因為睡過頭，不但早餐沒吃，連洗臉刷牙都隨便弄弄就出門了。

도입 대화문 번역

가 最近呂楊是不是怪怪的？我剛剛在圖書館門口遇到他，招呼也愛打不打的，就這樣走掉了。

나 聽說他不久前跟女朋友分手了。

가 啊，原來如此啊……。所以他最近上課也心不在焉的。

나 雖然嘴上不說，但他應該很苦吧。

더 알아볼까요?

이 표현은 '-(으)ㄹ 둥 말 둥 하다'의 형태로 미래의 상황을 추측할 때 사용할 수 있습니다.
本文法可以以「-(으)ㄹ 둥 말 둥 하다」的形態來推測未來的狀況。

- 직접 가서 부탁해도 들어줄 둥 말 둥 한데 전화로 하면 되겠니?
  直接去拜託他，他應該都是愛聽不聽的，用電話講會有用嗎？
- 밤을 새워 공부해도 시험에 합격할 둥 말 둥 한데 TV만 보고 있으니 한심하다.
  即使熬夜讀書都不一定能合格，你還一直看電視，真是太不像話了。

이럴 때는 어떻게 말할까요?

꿈을 이루기란 쉽지 않은데요. 여러분은 꿈을 이루기 위해서 꾸준한 노력을 하고 있나요?

가 엄마, 내일 날씨가 춥다고 하니까 내일은 그냥 쉬어야겠어요.

나 네 꿈이 학교 축구 대표 팀에 들어가는 거라고 하더니 그렇게 운동을 하는 둥 마는 둥 하면 꿈을 이룰 수 있겠니?

Tip
첼리스트 大提琴家

내일 날씨가 춥다고 하니까 내일 어제 공부를 많이 했으니까 오늘 오전에 충분히 연습했으니까 오후에	학교 축구 대표 팀에 들어가다 / 운동을 하다 외교관이 되다 / 공부를 하다 세계적인 첼리스트가 되다 / 연습을 하다

연습해 볼까요?

生字·表現 p.398

1 다음 [보기]에서 알맞은 표현을 골라 '-는 둥 마는 둥 하다'를 사용해서 대화를 완성하십시오.

> [보기] 식사를 하다   학원에 다니다   화장을 지우다
> 책상도 정리하다   영화도 보다   창문을 닦다

투안 　무슨 걱정 있어요? 왜 그렇게 (1) **식사를 하는 둥 마는 둥 해요**?
소피아 　그냥 입맛이 없어서요.
투안 　아까 (2) _____
　　　 무슨 일 있어요?
소피아 　언니랑 싸우고 나왔더니 계속 신경이 쓰여서 영화에 집중이 안 되더라고요.

아사미 　얼굴에 뭐가 많이 났네요.
김소희 　며칠 피곤해서 (3) _____
　　　 잤더니 그래요.
아사미 　아 참, 프랑스어 학원에 다닌 지 세 달 정도 됐죠? 그럼 이제 잘하시겠네요.
김소희 　처음엔 열심히 배우다가 회사 일이 바빠서 (4) _____. 이제 인사말 빼고는 기억도 잘 안 나요.

루이 　엄마, 청소 다 했으니까 용돈 주세요.
세린느 　이렇게 (5) _____
　　　 놓고 용돈을 달라는 말이 나오니?
루이 　그래도 거실 창문까지 깨끗하게 다 닦았잖아요.
세린느 　닦으려면 제대로 닦아야지 여기저기 얼룩이 있던데 그렇게 (6) _____
　　　 깨끗이 닦았다는 말이 나와?

2 다음 [보기]에서 알맞은 표현을 골라 '-는 둥 마는 둥 하다'를 사용해서 이야기를 완성하십시오.

> 보기 화장도 하다   대답을 하다   저녁을 먹다   듣다   쳐다보다

말풍선: 음식까지 이 모양이야. / 제 취미는 영화 감상과…… / 자기가 잘났으면 얼마나 잘나서……

어제는 정말 기분 나쁜 하루였다. 소개팅이 있어서 예쁘게 하고 나가고 싶었는데 늦잠을 자는 바람에 (1) **화장도 하는 둥 마는 둥 하고** 나가야 했다. 내가 늦어서 화가 났는지 소개팅에 나온 남자는 내가 인사를 하는데도 내 얼굴을 (2) _____ 관심도 없는 것 같았다. 또 내가 마음에 안 들었는지 내 질문에도 (3) _____. 그리고 나에게 질문을 해 놓고 내 대답은 (4) _____. 그렇게 예의 없는 남자는 처음이었다. 나도 기분이 나빠져서 (5) _____ 배가 고팠다. 그래서 집에 오자마자 찬밥에다 남은 반찬을 다 넣고 비빔밥을 만들어서 먹었더니 그만 배탈이 나고 말았다.

209

單元 12 확인해 볼까요?

生字・表現 p.398

※ [1~2] 다음 밑줄 친 부분과 바꾸었을 때 의미가 가장 비슷한 것을 고르십시오.

1

모처럼 휴일이라 쉬고 싶었지만 아이가 놀이공원에 가자고 하도 <u>졸라 대서</u> 할 수 없이 집을 나섰다.

① 열심히 조르는 탓에 ② 계속 조르는 바람에
③ 많이 조른답시고 ④ 힘껏 조르니만큼

2

어려운 한자가 많아서 책을 <u>읽는 둥 마는 둥 했더니</u> 무슨 내용인지 하나도 모르겠다.

① 읽는 척 했더니 ② 읽으면 읽을수록
③ 읽을까 말까 했더니 ④ 대충 읽었더니

※ 다음 (   )에 알맞은 것을 고르십시오.

3

가 회사에 취직한 지 얼마 안 되었는데 왜 벌써 그만두려고 해?
나 월급은 적은데 할 일은 많아서 (   ).

① 야근을 하고 싶거든 ② 야근하기 일쑤거든
③ 야근할지도 모르거든 ④ 야근할 만하거든

※ 다음 중 맞는 대화를 고르십시오.

4
① 가 아이의 상상력을 풍부하게 하려면 어떻게 해야 할까요?
　 나 어릴 때부터 책을 읽어 대는 것이 좋아요.
② 가 이번 달에는 일찍 퇴근하시네요.
　 나 지난달에도 매일 6시에 퇴근하곤 했어요.
③ 가 무슨 걱정이 있니? 좋아하는 피자도 먹다가 말다가 하고.
　 나 어, 제가 그랬어요? 잠깐 딴 생각을 했나 봐요.
④ 가 미안해요. 요즘은 정신이 없어서 약속을 깜빡하기 일쑤예요.
　 나 바쁘면 그럴 수도 있죠, 뭐.

※ 다음 밑줄 친 부분 중 틀린 것을 하나 골라 바르게 고쳐 쓰십시오.

5

어제 오랜만에 카페에 갔다. 친구를 기다리면서 사람들을 ① <u>구경하다 보니</u> 시간이 금방 지나갔다. 아무 때나 셀카 사진을 ② <u>찍어 대는</u> 사람, 친구 이야기는 ③ <u>듣거나 말거나</u> 하고 계속 휴대 전화를 확인하는 사람, 다른 사람이 ④ <u>듣건 말건</u> 큰 소리로 전화를 하는 사람 등 참으로 다양했다. 요즘은 음료수 하나만 시키고 하루 종일 앉아서 인터넷을 하는 사람도 많다고 한다. 카페 수가 급속도로 늘어나고 있는 지금, '카페 문화'에 대해서도 다시 한번 생각해 봐야 하지 않을까?

(   )

210

單元 13

정도를 나타낼 때
表示程度時

본 장에서는 정도를 나타낼 때 사용하는 표현을 공부합니다. 초급에서는 '쯤'을, 중급에서는 '-(으)ㄹ 정도로, 만 하다, -는 만큼'을 배웠습니다. 고급에서 공부하는 표현들은 이미 배운 표현들로 바꿔서 사용할 수 있지만 같은 표현이라도 고급스러운 표현을 익혀서 쓴다면 한국어의 풍성함을 느끼면서 사용할 수 있을 것입니다.

本單元中要學習的是表示程度時使用的文法。初級階段我們曾學過「쯤」；中級階段則學過「-(으)ㄹ 정도로、만 하다、-는 만큼」等。高級階段中所要學習的文法都可以與過去學過的交替使用。但在相同情境下，若是能夠靈活運用更高階的文法，便能在使用的同時感受到韓語的豐富性。

01 -(으)리만치
02 -다 못해

01 -(으)리만치

가 지난 주말에 설악산에 다녀왔다면서요? 요즘 단풍철이라 경치가 한창 아름다울 때지요?

나 네, 단풍으로 붉게 물든 설악산은 형용할 수 없**으리만치** 아름답더라고요. 말 그대로 한 폭의 그림 같다고나 할까요? 그래서 그렇게 사람들이 설악산을 찾나 봐요.

가 저는 지난번에 설악산 등산을 갔다 오고 나서 며칠 동안 온몸이 쑤시고 아프던데 투안 씨는 어때요? 괜찮아요?

나 괜찮기는요. 자고 일어나니까 한 걸음도 걸을 수 없**으리만치** 다리가 당기고 아프더라고요.

문법을 알아볼까요?

이 표현은 '선행절의 상황이나 상태가 될 정도로'의 뜻으로 후행절의 내용을 강조하기 위해 비유적으로 많이 사용합니다.

本文法有「達到前子句情況或狀態的程度」之意,常被用來比擬強調後子句的內容。

합격자 발표를 앞두고 대기실은 무서우**리만치** 팽팽한 긴장이 감돌았다.
合格者發表前夕,等候室裡瀰漫著近乎恐怖的緊繃氣氛。

창밖에는 한 치 앞도 안 보이**리만치** 폭우가 쏟아지고 있다.
窗外連一寸外都看不清楚,暴雨傾盆而下。

오늘날의 과학 기술은 몇 년 앞을 예측할 수 없**으리만치** 빠른 속도로 발전하고 있다.
現今的科學技術,到了幾年後的狀況都無法預測的程度,快速地發展著。

도입 대화문 번역

가 聽說你上週末去了雪嶽山?最近是楓葉的季節,應該是風景最漂亮的時候吧?

나 是啊,被楓葉染紅的雪嶽山真是美得無法形容。可以說是美得像幅畫吧?難怪有那麼多人造訪雪嶽山。

가 我上次從雪嶽山回來以後好幾天都全身痠痛,圖安你呢?沒事吧?

나 怎麼會沒事。一覺醒來我的後腿又緊又痛,到了無法跨出一步的地步。

더 알아볼까요?

이 표현은 큰 의미 차이 없이 '-(으)리만큼'이나 '-(으)ㄹ 정도로'로 바꿔 사용할 수 있습니다.
本文法可與「-(으)리만큼」或「-(으)ㄹ 정도로」交替使用，意義無太大差異。
- 합격자 발표를 앞두고 대기실은 <u>무서우리만큼</u> 팽팽한 긴장이 감돌았다.
- 합격자 발표를 앞두고 대기실은 <u>무서울 정도로</u> 팽팽한 긴장이 감돌았다.

이럴 때는 어떻게 말할까요?

여러분은 처음 학교에 간 날, 처음 데이트를 한 날, 처음 월급을 받은 날 등을 기억하시나요? 어떤 일을 처음 했을 때 느낌이 어떠셨나요?

가 처음 <u>아내를 만났을 때</u> 느낌이 어떠셨나요?
나 <u>버스에서 우연히 처음 봤는데 눈을 뗄 수 없으리만치 눈부시게 아름답더라고요.</u>

Tip
눈을 뗄 수 없다 目不轉睛   눈부시다 耀眼
왈칵 쏟아지다 傾瀉而出

아내를 만나다	버스에서 우연히 처음 봤는데 눈을 뗄 수 없다 / 눈부시게 아름답다
아기를 가졌다는 소식을 듣다	회사에서 바쁘게 일하다가 처음 들었는데 뭐라고 표현할 수 없다 / 기쁘다
'아빠'라는 소리를 듣다	수화기 너머로 처음 들었는데 눈물이 왈칵 쏟아지다 / 감동적이다

연습해 볼까요?

生字・表現 pp.398-399

1 다음 [보기]에서 알맞은 표현을 골라 '-(으)리만치'를 사용해서 문장을 완성하십시오.

> [보기]
> 무엇과도 비교할 수 없다 생각하기조차 싫다 냉정하다
> 눈썹 하나 까딱하지 않다 상상할 수 없다

(1) 남산에서 바라본 서울의 야경은 무엇과도 비교할 수 없으리만치 아름다웠다.
(2) 김 과장님은 수더분해 보이지만 _____ 매사에 공정하고 빈틈이 없는 사람이다.
(3) 화학조미료가 인체에 미치는 악영향은 _____ 크다고 한다.
(4) 아내가 말기 암을 진단받아 항암 치료를 받던 기간은 _____ 고통스러운 나날들이었다.
(5) 우리 할아버지는 호랑이 앞에서도 _____ 대범하셨다고 한다.

2 다음 [보기]에서 알맞은 표현을 골라 '-(으)리만치'를 사용해서 이야기를 완성하십시오.

> [보기]
> 누구인지 알 수 있다   믿겨지지 않다
> 견줄 수 없다   값으로 따질 수 없다

얼마 전에 조선 시대 화가의 작품으로 보이는 그림이 발견되었다고 한다. 낙관이 찍혀 있지는 않았지만 한눈에도 (1) **누구인지 알 수 있으리만치** 그 화가의 화풍은 독특해서 고전 미술 작품을 연구하는 학자들이 모두 김윤도 화가의 작품이라고 단언했을 정도이다. 김윤도 화가는 생전에 많은 작품을 남기지 않았으므로 이번에 발견된 작품은 (2) _____ 귀하다고 한다. 비록 오래전 작품이나 현대의 것과 (3) _____ 색채와 표현이 훌륭하다고 하니 옛 선조들의 독창성과 우수성을 이 작품을 통해 엿볼 수 있다. 또한 수백 년 전의 작품이라는 것이 (4) _____ 보존 상태도 좋아 고전 미술을 연구하는 데 귀중한 산 자료가 될 것이라고 한다.

02 -다 못해

가 와, 맛있게 잘 먹었어요. 여긴 음식이 정말 맛있네요.
나 많이 남기셨는데 좀 더 드시지 그래요?
가 더 이상은 못 먹겠어요. 너무 맛있어서 계속 먹다 보니 배가 부르**다 못해** 터질 지경이에요.
나 여기는 맛도 맛이지만 양도 진짜 많네요. 제가 좀 많이 먹는 편인데 이렇게 먹**다 못해** 음식을 남긴 건 처음이에요.

문법을 알아볼까요?

이 표현은 선행절의 동작이나 상태가 극에 달해 더 이상 지속할 수 없거나 그 정도가 더 심해짐을 나타낼 때 사용합니다.
本文法用於表示「前子句的動作或狀態達到極限再也無法持續，或是程度加劇」。

가 재윤 씨는 그렇게 조카가 귀여우세요?
　在允，你那麼疼你侄子啊？
나 네, 조그만 게 어찌나 말을 잘하는지 귀엽**다 못해** 깨물어 주고 싶다니까요.
　是啊，那麼小小一個話卻說得那麼好，真是可愛到讓我想咬一口啊。
가 어제 시사 토론 봤어? 소위 지식인이라는 사람들이 어쩜 그렇게 말을 막 하니?
　你有看昨天的時事辯論嗎？所謂的知識份子說話就那麼沒有水準嗎？
가 그러게 말이야. 사회자가 보**다 못해** 한마디 하는 것 봐. 내가 다 부끄럽더라.
　就是啊，主持人都看不下去出來說話了。連我都覺得糗。

도입 대화문 번역

가 哇，吃得真香。這裡的菜真的好好吃喔。
나 還剩很多呢，再多吃點吧？
가 我一點也吃不下了。因為太好吃，我吃個不停，現在飽到肚子要炸開了。
나 這裡的東西不但好吃，量也很多呢。我算是食量大的，飽到還剩下食物這是第一次呢。

215

가 옆집 아들은 취업할 생각은 안 하고 놀러만 다니니까 부모님이 걱정이 많겠어요.
隔壁家兒子不想找工作，只顧著玩，父母親一定很擔心。

나 안 그래도 그 집 아버지가 참**다 못해** 아들한테 집을 나가라고 했대요.
我正好聽說他們家爸爸已經忍無可忍，叫孩子搬出去住了。

더 알아볼까요?

1 이 표현은 정도가 심해짐을 나타내는 경우에 '-다 못해 -기까지 하다'의 형태로 쓰이기도 합니다.
本文法用來形容程度加劇時，也可以以「–다 못해 – 기까지 하다」的形態呈現。

- 아침도 못 먹고 점심까지 굶으니까 배가 고프다 못해 쓰리기까지 해요.
- 그 방은 어찌나 난방이 잘 되어 있던지 따뜻하다 못해 후텁지근하기까지 하데요.

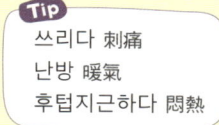

Tip
쓰리다 刺痛
난방 暖氣
후텁지근하다 悶熱

2 이 표현은 뒤에 오는 명사를 수식할 때는 '-다 못한'의 형태로 쓰는데 이때는 주로 동사에 붙습니다.
本文法在修飾後方名詞時，以「–다 못한」的形態使用，此時通常連接於動詞之後。

- 토론자들이 막말을 해 대자 보다 못한 사회자가 한마디 했다.
- 아들이 취업할 생각은 안 하고 놀러만 다니니까 참다 못한 아버지가 아들한테 집을 나가라고 했다.

3 동사 '참다'와 '듣다'는 '참다못해', '듣다못해'처럼 붙여 쓰는 경우가 있는데, 이때는 '참다못하다'의 활용형 '참다못해'와 부사 '듣다못해'가 사용된 것입니다.
本文法有時會與動詞「참다」與「듣다」連接使用，如「참다못해」、「듣다못해」，此時使用的是「참다못하다」的活用形「참다못해」與副詞「듣다못해」。

- 인터넷에 떠도는 악성 루머에 시달리던 배우 이정애 씨는 참다 못해/참다못해 사이버 수사대에 수사를 의뢰했다.
- 형의 잔소리를 듣다 못해/듣다못해 동생은 밖으로 나가 버리고 말았다.

Tip
떠돌다 流傳
악성 루머 惡意流言
사이버 수사대 網絡警察
의뢰하다 委託

4 동사 '생각하다'의 경우는 '생각하다 못해'와 그 줄인 말인 '생각다 못해'로도 사용할 수 있습니다.
動詞「생각하다」除了「생각하다 못해」以外，也可以縮寫為「생각다 못해」使用。

- 아이들 학원비를 감당할 수 없어서 생각하다 못해/생각다 못해 남편과 내가 직접 가르치기로 했다.

Tip
감당하다 承擔

이럴 때는 어떻게 말할까요?

세상에는 참 다양한 성격의 사람들이 있지요? 여러분 주위에는 어떤 사람들이 있나요?

가 소희 있잖아, 걔는 보기랑 다르게 성격이 참 별나더라.

나 어떤데 그래?

가 글쎄, 깔끔하다 못해 하루에 청소를 다섯 번이나 한다더라고. 그 정도면 병 아니니?

Tip
별나다 奇特　　　　깔끔하다 乾淨
우유부단하다 優柔寡斷　특이하다 特別
꼼꼼하다 仔細　　　　단위 單位

보기 / 별나다	깔끔하다 / 하루에 청소를 다섯 번이나 하다
생긴 거 / 답답하다	우유부단하다 / 점심에 먹을 메뉴를 고르는 데에도 30분이 걸리다
외모 / 특이하다	꼼꼼하다 / 하루 계획을 삼십 분 단위로 세우다

연습해 볼까요?

生字·表現 p.399

1 다음 [보기]에서 알맞은 단어를 골라 '-다 못해'를 사용해서 대화를 완성하십시오.

보기	기쁘다	부끄럽다	아름답다	웃다
	견디다	시끄럽다	창백하다	

(1) 가 엄마, 제가 취직한 게 그렇게 기쁘세요?
　　나 그럼, **기쁘다 못해** 어깨춤이 절로 나오는구나.

(2) 가 코미디 콘서트 녹화 어땠어요? 재미있었어요?
　　나 직접 보니까 더 재미있더라고요. 얼마나 웃겼는지 ＿＿＿＿＿＿ 나중에는 눈물까지 흘렸다니까요.

(3) 가 해가 떠오르는 장면이 너무 아름답지 않니?
　　나 ＿＿＿＿＿＿ 눈이 부실 지경이야. 한 폭의 그림이라는 말이 딱 맞구나.

(4) 가 신재 씨가 외국에서 학교를 다니다 말고 돌아왔다면서요?
　　나 네, 공부에 대한 스트레스에 외로움까지 심해서 ＿＿＿＿＿＿ 공부를 포기하고 귀국했대요.

(5) 가 어제 록 콘서트에 다녀왔다면서요?
　　나 공짜 표가 있었으니 갔지 아니면 안 갔을 거예요. ＿＿＿＿＿＿ 고막이 터질 것 같더라고요.

(6) 가 어제 발표를 진짜 잘하셨나 봐요. 과장님의 칭찬이 대단하시던데요.
　　나 제가 별로 한 것도 없는데 사람들 앞에서 너무 칭찬을 하니까 ＿＿＿＿＿＿ 얼굴을 못 들겠더라고요.

(7) 가 효리 씨에게 무슨 일이 있나 봐. 안색이 너무 안 좋아 보이지?
　　나 그러네. 얼굴이 너무 ＿＿＿＿＿＿ 아파 보이기까지 하네. 진짜 무슨 일 있는 것 아닐까?

2 다음 글을 읽고 '-다 못해'를 사용해서 밑줄 친 부분을 바꾸십시오.

　　이번 토요일은 지난번에 맞선을 본 남자와 두 번째 만나기로 한 날이다. 만나기 전에 그 남자가 전화로 약속 시간과 장소를 알려 주기로 했는데 금요일 밤 9시가 되도록 연락이 없었다. (1) 더 이상 기다릴 수 없어서 내가 먼저 전화를 했다. 그랬더니 그 사람은 나한테 연락이 없어서 다른 약속을 잡았는데 내가 정말 원하면 그 약속을 취소할 수도 있으니까 확실하게 말해 달라고 한다. 참, 그 배려가 (2) 너무 고마워서 눈물이 날 지경이다. '자기가 알아서 당연히 취소를 해야지, 나더러 결정하라고?' (3) 너무 기가 막혀서 말이 다 안 나온다. '그리고 뭐? 내가 정말 원하면?' 이런 매너 없는 남자를 봤나. 말하는 게 (4) 너무 괘씸해서 한 대 때려 주고 싶다. 이런 남자랑은 다시 만나고 싶지 않았다. 그래서 안 만날 핑계를 (5) 이리저리 생각한 끝에 마침 나도 중요한 일이 생겼는데 먼저 약속된 거라서 전화해 본 것뿐이라고 말하면서 끊었다. 이 남자는 절대 다시 볼 일이 없을 거다!

(1) **기다리다 못해** _____

(2) _____

(3) _____

(4) _____

(5) _____

單元 13 확인해 볼까요?

生字・表現 p.399

※ 〔1~2〕다음 (   )에 알맞은 것을 고르십시오.

1
우리는 자정이 다 되어서야 고향 마을에 도착했다. 깊은 산골 마을에 밤이 되니 주위가 (   ) 적막하여 불길한 느낌마저 들었다.

① 조용하기는커녕
② 조용하다 못해
③ 조용하다기보다는
④ 조용한 만큼

2
내가 어릴 때만 해도 가정마다 비상 상비약이 별로 없었다. 그런데 갑자기 배가 아플 때 엄마가 손으로 배를 문질러 주시면 (   ) 금세 낫곤 했다.

① 신기한 양
② 신기하다는 듯이
③ 신기하리만치
④ 신기한 것은 고사하고

※ 다음 밑줄 친 부분과 바꾸었을 때 의미가 가장 비슷한 것을 고르십시오.

3
음악의 치료 효과는 여러모로 입증되고 있다. 한 실험 결과에 따르면 아픈 동물에게 밝은 음악을 계속 들려주자 <u>놀라우리만치</u> 빠른 회복을 보였다고 한다.

① 놀라는 듯이
② 놀라울 정도로
③ 놀라는 만큼
④ 놀라울지라도

※ 빈칸에 가장 알맞은 것을 고르십시오.

4
가 어제 이사하느라고 많이 힘들었죠?
나 네, 짐 옮기랴 청소하랴 하루 종일 움직였더니 _____.

① 꼼짝도 할 수 없으리만치 힘들더라고요
② 꼼짝하기는커녕 힘들기까지 하더라고요
③ 너무 힘들어도 꼼짝도 안 하면 안 되겠더라고요
④ 힘든 것은 물론이고 꼼짝도 못하고 쉬어야겠더라고요

※ 다음 밑줄 친 부분 중 틀린 것을 하나 골라 바르게 고쳐 쓰십시오.

5
요즘 열대야로 인해 ① <u>잠을 잘래야 잘 수가 없다</u>. 그래서 어젯밤에는 가족과 함께 집 근처 계곡으로 산책을 나갔다. 벌써 많은 사람들이 우리와 같은 ② <u>생각을 한 듯이</u> 계곡 여기저기에 자리를 잡고 있었다. 산 위에서부터 흘러내리는 계곡물에 발을 담그고 있으니 ③ <u>시원하지 못해</u> 발이 시리기까지 했다. 하늘에는 ④ <u>셀 수 없으리만치</u> 수많은 별들이 반짝거리고, 물소리와 새소리, 풀벌레 소리가 어우러져 한여름 밤의 운치를 더해 주었다. 이렇게 좋은 곳에 사랑하는 가족과 함께 있으니 이런 게 행복이 아닐까?

(   )

220

單元 14

의도를 나타낼 때
表示意圖時

본 장에서는 말하는 사람의 의도를 나타낼 때 사용하는 표현에 대해서 공부합니다. 초급에서는 '-(으)러 가다/오다, -(으)려고, -(으)려고 하다, 을/를 위해서, -기 위해서, -기로 하다'를, 중급에서는 '-(으)ㄹ까 하다, -고자, -(으)려던 참이다, -(으)ㄹ 겸 -(으)ㄹ 겸, -아야지요/어야지요'와 같은 많은 표현을 배웠습니다. 고급에서 배우는 표현들은 이미 배운 의도를 나타내는 표현보다 좀 더 추가적인 의미들이 있으므로 잘 구별해서 익히시기 바랍니다.

本單元中要學習的是表達話者意圖時使用的文法。我們目前已學過許多表意圖的文法，在初級階段有「-(으)러 가다/오다、-(으)려고、-(으)려고 하다、을/를 위해서、-기 위해서、-기로 하다」等；中級階段則有「-(으)ㄹ까 하다、-고자、-(으)려던 참이다、-(으)ㄹ 겸 -(으)ㄹ 겸、-아야지요/어야지오」等。高級階段中要學習的表意圖文法，比過去學過的多了一些附加意義，練習時請留意其中的區別。

01 -(느)ㄴ다는 것이
02 -(으)려고 들다
03 -(으)려다가

01 -(느)ㄴ다는 것이

가 왜 이렇게 늦었어요?
나 미안해요. 명동으로 가는 버스를 **탄다는 것이** 반대쪽으로 가는 버스를 타서 갈아타고 오느라고 늦었어요.
가 부탁한 책은 가지고 왔어요?
나 어머, 들고 나온**다는 것이** 현관 앞에 놓고 그냥 나왔네. 미안해요. 어떡하지요?

문법을 알아볼까요?

이 표현은 선행절에서 의도한 것과는 다른 결과가 후행절에 생길 때 사용합니다. 줄여서 '-(느)ㄴ다는 게'로 사용하기도 합니다. 동사에만 붙습니다.

本文法用於「當後子句發生了與前子句意圖不同的結果時」，亦可縮寫為「－(느)ㄴ다는 게」。此文法僅能連接於動詞之後。

가 이 앞 사거리에 경찰차가 서 있던데 무슨 일 있었어요?
　前面的十字路口停了一台警車，發生了什麼事嗎？
나 초보 운전자가 정지선에서 브레이크를 밟**는다는 게** 액셀을 밟았대요. 다행히 주변에 아무도 없어서 큰 사고는 없었대요.
　聽說有一位開車新手本來要在停止線前踩煞車，卻踩成油門。所幸附近沒有人，才沒有發生大型事故。

가 피곤해 보이는데 잠을 잘 못 잤어요?
　你看起來很累，沒睡好嗎？
나 어제 리포트를 쓰다가 저장 버튼을 누른**다는 게** 삭제 버튼을 눌러서 저녁 내내 작업한 내용이 다 없어져 버렸거든요. 그래서 다시 쓰느라 밤을 새웠어요.
　我昨天寫報告時把儲存鍵按成刪除鍵，整晚打的東西都不見了。所以就熬夜重寫了。

도입 대화문 번역

가 妳為什麼那麼晚到？
나 不好意思。我本來要搭前往明洞的公車，卻搭成反方向的，轉車過來就遲到了。
가 我拜託妳的書有帶來嗎？
나 天哪，我本來想帶出來，可是放在玄關前面就出門了。對不起。怎麼辦啊？

가 도와 드린**다는 것이** 오히려 폐만 끼친 것 같아서 죄송하네요.
　本來想幫忙，反而卻麻煩到你，真是抱歉。

나 아니에요. 도움이 많이 된걸요.
　不會啦。你幫了我很多忙。

더 알아볼까요?

이 표현은 선행절과 후행절의 주어가 같아야 합니다.
本文法的前後子句主語須一致。

- (제가) 구경만 한다는 것이 하나밖에 안 남았다고 하니까 친구가 또 사고 말았어요. (×)
  → (제가) 구경만 한다는 것이 하나밖에 안 남았다고 하니까 (제가) 또 사고 말았어요. (○)
  → 친구가 구경만 한다는 것이 하나밖에 안 남았다고 하니까 (친구가) 또 사고 말았다고 해요. (○)

이럴 때는 어떻게 말할까요?

인생을 살다 보면 의도했던 대로 되지 않는 경우가 있지요? 여러분은 어떤 경험이 있나요?

가 시험공부는 많이 했니?
나 잠깐 자고 일어나서 공부를 한다는 것이 그만 지금까지 자 버리고 말았어요. 어떻게 해요?

Tip
아동용　兒童用

시험공부는 많이 했다	잠깐 자고 일어나서 공부를 하다 / 그만 지금까지 자 버리고 말았다
이 큰 케이크를 혼자 다 먹었다	동생 것을 남기다 / 맛있어서 조금씩 먹다 보니 다 먹어 버렸다
엄마 선물이라면서 옷이 왜 이렇게 작다	여성용을 사다 / 디자인이 똑같아서 아동용을 샀나 보다

연습해 볼까요?

生字・表現 p.399

1 다음 [보기]에서 알맞은 단어를 골라 '-(으)ㄴ다는 것이'를 사용해서 대화를 완성하십시오.

> 보기   전화하다   부르다   자다   넣다   내리다

(1) 가 여보세요? 티파니 씨, 웬일이에요?
    나 죄송해요. 김 선생님께 전화한다는 것이 이 선생님께 했네요. 안녕하셨지요?

(2) 가 서울역이요? 왜 거기까지 갔어요?
    나 동대문에서 _____ 깜빡 졸다가 정류장을 지나쳐 버렸어요.

(3) 가 아까 아사미 씨 교실에서 크게 웃는 소리가 나던데 왜 그런 거예요?
    나 제가 '선생님'이라고 _____ '생선님'이라고 불렀거든요.

(4) 가 이 커피 맛이 좀 이상하지 않아요?
    나 어머, 제가 커피에 설탕을 _____ 소금을 넣었나 봐요.

(5) 가 이렇게 더운 날에 감기에 걸렸네요.
    나 네, 에어컨을 끄고 _____ 그냥 잠이 들어 버렸거든요.

2 다음 이야기를 읽고 '-(으)ㄴ다는 게'를 사용해서 밑줄 친 부분을 바꾸십시오.

> 오늘은 전체 회의가 있는 중요한 날이다. (1) <u>일찍 일어나려고 했는데 알람 시계가 안 울리는 바람에 다른 날보다 더 늦게 일어났다.</u> (2) <u>빨리 가려고 지하철 대신 택시를 탔는데 길이 막혀서 오히려 더 늦었다.</u> 회의실에 들어가니까 부장님이 이야기를 하고 계셨다. (3) <u>정신을 차리고 잘 들으려고 했는데 긴장이 풀리니까 졸렸다.</u> 옆 사람이 툭 쳐서 눈을 뜨니 부장님이 나를 쩌려보고 계셨다. 너무 창피했다. 오후에 (4) <u>친구한테 문자 메시지를 보냈다. '오늘 부장님 때문에 기분도 안 좋은데 퇴근 후에 한잔할래?'</u> 잠시 후에 답장이 왔다. '김민수 씨, 내일도 지각하지 말고 오늘은 집에 일찍 가세요.' 부장님의 문자 메시지였다. (5) <u>집에 오자마자 정신을 차리려고 식탁 위에 놓여 있는 물을 마셨는데 맛이 이상했다. 이건 아버지가 마시다가 남기신 소주가 아닌가.</u> 아이고, 머리야······.

(1) 일찍 일어난다는 게 알람 시계가 안 울리는 바람에 다른 날보다 더 늦게 일어났다 .
(2) _____ .
(3) _____ .
(4) _____ .
(5) _____ .

02 -(으)려고 들다

가 어제 회의에서는 어떤 결론이 났나요?
나 결론은요. 다들 남의 의견은 듣지 않고 자기 이야기만 하려고 드니 결론이 날 리가 있나요. 다음 주에 다시 회의를 하기로 했어요.
가 조금만 서로 양보하면 될 텐데 말이에요.
나 그러게요. 서로 조금이라도 손해는 보지 않으려고 드니 의견 일치가 안 될 수밖에요.

문법을 알아볼까요?

이 표현은 어떤 행동을 할 의도나 목적을 가지고 애써서 적극적으로 하려고 함을 나타낼 때 사용합니다. '-(으)려 들다'로도 많이 사용합니다. 동사에만 붙습니다.
本文法表示「懷著做某個行動的意圖或目的，而且費心積極地想去執行」。也常使用「-(으)려 들다」，此文法僅能連接於動詞之後。

우리 남편은 건강에 좋다는 음식은 무조건 다 사려고 들어요.
只要是對健康有益的食物，我先生都一定想去買。

무슨 일이든지 과정도 중요하니까 결과만으로 평가하려 들지 마세요.
任何事情的過程都很重要，別想只用結果來評斷。

온 국민이 함께 이 어려운 상황을 극복하려고 들면 못 할 일이 어디 있겠어요?
如果全國人民有一起克服這個難關的意念，有什麼事是做不到的呢？

도입 대화문 번역

가 昨天會議有什麼結論嗎？
나 還結論勒。大家都不聽其他人的意見，只顧著說自己的，怎麼會有結論。已經決定下週再開一次會了。
가 大家要是能各讓一步就好了。
나 就是說啊。彼此都不願意吃任何一點虧，肯定無法達成共識。

225

더 알아볼까요?

이 표현은 의미를 더욱 강조하기 위해 '만'을 붙이기도 하는데 동사와 형용사의 경우는 '-(으)려고만 들다'로, 명사의 경우는 '만 -(으)려고 들다'의 형태로 사용합니다.
本文法若要強調其意義，亦可在此文法中添加「만」，動詞與形容詞以「-(으)려고만 들다」的形態使用；名詞則以「만 -(으)려고 들다」的形態使用。

- 방학이라고 공부는 안 하고 하루 종일 놀려고만 든다.
- 우리 딸아이는 이렇게 추운 날씨에도 짧은 치마만 입으려고 든다.

이럴 때는 어떻게 말할까요?

자녀 교육은 참으로 어려운 일이지요? 우리 주위에 아이를 키우는 부모님들은 어떤 일들로 힘들어할까요?

가 우리 아이는 동생 것을 무조건 다 빼앗으려고 들어서 걱정이에요.

나 동생에게 부모님의 사랑을 빼앗겼다고 생각해서 그래요. 부모님이 형과 동생을 똑같이 사랑한다고 느끼도록 신경 써 보세요.

Tip
빼앗다 搶走   구별하다 區分
인지하다 認知   거부감 反感

동생 것을 무조건 다 빼앗다	동생에게 부모님의 사랑을 빼앗겼다고 생각하다 / 부모님이 형과 동생을 똑같이 사랑한다고 느끼도록 신경 쓰다
하지 말라는 것만 골라서 하다	아직 좋은 것과 나쁜 것을 구별하지 못하다 / 잘한 일은 칭찬해 주시고 잘못한 일은 아이가 확실히 인지하도록 가르치다
골고루 먹지 않고 좋아하는 음식만 먹다	안 먹어 본 음식은 익숙하지 않다 / 아이들이 거부감이 들지 않도록 아이들도 좋아할 수 있는 다양한 요리법을 연구하다

연습해 볼까요?

1 다음 [보기]에서 알맞은 단어를 골라 '-(으)려고 들다'를 사용해서 대화를 완성하십시오.

보기	하다	챙기다	따라 하다	배우다
	알다	따지다	해결하다	

(1) 가 요즘 게임에 중독된 초등학생들이 많다면서요?
    나 네, 우리 아들도 집에 오면 컴퓨터 게임만 **하려고 들어서** 큰일이에요.

(2) 가 방금 지나간 아이가 이 집 막내딸 아니에요? 하도 어른스럽게 입어서 몰라볼 뻔했네요.
    나 요즘 대학생 언니가 하는 건 다 _____ 걱정이에요.

(3) 가 요즘 유나 씨 표정이 안 좋지 않아요? 집에 무슨 일이 있나? 아니면 남자 친구랑 싸웠나? 무슨 일일까요? 유나 씨에게 한번 물어볼까요?
    나 왜 그렇게 남의 개인적인 이야기를 일일이 다 _____? 유나 씨가 먼저 이야기하기 전에는 물어보지 마세요.

(4) 가 대대로 전해 오는 전통 기술을 가르쳐 주고 싶어도 젊은 사람들을 구할 수가 없대요.
    나 요즘 젊은 사람들이 힘든 일은 아예 _____ 않아서 문제예요.

(5) 가 언니, 조금 전에 그 사람이 나한테 먼저 잘못하지 않았어?
    나 다 끝난 일인데 누가 먼저 잘못한 게 이제 와서 무슨 상관이니? 넌 다 좋은데 뭐든지 _____ 문제야.

(6) 가 옆집하고 그렇게 주차 문제로 싸우더니 결국에는 돈을 받고 끝냈대요.
    나 그런 문제를 돈으로 _____ 사람이나 그 돈을 받는 사람이나 똑같지요, 뭐.

(7) 가 현수 씨가 팀 사람들에게 인심을 잃었다면서요?
    나 다른 사람들하고 일할 때는 남을 먼저 배려하는 것이 필요한데 항상 자기 것만 _____ 누가 좋아하겠어요?

2 다음 그림을 보고 [보기]에서 알맞은 단어를 골라 '-(으)려고 들다'를 사용해서 일기를 완성하십시오.

| 보기 | 있다 | 만들다 | 가지다 | 행동하다 | 숨기다 |

××○○년 5월의 어느 날

첫째 딸 하은이는 초등학교 1학년이다.
내가 보기엔 아직도 아기 같은데 벌써 사춘기가 왔나?
학교에 갔다 집에 오면 자기 방에 혼자 (1) **있으려고 든다**.
문을 잠그고 혼자만의 시간을 (2) _____.
무슨 고민이 있는 것 같은데 자꾸 (3) _____.
벌써 자기만의 비밀을 (4) _____.
또래 아이들이 하는 건 모두 유치하다고 생각하는지 어른처럼 말하고 (5) _____.
자기가 아직 어린아이라는 걸 알기는 아는 걸까?

228

03 -(으)려다가

가 어제 휴일인데 뭐 했어요?
나 공짜 표가 생겨서 전시회에 **가려다가** 혼자 가기도 그렇고 해서 그냥 집에 있었어요.
가 그럼 저한테라도 말하지 그랬어요?
나 안 그래도 전화를 걸**려다가** 세린느 씨가 바쁠 것 같아서 그만두었어요.

문법을 알아볼까요?

이 표현은 어떤 의도를 가지고 행동하려고 했지만 그만두거나 도중에 다른 행동으로 바꿈을 나타낼 때 사용합니다. '-(으)려고 하다가'의 준말로, '가'를 생략하고 '-(으)려다'로도 많이 사용합니다. 동사에만 붙습니다.

本文法用於「懷著某種意圖行動，卻放棄或中途轉而執行其他行動」。「-(으)려다가」是「-(으)려고 하다가」的縮寫，所以也可以省略「가」，以「-(으)려다」的形態使用。此文法僅能連接於動詞之後。

차가 낡아서 새로 구입하**려다가** 일 년 더 타기로 했다.
因為車子太舊，本來想買輛新的，後來決定再開一年。

피자를 시켜 먹**으려다가** 살이 찔 것 같아서 참고 그냥 잤다.
我本來想叫披薩來吃的，但覺得會胖，就忍著餓睡了。

동생에게 심부름을 시키**려다** 바람도 쐴 겸 해서 내가 직접 갔다.
本來想叫我弟（妹）去的，但我自己也想順便吹吹風，就自己去了。

도입 대화문 번역

가 昨天是假日，妳做了什麼嗎？
나 我拿到免費的票，本來打算去看展覽，但一個人去又不太好，索性就待在家裡。
가 怎麼不跟我說？
나 我原想打電話給妳的，但覺得賽琳妳應該很忙，就放棄了。

229

더 알아볼까요?

1 이 표현은 선행절과 후행절의 주어가 같아야 합니다.
本文法的前後子句主語須一致。
- (내가) 커피를 주문하려다가 잠이 안 올 것 같아서 내 친구가 주스를 주문했다. (×)
  → (내가) 커피를 주문하려다가 잠이 안 올 것 같아서 (내가) 주스를 주문했다. (○)

2 이 표현은 어떤 상황이나 상태가 되거나 변화가 생기는 과정에서 그 상황이나 상태가 중단되거나 바뀜을 나타낼 때도 사용합니다.
本文法用於某個情況或狀態形成，或是變化產生的過程中，該情況、狀態中斷或改變時也可以使用。
- 날씨가 선선해지려다가 다시 더워졌다.
  天氣一度要轉涼，卻又變熱了。
- 드라마가 재미있어지려다가 말았다.
  這齣戲正要精彩起來，卻索然無趣了。

이럴 때는 어떻게 말할까요?

112.mp3

'어떻게 버는가보다 어떻게 쓰는가가 중요하다.'라는 말을 들어 보셨지요? 만약 여러분에게 공돈이 생긴다면 그 돈으로 무엇을 하고 싶으신가요?

가 생일 선물로 받은 돈으로 뭐 하셨어요?
나 친구들에게 한턱내려다가 재수하는 동생이 힘들어하는 것 같아서 용돈을 줬어요.

Tip
공돈 意外之財　　　재수하다 重修
복권 당첨금 彩券獎金　　보태다 補貼
아동 복지 시설 兒童福利設施

생일 선물로 받은 돈	친구들에게 한턱내다 / 재수하는 동생이 힘들어하는 것 같아서 용돈을 주다
연말 보너스로 받은 돈	모처럼 여행을 가다 / 시골에서 고생하시는 부모님이 생각나서 보내 드리다
복권 당첨금	나중에 집을 살 때 보태다 / 더 좋은 일에 쓰고 싶어서 아동 복지 시설에 기부하다

연습해 볼까요?

生字·表現 p.399

1 다음 [보기]에서 알맞은 단어를 골라 '-(으)려다가'를 사용해서 대화를 완성하십시오.

보기	깨우다	보내다	포기하다	기르다

(1) 가 힘들게 혼자 청소를 다 한 거야? 시작할 때 깨우라니까 왜 안 깨웠어?
　　나 **깨우려다가** 너무 평안하게 잠을 자고 있어서 깨울 수가 없었어.

(2) 가 머리를 짧게 자르셨네요.
　　나 좀 더 ＿＿＿＿＿＿ 기분 전환도 할 겸 해서 스타일을 바꿔 봤어요. 어때요?

(3) 가 어머, 은정 씨! 바쁠 텐데 이렇게 전화까지 다 하고…….
　　나 문자 메시지만 ＿＿＿＿＿＿ 오랜만에 목소리도 들을 겸 해서 전화했어요.

(4) 가 중간에 그만두고 싶은 마음은 안 생겼나요?
　　나 몇 번이나 ＿＿＿＿＿＿ 기도해 주시는 부모님 생각에 포기할 수 없었어요.

2 관계있는 것을 연결하고 '-(으)려다가'를 사용해서 문장을 완성하십시오.

원래 하려고 한 행동	행동을 바꾼 이유	실제 취한 행동
(1) 먼저 먹다	㉠ 같이 먹으려고	㉮ 먼저 가서 인사했다
(2) 선물을 사 드리다	㉡ 뉴스를 듣고	㉯ 돈으로 드리려고 하다
(3) 못 본 척하고 지나가다	㉢ 현금이 나을 것 같아서	㉰ 다시 두꺼운 옷으로 바꿔 입었다
(4) 얇은 옷을 입다	㉣ 그래도 내가 아랫사람이니까	㉱ 기다리고 있었다

(1) 가 아직 안 드셨어요? 시장하실 텐데 먼저 드시지 그랬어요?
　　나 ㉠ ㉱ - **먼저 먹으려다가 같이 먹으려고 기다리고 있었어요**＿＿.

(2) 가 이번 어버이날 선물은 어떻게 하실 거예요?
　　나 ＿＿＿＿＿＿＿＿＿＿＿＿＿＿＿＿＿＿.

(3) 가 아까 로비에서 김 과장님 봤어? 김 과장님은 성격이 괴팍해서 아무도 먼저 말을 걸고 싶어 하지 않는 것 같더라.
　　나 실은 나도 ＿＿＿＿＿＿＿＿＿＿＿＿.

(4) 가 며칠 날씨가 따뜻해서 얇게 입고 나왔더니 저녁이 되니까 너무 춥네요.
　　나 저도 ＿＿＿＿＿＿＿＿＿＿＿＿.
　　　갈아입고 나오길 잘했네요.

單元 14 확인해 볼까요?

生字·表現 p.399

※ [1~3] 다음 (   )에 알맞은 것을 고르십시오.

1
가　회의가 내일로 바뀌었다며? 알았으면 좀 미리 말해 주지.
나　미안해. (   ) 어제 깜빡하고 말을 못 했네.

① 알려 준다더니　　　② 알려 준다는 게
③ 알려 줄라치면　　　④ 알려 준다고 해도

2　그는 시대의 변화에도 불구하고 옛날 방식만 (   ).

① 고집하기 나름이다　　　② 고집하기 마련이다
③ 고집할 리가 없다　　　　④ 고집하려 든다

3
가　원래 이쪽 분야에서 일하고 싶으셨어요?
나　아니요. 대학 졸업 후에 (   ) 집안 형편이 안 좋아져서 그냥 이 회사에 취직했어요. 이쪽 일을 하다 보니 재미있더라고요.

① 유학을 가기보다　　　② 유학을 갈 정도로
③ 유학을 가려다가　　　④ 유학을 가는 김에

※ 다음 밑줄 친 부분과 바꾸었을 때 의미가 가장 비슷한 것을 고르십시오.

4　　이 작가의 소설들은 중독성이 있는 듯하다. 어젯밤에도 자기 전에 30분만 <u>읽는다는 게</u> 결말이 궁금해서 계속 읽다 보니 밤을 새우고 말았다.

① 읽는다고 하니까　　　② 읽는다고 하면
③ 읽으려고 하다가　　　④ 읽으려고 하면

※ 빈칸에 가장 알맞은 것을 고르십시오.

5
가　동생이 방금 울면서 나가던데 무슨 일 있었어요?
나　제 물건을 여러 번 말도 없이 가져가서는 돌려주지 않잖아요. 그러고서는 잘못했다는 말은 안 하고ㅤㅤㅤㅤㅤㅤㅤㅤㅤㅤㅤㅤㅤ.

① 하도 핑계를 대니까 참기는커녕 화를 내 버렸거든요
② 하도 핑계를 대서 한 번 더 화를 내려다가 참았거든요
③ 자꾸 핑계를 대니까 참는다기보다 화를 내 버렸거든요
④ 자꾸 핑계를 대서 참으려다가 이번에는 화를 내 버렸거든요

※ 다음 밑줄 친 부분이 틀린 것을 고르십시오.

6
① 외출을 <u>하고 싶다가</u> 비가 와서 그만두었다.
② 저 두 사람은 만나기만 하면 항상 <u>싸우려고 든다</u>.
③ 태민 씨는 대학원에 <u>진학하려다가</u> 마음을 바꾸었다고 한다.
④ 아침에 정신이 없어서 구두를 <u>신는다는 게</u> 슬리퍼를 신고 나왔다.

232

單元 15

추측과 가능성을 나타낼 때
表示推測與可能性時

본 장에서는 추측이나 가능성을 나타내는 표현에 대해서 배웁니다. 추측을 나타내는 표현으로 초급에서는 '-겠어요, -(으)ㄹ 거예요, -(으)ㄹ까요?, -는 것 같다'를 배웠고, 중급에서는 '-아/어 보이다, -는 모양이다, -(으)ㄹ 텐데, -(으)ㄹ 테니까, -(으)ㄹ걸요, -(으)ㄹ지도 모르다'와 같이 많은 것들을 배웠습니다. 고급에서도 추측이나 가능성을 나타내는 표현들을 많이 다루게 되는데 각각의 표현들이 사용되는 상황이 각각 다르고 의미도 차이가 있으므로 주의해서 공부하시기 바랍니다.

本單元中要學習的是表達推測或可能性的文法。我們在初級階段曾學過「-겠어요、-(으)ㄹ 거예요、-(으)ㄹ까요?、-는 것 같다」；中級階段曾學過「-아/어 보이다、-는 모양이다、-(으)ㄹ 텐데、-(으)ㄹ 테니까、-(으)ㄹ걸요、-(으)ㄹ지도 모르다」等各種表推測的文法。而在高級階段也會認識到許多表示推測或可能性的文法，每個文法適用的狀況各有不同，意義也有所差異，學習時請多加留意。

01 -는 듯이
02 -(느)ㄴ다는 듯이
03 -는 듯하다
04 -(으)ㄹ 게 뻔하다
05 -(으)ㄹ 법하다
06 -(으)ㄹ 리가 없다
07 -기 십상이다

01 -는 듯이

가 투안 씨, 아팠다면서요? 어디가 아팠어요?
나 며칠 전에 짐을 잘못 옮겼는지 어깨가 빠질 **듯이** 아프더라고요.
가 지금은 괜찮아요? 병원에는 갔다 왔어요?
나 병원에 갈 정도는 아니에요. 며칠 푹 쉬었더니 씻은 **듯이** 나았어요.

문법을 알아볼까요?

이 표현은 후행절에 나타난 동작이나 상태를 보고 그것이 마치 선행절의 동작이나 상태와 같거나 그렇게 보임을 추측하여 말할 때 사용합니다. 후행절을 강조하기 위해 선행절에 과장된 표현을 사용하는 경우가 많습니다. '이'를 생략하여 '-는 듯'으로 사용하기도 합니다.

本文法用於看到後子句中出現的動作、狀態後，推測它與前子句的動作、狀態一致或看起來類似。為強調後子句，常會在前子句中使用較誇張的表現方式。亦可省略「이」，只使用「-는 듯」。

	A	V	N이다
과거/완료	-	-(으)ㄴ 듯이	-
현재	-(으)ㄴ 듯이	-는 듯이	인 듯이
미래	-	-(으)ㄹ 듯이	-

박물관에 들어온 아이는 신기한 **듯이** 여기저기를 둘러봤다.
進到博物館的孩子彷彿覺得一切都很神奇，四處張望。

친구는 무엇을 잘못했는지 나와 마주치자 얼어붙**은 듯이** 그 자리에 멈춰 섰다.
朋友不知道做了什麼虧心事，一看到我就好像被冷凍了一樣，在原地停住。

세계화가 되면서 외국 제품들이 물밀 **듯** 국내로 쏟아져 들어오고 있다.
隨著全球化的趨勢，國外的商品如潮水一般湧進國內。

도입 대화문 번역

가 圖安，聽說你身體不舒服？是哪裡不舒服呢？
나 幾天前我搬行李沒搬好，肩膀痛到好像要掉下來一樣。
가 現在好點了嗎？去過醫院了嗎？
나 還不到要去醫院的程度。我好好休息了幾天就完全好了。

234

더 알아볼까요?

이 표현은 다음과 같이 관용적으로 자주 쓰입니다.
本文法常以下列慣用形態使用：

- 날개가 돋친 듯이 잘 팔리다 像長了翅膀一樣暢銷。
- 별이 쏟아질 듯이 많다 星星多得像要灑出來一樣。
- 잡아먹을 듯이 노려보다 像是要把人吃了一樣死盯著。
- 죽은 듯이 누워 있다 / 자다 / 살다 / 睡／活得像死人一樣。
- 죽일 듯이 달려오다 / 쫓아오다 像要殺人一樣跑／追過來。
- 쥐 죽은 듯이 조용하다 像是老鼠死了一樣安靜。
- 판에 박은 듯이 닮았다 神似得有如一個模子刻出來的。
- 하늘을 찌를 듯이 높다 像是要衝到天際那麼高。

비교해 볼까요?

이 표현은 '-듯이'와 형태는 비슷하지만 의미 면에서 다음과 같은 차이가 있습니다.
本文法的形態雖然與「-듯이」類似，但意義上有以下幾點差異：

-듯이	-는 듯이
(1) 선행절과 후행절의 내용이 거의 같다는 뜻으로. '-는 것과 마찬가지로'를 의미합니다. 前後子句的內容幾乎相同，意指「-는 것과 마찬가지로」。 • 식물이 햇빛을 필요로 하듯이 아이들은 부모의 사랑을 필요로 한다. (2) 문맥에 따라 후행절이 선행절처럼 보임을 추측하는 의미로도 사용됩니다. 依前後子句的脈絡，也可以用來指「推測後子句看似前子句」。 • 윤주는 기분이 좋은지 춤을 추듯이 공원 안을 걸어 다녔다.	후행절이 선행절처럼 보임을 추측합니다. 推測後子句看似前子句。 • 실내는 아무도 없는 듯이 조용했다.

💡 <참조> 10장 유사함을 나타낼 때 01 '-듯이'.

이럴 때는 어떻게 말할까요?

여러분은 주위에 못마땅한 사람이 있나요? 그 사람을 못마땅하게 생각하는 이유는 무엇인가요?

가 태민 씨를 왜 그렇게 못마땅하게 생각해요?
나 나랑 입사 동기이면서 내 상사인 듯이 이것저것 시키잖아요. 정말 마음에 안 들어요.

Tip
못마땅하다 不滿   입사 동기 同期同事
사사건건 每件事情

나랑 입사 동기이면서 내 상사이다 / 이것저것 시키다
내가 하는 일마다 사사건건 문제가 있다 / 말하다
다른 사람들이 한 일을 가지고 자기가 다 했다 / 행동하다

生字・表現 p.399

연습해 볼까요?

1 다음 [보기]에서 알맞은 표현을 골라 '-는 듯이'를 사용해서 대화를 완성하십시오.

보기   부끄럽다   뛰다   헤어지기 아쉽다   잡아먹다   죽다

(1) 세린느 여보, 이 사진 좀 봐요. 우리 연애할 때 찍은 거네요.
    강세호 연애할 때 당신은 나와 눈이 마주칠 때면 부끄러운 듯이 고개를 숙이곤 했었는데……

(2) 세린느 그때 당신은 집에 돌아갈 시간이 오면 나와 _____ _____ 내 손을 잡고 놓지 않았었어요.
    강세호 맞아, 그랬지.

(3) 세린느 내가 당신의 청혼을 받아들였을 때 당신이 _____ _____ 기뻐했던 거 기억나요?
    강세호 물론 기억나지. 그땐 당신과 한순간도 떨어지고 싶지 않았었지.

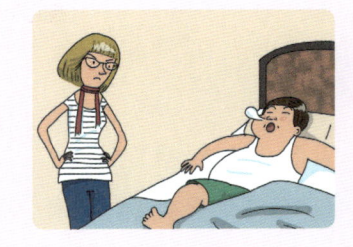

(4) 세린느 그런데 지금은 집에 돌아오면 당신은 _____ _____ 잠만 자잖아요.
강세호 일하느라 피곤해서 그렇지.

(5) 강세호 그러는 당신은 안 변한 줄 알아? 내가 조금만 잘못해도 나를 _____ 노려보잖아.
세린느 그러고 보니 연애할 때가 좋았네요.

2 다음 [보기]에서 알맞은 표현을 골라 '-는 듯이'를 사용해서 이야기를 완성하십시오.

보기   맞닿았다   쏟아져 내리겠다   숨이 막히겠다   하늘을 찌르겠다

지난 주말에 강원도에 갔었다. 강원도의 경치가 아름답다고 들었는데 정말 들은 그대로였다. 눈앞으로는 바다가 하늘과 (1) **맞닿은 듯이** 펼쳐져 있었고 등 뒤로는 높은 산들이 (2) _____ 솟아 있었다. 밤이 되자 도시에서는 볼 수 없었던 별들이 (3) _____ 하늘을 가득 채우고 있었다. 이렇게 (4) _____ 아름다운 경치를 어디서 또 볼 수 있을까?

02 -(느)ㄴ다는 듯이

가 소피아 씨와 여양 씨가 또 싸웠다면서요?
나 네, 이번에는 심하게 싸웠나 봐요. 둘이 언제 연인 **이었냐는 듯이** 서로 쳐다보지도 않더라고요.
가 그래도 며칠 지나면 아무 일도 **없었다는 듯이** 둘이 다시 다정하게 다닐걸요.
나 하긴 이렇게 싸우고 화해한 적이 한두 번이 아니긴 하죠.

문법을 알아볼까요?

이 표현은 선행절의 내용을 직접 말한 것은 아니지만 마치 그렇게 말하는 것처럼 후행절의 행동을 한다는 것을 나타낼 때 사용합니다. '이'를 생략하여 '-(느)ㄴ다는 듯'으로 사용하기도 합니다.
本文法用於表達「雖然沒有直接說出前子句的內容，但後子句的行為就像真的曾經那樣說過一般」。亦可省略「이」，僅使用「-(느)ㄴ다는 듯」。

		A	V	N이다
평서형	과거/완료	-았다는/었다는 듯이		였다는/이었다는 듯이
	현재	-다는 듯이	★-(느)ㄴ다는 듯이	(이)라는 듯이
	미래/추측	-(으)ㄹ 거라는 듯이		일 거라는 듯이
의문형		★-(으)냐는 듯이	★-(느)냐는 듯이	(이)냐는 듯이
명령형		-	-(으)라는 듯이	-
청유형		-	-자는 듯이	-

★ 동사의 현재형과 의문형의 경우 '-느-'를 넣어도 되고 빼도 됩니다. 형용사의 의문형 역시 '-으냐는 듯이'와 '-냐는 듯이' 둘 다 가능합니다.
動詞現在時制或過去時制，「-느-」可寫可不寫。形容詞疑問形仍是「-으냐는 듯이」跟「-냐는 듯이」兩者皆可使用。

도입 대화문 번역

가 聽說蘇菲亞和呂楊又吵架了啊？
나 是啊，這次好像吵得很嚴重。他們倆一副之前沒交往過的樣子，看都不看對方一眼。
가 不過他們過幾天就會像沒事一樣再次甜蜜地出雙入對的。
나 也是，他們這樣吵架又和好也不是一次兩次了。

238

콘서트장의 문이 열리자 관객들은 기다렸다는 듯이 몰려 들어왔다.
演唱會的門一開，觀眾就像等不及了一樣蜂擁而入。

걱정하지 말라는 듯이 오빠는 엄지손가락을 치켜 올렸다.
哥哥豎起了大拇指，彷彿在叫我別擔心。

대학에 떨어져 마음이 많이 안 좋을 텐데 걱정하는 친구들을 생각해 수진이는 아무렇지도 않다는 듯 행동했다.
秀珍大學落榜，心情應該很差，但她顧慮到為她擔心的朋友們，表現出一副若無其事的樣子。

더 알아볼까요?

'보라는 듯이'의 준말인 '보란 듯이'는 자랑하거나 당당하게 어떤 일을 할 때 혹은 증명하거나 보여주는 것처럼 어떤 일을 할 때 관용적으로 사용합니다.
「보라는 듯이」的縮寫「보란 듯이」是在炫耀或理直氣壯地做某件事時，或是為了證明、展示給人看而做某件事時慣用的說法。

- 그동안 실력이 부족하다는 이야기를 듣던 김 선수는 보란 듯이 두 골이나 넣었다.
- 준호에게 차였던 수지는 동창회에 보란 듯이 멋진 남자 친구를 데리고 나타났다.

비교해 볼까요?

이 표현은 '-는 듯이'와 형태는 비슷하지만 의미 면에서 다음과 같은 차이가 있습니다.
本文法雖然與「-는 듯이」形態類似，但意義上有以下幾點差異：

-는 듯이	-(느)ㄴ다는 듯이
그렇게 보임을 추측합니다. 推測出「看來如此」。 • 그 사람은 반가운 듯이 내 손을 잡았다. ☞ 반가운 것처럼 보임을 추측하여 말합니다. 推測出此人看起來很開心。	그렇게 말하고 있는 것처럼 보임을 추측합니다. 推測出「某人看起來像是正在這麼說」。 • 그 사람은 반갑다는 듯이 내 손을 잡았다. ☞ 반갑다고 말하고 있는 것처럼 보임을 추측하여 말합니다. 推測出此人可能正在說他很開心。

💡 <참조> 15장 추측과 가능성을 나타낼 때 01 '-는 듯이'.

이럴 때는 어떻게 말할까요?

말과 행동이 상황에 따라 달라지는 사람들이 있지요? 그런 사람들은 언제, 어떻게 행동이 달라지나요?

가 소희 씨가 부장님을 싫어하지 않았어요?
나 네, 맞아요. 그런데 왜요?
가 좀 전에 부장님이 농담을 하시니까 너무 재미있다는 듯이 한참을 소리 내어 웃더라고요.

Tip
산 낙지 生章魚　　몸서리치다 打冷顫
정수기 淨水器　　연약하다 柔弱
낑낑거리다 哼唧個不停

부장님을 싫어하다	좀 전에 부장님이 농담을 하시니까 너무 재미있다 / 한참을 소리 내어 웃다
산 낙지를 잘 먹다	회식 때 남자 직원들이 먹어 보라고 하니까 그런 걸 어떻게 먹다 / 몸서리를 치다
정수기 물통을 혼자서도 잘 갈다	아까 여양 씨가 옆에 있으니까 자기는 연약한 여자이다 / 무거운 척 낑낑거리다

연습해 볼까요?

生字·表現 p.399-400

1 다음 [보기]에서 알맞은 표현을 골라 '-(느)ㄴ다는 듯이'를 사용해서 문장을 완성하십시오.

| 보기 | 어쩔 수 없다　잘 모르겠다　지루하다　마음에 안 들다　이해하다 |

(1) 아사미 씨가 왜 환불이 안 되느냐고 항의를 하자 직원은 자기도 <u>어쩔 수 없다는 듯이</u> 어깨를 으쓱했다.

(2) 소희 씨가 집안 사정을 얘기하자 세린느 씨는 ＿＿＿＿＿＿＿ 고개를 끄덕였다.

240

(3) 케빈 씨가 발표를 하고 있는데
투안 씨는 _____ 계속 하품을 해 댔다.

(4) 소희 씨가 새 프로젝트에 대해 설명을 해 주자
여양 씨는 _____ 머리를 긁적였다.

(5) 투안 씨가 보고서를 부장님께 보여 드리자
부장님은 _____ 얼굴을 찌푸렸다.

2 다음 [보기]에서 알맞은 표현을 골라 '-(으)ㄴ다는 듯이'를 사용해서 이야기를 완성하십시오.

| 보기 | 방해하지 말다   입맛이 없다   쳐다보다   귀찮다   언제 그랬다 |

　　루이가 사춘기가 되었나 보다. 집에 들어오면 (1) **방해하지 말라는 듯이** 방문을 꼭 잠그고 있고, 무슨 질문을 해도 (2) _____ 건성으로 대답을 할 뿐이다. 맛있는 음식을 해 줘도 (3) _____ 몇 숟가락 뜨고 만다. 친한 친구와 자주 크게 싸우기도 하고 얼마 안 지나 (4) _____ 다시 그 친구와 붙어 다닌다. 그리고 옷이나 화장품을 사 달라는 말도 많이 한다. 길을 다니면 사람들이 자기만 (5) _____ 외모에도 무척이나 신경을 많이 쓴다. 언제쯤이면 예전의 밝고 귀여운 우리 아들로 돌아올 수 있을까?

03 -는 듯하다

가 신제품 판매는 잘됩니까?
나 별로예요. 사람들이 살 **듯하다가** 다들 그냥 가더라고요. 아직 신제품의 효능에 대한 홍보가 부족한 **듯해요**.
가 그럼, 홍보에 더 신경을 많이 써야겠군요.
나 그리고 홍보도 홍보지만 판매 전략도 좀 바꿔야 할 **듯합니다**.

문법을 알아볼까요?

이 표현은 말하는 사람이 어떤 사건이나 상태를 추측한 것을 나타낼 때 사용합니다. '-는 것 같다'보다 격식적인 표현입니다.
本文法用於「話者對某事件或狀態表示推測」，比「-는 것 같다」更為正式。

	A	V	N이다
과거/완료	-았던/었던 듯하다	-(으)ㄴ 듯하다	였던/이었던 듯하다
현재	-(으)ㄴ 듯하다	-는 듯하다	인 듯하다
미래/추측		-(으)ㄹ 듯하다	일 듯하다

현장 경험이 없는 김 대리가 그 일을 맡는 것은 무리**일 듯합니다**.
毫無現場經驗的金代理負責那件事似乎太冒險了。

최근 경제가 불황에서 벗어나**는 듯하다가** 다시 침체에 빠지기 시작했다.
最近經濟似乎才正要脫離不景氣，卻又再次陷入停滯。

한 달 만에 20kg나 살을 뺐던 영준 씨는 관리를 잘 못 한 탓에 요요 현상이 일어난 **듯하다**.
一個月減了20公斤的英俊因沒有善加管理身材，好像出現了溜溜球現象。

도입 대화문 번역

가 新產品賣得好嗎？
나 不怎麼樣。大家都看似要買，卻又走掉了。新產品的功能似乎宣傳得還不夠。
가 那麼該多用心在宣傳上了呢。
나 此外，宣傳是一回事，銷售策略也需要稍做修正。

더 알아볼까요?

1 이 표현은 '-는 듯싶다'와도 큰 의미 차이 없이 사용되긴 하나 '-는 듯하다'가 보다 더 일반적으로 사용됩니다.
本文法可與「-는 듯싶다」交替使用，意義沒有太大的差異，但「-는 듯하다」較為普遍。
- 현장 경험이 없는 김 대리가 그 일을 맡는 것은 무리일 듯싶습니다.
- 최근 경제가 불황에서 벗어나는 듯싶다가 다시 침체에 빠지기 시작했다.

2 이 표현은 '-는 듯'의 형태로 뉴스나 신문의 기사 제목에 많이 사용됩니다.
在電視或報紙的新聞標題中常以「-는 듯」的形態使用。
- 고속도로 몸살, 저녁까지 정체 이어질 듯.
- 김호진 감독, 기자 회견 도중 쓰러져, 과도한 스케줄로 무리한 듯.

Tip
정체 堵車
기자 회견 記者會
과도하다 過度

비교해 볼까요?

'-(으)ㄴ 듯하다', '-는 듯했다', '-(으)ㄴ 듯했다' 모두 과거와 관계있는 상황을 나타내지만 다음과 같은 차이가 있습니다.
「-(으)ㄴ 듯하다」、「-는 듯했다」、「-(으)ㄴ 듯했다」陳述的皆是與過去有關的狀況，但仍有下列差異：

-(으)ㄴ 듯하다	-는 듯했다	-(으)ㄴ 듯했다
현재 상황에서 과거에 어떤 일이 생긴 것 같다고 추측합니다. 由現在的狀況，推測出過去可能發生了某事件。	과거 상황에서 그 당시에 어떤 일이 일어나고 있는 것 같다고 추측합니다. 由過去的狀況，推測出當時可能有某事件發生。	과거 상황에서 과거 이전에 어떤 일이 이미 일어난 것 같다고 추측합니다. 由過去的狀況，推測出更早之前可能發生過某事。
• 정호는 어제 늦게 잔 듯하다.	• 수업 시간에 보니 정호는 무언가를 먹는 듯했다.	• 어제 얘기를 들으니 정호는 파티에서 그 여자를 이미 서너 번 만난 듯했다.
말하는 사람이 정호가 어제 늦게 잔 것 같다고 지금 추측하면서 말하고 있습니다. 話者現在正在說自己推測出昨天正昊可能很晚睡。	말하는 사람이 정호가 무언가를 먹는 것 같다고 과거에 추측한 것을 지금 말하고 있습니다. 話者現在正在說自己過去曾推測出正昊可能在吃東西。	말하는 사람이 정호가 어제보다 더 이전에 그 여자를 만난 것 같다고 어제 추측한 것을 지금 말하고 있습니다. 話者現在正在說自己昨天曾推測出正昊可能在昨天之前就見過那個女人。

이럴 때는 어떻게 말할까요?

세계 엑스포에 갔다 온 적이 있나요? 엑스포가 열리는 곳에서는 어떤 것들을 경험할 수 있을까요?

가 세계 엑스포에 갔다 왔다면서요? 관람객이 많던가요?

나 네, 전시회장마다 줄을 길게 서 있는 모습이 하루 입장객만 5만 명은 넘을 듯하더라고요.

Tip
엑스포 世界博覽會　이색적이다 另類的
여간하다 平常　　　접하다 接觸

관람객이 많다	전시회장마다 줄을 길게 서 있는 모습이 하루 입장객만 5만 명은 넘겠다
볼거리가 다양하다	곳곳에서 하루 종일 펼쳐지는 이색적인 거리 공연으로 외국에 와 있다
독특한 음식을 맛볼 수 있다	여간해서는 접하기 힘든 세계 각국의 전통 음식들이 다 모였다

연습해 볼까요?

生字·表現 p.400

1 다음 [보기]에서 알맞은 표현을 골라 '-는 듯하다'를 사용해서 대화를 완성하십시오.

> [보기]　막힌 가슴이 탁 트이다　　비용을 아낄 수 있다　　낭비하다
> 　　　　잘되어 가다　　　　　　큰 영향을 미치다

(1) 가 동해안에 갔다 왔다면서요? 어땠어요?
　　나 상쾌한 바닷바람을 쐬며 걷다 보니 **막힌 가슴이 탁 트이는 듯하더라고요**.

(2) 가 소피아 씨는 지난번에 소개팅한 사람과 잘되고 있나요?
　　나 분위기를 보니 _____ 특별히 물어보지는 않았어요.

(3) 가 여행을 가고 싶은데 휴가철이라 숙박비가 많이 들까 봐 걱정이 돼요.
　　나 얘기를 들으니까 캠핑장을 이용하면 _____ 캠핑을 하면 어때요?

(4) 가 그 나라가 유럽 연합을 탈퇴할지도 모른다면서요?
　　나 네, 만약 그 나라가 유럽 연합을 탈퇴하면 세계 경제에 _____.

(5) 가 소문에 이 음식이 굉장하다고 해서 시켰는데 너무 별로인데요.
　　나 네, 그러네요. 괜히 돈만 _____ 기분이 안 좋네요.

2 다음 [보기]에서 알맞은 표현을 골라 '-는 듯하다'를 사용해서 이야기를 완성하십시오.

보기	감동을 받다	팔리고 있다	유행하다
	알다	누리고 싶어 하다	돌파하다

태국을 방문한 K-pop 스타 김미래 씨는 공항에 몰린 수십만의 팬들을 보고 (1) **감동을 받은 듯했습니다**. 태국에서의 김미래 씨의 인기는 대단합니다. 그녀의 2집 앨범 판매량은 이번 주말쯤엔 100만 장을 (2) _____, 20일과 21일에 계획된 그녀의 콘서트 표도 암표 시장에서 3배 이상의 가격으로 (3) _____. 그녀가 자주 입는 동물무늬의 옷도 올여름에 크게 (4) _____ 패션 시장이 발 빠르게 동물무늬의 옷을 내놓고 있습니다. 언제 태국을 출국할지에 대해 묻는 기자의 질문에 "글쎄요, 이번 주말이 지나 봐야 (5) _____." 라고 해 태국 내의 인기를 더 (6) _____ 모습을 보였습니다.

245

04 -(으)ㄹ 게 뻔하다

가 강 작가한테 전화해서 원고를 언제쯤 넘겨줄 수 있는지 물어보세요.

나 밤새 글을 쓰는 사람이니까 지금 이 시간에는 자고 있**을 게 뻔해요**. 오후에 전화해 볼게요.

가 이번에는 마감 일을 지킬 수 있을지 모르겠네요.

나 매번 마감 일을 한참 넘겨서 냈는데 이번이라고 제 때 내겠어요? 아직 반도 완성하지 못**했을 게 뻔해요**.

문법을 알아볼까요?

이 표현은 지금까지의 일을 볼 때 앞으로의 일이 눈으로 보는 것처럼 분명하거나 예상되는 결과 또는 상태가 되었을 때 사용합니다. 주로 안 좋은 결과가 예상될 때 사용합니다.

本文法用於「由至今為止的事件看來，未來的事情會如親眼所見一般確定，或是出現了預想中的結果、狀態」。主要用於預想到不好的結果時。

	A/V	N이다
과거/완료	-았을/었을 게 뻔하다	였을/이었을 게 뻔하다
현재	-(으)ㄹ 게 뻔하다	일 게 뻔하다

이번에 새로운 정책을 내놓지 못한다면 지지율이 바닥으로 떨어**질 게 뻔하다**.
這次要是不能提出新的政策，我們的支持率將會跌到谷底。

그 개발 계획이 실행된다면 서해안의 관광 명소는 환경 오염으로 망가**질 게 뻔하다**.
那個開發計畫要是開始實施，西海岸觀光勝地的環境必然會因污染而破壞。

그렇게 준비가 덜 된 자료를 가지고 갔으니 엄청 비난을 받**았을 게 뻔하다**.
拿著準備不周全的資料去，一定會遭到嚴厲的指責。

도입 대화문 번역

가 請致電給姜作家，詢問他大概什麼時候可以交原稿。

나 他是個熬夜寫作的人，現在這個時間他一定在睡覺的。我下午再打給他。

가 不知道他這次能不能遵守截稿日期呢。

나 他每次都超過截稿日期很久才交稿，這次又怎麼可能準時交？他肯定還沒寫到一半呢。

더 알아볼까요?

이 표현은 '나(1인칭)'와 '다른 사람(2·3인칭)'의 일에 모두 쓸 수 있지만 '나(1인칭)'의 의지로 결정할 수 있는 일에는 사용할 수 없습니다.
本文法可以用在「我（第一人稱）」與「他人（第二、第三人稱）」的事情上，但不能用在「我（第一人稱）」的意志能夠決定的事件上。

- 제가 현실 때문에 하고 싶은 일을 포기한다면 나중에 후회할 게 뻔해요. (○)

    ☞ 후회하는 것은 의지로 결정할 수 있는 일이 아니므로 맞는 문장입니다.
    「後悔」並非自己的意志可以決定的事情，所以這是正確的句子。

- 저는 내년에 결혼할 게 뻔해요. (?)
  → 저는 내년에 결혼할 거예요. (○)

    ☞ 자신의 의지가 아닌 외부 상황 때문에 어쩔 수 없이 결혼해야 할 때는 사용할 수도 있지만 그런 경우가 아니라면 '-(으)ㄹ 거예요'를 써야 합니다.
    如果並非出於自己的意志，而是因外在因素不得不結婚時，也可以使用「-(으)ㄹ 게 뻔하다」，但如果不是這樣的狀況，則必須使用「-(으)ㄹ 거예요」。

비교해 볼까요?

'-았을/었을 게 뻔하다'와 '-(으)ㄹ 게 뻔했다'는 둘 다 과거와 관계있는 상황을 나타내지만 다음과 같은 차이가 있습니다.
「-았을/었을 게 뻔하다」與「-(으)ㄹ 게 뻔했다」兩者陳述的都是與過去有關的狀況，但仍有以下幾點差異：

-았을/었을 게 뻔하다	-(으)ㄹ 게 뻔했다
현재 상황에서 과거에 그리했을 것이라고 추측함을 나타냅니다. 在現在的狀況中推測過去已經發生的事。 • 민수는 어제도 술을 마셨을 게 뻔해요. ☞ 말하는 사람은 민수가 어제 술을 마셨을 것이라고 현재 추측하고 있습니다. 話者現在正在推測民秀昨天喝過酒。	과거 상황에서 앞으로 그렇게 될 것이라고 추측했음을 나타냅니다. 在過去的狀況中推測未來會發生的事。 • 민수가 술을 마실 게 뻔했다. 그래서 아내는 자동차 열쇠를 놓고 가라고 했다. ☞ 민수가 분명히 술을 마실 거라고 과거에 추측했음을 나타냅니다. 過去就已經推測出明秀一定會喝酒。

💡 <주의> 중급에서 나온 '-(으)ㄹ 뻔하다'는 이 표현과 형태는 비슷하지만 의미는 '어떤 일이 거의 일어날 것 같았는데 실제로는 일어나지 않았음'을 나타냅니다. 헷갈리지 않도록 주의하시기 바랍니다.
<注意> 在中級階段出現的「-(으)ㄹ 뻔하다」與此文法的形態雖然類似，但其意義為「某件事幾乎要發生，但實際上並沒有發生」。請多加留意，切勿混淆。

이럴 때는 어떻게 말할까요?

'작심삼일'이란 말을 아세요? 결심한 것이 삼 일을 못 간다는 말이죠. 끊임없이 결심만 하고 지키지는 못하는 사람들을 볼 때 어떻게 말할까요?

가: 태민 씨가 다시 **퇴근 후에 운동하기로 했다네요.** 이번 결심은 오래 갈까요?

나: 태민 씨가 워낙 **친구들 만나는 것을 좋아해서 이번에도 얼마 못 갈 게 뻔해요.** 이런 결심을 한 게 한두 번이 아니잖아요.

Tip
워낙 本來

퇴근 후에 운동하다	친구들 만나는 것을 좋아해서 이번에도 얼마 못 가다
아침마다 학원을 다니다	아침잠이 많아서 이번 학기도 며칠 못 다니다
술을 끊다	술로 스트레스 풀기를 좋아해서 벌써 술을 다시 마셨다

연습해 볼까요?

生字・表現 p.400

1 다음 [보기]에서 알맞은 표현을 골라 '-(으)ㄹ 게 뻔하다'를 사용해서 대화를 완성하십시오.

  보기   파산하다   놓고 오다   떨어지다   여행 가다   하락하다

(1) 가: 가게 문을 닫으려고요?
    나: 네, 계속 장사하면 **파산할 게 뻔한데** 하루라도 빨리 문을 닫는 게 낫죠.

(2) 가: 정호 씨는 면접에 저렇게 입고 가려나 봐요.
    나: 집에서 입듯이 아무렇게나 입고 가면 _____ 정장을 입고 가라고 말 좀 해 봐요.

(3) 가: 왜 이렇게 농산물 수입을 반대하는 거죠?
    나: 외국에서 농산물을 수입하면 우리 농산물 가격이 _____ 반대하는 거죠.

(4) 가: 민수 씨가 며칠 연락이 안 되네요. 무슨 일이 있는 건 아닐까요?
    나: 바람 쐬러 가는 걸 좋아하니까 어디 _____. 너무 걱정하지 마세요.

(5) 가: 수영 씨가 지갑이 없어졌대요. 소매치기를 당한 거면 어떡해요?
    나: 소매치기를 당한 건 아닐 거예요. 가끔 물건을 잃어버리잖아요. 어딘가에 _____.

2 다음 [보기]에서 알맞은 표현을 골라 '-(으)ㄹ 게 뻔하다'를 사용해서 이야기를 완성하십시오.

> [보기] 반대하다   알려 주지 않다   실패하다   쉽지 않다   듣지 않다

김준형 씨는 연 매출 10억을 올리는 성공한 치킨집 사장님이다. 김준형 씨가 처음부터 치킨집을 했던 것은 아니다. 유명 대기업을 다니던 그는 20년 전 어느 날 자기 사업을 하려고 회사를 그만두었다. 아내한테 이야기하면 **(1) 반대할 게 뻔했기에** 아내 몰래 회사를 그만두었다. 나이 마흔다섯에 창업은 (2) _____ 그래 꿈을 포기할 수는 없었다. 대박 식당에 찾아가 무작정 요리 비법을 물어보면 (3) _____ 식당 배달 일부터 시작하며 어깨 너머로 요리 비법을 배워 갔다. 그리고 배달 일을 하면서 동네 상권도 샅샅이 익혔다. 그렇게 차근차근 준비한 결과 그는 창업에 성공할 수 있었다. 이제 그의 아내는 그가 어떤 일을 해도 반대하지 않는다. 반대해도 어차피 (4) _____. 그는 창업을 하려는 사람들에게 이렇게 말한다. 철저한 준비 없이 창업을 하면 (5) _____고 말이다. 그게 창업을 꿈꾸는 사람은 많지만 창업에 성공한 사람은 적은 이유이다.

05 -(으)ㄹ 법하다

가 황 박사님께서 올해도 캄보디아로 의료 봉사를 가신다면서요?
나 네, 벌써 10년째시래요. 황 박사님은 병원 스케줄만으로도 정신이 없을 법한데 꼭 시간을 내셔서 봉사 활동을 가시더라고요.
가 캄보디아에 그렇게 여러 번 가셨으면 앙코르와트 정도는 한 번 가 보셨을 법한데 오지에 들어가셔서 진료만 하시고 관광은 전혀 안 하셨다고 하더라고요.
나 뛰어난 수술 실력에다 사람들을 아끼는 마음까지 가지고 계시니 많은 동료 의사들이 존경할 법하네요.

문법을 알아볼까요?

이 표현은 말하는 사람이 어떤 상황이 일어날 만한 가능성이 많거나 그럴 만한 이유가 있어 보일 때 사용합니다. '-(으)ㄹ 법도 하다'로도 사용할 수 있습니다.

本文法用於「話者認為有很高的可能性，或顯現充分的理由足以發生某種狀況」。也可以「-(으)ㄹ 법도 하다」的形態使用。

	A/V	N이다
과거/완료	-았을/었을 법하다	였을/이었을 법하다
현재	-(으)ㄹ 법하다	일 법하다

김 선수는 장시간 비행으로 피곤할 법한데 짐을 풀자마자 훈련을 하러 나갔다.
金選手經歷了長途飛行，一定會很疲倦的，但他卸下行李，馬上就去訓練了。

도입 대화문 번역

가 聽說黃博士今年也要去柬埔寨做醫療援助？
나 是的，據說這已經是第十年了呢。黃博士光是醫院的行程就已經忙不過來了，但他一定會抽時間去做醫療援助。
가 去了那麼多次柬埔寨，我想他至少去過一次吳哥窟吧，但聽說他只在偏遠地區進行治療，從來沒有去觀光過。
나 擁有過人的手術實力，加上一顆懂得愛人的心，一定有很多醫師同業尊敬著他吧。

그렇게 매일 붙어서 일을 하다 보면 두 사람 사이에 애정이 싹틀 법하지요.
每天那樣形影不離地工作，他們兩個產生感情是自然的。

5년이나 한국에서 살았으면 이제 한국 생활에 익숙해졌을 법도 한데 여전히 낯설기만 하다.
在韓國住了五年，現在應該已經熟悉了韓國生活才是，但我卻依然覺得很陌生。

이럴 때는 어떻게 말할까요?

여러분 주위에 눈치 없는 사람이 있나요? 눈치 없는 사람들은 어떻게 행동할까요?

가 몇 달 전에 선을 본 남자한테서 아직도 연락이 온다면서요?

나 네, 내가 그 정도로 여러 번 시간이 없다고 말을 하면 눈치를 챌 법도 한데 계속 전화를 하더라고요.

Tip
눈치가 없다 不會察言觀色　눈치를 채다 察覺
붙들리다 被纏住　　늘어놓다 囉囉唆唆
민망하다 難堪

몇 달 전에 선을 본 남자한테서 아직도 연락이 오다	내가 그 정도로 여러 번 시간이 없다고 말을 하면 눈치를 채다 / 계속 전화를 하다
어제도 승주 씨한테 저녁 내내 붙들려 있었다	내가 집에 가서 할 일이 많다고 하면 알아듣다 / 헤어진 남자 친구 얘기를 계속 늘어놓다
부장님이 말실수한 걸 가지고 소영 씨가 그렇게 웃었다	사람들이 그렇게 눈치를 주면 알아차리다 / 계속 웃어 대서 부장님이 많이 민망해하시다

연습해 볼까요?

1 다음을 읽고 '-(으)ㄹ 법하다'를 사용해서 문장을 완성하십시오.

	보통 사람들		태민 씨의 주위 사람들
(1)	여러 번 도움을 받았으면 밥이라도 한 번 산다.	투안	밥을 사기는커녕 또 도와 달라며 일을 가지고 왔다.
(2)	최고 대학을 졸업한 변호사라면 유명 법률 회사에서 큰돈 받으며 일한다.	윤 변호사	시민 단체에 들어가 무료로 법률 상담을 하고 있다.
(3)	그 정도로 많은 돈을 모았으면 편하게 산다.	김 할머니	여전히 병원 청소며 식당 일을 하러 다니신다.
(4)	음식 장사를 하다 보면 쉽고 편하게 맛을 내기 위해 한 번쯤은 화학조미료를 쓴다.	그 식당 주인	몇십 년째 고집스럽게 천연 재료만 써서 음식을 만들어 오고 있다.
(5)	매일 똑같은 음식을 먹으면 질린다.	여양	식당에 갈 때마다 김치찌개만 시킨다.

(1) **여러 번 도움을 받았으면 밥이라도 한 번 살 법한데**
   투안 씨는 밥을 사기는커녕 또 도와 달라며 일을 가지고 왔다_____.

(2) _____
   윤 변호사는 _____.

(3) _____
   김 할머니는 _____.

(4) _____
   그 식당 주인은 _____.

(5) _____
   여양 씨는 _____.

2 다음 [보기]에서 알맞은 표현을 골라 '-(으)ㄹ 법하다'를 사용해서 이야기를 완성하십시오.

> [보기] 영화에나 나오다   해변에서나 입다   한 번쯤 꿈꾸다
>   당연히 궁금해하다   들고 다니다

(1) 친구가 유럽 여행을 갔다가 한 식당에서 고등학교 동창을 만나 사랑에 빠졌다. **영화에나 나올 법한** 일이 현실에서 생긴 것이다.

(2) 태민 씨가 휴대 전화를 꺼내는 순간 깜짝 놀랐다. 전화기가 벽돌만 했던 것이다. 20년 전에나 _____ _____ 휴대 전화를 아직도 사용하다니…….

(3) 아무리 편하게 입는 금요일이라고 하지만 오늘 여양 씨가 입고 출근한 옷은 좀 심했다. 꽃무늬 셔츠라니……. 어디 _____ 옷을 회사에 입고 온 것이다.

(4) 오늘 친구의 결혼식에 갔다. 아름다운 웨딩드레스와 꽃으로 가득한 결혼식장 그리고 영화배우같이 생긴 신랑……. 여자라면 _____ 결혼식이었다.

(5) 배우 홍준호 씨와의 인터뷰에서 기자는 여자 친구는 있는지, 어떤 여자를 좋아하는지 등 여성 팬이라면 _____ 질문들을 했다.

06 -(으)ㄹ 리가 없다

가 김상선 의원이 구속됐다면서요? 모 기업으로부터 거액의 돈을 뇌물로 받았다고 하던데요.

나 김 의원은 자기는 모르는 일이라고 계속 주장한대요. 사과 상자에 있던 게 사과인 줄 알았다고 한다나 봐요.

가 그걸 김 의원이 몰랐**을 리가 없죠**. 당연히 사과 상자 안에 돈이 있는 줄 알고 받았을 거예요.

나 이러니 국민들이 정치하는 사람이나 기업하는 사람들을 좋게 볼 **리가 없는 거예요**.

문법을 알아볼까요?

이 표현은 과거의 경험으로 판단해 보아 앞 내용이 확실히 사실이 아니라고 생각이 될 때나 믿을 수가 없을 때 사용합니다. 이 표현은 '가'를 생략해서 '-(으)ㄹ 리 없다'로도 사용할 수 있습니다.

本文法用於「依過去的經驗判斷出前子句的內容確實不是事實或令人無法相信」時。此文法可省略「가」，使用「-(으)ㄹ 리 없다」。

	A/V	N이다
과거/완료	-았을/었을 리가 없다	였을/이었을 리가 없다
현재	-(으)ㄹ 리가 없다	일 리가 없다

그 친구가 나에 대해서 그런 말을 **했을 리가 없어요**.
那位朋友不可能那樣說我。

사람들 앞에서 무시를 당하면 기분이 **좋을 리가 없지요**.
在人前遭到藐視，心情怎麼可能會好。

좋은 재료를 가지고 정성껏 요리하면 음식이 맛이 **없을 리 없습니다**.
用好的食材悉心去料理的話，做出來的菜不可能會難吃的。

도입 대화문 번역

가 聽說金常善議員被拘留了？據傳他從某企業那裡收取了巨額的賄賂金。

나 聽說金議員一直主張自己不知情。他八成會說他以為蘋果箱子裡的東西就是蘋果。

가 這種事金議員怎麼可能會不知道。當然是知道蘋果箱子裡有錢才收下的啊。

나 這樣子民眾對搞政治或經營企業的人是不會有好印象的。

더 알아볼까요?

이 표현은 큰 의미 차이 없이 '없다' 대신 '있다'를 사용해서 말할 수도 있는데 이때는 '-(으)ㄹ 리가 있어요?', '-(으)ㄹ 리가 있겠어요?'의 형식으로 쓰입니다.

本文法可用「있다」代替「없다」，意義沒有太大的差異，但此時須以「-(으)ㄹ 리가 있어요?」、「-(으)ㄹ 리가 있겠어요?」的形式來使用。

- 그 친구가 나에 대해서 그런 말을 했을 리가 있어요?
- 사람들 앞에서 무시를 당하면 기분이 좋을 리가 있겠어요?

이럴 때는 어떻게 말할까요?

124.mp3

눈에 보이는 뻔한 거짓말을 하는 사람들이 있지요? 그 사람이 거짓말하는 것을 어떻게 알 수 있나요?

가 소희 씨가 회의가 오후에 있는 줄로 착각하고 늦게 왔다고 하더라고요.

나 제가 세 번이나 말했는데 착각했을 리가 없어요. 분명히 늦게 일어났을 거예요.

Tip
눈에 보이는 뻔한 거짓말 一眼就能看穿的謊言
착각하다 誤以為 PT 簡報
핑계를 대다 找藉口

회의가 오후에 있는 줄로 착각하고 늦게 왔다	제가 세 번이나 말했는데 착각했다 / 늦게 일어났다
보고서를 제출하라는 얘기를 못 들어서 못 냈다	과장님이 얘기하실 때 그 자리에 있었는데 못 들었다 / 깜빡했다
혼자서 PT 준비를 해야 돼서 우리 팀을 못 도와주겠다	그 팀 사람들이 전부 PT 준비로 바쁘다고 하는 걸 들었는데 소희 씨 혼자서 다 하다 / 우리를 도와주기 싫어서 핑계를 대는 거다

연습해 볼까요?

生字·表現 p.400

1 '-(으)ㄹ 리가 없다'를 사용해서 대화를 완성하십시오.

(1) 가 승주 씨가 어제 음주운전으로 사고를 냈다는데 정말일까요?
　　나 승주 씨가 **음주운전을 했을 리가 없어요**. 승주 씨는 술을 안 마시는 사람이라고요.

(2) 가 세희 씨가 만들어 온 케이크 봤어요? 정말 대단하죠?
　　나 세희 씨가 그걸 _____. 제빵 학원에 다닌 지 겨우 일주일밖에 안 된 사람이 어떻게 그렇게 잘 만들었겠어요?

(3) 가 다른 회사에서 어떻게 우리와 똑같은 구두를 내놓을 수가 있지요? 디자인이 유출된 거 아니에요?
　　나 우리가 보안에 얼마나 신경을 쓰는데요. _____.

(4) 가 이 컴퓨터 좀 봐 주세요. 고장이 난 것 같아요.
　　나 며칠 전에 산 컴퓨터인데 벌써 _____. 주영 씨가 뭘 잘못 눌렀나 보죠.

2 다음 [보기]에서 알맞은 표현을 골라 '-(으)ㄹ 리가 없다'를 사용해서 대화를 완성하십시오.

| 보기 | 그러다　　성공하다　　그런 사기를 치다　　그새 바뀌다　　없다 |

가 아침에 사기 사건 뉴스 봤어요? 전망 좋은 사업이 있다면서 투자하라고 해 놓고 투자금만 챙겨 가지고 도망갔다는 얘기요.
나 네, 봤어요. 피해자가 몇백 명이라지요?
가 그런데 (1) **그럴 리는 없겠지만** 그 사기꾼이 동수 씨라는 얘기가 있더라고요. 우리도 돈을 동수 씨한테 투자했잖아요.
나 설마요. 동수 씨가 얼마나 정직한 사람인데 (2) _____.
가 그래도 사람 일은 모르니까 한번 전화해 보는 게 어때요?
나 그럼 그러죠. 어, 이상하다. 어제도 통화했는데 없는 번호라네요. 번호가 (3) _____ ······.
가 나도 방금 동수 씨 회사에 전화했는데 그런 사람이 없대요!
나 동수 씨가 그 회사에 (4) _____. 회사 앞에서 동수 씨를 만난 적도 있는데요.
가 동수 씨가 사기 치려고 우리한테 거짓말을 한 거였네요. 동수 씨가 성공했다고 해서 그렇게 몇 개월 만에 (5) _____ 고 생각했었는데······. 그때 내 직감을 믿을걸 그랬어요.

07 -기 십상이다

가 아이가 뚱뚱하다고 친구들한테 놀림을 받아서요. 많이 먹지도 않는데 왜 그렇게 살이 찌는지 모르겠어요.

나 줄리앙의 식습관을 보니까 인스턴트 음식을 많이 먹는 것 같습니다. 인스턴트 음식은 열량이 높기 때문에 비만을 유발하**기 십상이에요**.

가 그래요? 그래도 어릴 때는 마른 것보다는 살이 좀 찐 게 낫지 않을까요?

나 어린이 비만은 고혈압이나 심장 질환 등 성인병으로 이어지**기 십상이기 때문에** 어릴 때 비만을 치료하는 게 좋습니다.

문법을 알아볼까요?

이 표현은 지금 상황으로 볼 때 어떤 상태 혹은 상황과 같이 되기 쉽거나 그럴 확률이 매우 높음을 나타내는 말로, 여기서 '십상'은 '십중팔구('열 개 중 여덟아홉 개'의 의미)'라는 뜻입니다. 동사에만 붙습니다.

本文法指的是「從現況看來，很容易或有很高的機率會進入某種狀態、情況」，在這裡「십상」指的是「열개 중 여덟아홉 개（十之八九）」。此文法僅能連接於動詞之後。

정확한 지식이 없이 주식 시장에 투자를 하면 낭패를 보**기 십상이다**.
沒有正確知識就投資股票市場的話，慘賠是十之八九的事。

그 지역은 배수 시설이 좋지 않아서 폭우가 쏟아지면 물에 잠기**기 십상이다**.
那個地區的排水設施不良，下起暴雨的話就時常容易淹水。

안 좋은 자세로 컴퓨터나 스마트폰을 오래 사용하면 목에 무리가 오**기 십상이다**.
用不良的姿勢長時間使用電腦或手機的話，很有可能會傷到脖子。

도입 대화문 번역

가 我的孩子被朋友們取笑說太胖。他吃的也不多，不知道為什麼會胖成那樣。
나 從朱利安的飲食習慣看來，他好像吃很多速食。速食的熱量很高，誘發肥胖是常有的事。
가 真的嗎？不過小時候有點胖胖的總比太瘦要好，不是嗎？
나 兒童肥胖衍伸為高血壓或心臟疾病等成人病是十之八九的事，所以最好從小治療肥胖問題。

더 알아볼까요?

이 표현은 주로 부정적인 상황을 예상할 때 사용하므로 긍정적인 상황에 사용하면 어색합니다.
本文法主要用於預設負面的狀況，所以在正面的狀況中使用會顯得相當不自然。

- 최선을 다하다 보면 좋은 결과가 오기 십상이다. (×)
  → 최선을 다하다 보면 좋은 결과가 오기 마련이다. (○)
  → 최선을 다하다 보면 좋은 결과가 올 것이다. (○)

이럴 때는 어떻게 말할까요?

부모님들은 자녀들이 어디서 무엇을 하든지 항상 걱정이 많으시죠? 자녀들이 친구들과 놀러 간다고 할 때 부모님들은 어떤 걱정을 하실까요?

가 엄마, 친구들이 주말에 야영도 할 겸 지리산에 가재요. 갔다 와도 돼요?

나 요즘같이 집중 호우가 잦은 장마철에 산에서 야영을 하다가는 조난당하기 십상이야. 다른 데로 놀러 가는 게 어떠니?

Tip
야영 露營　　　집중 호우 集中豪雨
조난당하다 落難　　바닷바람을 쐬다 吹海風
화상을 입다 灼傷、燒傷

| 야영도 할 겸 지리산
바닷바람도 쐴 겸 부산
해돋이도 볼 겸 정동진 | 집중 호우가 잦은 장마철에 산에서 야영을 하다가는 조난당하다
햇볕이 강한 여름철에 바닷가에 있다가는 피부에 화상을 입다
날씨가 추운 때에 해 뜨는 것 본다고 바깥에서 떨다가는 감기 걸리다 |

연습해 볼까요?

生字·表現 p.400

1 다음 [보기]에서 알맞은 표현을 골라 '-기 십상이다'를 사용해서 대화를 완성하십시오.

| 보기 | 미움받다   손해 보다   안 되다   손님들의 외면을 받다 |

(1) 가 요즘 제주도 바다가 아주 멋지다는데 며칠 휴가 내고 갔다 올까 봐요.
   나 마감 일이 코앞인데 휴가 내고 놀러 갔다가는 동료들한테 **미움받기 십상이에요**.

(2) 가 이 식당은 처음 개업했을 땐 고기 질이 좋았는데 점점 안 좋아지는 것 같아요.
   나 장사가 잘된다고 해서 값싸고 품질이 낮은 고기를 쓰다가는 _____.

(3) 가 요즘 주식으로 돈을 버는 사람이 많다는데 나도 좀 투자를 해 볼까 봐요.
   나 아무리 주식 경기가 좋다고 해도 주식에 대해 전혀 공부도 하지 않고 투자를 했다가는 _____.

(4) 가 와, 이 항공 회사는 80%나 할인을 해 주네요.
   나 할인율이 높은 항공권은 환불이나 날짜 변경이 _____ 꼼꼼히 살펴보고 구매하세요.

2 다음 [보기]에서 알맞은 단어를 골라 '-기 십상이다'를 사용해서 글을 완성하십시오.

| 보기 | 긴장되다   빠지다   삐다   발생하다   포기하다 |

<등산 초보자들이 알아 두어야 할 등산 시 유의점>

- 등산을 할 때는 시작부터 빨리 올라가면 심장이 갑자기 부담을 느끼고 근육도 (1) **긴장되기 십상입니다**. 갑자기 무리하면 사고로 이어질 수 있으니 처음 30분은 천천히 걸어야 합니다.
- 내리막길에서는 발목과 무릎에 부담이 많이 가게 되므로 조심해야 합니다. 뛰어서 내려가면 발목을 (2) _____.
- 등산은 꽤 고강도 운동 중의 하나입니다. 아무것도 먹지 않은 채 등산을 하거나 수분섭취도 하지 않으면 탈진, 탈수 상태에 (3) _____. 그러므로 등산 도중에 먹을 간식과 충분한 물을 가지고 가시는 것이 좋습니다.
- 처음부터 높은 난이도의 코스를 선택해서는 안 됩니다. 무리를 해서 등산을 하게 되면 금방 지쳐서 중간에 (4) _____ 체력이 떨어져 여러 가지 문제가 (5) _____. 처음에는 가벼운 코스로 시작하는 게 좋습니다.

259

單元 15 확인해 볼까요?

※ [1~2] 다음 밑줄 친 부분과 바꾸었을 때 의미가 가장 비슷한 것을 고르십시오.

1
그 회사는 이번에 음악 감상 전용 스마트폰을 출시할 계획이라고 발표했다. 이 스마트폰은 다음 달 중순쯤 유럽에서 처음으로 <u>선보일 듯하다</u>.

① 선보일 게 뻔하다　　② 선보일 것 같다
③ 선보일 수도 있다　　④ 선보이기 십상이다

2
배우 유승호 씨는 바쁜 스케줄로 <u>지쳤을 수도 있는데</u> 인터뷰를 하는 내내 에너지가 차고 넘쳤다.

① 지쳤을 법도 한데　　② 지쳤다는 듯이
③ 지친다고 한들　　　④ 지쳤을 리가 없는

※ [3~4] 다음 (　)에 알맞은 것을 고르십시오.

3
시간에 쫓기는 기자들이 큰 사건을 제한된 지면에 작성하다 보면 중요한 사실을 빠뜨린다든지 사건의 핵심적 의미를 파악하지 못한 채 단편적인 보도를 할 수도 있다. 그러나 있지도 않은 사실을 마치 있었던 것처럼 쓴다든지 기자 자신의 근거 없는 추측을 (　) 보도하는 것은 잘못이다.

① 사실이기에　　　② 사실이더라도
③ 사실일망정　　　④ 사실인 듯이

4
솔로몬 제도는 60만 인구 가운데 공용어인 영어를 사용할 수 있는 사람이 1~2%에 불과한 전형적인 문맹 국가다. 그나마 사용되는 토착어는 표기할 수 있는 문자가 없다. 사정이 이렇다 보니 제대로 된 학교 교육이 (　).

① 이루어지기 십상이다　　② 이루어질 듯하다
③ 이루어질 리가 없다　　　④ 이루어질 게 뻔하다

※ 다음 (　)에 들어 갈 수 없는 것을 고르십시오.

5
요즘과 같이 방사능에 대한 공포가 클 때에 원자력 발전소를 건설한다고 하면 건설에 따른 경제적 이익이 아무리 크다고 하더라도 지역 주민들의 극심한 반대에 (　).

① 부딪힐 수밖에 없다　　② 부딪힐 게 뻔하다
③ 부딪힐 것으로 보인다　④ 부딪힐 뻔했다

※ 다음 밑줄 친 부분이 틀린 것을 고르십시오.

6
① 꾸준히 노력하는 사람에게는 성공이 <u>따르기 십상이다</u>.
② 이번에 그는 정말 달라지기로 굳게 마음을 먹은 <u>듯하다</u>.
③ 선호 씨가 디자인한 제품이 요즘 <u>날개 돋친 듯이</u> 잘 팔린다고 한다.
④ 그는 두 사람의 결혼 발표를 듣자 <u>믿기지 않는다는 듯이</u> 놀란 표정을 지었다.

260

單元 16

당연함을 나타낼 때
表示理所當然時

본 장에서는 당연함을 나타내는 표현들에 대해 공부합니다. 여기에 나오는 표현들은 어떤 일이 생기는 것이 일반적이거나 당연할 때 사용하는 것으로 지금까지의 경험으로 미루어 봤을 때 혹은 자연적인 현상이나 진리이기 때문에 그 일이 생기는 것이 당연하다는 것을 의미합니다. 이 장에서 배우는 두 가지 표현은 매우 비슷하지만 차이점이 있으므로 주의해서 사용하시기 바랍니다.

本單元中要學習的是表示理所當然的文法。此單元的文法是用來表示某事件的發生是很正常或理所當然的，意指「從至今為止的經驗來推斷，或因為是自然現象、真理，該事件的發生是理所當然的」。本單元所要學習的兩個文法雖然非常相似，但仍有相異之處，請小心使用。

01 -기 마련이다
02 -는 법이다

01 -기 마련이다

가 요즘 경기가 안 좋아서 그런지 손님이 많이 줄었어요.

나 경기가 안 좋으면 소비가 줄**기 마련이지요**. 이럴 때일수록 새로운 메뉴를 개발하는 게 필요해요.

가 맞아요. 좋은 재료와 정성, 거기에다 꾸준한 노력이 있으면 손님들의 입맛을 사로잡**기 마련이니까요**.

나 요즘은 누구나 다 힘든 때니까 힘을 내서 처음 가게를 열었을 때의 마음으로 다시 시작해 봐요.

문법을 알아볼까요?

이 표현은 어떤 일이 생기는 것이 일반적이거나 당연하다는 뜻으로 사람들의 일반적인 믿음이나 사실을 말할 때 사용합니다. '-게 마련이다'로 쓰기도 합니다.

本文法的意思是「某事件的發生是正常或理所當然的」，用於陳述人們普遍的信念或事實。也可以寫做「-게 마련이다」。

가 재영 씨는 어쩜 그렇게 거짓말을 많이 하는지 모르겠어요.
　不知道在榮為什麼那麼愛說謊。

나 진실은 언젠가는 드러나**기 마련이니까** 어디 두고 봅시다.
　真相總有一天會大白的，等著瞧吧。

가 우리 아들 녀석이 고등학생이 된 뒤로 비밀이 많이 생긴 것 같아요.
　我兒子上高中以後秘密好像變得很多。

나 그 나이 또래가 되면 비밀이 많아지**게 마련이에요**. 너무 섭섭하게 생각하지 마세요.
　到了那個年紀秘密自然而然會變多的，不要太難過。

도입 대화문 번역

가 不知道是不是因為最近景氣不佳，客人少了好多。
나 景氣不好的話消費一定會降低的。越是在這種時候越是需要去研發新菜色啊。
가 沒錯。好的食材與心意，加上持續不斷的努力，一定會抓住客人的口味。
나 最近每個人都很辛苦，所以要加油，用最初開店的心重新開始吧。

가 10년 전에 큰돈 주고 산 건데 고장 나 버렸네.
　這是我十年前花了一筆大錢買的，現在卻故障了。

나 아무리 비싼 물건도 오래 쓰다 보면 고장 나**기 마련이죠**.
　不管多貴的東西，用久了自然會壞的。

더 알아볼까요?

1 이 표현은 주어가 전체를 나타낼 때에만 가능하고 특정한 것을 나타낼 때에는 사용할 수 없습니다.
　本文法的主語只能用來代表一個整體，不能用來代表特定的人事物。
- 수진 씨는 누구나 나름대로의 어려움이 있기 마련이다. (×)
  → 인간은 누구나 나름대로의 어려움이 있기 마련이다. (○)

> Tip 나름대로 各自

2 이 표현은 부정문을 만들 때 '-지 않기 마련이다'로 사용합니다.
　本文法作為否定句時，須以「-지 않기 마련이다」的形態使用。
- 자신이 말할 때 즐겁지 않으면 듣는 청중도 신이 나기 마련이 아니다. (×)
  → 자신이 말할 때 즐겁지 않으면 듣는 청중도 신이 나지 않기 마련이다. (○)

> Tip 청중 聽眾

3 이 표현은 의문문, 명령문, 청유문과 같이 쓸 수 없습니다.
　本文法不得與疑問句、命令句、建議句一起使用。
- 월급을 많이 받으면 그만큼 일이 많기 마련입니까? (×)
- 월급을 많이 받으면 그만큼 일이 많기 마련이십시오. (×)
- 월급을 많이 받으면 그만큼 일이 많기 마련입시다. (×)
  → 월급을 많이 받으면 그만큼 일이 많기 마련입니다. (○)

4 이 표현은 당위성을 나타내는 '-아야/어야 하다'와 같이 사용할 수 없습니다.
　本文法不可與表示必要性的「-아야/어야 하다」一起使用。
- 지위가 높을수록 말조심을 해야 하기 마련이다. (×)
  → 지위가 높을수록 말조심을 해야 하는 법이다. (○)

💡 <참조> 16장 당연함을 나타낼 때 02 '-는 법이다'.

5 이 표현은 말하는 사람이 지금까지의 경험으로 보아 일반적이고 보편적으로 늘 그래 왔다고 느끼는 것을 바탕으로 하여 말하는 것이므로 현재형이나 과거형으로만 사용합니다.
　本文法是以「話者從自己至今為止的經驗來看，覺得一般且普遍，向來如此」的認知為基礎，所以僅能使用現在時制或過去時制。
- 지금은 끝난 것 같아도 곧 새로운 시작이 있기 마련일 거예요. (×)
- 지금은 끝난 것 같아도 언제나 새로운 시작이 있기 마련이에요. (○)
- 그 당시에는 그게 끝일 줄 알았는데 언제나 새로운 시작이 있기 마련이었다. (○)

이럴 때는 어떻게 말할까요?

주위에 실수하거나 실패하는 사람들이 종종 있지요? 그런 사람들에게 어떻게 위로하면 좋을까요?

또 불합격

가 지원하는 데마다 번번이 떨어지는 걸 보니 전 운이 없는 거 같아요.

나 실력이 있으면 언젠가는 운도 따르기 마련이니까 너무 걱정하지 마세요.

Tip
번번이 每次 　　운이 따르다 運氣跟隨而至
일이 안 풀리다 事情解決不了

지원하는 데마다 번번이 떨어지는 걸 보니 전 운이 없는 거 같다	실력이 있으면 언젠가는 운도 따르다
이번에 회사에서 처음으로 프레젠테이션을 했는데 크게 실수를 했다	처음에는 누구나 다 실수하다
요즘 하는 일마다 안 풀리고 힘든 일만 생기다	열심히 하다 보면 좋은 결과가 생기다

연습해 볼까요?

生字・表現 p.401

1 다음 [보기]에서 알맞은 표현을 골라 '-기 마련이다'를 사용해서 대화를 완성하십시오.

> [보기]
> 나이가 들면 마음이 약해지다　　　아이들은 싸우면서 크다
> 사람은 누구나 변하다　　　　　　쉽게 얻은 것은 쉽게 잃다
> 눈에서 멀어지면 마음에서도 멀어지다

(1) 가 아버지가 나이가 드셔서 그런지 마음이 많이 약해지신 것 같아요.
　　나 **나이가 들면 마음이 약해지기 마련이죠**. 너무 안타까워하지 마세요.

(2) 가 태민 씨가 1억짜리 복권에 당첨됐는데 당첨금을 유흥비로 다 써 버렸대요.
　　나 _____.

(3) 가 일 때문에 남자 친구와 3년 동안 떨어져 있었더니 사이가 예전 같지 않네요.
　　나 _____.

(4) 가 영재 씨가 돈을 벌더니 아주 거만해졌어요. 영재 씨는 절대로 변하지 않을 줄 알았는데…….
　　나 _____.

(5) 가 형제라고는 둘밖에 없는데 왜 이렇게 아이들이 싸우는지 모르겠어요.
　　나 _____. 너무 걱정하지 마세요.

2 다음 [보기]에서 알맞은 표현을 골라 '-게 마련이다'를 사용해서 대화를 완성하십시오.

> 보기
> 자주 만나다 보면 정이 들다 연애를 하면 예뻐지다
> 사랑을 하면 눈이 멀다 누구나 장점이 있으면 단점도 있다
> 사랑하는 사람한테는 무언가를 계속 주고 싶다

가 아사미 씨, 투안 씨와 사귄다면서요? 사무실에서 둘이 툭하면 싸워서 사귈 거라고는 상상도 못 했어요.

나 호호, 사람은 (1) **자주 만나다 보면 정이 들게 마련이잖아요**. 투안 씨랑 같이 일한 지 벌써 5년이나 되었는걸요.

가 그래요? 그런데 아사미 씨는 투안 씨가 성격이 너무 급해서 짜증난다고 했었잖아요. 지금은 괜찮아요?

나 완벽한 사람이 어디 있나요? (2) _____.

가 와, (3) _____ 정말 투안 씨의 단점이 하나도 안 보이나 봐요. 그러고 보니 아사미 씨 얼굴도 무척 예뻐졌네요.

나 (4) _____. 매일매일이 꽃길을 걷는 것처럼 행복해요.

가 듣자 하니 아사미 씨가 투안 씨한테 선물을 많이 한다고 하던데 정말이에요?

나 저만 많이 주는 게 아니에요. 투안 씨도 저한테 선물을 얼마나 많이 하는지 몰라요.

가 하긴. (5) _____.

02 -는 법이다

가 우리 엄마는 왜 이렇게 내 걱정을 많이 하시는지 모르겠어요. 내 나이가 서른이 다 되어 가는데 말이에요.

나 부모는 자식이 나이를 먹어도 어른으로 보지 않**는 법이죠**.

가 얼마 전만 해도 내가 혼자 배낭여행을 간다고 하니까 엄마가 위험하다고 안 된다고 하시더라니까요.

나 그래도 나는 이래저래 걱정을 해 주시는 어머니랑 사는 소희 씨가 부럽네요. 가족이란 같이 있을 땐 소중함을 모르지만 떨어져 있으면 그리운 **법이거든요**.

문법을 알아볼까요?

이 표현은 어떤 동작이나 상태가 그렇게 정해져 있거나 그렇게 되는 것이 당연함을 나타낼 때 사용합니다. 주로 자연스러운 법칙이나 보편적인 진리, 일반적인 원리를 나타낼 때 사용하며 속담에도 많이 사용합니다.

本文法用於表達「某個動作或狀態已約定俗成或理當如此」。通常用於陳述自然法則、普遍的真理、一般的原理等，也常被使用在諺語中。

	A	V	N이다
현재	-(으)ㄴ 법이다	-는 법이다	인 법이다

가 주영 씨처럼 이성적인 사람도 자기 일에는 이성적이 되지 못하네요.
　像珠英這麼理性的人，面對自己的事情也無法保持理性。

나 누구나 자신의 문제는 제대로 파악하기 어려운 **법이에요**.
　每個人總是難以真正掌握自己的問題的。

도입 대화문 번역

가 不知道我媽為什麼那麼擔心我。我都快三十歲了欸。

나 就算孩子長大了，父母還是不會把孩子當大人看的。

가 不久前我說要自己一個人去背包旅行，結果我媽說太危險了，不准我去。

나 不過我很羨慕昭熙妳可以和為妳操心這操心那的媽媽住在一起呢。所謂家人，總是在一起的時候不懂得珍惜，一旦分開就會想念的。

가 동민 씨는 오늘도 밤을 새운대요. 벌써 3일째인데 괜찮을까요?
東民說他今天也要熬夜。已經是第三天了，真的沒問題嗎？

나 사람이나 동물이나 충분히 쉬어야 다시 힘이 나는 법인데 너무 무리하는 거 아니에요?
不管人還是動物，總要充分的休息才能夠再次產生力量的，他不會太逞強了嗎？

가 정호 씨와 수진 씨는 이혼하느니 마느니 하면서 싸우더니 더 사이가 좋아졌대요.
正昊與秀珍本來還在吵要不要離婚，結果聽說感情又變好了。

나 비 온 뒤에 땅이 굳어지는 법이잖아요.
俗話說不經一番寒澈骨，焉得梅花撲鼻香嘛。（直譯：俗話說雨後地硬嘛。）

더 알아볼까요?

1 이 표현은 주어가 전체를 나타낼 때에만 가능하고 특정한 것을 나타낼 때에는 사용할 수 없습니다.
本文法的主語只能用來代表一個整體，不能用來代表特定的人事物。
- 그 신부는 원래 예쁜 법이에요. (×)
  → 신부는 원래 예쁜 법이에요. (○)

2 이 표현은 부정문을 만들 때 '-지 않는 법이다'로 사용합니다.
本文法作為否定句時，須以「-지 않는 법이다」的形態使用。
- 어떤 일도 고난 없이는 이루어지는 법이 아니다. (×)
  → 어떤 일도 고난 없이는 이루어지지 않는 법이다. (○)

3 이 표현은 의문문, 명령문, 청유문과 같이 쓸 수 없습니다.
本文法不得與疑問句、命令句、建議句一起使用。
- 열심히 하는 사람이 성공하는 법입니까? (×)
- 열심히 하는 사람이 성공하는 법이십시오. (×)
- 열심히 하는 사람이 성공하는 법입시다. (×)
  → 열심히 하는 사람이 성공하는 법입니다. (○)

4 이 표현은 말하는 사람이 지금까지의 경험으로 보아 법칙화할 수 있는 것들로 현재형이나 과거형으로만 사용이 가능합니다.
本文法是話者從自己至今為止的經驗來看，認為可以規則化的概念，所以僅能使用現在時制或過去時制。
- 잊지 못할 것 같던 사랑의 추억도 시간이 지날수록 차츰 잊혀지는 법일 거예요. (×)
  → 잊지 못할 것 같던 사랑의 추억도 시간이 지날수록 차츰 잊혀지는 법이었다. (○)
  → 잊지 못할 것 같던 사랑의 추억도 시간이 지날수록 차츰 잊혀지는 법이다. (○)

비교해 볼까요?

이 표현은 '-기 마련이다'와 큰 의미 차이 없이 바꿔 쓸 수 있지만 '-는 법이다'가 '-기 마련이다'에 비해 좀 더 진리나 법칙에 가까운 사실을 나타낼 때 사용합니다.
本文法與「-기 마련이다」可交替使用，意義無太大差異，但「-는 법이다」所表達的事實會比「-기 마련이다」更加接近真理或定律。

-기 마련이다	-는 법이다
(1) 어떤 일이 생기는 것이 일반적이거나 당연함을 나타냅니다. 某件事的發生是普遍且理所當然的。 • 나이가 들면 기억력이 떨어지기 마련이다.	(1) 그렇게 정해져 있거나 그렇게 됨이 당연함을 나타냅니다. 보편적 진리나 일반적인 원리에 많이 사용합니다. 某個動作或狀態已約定俗成或理當如此。常用於普遍的真理、一般的原理。 • 인간은 누구나 죽는 법이다.
(2) 당위성을 나타내는 '-아야/어야 하다'와 같이 쓸 수 없습니다. 不可與表現必要性的「-아야/어야 하다」一起使用。 • 본래 공부는 자기 스스로 해야 하기 마련입니다. (×)	(2) 당위성을 나타내는 '-아야/어야 하다'와 같이 쓸 수 있습니다. 可以與表現必要性的「-아야/어야 하다」一起使用。 • 본래 공부는 자기 스스로 해야 하는 법입니다. (○)

이럴 때는 어떻게 말할까요?

누구나 다른 사람들이 자기를 좋아해 주기를 바라지요? 사람들은 어떤 사람들을 좋아할까요?

소희 씨는 이게 문제고…….

가 저는 회사에서 정말 열심히 일하는데 모두들 저를 안 좋아하는 것 같아요.

나 여양 씨가 너무 단점만 지적해서 그런 것 같아요. 단점을 지적하되 칭찬도 같이 해 보세요. 사람은 누구나 자기를 칭찬하는 사람을 좋아하는 법이거든요.

Tip
지적하다 指責　호감 好感

단점만 지적하다 / 단점을 지적하되 칭찬도 같이 해 보다 / 자기를 칭찬하는 사람을 좋아하다

자기 얘기만 하다 / 여양 씨 얘기는 좀 줄이고 다른 사람들의 이야기를 들어 주도록 하다 / 자기 얘기를 진심으로 들어 주는 사람에게 마음을 열다

불평불만이 많다 / 주위 사람이나 상황을 좀 더 긍정적으로 바라보도록 하다 / 긍정적이고 즐겁게 일하는 사람에게 호감을 느끼다

연습해 볼까요?

1 다음 [보기]에서 알맞은 표현을 골라 '-는 법이다'를 사용해서 대화를 완성하십시오.

> **보기**
> 사람의 욕심은 끝이 없다   뭐든지 지나치면 해가 되다
> 실력이 줄다   아무리 맛있는 음식도 매일 먹으면 싫증이 나다

(1) 가 세준 씨가 예전에는 백만 원만 벌어도 바랄 게 없겠다더니 이제는 삼백만 원 이상을 버는데도 월급이 너무 적다고 불평을 하더라고요.
    나 본래 **사람의 욕심은 끝이 없는 법이지요**.

(2) 가 여보, 당신이 좋아하는 된장찌개예요. 많이 드세요.
    나 아무리 내가 된장찌개를 좋아하기로서니 한 달 내내 된장찌개는 너무한 것 아니야? _____.

(3) 가 남자 친구가 몸짱이 되겠다고 매일 헬스클럽에서 서너 시간씩 운동을 하고 있어요.
    나 서너 시간이나요? _____ 운동을 줄이라고 하세요.

(4) 가 투안 씨가 한국말을 그렇게 잘하더니 요즘은 예전만 못하네요.
    나 오랫동안 외국어를 쓰지 않으면 _____.

2 다음 [보기]에서 알맞은 표현을 골라 '-는 법이다'를 사용해서 이야기를 완성하십시오.

> **보기**
> 중이 제 머리를 못 깎다   고생 끝에 낙이 오다
> 발 없는 말이 천 리를 가다   열 번 찍어 안 넘어가는 나무가 없다

수현 씨는 별명이 '결혼 정보 회사 직원'일 정도로 다른 사람들에게 소개팅을 많이 해 주기로 유명하다. 이번 달만해도 소개팅을 해 준 게 벌써 20건 이상이 된다고 했다. 그런데 정작 자신은 5년이 넘게 남자 친구 하나 없다. 원래 (1) **중이 제 머리를 못 깎는 법이다**.

홍상민 씨는 이번에 큰 계약을 따냈다. 그러나 그 과정이 쉬웠던 것은 아니다. 그 회사를 찾아가 설득한 게 50번이 넘는다고 했다. 홍상민 씨가 포기하지 않고 끈질기게 찾아가자 결국 그 회사도 홍상민 씨의 열정을 보고 계약을 해 주었다고 한다. (2) _____.

미나 씨는 같은 사무실 승현 씨를 짝사랑해 왔다. 이를 눈치 챈 주영 씨가 물어보자 미나 씨는 다른 사람에게는 말하지 말라며 주영 씨에게 털어났다. 얼마 지나지 않아 회사는 물론 거래처 사람들까지 미나 씨에게 승현 씨랑 잘돼 가고 있냐고 물어 왔다. (3) _____.

다니던 회사에서 해고가 된 현호 씨는 작은 식당을 차렸다. 사무실에서 일하다가 식당 일을 하려니 몸도 마음도 너무도 힘들었다. 하지만 가족이 있기에 매일 서너 시간만 자면서 열심히 일했다. 이제 식당을 연 지 10년째, 현호 씨 식당은 연 매출 2억을 달성했다. (4) _____.

單元 16 확인해 볼까요?

※ [1~2] 다음 밑줄 친 부분과 바꾸었을 때 의미가 가장 비슷한 것을 고르십시오.

1 '작심삼일'이라는 말처럼 누구나 목표를 세우고 얼마쯤 지나면 <u>해이해지기 마련이다</u>.

① 해이해지는 둥 마는 둥하다 ② 해이해지는 것 같다
③ 해이해지는 법이다 ④ 해이해질 법하다

2 좋은 씨앗을 뿌리면 좋은 열매가, 나쁜 씨앗을 뿌리면 나쁜 열매가 열리듯이 말의 씨앗도 역시 뿌린 대로 <u>거두게 되는 법이다</u>.

① 거두게 되어 있다 ② 거두게 되는 셈친다
③ 거둘 리가 없다 ④ 거두게 되느냐에 달려 있다

※ 다음 (　)에 알맞은 것을 고르십시오.

3 사람들은 맨 앞에 나오는 것이 가장 중요한 것이라고 (　　). 그러므로 보고서나 제안서를 작성할 때 중요한 내용은 맨 앞에 배치하는 것이 좋다.

① 여길 리가 없다 ② 여기다시피 하다
③ 여기기 마련이다 ④ 여기기 나름이다

※ 다음 (　)에 들어 갈 수 없는 것을 고르십시오.

4 누구에게나, 어디에서나 실패와 좌절은 (　　) 그것을 딛고 일어나는 사람들에게는 희망찬 미래가 기다리고 있을 것이다.

① 있기 마련이지만 ② 있기에 망정이지
③ 있는 게 당연하지만 ④ 있는 법이지만

※ 다음 중 맞는 문장을 고르십시오.

5　① 세상에 공짜는 없는 법이지요.
　② 뭐든지 시작은 쉬운 법이 아닙니다.
　③ 가는 말이 고와야 오는 말이 고운 법입니까?
　④ 항상 꾸준히 노력하는 세영 씨는 어디 가서도 살아남는 법입니다.

※ 다음 밑줄 친 부분이 틀린 것을 고르십시오.

6　① 모든 일은 시작이 있으면 끝이 <u>있는 법입니다</u>.
　② 자기가 한 일에 대해서는 책임을 <u>져야 하기 마련이다</u>.
　③ 윗물이 맑아야 아랫물이 <u>맑은 법이라고</u> 선배가 솔선수범을 해야 한다.
　④ 무슨 일이든지 남에게 떠맡기는 사람은 좋은 평가를 <u>받지 못하기 마련이었다</u>.

單元 17

나열함을 나타낼 때
表示列舉時

본 장에서는 어떤 행동이나 상태 혹은 생각한 것을 길게 나열하거나 사람들이 어떤 것에 대해 이래저래 말하는 모습을 나타내는 표현들을 배웁니다. 여기에서 배우는 표현들은 고급에서 처음 다루는 것들이지만 한국 사람들이 평소에 많이 사용하는 것들입니다. 이 표현들을 잘 익힌다면 자연스럽고 다양한 한국말을 구사할 수 있을 것입니다.

　　本單元中要學習的是將某些行為、狀態、想法列舉出來，或是人們針對某件事表達各種意見的文法。在這裡要學習的文法雖然是到高級階段才首次接觸的類型，但韓國人平常是很常使用的。如果熟悉了這些文法，便能夠靈活運用自然生動且豐富多樣的韓語了。

01 -는가 하면
02 -느니 -느니 하다
03 -(으)랴 -(으)랴
04 (이)며 (이)며

01 -는가 하면

가 부장님은 비위 맞추기가 너무 힘들지 않아요?
나 네, 어느 날은 보고서에 사진 자료를 많이 넣으라고 **하는가 하면** 어느 날은 왜 보고서에 사진을 넣었냐며 짜증을 내더라고요.
가 그래도 회사에서는 인정을 꽤 받고 있잖아요.
나 그러게요. 얼마 전에는 투자 유치에 성공**했는가 하면** 신제품 개발도 해서 회사에 크게 기여했으니까요.

문법을 알아볼까요?

1 이 표현은 선행절과 후행절의 내용이 서로 상반되거나 다른 내용일 때 사용합니다.
本文法用於表示前後子句的內容相反或相異。

	A	V	N이다
과거/완료	-았는가/었는가 하면		였는가/이었는가 하면
현재	-(으)ㄴ가 하면	-는가 하면	인가 하면

그 도시의 남쪽은 현대적이고 화려**한가 하면** 도시의 북쪽은 소박하고 옛 정취를 느끼게 한다.
那個城市的南邊現代化而華麗；北邊則十分純樸，讓人感受到往日情懷。

하반기에는 경기가 좋아질 것이라고 전망하는 사람이 있**는가 하면** 내년까지 이런 하락세가 지속될 것이라고 보는 사람도 있다.
有人預期下半年景氣會好轉，也有人認為這樣的跌勢會持續到明年。

도입 대화문 번역

가 要取悅部長也太難了吧？
나 是啊，他一下要我在報告裡多放一點圖片資料；一下又氣沖沖地問我報告裡幹嘛放那麼多圖片。
가 不過，他在公司裡真的是備受肯定啊。
나 就是說啊。他不久前才成功引進資金，甚至還開發了新產品，公司對他可是寄與厚望啊。

2 이 표현은 선행절의 내용에 후행절의 사실을 덧붙여 말할 때 사용합니다.
本文法用於「在前子句的內容之外，添加後子句的事實」。

그 기업은 사업 분야를 넓히는가 하면 해외 전문가들을 영입하는 데에도 적극 나서고 있다.
該企業除了拓展事業版圖以外，還積極聘請國外專家。

김민혁 선수는 이번 올림픽에서 신기록을 세웠는가 하면 기자들이 선정한 올해의 선수로도 뽑혀 최고의 해를 보내고 있다.
金敏赫選手不僅在本屆奧運中創下新紀錄，還被記者選為年度選手，正在度過他最精華的一年。

> **Tip**
> 빼돌리다 盜用
> 공금 公款
> 펀드 基金

더 알아볼까요?

이 표현은 과거 상황을 나타낼 때 '-았/었-'을 빼고 '-는가 하면'으로 사용하기도 합니다.
本文法用於陳述過去的狀況時，亦可去掉「-았/었-」，使用「-는가 하면」。

- 김 씨는 빼돌린 공금으로 명품을 구입했는가 하면 펀드에 투자했다가 손해를 봤다고 조사됐다.
  = 김 씨는 빼돌린 공금으로 명품을 구입하는가 하면 펀드에 투자했다가 손해를 봤다고 조사됐다.

132.mp3

이럴 때는 어떻게 말할까요?

교실에서 만나는 모든 학생들이 다 똑같지는 않지요? 교실에는 어떤 학생들이 있을까요?

가 선생님, 문법 수업을 좋아하는 학생도 있고 그렇지 않은 학생도 있지요?
나 네, 문법 수업을 하면 어떤 학생들은 집중해서 열심히 듣는가 하면 어떤 학생들은 졸기도 해요.

> **Tip**
> 참여하다 參與

문법 수업을 좋아하다	문법 수업을 하다 / 집중해서 열심히 듣다 / 졸다
말하기 수업에 적극적으로 참여하다	말하기 수업을 하다 / 열심히 자기의 생각을 이야기하다 / 한마디도 안 하고 듣고만 있다
선생님이 말하는 속도에 만족하다	제가 말을 하다 / 보통 한국 사람이 말하는 속도로 얘기해 달라고 하다 / 아주 천천히 설명해 달라고 하다

연습해 볼까요?

生字·表現 p.401

1 관계있는 것을 연결하고 '-는가 하면'을 사용해서 문장을 완성하십시오.

(1) 사업을 하다 보면 순탄할 때가 있다   ㉠ 이해하기 어렵다는 평가를 받기도 하다

(2) 모델 김연주 씨는 살을 뺀다고 며칠씩 굶다   ㉡ 어려움을 겪을 때도 있다

(3) 올여름 남부 지방은 가뭄으로 고생하다   ㉢ 다른 사람을 구하려고 자신의 목숨을 희생하는 사람도 있다

(4) 그 감독의 작품은 예술성이 높다는 평가를 받다   ㉣ 한꺼번에 서너 끼를 먹어 치울 때도 많았다고 하다

(5) 돈 때문에 사람을 납치하는 사람이 있다   ㉤ 중부 지방은 폭우로 큰 피해를 입었다

(6) 인생의 시련을 만나면 어떤 이는 세상을 탓하고 삶을 포기하다   ㉥ 어떤 이는 새로운 길로 나가는 기회로 삼고 성장하다

(1) ㉡ - 사업을 하다 보면 순탄할 때가 있는가 하면 어려움을 겪을 때도 있다.

(2) _____.

(3) _____.

(4) _____.

(5) _____.

(6) _____.

2 다음 [보기]에서 알맞은 표현을 골라 '-는가 하면'을 사용해서 이야기를 완성하십시오.

보기
　　　채팅을 하다　　　　　　　　　지나치게 길게 작성하다
　　　쓸데없는 질문을 해 대다　　　습관적으로 야근하다

　　김 대리는 항상 책상에 앉아 일에 집중하는 듯 보이지만 실상은 그렇지 않다. 컴퓨터 앞에 앉아 친구들과 (1) **채팅을 하는가 하면** 인터넷 쇼핑을 할 때도 있다. 그리고 일찍 퇴근하면 상사에게 찍힌다는 생각에 (2) _____ 30분이면 할 수 있는 일도 하루 종일 하는 경우가 많다. 또 간단하게 쓰면 될 보고서도 열심히 일했다는 인상을 주려고 (3) _____ 별 내용도 없는 프레젠테이션을 한 시간 넘게 할 때도 있다. 회의를 할 때는 적극적으로 참여하는 듯 보이려고 (4) _____ 회의와 관계없는 이야기를 할 때도 있다. 이런 김 대리와 일을 같이 하는 건 피곤한 일이 아닐 수 없다.

02 -느니 -느니 하다

가 아내분이 시골로 이사 가는 걸 반대하신다면서요?
나 네, 애들 교육하기가 안 좋**으니** 편의 시설이 많지 않**으니 하면서** 반대를 하네요.
가 생활비가 많이 **든다느니** 공기가 나쁘**다느니 해도** 도시에 살던 사람에겐 도시가 편하죠.
나 귀농하는 건 은퇴 후에나 생각해 봐야 할 것 같아요.

문법을 알아볼까요?

이 표현은 어떤 생각이나 의견 혹은 이야기를 나열할 때 사용합니다. 어떤 상태나 상황에 대해 이런저런 말을 많이 한다는 의미입니다. 인용을 나타내는 '-(느)ㄴ다'를 붙여 '-(느)ㄴ다느니 -(느)ㄴ다느니 하다'의 형태로도 자주 사용합니다.

欲列舉某些想法、意見、話題時，便可使用此文法。意指針對某個狀態或情況發表了許多意見。常連接表引用的「-(느)ㄴ다」，以「-(느)ㄴ다느니 -(느)ㄴ다느니 하다」的形態使用。

	A	V	N이다
과거/완료	-았느니/었느니 -았느니/었느니 하다		였니/이었니 였니/이었니 하다
현재	-(으)니 -(으)니 하다	-느니 -느니 하다	(이)니 (이)니 하다

승주 씨는 시장은 복잡하**니** 환불이 안 되**느니 하면서** 백화점만 간다.
勝周說市場既擁擠又不能退貨，他只去百貨公司。

휴가를 가**느니** 마**느니 하다가** 결국 못 가고 말았다.
一直想著要不要去度假，結果還是沒去成。

저출산에 대해 정부는 육아비를 지급하**겠다느니** 보육 시설을 개선하**겠다느니 해도** 좀처럼 출산율이 오르지 않고 있다.
針對低出生率，政府即使說要支付育兒費用，改善托兒設施，但出生率依然不見提升。

도입 대화문 번역

가 聽說您夫人反對搬到鄉下去？
나 是的，她說對孩子的教育既不好，便利設施也少，她不贊成。
가 即使生活費高昂，空氣差，對於住在城市的人來說，還是城市更方便吧。
나 歸農這件事可能還是該等到退休後再想。

더 알아볼까요?

1 이 표현은 '-(으)네 -(으)네 하다'와 큰 의미 차이 없이 바꿔 쓸 수 있습니다.
本文法可與「-(으)네 -(으)네 하다」交替使用，意義沒有太大差異。
- 승주 씨는 시장은 복잡하네 환불이 안 되네 하면서 백화점만 간다.
- 휴가를 가네 마네 하다가 결국 못 가고 말았다.

그러나 '-(으)네 -(으)네 하다'는 이 표현과는 달리 인용을 나타내는 '-(느)ㄴ다'가 앞에 오지 않습니다.
但「-(으)네 -(으)네 하다」與本文法不同的是，前方不可連接表引用的「-(느)ㄴ다」。
- 승주 씨는 시장은 복잡하다네 환불이 안 된다네 하면서 백화점만 간다. (×)
    → 승주 씨는 시장은 복잡하다느니 환불이 안 된다느니 하면서 백화점만 간다. (○)

2 이 표현은 '하다'를 빼고 사용하기도 합니다.
本文法亦可省略「하다」使用。
- 내 남자 친구를 보고 가족들은 키가 작으니 몸이 약해 보이느니 모두들 한마디씩 했다.
- 의류 사업 진출과 관련해서 직원들은 시장성이 없다느니 다른 의류 회사에 비해 경쟁력이 떨어진다느니 반대 의견을 내놓았다.

> **Tip**
> 의류 服裝
> 진출 進軍
> 시장성 市場性

3 이 표현은 '이니 뭐니/어쩌니 하다', '-느니 어쩌니 하다'의 형태로도 많이 쓰이는데 이때 '뭐니'와 '어쩌니'는 앞에 나오는 말 외에도 다른 이야기를 많이 함을 나타냅니다.
本文法也常以「이니 뭐니/어쩌니 하다」、「-느니 어쩌니 하다」的形態使用，但此時的「뭐니」與「어쩌니」表示的是「除了前方提到過的內容以外，還說了很多其他的話」。
- 민아는 자기가 든 가방이 명품이니 뭐니 하면서 만지지도 못하게 한다.
- 20년 동안 조연만 맡아 온 이중연 씨는 힘드니 어쩌니 해도 배우로 일할 수 있다는 것에 감사한다고 말했다.

> **Tip**
> 조연 配角

4 이 표현은 관용적으로 '어쩌니 저쩌니 해도'나 '뭐니 뭐니 해도'로 쓰여 '사람들이 이래저래 얘기해도'라는 뜻을 나타냅니다.
本文法常以「어쩌니 저쩌니 해도」或「뭐니 뭐니 해도」的慣用形態呈現，指的是「不管別人怎麼說」的意思。
- 뭐니 뭐니 해도 국내 여행지로는 제주도가 최고지요.
- 사람들이 어쩌니 저쩌니 해도 김 대리만큼 일을 열심히 하는 사람은 없어요.

이럴 때는 어떻게 말할까요?

돈을 지나치게 아끼는 사람을 '구두쇠'라고 하지요? 구두쇠들은 어떤 이유로 돈을 안 쓸까요?

가 소희 씨 남편이 구두쇠라서 해외여행을 못 가게 한다면서요?

나 네, 비행기 값이 아깝다느니 사람 사는 데가 거기서 거기라느니 하면서 해외여행을 못 가게 한대요.

Tip
거기서 거기다 都沒什麼兩樣　　조미료 調味料

해외여행을 못 가다	비행기 값이 아깝다 / 사람 사는 데가 거기서 거기다 / 해외여행을 못 가다
외식을 못 하다	식당에서 먹을 돈이면 집에서 다섯 끼를 먹겠다 / 밖에서 먹는 음식에는 조미료를 많이 넣다 / 외식을 못 하다
집에 자동차를 세워 놓고 못 타다	요즘 기름 값이 얼마나 올랐는지 알다 / 걷는 게 건강에 좋다 / 자동차를 못 타다

278

연습해 볼까요?

生字·表現 p.401

다음 그림을 보고 '-느니 -느니' 또는 '-(으)ㄴ다느니 -(으)ㄴ다느니'를 사용해서 문장을 완성하십시오.

(1) 소피아 씨를 보고 심사 위원들이 **노래 실력이 부족하다느니 춤을 잘 못 춘다느니** 하더라고요.

(2) 남편은 _____
하며 매일 12시가 넘어서 들어와요.

(3) 부장님은 제가 만든 구두에 대해 _____
_____ 하시며 다시 만들라고 하셨어요.

(4) 경수는 몇 달째 _____
고민만 하고 있다.

(5) 아빠는 나만 보면 _____
_____ 잔소리만 하신다.

(6) 야당 의원들은 여당에 대해 _____
_____ 하며 거세게 비판했다.

279

03 -(으)랴 -(으)랴

가 커피숍에서 아르바이트하니까 좋아하는 커피는 실컷 마시겠네요.

나 저도 그럴 줄 알았어요. 그런데 아르바이트생 하나가 갑자기 그만두는 바람에 얼마나 바쁜지 몰라요. 주문 받**으랴** 갖가지 커피 만들**랴** 정신이 하나도 없다니까요.

가 아사미 씨는 낮에는 학교에서 공부하**랴** 저녁에는 커피숍에서 일하**랴** 힘들겠어요.

나 요즘은 너무 바빠서 하루가 어떻게 가는지 모르겠어요.

문법을 알아볼까요?

이 표현은 여러 가지 일을 하는 것을 나열할 때 사용하는 것으로, 그러한 일들을 두루두루 하느라 애쓰고 있음을 나타냅니다. 주로 여러 가지 일을 하느라 바쁘고 정신없는 상태를 나타내는 경우가 많습니다. 동사에만 붙습니다.

本文法用來羅列做的各種事情，表示要一一去做這些事情而勞心勞力。主要多用來表示因為做了許多事情很忙、暈頭轉向的狀態。只能接在動詞之後。

맞벌이 하는 주부들은 아이 키우**랴** 직장 생활하**랴** 쉴 틈이 없다.
職業婦女又得帶小孩又得上班，沒有休息的時間。

고등학생들은 학원 가**랴** 밀린 숙제 하**랴** 공부하느라 바빠서 친구들과 어울리지 못하는 경우가 많다.
高中生得去補習又要寫堆積的作業還得讀書，太忙了所以無法跟朋友們相處的時候很多。

40대 가장들은 노후 준비도 하**랴** 아이들 교육도 시키**랴** 이래저래 돈 들어갈 데가 많다.
40幾歲的家長們既得做退休後的準備又得讓孩子們上學，如此這般要花錢的事情很多。

도입 대화문 번역

가 妳在咖啡廳打工，喜歡的咖啡應該都可以盡情地喝吧。

나 我也以為可以，但因為有個工讀生突然辭職，我忙到不行。一下要點餐，一下又要做咖啡，忙得昏頭轉向。

가 麻美妳白天要在學校上課，晚上還要在咖啡廳工作，一定很辛苦。

나 我最近真的太忙了，都不知道自己一天是怎麼過的。

이럴 때는 어떻게 말할까요?

여러분은 현재 하고 있는 일에 만족하시나요? 여러분은 어떤 점 때문에 힘들고 어떤 점 때문에 즐거운가요?

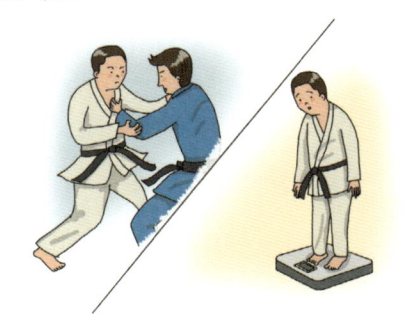

가 어릴 때부터 꿈이었던 올림픽 국가 대표가 돼서 좋으시죠?

나 네, 하루 종일 훈련하랴 체중 조절하랴 힘든 일이 한두 가지가 아니지만 국가 대표가 된다는 건 정말 영광스러운 일 같아요.

> **Tip**
> 국가 대표 國手   체중 조절하다 控制體重   논문 論文
> 화재를 진압하다 滅火   긴장을 놓다 鬆懈

올림픽 국가 대표	하루 종일 훈련하다 / 체중 조절하다 / 힘든 일이 한두 가지가 아니지만 국가 대표가 된다는 건 정말 영광스럽다
교수	강의 준비하다 / 논문 쓰다 / 무척 바쁘긴 하지만 학생들을 가르치는 건 정말 즐겁다
소방관	불이 나면 화재 진압하다 / 사람 구하다 / 한순간도 긴장을 놓을 수 없긴 하지만 누군가를 돕는 건 정말 보람 있다

연습해 볼까요?

生字・表現 p.401

1 관계있는 것을 연결하고 '-(으)랴 -(으)랴'를 사용해서 문장을 완성하십시오.

(1) 회사 일 배우다   ㉠ 연애하다
(2) 전공 공부하다   ㉡ 선배들 잔심부름하다
(3) 사건 취재하러 다니다   ㉢ 부족한 한국어 공부하다
(4) 사인해 주다   ㉣ 사진 같이 찍어 주다

(1) 최근 회사에 입사한 김형모 씨, ㉡ **회사 일 배우랴 선배들 잔심부름하랴** 책상에 앉아 있을 틈이 없다.

(2) 한국 대학교에 다니는 일본인 사토 씨, _____ 일주일이 어떻게 가는지 모르겠다.

(3) 평소 짝사랑하던 소희 씨와 사귀기 시작한 박태민 기자, _____ 몸이 두 개라도 모자랄 것 같다.

(4) 인기 연예인 홍민수 씨, 밥이라도 먹으려고 식당에 가면 팬들이 달려들어 _____ 밥 한 술 뜨기가 힘들다.

281

2 다음 [보기]에서 알맞은 표현을 골라 '-(으)랴 -(으)랴'를 사용해서 이야기를 완성하십시오.

> [보기]
> 낯선 외국 생활에 적응하다/프랑스어를 배우다   방송하다/요리책을 집필하다
> 설거지하다/음식 서빙하다   식당 일을 하다/요리 연습을 하다
> 낮에는 메뉴 개발하다/저녁에는 주방에서 요리하다

윤혜주 씨는 15년 전 요리를 공부하기 위해 무작정 프랑스로 떠났다. 처음에는 (1) **낯선 외국 생활에 적응하랴 프랑스어를 배우랴** 정신이 없었다. 요리 학원의 비싼 수강료를 댈 형편이 되지 않았던 윤혜주 씨는 프랑스어를 어느 정도 하게 되자 식당에서 아르바이트를 하기 시작했다. 식당에서 (2) _____ 바쁜 와중에서도 틈틈이 다른 요리사들이 요리하는 것을 지켜봤고 영업이 끝나면 식당에 남아 요리 연습을 했다. 그렇게 5년 동안 (3) _____ 하루 4시간 이상 잠을 자지 않았다. 이제는 유럽 5개 도시에 큰 식당을 열 정도로 성공한 그녀는 최근 한 방송에서 그녀의 식당이 소개되면서 TV에도 출연하고 있다. (4) _____ 정신없는 나날을 보내고 있지만 여전히 (5) _____ 요리에 대한 식지 않은 열정을 보여 주고 있다. 그녀의 이야기는 오는 11일 방송될 예정이다.

04 (이)며 (이)며

가 결혼 준비하느라 바쁘시죠?
나 네, 결혼식장**이며** 신혼여행**이며** 챙길 게 한두 가지가 아니네요.
가 맞아요, 돈도 엄청 들 거예요.
나 그렇긴 해도 살림살이 사는 거**며** 집 꾸미는 거**며** 모두 재미있는 것 같아요. 저랑 제 신랑이 같이 살 집이라고 생각하니 너무 설레고 좋아요.

문법을 알아볼까요?

이 표현은 둘 이상의 사물이나 사실을 나열할 때 사용합니다. 나열되는 단어가 많다는 느낌과 나열된 것들 외에도 더 있을 수 있다는 느낌을 줍니다. 형용사나 동사와 같이 쓰일 때는 명사형으로 만들어 각각 '-(으)ㄴ 것이며'와 '-는 것이며'로 사용하는데 주로 '-(으)ㄴ 거며'와 '-는 거며'와 같이 줄여 씁니다. 보통 격식적인 상황에서는 사용하지 않습니다.

本文法用於列舉兩個以上的事物或事實。令人有「要列舉的單字眾多」，「除了列舉出來的內容以外可能還有其他項目」的感覺。與形容詞或動詞連用時，各以「-(으)ㄴ 것이며」與「-(으)는 것이며」名詞化，通常可縮寫成「-(으)ㄴ 거며」與「-(으)는 거며」。一般不會使用於正式場合。

오빠는 떡**이며** 한과**며** 할머니가 좋아하시는 것들을 잔뜩 사 들고 왔다.
哥哥買了糕點、韓菓子等一大堆奶奶喜歡的東西回來。

사기를 당하는 바람에 집**이며** 돈**이며** 자동차**며** 모두 잃었다.
他因為被騙，房子、錢、車子什麼的都沒了。

손을 다쳐서 글을 쓰는 거**며** 운전하는 거**며** 불편한 게 너무 많다.
手受傷了，寫字、開車等等，許多事情都很不方便。

도입 대화문 번역

가 準備結婚很忙吧？
나 是啊，結婚場地、蜜月旅行，要準備的事情可不止一兩件呢。
가 沒錯，還要花很多錢。
나 說是這樣說，但我覺得購買生活用品、佈置家裡，這些事都很有趣。一想到這是我跟我老公要一起生活的家，我就激動又開心。

더 알아볼까요?

1 이 표현에서 나열하는 명사들은 한 부류로 묶을 수 있어야 합니다.
本文法中列舉的名詞必須要能歸納為同一類。
- 그 가게에 가면 에어컨이며 컴퓨터며 모든 전자제품을 살 수 있습니다.
- 그 회사는 커피숍이며 헬스클럽이며 직원들을 위한 다양한 편의 시설을 갖춰 놓고 있습니다.

2 이 표현은 큰 의미 차이 없이 '(이)니'나 '하며'로 바꾸어 쓸 수 있습니다. 그러나 '(이)니'는 형용사나 동사 다음에 사용하면 어색합니다.
本文法可與「(이)니」或「하며」交替使用，意義沒有太大的差異。但「(이)니」若是連接在動詞或形容詞後會顯得相當不自然。
- 오빠는 떡이니 한과니 할머니가 좋아하시는 것들을 잔뜩 사 들고 왔다.
- 오빠는 떡하며 한과하며 할머니가 좋아하시는 것들을 잔뜩 사 들고 왔다.
- 손을 다쳐서 글을 쓰는 거니 운전하는 거니 불편한 게 너무 많다. (×)
  → 손을 다쳐서 글을 쓰는 거하며 운전하는 거하며 불편한 게 너무 많다. (○)

이럴 때는 어떻게 말할까요?

여러분은 아버지와 어머니 중 누구를 더 닮았나요? 그리고 어떤 점이 비슷한가요?

가 어렸을 때는 잘 모르겠더니 크니까 네 아빠랑 어쩜 그렇게 똑같니.

나 엄마도 그러시는데 눈이며 코며 얼굴이 아빠 젊었을 때랑 똑같대요.

Tip
식성 口味   덜렁대다 迷糊   털털하다 不拘小節

엄마	눈 / 코 / 얼굴이 아빠 젊었을 때
삼촌	매운 음식을 잘 먹다 / 고기를 좋아하다 / 식성이 아빠
할머니	덜렁대다 / 털털하다 / 성격이 아빠

연습해 볼까요?

生字·表現 p.401

다음 [보기]에서 알맞은 표현을 골라 '(이)며 (이)며'를 사용해서 이야기를 완성하십시오.

> 보기 거실/방   유행이 지났다/몸에 맞지 않다   옷/신발/책   인터넷/책
> 사 놓고 몇 년 동안 꽂아만 두었다/나중에 또 읽을까 싶어 버리지 않았다

나는 왜 이렇게 정리 정돈을 못하는지 모르겠다. 내가 있던 곳은 (1) **거실이며 방이며** 여기저기 물건이 정신없이 널려 있다. 처음 이 집으로 이사 왔을 때만 해도 공간이 많이 남아 어떻게 채울지가 걱정이었는데 5년이 지난 지금은 집에 물건이 사는 것인지 사람이 사는 것인지 모를 정도가 되었다.

이렇게는 못 살겠다 싶어서 정리 정돈에 대해 (2) _____ 여러 자료를 찾아보고 내가 사는 곳을 정리하기 시작했다.

첫 번째 한 일은 모든 물건을 다 꺼내 놓는 거였다. (3) _____ 가지고 있는 물건을 한곳에 모아 놓으니 그동안 내가 물건들을 얼마나 많이 샀는지 깨닫게 되었다.

그러고 나서 버리기 시작했다. 제일 먼저 버려야 할 것은 옷이었다. 일단 (4) _____ 오랫동안 입지 않았던 옷들은 다 버렸다.

그다음으로 버린 것은 책이었다. (5) _____ 책장은 수많은 책들로 넘쳐나고 있었다. 지금까지 안 읽은 책은 앞으로도 안 읽을 것이며, 한 번 읽은 책은 두 번 읽은 일이 없다는 것을 깨닫고 중고 시장 사이트에 팔거나 버렸다.

누구나 처음 정리를 시작할 때는 돈을 주고 산 물건들이나 추억이 담긴 물건들은 버리기가 아까울 것이다. 하지만 물건의 가치보다 공간의 가치를 더 중요하게 생각한다면, 그리고 추억보다는 현재에 더 집중한다면 불필요한 물건들을 버리는 일이 어렵지 않을 것이다.

單元 17 확인해 볼까요?

生字·表現 pp.401~402

※ 〔1~2〕 다음 밑줄 친 부분과 바꾸었을 때 의미가 가장 비슷한 것을 고르십시오.

1 정부는 예산이 없느니 인력이 부족하니 하면서 정책 실행을 미루고 있다.

① 예산만큼 인력도 부족해서　　② 예산과 인력이 부족하다고 치더라도
③ 예산이 없네 인력이 부족하네 하면서　④ 예산을 비롯해서 인력도 부족해서

2 어머니는 명절을 맞이하여 불고기며 전이며 이것저것을 차리셨다.

① 불고기하며 전하며　　　　② 불고기는 불고기대로 전은 전대로
③ 불고기는 고사하고 전도　　④ 불고기와 전마저

※ 〔3~4〕 다음 (　)에 알맞은 대답을 고르십시오.

3 한쪽에서는 부족한 식량으로 (　) 한쪽에서는 넘쳐나는 음식물 쓰레기로 골머리를 앓고 있다.

① 굶어 죽기가 무섭게　　　② 굶어 죽는가 하면
③ 굶어 죽을뿐더러　　　　④ 굶어 죽노라면

4 오디션 프로그램이 끝나면 심사 위원들의 평가에 대해 (　) 하는 비판이 쏟아지기 마련이다.

① 심사 기준이 모호하랴 개인적인 감정으로 평가하랴
② 심사 기준이 모호하나 개인적인 감정으로 평가했으므로
③ 심사 기준이 모호하다느니 개인적인 감정으로 평가한다느니
④ 심사 기준이 모호한 마당에 개인적인 감정으로 평가까지 했으니

※ 다음 (　)에 들어갈 수 없는 것을 고르십시오.

5 항상 시간에 쫓기며 사는 워킹맘들은 아침마다 (　) 현실이 여간 힘들지 않다.

① 출근 준비하랴 아이들 챙기랴　　② 출근 준비도 해야 하고 아이들도 챙겨야 해서
③ 출근 준비며 아이들 챙기는 거며　④ 출근 준비는커녕 아이들 챙기는 것까지

※ 다음 밑줄 친 부분이 틀린 것을 고르십시오.

6 ① 동수 씨는 유학을 가느니 마느니 1년째 고민을 하고 있다.
② 수영 씨는 날씨가 춥다네 피곤하다네 하며 외출을 안 하겠다고 했다.
③ 사람들은 영진 씨에 대해 외모며 학벌이며 부족한 게 없다며 칭찬을 한다.
④ 그 식당은 단골 고객에게 10%씩 할인해 주는가 하면 특별 쿠폰도 나눠 준다.

286

單元 18

결과와 회상을 나타낼 때
表示結果與回想時

본 장에서는 결과와 회상을 나타내는 표현들에 대해 배웁니다. 결과나 회상을 나타내는 표현은 중급에서 다루었는데, 결과를 나타내는 표현으로는 '-다(가) 보면, -더니, -았더니/었더니, -다가는, -는 셈이다'를, 회상을 나타내는 표현으로는 '-던, -더라고요, -던데요'를 배웠습니다. 고급에서 배우는 표현들도 중급에서 배운 표현들 못지않게 많이 사용되는 것이므로 주의해서 잘 익히시기 바랍니다.

本單元中要學習的是表示結果與回想的文法。在中級階段我們曾學過表結果的「-다(가) 보면、다니、-았더니/었더니、-다가는、-는 셈이다」，以及表回想的「-던、-더라고요、-던데요」等。在高級階段所要學的文法，使用率不亞於中級階段學習過的，練習時請多加留意。

01 -(으)ㄴ 끝에
02 -아/어 내다
03 -(으)ㄴ 나머지
04 -데요

01 -(으)ㄴ 끝에

가 윤광래 작가님, 이번에 발표하신 소설은 조선 시대 역사책에 짧게 실린 한 궁녀의 이야기를 보고 영감을 얻었다고 들었습니다.

나 네, 그렇습니다. 그런데 자료가 없어서 1년 넘게 박물관이며 역사학자며 쫓아다니면서 조사한 끝에 소설을 써 나가기 시작했습니다.

가 쉬운 작업이 아니셨겠네요. 저는 개인적으로 이 소설의 결말 부분이 의외였는데 머릿속에 미리 생각해 두신 게 있으셨나요?

나 아닙니다, 결말이 마음에 안 들어서 고치기를 여러 번 했지요. 원고를 다섯 번이나 수정한 끝에 이번 작품이 완성된 것입니다.

문법을 알아볼까요?

이 표현은 오랜 시간 후에 혹은 어려운 과정을 지나 얻게 되는 결과를 나타낼 때 사용합니다. 이전 동작의 진행 과정이 길고 아주 힘들었음을 나타냅니다. 동사에만 붙습니다.

本文法用於表達「歷經長時間或艱辛的過程後才得到結果」。表示先前動作進行的過程既漫長又辛苦。此文法僅能連接於動詞之後。

> 그 성악가는 5번 넘게 성대 수술을 받은 끝에 잃어버렸던 목소리를 되찾을 수 있었다.
> 那位聲樂家動了超過五次手術之後才將他失去的聲音重新找回來。
>
> 우리나라 팀은 상대 팀과 연장전까지 치른 끝에 2:1로 극적인 승리를 거두었다.
> 我國代表隊與對手歷經了延長賽之後,以2:1獲得了戲劇性的勝利。

도입 대화문 번역

가 尹光來作家,據說您這次發表的小說是看了朝鮮時代史書裡簡短記載中某位宮女的故事後得到的靈感。

나 是的,不過由於缺乏資料,我奔走於博物館與歷史學家之間考察了一年多,才開始動筆寫這本小說。

가 這想必不是個簡單的工作。我個人覺得這本小說的結局很讓人意外,請問這是您在腦海中預先設想好的嗎?

나 不是的,因為對結局不滿意,我修改了好幾次呢。原稿足足修改了五次之後,才完成了這部作品。

가수 김수지 씨는 5년이라는 공백 기간에도 불구하고 피나는 노력을 한 끝에 재기에 성공했다.
歌手金秀智即使有五年的空白期，依然在嘔心瀝血的努力之下成功再起。

더 알아볼까요?

이 표현은 명사 다음에 사용할 때 '끝에'를 씁니다.
此表現置於名詞之後時，以「끝에」的形態使用。

- 그는 10번의 도전 끝에 외교관 시험에 합격하여 꿈을 이룰 수 있었다.
- 임금 인상과 관련하여 노사 갈등을 거듭하던 회사가 밤샘 협상 끝에 합의에 도달했다.

Tip
노사 갈등 勞資糾紛
밤샘 협상 徹夜協商

140.mp3

이럴 때는 어떻게 말할까요?

우리 주변에는 어려움을 극복하고 성공한 사람들이 있지요? 그 사람들에게는 어떤 어려움이 있었을까요?

가: 홍상준 선수가 이번 올림픽에서 우리나라 최초로 체조에서 금메달을 따서 화제가 되고 있지요?

나: 네, 그렇습니다. 허리 부상에도 불구하고 불굴의 투혼을 발휘한 끝에 딴 것이라서 많은 사람들에게 감동을 주고 있습니다.

홍상준 선수가 이번 올림픽에서 우리나라 최초로 체조에서 금메달을 따다	허리 부상에도 불구하고 불굴의 투혼을 발휘했다 / 딴 것이라서 많은 사람들에게 감동을 주고 있다
윤철호 박사가 이번에 천연 비만 치료제 개발에 성공하다	거듭되는 실패로 정부의 지원이 끊겼음에도 포기하지 않고 개발에 전념했다 / 성공한 것이라서 언론의 관심이 집중되는 것 같다
배우 김명주 씨가 이번에 국제 영화제에서 여우 주연상을 받다	10년이 넘는 무명 생활 / 받은 것이라서 본인은 물론 많은 영화 관계자들이 기뻐하고 있다

Tip
체조 體操 불굴의 투혼 不屈的鬥志
발휘하다 發揮 천연 天然
비만 肥胖 지원 支援
여우 주연상 最佳女主角獎 무명 생활 默默無名的生活

연습해 볼까요?

1 다음 [보기]에서 알맞은 표현을 골라 '-(으)ㄴ 끝에' 혹은 '끝에'를 사용해서 대화를 완성하십시오.

> **보기**　　고심하다　　　기다리다　　　논란　　　　준비하다
> 　　　　　　공부하다　　　말다툼　　　　암 투병

(1) 가 그 집을 사기로 결정했어요?
　　나 네, 우리 형편에 조금 비싸기는 하지만 너무 마음에 들어서 몇 날 며칠을 **고심한 끝에** 대출을 받아서라도 사기로 했어요.

(2) 가 세계적인 피아니스트 제이슨 장 씨가 사망했다면서요?
　　나 3년이 넘는 _____ 오늘 오후에 사망했다고 합니다.

(3) 가 그렇게 바쁘신 윤 회장님과 어떻게 인터뷰를 하셨어요?
　　나 회장실 앞에서 하루 종일 _____ 인터뷰를 할 수 있었어요.

(4) 가 정부가 무상 교육 정책을 실시해야 된다느니 하면 안 된다느니 말이 많던데 결론이 어떻게 났대요?
　　나 수많은 _____ 결국 안 하기로 결정이 났대요.

(5) 가 세준 씨가 외국 명문대에 입학했다면서요?
　　나 네, 매일 밤을 새우다시피 하면서 _____ 장학금을 받고 입학하게 되었대요.

(6) 가 김 과장님이 갑자기 회사를 왜 그만두었는지 아세요?
　　나 그동안 부장님과 사이가 안 좋았잖아요. 얼마 전에 부장님과 심한 _____ 사표를 냈다고 하더라고요.

(7) 가 여성 그룹 슈퍼걸즈가 오랜만에 새 앨범을 냈더라고요.
　　나 네, 2년 이상 _____ 발표한 앨범이라 그런지 노래들이 다 좋던데요.

2 다음을 읽고 '-(으)ㄴ 끝에' 혹은 '끝에'를 사용해서 신문 기사를 완성하십시오.

오늘 새벽 경기도 한 공장에 큰불, 진압 6시간 만에 불길이 잡혀

오늘 새벽 경기도의 한 공장에서 전기 누전으로 의심되는 큰 화재가 발생해 10억에 가까운 재산 피해를 입혔다. 소방차가 5대나 출동하여 6시간이 넘도록 화재를 (1) **진압한 끝에** 아침이 돼서야 불길이 잡혔다.

뺑소니 음주 운전자, 경찰이 추격해 대전에서 체포

어젯밤 11시에 경찰의 음주 단속을 피해 달아나던 이 모 씨는 횡단보도를 건너던 행인 두 사람을 치고 뺑소니를 쳤다. 경찰은 1시간 넘게 이 모 씨를 (2) _____ 대전에서 체포했다.

배우 윤수현, 4년 열애 후 결혼

배우 윤수현 씨가 다음 주 강남에서 결혼식을 올린다. 구두 디자이너 이세화 씨와 팬과 배우로 만난 두 사람은 4년간의 (3) _____ 백년가약을 맺기로 했다고 전했다.

한국대 암센터 연구 팀, 획기적인 암 치료법 개발

지난 11일 한국대 암센터 연구 팀이 획기적인 암 치료법을 개발했다고 밝혔다. 5년여에 걸쳐 다양하게 암에 대해 (4) _____ 암세포만을 제거할 수 있는 획기적인 치료법 개발에 성공했다고 전했다.

02 -아/어 내다

가 우리 회사 연구 팀이 이번에 개발한 제품이 무척 잘 팔린다면서요?

나 네, 기존 제품에 없는 기능도 많아서 특허도 5개나 땄대요. 그래서인지 경쟁 회사 제품보다 열 배 이상 더 잘 팔린다고 하더라고요.

가 정말 대단하군요. 강세호 팀장이 그 오랜 세월 묵묵히 일하더니 그런 좋은 성과를 이루어 냈군요.

나 그런데 강 팀장님 말로는 이렇게 많은 특허를 딸 수 있었던 데에는 아내의 힘이 컸다고 하더라고요. 아내분이 여러 가지 아이디어를 많이 생각해 낸 덕분이래요.

문법을 알아볼까요?

이 표현은 어려운 과정을 거쳐서 어떤 일을 완성하거나 스스로의 힘으로 어떤 일을 결국 끝냄을 나타낼 때 사용합니다. 따라서 어떤 일을 완수하거나 종결했다는 의미를 갖는 동사나 어떤 일을 극복했다는 의미를 갖는 동사와 같이 사용합니다. 그러나 '놓다', '두다', '가지다' 등 '보유'를 의미하는 동사와는 같이 사용하지 않습니다.

本文法用於表達「歷經了艱辛的過程後完成了某件事」，或是「以一己之力終於做完某件事」。因此，只能與具有「完成某事」、「終結」或是「克服某事」等意義的動詞一起使用。但不得與「놓다」、「두다」、「가지다」等帶有「保有」意味的動詞一起使用。

동훈 씨는 극심한 가난과 온갖 어려움을 다 이겨 내고 성공했다.
東勛克服了極度的貧困與種種苦楚，終於得到成功。

김주희 씨는 신체장애가 있는 딸을 세계적인 피아니스트로 길러 냈다.
金珠熙將有身體障礙的女兒培養成世界級的鋼琴家。

도입 대화문 번역

가 聽說我們公司研發組這次開發的產品非常暢銷？

나 是的，它有許多既有產品所沒有的功能，據說拿了五項專利呢。可能是因為這樣，聽說它的銷量比競爭對手公司高了十倍以上。

가 真的很厲害欸。姜世浩組長長久以來默默地工作，終於做出了這樣的好成果。

나 不過據姜組長說，他能拿到那麼多專利，妻子的功勞很大。要多虧她想出了很多點子。

김세윤 박사는 우리나라 최고의 외과 의사로 그가 수술로 살려 낸 사람만도 200명이 넘는다.
金世允博士是我國最頂尖的外科醫師，他用手術救活的人超過了兩百名。

더 알아볼까요?

이 표현은 '알다', '찾다', '하다', '밝히다' 등의 단어와 같이 사용할 때 '알아내다', '찾아내다', '해내다', '밝혀내다' 등과 같이 한 단어로 붙여 씁니다.
本文法與「알다」、「찾다」、「하다」、「밝히다」等單字一起使用時，以「알아내다」、「찾아내다」、「해내다」、「밝혀내다」的形式，合併成單一單字。

- 여기저기 수소문하여 초등학교 동창의 연락처를 알아냈다.
- 경찰은 사건을 해결할 수 있는 결정적인 증거를 찾아냈다.
- 배우 류승호 씨는 위험한 액션 연기를 대역 배우 없이 해냈다.

Tip
수소문하다 打聽
대역 배우 替身演員

142.mp3

이럴 때는 어떻게 말할까요?

여러분 나라에는 어떤 위인들이 있나요? 그 위인들은 나라와 다른 사람들을 위해서 어떤 업적을 남겼나요?

가 소희 씨, 여기 만 원짜리 지폐에 있는 사람은 누구예요?

나 세종 대왕이에요. 한자를 못 읽는 백성들을 위해 세상에서 가장 간단하고 과학적인 문자를 만들어 낸 분이지요.

Tip
위인 偉人　　업적 功績　　동상 銅像
임진왜란 壬辰倭亂　거북선 龜船
의원 醫員、大夫　한의학도 學習韓醫的人

여기 만 원짜리 지폐에 있는 사람	세종 대왕이다 / 한자를 못 읽는 백성들을 위해 세상에서 가장 간단하고 과학적인 문자를 만들다
저기 광장에 서 있는 동상	이순신 장군이다 / 임진왜란 때 거북선을 만들어서 위험에 빠진 나라를 구하다
저 TV 드라마에 나오는 인물	허준이라는 조선 시대 의원이다 / 오늘날까지도 한의학도들에게 널리 읽히는 의학서 '동의보감'이란 책을 오랜 시간에 걸쳐 완성하다

연습해 볼까요?

生字·表現 p.402

1 다음 [보기]에서 알맞은 단어를 골라 '-아/어 내다'를 사용해서 대화를 완성하십시오.

보기	발명하다	풀다	발견하다	키우다
	그리다	막다	털다	

(1) 가 전구를 누가 발명했는지 알아요?
    나 에디슨이죠. 천 번이 넘는 실험을 거듭한 끝에 전구를 **발명해 냈다고 해요**.

(2) 가 준호 씨가 여행을 간다면서요?
    나 네, 이번에 여행하면서 그동안의 고민과 걱정을 _____ 오겠다고 하더군요.

(3) 가 윤하가 영재이긴 영재인가 봐요.
    나 맞아요. 대학생들도 풀기 힘든 수학 문제를 초등학생이 _____ 것을 보면요.

(4) 가 이시호 박사님, 이번에 간암과 관련해서 큰 성과를 거두었다면서요?
    나 네, 수백 명의 간암 환자를 대상으로 연구해서 간암 발생과 관련 있는 유전자를 _____.

(5) 가 어제 축구 봤어요? 윤재호 골키퍼 정말 잘하는 것 같아요.
    나 네, 맞아요. 윤재호 선수가 상대 팀의 슛을 잘 _____ 우리 팀이 승리할 수 있었던 것 같아요.

(6) 가 요즘 배우 정준수가 나오는 드라마 봐요? 시청률이 아주 높대요.
    나 네, 저도 봐요. 10년 넘게 일해 온 회사에서 언제 해고될지 모르는 직장인의 애달픈 삶을 잘 _____ 많은 사람들의 공감을 얻고 있나 봐요.

(7) 가 상현 씨가 어렸을 때 아버지께서 돌아가셨대요. 그래서 어머니께서 홀로 형제 둘을 키우시느라 고생이 많으셨다더군요.
    나 힘든 상황 속에서도 상현 씨 어머니께서 형제를 정말 잘 _____. 둘 다 훌륭한 의사가 된 걸 보면요.

2 다음 [보기]에서 알맞은 단어를 골라 '-아/어 내다'를 사용해서 이야기를 완성하십시오.

| 보기 | 밝히다 | 기억하다 | 담다 | 받다 | 닦다 |

　신문 기자 박태민 씨는 올해 초 오랜 취재 끝에 한 국회 의원이 대기업 간부로부터 거액의 뇌물을 받은 사실을 (1) **밝혀냈다**. 그리고 지난여름에는 중앙아시아 지역을 돌아다니며 사진을 찍어 왔는데 많은 사람들로부터 중앙아시아의 정서와 풍경을 사진에 잘 (2) _____ 평가를 받았다.
　얼마 전 박태민 씨는 신문사 근처 커피숍에 갔다가 한 직원이 탁자에 묻은 얼룩을 열심히 (3) _____ 있는 모습을 보고 마음이 설레었다. 왠지 낯설지 않았던 그녀는 태민 씨 눈에 너무나 사랑스러워 보였다. 태민 씨는 그 여자에게 몇 번이고 전화번호를 물어봤지만 그 여자는 알려 주지 않았다. 그러던 중 태민 씨는 그녀의 얼굴이 왜 낯이 익었는지 알게 됐다. 그녀가 자신과 고등학교 동창이라는 사실을 (4) _____ 것이다. 이 사실을 알면 그녀도 마음을 열 것이며 그녀에게서 전화번호도 (5) _____ 생각에 마음이 들떴다. 태민 씨는 바로 그녀에게 달려가 서로가 고등학교 동창임을 말했다. 그러자 그녀는 알고 있었으며 고등학교 때 태민 씨가 그녀를 사람들 앞에서 크게 망신을 준 것은 기억하지 못하냐며 되물었다. 그 후 태민 씨는 다시는 그 커피숍에 가지 않았다.

03 -(으)ㄴ 나머지

가 투안 씨, 어제 발표 잘했어요?
나 잘하기는요. 발표 때문에 너무 긴장한 **나머지** 말도 더듬거리고 딸꾹질까지 했다니까요.
가 아, 그래서 오늘 사람들이 투안 씨만 보면 '딸꾹딸꾹' 하는군요. 딸꾹질이 발표 도중 나왔으면 굉장히 당황했겠어요.
나 당황한 **나머지** 사람들이 질문을 하는데 아무 생각도 안 나고 멍하게 쳐다만 보고 있었어요. 정말 너무 창피해서 생각하고 싶지도 않아요.

문법을 알아볼까요?

이 표현은 어떤 행동이나 상황이 계속되어 결과적으로 어떤 상태에 이르렀음을 나타낼 때 사용합니다. 주로 선행절의 내용이 너무 지나치거나 무리하게 이루어져 후행절의 결과가 생겼음을 나타냅니다.
本文法用於表達「某種行為或狀況一直持續，最後達到了某種狀態」。一般指的是前子句的內容太過度或太勉強，導致發生了後子句的結果。

그 회사는 무리하게 확장한 **나머지** 재정적 위기를 맞게 되었다.
那家公司過度擴張之餘遭遇了財務危機。

남편은 아내의 임신 소식을 듣자 너무 기쁜 **나머지** 크게 소리를 질렀다.
丈夫聽到了妻子懷孕的消息，開心之餘而大聲喊叫。

수지 씨는 오디션에서 떨어졌다는 말에 크게 실망한 **나머지** 진로를 바꿀까 고민도 했었다고 한다.
秀智說，她在選秀中落榜大為失望之餘，曾煩惱過是否要改變未來的發展方向。

도입 대화문 번역

가 圖安，你昨天發表做得好嗎？
나 好什麼啊，我發表太過緊張之餘，不但說話結巴，還打了嗝呢。
가 啊，所以今天大家一看到你就說「嗝嗝」啊。在發表過程中打嗝的話，一定會超慌啊。
나 我因為太慌張，大家提問的時候，我什麼都想不出來，只是呆呆地盯著他們看。真的太糗了，我一點都不想回憶。

더 알아볼까요?

이 표현은 선행절과 후행절의 주어가 같아야 합니다.
本文法的前後子句主語必須一致。

- 실수로 경기를 망친 김 선수는 속상한 나머지 유진 씨는 3일 내내 울었다. (×)
  → 실수로 경기를 망친 김 선수는 속상한 나머지 (김 선수는) 3일 내내 울었다. (○)

이럴 때는 어떻게 말할까요?

144.mp3

종종 감정을 잘 다스리지 못해 사고를 일으키는 사람들 얘기를 뉴스에서 볼 수 있지요? 어떤 사건 사고가 뉴스에 나올까요?

가 어제 인천 야구 경기장에서 관중 난동 사건이 있었습니다. 밤사이 사건 사고 소식, 박태민 기자입니다.

나 어제 저녁 야구를 관람하던 30대 김 모 씨가 심판의 판정에 흥분한 나머지 경기장에 뛰어들어 난동을 부렸습니다. 이 남성은 경기장에 있던 경찰에 의해 바로 제압당했습니다.

> **Tip**
> 난동을 부리다 鬧事 제압당하다 被制伏
> 투신자살 跳河自盡 생명에 지장이 없다 沒有生命危險
> 앙심을 품다 懷恨在心 돌진하다 衝撞

어제 인천 야구 경기장에서 관중 난동	어제 저녁 야구를 관람하던 30대 김 모 씨가 심판의 판정에 흥분하다 / 경기장에 뛰어들어 난동을 부리다 / 이 남성은 경기장에 있던 경찰에 의해 바로 제압당하다
오늘 새벽 한강에서 투신자살을 시도했다	오늘 새벽 4시경 20대 여성이 실연의 상처를 이기지 못하고 괴로워하다 / 한강 다리에서 투신자살을 시도하다 / 다행히 이 여성은 119구조대에 바로 구조돼 생명에는 지장이 없는 것으로 알려지다
어젯밤에 한 남성이 차를 몰고 경찰서로 돌진했다	어젯밤 11시경에 40대 황 모 씨가 경찰의 불법 주차 단속에 앙심을 품다 / 자신의 차를 몰고 경찰서로 돌진하다 / 이 사고로 경찰차 두 대가 파손되었으나 인명 피해는 없다

연습해 볼까요?

生字·表現 p.402

다음 글을 읽고 '-(으)ㄴ 나머지'를 사용해서 문장을 완성하십시오.

오늘 아침 회사에 출근한 강세호 부장은 결근한 사람이 너무 많아 깜짝 놀랐습니다. 그래서 강 부장은 김소희 씨에게 사람들이 결근한 이유를 물어봤습니다.

가 케빈 씨는 왜 결근했지요?
나 케빈 씨는 모레 있을 승진 시험 때문에 스트레스를 많이 받아 잠도 설치고 밤새 화장실을 들락거렸대요. 그래서 오늘 몸이 너무 안 좋아 못 나오겠대요.
가 그럼 아사미 씨는 왜 안 나온 거지요?
나 아사미 씨는 무리하게 다이어트를 하다가 건강에 문제가 생겨 병원에 입원했다는데요.
가 그래요? 그럼 투안 씨는요?
나 투안 씨는 자기 마음을 몰라주는 소피아 씨 때문에 마음이 상해서 부산으로 바람 쐬러 간다고 했어요.
가 그러고 보니 소피아 씨도 안 보이네요.
나 소피아 씨는 베이징에서 열리는 슈퍼보이즈 공연이 너무 보고 싶다며 며칠 휴가를 내고 중국에 갔는데요.
가 회사도 안 나오고 공연을 보러 갔다고요? 그런데 여양 씨도 안 나온 건가요?
나 여양 씨는 어제 술을 너무 많이 마신 탓에 이성을 잃고 사람들과 싸움을 벌였대요. 그래서 지금 경찰서에 있대요.
가 아이고, 오늘 일은 다 했군요. 그래도 김소희 씨라도 있어서 다행이에요.
나 부장님, 사실은 저도 오늘 출근하는 길에 급하게 서두르다가 앞 자동차를 받았어요. 그래서 사고 처리 때문에 조금 있다가 나가 봐야 할 것 같은데요.
가 뭐라고요?

(1) 케빈
모레 있을 승진 시험 때문에 스트레스를 많이 받은 나머지 잠도 설치고 밤새 화장실을 들락거렸다.

(2) 아사미

(3) 투안

(4) 소피아

(5) 여양

(6) 김소희

04 -데요

가 지난 토요일에 결혼식에 간다고 하셨죠?
나 네, 친구가 한국 남자와 결혼했는데 민속촌에서 한국 전통 결혼식으로 했어요. 청사초롱이며 전통 음악 연주며 TV 드라마에서만 보던 것을 직접 보니까 색다르고 신기하데요.
가 신랑과 신부가 전통 혼례복을 입었겠네요.
나 네, 한복을 입은 신부가 연지곤지를 찍고 수줍어하는 모습이 너무 사랑스러워 보이데요. 금발 머리에 파란 눈하고 한복 색깔이 그렇게 잘 어울릴지 몰랐어요. 그걸 보고 있자니 저도 나중에 전통 혼례식으로 하고 싶어지데요.

문법을 알아볼까요?

이 표현은 말하는 사람이 과거에 직접 경험하여 새롭게 알게 된 사실이나 느낌을 지금 회상하면서 다른 사람에게 전달할 때 사용합니다. 주로 입말에서 사용합니다.

本文法用於「話者現在回想起過去親身的經歷後新得知的事實或感受，同時將之傳達給他人」。通常用於口語。

	A	V	N이다
과거	-았데요/었데요		였데요/이었데요
현재	-데요		(이)데요
추측	-겠데요		(이)겠데요

★ 말하고자 하는 사실이나 느낌은 이미 과거에 일어난 것이므로 그 시점에서의 과거, 현재 그리고 추측을 말하는 것입니다.
因為欲傳達的事實或感覺是過去已經發生的，所以陳述的是該時間點的過去、當時與推測。

도입 대화문 번역

가 聽妳說上週六去參加婚禮了？
나 是啊，我朋友跟韓國男人結婚了，他們在民俗村舉行了韓國傳統婚禮。有青紗紅燈籠、傳統音樂演奏，親眼目睹了以往在電視劇裡面才看得到的情景，真的是特別又新奇啊。
가 新郎新娘應該也穿了傳統禮服吧。
나 是啊，穿著韓服的新娘點了胭脂硃砂，害羞的樣子實在太可愛了。我都不知道金髮碧眼和韓服的顏色那麼搭欸。看著他們，我也越來越想要辦傳統婚禮了。

민이가 중국어를 배운 지 얼마 안 됐다고 하던데 꽤 잘하데요.
敏怡說她學中文沒多久，但她說得非常好。

아침에 수지 씨를 봤는데 오늘 무슨 특별한 일이 있는지 정장을 입고 왔데요.
我早上看到秀智，不知道她今天是有什麼特別的事情，居然穿了正式服裝來。

옆집 아들은 공부도 잘하고 운동도 잘해서 그 집 부모가 자랑하고 다닐 만하겠데요.
隔壁家兒子會讀書，又擅長運動，真是夠讓他父母四處炫耀了。

더 알아볼까요?

1 이 표현은 말하는 사람 자신이 주어인 경우에는 사용할 수 없습니다.
   話者本身為主語時不得使用此文法。
   - 나는 초등학교 때 친구가 없데요. (×)
     → 나는 초등학교 때 친구가 없었어요. (○)

   그러나 자신의 의도나 의지로 하지 않는 상황에서는 1인칭 주어도 가능합니다.
   但是在不以自己的意圖或意志決定的情況下，也可使用第一人稱主語。
   - 그 춤이 중독성이 있어서 (나는) 나도 모르게 따라 하게 되데요.
   - 그 소식을 들으니까 (저는) 갑자기 슬퍼지데요.

2 사람의 심리나 기분, 감정을 나타낼 때 주어가 2·3인칭의 경우에는 '형용사 + -아하다/어하다'의 형태로 사용해야 합니다.
   在形容人的心理或心情、感覺，且主語為第二、三人稱時，必須以「形容詞＋－아하다/어하다」的形態使用。
   - 너 아까 우진 씨가 회사 그만둔다고 하니까 기쁘데. (×)
     → 너 아까 우진 씨가 회사 그만둔다고 하니까 기뻐하데. (○)
   - 남자 친구가 청혼을 하자 은미 씨는 무척 행복하데요. (×)
     → 남자 친구가 청혼을 하자 은미 씨는 무척 행복해하데요. (○)

3 이 표현은 큰 의미 차이 없이 '-더라고요', '-더군요'와 바꿔 사용할 수 있습니다.
   本文法可與「-더라고요」、「-더군요」交替使用，意義沒有太大差異。
   - 민이가 중국어를 배운 지 얼마 안 됐다고 하던데 꽤 잘하더라고요.
   - 민이가 중국어를 배운 지 얼마 안 됐다고 하던데 꽤 잘하더군요.

비교해 볼까요?

'-데요'와 '-대요'는 형태나 발음이 비슷하여 혼동될 수 있지만 다음과 같은 차이가 있습니다.
「-데요」與「-대요」雖然形態與發音相似，容易造成混淆，但仍有以下差異：

-데요	-대요
과거에 직접 경험한 내용을 말할 때 쓰입니다. 表達過去親身經歷過的內容時使用。 • 그 여자가 참 예쁘데요. ☞ 말하는 사람이 직접 그 여자를 보고 예쁘다고 느낀 것을 지금 말하는 것입니다. 話者親眼看過那個女人，現在正在說覺得她長得很漂亮。	'-다고 해요'의 준말로 다른 사람의 말을 인용할 때 쓰입니다. 「-대요」是「-다고 해요」的縮寫，在引用他人的話時使用。 • 그 여자가 참 예쁘대요. ☞ 말하는 사람은 그 여자를 보지 못한 상태에서 다른 사람에게서 들은 대로 그 여자가 예쁘다고 말하는 것입니다. 話者在沒有親眼看過那個女人的狀態下，聽別人說過那個女人很漂亮。

이럴 때는 어떻게 말할까요?

146.mp3

사회생활을 하다 보면 여러 가지 모임이나 행사에 참석해야 할 때도 생기는데요. 그 모임에서 느낀 것을 어떻게 말할까요?

가 학교 선배의 집들이는 잘 다녀오셨어요?
나 네, 집은 조금 작은 편이었는데 신혼부부라 집을 아주 예쁘고 아기자기하게 꾸며 놓았데요.

Tip
아기자기하다 精緻　꾸며 놓다 佈置
쏙 빼닮다 長得一模一樣　팔순 잔치 八旬壽宴
정정하다 硬朗

학교 선배의 집들이	집은 조금 작은 편이었는데 신혼부부라 집을 아주 예쁘고 아기자기하게 꾸며 놓았다
회사 동료의 아기 돌 잔치	그 집 딸아이가 아빠를 쏙 빼닮아서 보자마자 한눈에 알아보겠다
부장님 어머니의 팔순 잔치	어머니께서 나이가 그렇게 많으신데도 흰머리만 좀 많으실 뿐이지 아직도 정정하시다

연습해 볼까요?

1 다음 [보기]에서 알맞은 표현을 골라 '-데요'를 사용해서 대화를 완성하십시오.

> 보기   상쾌해지다   살이 많이 빠지다   몰라보겠다   고등학교 동창이다

(1) 가 지난 일요일에 지현 씨하고 등산을 하셨다면서요? 어땠어요?
   나 올라갈 때는 힘들었는데 산꼭대기에 올라서 시내 전경을 바라보니까 몸과 마음이 **상쾌해지데요**.

(2) 가 선영 씨 남자 친구하고 어떻게 아는 사이예요?
   나 알고 보니까 제 _____. 세상 참 좁지요?

(3) 가 아이들 크는 걸 보면 시간이 진짜 빨리 가는 것 같아요.
   나 맞아요. 사촌 조카를 유치원 때 보고 몇 년 만에 보니까 너무 커 버려서 _____.

(4) 가 현정 씨가 요즘 다이어트를 열심히 한다면서요?
   나 네, 얼마 전에 길에서 우연히 봤는데 진짜 _____.

2 다음 글을 읽고 '-데'를 사용해서 대화를 완성하십시오.

> 지난 휴가 때 제주도에 다녀왔다. 제주도는 이번이 처음인데 같은 한국이지만 느낌이 또 달랐다. 여름은 덥다고 하던데 태풍이 지나간 후라 그런지 생각보다 덥지 않았다. 제주도가 처음이긴 하지만 유명한 관광 명소를 구경하기보다는 친구가 추천해 준 올레길을 걸어 보기로 했다. 올레길은 아름다운 해안 길을 따라 느긋하게 걸으면서 여유롭게 생각할 수 있는, 그야말로 사색의 길이었다. 생각을 정리하면서 천천히 걷다 보니 몸과 마음이 치유가 되는 것 같았다. 또한 제주도는 흑돼지, 옥돔, 갈치 등 음식의 종류도 다양하고 정말 맛있었다. 이번에는 일정이 짧아서 다른 구경은 하지 못했지만 다음에 기회가 된다면 꼭 다시 가고 싶다.

가 지난 휴가 때 제주도에 갔다 왔다며?
나 응. 제주도는 이번이 처음인데 같은 한국이지만 (1) **느낌이 또 다르데**.
가 여름이라 더웠을 텐데 날씨는 어땠어?
나 내가 가기 얼마 전에 태풍이 지나가서 그런지 (2) _____.
가 어디 어디에 가 봤어?
나 이번에는 친구가 추천해 준 올레길만 걸었어. 아름다운 해안 경관을 보면서 느긋하게 걷다 보니 생각도 정리되면서 (3) _____.
가 음식은 어땠어? 입에는 잘 맞았어?
나 응. (4) _____. 다음에 기회가 되면 다시 가고 싶어.

單元 18 확인해 볼까요?

※ 〔1~2〕 다음 밑줄 친 부분과 바꾸었을 때 의미가 가장 비슷한 것을 고르십시오.

1 김동수 의원은 선거에서 실패하자 너무 절망한 나머지 자살까지도 생각했었다고 고백했다.

① 절망할지라도 ② 절망하다 못해
③ 절망한들 ④ 절망하리만치

2 한때 우리 회사는 속도만을 강조한 결과 정확성을 무시해 사고가 일어나는 경우가 종종 있었다.

① 강조하는가 하면 ② 강조한 다음에
③ 강조한 마당에 ④ 강조한 나머지

※ 〔3~4〕 다음 ( )에 알맞은 것을 고르십시오.

3 지난 토요일 혼자 속리산을 등반하던 40대 여성 김 모 씨가 3m 밑 낭떠러지로 떨어져 중상을 입고 47시간 만에 구조됐습니다. 당시 경찰이 실종 신고를 받고 속리산 일대를 샅샅이 ( ) 겨우 이 여성을 찾았다고 합니다.

① 뒤진 끝에 ② 뒤진 김에
③ 뒤진다는 것이 ④ 뒤지려다가

4 한 만화 영화의 배경이 되었던 '푸른 새들의 숲'이 개발 위기에 처했다가 시민들의 힘으로 보존되었다. 서울 근교 주택가에 위치한 이 숲은 그리 크지는 않지만 시민들의 쉼터가 되고 있는 곳이다. 그런데 올봄에 구청에서 이 숲에 주차장과 스포츠 센터를 짓기로 함에 따라 사라질 위기에 처하게 되었다. 그러자 시민들과 환경 단체들이 앞장서 모금을 했고 그 결과 이 숲을 구청에서 사들여 공원으로 만들었다. 시민들의 자발적인 노력이 이 숲을 개발 위험에서 ( ).

① 지키다시피 했다 ② 지킬 듯했다
③ 지켜 낸 것이다 ④ 지켰을 게 뻔하다

※ 다음 밑줄 친 부분과 바꿔 쓸 수 없는 것을 고르십시오.

5 오늘 새벽에 동대문 시장에 갔었는데 이른 시간인데도 사람들이 많데요.

① 많았을걸요 ② 많더라고요
③ 많더군요 ④ 많았어요

※ 다음 밑줄 친 부분이 틀린 것을 고르십시오.

6 ① 윤미 씨는 남편의 해고 소식을 듣고 무척 힘들데.
② 한 달 이상 알아본 끝에 마음에 드는 집을 구할 수 있었다.
③ 이윤 추구에 치중한 나머지 사회적 책임에 소홀한 기업들이 많다.
④ 우리 회사는 예정보다 3개월이나 앞당겨 신제품을 생산해 낼 수 있을 듯하다.

單元 19

상황이나 기준을 나타낼 때
表示狀況或基準時

본 장에서는 어떤 동작이 일어날 때의 상황이나 상태를 나타내는 표현과 어떤 기준에 의해서 내용을 판단하거나 그 기준에 따라 어떤 결과가 나타날 때 사용하는 표현을 공부합니다. 이 표현들은 고급에서 처음 배우는 것들로 나타내고자 하는 상황이 긍정적인지 부정적인지에 따라 사용되는 표현들이 달라지므로 잘 구별해서 사용해야 합니다. 이런 것들을 잘 익혀서 사용한다면 한국말로 다양한 상황 표현을 할 수 있을 것입니다.

本單元中要學習的是描述某個動作發生時呈現的情況或狀態的文法，以及依照某個基準來進行判斷，或因該基準而產生了某種結果時所使用的文法。這類文法在高級階段是首次出現，依欲表達的狀況是正面或負面，適用的文法也有所不同，使用時必須做好正確的區別。熟練之後，便能用韓語活用更多樣化的情境表現。

01 -는 가운데
02 -는 마당에
03 치고
04 -(으)ㅁ에 따라

01 -는 가운데

가 지금 한창 한강 일대에서는 국제 마라톤 경기가 진행되고 있는데요. 그곳 상황을 알아보겠습니다. 박태민 기자, 지금 경기가 시작된 지 30분 정도 지났지요?

나 네, 그렇습니다. 지금 제 뒤쪽으로는 경찰차가 에스코트하는 가운데 여러 나라의 마라톤 선수들이 달리고 있는데요. 아직 경기 초반이라 뚜렷하게 선두 그룹이 구별되고 있지는 않습니다.

가 시민들도 거리에 나와서 많이 응원을 하고 있나요?

나 네, 거리에는 지금 각국 응원단들의 응원 열기가 뜨거운 가운데 지금 막 한국의 이봉조, 이봉조 선수가 선두로 나서기 시작했습니다.

문법을 알아볼까요?

이 표현은 선행절의 상황이나 상태가 지속되는 중에 후행절의 내용이 일어남을 나타낼 때 사용합니다. 선행절은 후행절이 일어날 때의 배경이나 상황을 말합니다.
本文法用來表示「在前子句的情況或狀態持續的途中，發生了後子句的內容」。前子句陳述的是後子句內容發生的背景或狀況。

	A	V
과거/완료	-	-(으)ㄴ 가운데
현재	-(으)ㄴ 가운데	-는 가운데

도입 대화문 번역

가 現在漢江一帶正在進行馬拉松比賽，讓我們來瞭解那裡的狀況。朴泰民記者，目前比賽已經開始大約30分鐘左右了吧。

나 是的。目前我的後方有警車正在開道，各國的馬拉松選手正在奔馳著。由於比賽才進行到前半，領先集團尚未顯著地區分出來。

가 民眾們也在街道上加油嗎？

나 是的，街道上目前各國拉拉隊的加油都非常熱情，同時韓國的李奉朝，李奉朝選手開始領先了。

모든 사람들의 시선이 집중되는 가운데 그 아이는 비올라 연주를 시작했다.
在眾人的矚目之下，那孩子開始了小提琴演奏。

이런 훌륭한 작품을 바쁜 가운데 틈틈이 시간을 내서 만들었다니 놀라울 따름이다.
這麼優秀的作品居然是在百忙之中擠出零碎時間創作的，太驚訝了。

수천여 명의 관객이 공연장을 꽉 채운 가운데 '불우 청소년 돕기 자선 음악회'가 열리고 있다.
「關懷貧困青少年慈善音樂會」在數千名觀眾坐滿演出場地之下展開了。

더 알아볼까요?

이 표현은 뒤에 조사 '에도', '에서도' 등을 붙여서 선행절과 후행절의 반대적인 상황을 강조하기도 합니다. 이때 '에'는 생략하기도 합니다.
在本文法後方連接「에도」、「에서도」等助詞，可強調前後子句的相反狀況。此時亦可省略「에」。

- 갑작스럽게 비가 내리는 가운데(에)도 공연은 중단되지 않고 계속되었다.
  在突然下起了雨的情況下，演出仍不中斷，持續進行。
- 출동한 구조 대원은 상황이 위급한 가운데(에)서도 침착하게 응급조치를 했다.
  出動的救援人員在危急的狀況之下，依然沉著地進行急救措施。

이럴 때는 어떻게 말할까요?

여러분이 생각하는 감동적인 순간이란 어떤 건가요? 그 감동의 현장을 묘사할 때는 어떻게 말할까요?

가 얼마 전에 배우 배영준 씨가 야외 결혼식을 할 때 그 현장에 있었다죠? 어땠어요?

나 꽃잎이 꽃비처럼 날리는 가운데 신랑과 신부가 결혼 서약을 하는 모습이 너무나도 감동적이었어요.

Tip
꽃비 花雨　　결혼 서약 結婚誓約　양궁 射箭
글썽이다 (熱淚) 盈眶　강연회 演講　경청하다 傾聽

얼마 전에 배우 배영준 씨가 야외 결혼식을 하다	꽃잎이 꽃비처럼 날리다 / 신랑과 신부가 결혼 서약을 하다
지난 올림픽에서 김보배 선수가 양궁에서 금메달을 따다	애국가가 울려 퍼지다 / 김 선수가 태극기를 보며 눈물을 글썽이다
강 선생님께서 생전에 마지막으로 강연회를 하시다	모두들 조용히 경청하다 / 강 선생님께서 차분한 목소리로 마지막 인사를 하시다

연습해 볼까요?

生字·表現 p.403

1 관계있는 것을 연결하고 '-는 가운데'를 사용해서 문장을 완성하십시오.

(1) 청년층의 취업난이 심각하다 •   • ㉠ 해결의 실마리를 찾게 될 때가 있다

(2) 한류가 인기를 더해 가고 있다 •   • ㉡ '좋은 이웃 되기 운동'이 펼쳐지고 있다

(3) 많은 시민들이 참여했다 •   • ㉢ 환경미화원을 뽑는 시험에 지원자가 대거 몰려 눈길을 끌고 있다

(4) 때로 해결이 나지 않을 것 같은 문제도 서로 이야기를 나누다 •   • ㉣ 한류가 단순히 문화 외교의 차원이 아닌 문화 교류의 차원으로 확대되어야 한다는 의견이 제기되고 있다

(1) ㉢ - 청년층의 취업난이 심각한 가운데 환경미화원을 뽑는 시험에 지원자가 대거 몰려 눈길을 끌고 있다.
(2) _____.
(3) _____.
(4) _____.

2 다음 [보기]에서 알맞은 표현을 골라 '-는 가운데'를 사용해서 대화를 완성하십시오.

보기	이야기하다 모이다 묻고 듣다 어렵다

(1) 가 오늘 정말 유쾌한 시간이었네요.
　　나 네, 즐겁게 **이야기하는 가운데** 벌써 헤어질 시간이 됐네요. 아쉬워요.

(2) 가 정암 씨는 참 존경할 만한 사람 같아요.
　　나 맞아요. 자신의 생활도 _____ 자기보다 더 힘든 주위 사람들을 돕는 걸 보면요.

(3) 가 할아버지께서 갑자기 중대 발표를 하셨다면서요?
　　나 네, 온 가족들이 한 자리에 _____ 유산 분배에 대한 말씀을 하셨어요.

(4) 가 이번 회의에서는 에너지 절약 건에 대한 해결책이 나오겠지요?
　　나 아마 다른 사람들의 의견을 _____ 좋은 해결책이 나올 거예요.

02 -는 마당에

가 엄마, 저 사람들 좀 봐요. 미래에 대한 꿈도 희망도 없어 보여요.
나 제대로 먹지도 못하**는 마당에** 어떻게 그런 걸 꿈꿀 수 있겠니? 참 안됐구나.
가 엄마, 그런데 오늘 저녁은 외식하면 안 돼요? 요즘 계속 집에서만 먹었잖아요.
나 저렇게 먹을 것이 없어서 죽어 가는 사람들도 있**는 마당에** 네가 외식을 하자고 하면 되겠니? 외식비 아껴서 후원이나 해야겠다.

문법을 알아볼까요?

이 표현은 선행절이 후행절의 행위가 일어나는 상황이나 처지를 나타낼 때 사용합니다. 선행절의 내용은 주로 좋지 않은 상황이나 부정적인 상황이 될 때가 많습니다.

本文法的前子句，敘述的是後子句行為發生的狀況或處境，前子句的內容通常是不好的或負面的狀況。

	A	V	N이다
과거/완료	-	-(으)ㄴ 마당에	-
현재	-(으)ㄴ 마당에	-는 마당에	인 마당에

1분 1초가 급한 **마당에** 이것저것 생각할 겨를이 없어요.
在分秒必爭的狀況下，沒有時間想那些有的沒的。

이 계획을 반대하는 사람이 대다수**인 마당에** 이런 회의가 무슨 소용이 있겠어요?
都到了多數人反對這個企劃的地步，開這個會能有什麼用呢？

이제 모든 진실이 확실하게 드러난 **마당에** 범인도 더 이상 거짓말을 할 수가 없을 거예요.
到了所有真相都已大白的地步，犯人也無法再說謊了。

도입 대화문 번역

가 媽，妳看看那些人，他們看起來對未來沒有夢想，也沒有希望。
나 連飯都吃不飽，哪還能夢想那些呢？真是可憐啊。
가 媽，不過我們今天晚餐可以外食嗎？最近一直在家裡吃。
나 地球的另一端有那麼多人因為沒有東西吃而死去，你還要外食這樣對嗎？應該把外食費省下來捐給他們吧。

이럴 때는 어떻게 말할까요?

이미 엎질러진 물을 다시 주워 담을 수는 없지요? 어떤 일이 이미 벌어져 되돌릴 수 없을 때 어떻게 말할까요?

가 두 사람이 헤어진 이유가 누구의 잘못 때문이라고 생각하십니까?

나 이미 헤어진 마당에 누구의 잘못인가를 따져 봤자 무슨 소용이 있겠어요?

Tip
따지다 追究 부도가 나다 倒閉
흥행 票房 스태프 工作人員

두 사람이 헤어진 이유가 누구의 잘못 때문이다	이미 헤어졌다 / 누구의 잘못이다
회사가 부도가 난 이유가 누구의 책임이다	지금 회사가 망해 가다 / 누구 때문이다
이번 영화가 흥행에 실패한 이유가 무슨 문제 때문이다	고생한 스태프들의 월급도 못 주다 / 문제가 무엇이다

연습해 볼까요?

生字・表現 p.403

1 다음 [보기]에서 알맞은 표현을 골라 '-는 마당에'를 사용해서 대화를 완성하십시오.

> **보기** 공개됐다   배가 고프다   해고를 당했다   잘 못 하다   어렵다

(1) 가 그동안 그렇게 아니라고 하더니 배우 김영아 씨하고 가수 하정수 씨가 사귀는 사이라는 걸 결국 인정했다면서요?
   나 밤에 공원에서 단둘이 다정하게 얘기하고 있는 모습이 사진까지 찍혀서 **공개된 마당에** 더 이상 아니라고 할 수가 없었겠죠.

(2) 가 이번 연말 보너스는 받을 수 있을까요?
   나 얼마 전에 투자 유치에 실패해서 회사 사정이 _____ 연말 보너스까지 신경 쓸 수 있겠어요? 월급이나 제대로 나왔으면 좋겠어요.

(3) 가 상욱이가 바쁜 모양인데 네가 좀 도와주지 그러니?
   나 시간이 없어서 내 할 일도 _____ 어떻게 남의 일까지 도와줘?

(4) 가 어떡하지? 반찬이 별로 없는데.
   나 괜찮아. _____ 이것저것 가려서 먹겠어? 그냥 밥이랑 김치면 돼.

(5) 가 왜 왜 김주원 씨가 회사를 그만두었대요?
　　나 노조 활동을 같이 한 동료들이 _____ 자기만 회사에 남아 있을 수 없었다고 하더라고요.

2 다음 [보기]에서 알맞은 표현을 골라 '-는 마당에'를 사용해서 대화를 완성하십시오.

보기　　모범을 보이지 못하다　　　　　가족도 못 믿는다고 하다
　　　　자식이 부모도 속이다　　　　　도덕적 불감증에 빠져 있다

일부 초등학교 교사들 이중 고충,
학부모와 학생 모두에게 존경 못 받아

가 이 신문 기사 좀 보세요. 초등학생들이 벌써부터 교사들을 무시하니 커서 뭐가 되려고 그러는지 모르겠네요.
나 부모들이 (1) **모범을 보이지 못하는 마당에** 그 자녀들한테 뭘 기대하겠어요?
가 그러게요. 어른들이 (2) _____ 아이들만 탓할 수는 없는 것 같네요.

간 큰 사기꾼, 부모 이어
십년지기 친구 30억 사기 쳐

가 이 신문 기사 좀 보세요. 친한 친구가 사기꾼이라니……. 참 세상에 믿을 만한 사람이 이렇게 없네요.
나 (3) _____ 친구를 속이는 일은 흔한 일이 된 지 오래됐지요.
가 그러게요. (4) _____ 어떻게 다른 사람을 믿을 수가 있겠어요?

03 치고

가 태민 씨 생각에 케빈 씨는 어떤 사람인 것 같아요?
나 글쎄요. 어른들 말씀에 동물이나 아이들 좋아하는 사람치고 심성이 나쁜 사람은 없다고들 하시잖아요. 강아지를 좋아하는 걸 보면 마음씨가 좋은 사람일 것 같아요.
가 그렇죠? 보통 금융계에 종사하는 사람들은 약간 냉정하고 치밀해 보이는데 금융인치고 약간 어수룩하면서 마음도 따뜻하고, 정도 많은 것 같고요.
나 어? 이상하네. 소희 씨 혹시 케빈 씨 좋아하는 거 아니에요?

문법을 알아볼까요?

1 이 표현은 명사에 붙어 '그 명사의 경우 예외 없이 모두'의 의미를 나타낼 때 사용합니다. 주로 뒤에는 부정문이 오거나 수사 의문문의 형태가 옵니다.

本文法連接於名詞之後，意指「只要是該名詞，沒有例外，全部都⋯⋯」。後方一般接否定句或反問句。

다섯 살짜리치고 장난감을 안 좋아하는 아이가 어디 있겠어요?
只要是五歲的孩子，哪有不喜歡玩具的呢？

요즘 대학생치고 취업 스트레스를 받지 않는 사람은 없을 거예요.
就最近的大學生來說，沒有不感受到就業壓力的。

도입 대화문 번역

가 泰民，你覺得凱文是怎樣的人？
나 這個嘛，大人都說喜歡動物或孩子的人，沒有心腸不好的。他那麼喜歡小狗，應該是個心地善良的人。
가 是吧？一般從事金融業的人看起來都比較冷靜、細心，他身為金融人卻有點傻氣，內心很溫暖，感情也挺豐富的。
나 欸？不對勁喔。昭熙妳該不會是喜歡上凱文了吧？

2 이 표현은 명사에 붙어 '그 명사가 가지고 있는 일반적인 속성을 고려해 볼 때 예외적으로'의 의미를 나타낼 때 사용합니다. 뒤에 '는'을 붙이면 강조하는 표현이 됩니다.

> 本文法連接於名詞後，意指「以該名詞具備的一般屬性來看是例外的」。後方加上「는」時表示強調。

그 선수는 운동선수치고 몸이 너무 왜소해요.
那位選手以運動選手來說，身材太過瘦小。

정식 교육을 받지 않은 사람이 그린 그림치고는 굉장히 훌륭하네요.
以沒有受過正規教育的人所畫出的畫作來說，這算是相當優秀的。

더 알아볼까요?

이 표현은 '서'를 붙여 '치고서'로 쓰면 그 의미를 강조하는 표현이 됩니다.
本文法加上「서」後以「치고서」的形態使用時，更強調其意義。

- 요즘 대학생치고서 취업 스트레스를 받지 않는 사람은 없지요.
- 정식 교육을 받지 않은 사람이 그린 그림치고서는 굉장히 훌륭하네요.

이럴 때는 어떻게 말할까요?

여러분은 사람의 됨됨이를 어떤 기준으로 판단하시나요? 보기에 괜찮은 사람이 진짜 좋은 사람일까요?

(대한 상사 이 사장은…….) (김 사장은 글쎄…….)

가 어제 맞선 본 남성분은 어때요? 자수성가한 젊은 사업가라고 하더니 괜찮았어요?

나 성실한 것 같기는 한데 다른 사람 험담하는 것을 좋아하는 것 같더라고요.

가 그래요? 험담하는 걸 좋아하는 사람치고 진실한 사람 못 봤는데…….

Tip
됨됨이 人品　　자수성가하다 白手起家
험담하다 說人壞話　일편단심 一片丹心

성실하다 / 다른 사람 험담하는 것을 좋아하다	험담하는 걸 좋아하는 사람 / 진실한 사람
매너가 좋다 / 모든 여자들에게 잘해 주다	모든 여자들에게 잘해 주는 남자 / 일편단심인 남자
능력이 있다 / 자기 자랑을 너무 많이 하다	자기 자랑하는 사업가 / 성공한 사업가

연습해 볼까요?

1 다음 [보기]에서 알맞은 표현을 골라 '치고'를 사용해서 대화를 완성하십시오.

> [보기]   유치원 다니는 아이   배우가 나오는 영화
>   사 먹는 음식   영철 씨 얘기

(1) 가 여보, 우리 무진이가 천재인가 봐. 벌써 한글을 다 읽는 거 있지?
    나 요즘 <u>유치원 다니는 아이</u>치고 한글을 못 읽는 아이가 어디 있어?

(2) 가 영철 씨가 그러는데 이번에는 근무 연한과는 상관없이 영업 실적대로 승진을 시킨대.
    나 넌 그걸 믿니? _____ 믿을 만한 거 봤어?

(3) 가 소민 씨 말 듣고 '오, 한국!'이라는 영화를 봤는데 너무 감동적이었어요.
    나 그렇지요? 전 김지원이라는 _____ 보고 나서 후회해 본 적이 없던 것 같아요.

(4) 가 여기는 음식에 조미료를 많이 넣는 것 같아.
    나 밖에서 _____ 조미료를 안 넣는 음식이 어디 있겠어?

2 다음 [보기]에서 알맞은 표현을 골라 '치고는'을 사용해서 대화를 완성하십시오.

> [보기]   외국인   중소기업   소문난 맛집   만든 것   오래된 집

(1) 가 유진 씨가 미국 사람인 걸 얼마 전에야 알았어요. 항상 전화 통화만 해서 한국 사람인 줄 알았거든요.
    나 저도요. 유진 씨가 **외국인치고는** 한국말 발음이 정확한 편이라서 저도 처음엔 속았어요.

(2) 가 이거 제가 시간이 날 때마다 만든 건데 한번 봐 주세요.
    나 와, 틈틈이 _____ 꽤 잘 만들었는데요.

(3) 가 어제 인터넷에서 찾은 맛집에 가 본다더니 어땠어요? 맛있었어요?
    나 손님들은 많은데 _____ 음식이 별로라서 실망스러웠어요.

(4) 가 이 집은 지은 지 오래됐으니까 그 점을 감안하고 보세요.
    나 _____ 내부 상태가 아주 깔끔한데요.

(5) 가 그 집 아들이 어느 회사에 다닌다고 했지요?
    나 서울무역이요. _____ 재정이 꽤 튼튼한 회사라고 하더라고요.

314

04 -(으)ㅁ에 따라

가 스마트폰이 이제는 생활필수품으로 자리 잡았는데요. 그런데 사용자 수가 증가**함에 따라** 그에 따른 부작용도 만만치 않습니다.

나 부작용이라면 어떤 것들이 있을까요?

가 스마트폰을 장시간 사용**함에 따라** 심한 경우에는 목 디스크 관련 질환이 생기기도 합니다. 또 스마트폰 없이는 아무것도 할 수 없고 심지어 불안, 초조, 공포까지 느끼는 '노모포비아' 증상을 호소하는 사람도 늘고 있다고 합니다.

나 사람이 편리하기 위해 만든 기기인데 지나치게 기기에 의존하게 되니까 큰 문제네요.

문법을 알아볼까요?

이 표현은 선행절의 상황이나 기준에 의거하여 후행절의 결과가 나타날 때 사용합니다. 글말에서 많이 사용합니다.

依據前子句的狀況或基準而有後子句的結果時,便可使用此文法。多使用於書面語。

과학 기술이 발달**함에 따라** 우리의 생활이 점점 편리해졌다.
隨著科學技術的發達,我們的生活也越來越方便了。

부동산 경기가 안정을 되찾**음에 따라** 침체되었던 부동산 시장이 서서히 활기를 띠고 있다.
隨著房地產景氣回穩,一度沉滯的不動產市場也慢慢地有所起色。

소비자의 욕구가 다양해**짐에 따라** 기능은 물론 디자인에도 신경을 많이 쓴 가전제품들이 속속 출시되고 있다.
隨著消費者的要求越來越多樣,除了功能以外,在設計上也頗具巧思的家電產品陸續地推出。

도입 대화문 번역

가 智慧型手機現在儼然已成為生活必需品。但隨著使用者人數增加,副作用也不容小覷。

나 有哪些副作用呢?

가 長時間使用智慧型手機,嚴重的話會產生頸椎相關疾病。此外,也有越來越多人大呼自己出現了沒有智慧型手機什麼事也不能做,甚至會感覺到不安、焦慮、恐懼的「無手機恐懼症」症狀。

나 那本來是為了人們方便而製造的機器,過度依賴機器卻也成了嚴重的問題呢。

더 알아볼까요?

이 표현은 앞에 명사가 올 때 '에 따라'의 형태로 사용합니다.
當本文法的前方為名詞時，以「에 따라」的形態使用。

- 정부의 새 교육 방침에 따라 다음 달부터 방과 후 자율 학습이 전면 폐지된다.
- 그해의 업무 성과에 따라 매년 연봉을 새로 협상하자는 안건이 나왔다.

Tip
방침 方針
자율 학습 自律學習
전면 全面
폐지되다 廢止

이럴 때는 어떻게 말할까요?

여러분이 우리 사회에 바라는 소망은 무엇인가요? 뉴스에서 듣기를 희망하는 좋은 소식이 있나요?

가 박태민 기자, 오늘 좋은 소식이 있다면서요?
나 네, 다음 학기부터 등록금이 대폭 인하됨에 따라 대학생들이 마음 놓고 공부에만 전념할 수 있게 되었습니다.
가 그것 참 듣던 중 반가운 소식이군요.

Tip
대폭 大幅   전념하다 專心   집단 따돌림 集體霸凌
완전히 完全   익명 匿名   무주택자 無殼蝸牛

다음 학기부터 등록금이 대폭 인하되다 / 대학생들이 마음 놓고 공부에만 전념할 수 있다
'좋은 학교 만들기 운동'에 교사와 학생들이 적극적으로 참여해 오다 / 학교 폭력과 집단 따돌림 등으로 고통받는 학생들이 이제는 완전히 없어지다
익명의 사업가가 유산 전액을 불우한 이웃들을 위해 써 달라며 사회에 기부하다 / 무주택자 십만 명이 새 집을 마련할 수 있다

연습해 볼까요?

生字・表現 p.403

1 관계있는 것을 연결하고 '-(으)ㅁ에 따라'를 사용해서 문장을 완성하십시오.

(1) 생활 수준이 향상되다 • • ㉠ 농산물 재배에 어려움을 겪고 있다

(2) 이상 고온 현상이 계속되다 • • ㉡ '웹진(웹+매거진)'이라는 새로운 형태의 출판물이 등장하였다

(3) 환경 보호에 대한 관심이 높아지다 • • ㉢ 점점 건강을 생각하는 사람이 많아졌다

(4) 한국 문화에 대한 관심이 한국어 학습 열풍으로 이어지다 • • ㉣ 전기 차를 비롯한 친환경 사업에 대한 관심도 높아지고 있다

(5) 인터넷의 보급이 확산되다 • • ㉤ 해외 한국어 학교의 수강생이 급증하고 있다고 하다

(1) ㉢ - 생활수준이 향상됨에 따라 점점 건강을 생각하는 사람이 많아졌다.
(2) _____.
(3) _____.
(4) _____.
(5) _____.

2 다음 [보기]에서 알맞은 머리기사를 골라 '-(으)ㅁ에 따라'를 사용해서 신문 기사문을 완성하십시

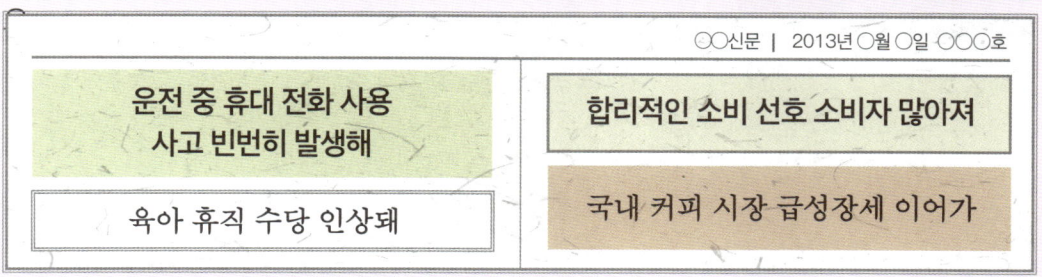

○○신문 | 2013년 ○월 ○일 -○○○호

운전 중 휴대 전화 사용 사고 빈번히 발생해	합리적인 소비 선호 소비자 많아져
육아 휴직 수당 인상돼	국내 커피 시장 급성장세 이어가

(1) **운전 중 휴대 전화 사용으로 인해 사고가 빈번히 발생함에 따라** 연말부터 운전 중 핸즈프리 사용을 의무화하고 이를 어길 시 높은 벌칙금을 부과할 예정이다.

(2) _____ 여러 대기업에서도 커피 시장에 진출하려는 시도를 하고 있다.

(3) 저출산 대책의 하나로ㅤ_____
출산율이 다소 오르고 있다는 조사가 나왔다.

(4) 고물가와 경제 불황으로ㅤ_____
_____
할인 혜택을 받거나 가격이 저렴한 브랜드에서 의류를 구입하는 사례가 늘고 있다.

單元 19 확인해 볼까요?

※ (1~3) 다음 (   )에 알맞은 것을 고르십시오.

1
  환경에 대한 관심이 (   ) 일부 비양심적 판매자들이 일반 제품을 친환경 제품으로 속여 비싸게 팔고 있어 소비자들의 각별한 주의가 요구되고 있다.

① 높아 가고 있는 이상 ② 높아 가고 있는 바람에
③ 높아 가고 있는 한 ④ 높아 가고 있는 가운데

2
  가 요즘 날씨가 추워서 꼼짝도 못하겠어요.
  나 그래도 오늘은 겨울 날씨(   ) 따뜻한 편인걸요.

① 조차도 ② 치고는
③ 마저도 ④ 끼리는

3
  가 이번 추석 연휴에는 좀 편히 쉬었으면 좋겠어요.
  나 회사가 언제 문을 닫을지도 (   ) 연휴라고 맘 편히 쉴 수나 있겠어요?

① 모르는 대신에 ② 모르더라도
③ 모르는 마당에 ④ 모르는 반면에

※ 다음 밑줄 친 부분과 바꾸었을 때 의미가 가장 비슷한 것을 고르십시오.

4
  최근 혼인율이 <u>감소함에 따라</u> 출산율도 감소하고 있는데 이는 결혼을 기피하는 풍조와 결혼을 해도 아이를 낳지 않는 경우가 많아졌기 때문이다.

① 감소하는 반면 ② 감소하는 이상
③ 감소하면서 ④ 감소한다고 해도

※ 빈칸에 가장 알맞은 것을 고르십시오.

5
  가 이번 우리 회사 신제품 홍보에 많은 시간과 돈을 투자했다고 들었는데 결과는 어떻대요?
  나 _____ 그다지 큰 효과가 없다고 하는 것 같아요.

① 유명한 모델까지 기용하면서 홍보한 것치고는
② 유명한 모델을 기용하느라고 투자한 것쯤이야
③ 유명한 모델까지 기용하면서 홍보한 것이야말로
④ 유명한 모델을 기용하면서 투자한 것은 말할 것도 없고

※ 다음 중 틀린 문장을 고르십시오.

6 ① 부부치고 대부분 한 번쯤 싸우면서 살아요.
  ② 경기가 회복됨에 따라 실업률이 감소하고 있는 추세이다.
  ③ 일이 이렇게 끝나 버린 마당에 다시 그 사람들과 연락하고 싶지 않아요.
  ④ 전 세계 사람들이 지켜보는 가운데 올림픽 개막식이 TV 생방송으로 중계되고 있다.

單元 20

강조를 나타낼 때
表示強調時

본 장에서는 강조를 나타낼 때 사용하는 표현을 공부합니다. 중급에서는 '얼마나 -는지 모르다, -(으)ㄹ 수밖에 없다, -(으)ㄹ 뿐이다, (이)야말로'를 배웠습니다. 고급에서 배우는 표현들 역시 중급에서 배우는 표현들 못지않게 한국 사람들이 자주 사용하며 쉽게 접할 수 있는 것들입니다. 잘 익혀서 여러분의 생각을 좀 더 다양하고 고급스럽게 표현할 수 있게 되기를 바랍니다.

本單元中要學習的是表強調時使用的文法。中級階段我們曾經學過「얼마나 -는지 모르다、-(으)ㄹ 수밖에 없다、-(으)ㄹ 뿐이다、(이)야말로」等。高級階段要學習的文法也和中級學過的一樣,都是韓國人經常使用、很容易接觸到的。希望學習者可以多加練習,讓心中的想法能夠以更豐富、更高階的表現方式表達出來。

01 여간 -지 않다
02 -기가 이를 데 없다
03 -(으)ㄹ래야 -(으)ㄹ 수가 없다

01 여간 -지 않다

가 조금 전에 집에 오는 길에 갑자기 큰 개가 튀어나와서 **여간** 놀라**지 않**았어요.
나 괜찮았어요? 소희 씨는 원래 개를 무서워하잖아요.
가 그러니까요. 그런데 그 개 주인이 **여간** 이상하**지 않더라고요**. 제가 놀라서 소리를 지르는 바람에 자기 개가 충격을 받았다면서 오히려 화를 내지 뭐예요.
나 별 황당한 일도 다 있네요.

문법을 알아볼까요?

이 표현은 동사나 형용사를 강조해서 표현할 때 사용하며 강한 긍정을 나타냅니다. 항상 부정문의 형태로 사용합니다.
本文法用來強調動詞或形容詞，並表達強烈的肯定。永遠以否定句的形態呈現。

타고난 성격을 바꾸는 것은 **여간** 어렵**지 않다**.
要改變與生俱來的性格還真不是普通的困難。

지난 주말에는 난방이 고장 나서 집이 **여간** 춥**지 않**았어요.
上星期暖氣壞了，家裡不是一般的冷。

여름이면 태풍으로 **여간** 피해를 많이 입**지 않는다**.
一到夏天，就會因為颱風而蒙受巨大的災害。

도입 대화문 번역

가 剛剛我走在回家路上，突然有一隻好大的狗跳出來，我嚇壞了。
나 妳還好吧？昭熙妳不是本來就很怕狗嘛。
가 就是說啊。不過那位狗主人也不是普通的古怪。他說因為我嚇得大叫，他的狗受到了驚嚇，反過來對我發飆欸。
나 居然還有這種荒謬的事啊。

더 알아볼까요?

1 이 표현은 동사와 함께 사용하는 경우 동사 앞에 항상 부사를 사용합니다. 이때 '여간'은 명사 앞이나 뒤에 모두 쓸 수 있습니다.
   本文法與動詞一起使用時,須在該動詞前加上副詞。此時「여간」置於名詞的前後皆可。
   - 그 가수는 여간 춤을 잘 추지 않아요.
     = 그 가수는 춤을 여간 잘 추지 않아요.

2 이 표현은 명령형, 청유형에는 쓰지 않습니다.
   本文法不可用在命令句、建議句中。
   - 대회가 얼마 안 남았지만 여간 스트레스를 많이 받지 마라. (×)
     → 대회가 얼마 안 남았지만 스트레스를 많이 받지 마라. (○)
   - 옆에서 수업 중이니 여간 큰 소리로 얘기하지 맙시다. (×)
     → 옆에서 수업 중이니 큰 소리로 얘기하지 맙시다. (○)

3 이 표현은 '여간 -는 것이 아니다'와 큰 의미 차이 없이 바꿔 쓸 수 있습니다.
   本文法可與「여간 -는 것이 아니다」交替使用,意義無太大差異。
   - 타고난 성격을 바꾸는 것은 여간 어려운 것이 아니다.
   - 지난 주말에는 난방이 고장 나서 집이 여간 추운 게 아니었어요.

4 명사가 사용될 때는 '여간 이/가 아니다'의 형태로 사용합니다.
   修飾名詞時,以「여간 이/가 아니다」的形態呈現。
   - 우리 선생님은 여간 친절한 분이 아니세요.
   - 내 남동생은 여간 고집불통이 아니라 누구의 말도 듣지 않는다.

이럴 때는 어떻게 말할까요?

집을 떠나 타지에서 생활하다 보면 다른 사람과 같이 방을 사용하기도 하지요? 이런 경우에는 어떤 어려움이 있을까요?

가 여양 씨, 여러 사람들과 같이 자취해 보니까 어때요?
나 말도 마세요. 화장실을 같이 사용하니까 아침마다 여간 불편하지 않아요.

Tip
타지 外地   자취하다 自己料理生活

화장실을 같이 사용하니까 아침마다 / 불편하다
친구들끼리 잘 지내야 하니까 / 눈치를 봐야 하다
생활 습관이 다르다 보니까 서로 맞춰 가는 게 / 신경 쓰이다

연습해 볼까요?

生字・表現 p.404

1 다음 [보기]에서 알맞은 표현을 골라 '여간 -지 않다'를 사용해서 글을 완성하십시오.

보기	불안하다	손이 많이 가다	부담스럽다	잘 팔리다
	보기가 좋다	돈을 많이 쓰다	자랑스럽다	

(1) 요즘 뉴스를 보면 유괴니 교통사고니 위험한 일이 끊이질 않고 나온다. 중학생 여자아이를 밖에 혼자 다니게 하자니 **여간 불안하지 않다**.

(2) 우리 아들 루이는 지난 시험에서는 1등을 하더니 이번에는 학교 대표로 축구 대회에 나간다고 한다. 운동도 잘하고 공부도 잘하는 우리 아들이 _____
_____.

(3) 남편은 김치 없이는 한 끼도 못 먹는다. 그런데 김치를 담그는 것은 배추를 일일이 씻고 다듬고 절이고 배추 속도 만들어야 해서 _____.

(4) 이번 토요일은 어머니 생신이시다. 어머니는 취향이 독특하시고 까다로우신 분이라 생일 때마다 어머니 선물을 고르는 것은 _____.

(5) 얼마 전 프랑스에 다녀왔다. 오랜만에 부모님과 친구도 만나서 좋긴 했는데 비행기 값이니 가족과 친구들 선물비니 해서 _____. 당분간 허리띠를 졸라매야 할 것 같다.

(6) 결혼한 지 50년이 넘었다는 옆집 노부부는 아직도 서로를 아끼고 챙겨 주는 모습이 _____. 나도 남편과 그렇게 늙어 가고 싶다.

(7) 내 친구 수지는 아프리카에서 10여 년간 고아들을 돌보아 온 선교사이다. 얼마 전 자신이 아프리카에서 겪은 아픔과 기쁨을 책으로 펴냈는데 그 책이 서점가에서 _____. 다른 이들을 위해 헌신하는 수지의 삶이 많은 사람에게 감동을 주고 있는 듯하다.

2 다음 이야기를 읽고 '여간 -는 게 아니다'를 사용해서 문장을 완성하십시오.

30년 넘게 해물탕 집을 운영해 오신 우리 할머니는 정말 부지런하시다. 새벽 4시만 되면 일어나셔서 수산 시장으로 향하신다. 아직 어두컴컴한 새벽이지만 수산 시장에는 해산물을 사러 온 사람들로 꽤나 붐빈다. 가격을 흥정하는 사람들의 시끌벅적한 소리, 비릿한 바다 냄새, 새벽 수산 시장에서만 경험할 수 있는 풍경이다.
　할머니는 해물탕의 맛은 뭐니 뭐니 해도 재료의 신선도에 달려 있다고 하신다. 할머니가 끓이시는 해물탕은 재료를 아끼지 않으시는 데다 재료까지 신선해 얼마나 맛있는지 모른다. 거기다 양도 무척 많다. 다른 식당의 두세 배는 되는 것 같다. 그래서 할머니 식당에는 단골들이 많다. 10년째 단골이신 한 할아버지는 일주일에 서너 번을 할머니 해물탕을 드실 정도로 식당에 정말 자주 오신다. 할머니는 그런 오래된 손님들이 할머니가 30년 넘게 이 식당을 운영해 온 힘이라고 하셨다.

(1) 30년 넘게 해물탕 집을 운영해 오신 우리 할머니는 **여간 부지런하신 게 아니다**.
(2) 새벽인데도 수산 시장은 해산물을 사러 나온 사람들로ㅤㅤㅤㅤㅤㅤㅤㅤㅤ.
(3) 할머니는 재료를 아끼지 않으시는 데다 신선한 재료를 쓰셔서 해물탕이 ㅤㅤㅤㅤㅤ
ㅤㅤㅤㅤㅤㅤㅤㅤㅤ.
(4) 다른 식당의 두세 배는 될 만큼 양도 ㅤㅤㅤㅤㅤㅤㅤㅤㅤㅤㅤㅤㅤ.
(5) 10년째 단골이신 한 할아버지는 할머니 식당에 ㅤㅤㅤㅤㅤㅤㅤㅤㅤㅤㅤㅤ.

02 -기가 이를 데 없다

가 지난 주말에 '명성황후'라는 오페라를 봤는데 배우들의 연기가 훌륭하**기가 이를 데 없었어요**.

나 그래요? 저도 보고 싶던 공연인데요. 무대 규모도 엄청나다면서요?

가 네. 무대도 웅장하**기가 이를 데 없고** 배우들의 의상 또한 화려하**기가 이를 데 없었어요**. 다음 달에는 유럽으로 공연을 간다고 하더라고요.

나 그럼 저도 이번 달 안에 꼭 보러 가야겠네요.

문법을 알아볼까요?

이 표현은 어떤 상태나 정도가 이루 다 말할 수 없다는 뜻으로, 그 상태나 정도가 매우 대단하거나 심함을 강조하여 나타낼 때 사용합니다. '-기 이를 데가 없다'와 '-기 이를 데 없다' 모두 사용할 수 있습니다. 보통 글말에서 사용하며 주로 형용사에 붙습니다.

本文法的意思是「某個狀態或程度達到了無法言諭的地步」，在強調該狀態或程度非常厲害或嚴重時使用。「-기 이를 데가 없다」與「-기 이를 데 없다」兩者皆可使用。一般用於書面語，連接於形容詞之後。

> 그동안 많은 도움을 주셨는데 이런 일로 폐를 끼치게 되어 죄송스럽**기가 이를 데 없네요**.
> 之前您已經幫過我很多忙，現在又要為了這種事情麻煩您，我對您太抱歉了。
>
> 여러 나라 사람들이 모여 사는 도시답게 식당에서 파는 음식들도 다양하**기 이를 데가 없었다**.
> 不愧是各國人士聚集的城市，餐廳賣的食物也多樣到無法形容。

도입 대화문 번역

가 上週末我看了一部叫「明成皇后」的歌劇，演員們的演技簡直好到沒話說。
나 真的嗎？那是我也一直想看的表演。聽說舞台規模也很驚人？
가 是啊，舞台雄偉至極，演員們的服裝也是華麗得不得了。聽說下個月要去歐洲演出。
나 那麼我這個月內一定要去看。

지켜보는 관중 하나 없는 경기장은 쓸쓸하기 이를 데 없었지만 선수들은 최선을 다해 경기에 임했다.
雖然一個觀眾也沒有的競技場非常冷清，但選手們依然盡全力在比賽。

더 알아볼까요?

1 이 표현은 큰 의미 차이 없이 '-기가 그지없다'로 바꿔 쓸 수 있습니다.
本文法可與「-기가 그지없다」交替使用，意義沒有太大差異。
   - 그동안 많은 도움을 주셨는데 이런 일로 폐를 끼치게 되어 죄송스럽기가 그지없네요.
   - 여러 나라 사람들이 모여 사는 도시답게 식당에서 파는 음식들도 다양하기가 그지없었다.

2 이 표현과 비슷한 표현으로 '-기 짝이 없다'가 있습니다. 이것은 어떤 것이 비교할 데가 없이 매우 대단하거나 정도나 상태가 심함을 강조해서 나타낼 때 사용합니다. 이 표현은 점잖은 상황이나 말하는 사람보다 나이가 많거나 윗사람에 대해서는 사용하지 않는 것이 좋습니다.
「-기 짝이 없다」與本文法類似，用來表達厲害到無可比擬，或是強調程度、狀態極度嚴重。此文法不宜用於描述莊重的場合，或對比話者年長的人、上位者使用。
   - 초등학교 때 쓴 일기를 보니 유치하기 짝이 없네요.
   - 그날 가르치는 학생들 앞에서 실수했던 것을 생각하면 부끄럽기 짝이 없다.

Tip 유치하다 幼稚

158.mp3

이럴 때는 어떻게 말할까요?

여러분은 어렸을 때 동화책 읽는 것을 좋아했나요? 동화에 나오는 인물들은 어떤 사람들이었나요?

가 엄마, 그래서 왕은 어떻게 했어요?
나 그 왕은 교활하기가 이를 데 없는 사람이라 자기에게 바른말을 하는 충신들은 다 감옥으로 보냈단다.

Tip
교활하다 狡猾   바른말 真話
충신 忠臣   사악하다 邪惡
인자하다 仁慈

왕	그 왕은 교활하다 / 자기에게 바른말을 하는 충신들은 다 감옥으로 보내다
왕비	그 왕비는 사악하다 / 자기보다 똑똑하고 예쁜 사람들은 모두 죽이다
공주	그 공주는 인자하고 착하다 / 살기 편한 왕궁을 나와 가난하고 고통받는 백성들을 돕기 시작하다

연습해 볼까요?

生字·表現 p.404

다음 [보기]에서 알맞은 단어를 골라 '-기가 이를 데 없다'를 사용해서 이야기를 완성하십시오.

보기	깨끗하다	뻔뻔하다	무책임하다	사랑스럽다
	불편하다	기쁘다	불안하다	

<나의 동창들>

고등학교 때부터 깔끔하기로 유명한 윤주가 얼마 전 집들이에 초대를 해서 갔었다. 하루에도 대여섯 번씩 청소를 하는 친구라 어느 정도 예상은 했었지만 윤주의 집은 작은 먼지 하나 없는 게 (1) **깨끗하기가 이를 데 없었다**. 윤주랑은 숨이 막혀 같이 못 살 것 같다.

평소 돈 안 쓰기로 유명한 창준이, 그래도 집은 꾸미고 살 줄 알았는데 창준이의 집에 가 보고 깜짝 놀랐다. 현재는 생산이 중단된 구식 가전제품들에다 화장실은 낡고 냄새가 났으며, 난방도 잘 되지 않았다. 창준이는 그 많은 돈을 놔두고 왜 이렇게 (2) _____ 집에서 살고 있는 것인지 이해가 안 된다.

지윤이는 자기 결혼식은 물론이고 아이들 세 명의 돌잔치, 심지어 우리가 한 번도 본 적이 없는 자기 동생의 결혼식에도 초대장을 보내는 사람이지만 다른 동창들 일은 전혀 챙기지 않는다. 지난달에 있었던 은주 결혼식에도 오지 않았던 지윤이는 은주를 보자마자 하는 말이 신혼여행 가서 자기 선물을 뭐 사 왔냐고 묻는 것이다. 정말 그 애는 (3) _____.

어릴 때부터 부유한 집안에서 부족함 없이 자랐던 동민이는 얼마 전 주식에 투자를 했다가 전 재산을 모두 날렸다. 요즘 경기 불황으로 주식 시장이 (4) _____ 어떻게 그 모든 재산을 주식에 다 투자를 했는지 모르겠다. 하루아침에 재산을 모두 잃은 동민이는 아내와 아이들을 데리고 방 하나짜리 집으로 이사해야 했고 그런 힘든 생활을 해 본 적이 없던 동민이는 아내와 아이들을 놔두고 그만 가출을 하고 말았다. 아무리 삶이 힘들기로서니 가장이 가족을 버리다니 동민이는 (5) _____.

얼마 전 고등학교 때 짝사랑했던 소연이가 우리 회사 근처에 왔다며 잠깐 보자고 해서 나갔다. 나는 소연이의 연락을 받고 (6) _____. 고등학교를 졸업한 지 벌써 10년이나 지났지만 소연이는 예전 그대로의 모습이었다. 분홍색 원피스를 입고 나를 보고 환하게 웃는 소연이의 그 모습이 (7) _____. 앞으로 이런 행복한 순간이 계속 이어질 수 있을까?

03 -(으)ㄹ래야 -(으)ㄹ 수가 없다

가 부장님, 항상 일찍 출근하시더니 오늘은 웬일로 지각을 하셨어요?

나 나도 이제 나이가 들어서 그런지 체력이 예전 같지가 않네. 어제 모처럼 운동을 열심히 했더니 너무 피곤해서 아침에 일찍 일어날래야 일어날 수가 없었어.

가 아, 맞다. 옆 동네 사회인 축구 팀하고 친선 경기 한다고 하셨죠? 이기셨어요?

나 그쪽 팀원들이 워낙에 젊어서 말이야. 젖 먹던 힘까지 다 내서 뛰었는데도 이길래야 이길 수가 없더라고.

문법을 알아볼까요?

이 표현은 말하는 사람이 어떤 의도를 가지고 행동을 하려고 해도 어떤 이유나 상황으로 인해 그 행동을 하는 것이 불가능함을 강조하여 나타낼 때 사용합니다. '-(으)려야 -(으)ㄹ 수가 없다'로도 사용할 수 있습니다. 글말보다는 입말에서 많이 사용하며 동사에만 붙습니다.

本文法可用來強調「話者懷著某種意圖想做某個行動，但卻因為某種理由或狀況，導致該行動變得不可行」。也可用作「-(으)려야 -(으)ㄹ 수가 없다」。較常用於口語，且僅能連接於動詞後。

그 사람은 일 처리가 꼼꼼하지 않아서 일을 맡길래야 맡길 수가 없는 사람이다.
那個人做事情不細心，是不能託付的人。

요즘 물가가 너무 올라서 돈을 아껴 쓸래야 아껴 쓸 수가 없다.
最近物價上漲太嚴重，想省錢也省不了。

거짓말이 들통 났는데도 미안해하기는커녕 오히려 뻔뻔하게 변명을 하니까 화를 참을래야 참을 수가 없었어요.
他即使謊言全被揭穿也不道歉，反而還厚臉皮地狡辯，要忍著不生氣也忍不住。

도입 대화문 번역

가 部長，您平常都很早來上班，今天怎麼會遲到呢？
나 我可能也是年紀大了，體力不如以前。昨天難得認真做個運動，但因為太累，早上怎樣都爬不起來。
가 啊，對了。您說過要跟隔壁區的社會人士足球隊進行友誼賽對吧？贏了嗎？
나 他們的隊員本來就很年輕啊。我們即使使出吃奶的力氣跑，也贏不了他們。

이럴 때는 어떻게 말할까요?

한껏 기대를 하고 간 여행에서 예기치 않은 일들이 생기는 경우가 있지요? 어떤 일들이 생길 수 있을까요?

가 이번 여행 어땠어? 열대 과일이며 해산물이며 많이 먹고 오겠다더니 마음껏 먹었어?

나 마음껏 먹기는. 하필 여행 첫날 배탈이 났지 뭐야? 먹기만 하면 화장실에 달려가야 하는 바람에 먹을래야 먹을 수가 없었어.

Tip
- 열대 熱帶
- 하필 偏偏
- 명승지 名勝古蹟
- 북적거리다 擁擠

열대 과일이며 해산물이며 많이 먹다 / 마음껏 먹다	마음껏 먹다 / 여행 첫날 배탈이 나다 / 먹기만 하면 화장실에 달려가야 하는 바람에 먹다
명승지며 박물관이며 여기저기 구경하다 / 실컷 구경하다	실컷 구경하다 / 도착한 다음 날 폭설이 내리다 / 교통이 통제되는 바람에 구경하다
맑은 공기며 아름다운 경치며 여유롭게 자연을 즐기면서 충분히 쉬다 / 푹 쉬다	푹 쉬다 / 그때 단체 관광객이 오다 / 어딜 가나 사람들이 북적거리는 바람에 쉬다

연습해 볼까요?

1. 다음 [보기]에서 알맞은 단어를 골라 '-(으)ㄹ래야 -(으)ㄹ 수가 없다'를 사용해서 대화를 완성하십시오.

   보기   오다   잊다   입다   알아듣다   피하다

   (1) 가 공연 시작 시간이 몇 시인데 이제 와? 벌써 시작해서 다 들어갔잖아.
   나 미안해. 오다가 택시하고 접촉 사고가 나서 일찍 **올래야 올 수가 없었어**.

   (2) 가 내가 지난번에 사 준 옷은 왜 안 입어? 마음에 안 들어?
   나 아니, 그게 아니라 요즘 살이 많이 쪄서 _____.

   (3) 가 방금 안내 방송에서 뭐라고 한 거예요? 무슨 말인지 하나도 모르겠네요.
   나 소리도 작은 데다가 말을 빨리 하니까 저도 _____.

   (4) 가 어머, 어떻게 제 생일을 아직도 기억하고 계세요?
   나 사실은 저희 엄마도 오늘 생신이시거든요. 날짜가 똑같아서 _____.

   (5) 가 이 일만은 안 하고 싶은데 부장님께서 꼭 저보고 하라고 하시네요.
   나 사회생활을 하다 보면 _____ 일도 생기는 법이에요.

2. 다음 [보기]에서 알맞은 표현을 골라 '-(으)ㄹ래야 -(으)ㄹ 수가 없다'를 사용해서 대화를 완성하십시오.

   보기   안 사다   사 주다   믿다   거절하다   안 내다

아내	여보, 집에 정수기가 있는데 정수기를 또 샀어?
남편	영업하는 친구가 하도 부탁을 해서 (1) **안 살래야 안 살 수가 없었어**.
아내	그 친구한테 돈도 빌려 줬다면서?
남편	안 빌려 주면 굶어 죽는다고 하는데 (2) _____.
아내	그리고 지난달 카드 명세서를 보니까 술값이 100만 원이 넘었던데 그건 어떻게 된 거야?
남편	승진했다고 회사 사람들이 한턱내라고 하니까 술값을 (3) _____.
아내	진짜 회사 사람들한테 한턱낸 거 맞아?
남편	당신은 다른 사람들 말은 잘 믿으면서 왜 내 말은 안 믿어?
아내	당신이 툭하면 거짓말을 하니까 (4) _____. 그런데 다른 사람들한테는 돈을 잘 쓰면서 왜 나한테는 선물도 하나 안 해 줘?
남편	선물을 사 줘도 당신이 항상 마음에 안 든다고 하니까 (5) _____.

單元 20 확인해 볼까요?

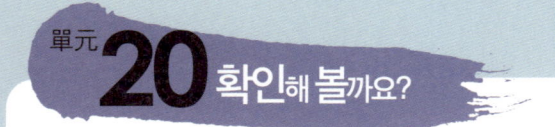

※ 〔1~2〕 다음 밑줄 친 부분과 바꾸었을 때 의미가 가장 비슷한 것을 고르십시오.

1
　　우리나라 사람들이 노후에 가장 살고 싶은 곳으로 선정된 적도 있는 통영은 문화 예술가들이 많이 태어난 곳이기도 하다. 통영은 한려수도의 중간 지점에 있는데 그 풍경이 <u>아름답기가 이를 데 없다.</u>

① 아름다울 듯하다　　　　② 아름다운 셈이다
③ 아름답기 그지없다　　　④ 아름다울 수밖에 없다

2
　　한국인의 식탁에 빠지지 않는 음식 중의 하나가 국물 음식이다. 특히 한국 남자들은 국물이 없으면 밥 먹기를 힘들어한다. 그런데 국물 요리는 이것저것 준비할 것도 많고 오랜 시간 정성껏 끓여야 맛이 좋아지기 때문에 <u>여간 번거롭지 않다.</u>

① 번거로울 수도 있다　　　② 전혀 번거롭지 않다
③ 번거로울 리가 없다　　　④ 상당히 번거롭다

※ 다음 (　　)에 알맞은 것을 고르십시오.

3
　　가족 단위의 여가 활동이나 나들이를 할 여유가 별로 없었던 1970~80년대에는 학교 운동회가 동네잔치이자 가족의 여가 활동의 역할을 했다. 그런데 그런 학교 운동회가 점차 사라지고 있다. 학교 측이나 학생 학부모 모두 별 관심이 없는 데다 아파트 단지에 둘러싸인 학교는 시끄럽다는 민원 때문에 (　　).

① 할래야 할 수가 없다고 한다　　② 할 게 뻔하다고 한다
③ 하기 마련이라고 한다　　　　　④ 하려고 들었다고 한다

※ 다음 (　　)에 들어갈 수 없는 것을 고르십시오.

4
　　현재 한국의 출산율은 세계 최저 수준으로, 저출산 문제가 (　　). 이를 해결하려면 보육 시설 설치나 육아 휴직 활성화, 탄력 근로 시간제 확대 등 국가적으로 여러 보육 대책을 내놓아야 할 듯하다.

① 여간 심각하지 않다　　　② 심각한 법이다
③ 심각하기 짝이 없다　　　④ 심각하기가 이를 데 없다

※ 다음 밑줄 친 부분이 틀린 것을 고르십시오.

5
① 아무리 설득을 해도 안 가겠다고 하니 <u>여간 고집이 세요.</u>
② 북한에 가족을 두고 온 사람들에게 고향은 <u>갈래야 갈 수 없는 곳이다.</u>
③ 영어로 인사밖에 할 줄 모르니 영국 여행이 <u>여간 불편한 게 아니었어요.</u>
④ 명절을 맞아 선물을 사러 나온 차량들로 백화점 주변은 <u>혼잡하기 이를 데가 없다.</u>

單元 21

높임법을 나타낼 때
表示尊待法時

본 장에서는 높임법 중에서 말을 듣는 상대를 높이는 방법(상대 높임법)에 대해 공부합니다. 상대 높임법은 말하는 사람이 나이, 신분, 지위, 친분 관계를 고려하여 문장 끝의 서술어에 듣는 사람을 높이거나 안 높이는 기능을 하는 종결 어미를 붙이는 것입니다. 상대 높임법은 아주높임, 예사 높임, 예사 낮춤, 아주낮춤의 네 등급으로 분류되는데, 이 중 나이가 많은 사람들 사이에서 가끔 사용되는 하오체(예사 높임체)와 하게체(예사 낮춤체)를 배웁니다. 이 표현들은 공공장소의 지시문이나 역사극 드라마, 그리고 영화 등에서 많이 사용되므로 잘 익힌다면 보다 풍부한 한국 문화를 느낄 수 있을 것입니다.

本單元要學習的是尊待法中尊敬聽者的方法（聽者尊待法）。聽者尊待法是依話者的年齡、身份、地位、交情等，在句尾的謂語中加上具有尊待聽者或不尊待聽者之功能的終結語尾。聽者尊待法可分為極尊待法、普通尊待法、普通下待法、極下待法等四個等級，而我們所要學習的是其中年長者之間偶爾會使用的하오체（普通尊待法）跟하게체（普通下待法）。這些表現在公共場所的公告或歷史劇、電影當中都很常使用，多加練習後，便能感受到更豐富的韓國文化。

01 하오체
02 하게체

01 하오체

가 영화가 생각보다 재미있네요. 여양 씨는 어땠어요?
나 아주 재미있었소. 하하하. 영화 속 말투로 하니까 재미있네요.
가 그럼 우리 영화 속 주인공들처럼 말해 볼까요? 지금 몇 시오? 배가 고프니 식사하러 갑시다.
나 나는 잠깐 화장실에 갔다 오겠소. 그동안 무엇을 드실지 생각하고 계시오.

문법을 알아볼까요?

이 표현은 듣는 사람이 말하는 사람과 나이가 비슷하거나 아랫사람인 경우에, 서로 잘 모르는 사이거나 그리 친한 사이가 아니어서 그 사람을 약간 높여 표현할 때 사용합니다. 나이가 많은 사람들 사이에 가끔 쓰이며, 주로 표지판이나 안내문과 같은 글말에서 사용되는데 이때는 명령형으로 사용합니다.

在聽者與話者年齡相仿，或對方居下位的狀況下，由於彼此不太認識或關係不甚親近，欲對對方略表尊敬時，便可使用此表現。年長者之間偶爾會使用，通常出現在標示牌或公告等書面語中，此時須使用命令形。

		A	V	N이다
평서형	과거/완료	-았소/었소	-았소/었소	였소/이었소
	현재	-오/소	-오/소	(이)오
	미래/추측	-겠소	-겠소	이겠소
의문형		-오/소?	-오/소?	(이)오?
명령형		-	★-(으)오, -(으)시오	-
청유형		-	-(으)ㅂ시다	-
감탄형		-구려	-는구려	(이)구려

★ 명령형의 경우 '-(으)오'와 '-(으)시오' 둘 다 가능합니다.
若為命令形，「-(으)오」跟「-(으)시오」兩者皆可使用。

도입 대화문 번역

가 電影比想像中好看欸。呂楊你覺得呢？
나 非常好看啊，哈哈哈。用電影裡的語調來說話真好玩。
가 那我們學電影主角來聊天看看如何？現在幾點？肚子餓了，吃飯吧。
나 我去上個洗手間。這段時間妳來想想要吃些什麼吧。

1 동사의 어간에 받침이 없는 경우는 '-오', 받침이 있는 경우는 '-소(가끔 '-(으)오'도 사용)'를 사용합니다.
動詞語幹末音是開音節時使用「-오」；是閉音節時使用「-소（偶爾也會使用「-(으)오」）」。

 가 어디에 가오?   가 무엇을 하오?
  您去哪裡？   您做什麼？

 나 학교에 가오.   나 책을 읽소/읽으오.
  我去學校。   我看書。

2 자기 자신은 '나'를, 상대방은 '당신'을 주로 사용합니다.
自稱時通常使用「나」；稱呼對方時則使用「당신」。

 나는 제주도 사람이오. 당신은 어디에서 왔소?
 我是濟州島人，您是從哪裡來的呢？

 실례지만, 당신은 누구시오?
 不好意思，請問您是哪位？

3 입말에서는 '-오'를 '-우'로 발음하는 경우가 많습니다.
口語中常將「-오」發「-우」音。

 지금 어디에 가는 길이우?
 您現在要去哪呢？

 점심시간이 지났는데 식사는 했우?
 午餐時間已經過了，您吃飯了嗎？

4 표지판, 안내문 같은 글말에서 명령형으로 자주 사용합니다.
在標示牌、公告等書面語中，常使用命令形。

 미시오. 당기시오.
 推。拉。

 사진을 찍지 마시오.
 請勿照相。

> **더 알아볼까요?**
>
> 동사에 형용사의 감탄문 형태인 '-구려'를 붙이면 부드럽게 명령하는 표현이 됩니다.
> 在動詞後加上形容詞感嘆句形態的「-구려」，可表達溫和的命令。
> - 늦었으니 어서 가구려. (동사의 명령문)
> - 산이 참 아름답구려. (형용사의 감탄문)
> - 참 빨리 가는구려. (동사의 감탄문)

이럴 때는 어떻게 말할까요?

도움이 필요한 나이 드신 분들을 도와 드린 적이 있나요? 우리가 도움을 드리면 그분들은 어떻게 말씀하실까요?

가 할머니, 멀리 가시면 제 차로 같이 가시겠어요?
나 요 앞 사거리에 가는 길이오. 물어봐 줘서 고맙구려.

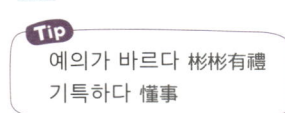

Tip
예의가 바르다 彬彬有禮
기특하다 懂事

멀리 가시면 제 차로 같이 가시다	요 앞 사거리에 가는 길이다 / 물어봐 줘서 고맙다
제가 만든 건데 좀 드시다	고맙게 잘 먹겠다 / 예의가 바른 청년이다
여기서부터 혼자 찾아갈 수 있으시다	수고가 많았다 / 세상에 이렇게 기특한 청년도 살다

연습해 볼까요?

生字・表現 p.404

1 다음 그림을 보고 [보기]에서 알맞은 표현을 골라 '하오체'를 사용해서 문장을 완성하십시오.

보기 안전선 안에 서다   손대다   걷거나 뛰다
기대다 문이 닫힐 때 뛰어들다

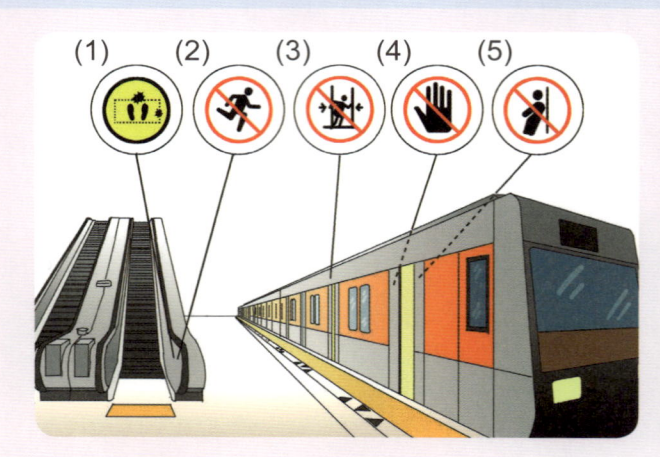

(1) **안전선 안에 서시오**   .   (2) _____.
(3) _____.   (4) _____.
(5) _____.

2 다음 대화를 읽고 '하오체'를 사용해서 밑줄 친 부분을 바꾸십시오.

태민 (1) <u>여양 씨, 오랜만이네요.</u>
여양 태민 씨, 반가워요. (2) <u>요즘 어떻게 지내요?</u>
태민 (3) <u>저는 잘 지내고 있어요.</u> 오늘 날씨가 참 좋네요.
여양 네, 날씨가 좋아서 등산이나 갈까 하는데
(4) <u>태민 씨도 시간 있으면 같이 가요.</u>
태민 여양 씨가 (5) <u>등산을 좋아하는 것을 몰랐어요.</u>
그런데 오늘은 약속이 있어서 가야 해요.
다음에 같이 가요.
여양 좋아요. (6) <u>다음에 가기로 한 약속 잊지 마세요.</u>

두 사람이 조선 시대로 돌아간다면 어떻게 대화를 나눌까요?

박 대감 (1) **여 대감, 오랜만이구려**.
여 대감 박 대감, 반갑소. (2) _____?
박 대감 (3) _____. 오늘 날씨가 참 좋구려!
여 대감 날씨가 좋아서 등산이나 갈까 하는데 (4) _____.
박 대감 여 대감이 (5) _____.
오늘은 약속이 있어서 가야 하오. 다음에 같이 갑시다.
여 대감 좋소. (6) _____.

02 하게체

가 박 군. 오래간만**이네**. 어서 오**게**. 무슨 일**인가**?
나 교수님, 그동안 안녕하셨습니까? 다른 게 아니라 이번에 제가 졸업 논문을 쓰는데 조언을 얻고자 왔습니다.
가 벌써 자네가 졸업할 때가 됐**나**? 세월이 빠르**구먼**. 서서 그러지 말고 앉아서 차라도 마시면서 이야기하**세**.
나 네, 감사합니다.

문법을 알아볼까요?

이 표현은 듣는 사람이 말하는 사람과 나이가 비슷하거나 아랫사람인 경우에, 듣는 사람이 친숙한 사이라서 그 사람을 약간 낮춰 표현할 때 사용합니다. 나이 많은 교수가 제자를, 상사가 부하 직원을, 장인이나 장모가 사위를, 그리고 나이 든 친구들끼리 상대방을 아주 낮춰 표현하지 않는 경우에 사용합니다.

在聽者與話者年齡相仿或居下位的狀況下，因與聽者關係親近，欲將對方略為下待時，便可使用此表現。年長的教授對學生、上司對下屬、岳父或岳母對女婿，以及年長的朋友之間，不過度下待對方時使用。

		A	V	N이다
평서형	과거/완료	-았네/었네		였네/이었네
	현재	-네		(이)네
	미래/추측	-겠네		이겠네
의문형		-(으)ㄴ가?	★-나?, -는가?	(이)ㄴ가?
명령형		-	-게, -지 말게	-
청유형		-	-세	-
감탄형		-구먼	-는구먼	(이)구먼

★ 동사의 의문형의 경우 '-나?'와 '-는가?' 둘 다 가능합니다.
若為動詞疑問形，「-나?」跟「-는가?」兩者皆可使用。

도입 대화문 번역

가 朴君，好久不見了。過來吧，有什麼事嗎？
나 教授，您最近好嗎？我最近要寫論文，這次是想來聽聽您的建議。
가 你已經要畢業了啊？時間過得真快啊。別站著，坐下來喝杯茶聊聊吧。
나 好的，謝謝。

1 평서형의 경우 형용사에는 '-(으)이', 명사에는 '일세'를 쓰기도 합니다.
   在陳述形中，亦可在形容詞後連接「-(으)이」；在名詞後連接「일세」。

   고마우이. 수고가 많으이.
   謝謝。辛苦了。

   참 오래간만일세. 여기가 내 방일세.
   真的好久不見了。這是我房間。

2 자기 자신은 '나'를, 상대방은 '자네'를 주로 사용합니다.
   自稱時通常使用「나」；稱呼對方時則使用「자네」。

   나는 집에 가는 길이네. 자네는 어디에 가나?
   我正要回家，你要去哪？

   오랜만에 자네를 보니 반갑구먼.
   好久沒看到你，很開心。

3 상대방을 부를 때는 '이보게', '여보게'란 표현을 주로 사용합니다.
   叫喚對方時主要使用「이보게」、「여보게」等表現。

   이보게, 이것 좀 도와주게.
   喂，幫我一下。

   여보게, 같이 가세.
   喂，一起走吧。

이럴 때는 어떻게 말할까요?

직장 생활을 해 보셨나요? 나이가 많은 직장 상사들은 나이가 어린 부하 직원에게 어떻게 말할 때가 많을까요?

언제까지?

가 부장님, 이 서류를 언제까지 다 해야 합니까?
나 그걸 꼭 물어봐야 아나? 오늘 안으로 끝내도록 하게.

Tip
회식 聚餐
야외 행사 戶外活動

이 서류를 언제까지 다 해야 하다	그걸 꼭 물어봐야 알다 / 오늘 안으로 끝내도록 하다
오늘 저녁 회식은 어디에서 하다	자네는 뭘 먹고 싶다 / 자네가 정해서 식당을 예약하도록 하다
내일 비가 오면 야외 행사는 취소되는 거다	취소될까 봐 걱정되다 / 비가 와도 할 테니 걱정하지 말다

연습해 볼까요?

生字・表現 p.404

1 다음은 나이 든 친구들끼리의 대화입니다. '하게체'를 사용해서 밑줄 친 부분을 바꾸십시오.

> 가 아니, 이게 누군가? 일봉이 아닌가? (1) <u>그동안 어떻게 지냈니?</u>
> 나 나는 잘 지냈네. 작년에 퇴직하고 (2) <u>미국 아들네 집에 갔다 왔어.</u>
> 가 그래서 (3) <u>통 소식이 없었구나.</u> 그래 자네 집사람하고 아들은 잘 지내는가?
> 나 덕분에 잘 지내네. (4) <u>너는 어떠니?</u> 별일 없지?
> 가 나야 늘 똑같지, 뭐. 우리 집사람이 자네가 좋아하는 모과차 만들어 놓았네.
>   시간 나면 (5) <u>우리 집에 한번 들러라.</u>
> 나 그러겠네. (6) <u>조만간 다시 연락하자.</u>

(1) 그동안 어떻게 지냈나_____?
(2) _____.
(3) _____.
(4) _____?
(5) _____.
(6) _____.

338

2 다음은 장인이 사위가 될 사람에게 쓴 이메일입니다. '하게체'를 사용해서 밑줄 친 부분을 바꾸십시오.

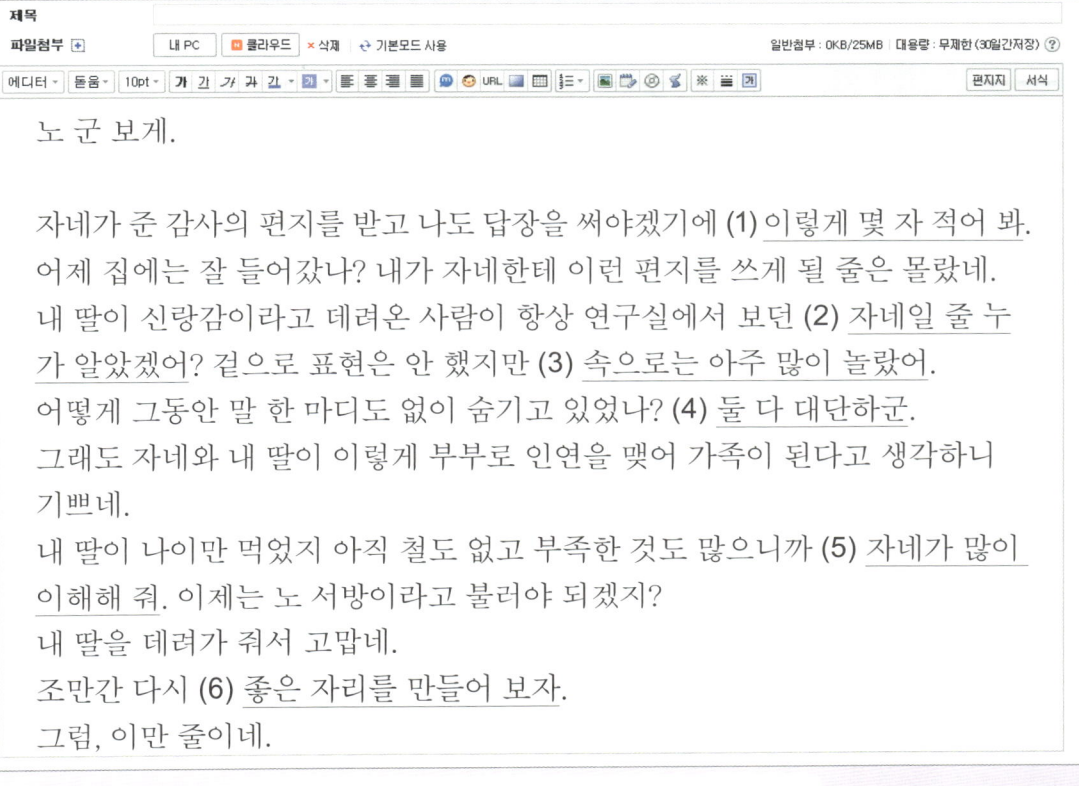

노 군 보게.

자네가 준 감사의 편지를 받고 나도 답장을 써야겠기에 (1) <u>이렇게 몇 자 적어 봐</u>. 어제 집에는 잘 들어갔나? 내가 자네한테 이런 편지를 쓰게 될 줄은 몰랐네. 내 딸이 신랑감이라고 데려온 사람이 항상 연구실에서 보던 (2) <u>자네일 줄 누가 알았겠어</u>? 겉으로 표현은 안 했지만 (3) <u>속으로는 아주 많이 놀랐어</u>. 어떻게 그동안 말 한 마디도 없이 숨기고 있었나? (4) <u>둘 다 대단하군</u>. 그래도 자네와 내 딸이 이렇게 부부로 인연을 맺어 가족이 된다고 생각하니 기쁘네.
내 딸이 나이만 먹었지 아직 철도 없고 부족한 것도 많으니까 (5) <u>자네가 많이 이해해 줘</u>. 이제는 노 서방이라고 불러야 되겠지?
내 딸을 데려가 줘서 고맙네.
조만간 다시 (6) <u>좋은 자리를 만들어 보자</u>.
그럼, 이만 줄이네.

(1) **이렇게 몇 자 적어 보네** _____.
(2) _____?
(3) _____.
(4) _____.
(5) _____.
(6) _____.

339

單元 21 확인해 볼까요?

生字·表現 p.404

※ 다음 ( )에 알맞은 것을 고르십시오.

1

이것은 운전할 때 볼 수 있는 교통 안내 표지판의 하나로 '( ).'라는 의미이다. 최근 최소한의 안전거리를 확보하지 않아서 생긴 교통사고가 빈번히 발생하고 있으므로 운전자들의 각별한 주의가 요구된다.

① 앞차의 50m 뒤에 따라가시오　　② 시속 50m로 운전하시오
③ 앞차와의 간격을 50m로 유지하시오　④ 시속 50m 이상으로 과속하지 마시오

※ [2~3] 다음 대화에서 자연스럽지 않은 것을 하나 골라 바르게 고쳐 쓰십시오.

2

가　벌써 한 해가 ① <u>지났군요</u>. 새해에는 건강하시고 하는 일이 모두 잘되시기를 ② <u>바라오</u>.
나　전화 줘서 ③ <u>고맙소</u>. 김 사장도 새해에 복 많이 받고 ④ <u>건강하시구려</u>.

(　　　　　　　　　　　　　　　　　)

3

가　자네는 커피를 왜 그렇게 많이 ① <u>마시는가</u>? 몸에도 안 좋은데 너무 많이 ② <u>마시지 마오</u>.
나　안 그래도 요즘 줄이려고 ③ <u>노력하고 있네</u>. 내 걱정해 주는 사람은 ④ <u>자네밖에 없구먼</u>.

(　　　　　　　　　　　　　　　　　)

※ 빈칸에 가장 알맞은 것을 고르십시오.

4

가　할아버지, 혹시 이 근처에 한국 식당이 어디에 있는지 아세요? 아주 큰 식당이라고 하던데요.
나　나도 잘 모르오. _____.
　　그 근처에 큰 식당들이 많으니까 거기쯤 있겠지 싶소.

① 이 길 따라 가면 사거리가 나와. 거기에 가서 다시 물어봐
② 이 길 따라 가면 사거리가 나와요. 거기에 가서 다시 물어보세요
③ 이 길 따라 가면 사거리가 나온다오. 거기에 가서 다시 물어보시오
④ 이 길 따라 가면 사거리가 나옵니다. 거기에 가서 다시 물어보십시오

※ 다음 중 틀린 문장을 고르십시오.

5
① 여보게, 난 내일 고향으로 떠나네.
② 벌써 1시가 넘었구먼. 자네는 점심은 먹었소?
③ 김 군, 더 늦으면 차가 막힐 시간이니 어서 가게.
④ 그 아이가 당신 딸이우? 아이가 참 예쁘게 생겼구려.

340

單元 22

기타 유용한 표현들
其他實用表現

본 장에서는 글말에서 많이 사용되는 연결 어미와 중급에서 다루지 않았던 피동과 사동 표현, 그리고 빈도수가 매우 높지는 않지만 한국어능력시험(TOPIK)에 출제되었던 표현들에 대해 공부합니다. 여기서 배우는 표현들을 잘 익힌다면 글말이나 고급스러운 한국어를 구사하는 데 도움을 많이 받을 수 있을 것입니다.

本單元要學習的是書面語中常用的連結語尾，以及在中級階段沒有學過的被動與使動表現。此外，還整理出了一些曾在韓國語文能力測驗（TOPIK）中出現過，但頻率並不高的文法。熟讀本單元的文法之後，對於書面語或高階韓語的運用會多有助益。

01 -(으)므로, -(으)나, -(으)며
02 피동과 사동
03 -(으)ㄹ세라, -는 양, -는 한편, -(으)ㄹ 턱이 없다

01 -(으)므로, -(으)나, -(으)며

여기에서 배우는 표현들은 주로 글말이나 연설, 발표와 같은 공식적인 상황에서 사용되는 것들로, 초급에서 배운 '-(으)니까', '-아서/어서', '-지만', '-고', '-(으)면서'와 각각 바꿔서 사용할 수 있습니다.
本單元中要學習的文法主要用於書面語或演講、發表等正式場合，各自可與初級階段學過的「-(으)니까」、「-아서/어서」、「-지만」、「-고」、「-(으)면서」交替使用。

1 -(으)므로

이 표현은 후행절의 원인이나 이유, 근거를 나타낼 때 사용합니다. 주로 글말이나 연설, 발표와 같은 공식적인 표현으로 사용됩니다.
本文法在陳述後子句之原因或理由、根據時使用。主要用於書面語或演說、發表等正式場合。

	A/V	N이다
과거/완료	-았으므로/었으므로	였으므로/이었으므로
현재	-(으)므로	(이)므로

다리를 꼬고 앉거나 비스듬히 기대앉으면 척추가 비뚤어지므로 좋지 않다.
翹腳坐或斜靠著坐脊椎會歪斜，非常不好。

이 상품은 중도에 해지가 안 되므로 계약하기 전에 신중하게 생각하십시오.
本商品不得中途解約，故立約前須慎重考慮。

선호가 아무 말도 안 하고 가만히 있었으므로 모두들 그가 화가 났다고 생각했다.
善浩一句話也不說，只是默默地坐著，所以大家都以為他生氣了。

더 알아볼까요?

이 표현은 추측이나 미래를 나타내는 '-겠-'과 같이 사용할 수 없습니다.
本文法不得與表推測或未來的「-겠-」一起使用。

- 이번 주말에는 바람도 강하고 기온 변화도 심하겠으므로 건강 관리에 신경 쓰십시오. (×)
  → 이번 주말에는 바람도 강하고 기온 변화도 심하겠으니 건강 관리에 신경 쓰십시오. (○)

2 -(으)나

이 표현은 선행절과 반대가 되거나 대립되는 상황 혹은 동작을 이어 말할 때 사용합니다. 주로 글말에서 사용합니다.
本文法用於接續與前子句相反、對立的狀況或動作時。主要用於書面語。

	A/V	N이다
과거/완료	-았으나/었으나	였으나/이었으나
현재	-(으)나	(이)나

유명한 전문가들로 팀을 구성해서 해외에 출장을 보냈으나 성과는 기대에 못 미쳤다.
我們派出由知名專家組成的團隊到海外出差,但效果卻不如預期。

정부는 나라를 안정시키고자 애를 쓰고 있으나 테러는 좀처럼 잦아들지 않고 있다.
政府為安定國家而煞費苦心,可是恐怖行動卻不見消停。

어느새 3월 중순이나 아직 아침과 저녁은 겨울만큼 쌀쌀하다.
不知不覺已經三月中旬了,但早晨與傍晚卻還是像冬天一樣冷。

3 -(으)며

(1) 두 가지 이상의 행동이나 상태를 대등하게 나열할 때 사용합니다. 주로 글말이나 격식적인 상황에서 사용합니다.
將兩種以上的行動或狀態對等列舉時可使用此文法。主要用於書面語或正式場合。

	A/V	N이다
과거/완료	-았으며/었으며	였으며/이었으며
현재	-(으)며	(이)며

소비자들이 주로 어떤 제품을 구입했으며 언제 구입했는지 조사할 필요가 있다.
消費者主要購買了哪些產品,在什麼時候購買,都有調查的必要。

이곳은 드라마 촬영지로 유명세를 타면서 외국 관광객들이 많이 찾고 있으며 드라마 관련 상품들도 눈에 많이 띈다.
這裡趁著受電視劇拍攝地出名之勢,外國觀光客很常來玩,同時連續劇相關商品也常常映入眼簾。

(2) 두 가지 이상의 행동이 동시에 일어나거나 두 가지 이상의 상태를 겸하고 있음을 나타낼 때 사용합니다.

兩種以上的行動同時發生或兼具兩種以上的狀態時，便可使用此文法。

요즘은 동영상 강의를 들으며 출퇴근하는 사람이 많다.
最近邊看視訊課程邊上下班的人很多。

그 사람은 군인이며 정치가였다.
他既是軍人，也是政治家。

더 알아볼까요?

1. 이 표현은 (1)번의 의미로 사용할 경우, 세 개 이상의 문장을 나열할 때는 같은 말을 반복해서 사용하지 않는 느낌을 주기 위해 '-고'와 '-(으)며'를 번갈아 사용하는 것이 좋습니다.

   在使用(1)意義的狀況下，在列舉三個以上的文句時，為避免給人一再重複相同詞語的感覺，宜輪流使用「-고」與「-(으)며」等。

   - 그곳은 마치 고향처럼 아늑하고 포근하며 정겨운 느낌을 주는 곳이다.
   - 우리나라의 궁들은 전쟁을 거치면서 일부 건물이 사라지고 훼손되었으며 복원 사업을 거치면서 변형되기도 하였다.

   Tip
   아늑하다 幽靜
   포근하다 溫暖
   훼손되다 毀損
   복원하다 復原

2. 이 표현은 (2)번의 의미로 사용할 경우, 선행절과 후행절의 주어는 반드시 같아야 하며 그 주어는 선행절에 한 번만 나와야 합니다

   在使用(2)意義的狀況下，前子句與後子句的主語須一致，且該主語僅能在前子句中出現一次。

   - 수진 씨는 회사에 다니며 동호 씨는 공부하느라 무척 바쁘다. (×)
     → 수진 씨는 회사에 다니며 공부하느라 무척 바쁘다. (○)

   그리고 '-(으)면서'와 큰 의미 차이 없이 바꿔서 사용할 수 있습니다. 그러나 '-(으)며'가 '-(으)면서'에 비해 좀 더 문어적인 느낌이 있습니다.

   此外，本文法可與「-(으)면서」交替使用，意義無太大差異。但「-(으)며」比「-(으)면서」更有書面語的感覺。

   - 요즘은 동영상 강의를 들으면서 출퇴근하는 사람이 많다.
   - 그 사람은 군인이면서 정치가였다.

연습해 볼까요?

生字・表現 pp.404~405

1 다음 [보기]에서 알맞은 표현을 골라 한 문장으로 만드십시오.

> 보기   -(으)며   -(으)므로   -(으)나

(1) 이 드라마는 한 가족이 여러 가지 갈등을 겪다 / 성장해 가는 내용을 그렸다
→ **이 드라마는 한 가족이 여러 가지 갈등을 겪으며 성장해 가는 내용을 그렸다**.

(2) 피해 지역 복구에 최선을 다하고 있다 / 서너 달은 더 걸릴 듯하다
→ _____.

(3) 구두의 굽이 높은 것은 발목과 무릎에 무리를 줄 수 있다 / 주의해야 한다
→ _____.

(4) 그녀는 고등학교를 중퇴한 뒤 모델로 활동하기 시작했다 / 이후 최고의 영화배우가 되었다
→ _____.

2 다음 [보기]에서 하나를 사용하여 같은 뜻이 되도록 밑줄 친 부분을 바꾸십시오.

> 보기   -(으)며   -(으)나   -(으)므로

> 국내의 한 자전거 단체가 다양한 어린이 자전거 타기 프로그램으로 안전 문화를 이끌고 있다. 어린이 자전거 학교는 6세 이상을 대상으로 성인이 함께하는데 <u>도심 주요 도로를 달리면서 현장 경험을 쌓는다</u>. 혼잡한 교차로 통행이나 차로 주행법 등이 핵심이다.

(1) **도심 주요 도로를 달리며 현장 경험을 쌓는다**.

> 강추위가 이어지면서 빙판에 미끄러져 골절상을 입는 환자가 속출하고 있다. 특별히 노인들은 갑자기 찬 공기를 쐬면 심혈관계의 이상으로 쓰러지면서 <u>골절을 입는 경우가 많기 때문에</u> 외출할 때 마스크 등을 착용하는 게 좋다.

(2) _____.

> 거제 해금강은 아름다운 경치와 여러 드라마의 촬영지로 알려져 남녀노소를 가릴 것 없이 많은 여행객들이 찾는다. 그동안 <u>거리가 멀어 일정을 잡기 쉽지 않았지만</u> 지난해 말에 고속도로가 완전히 개통되어 서울에서도 하루 일정으로 다녀올 수 있게 되었다.

(3) _____.

02 피동과 사동

여기에서 배우는 표현들은 일부 단어에 접사를 붙여 피동이나 사동을 나타내는 표현들입니다. 중급에서는 피동을 나타내는 표현으로는 동사의 어간에 '-이/히/리/기-'를 붙여서 만드는 단어 피동과 '-아지다/어지다' 혹은 '-게 되다'를 붙이는 표현을 배웠고, 사동을 나타내는 표현으로는 동사의 어간에 '-이/히/리/기-'를 붙여서 만드는 단어 사동과 '-게 하다'를 붙이는 표현을 배웠습니다.

本單元要學習的是在部分單字後連接綴詞，以表示被動或使動的表現。中級階段學習的被動表現，有在動詞語幹後連接「-이/히/리/기-」後形成的被動形單字，還有連接「-아지다/어지다」或「-게 되다」的表現方式；使動表現則有在動詞語幹後連接「-이/히/리/기-」形成的使動單字，以及連接「-게 하다」的表現方式。

1 -되다

이 표현은 일부 명사에 붙어 피동의 뜻을 나타내는데 다른 주체에 의해 그 동작이나 상태가 이루어졌음을 나타낼 때 사용합니다. 주로 한자어로 된 단어 다음에 붙습니다.

此表現連接在部分名詞之後，呈現出被動的意義，欲表達「因其他主體而達成了該動作或狀態」時使用。主要連接於與漢字語之後。

1492년 콜럼버스는 아메리카 대륙을 발견했다.
1492年哥倫布發現了美洲大陸。

⇒ 1492년 아메리카 대륙은 콜럼버스에 의해 발견**됐다**.
1492年美洲大陸被哥倫布所發現。

나는 이 노래를 사랑하는 아내를 위해 작곡했다.
我為了心愛的妻子寫下了這首歌。

⇒ 이 노래는 사랑하는 아내를 위해 작곡**됐다**.
這首歌是我為了心愛的妻子而寫的。

노사 문제를 해결하려고 아침부터 노사 양측이 모여 회의를 시작했다.
為了解決勞資問題，勞資雙方從早上就開始開會。

⇒ 5시간에 걸친 회의를 하고서야 노사 문제가 해결**됐다**.
經過五個小時的會議後，勞資問題才得以解決。

더 알아볼까요?

1 일부 명사에 '-하다'가 붙으면 문장의 주어가 그 동작을 하는 주체임을 나타내 조사 '을/를'이 앞에 오는 반면 '-되다'가 붙으면 피동의 의미를 나타내 조사 '이/가'가 앞에 옵니다.
部分名詞後接「-하다」時，表示句子的主語為執行該動作的主體，動詞前方使用助詞「을/를」；相反地，後接「-되다」時表示被動意義，其前面使用「이/가」。

- 정부가 낙후된 지역을 개발하겠다고 발표했다.
- 내년 하반기부터 낙후된 지역이 개발될 예정이다.

> **Tip**
> 낙후되다 落後

2 다음은 능동형 '-하다'가 붙는 단어와 피동형 '-되다'가 붙는 단어입니다.
以下是連接主動形「-하다」的單字與連接被動形「-되다」的單字：

-하다	-되다	-하다	-되다
결정하다	결정되다	사용하다	사용되다
마무리하다	마무리되다	연구하다	연구되다
준비하다	준비되다	반영하다	반영되다
배달하다	배달되다	좌우하다	좌우되다
발명하다	발명되다	예방하다	예방되다
분실하다	분실되다	추방하다	추방되다

2 -당하다

이 표현은 행동을 나타내는 말에 붙어 피동의 의미를 나타내는데, 어떤 사람에게서 거부당하거나 원하지 않는 일을 겪을 때 또는 좋지 않은 일을 겪을 때 사용합니다.
此表現連接於表示行動的詞語之後，呈現被動的意義，在被某人拒絕或經歷了不情願的事、不好的事時使用。

직장 상사한테 무시당하는 것도 한두 번이지 이제 회사를 그만두어야겠어요.
被公司上司藐視這種事，一兩次就夠了，現在該是辭職的時候了。

부당하게 해고당했다며 몇몇 사람들이 회사를 상대로 고소를 했다.
有幾個人說自己遭到不當解雇，對公司提告。

수익률이 높다며 친구가 투자하래서 했다가 사기당했다.
朋友說收益率高，要我投資，結果被騙了。

더 알아볼까요?

1 이 표현은 동사와 접미사로 모두 사용할 수 있는데 동사로 사용할 때는 앞에 조사 '을/를'을 쓰고 접미사로 사용할 때는 앞의 명사에 붙여 씁니다.
此表現可當作動詞或後綴詞使用，當作動詞使用時，前方連接「을/를」；當作後綴詞使用時，接於前方名詞後。

- 직장 상사한테 <u>무시를 당하는 것도</u> 한두 번이지 이제 회사를 그만두어야겠어요.
- 회사에서 부당하게 <u>해고를 당했다며</u> 몇몇 사람들이 회사를 상대로 고소를 했다.

2 다음은 능동형 단어와 피동형 '-당하다'가 붙는 단어입니다.
以下是主動形單字與連接被動形「-당하다」的單字：

능동형	-당하다	능동형	-당하다
거절하다	거절당하다	고통(을) 주다	고통당하다
무시하다	무시당하다	사고(를) 내다	사고당하다
외면하다	외면당하다	사기(를) 치다	사기당하다
이용하다	이용당하다	망신(을) 주다	망신당하다
해고하다	해고당하다	창피(를) 주다	창피당하다
이혼하다	이혼당하다	놀리다	놀림당하다

3 -시키다

이 표현은 일부 명사에 붙어 사동의 뜻을 나타내는데, 문장의 주어가 다른 사람이나 동물, 사물 등에 어떤 일이나 행동을 하게 할 때 혹은 어떤 상태에 이르게 할 때 사용합니다.

此表現接於部分名詞之後，表示使動的意義，使用在文句的主語使令其他的人或動物、事物等做某件事、某個行為或達到某個狀態時。

정부는 우리 문화를 외국인들에게 알리고 이해시키기 위해 문화 공연을 할 예정이다.
政府為了讓外國人理解我們的文化，即將舉辦文化公演。

집안 사정이 어려웠던 윤호 씨는 아르바이트를 하면서 동생을 대학까지 교육시켰다.
家境不好的允浩一邊打工，一邊供弟弟（妹妹）讀到大學。

대현 씨는 결혼기념일에 직접 쓴 편지와 꽃다발로 아내를 감동시켰다.
大賢在結婚紀念日那天，用自己親手寫的信與花束，感動了他的妻子。

더 알아볼까요?

1 이 표현은 동사와 접미사로 모두 사용할 수 있는데 동사로 사용할 때는 앞에 조사 '을/를'을 쓰고 접미사로 사용할 때는 앞의 명사에 붙여 씁니다.

此表現可當作動詞或後綴詞使用，當作動詞使用時，其前方使用助詞「을/를」；當作後綴詞使用時，接在前方名詞後。

- 정부는 우리 문화를 외국인들에게 알리고 이해를 시키기 위해 문화 공연을 할 예정이다.
- 집안 사정이 어려웠던 윤호 씨는 아르바이트를 하면서 동생을 대학까지 교육을 시켰다.

2 '-하다'가 붙는 동사 중 사동의 의미를 갖는 것들이 있는데 이때는 '-하다'와 '-시키다'를 둘 다 사용할 수 있습니다. 그러나 '-시키다'를 붙여 쓰는 것보다는 '-하다'를 쓰는 것이 한국어 어법상 더 좋습니다.

在連接「-하다」的動詞中，有些亦具有使動意義，此時「-하다」與「-시키다」兩者皆可使用。但使用「-하다」在韓語文法上比「-시키다」更合宜。

- 담배는 신체 조직을 파괴하며 심장병과 각종 암을 유발한다.
  = 담배는 신체 조직을 파괴하며 심장병과 각종 암을 유발시킨다.
- 정부는 불법 체류자들을 나라 밖으로 추방했다.
  = 정부는 불법 체류자들을 나라 밖으로 추방시켰다.

> **Tip**
> 파괴하다 破壞
> 유발하다 引發
> 불법 체류자 非法滯留者

3 다음은 능동형 '-하다'가 붙는 단어와 사동형 '-시키다'가 붙는 단어입니다.

以下是連接主動形「-하다」的單字與連接使動形「-시키다」的單字：

-하다	-시키다	-하다	-시키다
구경하다	구경시키다	열광하다	열광시키다
결혼하다	결혼시키다	입원하다	입원시키다
등록하다	등록시키다	진정하다	진정시키다
발전하다	발전시키다	취소하다	취소시키다
배달하다	배달시키다	탈락하다	탈락시키다
변신하다	변신시키다	화해하다	화해시키다

연습해 볼까요?

生字・表現 p.405

1 다음에서 맞는 것을 고르십시오.

(1) 아프리카 대륙은 세계 2차 대전 전에 유럽의 여러 나라들로부터 (지배했다, ⓘ지배받았다ⓘ).

(2) 구조 조정을 해야 했던 그 회사는 전체 직원의 20퍼센트를 (해고당하고, 해고시키고) 말았다.

(3) 지진이 발생하자 학교에서 수업 중이던 한 교사는 자신도 놀랐을 텐데 학생들을 (진정하려고, 진정시키려고) 안간힘을 썼다.

(4) 한 운전기사가 운전 중 휴대 전화로 문자를 보내려다가 (사고를 내, 사고당해) 길 가던 사람 십여 명을 죽거나 다치게 했다.

(5) 평소 일본어를 잘한다고 자랑하던 경수 씨는 관광지에서 우연히 만난 일본 사람과 인사도 제대로 못 해 친구들 앞에서 톡톡히 (망신당했다, 망신 주었다).

(6) 애니메이션 '신나는 가족' 제작진은 아빠들이 자녀와 함께하는 시간이 점점 늘어나는 사회적 분위기를 (반영해, 반영돼) 만들었다고 밝혔다.

2 다음 글을 읽고 [보기]에서 하나를 사용하여 (   ) 안을 바꾸십시오.

| 보기 | -되다 | -당하다 | -시키다 |

> 가수 엠의 새 노래 '파란 일요일'의 인기가 하늘 높은 줄 모르고 치솟고 있다. 노래가 (1) (발표하다) 지 두 달이 채 안 되어 해외 유명 동영상 사이트 조회 수가 1억 건을 넘었다. 또한 세계 곳곳에서 '빨간 일요일', '하얀 월요일', '파란 주말' 등으로 (2) (패러디하다) 있다. 온 세계가 이 노래에 (3) (점령하다) 해도 과언이 아닐 것이다. 그렇다면 이 노래가 인기 있는 이유는 무엇일까? 따라 부르기 쉬운 멜로디와 리듬도 그 이유일 테지만 무엇보다 코믹하고 재미있는 춤이 전 세계인들을 (4) (열광하다) 있는 것이다.

(1) **발표된**
(2) _____
(3) _____
(4) _____

03 -(으)ㄹ세라, -는 양, -는 한편, -(으)ㄹ 턱이 없다

여기에서 배우는 표현들은 21장까지 나온 표현들만큼 빈도수가 높지는 않지만 한국어능력시험에서 가끔씩 출제되는 것들입니다. 이 표현들을 잘 알아 두면 한국어능력시험을 볼 때나 한국 사람들과 대화를 할 때 도움이 될 것입니다.

本單元要學習的文法，偶爾會在韓國語文能力測驗（TOPIK）中出現，但頻率並不如前二十一章的文法高。若是能熟記這些文法，對於韓國語文能力測驗或是與韓國人對話都會有所助益。

1 -(으)ㄹ세라

이 표현은 선행절의 일이 일어날까 염려해서 후행절의 일을 한다는 뜻으로 이유나 근거를 나타낼 때 사용합니다.

本文法的意思是「擔心前子句的事情會發生，所以做了後子句的事情」，在表達理由或根據時使用。

> 아내는 아이들이 추울세라 장갑에 목도리까지 하게 했다.
> 妻子擔心孩子們會冷，便叫他們戴了手套又加了圍巾。
>
> 세영이는 자신의 하얀색 원피스에 뭐라도 묻을세라 무척이나 조심을 했다.
> 世英怕自己的白色洋裝沾到東西，所以非常小心。
>
> 강연자의 이야기를 한마디라도 놓칠세라 청중들은 부지런히 메모를 했다.
> 因為不想漏掉演講人的任何一句話，聽眾們都勤奮地寫著筆記。

더 알아볼까요?

이 표현은 큰 의미 차이 없이 '-(으)ㄹ까 봐'와 바꿔 쓸 수 있습니다. 그러나 '-(으)ㄹ세라'가 '-(으)ㄹ까 봐'보다 좀 더 문어적이고 예스러운 느낌이 있습니다.

本文法可與「-(으)ㄹ까 봐」交替使用，意義沒有太大差異。但「-(으)ㄹ세라」比「-(으)ㄹ까 봐」更有書面和古典的感覺。

- 아내는 아이들이 추울까 봐 장갑에 목도리까지 하게 했다.
- 세영이는 자신의 하얀색 원피스에 뭐라도 묻을까 봐 무척이나 조심을 했다.

2 -는 양

이 표현은 후행절의 상태나 동작을 보고 마치 선행절과 같거나 그렇게 보임을 추측해서 말할 때 사용합니다.
本文法用於「看到後子句之狀態或動作後，表示它和前子句內容一樣或推測看起來類似」時。

	A	V	N이다
과거/완료	-	-(으)ㄴ 양	-
현재	-(으)ㄴ 양	-는 양	인 양

동호 씨는 자신이 사장이라도 된 양 나에게 이것저것을 시키더라고요.
東澔使喚我做東做西的，好像他自己當了總經理一樣。

윤주 씨는 항상 모든 걸 다 아는 양 행동해서 사람들의 미움을 샀다.
允珠總是一副自己什麼都懂的樣子，所以惹得大家都不喜歡她。

그 사람은 마치 오래 전부터 알고 지냈던 사이인 양 친숙하게 말을 걸었다.
那個人就像是和我認識了很久一樣，親切地與我攀談。

더 알아볼까요?

이 표현은 큰 의미 차이 없이 '-는 듯이'와 바꿔 쓸 수 있습니다. 그러나 '-는 듯이'보다 좀 더 문어적인 느낌이 있습니다.
本文法可與「-는 듯이」交替使用，意義沒有太大差異。但「-는 듯이」更有書面語的感覺。
- 동호 씨는 자신이 상사라도 된 듯이 나에게 이것저것을 시키더라고요.
- 윤주 씨는 항상 모든 걸 다 아는 듯이 행동해서 사람들의 미움을 샀다.

3 -는 한편

이 표현은 어떤 행동을 하면서 동시에 또 다른 행동을 하거나 혹은 어떤 상황에 또 다른 상황이 이어질 때 사용합니다.
本文法用於「在進行某個行動的同時又進行另一個行動」，或是「在某個狀況下接著又出現了某個狀況」時。

안박문 후보자는 유세에서 자신의 업적을 드러내는 한편 상대 후보의 정책을 비난했다.
安博文候選人在造勢時，一邊展示自己的政績，一邊批評對手的政策。

윤 교수는 암 치료에 관한 연구를 꾸준히 하는 한편 후배 의사들을 양성하는 데에도 게을리하지 않았다.
尹教授持續進行癌症治療相關研究，同時在培養後進醫師上也不遺餘力。

사회가 변화함에 따라 새로운 직업들이 대거 생겨나는 한편 기존의 직업들도 많이 사라지고 있다.
隨著社會變遷，新興行業大舉出現的同時，既存的行業也大量地消失。

4 -(으)ㄹ 턱이 없다

이 표현은 과거의 경험으로 추측해 볼 때 어떤 내용이 확실히 사실이 아님을 강하게 표현할 때 사용합니다. 부정적인 느낌이 강하므로 점잖은 표현으로는 쓰지 않습니다.
本文法用於欲強烈地表達「依過去的經驗來推測，某個內容的確不是事實」時。由於負面的感覺十分強烈，不使用在委婉的表現中。

	A/V	N이다
과거/완료	-았을/었을 턱이 없다	였을/이었을 턱이 없다
현재	-(으)ㄹ 턱이 없다	일 턱이 없다

가 산골이긴 해도 인터넷은 되지요?
  就算是山區，也應該連得上網路吧？
나 전기도 제대로 들어오지 않는 이곳에 인터넷이 될 턱이 없잖아요.
  連電都不見得有的這裡，怎麼可能會有網路。

가 월급이 깎인다는 얘기를 듣고 직원들 반응이 어때요?
  員工聽到要減薪的消息後，有什麼反應呢？
나 월급을 삭감한다는데 사람들 기분이 좋을 턱이 없지요.
  薪水都被砍了，心情怎麼可能會好。

가 영주 씨가 발표를 잘했을까요?
  英洙發表得好嗎？
나 그렇게 준비를 하는 둥 마는 둥 했는데 잘했을 턱이 없어요.
  她那樣要準備不準備的，怎麼可能會表現得好。

더 알아볼까요?

이 표현은 '없다' 대신 '있다'를 사용해서 말할 수도 있는데 이때는 '-(으)ㄹ 턱이 있어요?', '-(으)ㄹ 턱이 있겠어요?'의 형식으로 쓰여 같은 의미를 나타냅니다.
本文法可將「없다」置換為「있다」使用，但此時須以「-(으)ㄹ 턱이 있어요?」、「-(으)ㄹ 턱이 있겠어요?」的形式來表達相同的意義。

- 공부는 전혀 안 하고 게임만 하는데 성적이 오를 턱이 있어요?
- 네가 수영 씨에게 그렇게 잔소리를 하는데 수영 씨인들 널 좋아할 턱이 있겠어?

연습해 볼까요?

生字·表現 p.405

1 다음 [보기]에서 알맞은 표현을 골라 한 문장으로 만드십시오.

| 보기 | -(으)ㄹ 턱이 없다 | -는 한편 | -(으)ㄹ세라 | -는 양 |

(1) 퇴근 후에 회식이 있다는 말이 반갑다 / 직원들은 얼굴을 찌푸렸다
→ <u>퇴근 후에 회식이 있다는 말이 반가울 턱이 없는 직원들은 얼굴을 찌푸렸다</u>.

(2) 성주 씨는 잠이 든 아이가 깨다 / 작은 목소리로 귀에 대고 속삭였다
→ _____.

(3) 승우 씨는 목이 조금 부은 것 가지고 암이라도 걸리다 / 얼마나 죽는 소리를 하는지 몰라요
→ _____.

(4) 그동안 중소기업 박람회는 우수한 중소기업을 홍보하다 / 일자리를 구하는 사람들과 직원 채용을 원하는 중소기업을 연결해 주는 역할을 해 왔다
→ _____.

2 다음 [보기]에서 알맞은 표현을 골라 같은 뜻이 되도록 밑줄 친 부분을 바꾸십시오.

| 보기 | -는 양 | -(으)ㄹ세라 | -는 한편 | -(으)ㄹ 턱이 없다 |

> 한국은 전통적으로 남존여비 사상이 강한 나라였다. <u>딸만 낳은 여성은 무엇인가 잘못한 일이 있는 것처럼 고개도 들지 못하고 다녔고</u>, 또 이에 대해 주위에서도 안되었다는 듯이 바라보곤 했었다.

(1) <u>딸만 낳은 여성은 무엇인가 잘못한 일이 있는 양 고개도 들지 못하고 다녔고</u>.

> 어린 시절 중국에서 살았던 나는 동생보다 중국어를 배우는 속도가 매우 느렸다. 생각해 보면 당시 나는 틀리는 것에 대한 두려움이 매우 컸던 것 같다. 발음이 정확하지 않거나 어휘를 잘못 선택해서 놀림을 당할까 봐 걱정을 했고, 혹시라도 틀리면 부끄러워서 입을 열지 않았다. <u>이런 나의 외국어 학습에 대한 태도는 외국어 실력을 빨리 늘게 했을 리가 없다</u>.

(2) _____.

우리 회사는 나이, 성별, 학력, 장애 등에 전혀 차별을 두지 않는 채용을 지향함으로써 우리 사회 일자리 창출에 기여하는 동시에 직원들에게 다양한 성장의 기회를 제공하며 체계적인 교육 프로그램을 통해 인재를 개발하는 데 최선의 노력을 다하고 있습니다.

(3) _____

주영 씨는 계약직 직원인 도경 씨에게 힘든 일이 없냐고 물었다. 그러자 항상 다른 직원들의 눈치를 보며 살아 왔던 도경 씨는 혹시라도 누가 들을까 봐 주위에 다른 사람들이 없는지를 확인하고 그간 마음에 담아 두었던 이야기를 털어놓았다.

(4) _____

單元 22 확인해 볼까요?

生字·表現 p.405

※ [1~2] 다음 밑줄 친 부분과 바꾸었을 때 의미가 가장 비슷한 것을 고르십시오.

1
> 스트레스가 쌓이면 몸속의 비타민과 무기질이 많이 <u>소모되므로</u> 신선한 야채와 과일을 많이 먹어 피를 맑게 하고 두뇌 회전이 빨라지도록 해야 한다.

① 소모되며 ② 소모되는 까닭에
③ 소모되기는커녕 ④ 소모되기에 망정이지

2
> 한 TV 프로그램은 가족들을 돌보느라 자신을 전혀 가꿀 수 없었던 50~60대 어머니들을 모셔다 머리부터 발끝까지 <u>변신시켜 주는</u> 코너를 새로 만들어 많은 호응을 얻고 있다.

① 변신하게 해 주는 ② 변신당해 주는
③ 변신하는 가운데 ④ 변신될세라

※ [3~4] 다음 (   )에 알맞은 것을 고르십시오.

3
> 아이는 꾸지람도 듣고 칭찬도 (   ) 자라야 균형 잡힌 인격체로 자라나게 된다.

① 들으며 ② 듣는 양
③ 듣는 한편 ④ 들으나

4
> 올해 100만 부 이상이 팔린 '마법사 이야기'는 처음부터 출판사에서 환영을 받은 것은 아니었다. '마법사 이야기'의 작가 김윤호 씨는 완성된 원고를 들고 여러 출판사를 찾았지만 말도 안 되는 이야기라면서 번번이 (   ). 하지만 포기하지 않고 계속 출판사 문을 두드린 결과 한 출판사 편집장의 눈에 들어 출판을 하게 되었고 올해의 베스트셀러까지 오르게 되었다.

① 거절시켰다 ② 거절할 턱이 없었다
③ 거절당했다 ④ 거절하였다

※ 다음 (   )에 들어갈 수 <u>없는</u> 것을 고르십시오.

5
> 김 회장은 공부가 하고 싶어 무작정 서울로 올라왔던 때가 (   ) 생생하게 기억이 난다고 회고했다.

① 어제 일같이 ② 어제 일인 것처럼
③ 어제 일인 양 ④ 어제 일이다시피

※ 다음 중 <u>틀린</u> 문장을 고르십시오.

6 ① 그는 젊지는 않았으나 얼굴에는 생기가 넘쳐흘렀다.
② 맞벌이 부부의 증가로 반찬을 배달시켜 먹는 가정이 늘고 있다.
③ 어머니는 아들이 점심을 굶을세라 도시락을 들고 학교에 찾아왔다.
④ 그 감독은 영화가 해외에서 호평을 받으며 배우들이 명성을 얻었다.

附錄

- 解答
- 이럴 때는 어떻게 말할까요? 劇本
- 연습해 볼까요? & 확인해 볼까요? 生字・表現
- 文法索引

解答

單元 1 表示選擇時

연습해 볼까요?

01 -느니

1. (2) 기다리느니 (3) 되느니
   (4) 부탁하느니 (5) 다니느니
2. (2) 눈에 띄는 신발을 신느니/신고 다니느니
   (3) 딱 달라붙는 옷을 입느니/입고 다니느니
   (4) 유행 타는 가방을 드느니/들고 다니느니
   (5) 집에만 모셔 놓느니

02 -(으)ㄹ 바에야

1. (2) 일을 맡길 바에야
   (3) 앉아서 걱정만 할 바에야
   (4) 부당한 대우를 받을 바에야
2. (2) 죽음을 기다릴 바에야
   (3) 취직을 보장받지 못할 바에야
   (4) 가지고만 있을 바에야

03 -건 -건

1. (2) 재미있건 재미없건
   (3) 한식이건 양식이건
   (4) 다 왔건 안 왔건
   (5) 예쁘건 안 예쁘건/못생겼건
2. (2) 전공과목이건 교양 과목이건 간에 아주 열심히 공부합니다
   (3) 날씨가 좋건 나쁘건 간에 (하루도 빠짐없이) 운동을 합니다
   (4) 식사를 하건 운동을 하건 간에 MP3를 들으며 영어 공부를 합니다
   (5) 듣건 말건/안 듣건 간에 큰 소리로 따라 해서 사람들의 눈총을 받기도 합니다

04 -(느)ㄴ다기보다는

1. (2) 맛이 있다기보다는
   (3) 잘생겼다기보다는
   (4) 잘 맞는다기보다는

2. (2) 이런 장르를 고집한다기보다는
   (3) 몸이 힘들었다기보다는
   (4) 홀가분하다기보다는

확인해 볼까요?

1 ②   2 ④   3 ③
4 성공하건 실패하건/성공하든(지) 실패하든(지)
5 ④ (→ 불안해하느니)

單元 2 表示引用時

연습해 볼까요?

01 보고

1. (2) 수지 씨보고/더러 요리 학원에라도 다녀야겠다
   (3) 투안 씨보고/더러 도움이 필요하면 언제든지 말하라
   (4) 소피아 씨보고/더러 모든 일에 최선을 다하는 것 같다
   (5) 소희 씨보고/더러 이번에 발표를 아주 잘했다
   (6) 투안 씨보고/더러 새로 출시된 은하수2 스마트폰의 기능이 다양해서 좋다

02 -(느)ㄴ다니까

(2) 늦었는데 좀 서두르라니까
(3) 아직도 이해가 안 가(느)냐니까
(4) D를 받았다니까
(5) 결혼하자니까
(6) 오후에 비가 온다니까/올 거라니까

03 -(느)ㄴ다면서

1. (2) 친하게 지내자면서
   (3) 그 책 재미있(느)냐면서
   (4) 특종이라면서
2. (2) 여행이 재미있었다면서 다음에는 같이 가자고 했어요
   (3) 주말에 시간 있(느)냐면서 같이 영화 보겠

358

(ㄴ)냐고 했어요
(4) 순두부를 먹으러 가자면서 자기가 맛있는 식당을 안다고 했어요

04 에 의하면

1 (2) 신문 기사에 의하면 남미에 지진이 났다고 한다
(3) TV 뉴스에 의하면 한국에서 제일 수출이 많이 되는 것은 IT 관련 제품이라고 한다
(4) 계약서에 의하면 1년 내에 연금 보험을 해지할 경우 원금을 보장해 주지 않는다고 한다
(5) 제품 설명서에 의하면 이 제품은 2년 동안 무상 수리를 받을 수 있다고 한다
2 (2) 인터넷에 따르면 50% 정도 더 싸대요
(3) 승무원 말에 따르면 20분 정도 남았대요
(4) 한 건강 잡지에 따르면
(5) 여행사 직원 말에 따르면 오사카 호텔이 시내에 있어서 교통이 편리하다고 해요

확인해 볼까요?
1 ②　2 ③　3 ①　4 ④
5 ② (→ 덥다니까)
6 ① (→ 동생에게/한테)

單元 3 表示名詞化時

연습해 볼까요?

01 -(으)ㅁ

1 (2) 죄가 없음을　(3) 자신이 한 일임을
(4) 뇌물을 주었음도　(5) 판단할 수 없음을
2 (2) 쉼　(3) 취해야 함
(4) 금함　(5) 맑아지겠음
(6) 비가 오겠음

02 -는 데

1 (2) 줄이는 데　(3) 예방하는 데
(4) 없애는 데　(5) 파악하는 데
2 (2) 영어 점수를 높이는 데
(3) 성공적으로 살아가는 데
(4) 시청자들의 관심을 끄는 데

(5) 취업을 하는 데
(6) 계획하는 데

03 -는 바

(2) ㉠ – 한 이동 통신 회사가 조사한 바에 의하면 SNS에 접속한 사람의 52%가 모바일을 통해 접속한다고 한다
(3) ㉢ – 용기와 힘을 가지고 옳다고 생각하는 바를 행동으로 옮긴다면 세상을 바꿀 수 있을 것이다
(4) ㉣ – 정부는 공공요금 인상에 대해 아직까지 확정된 바가 없다고 전하고 있다
(5) ㉤ – 찰스 씨는 해외 NGO 단체에서 수년간 일한 바가 있으므로 빈곤 지역 개발 프로젝트에 적임자라는 생각이 듭니다
(6) ㉮ – 김 교수님께서도 말씀하신 바와 같이 아시아의 개발 도상국에 투자하는 것이 좋을 듯합니다

확인해 볼까요?
1 ③　2 ①　3 ③　4 ④　5 ②
6 ④ (→ 무사하였음을)

單元 4 表示原因與理由時

연습해 볼까요?

01 (으)로 인해서

(2) 홍수로 인해서
(3) 극심한 가뭄으로 인해서
(4) 지진으로 인해서
(5) 쓰나미로 인해서
(6) 해수면이 상승함으로 인해서/해수면 상승으로 인해서
(7) 지구 온난화로 인해서

02 -는 통에

(2) 나가자고 떼를 쓰는 통에
(3) 불이 나는 통에
(4) 조르는 통에
(5) 울려 대는 통에
(6) 짜증을 내는 통에

03 (으)로 말미암아

(2) 폭설로 말미암아
(3) 탈수 현상으로 말미암아
(4) 경제 위기가 지속됨으로 말미암아
(5) 부상으로 말미암아
(6) 지은 죄로 말미암아/죄를 지음으로 말미암아

04 -느니만큼

1. (2) 그 나라에는 이민지가 많으니만큼
   (3) 요즘 전국적으로 오디션 열풍이 뜨거우니만큼
   (4) 이번 행사가 외국에서 열리느니만큼
   (5) 최근 세계 문화유산으로 등재되었으니만큼

2. (2) 온 국민이 축구에 열광하느니만큼
   (3) 우리나라와 지리적으로 가까우니만큼
   (4) 그쪽 분야에서 오래 일했으니만큼
   (5) 때가 때(이)니만큼

05 -는 이상

1. (2) ㉢ – 학생들을 가르치는 이상 교사로서 학생들에게 모범을 보여야 할 것이다
   (3) ㉠ – 가격을 내리지 않는 이상 우리도 물건을 구입할 수가 없습니다
   (4) ㉤ – 제품에서 하자가 발견된 이상 제품 구매자들에게 적절한 보상을 해야 할 것이다
   (5) ㉣ – 한 나라의 대통령인 이상 좀 더 책임 있는 모습을 보여 줄 필요가 있다

2. (2) 어렵게 공부를 시작한 이상
   (3) 정치인의 아내인 이상
   (4) 기부를 하기로 마음먹은 이상
   (5) 서식지로 판명된 이상

06 -기로서니

(2) 아무리 급한 일이 생겼기로서니
(3) 아무리 생활고에 시달리기로서니
(4) 아무리 날씨가 덥기로서니
(5) 아무리 담배가 피우고 싶기로서니 금연 구역에서 담배를 피우(시)면 어떻게 합니까
(6) 아무리 주차할 데가 없기로서니 장애인 주차 공간에 주차하(시)면 어떻게 합니까

07 -기에 망정이지

(2) 아랫집 할머니가 귀가 어둡기에 망정이지 항의했을 것이다
(3) 사람들이 많이 오지 않았기에 망정이지 부서 사람들이 회식 장소에 다 못 들어갔을 것이다/들어갈 뻔했다
(4) 요즘 방학이기에 망정이지 학교에 며칠 결석했을 것이다/결석할 뻔했다
(5) 할인 쿠폰이 있었기에 망정이지 식사비로 한 달 용돈을 다 썼을 것이다/쓸 뻔했다
(6) 친구 부부가 이해심이 많기에 망정이지 다른 사람들 같으면 화가 나서 가 버렸을 것이다

08 -(느)ㄴ답시고

(2) 수학을 가르쳐 준답시고 동생을 데리고 가더니 가르치기는커녕 동생을 울리고 있다
(3) 방 정리를 한답시고 옷을 다 꺼내더니 방만 더 어지럽혀 놓았다
(4) 그림 연습을 한답시고 태블릿 피시를 사 놓고 밤새 웹툰만 보고 있다
(5) 쿠키를 팔아 용돈을 번답시고 잔뜩 만들어 놓고
하나도 팔지 못해 결국 가족들이 다 먹고 있다
(6) 친구들과 같이 학교 숙제를 한답시고 친구들을 불러 놓고 세 시간 넘게 연예인 얘기만 하고 있다

09 -(으)ㅁ으로써

1. (2) ㉠ – 그 나라의 독재자가 사망함으로써 수십만 명의 목숨을 앗아간 내전이 막을 내리게 되었다
   (3) ㉢ – 정부로부터 투자를 받음으로써 신제품 개발에 가속도가 붙을 예정이다
   (4) ㉣ – 외국인을 배우자로 맞이하는 사람들이 증가함으로써 다문화 가정에 대한 사회적 관심도 높아지고 있다

2. (2) 정기적으로 건강 검진을 함으로써
   (3) 비상근무 체제를 운영함으로써
   (4) 직접 작곡한 곡을 들려 드림으로써

10 -기에

1. (2) 바빴기에   (3) 높기에

(4) 있기에/있었기에　(5) 적기에

2　(2) 폭설이 내린다기에/내릴 거라기에
　　(3) 브라질에서 왔다기에
　　(4) 라면 가격이 오른다기에/오를 거라기에
　　(5) 택배비를 내야 한다기에

11 -길래

1　(2) 외출 중이길래
　　(3) 들어왔길래
　　(4) 네티즌들의 평이 괜찮길래
　　(5) 하도 맛있게 먹길래

2　(2) 옆집 남편이 암에 걸렸다길래
　　(3) 용돈을 올려 달라길래
　　(4) 도대체 어떤 자동차길래
　　(5) 도대체 돈이 뭐길래

확인해 볼까요?

1 ②　2 ④　3 ①　4 ③
5 ② (→ 맛있어서/맛있기에)
6 ② (→ 많으니까)

單元 5　表示假設狀況時

연습해 볼까요?

01 -더라도

1　(2) 말했더라도
　　(3) 불편하시더라도
　　(4) 선배더라도

2　(2) 거절하기 곤란하더라도
　　(3) 말을 걸더라도
　　(4) 귀찮게 하더라도
　　(5) 초인종을 누르더라도
　　(6) 졸리시더라도

02 -(으)ㄹ지라도

1　(2) 실수했을지라도
　　(3) 피할 수 있을지라도
　　(4) 떨어질지라도

2　(2) 잘못했을지라도
　　(3) 개성 존중의 시대일지라도
　　(4) 비난받을 수는 있을지라도

　　(5) 건강에 좋을지라도
　　(6) 비쌀지라도

03 -(으)ㄴ들

1　(2) 후회한들
　　(3) 뭘 먹은들
　　(4) 많이 받은들

2　(2) (시설도) 좋고 편한들
　　(3) 친절하고 잘해 준들
　　(4) 맛있은들
　　(5) 외로운들

04 -(으)ㄹ망정

1　(2) 앞서가지는 못할망정
　　(3) 월급을 올려 주지는 못할망정
　　(4) 굶어 죽을망정
　　(5) 돈은 못 벌었을망정

2　(2) 쓰레기통에 버릴망정 다른 사람들에게는 절대로 나눠 주지 않는 욕심쟁이였다
　　(3) 목숨을 잃을망정 진실에 대해 입을 다물지 않겠다며 협박에 굴하지 않았다
　　(4) 도와주지는 못할망정 성을 쌓는 일에 동원에서는 안 된다는 비판도 있었다고 한다
　　(5) 표하지는 못할망정 폭행을 가해 경찰에 체포되었다

05 -(느)ㄴ다고 치다

1　(2) 그만둔다고 치자
　　(3) 간다고 쳐도
　　(4) 그림만 잘 그리면 된다고 치자
　　(5) 받는다고 쳐도

2　(2) 야영한다고 치고
　　(3) 면접관이라고 치고
　　(4) 본다고/봤다고 치고

06 -는 셈치다

1　(2) 좋은 경험을 한 셈치려고요
　　(3) 미래를 위해 투자하는 셈치고
　　(4) 운동하는 셈 치고
　　(5) 결혼 예행연습을 하는 셈 치고

2　(2) 사 입은/받은 셈칠 테니까
　　(3) 먹은 셈칠게요
　　(4) 본 셈치면

확인해 볼까요?

1 ②　2 ③　3 ②　4 ③
5 ④ (→ 아껴 쓰지는 못할망정)

單元 6　表示循序的行動時

연습해 볼까요?

01 -기가 무섭게

1 (2) 책 한 권을 다 읽기가 무섭게
　(3) 새 영화가 개봉하기가 무섭게
　(4) 운전석에 앉기가 무섭게
　(5) 월급을 받기가 무섭게
2 (2) 드라마가 방송되기가 무섭게
　(3) 옷을 입고 나오기가 무섭게
　(4) 제품을 생산하기가 무섭게

02 -자

1 (2) 증거를 보여 주자　(3) 그 팀이 우승을 하자
　(4) 회장에 당선되자　(5) 모든 순서가 끝나자
　(6) 뽀뽀를 하자
2 (2) 치자　　　　　　(3) 달려오자
　(4) 알게 되자　　　　(5) 나타나자

확인해 볼까요?

1 ③　2 ②　3 ④　4 ③
5 ② (→ 돌아오자마자)
6 ④ (→ 더워지기가 무섭게)

單元 7　表示條件與決定時

연습해 볼까요?

01 -는 한

1 (2) ㉠ – 양보하지 않고 자기의 주장만을 고집하는 한 다른 사람과 화합할 수 없어요
　(3) ㉢ – 참석자 과반수의 찬성이 없는 한 그 법안은 통과될 수 없어요
　(4) ㉡ – 꿈을 잃어버리지 않는 한 누구나 성공할 수 있다고 생각해요
　(5) ㉣ – 경제적 여건이 허락되는 한 더 많은 아이들을 후원하고 싶어요
2 (2) 제 힘이 닿는 한
　(3) 좋아해 주는 사람이 있는 한
　(4) 생각을 정확히 표현하지 않는 한
　(5) 인류가 존재하는 한

02 -(으)ㄹ라치면

(2) 버스를 탈라치면
(3) 친구를 만나서 수다 좀 떨라치면/친구들을 만날라치면
(4) 앉아서 갈라치면/앉을라치면
(5) 맛 좀 볼라치면
(6) 아끼는 옷을 입을라치면

03 -노라면

1 (2) 마음을 붙이고 살아가노라면
　(3) 바쁘게 지내노라면
　(4) 넓은 바다를 바라보고 있노라면
2 (2) 꾸준히 취업 준비를 하노라면
　(3) 반복해서 연습하노라면
　(4) 성실히 일하노라면

04 -느냐에 달려 있다

1 (2) 일이 몇 시에 끝나(느)냐에 달려 있지만
　(3) 제품의 질에 달려 있어
　(4) 언제 어디로 여행을 가(느)냐에 달려 있어요
　(5) 내일 날씨에 달려 있지/있어
　(6) 얼마나 잘 반영했(느)냐에 달려 있겠지요
2 (2) 얼마나 친절하냐에 달려 있어요
　(3) 얼마나 자기 관리를 잘하(느)냐에 달려 있어요
　(4) 오늘 경기 결과가 어떻게 나오(느)냐에 달려 있어요

05 -기 나름이다

(2) 훈련시키기 나름이에요
(3) 배치하기 나름이에요/나름이지요
(4) 요리하기 나름인데
(5) 개척하기 나름이야
(6) 예산을 짜기 나름이에요
(7) 설명하기 나름인데

확인해 볼까요?

1 ①　2 ③　3 ④　4 ④　5 ②
6 ① (→ 가능한 한)

單元 8　表示對照與對立時

연습해 볼까요?

01　은/는 대로

1　(2) 재즈는 재즈대로 국악은 국악대로
　(3) 밥은 밥대로 빵은 빵대로
　(4) 편지는 편지대로
　(5) 고양이는 고양이대로 강아지는 강아지대로

2　(2) 주택은 주택대로 삶을 풍요롭게 즐길 수 있어서
　(3) 시장은 시장대로 값도 싼 데다가 덤도 많이 줘서
　(4) 아이들은 아이들대로 (산과 들을) 맘껏 뛰어다니며 놀 수 있어서
　(5) 우리 부부는 우리 부부대로 (집 안팎의 일을 직접 하느라 따로 운동할 필요 없이) 건강해지는 것 같아서

02　-는 김에

(2) 생각난 김에
(3) 물어보는 김에
(4) 도와주는 김에
(5) 부탁하는 김에

확인해 볼까요?

1 ③　2 ④
3 고기는 고기대로 나물은 나물대로
4 이 근처에 온 김에
5 ①

單元 9　表示對比與相反時

연습해 볼까요?

01　-건만

1　(2) 비가 올 거라고 했건만
　(3) 그리 많지 않건만
　(4) 챙겨 먹고 있건만
　(5) 열심히 노력했건만
　(6) 도와줄 상황은 아니건만
　(7) 쉬어 가면서 하면 좋겠건만

2　(2) 화를 낼 거라고 예상했건만
　(3) 냉정할 것 같건만
　(4) 일찍 가서 기다렸건만
　(5) 그냥 집에 가고 싶었건만
　(6) 제시간에 오면 좋겠건만
　(7) 아무리 친구 사이(이)건만

02　-고도

(2) 밟고도　　　(3) 도와주고도
(4) 졸업하고도　(5) 먹고도
(6) 사귀고도　　(7) 가지 않고도

03　-(으)ㅁ에도 불구하고

1　(2) ⑩ – 애완동물은 또 다른 가족이라는 인식이 높아지고 있음에도 불구하고 아직도 사회의 무관심 속에 버려진 유기견들이 많다
　(3) ㉠ – 할 일이 산더미처럼 쌓였음에도 불구하고 감기 몸살로 인해 몸을 움직일 수가 없다
　(4) ㉡ – 어린 나이임에도 불구하고 무대에서 긴장하는 모습이 없어 관객들을 감탄하게 만들었다
　(5) ㉢ – 저녁까지 굶으면서 노력했음에도 불구하고 살은 좀처럼 빠지지 않았다

2　(2) 환경 단체의 대대적인 홍보에도 불구하고
　(3) 추운 날씨에도 불구하고
　(4) 거듭되는 스캔들과 부상에도 불구하고
　(5) 90세의 고령에도 불구하고

확인해 볼까요?

1 ④　2 ②　3 ③　4 ④
5 ③ (→ 만났건만)

單元 10 表示類似時

연습해 볼까요?

01 -듯이

1. (2) ㉠ – 사람마다 외모가 다르듯이 가치관과 성격도 다르다
   (3) ㉣ – 장수하는 사람들의 생활에서 살펴봤듯이 오래 사는 비결은 긍정적인 마음을 갖는 데 있다
   (4) ㉤ – 이번 일의 성공 여부는 앞에서도 언급했듯이 소비자의 요구를 얼마나 정확하게 읽어 내느냐에 달려 있다
   (5) ㉢ – 얼마 전 원자력 발전소 사고에서 알 수 있듯이 절대적인 안전성을 보장하는 기술이란 없다

2. (2) 가뭄에 콩 나듯이 (3) 게 눈 감추듯이
   (4) 밥 먹듯이 (5) 비 오듯이
   (6) 눈 녹듯이 (7) 제집 드나들듯이

02 -다시피 하다

1. (2) 천재 피아니스트 장성주 씨는 모차르트의 모든 곡을 외우다시피 한다/하고 있다
   (3) 자동차의 대중화로 기름도 라면이나 쌀처럼 필수품이 되다시피 하였다
   (4) 몇 년째 계속된 전쟁으로 폐허가 되다시피 한 도시를 보니 마음이 아팠다
   (5) 이 소설은 1930년대 남미의 농장으로 팔려가다시피 한 우리 선조들의 삶을 소재로 하고 있다

2. (2) 일하다시피 했어요
   (3) 뛰어다니다시피 하면서
   (4) 먹고 자다시피 하면서

3. (2) 빼앗다시피 해서
   (3) 맡다시피 한다
   (4) 녹초가 되다시피 한다
   (5) 침묵하다시피 했다

확인해 볼까요?

1 ② 2 ④ 3 ① 4 ③
5 ③ 찾다시피 하지만 → 찾다시피 했지만

單元 11 表示添加與包括時

연습해 볼까요?

01 -거니와

1. (2) 가깝거니와 (3) 제철이거니와
   (4) 좋거니와 (5) 아팠거니와
   (6) 물론이거니와 (7) 들거니와

2. (2) 반 친구들도 재미있거니와 선생님도 친절하게 잘 가르쳐 주셔
   (3) 시설도 깨끗하거니와 주인아주머니의 음식 솜씨도 아주 좋아
   (4) 교통도 편리하거니와 먹을거리나 볼거리도 많아서 좋아

02 -기는커녕

1. (2) 만 원은커녕 (3) 꽃구경은커녕
   (4) 한 시간은커녕

2. (2) 사과를 하기는커녕
   (3) 멋있기는커녕
   (4) 피로가 풀리기는커녕
   (5) 기분 전환이 되기는커녕
   (6) 잘못을 뉘우치기는커녕

03 -(으)ㄹ뿐더러

1. (2) ㉣ – 우리는 말 한마디로 사람을 울고 웃게도 할뿐더러 더 나아가 한 사람의 인생을 변화시키기도 한다
   (3) ㉠ – 요즘은 여성의 사회 진출이 크게 늘었을뿐더러 진출 분야도 많이 전문화되었다
   (4) ㉢ – 나무는 산소의 주요 공급원일뿐더러 대기의 오염 물질을 흡수하여 정화를 해 주기도 한다
   (5) ㉤ – 지도자는 조직을 관리하는 통솔력을 갖춰야 할뿐더러 변화하는 상황에 잘 대처하는 능력도 있어야 한다

2. (2) 능력이 없을뿐더러 (3) 해로울뿐더러
   (4) 재미있을뿐더러 (5) 벌어야 할뿐더러

04 -되

1. (2) 쓰되 (3) 바꾸되
   (4) 하되

2 (2) (텔레비전을) 보기는 보되
　(3) (옷을) 입기는 입되
　(4) (USB를) 쓰기는 쓰되

05 마저
(2) 선배마저　　(3) 막내딸마저
(4) 희망마저　　(5) 너마저
(6) 부모님마저　(7) 의욕마저

06 을/를 비롯해서
1 (2) 음료를 비롯해서　(3) 선생님을 비롯해서
　(4) 저를 비롯해서　　(5) 가족을 비롯해서
　(6) 아시아를 비롯해서 (7) 고궁을 비롯해서
2 (2) 텔레비전을 비롯해서
　(3) 미녀시대를 비롯해서
　(4) 소년 소녀 가정을 비롯해서

확인해 볼까요?
1 ②　2 ③　3 ③　4 ④　5 ①
6 ③ (→ 우체국을 비롯한/비롯해서 공공 기관이)

單元 12　表示習慣與態度時

연습해 볼까요?

01 -아/어 대다
1 (2) 울어 대서
　(3) 피워 대는데
　(4) 질러 대서
　(5) 놀려 댔나 봐요/놀려 댔대요
2 (2) 뽀뽀를 해 대는지
　(3) 핥아 대요
　(4) 긁어 대요
　(5) 싸워 대서/댄다고

02 -기 일쑤이다
1 (2) 사람 얼굴을 못 알아보기 일쑤이다
　(3) 여러 번 가 본 길도 헤매기 일쑤예요
　(4) 버스에 우산을 놓고 내리기 일쑤였다
　(5) 나하고 한 약속을 잊어버리기 일쑤여서
2 (2) 뽀뽀를 해 대는지
　(3) 핥아 대요

(4) 긁어 대요
(5) 싸워 대서/댄다고

03 -는 둥 마는 둥 하다
1 (2) 영화도 보는 둥 마는 둥 하던데
　(3) 화장을 지우는 둥 마는 둥 하고
　(4) 학원에 다니는 둥 마는 둥 했어요
　(5) 책상도 정리하는 둥 마는 둥 해
　(6) 창문을 닦는 둥 마는 둥 하고(서는)/해 놓고(서는)
2 (2) 쳐다보는 둥 마는 둥 하고
　(3) 대답을 하는 둥 마는 둥 했다
　(4) 듣는 둥 마는 둥 했다
　(5) 저녁을 먹는 둥 마는 둥 했더니

확인해 볼까요?
1 ②　2 ④　3 ②　4 ④
5 ③ 듣거나 말거나 → 듣는 둥 마는 둥

單元 13　表示程度時

연습해 볼까요?

01 -(으)리만치
1 (2) 냉정하리만치
　(3) 상상할 수 없으리만치
　(4) 생각하기조차 싫으리만치
　(5) 눈썹 하나 까딱하지 않으리만치
2 (2) 값으로 따질 수 없으리만치
　(3) 견줄 수 없으리만치
　(4) 믿겨지지 않으리만치

02 -다 못해
1 (2) 웃다 못해　　(3) 아름답다 못해
　(4) 견디다 못해　(5) 시끄럽다 못해
　(6) 부끄럽다 못해　(7) 창백하다 못해
2 (2) 고맙다 못해
　(3) 기가 막히다 못해
　(4) 괘씸하다 못해
　(5) 생각하다 못해/생각다 못해

확인해 볼까요?
1 ②　2 ③　3 ②　4 ①

解答　365

5 ③ 시원하지 못해 → 시원하다 못해

單元 14 表示意圖時

연습해 볼까요?

01 -(느)ㄴ다는 것이

1 (2) 내린다는 것이   (3) 부른다는 것이
   (4) 넣는다는 것이   (5) 잔다는 것이
2 (2) 빨리 간다는 게 길이 막혀서 오히려 더 늦었다
   (3) 정신을 차리고 잘 듣는다는 게 긴장이 풀리니까 졸렸다
   (4) 친구한테 문자 메시지를 보낸다는 게 부장님에게 잘못 보냈다
   (5) (정신을 차리려고) 물을 마신다는 게 소주를 마셨다

02 -(으)려고 들다

1 (2) 따라 하려고 들어서
   (3) 알려고 들어요/드세요
   (4) 배우려고 들지
   (5) 따지려고 드는 게/들어서
   (6) 해결하려고 드는
   (7) 챙기려고 드니
2 (2) 가지려고 든다
   (3) 숨기려고 든다
   (4) 만들려고 든다
   (5) 행동하려고 든다

03 -(으)려다가

1 (2) 기르려다가
   (3) 보내려다가
   (4) 포기하려다가
2 (2) ㄷ ㄴ - 선물을 사 드리려다가 현금이 나을 것 같아서 돈으로 드리려고 해요
   (3) ㄹ ㄱ - 못 본 척하고 지나가려다가 그래도 내가 아랫사람이니까 먼저 가서 인사했어
   (4) ㄴ ㄷ - 얇은 옷을 입으려다가 뉴스를 듣고 다시 두꺼운 옷으로 바꿔 입었어요

확인해 볼까요?

1 ②   2 ④   3 ③   4 ③   5 ④
6 ① (→ 하려다가)

單元 15 表示推測與可能性時

연습해 볼까요?

01 -는 듯이

1 (2) 헤어지기 아쉬운 듯이
   (3) 뛸 듯이
   (4) 죽은 듯이
   (5) 잡아먹을 듯이
2 (2) 하늘을 찌를 듯이
   (3) 쏟아져 내릴 듯이
   (4) 숨이 막힐 듯이

02 -(느)ㄴ다는 듯이

1 (2) 이해한다는 듯이
   (3) 지루하다는 듯이
   (4) 잘 모르겠다는 듯이
   (5) 마음에 안 든다는 듯이
2 (2) 귀찮다는 듯이
   (3) 입맛이 없다는 듯이
   (4) 언제 그랬냐는 듯이
   (5) 쳐다본다는 듯이

03 -는 듯하다

1 (2) 잘되어 가는 듯해서
   (3) 비용을 아낄 수 있을/있는 듯하던데
   (4) 큰 영향을 미칠 듯해요
   (5) 낭비한 듯해서
2 (2) 돌파할 듯하며
   (3) 팔리고 있는 듯합니다
   (4) 유행할 듯해서
   (5) 알 듯해요
   (6) 누리고 싶어 하는 듯한

04 -(으)ㄹ 게 뻔하다

1 (2) 떨어질 게 뻔하니까
   (3) 하락할 게 뻔하니까

(4) 여행 갔을 게 뻔해요
(5) 놓고 왔을 게 뻔해요

2 (2) 쉽지 않을 게 뻔했지만
(3) 알려 주지 않을 게 뻔해서/뻔하니까
(4) 듣지 않을 게 뻔하기 때문이다
(5) 실패할 게 뻔하다

05 -(으)ㄹ 법하다

1 (2) 최고 대학을 졸업한 변호사라면 유명 법률 회사에서 큰돈 받으며 일할 법한데, 시민 단체에 들어가 무료로 법률 상담을 하고 있다
(3) 그 정도로 많은 돈을 모았으면 편하게 살 법한데, 여전히 병원 청소며 식당 일을 하러 다니신다
(4) 음식 장사를 하다 보면 쉽고 편하게 맛을 내기 위해 한 번쯤은 화학조미료를 쓸 법한데, 몇십 년째 고집스럽게 천연 재료만 써서 음식을 만들어 오고 있다
(5) 매일 똑같은 음식을 먹으면 질릴 법한데, 식당에 갈 때마다 김치찌개만 시킨다

2 (2) 들고 다녔을 법한
(3) 해변에서나 입을 법한
(4) 한 번쯤 꿈꿨을 법한
(5) 당연히 궁금해할 법한

06 -(으)ㄹ 리가 없다

1 (2) 만들었을 리가 없어요
(3) 유출됐을 리가 없어요
(4) 고장이 났을 리가 없어요

2 (2) 그런 사기를 쳤을 리가 없어요
(3) 그새 바뀔/바뀌었을 리가 없는데
(4) 없을 리가 없어요
(5) 성공할 리가 없다

07 -기 십상이다

1 (2) 손님들의 외면을 받기 십상이에요
(3) 손해 보기 십상이에요
(4) 안 되기 십상이니까

2 (2) 삐기 십상입니다
(3) 빠지기 십상입니다
(4) 포기하기 십상인 데다
(5) 발생하기 십상입니다

확인해 볼까요?

1 ② 2 ① 3 ④ 4 ③ 5 ④
6 ① (→ 따르기 마련이다)

單元 16 表示理所當然時

연습해 볼까요?

01 -기 마련이다

1 (2) 쉽게 얻은 것은 쉽게 잃기 마련이죠
(3) 눈에서 멀어지면 마음에서도 멀어지기 마련이에요
(4) 사람은 누구나 변하기 마련이죠
(5) 아이들은 싸우면서 크기 마련이에요

2 (2) 누구나 장점이 있으면 단점도 있게 마련이죠
(3) 사랑을 하면 눈이 멀게 마련이라더니
(4) 연애를 하면 예뻐지게 마련이에요
(5) 사랑하는 사람한테는 무언가를 계속 주고 싶게 마련이죠

02 -는 법이다

1 (2) 아무리 맛있는 음식도 매일 먹으면 싫증이 나는 법이라고/법이야
(3) 뭐든지 지나치면 해가 되는 법이니까
(4) 실력이 주는 법이에요

2 (2) 열 번 찍어 안 넘어가는 나무가 없는 법이다
(3) 발 없는 말이 천 리를 가는 법이다
(4) 고생 끝에 낙이 오는 법이다

확인해 볼까요?

1 ③ 2 ① 3 ③ 4 ②
5 ① (② → 뭐든지 시작은 쉽지 않은 법입니다. ③ → 가는 말이 고와야 오는 말이 고운 법입니다. ④ → 항상 꾸준히 노력하는 사람은 어디 가서도 살아남는 법입니다.)
6 ② (→ 져야 하는 법이다)

單元 17 表示列舉時

연습해 볼까요?

01 -는가 하면

1. (2) ㄹ – 모델 김연주 씨는 살을 뺀다고 며칠씩 굶었는가/굶는가 하면 한꺼번에 서너 끼를 먹어 치울 때도 많았다고 한다
   (3) ㅁ – 올여름 남부 지방은 가뭄으로 고생했는가/고생하는가 하면 중부 지방은 폭우로 큰 피해를 입었다
   (4) ㄱ – 그 감독의 작품은 예술성이 높다는 평가를 받는가 하면 이해하기 어렵다는 평가를 받기도 한다
   (5) ㄷ – 돈 때문에 사람을 납치하는 사람이 있는가 하면 다른 사람을 구하려고 자신의 목숨을 희생하는 사람도 있다
   (6) ㅂ – 인생의 시련을 만나면 어떤 이는 세상을 탓하고 삶을 포기하는가 하면 어떤 이는 새로운 길로 나가는 기회로 삼고 성장한다
2. (2) 습관적으로 야근하는가 하면
   (3) 지나치게 길게 작성하는가 하면
   (4) 쓸데없는 질문을 해 대는가 하면

02 -느니 -느니 하다

(2) 야근이니 회식이니/야근이라느니 회식이라느니
(3) 디자인이 촌스러우니 구두가 불편해 보이느니/디자인이 촌스럽다느니 구두가 불편해 보인다느니
(4) 운동을 하느니 마느니
(5) 공부 좀 하라느니 용돈 좀 아껴 쓰라느니
(6) 예산을 낭비하느니 대기업 배만 불리는 정책만 펼치느니/예산을 낭비한다느니 대기업 배만 불리는 정책만 펼친다느니

03 -(으)랴 -(으)랴

1. (2) ㄷ – 전공 공부하랴 부족한 한국어 공부하랴
   (3) ㄱ – 사건 취재하러 다니랴 연애하랴
   (4) ㄹ – 사인해 주랴 사진 같이 찍어 주랴
2. (2) 설거지하랴 음식 서빙하랴

(3) 식당 일을 하랴 요리 연습을 하랴
(4) 방송하랴 요리책을 집필하랴
(5) 낮에는 메뉴 개발하랴 저녁에는 주방에서 요리하랴

04 (이)며 (이)며

(2) 인터넷이며 책이며
(3) 옷이며 신발이며 책이며
(4) 유행이 지난 거며 몸에 맞지 않는 거며
(5) 사 놓고 몇 년 동안 꽂아만 둔 거며 나중에 또 읽을까 싶어 버리지 않은 거며

확인해 볼까요?

1 ③ 2 ① 3 ② 4 ③ 5 ④
6 ② (→ 날씨가 춥네 피곤하네 하며)

單元 18 表示結果與回想時

연습해 볼까요?

01 -(으)ㄴ 끝에

1. (2) 암 투병 끝에   (3) 기다린 끝에
   (4) 논란 끝에   (5) 공부한 끝에
   (6) 말다툼 끝에   (7) 준비한 끝에
2. (2) 추격한 끝에   (3) 열애 끝에
   (4) 연구한 끝에

02 -아/어 내다

1. (2) 털어 내고   (3) 풀어 낸/풀어 내는
   (4) 발견해 냈습니다   (5) 막아 내서
   (6) 그려 내서   (7) 키워 내셨네요
2. (2) 담아냈다는
   (3) 닦아 내고
   (4) 기억해 낸
   (5) 받아 낼 수 있으리라는/있을 거라는

03 -(으)ㄴ 나머지

(2) 무리하게 다이어트를 한 나머지 건강에 문제가 생겨/무리하게 다이어트를 하다가 건강에 문제가 생긴 나머지 병원에 입원했다
(3) 자기 마음을 몰라주는 소피아 씨 때문에 마음이 상한 나머지 부산으로 바람 쐬러 갔다

(4) 베이징에서 열리는 슈퍼보이즈 공연이 너무 보고 싶은 나머지 며칠 휴가를 내고 중국에 갔다
(5) 어제 술을 너무 많이 마신 나머지 이성을 잃고 사람들과 싸움을 벌였다
(6) 오늘 출근하는 길에 급하게 서두른 나머지 앞 자동차를 받았다

04 -데요

1 (2) 고등학교 동창이데요
 (3) 몰라보겠데요
 (4) 살이 많이 빠졌데요
2 (2) 생각보다 덥지 않데
 (3) 몸과 마음이 치유가 되는 것 같데
 (4) 음식의 종류도 다양하고 정말 맛있데

확인해 볼까요?

1 ② 2 ④ 3 ① 4 ③ 5 ④
6 ① (→ 힘들어하데)

單元 19 表示狀況或基準時

연습해 볼까요?

01 -는 가운데

1 (2) ㄹ – 한류가 인기를 더해 가고 있는 가운데 한류가 단순히 문화 외교의 차원이 아닌 문화 교류의 차원으로 확대되어야 한다는 의견이 제기되고 있다
 (3) ㄴ – 많은 시민들이 참여한 가운데 '좋은 이웃 되기 운동'이 펼쳐지고 있다
 (4) ㄱ – 때로 해결이 나지 않을 것 같은 문제도 서로 이야기를 나누는 가운데 해결의 실마리를 찾게 될 때가 있다
2 (2) 어려운 가운데/가운데(에)도/가운데(에)서도
 (3) 모인 가운데
 (4) 묻고 듣는 가운데

02 -는 마당에

1 (2) 어려운 마당에 (3) 잘 못 하는 마당에
 (4) 배가 고픈 마당에 (5) 해고를 당한 마당에

2 (2) 도덕적 불감증에 빠져 있는 마당에
 (3) 자식이 부모도 속이는 마당에
 (4) 가족도 못 믿는다고 하는 마당에

03 치고

1 (2) 영철 씨 얘기치고
 (3) 배우가 나오는 영화치고
 (4) 사 먹는 음식치고
2 (2) 만든 것치고는   (3) 소문난 맛집치고는
 (4) 오래된 집치고는 (5) 중소기업치고는

04 -(으)ㅁ에 따라

1 (2) ㄱ – 이상 고온 현상이 계속됨에 따라 농산물 재배에 어려움을 겪고 있다
 (3) ㄹ – 환경 보호에 대한 관심이 높아짐에 따라 전기 차를 비롯한 친환경 사업에 대한 관심도 높아지고 있다
 (4) ㅁ – 한국 문화에 대한 관심이 한국어 학습 열풍으로 이어짐에 따라 해외 한국어 학교의 수강생이 급증하고 있다고 한다
 (5) ㄴ – 인터넷의 보급이 확산됨에 따라 '웹진(웹+매거진)'이라는 새로운 형태의 출판물이 등장하였다
2 (2) 국내 커피 시장이 급성장세를 이어감에 따라
 (3) 육아 휴직 수당이 인상됨에 따라
 (4) 합리적인 소비를 선호하는 소비자가 많아짐에 따라

확인해 볼까요?

1 ④ 2 ② 3 ③ 4 ③ 5 ①
6 ① (→ 부부치고 한 번도 안 싸우는 부부가 어디 있어요?/부부치고 한 번도 안 싸우는 부부는 없어요/없을 거예요.)

單元 20 表示強調時

연습해 볼까요?

01 여간 -지 않다

1 (2) 여간 자랑스럽지 않다
 (3) 여간 손이 많이 가지 않는다/손이 여간 많

이 가지 않는다
(4) 여간 부담스럽지 않다
(5) 여간 돈을 많이 쓰지 않았다/돈을 여간 많이 쓰지 않았다
(6) 여간 보기가 좋지 않다/보기가 여간 좋지 않다
(7) 여간 잘 팔리지 않는다

2 (2) 여간 붐비는 게 아니다
(3) 여간 맛있는 게 아니다
(4) 여간 많은 게 아니다
(5) 여간 자주 오시는 게 아니다

02 -기가 이를 데 없다

(2) 불편하기가 이를 데 없는
(3) 뻔뻔하기가 이를 데 없다
(4) 불안하기가 이를 데 없는데
(5) 무책임하기가 이를 데 없다
(6) 기쁘기가 이를 데 없었다
(7) 사랑스럽기가 이를 데 없었다

03 -(으)ㄹ래야 -(으)ㄹ 수가 없다

1 (2) 입을래야 입을 수가 없어
(3) 알아들을래야 알아들을 수가 없었어요
(4) 잊을래야 잊을 수가 없어요
(5) 피할래야 피할 수 없는

2 (2) 거절할래야 거절할 수가 없었어
(3) 안 낼래야 안 낼 수가 없었어
(4) 믿을래야 믿을 수가 없잖아
(5) 사 줄래야 사 줄 수가 없는 거지

확인해 볼까요?

1 ③   2 ④   3 ①   4 ②
5 ① (→ 여간 고집이 세지 않아요/여간 고집이 센 게 아니에요)

單元 21 表示尊待法時

연습해 볼까요?

01 하오체

1 (2) 걷거나 뛰지 마시오
(3) 문이 닫힐 때 뛰어들지 마시오

(4) 손대지 마시오
(5) 기대지 마시오

2 (2) 요즘 어떻게 지내오
(3) 나는 잘 지내고 있소
(4) 박 대감도 시간 있으면 같이 갑시다
(5) 등산을 좋아하는 것을 몰랐소
(6) 다음에 가기로 한 약속 잊지 마시오

02 하게체

1 (2) 미국 아들네 집에 갔다 왔네
(3) 통 소식이 없었구먼
(4) 자네는 어떤가
(5) 우리 집에 한번 들르게
(6) 조만간 다시 연락하세

2 (2) 자네일 줄 누가 알았겠나
(3) 속으로는 아주 많이 놀랐네
(4) 둘 다 대단하구먼
(5) 자네가 많이 이해해 주게
(6) 좋은 자리를 만들어 보세

확인해 볼까요?

1 ③
2 ① 지났군요 → 지났구려
3 ② 마시지 마오 → 마시지 말게
4 ③
5 ② (→ 벌써 1시가 넘었구먼. 자네는 점심은 먹었나?)

單元 22 其他實用表現

연습해 볼까요?

01 -(으)므로, -(으)나, -(으)며

1 (2) 피해 지역 복구에 최선을 다하고 있으나 서너 달은 더 걸릴 듯하다
(3) 구두의 굽이 높은 것은 발목과 무릎에 무리를 줄 수 있으므로 주의해야 한다
(4) 그녀는 고등학교를 중퇴한 뒤 모델로 활동하기 시작했으며 이후 최고의 영화배우가 되었다

2 (2) 골절을 입는 경우가 많으므로 외출할 때 마스크 등을 착용하는 게 좋다

(3) 일정을 잡기 쉽지 않았으나 지난해 말에 고속도로가 완전히 개통되어

02 피동과 사동

1 (2) 해고시키고　　(3) 진정시키려고
　(4) 사고를 내　　　(5) 망신당했다
　(6) 반영해
2 (2) 패러디되고　　(3) 점령당했다고
　(4) 열광시키고

03 -(으)ㄹ세라, -는 양, -는 한편, -(으)ㄹ 턱이 없다

1 (2) 성주 씨는 잠이 든 아이가 깰세라 작은 목소리로 귀에 대고 속삭였다
　(3) 승우 씨는 목이 조금 부은 것 가지고 암이라도 걸린 양 얼마나 죽는 소리를 하는지 몰라요
　(4) 그동안 중소기업 박람회는 우수한 중소기업을 홍보하는 한편 일자리를 구하는 사람들과 직원 채용을 원하는 중소기업을 연결해 주는 역할을 해 왔다
2 (2) 이런 나의 외국어 학습에 대한 태도는 외국어 실력을 빨리 늘게 했을 턱이 없다
　(3) 우리 사회 일자리 창출에 기여하는 한편 직원들에게 다양한 성장의 기회를 제공하며
　(4) 혹시라도 누가 들을세라 주위에 다른 사람들이 없는지를 확인하고

확인해 볼까요?

1 ②　2 ①　3 ①　4 ③　5 ④
6 ④ (→ 그 감독은 영화가 해외에서 호평을 받으며 명성을 얻었다.)

이럴 때는 어떻게 말할까요? 劇本

單元 1 表示選擇時

01 -느니

가 짝사랑을 고백하는 게 쉽지 않았을 텐데 어디서 그런 용기가 났어요?
나 혼자서 끙끙 앓느니 차라리 거절을 당해도 제 마음을 표현하는 게 나을 것 같았어요.

가 자기의 실수를 인정하는 게 쉽지 않았을 텐데 어디서 그런 용기가 났어요?
나 언젠가 알려질까 봐 마음을 졸이느니 차라리 인정하고 벌을 받는 게 나을 것 같았어요.

가 거의 다 완성된 일을 그만두는 게 쉽지 않았을 텐데 어디서 그런 용기가 났어요?
나 남에게 피해를 주면서까지 일을 계속 진행하느니 차라리 그쯤에서 포기하는 게 나을 것 같았어요.

02 -(으)ㄹ 바에야

가 요즘 채솟값이 너무 비싸져서 채소를 사 먹을 수가 없어요.
나 그러게요. 이렇게 채소를 비싸게 주고 사 먹을 바에야 번거로워도 직접 집에서 길러 먹어야겠어요.

가 요즘 전세금이 너무 올라서 전셋집을 구하기가 어려워요.
나 그러게요. 이렇게 비싼 돈 내고 전세로 살 바에야 대출을 받아서라도 집을 하나 장만해야겠어요.

가 요즘 폭력이나 집단 따돌림 등의 문제가 너무 심각해서 아이를 학교에 보내기가 두려워요.
나 그러게요. 이렇게 걱정하면서 일반 학교에 보낼 바에야 모험을 하더라도 대안 학교에 보내거나 홈 스쿨링을 해야겠어요.

03 -건 -건

가 항상 기분 좋게 일을 하시는 것 같아요.
나 좋건 싫건 간에 어차피 제가 해야 하는 일이라면 즐기면서 해야지요.

가 작은 일에도 최선을 다하시는 것 같아요.
나 중요한 일이건 중요하지 않은 일이건 간에 제가 맡은 일이니까 최선을 다해야지요.

가 다른 사람의 평가를 별로 신경 쓰지 않으시는 것 같아요.
나 사람들이 칭찬을 하건 비난을 하건 간에 제가 옳은 일을 했다면 신경 쓰지 말아야지요.

04 -(느)냐다기보다는

가 그 집 딸이 논술 대회에서 우승을 했다니 머리가 좋은가 봐요.
나 머리가 좋다기보다는 어려서부터 책을 많이 읽도록 한 게 도움이 된 것 같아요.

가 그 집 딸이 수학 경시대회에서 일등을 했다니 천재인가 봐요.
나 천재라기보다는 어려서부터 아빠랑 숫자를 가지고 놀이를 하도록 한 게 도움이 된 것 같아요.

가 그 집 딸이 배운 지 얼마 안 돼서 피아노 경연 대회에서 대상을 받았다니 원래 소질이 있었나 봐요.
나 원래 소질이 있었다기보다는 어려서부터 피아노를 장난감처럼 여기며 놀도록 한 게 도움이 된 것 같아요.

單元 2 表示引用時

01 보고

가 오늘 회의 때 무슨 일 있었어요? 얼굴이 왜 그래요?

나 글쎄, 김 선배가 우리 팀 사람들보고 일 좀 제대로 하라고 그러잖아요. 내가 기분 안 나쁘게 생겼어요?

가 여기 오다가 무슨 일 있었어요? 얼굴이 왜 그래요?

나 글쎄, 휴대 전화만 쳐다보고 가던 사람하고 부딪쳤는데 나보고 눈을 어디에다 두고 다니냐며 오히려 화를 내잖아요. 내가 기분 안 나쁘게 생겼어요?

가 오늘 동창회에 간다더니 무슨 일 있었어요? 얼굴이 왜 그래요?

나 글쎄, 동창 한 명이 우리 남편보고 상식 좀 키워야겠다고 그러잖아요. 내가 기분 안 나쁘게 생겼어요?

02 -(느)ㄴ다니까

가 태민 씨의 발표 준비를 또 도와주기로 했다면서요? 왜 그랬어요?

나 발표 때문에 걱정이 돼서 잠을 못 잔다니까 도와줘야겠더라고요. 사실 저도 그러고 나서 후회했어요.

가 동호 씨 대신 또 야근하기로 했다면서요? 왜 그랬어요?

나 아내가 많이 아프다니까 대신 야근해 줘야겠더라고요. 사실 저도 그러고 나서 후회했어요.

가 옆집 아기를 또 봐 주기로 했다면서요? 왜 그랬어요?

나 나 말고는 안심하고 아기를 맡길 데가 없다니까 봐 줘야겠더라고요. 사실 저도 그러고 나서 후회했어요.

03 -(느)ㄴ다면서

가 태민 씨가 저한테 관심이 있나 봐요.

나 왜요?

가 며칠 전에 내 생각이 나서 샀다면서 스카프 하나를 주더라고요.

가 태민 씨가 저한테 관심이 있나 봐요.

나 왜요?

가 어제 우리 집이 어디냐면서 집까지 태워다 주겠다고 하더라고요.

가 태민 씨가 저한테 관심이 있나 봐요.

나 왜요?

가 좀 전에 졸리면 마시라면서 나한테만 커피를 갖다 주더라고요.

04 에 의하면

가 요즘 청소년들이 담배를 많이 피우는 것 같아서 걱정이에요.

나 한 통계 자료에 의하면 우리나라 청소년 흡연율이 매년 증가하고 있다고 해요.

가 요즘 청소년들이 인터넷을 너무 많이 하는 것 같아서 걱정이에요.

나 여성 가족부의 조사 결과에 의하면 우리나라 청소년의 30%가 인터넷에 중독되어 있다고 해요.

가 요즘 청소년들의 학교 폭력이 심각한 것 같아서 걱정이에요.

나 서울시가 조사한 바에 의하면 학교 폭력 피해자 중 30%가 자살 충동에 시달린다고 해요.

單元 3 表示名詞化時

01 -(으)ㅁ

가 엄마는 아빠랑 어떻게 만나셨어요?

나 엄마랑 아빠는 회사에서 같은 부서에서 일했는데 아빠가 참 친절했어. 엄마는 아빠의 그 친절함에 마음이 끌렸단다.

가 두 분은 중간에 헤어진 적은 없으셨어요?

나 외할아버지가 반대를 심하게 하셔서 한 번 헤어진 적이 있었어. 그런데 그 헤어짐이 서로의 사랑을 확인하는 계기가 되었단다.

가 엄마는 어떻게 결혼을 결심하셨어요?

나 아빠한테 여러 가지 어려움이 많았는데 아빠는 좌절하는 법이 없었어. 어떤 상황에도 아빠가

劇本 373

좌절하지 않음을 보고 평생을 같이하고 싶다는 마음이 생겼단다.

02 -는데

가 개강했죠? 한국말로 하는 강의는 들을 만해요?
나 교수님 말씀이 워낙 빠르고 어려운 말도 많이 쓰셔서 못 알아들을 때가 있어요. 더 열심히 노력해서 강의를 듣는 데 부족함이 없도록 해야죠.

가 개강했죠? 한국말로 된 전공 책은 읽을 만해요?
나 전공 책에 모르는 전문 용어도 많고 읽어야 할 분량도 많아서 시간이 많이 걸리긴 해요. 더 열심히 노력해서 전공 책을 읽는 데 시간이 덜 걸리게 해야죠.

가 개강했죠? 한국말로 발표는 할 만해요?
나 모국어가 아닌 말로 많은 사람들 앞에서 발표를 하다 보니 긴장을 해서 발음이 꼬이고 말이 헛나올 때가 있어요. 더 열심히 노력해서 제 생각을 전달하는 데 어려움이 없도록 해야죠.

03 -는 바

가 가수 김민수 씨와 이하연 씨가 사귄다는 소문이 있던데 사실인가요?
나 주변 사람들이 전하는 바로는 같이 광고를 찍으면서 가까워졌다고 합니다.

가 가수 김민수 씨와 이하연 씨가 결혼한다는 소문이 있던데 사실인가요?
나 두 사람이 진지하게 사귀는 것은 맞지만 결혼에 대해서는 아직 정해진 바가 없다고 합니다.

가 가수 김민수 씨와 이하연 씨가 헤어졌다는 소문이 있던데 사실인가요?
나 한 잡지사가 인터뷰한 바에 따르면 두 사람은 바쁜 스케줄로 인해 사이가 멀어졌다고 합니다

單元 4 表示原因與理由時

01 (으)로 인해서

가 요즘 탈모 환자가 늘고 있다지요?
나 네, 스트레스로 인해 탈모 환자가 증가하고 있다고 해요.

가 겨울철에는 아토피 증상이 심해진다지요?
나 네, 춥고 건조한 날씨로 인해 가려움증이 더 심해진다고 해요.

가 수험생들 중에 허리가 아픈 사람들이 많다지요?
나 네, 장시간 잘못된 자세로 공부함으로 인해 허리에 문제가 많이 생긴다고 해요.

02 -는 통에

가 아이들이 뛰어다니는 통에 밥이 코로 들어가는지 입으로 들어가는지 모르겠네요.
나 저도 그래요. 식당에서는 부모들이 아이들을 못 뛰게 해야 하는 거 아닌가요?

가 옆 사람이 계속 들락날락하는 통에 영화에 전혀 집중이 안 되네요.
나 저도 그래요. 영화가 시작되면 다른 사람들에게 방해가 안 되도록 조심해야 하는 거 아닌가요?

가 아랫집 아저씨가 술에 취해 소리를 질러 대는 통에 도통 잠을 못 자겠네요.
나 저도 그래요. 한밤중에는 이웃 사람들을 위해서 좀 조용히 해야 하는 거 아닌가요?

03 (으)로 말미암아

가 요즘 나이 드신 분들이 꽤 일을 많이 하시는 것 같아요.
나 고령 인구의 증가로 말미암아 은퇴 이후에도 계속 일을 하는 사람들이 늘고 있대요.

가 요즘 제3세계에서 민주화 운동이 거센 것 같아요.
나 소셜 네트워크 서비스 확대로 말미암아 제3세

계에 민주화 도미노 현상이 일어나고 있대요.

가 요즘 다문화 가정이 많아진 것 같아요.

나 세계화로 말미암아 국제결혼에 대한 가치관이 변화하면서 다문화 가정이 증가하고 있대요.

04 -느니만큼

가 얼마 전에 그 나라에 갔다 오셨잖아요. 준비해 가야 할 게 있으면 좀 알려 주세요.

나 가시는 곳이 자외선이 강하니만큼 자외선 차단 제품은 꼭 가지고 가도록 하세요.

가 얼마 전에 그 나라에 갔다 오셨잖아요. 조심해야 할
게 있으면 좀 알려 주세요.

나 가시는 곳이 이슬람 국가(이)니만큼 노출이 심한 옷은 삼가도록 하세요.

가 얼마 전에 그 나라에 갔다 오셨잖아요. 갈 만한 곳이 있으면 좀 알려 주세요.

나 가시는 곳이 고대 유적지가 잘 보전되어 있는 곳이니만큼 고대 유적지는 꼭 돌아보도록 하세요.

05 -는 이상

가 케빈 씨는 팀장이 되고 나서 대하기가 불편해진 것 같아요.

나 팀장이 된 이상 예전처럼 직원들과 편하게 농담을 주고받을 수는 없겠지요.

가 케빈 씨는 결혼하고 나서 돈 관리를 철저하게 하는 것 같아요.

나 이제 한 집안의 가장인 이상 결혼하기 전처럼 마음대로 돈을 쓸 수는 없겠지요.

가 케빈 씨는 프로젝트 책임자가 되고 나서 많이 엄격해진 것 같아요.

나 자신이 모든 일을 책임져야 되는 이상 일을 건성건성 할 수는 없겠지요.

06 -기로서니

가 뉴스에서 보니까 국회에서 정치인들끼리 욕하며 싸우더라고요.

나 아무리 서로 의견이 다르기로서니 국회에서 막말을 해서는 안 되지요.

가 선거철만 되면 양로원이나 고아원에 가는 정치인들이 많더라고요.

나 아무리 지지율을 높이고 싶기로서니 외롭고 불쌍한 사람들을 이용해서는 안 되지요.

가 일부 정치인들이 돈을 받고 대기업의 불법 행위를 눈감아 줬더라고요.

나 아무리 돈이 좋기로서니 국민의 존경을 받아야 하는 정치인이 양심을 파는 일을 해서는 안 되지요.

07 -기에 망정이지

가 회사 앞 짬뽕집이 그렇게 맛있다고들 하던데 정말 소문대로던가요?

나 소문대로긴요. 배가 고팠기에 망정이지 아니었으면 많이 남겼을 거예요.

가 그 드라마에 나왔던 여행지에 그렇게 볼 게 많다고들 하던데 정말 소문대로던가요?

나 소문대로긴요. 하루로 일정을 잡았기에 망정이지 이틀로 잡았으면 시간이 남아돌았을 거예요.

가 태영 씨가 그렇게 통역을 잘한다고들 하던데 정말 소문대로던가요?

나 소문대로긴요. 그 회사 직원이 한국말을 잘하기에 망정이지 그렇지 않았으면 투자를 못 받았을 거예요.

08 -(느)ㄴ답시고

가 요즘 우리 집 아들은 속만 썩이는데 그 집 아들은 어때요?

나 말도 마세요. 얼마 전에는 영어를 배운답시고 미국 드라마를 새벽 3시까지 보더라고요.

가 요즘 우리 집 아들은 속만 썩이는데 그 집 아들은 어때요?

나 말도 마세요. 얼마 전에는 동영상 강의를 듣는답시고 컴퓨터를 사 놓고 게임만 하더라고요.

가 요즘 우리 집 아들은 속만 썩이는데 그 집 아들은 어때요?

나 말도 마세요. 얼마 전에는 공부한답시고 학원을 3개월 치나 끊어 놓고 일주일도 안 나가더라고요.

09 -(으)ㅁ으로써

가 우리나라에서 세계 정상 회의가 개최된다지요?
나 네, 그렇습니다. 이번 정상 회의를 개최함으로써 국제 사회에 우리나라의 위상을 한층 더 높일 수 있을 거라고 예상됩니다.

가 우리나라가 남미 국가들과 FTA를 체결하게 되었다지요?
나 네, 그렇습니다. 남미 국가들과 FTA를 체결함으로써 남미에 전자 제품 수출이 증가될 것으로 기대됩니다.

가 정부가 새로 조성하는 공원에서는 전기 차와 자전거만 이용하게 한다지요?
나 네, 그렇습니다. 전기 차와 자전거만 이용하게 함으로써 탄소 배출을 줄일 것으로 생각됩니다.

10 -기에

가 얼마 전에 사무실 사람들에게 한마디 하셨다면서요?
나 네, 최근에 지각들이 하도 잦기에 한마디 좀 했습니다.

가 오전에 김 대리한테 뭐라고 하셨다면서요?
나 네, 꼼꼼하지 못하고 하도 덜렁대기에 뭐라고 좀 했습니다.

가 어제 동현 씨한테 싫은 소리를 하셨다면서요?
나 네, 지난번에 하라고 한 보고서를 아직 못 끝냈기에 싫은 소리 좀 했습니다.

11 -길래

가 소희 씨, 한 달이나 사용한 세탁기를 새 제품으로 교환했다면서요?
나 네, 계속 고장이 나더라고요. 세 번 이상 고장이 나면 새 제품으로 교환이 가능하다길래 바꿨어요.

가 소희 씨, 학원비를 환불받았다면서요?
나 네, 강의가 별로 마음에 안 들더라고요. 강의가 만족스럽지 못하면 전액 돌려준다길래 환불받았어요.

가 소희 씨, 이번 출장에서 돌아오면서 일등석을 탔다면서요?
나 네, 비행기 예약이 잘못되어 있더라고요. 항공사 측의 실수라 추가 비용 없이 바꿔 준다길래 일등석으로 타고 왔어요.

單元 5 表示假設狀況時

01 -더라도

가 회사 동료가 자기가 맡은 일을 자꾸 도와 달라고 하는데 거절하면 관계가 불편해질까 봐 어떻게 해야 할지 모르겠어요.
나 당장은 관계가 불편해지더라도 자신의 업무를 스스로 처리하는 법을 익히는 것도 필요하니까 상대방을 위해서도 앞으로는 거절하는 게 좋을 것 같아요.

가 거래처 직원을 좋아하게 됐는데 고백하면 거절을 당할까 봐 어떻게 해야 할지 모르겠어요.
나 거절을 당하더라도 나중에 후회하는 것보다 고백을 하는 게 좋을 것 같아요.

가 영화 관련 일이 너무 좋아서 하고 싶은데 사람들 말대로 돈벌이가 안 될까 봐 어떻게 해야 할지 모르겠어요.
나 처음에는 돈을 많이 못 벌더라도 좋아하는 일을 열심히 하다 보면 돈도 따라오는 법이니까 하고 싶은 일을 하는 게 좋을 것 같아요.

02 -(으)ㄹ지라도

가 태민 씨가 다른 사람들에 비해 나이가 어린데 팀장을 맡기면 잘할 수 있을까요?
나 비록 나이는 어릴지라도 책임감도 강하고 이쪽 분야에서 일한 적도 있으니까 잘해 낼 수 있을 겁니다.

가 태민 씨가 다른 사람들에 비해 실무 경험이 부족한데 팀장을 맡기면 잘할 수 있을까요?
나 비록 실무 경험은 부족할지라도 관련 업무의 연수도 받았고 전공도 이쪽이니까 잘해 낼 수 있을 겁니다.

가 태민 씨가 다른 사람들에 비해 마음이 여린데 팀장을 맡기면 잘할 수 있을까요?
나 비록 마음은 여릴지라도 결정적인 순간에는 정확한 판단력으로 강하게 추진해 나가니까 잘해 낼 수 있을 겁니다.

03 -(으)ㄴ들

가 외국어 점수가 높으면 취직할 때 도움이 되겠지요?
나 글쎄, 요즘은 아무리 외국어 점수가 높은들 유창하게 구사하지 못한다면 그리 도움이 되지 않는 것 같아.

가 좋은 대학을 졸업하면 취직할 때 도움이 되겠지요?
나 글쎄, 요즘은 아무리 좋은 대학을 졸업한들 실력을 제대로 갖추지 못한다면 그리 도움이 되지 않는 것 같아.

가 자격증을 많이 따 놓으면 취직할 때 도움이 되겠지요?
나 글쎄, 요즘은 아무리 자격증을 많이 따 놓은들 업무와 관련된 인턴 경험이 없다면 그리 도움이 되지 않는 것 같아.

04 -(으)ㄹ망정

가 투안 씨가 다니는 회사는 규모가 그리 크지 않다면서요? 좀 더 규모가 큰 회사로 옮기고 싶지 않으세요?
나 우리 회사는 규모는 작을망정 역사와 전통은 자랑할 만하거든요. 다른 데로 옮기고 싶지 않아요.

가 투안 씨가 다니는 회사는 직원 수가 그리 많지 않다면서요? 좀 더 직원이 많은 회사로 옮기고 싶지 않으세요?
나 우리 회사는 직원 수는 많지 않을망정 복리 후생이 잘되어 있거든요. 다른 데로 옮기고 싶지 않아요.

가 투안 씨가 다니는 회사는 지방에 있다면서요? 서울에 있는 회사로 옮기고 싶지 않으세요?
나 우리 회사는 지방에 있을망정 해외 연수 기회가 많거든요. 다른 데로 옮기고 싶지 않아요.

05 -(느)ㄴ다고 치다

가 팀장님, 죄송한데 이번 세미나에 참석을 못할 것 같아요.
나 지난번에는 갑자기 집에 급한 일이 생겨서 참석을 못 했다고 치고 이번에는 또 무슨 일이 있는 겁니까?

가 팀장님, 죄송한데 오늘까지 보고서를 못 끝낼 것 같아요.
나 내일 현장 답사를 가는 거는 동생 결혼식과 겹쳐서 못 간다고 치고 보고서는 왜 못 끝내는 겁니까?

가 팀장님, 죄송한데 다음 주에 있는 외국어 시험은 못 볼 것 같아요.
나 지난번 시험은 손을 다쳐서 못 봤다고 치고 이번에는 왜 또 못 보는 겁니까?

06 -는 셈치다

가 주말에 출장을 간다면서요?
나 네, 남들 쉴 때 출장을 가서 우울하기는 하지만 그냥 맘 편하게 여행 가는 셈치고 즐겁게 다녀오려고요.

가 친구한테 빌려 준 옷을 아직까지 돌려받지 못했다면서요?
나 네, 아끼는 옷이라 빌려 간 후로 몇 달째 아무 연락도 없어서 어이없기는 하지만 그냥 맘 편하게 선물한 셈치고 잊어버리려고요.

가 병원 측의 실수로 받지 않아도 되는 진료를 받았다면서요?
나 네, 혹시 큰 병이 아닐까 해서 마음을 졸인 시간 때문에 화가 나기는 하지만 그냥 맘 편하게 이번 기회에 건강 검진 제대로 받은 셈치고 참고 넘어가려고요.

單元 6　表示循序的行動時

01 -기가 무섭게

가 수업 후 시간을 어떻게 보내나요?
나 수업이 끝나면 교수님이 나가시기가 무섭게 학교 식당으로 달려갑니다.

가 저녁 식사를 한 후에 무엇을 하나요?
나 저녁을 먹기가 무섭게 아르바이트를 하는 편의점으로 가서 밤 12시까지 일합니다.

가 공부는 언제 하나요?
나 아르바이트가 끝나기가 무섭게 집으로 돌아가서 그때부터 공부를 시작합니다.

02 -자

가 금메달을 따는 걸 알게 된 순간 기분이 어떠셨습니까?
나 결과가 발표되자 처음에는 아무 생각도 안 나고 이게 꿈인가 했어요.

가 시상대 위에서 많이 우시던데 특별한 이유가 있으셨습니까?
나 애국가가 울리자 그동안의 일들과 응원해 주셨던 분들이 생각나면서 눈물이 왈칵 났어요.

가 고향에 계신 부모님께서는 어떤 반응을 보이셨습니까?
나 금메달 소식을 듣자 어머니께서도 너무 감격스러우셔서 한동안 말도 못 하고 눈물만 흘리셨다고 해요.

單元 7　表示條件與決定時

01 -는 한

가 수십 번이나 운전면허 시험에 떨어지고도 어떻게 계속 시험을 보실 생각을 하셨나요?
나 희망을 가지고 계속 도전하는 한 꼭 합격할 수 있다고 믿었기 때문이지요.

가 중간에 실패도 많이 하셨을 텐데 30년 넘게 한 분야에서 어떻게 이 일을 계속하실 생각을 하셨나요?
나 꿈을 가지고 열심히 노력하는 한 수많은 실패는 언젠가 성공으로 이어질 수 있다고 믿었기 때문이지요.

가 늦은 나이에 영어 공부를 시작해서 어려움이 많으셨을 텐데 어떻게 통역사가 되실 생각을 하셨나요?
나 할 수 있다는 믿음을 가지고 포기하지 않는 한 나이는 아무 상관없다고 믿었기 때문이지요.

02 -(으)ㄹ라치면

가 주말이라 집에서 쉬면서 낮잠이나 실컷 잘 거라더니 뭐 해요?
나 낮잠 좀 잘라치면 옆집 아이가 피아노를 크게 치니 자고 싶어도 잘 수가 있어야지.

가 쉬는 날이라 같이 집 안 대청소나 하자고 하더니 어디 나가요?
나 모처럼 집안일 좀 할라치면 꼭 나가야 할 일이 생기니 하고 싶어도 할 수가 있어야지.

가 오늘까지 읽어야 할 책이 있다고 조용히 해 달라더니 뭐 해요?
나 마음잡고 책 좀 읽을라치면 갑자기 잠이 쏟아지니 읽고 싶어도 읽을 수가 있어야지.

03 -노라면

가 한강 근처로 자주 산책을 나가시는 것 같던데 거기로 가시는 특별한 이유가 있나요?
나 강 옆으로 난 길을 걷노라면 마음이 차분해지고 몸도 가벼워지는 것 같거든요.

가 운동광이시라고 하던데 그렇게 운동을 많이 하시는 특별한 이유가 있나요?
나 헬스클럽에 가서 몇 시간씩 땀을 흠뻑 흘리노라면 잡념이 사라지고 어느새 기분이 좋아지거든요.

가 유치원에서 봉사 활동을 하신다고 하던데 거기에서 봉사하시는 특별한 이유가 있나요?

나 아이들과 어울려 뛰노노라면 저도 모르게 마음이 순수해지고 정화되는 느낌이 들거든요.

04 -느냐에 달려 있다

가 가진 것이 많으면 행복하겠죠?
나 행복은 얼마나 많이 가지고 있느냐가 아니라 얼마나 자기의 삶에 만족하느냐에 달려 있다고 봐요.

가 운동을 많이 하면 건강해지겠죠?
나 건강은 얼마나 많이 운동하느냐가 아니라 얼마나 규칙적으로 운동하느냐에 달려 있다고 봐요.

가 유명한 배우들이 나오면 영화가 흥행에 성공하겠죠?
나 영화의 흥행은 얼마나 많이 유명한 배우가 나오느냐가 아니라 어떻게 관객들의 마음을 사로잡느냐에 달려 있다고 봐요.

05 -기 나름이다

가 주위 사람들과 문제없이 잘 지낸다는 것은 쉬운 일이 아닌 듯해요.
나 맞아요. 하지만 인간관계는 서로 이해하려고 노력하기 나름인 것 같아요. 먼저 상대방의 입장이 되어 생각해 보고 배려하려 한다면 좋은 관계를 유지할 수 있지 않을까요?

가 경쟁 사회에서 살아야 한다는 것은 쉬운 일이 아닌 듯해요.
나 맞아요. 하지만 모든 일은 생각하기 나름인 것 같아요. 한 목표를 향해 같이 도전할 선의의 경쟁자가 있다면 동기 부여도 되고 성공했을 때의 성취감도 크지 않을까요?

가 다른 사람의 비판과 충고를 수용한다는 것은 쉬운 일이 아닌 듯해요.
나 맞아요. 하지만 그런 이야기는 받아들이기 나름인 것 같아요. 사람들 이야기를 자기 성찰의 기회로 삼는다면 더 성숙하고 발전할 수 있는 좋은 자극제가 될 수 있지 않을까요?

單元 8 表示對照與對立時

01 은/는 대로

가 그 회사의 임금 협상이 결렬되었다면서요?
나 네, 경영자는 경영자대로 이번에 책정된 임금은 현 회사 상황을 반영한 최적의 임금이라고 하고, 노조는 노조대로 실제 물가를 반영하지 않은 최저의 임금 수준이라고 주장한대요.

가 그 폭력 사건에 대한 합의가 안 됐다면서요?
나 네, 가해자는 가해자대로 그 사건은 우연적인 사건이었다고 하고, 피해자는 피해자대로 계획적인 행동이었다고 주장한대요.

가 그 회사 제품의 원료 공개에 대한 찬반 논란이 계속되고 있다면서요?
나 네, 생산업자는 생산업자대로 원료 공개는 회사 기밀이니까 밝힐 수가 없다고 하고, 소비자는 소비자대로 알 권리가 있으니까 밝혀야 한다고 주장한대요.

02 -는 김에

가 이번에 시간이 좀 생겨서 관광도 하고 휴식도 취할 겸 제주도에 갈까 해요.
나 그럼, 제주도에 가는 김에 감귤 초콜릿과 한라봉 쿠키 좀 사다 주세요.

가 이번에 시간이 좀 생겨서 집에서도 쓰고 선물도 할 겸 도자기 만드는 법을 배울까 해요.
나 그럼, 만드는 김에 제 것도 기념으로 하나 만들어 주세요.

가 이번에 시간이 좀 생겨서 집 안 분위기도 바꾸고 기분 전환도 할 겸 가구 배치를 새로 할까 해요.
나 그럼, 가구 배치를 새로 하는 김에 벽지 색깔도 바꿔 보세요.

單元 9 表示對比與相反時

01 -건만

가 요즘도 새벽마다 운동하러 다니세요?
나 아니요, 마음은 아직도 청춘이건만 몸이 말을 듣지 않아서 일찍 못 일어나겠더라고요. 나이가 들었나 봐요.

가 다시 시작한 영어 공부는 잘되세요?
나 아니요, 같은 단어를 몇 번씩 반복해서 외우고 있건만 단어가 도통 외워지지 않더라고요. 나이가 들었나 봐요.

가 다음 달부터 바뀌는 컴퓨터 프로그램은 다 익히셨어요?
나 아니요, 여러 번 자세하게 설명을 들었건만 무슨 말인지 도무지 모르겠더라고요. 나이가 들었나 봐요.

02 -고도

가 선의의 거짓말을 해 본 적이 있나요?
나 얼마 전에 할머니를 찾아뵈었는데 밥상을 차려 놓고 기다리고 계셔서 밥을 먹고 가고도 안 먹은 척한 적이 있었어요.

가 선의의 거짓말을 해 본 적이 있나요?
나 어렸을 때 아빠가 산타클로스 복장을 하고 선물을 들고 계시는 걸 봤는데 산타가 아빠인 걸 알고도 모르는 척한 적이 있었어요.

가 선의의 거짓말을 해 본 적이 있나요?
나 극장에서 여자 친구가 속이 안 좋은지 방귀를 뀌었는데 여자 친구의 방귀 소리를 듣고도 못 들은 척한 적이 있었어요.

03 -(으)ㅁ에도 불구하고

가 이번에 우리 대학 졸업생 대표가 된 학생이 화제라면서요?
나 네, 대학 시절 내내 공부하면서 생활비를 직접 벌어야 함에도 불구하고 시간을 쪼개어 자신보다 어려운 학생들을 돕는 봉사 활동을 했대요.

가 서울역 앞 편의점 사장님이 '노숙자들의 어머니'라고 불린다면서요?
나 네, 쓸데없는 일에 시간과 돈을 낭비한다는 주위의 비난에도 불구하고 노숙자들의 자활과 자립을 도와줬대요.

가 한국인 최초의 시각 장애인 박사님이 얼마 전에 돌아가셨다면서요?
나 네, 본인이 앞을 보지 못하는 장애를 가졌음에도 불구하고 평생을 다른 장애인들의 인권 운동을 위해 사시다 돌아가셨대요.

單元 10 表示類似時

01 -듯이

가 제가 이번 세계 선수권 대회에서 우승할 수 있을까요?
나 그럼요. 평소에 하듯이 하면 금메달을 딸 수 있을 거예요.

가 제가 새 직장 동료들과 잘 지낼 수 있을까요?
나 그럼요. 학교 친구들을 대하듯이 대하면 새 직장 동료들과 잘 지낼 수 있을 거예요.

가 제가 이번 사업에서 성공할 수 있을까요?
나 그럼요. 지금까지 최선을 다했듯이 앞으로도 최선을 다하면 성공할 수 있을 거예요.

02 -다시피 하다

가 최영주 선수는 어떻게 해서 골프를 그렇게 잘 치게 되었대요?
나 초등학교 때부터 골프장에서 살다시피 하면서 연습을 해 오늘날의 최영주 선수가 되었대요.

가 한경미 회장은 어떻게 해서 회사를 그렇게 크게 키울 수 있었대요?
나 10년 이상 밤을 새우다시피 하면서 제품 개발에 힘을 써 세계 제일의 화장품 회사로 키울 수 있었대요.

가 김수진 씨는 어떻게 해서 그렇게 유명한 디자이너가 될 수 있었대요?

나 20대 초반부터 백화점과 동대문 시장에 매일 출근하다시피 하면서 디자인을 연구해 세계적인 연예인들이 찾는 디자이너가 되었대요.

單元 11 表示添加與包括時

01 -거니와

가 그동안 꾸준히 해 오던 다이어트를 그만두었다면서요? 무슨 일 있었어요?

나 음식 조절을 계속하는 것도 힘들거니와 건강에도 이상이 생기니까 그만하고 싶더라고요.

가 그동안 만나 오던 홍보부 김 대리와 헤어졌다면서요? 무슨 일 있었어요?

나 성격도 반대거니와 가치관도 너무 다르니까 그만 만나고 싶더라고요.

가 그동안 준비해 오던 대회에 안 나간다면서요? 무슨 일 있었어요?

나 준비도 제대로 못 했거니와 같이 준비하던 친구와도 사이가 안 좋아지니까 나가고 싶지 않더라고요.

02 -기는커녕

가 친구하고 유명한 맛집에 간다고 했지요? 어땠어요? 맛있었어요?

나 맛있기는커녕 비싼 데다가 양도 너무 적어서 마음껏 먹지도 못했어요. 기대했는데 실망스럽더라고요.

가 친구하고 캠핑을 간다고 했지요? 어땠어요? 신나게 놀았어요?

나 신나게 놀기는커녕 갑자기 날씨가 너무 추워져서 텐트 밖으로 나가지도 못했어요. 기대했는데 실망스럽더라고요.

가 친구하고 영화를 보러 간다고 했지요? 어땠어요? 재미있었어요?

나 재미있기는커녕 내용이 너무 지루해서 잠이 드는 바람에 끝까지 다 보지도 못했어요. 기대했는데 실망스럽더라고요.

03 -(으)ㄹ뿐더러

가 왜 그 많은 서점 중에서 유독 그 서점에만 자주 가는 거예요?

나 그 서점은 자유롭게 책을 읽을 수 있는 공간도 많이 있을뿐더러 '중고 책' 코너도 있어서 책을 싸게 살 수 있거든요.

가 왜 그 많은 옷가게 중에서 특히 그 옷가게에만 자주 가는 거예요?

나 그 옷가게는 참신한 디자인의 옷이 많을뿐더러 같이 매치할 수 있는 액세서리나 가방 같은 것도 팔아서 여기저기 왔다 갔다 할 필요가 없거든요.

가 왜 그 많은 식당 중에서 유달리 그 식당에만 자주 가는 거예요?

나 그 식당은 사용하는 재료가 다 유기농일뿐더러 인공 조미료를 사용하지 않아서 다른 식당과는 맛이 다르거든요.

04 -되

가 우리 아이가 컴퓨터 게임만 하려고 하는데 무작정 못 하게 할 수는 없고 어떻게 하지요?

나 컴퓨터 게임을 하게 하되 하루에 한 시간 이상은 하지 못하게 하세요.

가 우리 아이가 강아지를 키우자고 떼를 쓰는데 계속 안 된다고 할 수는 없고 어떻게 하지요?

나 강아지를 키우게 하되 강아지 산책과 먹이 주는 것을 담당하게 하세요.

가 우리 아이가 친구들과 밖에서 축구만 하려고 하는데 무조건 못 나가게 할 수는 없고 어떻게 하지요?

나 밖에 나가서 축구를 하게 하되 숙제나 그날 해야 할 일을 다 끝내고 나가게 하세요.

05 마저

가 요즘 태민 씨한테 무슨 일이 있어요? 안색이 너무 안 좋아 보여요.

나 아버지께서 사고로 얼마 전에 돌아가셨는데 어머니마저 병들어 누워 계셔서 여러 가지로 힘가 든가 봐요.
가 요즘 태민 씨한테 무슨 일이 있어요? 안색이 너무 안 좋아 보여요.
나 아는 사람에게 사기를 당해서 재산도 다 날린 데다가 동업하던 친구마저 회사 공금을 가지고 야반도주해 버려서 여러 가지로 힘든가 봐요.
가 요즘 태민 씨한테 무슨 일이 있어요? 안색이 너무 안 좋아 보여요.
나 회사가 부도가 나는 바람에 회사도 남의 손에 넘어가고 집마저 비워 줘야 하는 상황이라서 여러 가지로 힘든가 봐요.

06 을/를 비롯해서

가 이번 영화제에 주로 어떤 작품들이 출품됐나요?
나 상업 영화를 비롯해서 예술적 가치가 있는 예술 영화까지 다양한 장르의 작품들이 출품되었습니다.
가 이번 영화제에 누가 참석할 예정인가요?
나 국내 영화계 감독들과 배우들을 비롯해서 해외 유명 영화인 등 각계각층의 인사들이 참석할 예정입니다.
가 이번 영화제에 출품된 영화를 미리 볼 수 있는 방법이 있나요?
나 영화제 공식 사이트에서 개막작과 폐막작을 비롯해서 주요 상영작 50여 편의 하이라이트와 영화 정보를 미리 보실 수 있습니다.

單元 12 表示習慣與態度時

01 -아/어 대다

가 옆집 사람들끼리 이러면 되겠습니까? 좀 참으시지 그랬어요.
나 밤마다 술을 마시고 떠들어 대는데 시끄러워서 참을 수가 있어야지요.
가 친한 친구들끼리 이러면 되겠습니까? 좀 참으시지 그랬어요.
나 자기가 잘못을 해 놓고 잘못이 하나도 없다고 우겨 대는데 기가 막혀서 참을 수가 있어야지요.
가 배우신 분들끼리 이러면 되겠습니까? 좀 참으시지 그랬어요.
나 저쪽에서 먼저 욕을 해 대는데 화가 나서 참을 수가 있어야지요.

02 -기 일쑤이다

가 왜 친구하고 동업하다가 그만뒀어요?
나 친구가 꼼꼼하지 않아서 계산이 틀리기 일쑤였어요. 그러니까 믿고 돈을 맡길 수가 없더라고요.
가 왜 동생하고 인터넷 쇼핑몰을 같이 하다가 그만뒀어요?
나 동생이 덤벙거려서 자꾸 주문한 물건을 빠뜨리기 일쑤였어요. 그러니까 고객들의 불만이 많더라고요.
가 왜 대학 선배하고 식당을 같이 운영하다가 그만뒀어요?
나 선배가 고집이 세서 사소한 일로 다투기 일쑤였어요. 그러니까 직원들 보기에도 안 좋은 것 같더라고요.

03 -는 둥 마는 둥 하다

가 엄마, 내일 날씨가 춥다고 하니까 내일은 그냥 쉬어야겠어요.
나 네 꿈이 학교 축구 대표 팀에 들어가는 거라고 하더니 그렇게 운동을 하는 둥 마는 둥 하면 꿈을 이룰 수 있겠니?
가 엄마, 어제 공부를 많이 했으니까 오늘은 그냥 쉬어야겠어요.
나 네 꿈이 외교관이 되는 거라고 하더니 그렇게 공부를 하는 둥 마는 둥 하면 꿈을 이룰 수 있겠니?
가 엄마, 오전에 충분히 연습했으니까 오후에는 그냥 쉬어야겠어요.
나 네 꿈이 세계적인 첼리스트가 되는 거라고 하더니 그렇게 연습을 하는 둥 마는 둥 하면 꿈을 이룰 수 있겠니?

單元 13 表示程度時

01 -(으)리만치

가 처음 아내를 만났을 때 느낌이 어떠셨나요?
나 버스에서 우연히 처음 봤는데 눈을 뗄 수 없으리만치 눈부시게 아름답더라고요.

가 처음 아기를 가졌다는 소식을 들었을 때 느낌이 어떠셨나요?
나 회사에서 바쁘게 일하다가 처음 들었는데 뭐라고 표현할 수 없으리만치 기쁘더라고요.

가 처음 '아빠'라는 소리를 들었을 때 느낌이 어떠셨나요?
나 수화기 너머로 처음 들었는데 눈물이 왈칵 쏟아지리만치 감동적이더라고요.

02 -다 못해

가 소희 있잖아, 걔는 보기랑 다르게 성격이 참 별나더라.
나 어떤데 그래?
가 글쎄, 깔끔하다 못해 하루에 청소를 다섯 번이나 한다더라고. 그 정도면 병 아니니?

가 소희 있잖아, 걔는 생긴 거랑 다르게 성격이 참 답답하더라.
나 어떤데 그래?
가 글쎄, 우유부단하다 못해 점심에 먹을 메뉴를 고르는데에도 30분이 걸린다더라고. 그 정도면 병 아니니?

가 소희 있잖아, 걔는 외모랑 다르게 성격이 참 특이하더라.
나 어떤데 그래?
가 글쎄, 꼼꼼하다 못해 하루 계획을 삼십 분 단위로 세운다더라고. 그 정도면 병 아니니?

單元 14 表示意圖時

01 -(느)ㄴ다는 것이

가 시험공부는 많이 했니?
나 잠깐 자고 일어나서 공부를 한다는 것이 그만 지금까지 자 버리고 말았어요. 어떻게 해요?

가 이 큰 케이크를 혼자 다 먹었니?
나 동생 것을 남긴다는 것이 맛있어서 조금씩 먹다 보니 다 먹어 버렸어요. 어떻게 해요?

가 엄마 선물이라면서 옷이 왜 이렇게 작니?
나 여성용을 산다는 것이 디자인이 똑같아서 아동용을 샀나 봐요. 어떻게 해요?

02 -(으)려고 들다

가 우리 아이는 동생 것을 무조건 다 빼앗으려고 들어서 걱정이에요.
나 동생에게 부모님의 사랑을 빼앗겼다고 생각해서 그래요. 부모님이 형과 동생을 똑같이 사랑한다고 느끼도록 신경 써 보세요.

가 우리 아이는 하지 말라는 것만 골라서 하려고 들어서 걱정이에요.
나 아직 좋은 것과 나쁜 것을 구별하지 못해서 그래요. 잘한 일은 칭찬해 주시고 잘못한 일은 아이가 확실히 인지하도록 가르쳐 보세요.

가 우리 아이는 골고루 먹지 않고 좋아하는 음식만 먹으려고 들어서 걱정이에요.
나 안 먹어 본 음식은 익숙하지 않아서 그래요. 아이들이 거부감이 들지 않도록 아이들도 좋아할 수 있는 다양한 요리법을 연구해 보세요.

03 -(으)려다가

가 생일 선물로 받은 돈으로 뭐 하셨어요?
나 친구들에게 한턱내려다가 재수하는 동생이 힘들어하는 것 같아서 용돈을 줬어요.

가 연말 보너스로 받은 돈으로 뭐 하셨어요?
나 모처럼 여행을 가려다가 시골에서 고생하시는

부모님이 생각나서 보내 드렸어요.

가 복권 당첨금으로 뭐 하셨어요?
나 나중에 집을 살 때 보태려다가 더 좋은 일에 쓰고 싶어서 아동 복지 시설에 기부했어요.

單元 15　表示推測與可能性時

01　-는 듯이

가 태민 씨를 왜 그렇게 못마땅하게 생각해요?
나 나랑 입사 동기이면서 내 상사인 듯이 이것저것 시키잖아요. 정말 마음에 안 들어요.

가 태민 씨를 왜 그렇게 못마땅하게 생각해요?
나 내가 하는 일마다 사사건건 문제가 있는 듯이 말하잖아요. 정말 마음에 안 들어요.

가 태민 씨를 왜 그렇게 못마땅하게 생각해요?
나 다른 사람들이 한 일을 가지고 자기가 다 한 듯이 행동하잖아요. 정말 마음에 안 들어요.

02　-(느)ㄴ다는 듯이

가 소희 씨가 부장님을 싫어하지 않았어요?
나 네, 맞아요. 그런데 왜요?
가 좀 전에 부장님이 농담을 하시니까 너무 재미있다는 듯이 한참을 소리 내어 웃더라고요.

가 소희 씨가 산 낙지를 잘 먹지 않았어요?
나 네, 맞아요. 그런데 왜요?
가 회식 때 남자 직원들이 먹어 보라고 하니까 그런 걸 어떻게 먹(느)냐는 듯이 몸서리를 치더라고요.

가 소희 씨가 정수기 물통을 혼자서도 잘 갈지 않았어요?
나 네, 맞아요. 그런데 왜요?
가 아까 여양 씨가 옆에 있으니까 자기는 연약한 여자라는 듯이 무거운 척 낑낑거리더라고요.

03　-는 듯하다

가 세계 엑스포에 갔다 왔다면서요? 관람객이 많던가요?
나 네, 전시회장마다 줄을 길게 서 있는 모습이 하루 입장객만 5만 명은 넘을 듯하더라고요.

가 세계 엑스포에 갔다 왔다면서요? 볼거리가 다양하던가요?
나 네, 곳곳에서 하루 종일 펼쳐지는 이색적인 거리 공연으로 외국에 와 있는 듯하더라고요.

가 세계 엑스포에 갔다 왔다면서요? 독특한 음식을 맛볼 수 있던가요?
나 네, 여간해서는 접하기 힘든 세계 각국의 전통 음식들이 다 모인 듯하더라고요.

04　-(으)ㄹ 게 뻔하다

가 태민 씨가 다시 퇴근 후에 운동하기로 했다네요. 이번 결심은 오래 갈까요?
나 태민 씨가 워낙 친구들 만나는 것을 좋아해서 이번에도 얼마 못 갈 게 뻔해요. 이런 결심을 한 게 한두 번이 아니잖아요.

가 태민 씨가 다시 아침마다 학원을 다니기로 했다네요. 이번 결심은 오래 갈까요?
나 태민 씨가 워낙 아침잠이 많아서 이번 학기도 며칠 못 다닐 게 뻔해요. 이런 결심을 한 게 한두 번이 아니잖아요.

가 태민 씨가 다시 술을 끊기로 했다네요. 이번 결심은 오래 갈까요?
나 태민 씨가 워낙 술로 스트레스 풀기를 좋아해서 벌써 술을 다시 마셨을 게 뻔해요. 이런 결심을 한 게 한두 번이 아니잖아요.

05　-(으)ㄹ 법하다

가 몇 달 전에 선을 본 남자한테서 아직도 연락이 온다면서요?
나 네, 내가 그 정도로 여러 번 시간이 없다고 말을 하면 눈치를 챌 법도 한데 계속 전화를 하더라고요.

가 어제도 승주 씨한테 저녁 내내 붙들려 있었다면서요?

나 네, 내가 집에 가서 할 일이 많다고 하면 알아들을 법도 한데 헤어진 남자 친구 얘기를 계속 늘어놓더라고요.

가 부장님이 말실수한 걸 가지고 소영 씨가 그렇게 웃었다면서요?

나 네, 사람들이 그렇게 눈치를 주면 알아차릴 법도 한데 계속 웃어 대서 부장님이 많이 민망해하시더라고요.

06 -(으)ㄹ 리가 없다

가 소희 씨가 회의가 오후에 있는 줄로 착각하고 늦게 왔다고 하더라고요.

나 제가 세 번이나 말했는데 착각했을 리가 없어요. 분명히 늦게 일어났을 거예요.

가 소희 씨가 보고서를 제출하라는 얘기를 못 들어서 못 냈다고 하더라고요.

나 과장님이 얘기하실 때 그 자리에 있었는데 못 들었을 리가 없어요. 분명히 깜빡했을 거예요.

가 소희 씨가 혼자서 PT 준비를 해야 돼서 우리 팀을 못 도와주겠다고 하더라고요.

나 그 팀 사람들이 전부 PT 준비로 바쁘다고 하는 걸 들었는데 소희 씨 혼자서 다 할 리가 없어요. 분명히 우리를 도와주기 싫어서 핑계를 대는 걸 거예요.

07 -기 십상이다

가 엄마, 친구들이 주말에 야영도 할 겸 지리산에 가재요. 갔다 와도 돼요?

나 요즘같이 집중 호우가 잦은 장마철에 산에서 야영을 하다가는 조난당하기 십상이야. 다른 데로 놀러가는 게 어떠니?

가 엄마, 친구들이 주말에 바닷바람도 쐴 겸 부산에 가재요. 갔다 와도 돼요?

나 요즘같이 햇볕이 강한 여름철에 바닷가에 있다가는 피부에 화상을 입기 십상이야. 다른 데로 놀러 가는 게 어떠니?

가 엄마, 친구들이 주말에 해돋이도 볼 겸 정동진에 가재요. 갔다 와도 돼요?

나 요즘같이 날씨가 추울 때에 해 뜨는 것 본다고 바깥에서 떨다가는 감기 걸리기 십상이야. 다른 데로 놀러 가는 게 어떠니?

單元 16 表示理所當然時

01 -기 마련이다

가 지원하는 데마다 번번이 떨어지는 걸 보니 전 운이 없는 거 같아요.

나 실력이 있으면 언젠가는 운도 따르기 마련이니까 너무 걱정하지 마세요.

가 이번에 회사에서 처음으로 프레젠테이션을 했는데 크게 실수를 했어요.

나 처음에는 누구나 다 실수하기 마련이니까 너무 걱정하지 마세요.

가 요즘 하는 일마다 안 풀리고 힘든 일만 생겨요.

나 열심히 하다 보면 좋은 결과가 생기기 마련이니까 너무 걱정하지 마세요.

02 -는 법이다

가 저는 회사에서 정말 열심히 일하는데 모두들 저를 안 좋아하는 것 같아요.

나 여양 씨가 너무 단점만 지적해서 그런 것 같아요. 단점을 지적하되 칭찬도 같이 해 보세요. 사람은 누구나 자기를 칭찬하는 사람을 좋아하는 법이거든요.

가 저는 회사에서 정말 열심히 일하는데 모두들 저를 안 좋아하는 것 같아요.

나 여양 씨가 너무 자기 얘기만 해서 그런 것 같아요. 여양 씨 얘기는 좀 줄이고 다른 사람들의 이야기를 들어 주도록 하세요. 사람은 누구나 자기 얘기를 진심으로 들어 주는 사람에게 마음을 여는 법이거든요.

가 저는 회사에서 정말 열심히 일하는데 모두들 저를 안 좋아하는 것 같아요.

나 여양 씨가 너무 불평불만이 많아서 그런 것 같

劇本 **385**

아요. 주위 사람이나 상황을 좀 더 긍정적으로 바라보도록 하세요. 사람은 누구나 긍정적이고 즐겁게 일하는 사람에게 호감을 느끼는 법이거든요.

單元 17 表示列舉時

01 -는가 하면

가 선생님, 문법 수업을 좋아하는 학생도 있고 그렇지 않은 학생도 있지요?

나 네, 문법 수업을 하면 어떤 학생들은 집중해서 열심히 듣는가 하면 어떤 학생들은 졸기도 해요.

가 선생님, 말하기 수업에 적극적으로 참여하는 학생도 있고 그렇지 않은 학생도 있지요?

나 네, 말하기 수업을 하면 어떤 학생들은 열심히 자기의 생각을 이야기하는가 하면 어떤 학생들은 한마디도 안 하고 듣고만 있기도 해요.

가 선생님, 선생님이 말하는 속도에 만족하는 학생도 있고 그렇지 않은 학생도 있지요?

나 네, 제가 말을 하면 어떤 학생들은 보통 한국 사람이 말하는 속도로 얘기해 달라고 하는가 하면 어떤 학생들은 아주 천천히 설명해 달라고 하기도 해요.

02 -느니 -느니 하다

가 소희 씨 남편이 구두쇠라서 해외여행을 못 가게 한다면서요?

나 네, 비행기 값이 아깝다느니 사람 사는 데가 거기서 거기라느니 하면서 해외여행을 못 가게 한대요.

가 소희 씨 남편이 구두쇠라서 외식을 못 하게 한다면서요?

나 네, 식당에서 먹을 돈이면 집에서 다섯 끼를 먹겠다느니 밖에서 먹는 음식에는 조미료를 많이 넣는다느니 하면서 외식을 못 하게 한대요.

가 소희 씨 남편이 구두쇠라서 집에 자동차를 세워 놓고 못 타게 한다면서요?

나 네, 요즘 기름 값이 얼마나 올랐는지 아(느)냐느니 걷는 게 건강에 좋다느니 하면서 자동차를 못 타게 한대요.

03 -(으)랴 -(으)랴

가 어릴 때부터 꿈이었던 올림픽 국가 대표가 돼서 좋으시죠?

나 네, 하루 종일 훈련하랴 체중 조절하랴 힘든 일이 한두 가지가 아니지만 국가 대표가 된다는 건 정말 영광스러운 일 같아요.

가 어릴 때부터 꿈이었던 교수가 돼서 좋으시죠?

나 네, 강의 준비하랴 논문 쓰랴 무척 바쁘긴 하지만 학생들을 가르치는 건 정말 즐거운 일 같아요.

가 어릴 때부터 꿈이었던 소방관이 돼서 좋으시죠?

나 네, 불이 나면 화재 진압하랴 사람 구하랴 한순간도 긴장을 놓을 수 없긴 하지만 누군가를 돕는 건 정말 보람 있는 일 같아요.

04 (이)며 (이)며

가 어렸을 때는 잘 모르겠더니 크니까 네 아빠랑 어쩜 그렇게 똑같니.

나 엄마도 그러시는데 눈이며 코며 얼굴이 아빠 젊었을 때랑 똑같대요.

가 어렸을 때는 잘 모르겠더니 크니까 네 아빠랑 어쩜 그렇게 똑같니.

나 삼촌도 그러시는데 매운 음식을 잘 먹는 거며 고기를 좋아하는 거며 식성이 아빠랑 똑같대요.

가 어렸을 때는 잘 모르겠더니 크니까 네 아빠랑 어쩜 그렇게 똑같니.

나 할머니도 그러시는데 덜렁대는 거며 털털한 거며 성격이 아빠랑 똑같대요.

單元 18 表示結果與回想時

01 -(으)ㄴ 끝에

가 홍상준 선수가 이번 올림픽에서 우리나라 최초로 체조에서 금메달을 따서 화제가 되고 있지요?

나 네, 그렇습니다. 허리 부상에도 불구하고 불굴의 투혼을 발휘한 끝에 딴 것이라서 많은 사람들에게 감동을 주고 있습니다.

가 윤철호 박사가 이번에 천연 비만 치료제 개발에 성공해서 화제가 되고 있지요?

나 네, 그렇습니다. 거듭되는 실패로 정부의 지원이 끊겼음에도 포기하지 않고 개발에 전념한 끝에 성공한 것이라서 언론의 관심이 집중되는 것 같습니다.

가 배우 김명주 씨가 이번에 국제 영화제에서 여우 주연상을 받아서 화제가 되고 있지요?

나 네, 그렇습니다. 10년이 넘는 무명 생활 끝에 받은 것이라서 본인은 물론 많은 영화 관계자들이 기뻐하고 있습니다.

02 -아/어 내다

가 소희 씨, 여기 만 원짜리 지폐에 있는 사람은 누구예요?

나 세종 대왕이에요. 한자를 못 읽는 백성들을 위해 세상에서 가장 간단하고 과학적인 문자를 만들어 낸 분이지요.

가 소희 씨, 저기 광장에 서 있는 동상은 누구예요?

나 이순신 장군이에요. 임진왜란 때 거북선을 만들어서 위험에 빠진 나라를 구해 낸 분이지요.

가 소희 씨, 저 TV 드라마에 나오는 인물은 누구예요?

나 허준이라는 조선 시대 의원이에요. 오늘날까지도 한의학도들에게 널리 읽히는 의학서 '동의보감'이란 책을 오랜 시간에 걸쳐 완성해 낸 분이지요.

03 -(으)ㄴ 나머지

가 어제 인천 야구 경기장에서 관중 난동 사건이 있었습니다. 밤사이 사건 사고 소식, 박태민 기자입니다.

나 어제 저녁 야구를 관람하던 30대 김 모 씨가 심판의 판정에 흥분한 나머지 경기장에 뛰어들어 난동을 부렸습니다. 이 남성은 경기장에 있던 경찰에 의해 바로 제압당했습니다.

가 오늘 새벽 한강에서 투신자살을 시도한 사건이 있었습니다. 밤사이 사건 사고 소식, 박태민 기자입니다.

나 오늘 새벽 4시경 20대 여성이 실연의 상처를 이기지 못하고 괴로워한 나머지 한강 다리에서 투신자살을 시도했습니다. 다행히 이 여성은 119구조대에 바로 구조돼 생명에는 지장이 없는 것으로 알려졌습니다.

가 어젯밤에 한 남성이 차를 몰고 경찰서로 돌진한 사건이 있었습니다. 밤사이 사건 사고 소식, 박태민 기자입니다.

나 어젯밤 11시경에 40대 황 모 씨가 경찰의 불법 주차 단속에 앙심을 품은 나머지 자신의 차를 몰고 경찰서로 돌진했습니다. 이 사고로 경찰차 두 대가 파손되었으나 인명 피해는 없었습니다.

04 -데요

가 학교 선배의 집들이는 잘 다녀오셨어요?

나 네, 집은 조금 작은 편이었는데 신혼부부라 집을 아주 예쁘고 아기자기하게 꾸며 놓았데요.

가 회사 동료의 아기 돌잔치는 잘 다녀오셨어요?

나 네, 그 집 딸아이가 아빠를 쏙 빼닮아서 보자마자 한눈에 알아보겠데요.

가 부장님 어머니의 팔순 잔치는 잘 다녀오셨어요?

나 네, 어머니께서 나이가 그렇게 많으신데도 흰머리만 좀 많으실 뿐이지 아직도 정정하시데요.

單元 19　表示狀況或基準時

01 -는 가운데

가　얼마 전에 배우 배영준 씨가 야외 결혼식을 할 때 그 현장에 있었다죠? 어땠어요?
나　꽃잎이 꽃비처럼 날리는 가운데 신랑과 신부가 결혼 서약을 하는 모습이 너무나도 감동적이었어요.

가　지난 올림픽에서 김보배 선수가 양궁에서 금메달을 딸 때 그 현장에 있었다죠? 어땠어요?
나　애국가가 울려 퍼지는 가운데 김 선수가 태극기를 보며 눈물을 글썽이는 모습이 너무나도 감동적이었어요.

가　강 선생님께서 생전에 마지막으로 강연회를 하실 때 그 현장에 있었다죠? 어땠어요?
나　모두들 조용히 경청하는 가운데 강 선생님께서 차분한 목소리로 마지막 인사를 하시는 모습이 너무나도 감동적이었어요.

02 -는 마당에

가　두 사람이 헤어진 이유가 누구의 잘못 때문이라고 생각하십니까?
나　이미 헤어진 마당에 누구의 잘못인가를 따져 봤자 무슨 소용이 있겠어요?

가　회사가 부도가 난 이유가 누구의 책임이라고 생각하십니까?
나　지금 회사가 망해 가는 마당에 누구 때문인가를 따져 봤자 무슨 소용이 있겠어요?

가　이번 영화가 흥행에 실패한 이유가 무슨 문제 때문이라고 생각하십니까?
나　고생한 스태프들의 월급도 못 주는 마당에 문제가 무엇인가를 따져 봤자 무슨 소용이 있겠어요?

03 치고

가　어제 맞선 본 남성분은 어때요? 자수성가한 젊은 사업가라고 하더니 괜찮았어요?
나　성실한 것 같기는 한데 다른 사람 험담하는 것을 좋아하는 것 같더라고요.
가　그래요? 험담하는 걸 좋아하는 사람치고 진실한 사람 못 봤는데…….

가　어제 맞선 본 남성분은 어때요? 자수성가한 젊은 사업가라고 하더니 괜찮았어요?
나　매너가 좋은 것 같기는 한데 모든 여자들에게 잘해 주는 것 같더라고요.
가　그래요? 모든 여자들에게 잘해 주는 남자치고 일편단심인 남자 못 봤는데…….

가　어제 맞선 본 남성분은 어때요? 자수성가한 젊은 사업가라고 하더니 괜찮았어요?
나　능력이 있는 것 같기는 한데 자기 자랑을 너무 많이 하는 것 같더라고요.
가　그래요? 자기 자랑하는 사업가치고 성공한 사업가 못 봤는데…….

04 -(으)ㅁ에 따라

가　박태민 기자, 오늘 좋은 소식이 있다면서요?
나　네, 다음 학기부터 등록금이 대폭 인하됨에 따라 대학생들이 마음 놓고 공부에만 전념할 수 있게 되었습니다.
가　그것 참 듣던 중 반가운 소식이군요.

가　박태민 기자, 오늘 좋은 소식이 있다면서요?
나　네, '좋은 학교 만들기 운동'에 교사와 학생들이 적극적으로 참여해 옴에 따라 학교 폭력과 집단 따돌림 등으로 고통받는 학생들이 이제는 완전히 없어지게 되었습니다.
가　그것 참 듣던 중 반가운 소식이군요.

가　박태민 기자, 오늘 좋은 소식이 있다면서요?
나　네, 익명의 사업가가 유산 전액을 불우한 이웃들을 위해 써 달라며 사회에 기부함에 따라 무주택자 십만 명이 새 집을 마련할 수 있게 되었습니다.
가　그것 참 듣던 중 반가운 소식이군요.

單元 20 表示強調時

01 여간 -지 않다

가 여양 씨, 여러 사람들과 같이 자취해 보니까 어때요?
나 말도 마세요. 화장실을 같이 사용하니까 아침마다 여간 불편하지 않아요.

가 여양 씨, 여러 사람들과 같이 자취해 보니까 어때요?
나 말도 마세요. 친구들끼리 잘 지내야 하니까 여간 눈치를 봐야 하지 않아요.

가 여양 씨, 여러 사람들과 같이 자취해 보니까 어때요?
나 말도 마세요. 생활 습관이 다르다 보니까 서로 맞춰 가는 게 여간 신경 쓰이지 않아요.

02 -기가 이를 데 없다

가 엄마, 그래서 왕은 어떻게 했어요?
나 그 왕은 교활하기가 이를 데 없는 사람이라 자기에게 바른말을 하는 충신들은 다 감옥으로 보냈단다.

가 엄마, 그래서 왕비는 어떻게 했어요?
나 그 왕비는 사악하기가 이를 데 없는 사람이라 자기보다 똑똑하고 예쁜 사람들은 모두 죽였단다.

가 엄마, 그래서 공주는 어떻게 했어요?
나 그 공주는 인자하고 착하기가 이를 데 없는 사람이라 살기 편한 왕궁을 나와 가난하고 고통받는 백성들을 돕기 시작했단다.

03 -(으)ㄹ래야 -(으)ㄹ 수가 없다

가 이번 여행 어땠어? 열대 과일이며 해산물이며 많이 먹고 오겠다더니 마음껏 먹었어?
나 마음껏 먹기는. 하필 여행 첫날 배탈이 났지 뭐야? 먹기만 하면 화장실에 달려가야 하는 바람에 먹을래야 먹을 수가 없었어.

가 이번 여행 어땠어? 명승지며 박물관이며 여기 저기 구경하고 오겠다더니 실컷 구경했어?
나 실컷 구경하기는. 하필 도착한 다음 날 폭설이 내렸지 뭐야? 교통이 통제되는 바람에 구경할래야 구경할 수가 없었어.

가 이번 여행 어땠어? 맑은 공기며 아름다운 경치며 여유롭게 자연을 즐기면서 충분히 쉬고 오겠다더니 푹 쉬었어?
나 푹 쉬기는. 하필 그때 단체 관광객이 왔지 뭐야? 어딜 가나 사람들이 북적거리는 바람에 쉴래야 쉴 수가 없었어.

單元 21 表示尊待法時

01 하오체

가 할머니, 멀리 가시면 제 차로 같이 가시겠어요?
나 요 앞 사거리에 가는 길이오. 물어봐 줘서 고맙구려.

가 할머니, 제가 만든 건데 좀 드시겠어요?
나 고맙게 잘 먹겠소. 예의가 바른 청년이구려.

가 할머니, 여기서부터 혼자 찾아갈 수 있으시겠어요?
나 수고가 많았소. 세상에 이렇게 기특한 청년도 사는구려.

02 하게체

가 부장님, 이 서류를 언제까지 다 해야 합니까?
나 그걸 꼭 물어봐야 아나? 오늘 안으로 끝내도록 하게.

가 부장님, 오늘 저녁 회식은 어디에서 합니까?
나 자네는 뭘 먹고 싶은가? 자네가 정해서 식당을 예약하도록 하게.

가 부장님, 내일 비가 오면 야외 행사는 취소되는 겁니까?
나 취소될까 봐 걱정되나? 비가 와도 할 테니 걱정하지 말게.

연습해 볼까요? & 확인해 볼까요? 生字·表現

單元 1 表示選擇時

01 -느니 pp.13~14

1
유능하다	有能力
기분이 상하다	情緒不佳
당분간	暫時

2
딱 달라붙다	緊貼
(어떤 것을) 모셔 놓다	(將某樣東西)陳列、供奉起來
눈에 띄다	顯眼
유행(을) 타다	符合潮流
멀미를 하다	頭暈
촌스럽다	土氣、俗
요란하다	花俏
아깝다	心疼、不捨得

02 -(으)ㄹ바에야 pp.16~17

1
부당하다	不當、無理
대우를 받다	受到~的待遇
사직서	辭呈

2
보장받다	得到保障
전업주부	全職家庭主婦
이유식	斷奶食物
손이 많이 가다	費工
말기	末期
전국 일주	環繞全國一周
가만히	默默地
소유하다	持有

03 -건 -건 p.20

1
| (수업을) 빠지다 | 缺席(課程) |
| 느끼하다 | 油膩 |

2
한창	正值~的時候
취업 준비	準備就業
교양 과목	通識科目
하루도 빠짐없이	每天持續地~

| 체력 | 體力 |
| 눈총을 받다 | 遭人白眼 |

04 -(느)ㄴ다기보다는 p.23

1
| 젊은 층 | 年輕族群 |
| 호감이 가다 | 討喜的 |

2
휴먼	人性、人體
장르	類型
고집하다	堅持
도전하다	挑戰
부상	受傷
시선	眼光、視線
홀가분하다	輕鬆
개봉하다	上映

확인해 볼까요? p.24

어차피	反正
영업부	業務部
평가	評價
부담감	心理壓力
목표를 향하다	朝著目標
결과야 어찌됐든	無論結果如何
성숙되다	成熟
한 끼	一餐

單元 2 表示引用時

03 -(느)ㄴ다면서 pp.34~35

1
| 손을 내밀다 | 示好 |
| 특종 | 獨家新聞 |

04 에 의하면 pp.38~39

1
전래 동화	傳統童話
연금 보험	年金保險
해지하다	解約
원금	本金

	보장하다	保障		
	무상 수리	免費修理		
2	몸을 싣다	搭乘		
	승무원	空服員		
	건네다	遞給		
	묵다	住宿		

확인해 볼까요? p.40

설문	問卷
후보	候選人
선호하다	偏好
창업	創業
하반기	下半年
덥석	猛地
전셋값	押租金
끊이지 않다	不斷

單元 3　表示名詞化時

01　-(으)ㅁ pp.45~46

1	뇌물	賄賂
	판단하다	判斷
	기밀	機密
	유출되다	洩漏
	걸치다	經由
	수사하다	偵查
	팔아넘기다	售出
	밝혀내다	查明
	증거	證據
	내보이다	出示
	발칵 뒤집히다	掀起軒然大波
2	안정을 취하다	靜養

02　-는 데 pp.49~50

1	숨이 가쁘다	呼吸急促
	복부	腹部
	증명되다	證實
	섭취하다	攝取
	권장하다	建議

	시달리다	受〜所苦
	철기 시대	鐵器時代
	유물	遺物
	발굴하다	挖掘
	파악하다	了解、得知
	장례	葬禮
2	스펙	資歷、履歷
	취업	就業
	열심이다	勤奮
	자격증	證照
	필수적	必要的
	바리스타	咖啡師

03　-는 바 p.53

둘러보다	四處看
공공요금	公用事業費
확정되다	確定
SNS	社群網站
접속하다	連接
빈곤	貧困
적임자	適任者
개발 도상국	開發中國家

확인해 볼까요? p.54

질병	疾病
제시되다	提出
(사무)총장	總長、校長
추구하다	追求
든든하다	踏實
당부하다	叮嚀
능률	效率
떠오르다	浮現
후유증	後遺症
이상이 생기다	出現異常狀況
무사하다	安然無恙

單元 4　表示原因與理由時

01　(으)로 인해서　p.58

자연재해	自然災害
극심하다	極為嚴重
실종자	失蹤者
쓰나미	海嘯
덮치다	突然襲來
막대하다	巨大
지구 온난화	地球暖化
해수면	海平面
상승하다	上升
잠기다	沉入

02　-는 통에　p.62

떼를 쓰다	耍賴
소홀하다	忽略
모처럼	難得
쉴 새 없이	不斷地

03　(으)로 말미암아　p.65

늪지대	沼澤地帶
철새	候鳥
서식지	棲息地
무분별하다	輕率、盲目
구조 작업	救援工作
폭설	暴雪
본격적	正式的
수색	搜索
재개되다	重新開始
탈수	脫水
실업률	失業率
위기	危機
진로	未來發展
계기	契機
쫓겨나다	被趕出去
죄를 짓다	犯罪

04　-느니만큼　p.69

1
정상	元首
배치되다	部署
열풍	熱潮
제약	限制
등재되다	登錄
몰리다	聚集

2
| 지리적으로 | 地理上 |
| 열광하다 | 狂熱 |

05　-는 이상　pp.71~72

1
하자	瑕疵
모범을 보이다	以身作則
보상	賠償

2
기부	捐獻
판명되다	判定
막상	真要
이왕	既然
희귀 동물	珍稀動物

06　-기로서니　p.75

생활고	貧困
시달리다	受～之苦
털다	洗劫一空
웃통	上衣

07　-기에 망정이지　p.78

| 항의하다 | 抗議 |
| 귀가 어둡다 | 耳背 |

08　-(느)ㄴ답시고　p.81

어지럽히다	弄亂、擾亂、弄髒
태블릿 피시	平板電腦
웹툰	網路漫畫

09　-(으)ㅁ으로써　p.84

1
면역	免疫
독재자	獨裁者
맞이하다	迎娶

앗아가다	奪走
내전	內戰
가속도가 붙다	加速

2
저소득층	低收入階層
지원하다	補助
비상근무	緊急應變
체제	體制
완치율	治癒率
대책	對策
재난	災難
대처하다	對應

10 -기에 pp.87~88

1
유전적	遺傳性
요인	因素
빡빡하다	緊湊
(일정을) 소화하다	消化（行程）
눈코 뜰 새 없다	忙得焦頭爛額
입소문이 돌다	口耳相傳
함량	含量
과용하다	過量使用
경쟁력을 키우다	培養競爭力
발판	跳板
계층	階層
싱글족	單身族
부양	撫養
주를 이루다	以~為主
매출	銷售
전년 대비	與去年相比

11 -길래 pp.92~93

1
네티즌	網民
평	評價

2
욕심을 부리다	貪心
보험 설계사	保險業務員
출시되다	上市
납치하다	綁架
요구하다	要求

확인해 볼까요? p.94

학력	學歷
위조하다	偽造
침체되다	停滯
획기적이다	劃時代的
활기를 불어넣다	賦予活力
출전하다	參賽
악화	惡化
사적이다	私人的
삼가다	節制

單元 5 表示假設狀況時

01 -더라도 p.98

1
고물가	高物價
필수	必要
받아들이다	接受

2
초인종	門鈴
잔소리꾼	囉唆鬼
붙들다	抓住
챙겨 먹다	好好地吃

02 -(으)ㄹ지라도 pp.101~102

1
입사	進公司
원서	申請書
(실수를) 저지르다	犯（錯）
성숙하다	成熟
설문 조사	問卷調查
도피하다	逃避
응답하다	回答
재능	才能
감각	感知力
전반적인	整體的
운영 관리	經營管理
팀워크	團隊合作

2
비난받다	受指責
개성	個人風格
존중	尊重
추세	趨勢

生字・表現 **393**

외동 자녀	獨生子女
인성	品性
사회성	社交能力
체벌	體罰
사랑의 매를 들다	舉起愛的棍棒
엄격하다	嚴格
타이르다	勸導
인격체	人格體
격식	格式
장례식	葬禮、喪禮
갖춰 입다	穿好
화려하다	華麗
심지어	甚至
차려 입다	穿著
예의를 갖추다	有禮貌
단정하다	端正
명품	名牌
재배하다	栽種
유기농	有機農業
한방 재료	韓醫處方原料
한하다	限定
전문점	專賣店

03 -(으)ㄴ들 p.105

1
배려하다	關心
(밥) 한 공기	一碗（飯）
굶다	挨餓

2
어학연수	語言進修
이방인	異鄉人

04 -(으)ㄹ망정 pp.108~109

1
앞서가다	領先
따라잡다	趕上
뒤떨어지다	落伍
취급	當作
삭감하다	刪減
워낙	原本
음치	音痴
단식	絕食
개업하다	開業
망하다	倒閉

2
천만 관객을 돌파하다	觀影人次突破千萬
어쩌다	偶爾
전래 동화	傳統童話
욕심쟁이	貪心鬼
인권 운동가	人權運動家
인권 유린	踐踏人權
폭로하다	揭發
입을 다물다	閉嘴
협박	脅迫
목숨을 잃다	失去性命
(협박에) 굴하다	屈服於（脅迫）
침입	入侵
대비하다	防範
잦다	頻繁
동원하다	動員
비판	批判
구급대원	救援人員
표하다	表示
폭행을 가하다	施以暴行
체포되다	被捕

05 -(느)ㄴ다고 치다 p.113

2
야영하다	露營
면접관	面試官
후원하다	資助

06 -는 셈치다 pp.116~117

1
예행연습	預演
무산되다	落空
아쉽다	可惜
미용	美容

2
상품권	商品禮券
대접을 하다	招待

확인해 볼까요? p.118

조기 교육	學齡前教育
효과가 있다	有效
(어떤 사람을) 말리다	勸阻（某人）
확고하다	堅定
특권	特權
너도나도	人人都
자가용	家用房車

單元 6　表示循序的行動時

01　-기가 무섭게　pp.121~122

1
개봉하다	上映
낚시광	釣魚狂
속도(를) 내다	加速

2
내놓다	推出
실감하다	親身感受到
매회	每一集
순위	排名
(어떤 사람이) 바르다	（為人）正派
문의	詢問
불황	不景氣

02　-자　pp.126~127

1
까마귀	烏鴉
당선되다	當選
하필	偏偏
예상외(로)	出乎意料
자백을 하다	招供
동아리	社團
자자하다	紛紛、廣為流傳
공약	承諾
창립 기념식	創立紀念儀式

2
뜯다	啃食
양치기	牧羊
장난을 치다	惡作劇
고함을 치다	高喊
숨을 헐떡이다	氣喘吁吁
잡아먹히다	被吃掉

확인해 볼까요?　p.128

날개(가) 돋치다	暢銷
유난히	格外
개장하다	開放
북새통	鬧哄哄
순식간	一瞬間
(교통이) 마비되다	（交通）癱瘓
코스모스	波斯菊
한창이다	最佳時期
발매되다	發售
급증하다	激增

單元 7　表示條件與決定時

01　-는 한　p.132

1
귀담아 듣다	傾聽
고집하다	堅持、固持
과반수	過半數
여건	條件
화합하다	和睦相處
법안	法案
통과되다	通過

2
| 인류 | 人類 |
| 신생아 | 新生兒 |

02　-(으)ㄹ라치면　p.135

| 수다를 떨다 | 閒聊 |
| 시식 | 試吃 |

03　-노라면　pp.137~138

1
| 마음을 붙이다 | 定下心 |
| 가슴이 탁 트이다 | 心情豁然開朗 |

2
금세	一下子就
동기	同期進公司的同事
평사원	普通員工
인정을 받다	受到肯定

04　-느냐에 달려 있다　pp.141~142

1
회복되다	恢復
반영하다	反映
되도록(이면)	盡量

2
유지하다	維持
배려하다	關懷
스캔들	醜聞、八卦
인기를 누리다	受歡迎
본선	決賽

진출하다	進入

05 -기 나름이다　p.145

훈련시키다	訓練
개척하다	開創
배치하다	配置
닳다	損耗
똥오줌을 가리다	大小便自理
망설이다	猶豫
고등어조림	燉鯖魚
비린내	魚腥味
생강즙	生薑汁
험난하다	險惡
나약하다	懦弱

확인해 볼까요?　p.146

매치하다	搭配
명심하다	謹記

單元 8 表示對照與對立時

01 은/는 대로　pp.149~150

1	국악	國樂
2	자체	本身
	풍요롭다	富足
	장이 서다	開集市
	덤	附贈品
	맘껏	盡情

확인해 볼까요?　p.154

울적하다	鬱悶
의학적으로	醫學上
근거가 없다	沒有根據
갖가지	各種
영양소	營養素
듬뿍	滿滿
무뚝뚝하다	沉默寡言
잔뜩	滿滿地
앞다투다	爭相

사로잡다	吸引
오락성	娛樂性

單元 9 表示對比與相反時

01 -건만　pp.158~159

2	제시간	準時、按時
	더구나	況且

02 -고도　p.162

고학력	高學歷
백수	失業者

03 -(으)ㅁ에도 불구하고　p.165

1	인식	認識
	유기견	流浪狗
2	여론	輿論
	부상	受傷
	고령	高齡
	대대적인	很大的
	인상되다	上漲
	밀어붙이다	強硬地推動
	포장 용기	包裝容器
	대규모	大規模
	시위	示威
	현장	現場
	활약	活躍

확인해 볼까요?　p.166

통계	統計
조기 유학	低齡留學
사례	案例
성과	成果
출전하다	參賽
불공정하다	不公平
판정	判決
물거품이 되다	化為泡影

單元 10 表示類似時

01 -듯이　　pp.170~171

1.
장수하다	長壽
성공 여부	成功與否
언급하다	提到
원자력 발전소	核能發電廠
가치관	價值觀
절대적이다	絕對的

02 -다시피 하다　　pp.174~175

1.
숙식	食宿
대중화	普及化
필수품	必需品
폐허	廢墟
팔려가다	賣掉
선조	祖先

2.
참전하다	參戰
무기	武器
변변치 않다	不怎麼好
설립하다	設立

3.
침묵하다	沉默
녹초가 되다	筋疲力盡
마땅치 않다	不滿意
소송	訴訟
무안하다	沒面子

확인해 볼까요?　　p.176

증명하다	證明
제작	製作
집중 호우	集中豪雨
침수되다	淹水
복구되다	復原
산간 마을	山村
고립되다	孤立
정권	政權
학벌	學歷
별 볼 일 없다	不出色，沒啥看頭
못마땅하다	不滿意
번번이	每一次

單元 11 表示添加與包括時

01 -거니와　　pp.180~181

1.
그만이다	很好
선호하다	偏好
업무 처리	業務處理
포상 휴가	獎勵休假

02 -기는커녕　　p.184

2.
기분 전환	轉換心情
잘못을 뉘우치다	悔過
어느덧	不知不覺間
남의 탓으로 돌리다	歸罪於人

03 -(으)ㄹ뿐더러　　p.187

1.
노화	老化
촉진시키다	促進
사회 진출	出社會
주요 공급원	主要供給來源
조직	組織
통솔력	領導統御能力
전문화되다	專業化
오염 물질	污染物質
흡수하다	吸收
정화	淨化
대처하다	應對

2.
쫄깃하다	有嚼勁
해롭다	有害
담백하다	清淡
감당하다	勝任
태아	胎兒
유익하다	有益

04 -되　　p.190

1.
치장하다	打扮
촌스럽다	俗氣
색상	顏色
유지하다	維持

2.
| 서재 | 書房 |

05	마저	p.193

의욕	衝勁
시원섭섭하다	既開心又失落
허전하다	空虛
단원	團員
척박하다	貧瘠
재기	東山再起
배신을 당하다	遭到背叛

06	을/를 비롯해서	pp.196~197

1
고궁	古宮
실천하다	實踐
특산물	特產
보양 음식	養生食品
원료	原料
소감	感想
만류	挽留
사표	辭呈

2
시발점	起點
지사	分公司
설립하다	設立
신흥	新興
획기적이다	劃時代的
매체	媒體
인지도	知名度
붐	熱潮
선도하다	帶起
대대적으로	盛大地
불우하다	家境清寒，懷才不遇
공헌	貢獻

확인해 볼까요? p.198

잘못을 깨닫다	領悟到錯誤
바람직하다	可取的
천재성	天賦
놀림감	笑柄
팸플릿	小冊子
특색 있다	有特色
풍성하다	豐盛

單元 12　表示習慣與態度時

01	-아/어 대다	pp.201~202

1
| (코를) 골다 | 打鼾 |
| 매미 | 蟬 |

2
(꼬리를) 흔들다	搖（尾巴）
긁다	抓、搔、刮
핥다	舔

02	-기 일쑤이다	p.205

1
| 방향 감각 | 方向感 |

2
| 치매 | 痴呆 |
| 발에 걸리다 | 絆腳 |

03	-는 둥 마는 둥 하다	pp.208~209

1
| 얼룩 | 污漬 |

2
| 배탈이 나다 | 腹瀉 |

확인해 볼까요? p.210

| 조르다 | 糾纏 |
| 급속도 | 快速 |

單元 13　表示程度時

01	-(으)리만치	p.214

1
수더분하다	隨和，憨厚
공정하다	公正
빈틈이 없다	面面俱到
화학조미료	化學調味料
인체	人體
진단받다	接受診斷
항암	抗癌
나날(들)	日子
대범하다	大器

2
| 견주다 | 比較 |

낙관	樂觀
화풍	畫風
고전 미술	古典美術
단언하다	斷言
생전	生前
색채	色彩
독창성	獨創性
우수성	優秀之處
엿보다	看出，窺視
보존 상태	保存狀態
산 자료	活生生的資料

02　-다 못해　pp.218~219

1
창백하다	蒼白
어깨춤이 절로 나오다	不禁聳肩起舞
해가 떠오르다	太陽升起
눈이 부시다	耀眼
한 폭의 그림	一幅畫
고막이 터지다	震耳欲聾

2
눈물이 날 지경이다	快哭了
기가 막히다	氣到說不出話來
괘씸하다	可惡

확인해 볼까요?　p.220

자정	午夜
산골	山谷
적막하다	寂靜
불길하다	不祥
비상 상비약	緊急常備藥
여러모로	多方面
입증되다	證實
열대야	熱帶夜
계곡	溪谷
시리다	冰涼
풀벌레	草蟲
어우러지다	相互融合
운치를 더하다	更添風韻

單元 14　表示意圖時

01　-(느)ㄴ다는 것이　p.224

2
툭 치다	拍一下
째려보다	瞪視

02　-(으)려고 들다　pp.227~228

1
챙기다	照顧
따지다	追究
대대로	一代代
전해 오다	流傳下來
인심을 잃다	失去人心

2
유치하다	幼稚

03　-(으)려다가　p.231

1　평안하다　安穩

2　괴팍하다　乖僻

확인해 볼까요?　p.232

결말	結局
진학하다	升學

單元 15　表示推測與可能性時

01　-는 듯이　pp.236~237

1
눈이 마주치다	對視
청혼	求婚
받아들이다	接受

2
맞닿다	相連
숨이 막히다	令人屏息
펼쳐지다	一望無際，展開

02　-(느)ㄴ다는 듯이　pp.240~241

1
어깨를 으쓱하다	聳肩
고개를 끄덕이다	點頭

| 머리를 긁적이다 | 搔頭 |
| 얼굴을 찌푸리다 | 哭喪著臉 |

2
| 사춘기 | 青春期 |
| 건성으로 | 敷衍地 |

03 -는 듯하다 pp.244~245

1
| 가슴이 탁 트이다 | 心情豁然開朗 |
| 탈퇴하다 | 退出 |

2
누리다	享受
돌파하다	突破
암표	黃牛票
발 빠르다	迅速

04 -(으)ㄹ 게 뻔하다 pp.248~249

1
파산하다	破產
농산물	農產品
소매치기	扒手

2
연 매출	年銷售
창업	創業
무작정	不分青紅皂白地，盲目
비법	秘方
어깨 너머로	偷偷學習
상권	商圈
샅샅이	一個不漏
차근차근	有條不紊地

05 -(으)ㄹ 법하다 pp.252~253

1
법률	法律
시민 단체	市民團體
천연	天然
질리다	厭倦

2
| 현실 | 現實 |
| 벽돌 | 磚頭 |

06 -(으)ㄹ 리가 없다 p.256

1
제빵	製作麵包
유출되다	外流
보안	保安

2
| 사기를 치다 | 詐欺 |

전망	前景
피해자	被害人
사기꾼	騙子
정직하다	正直
직감	直覺

07 -기 십상이다 p.259

1
손해(를) 보다	虧損
외면을 받다	被冷落
마감 일	截止日
코앞	眼前
개업하다	開業
장사가 잘되다	生意好
경기	景氣

2
내리막길	下坡路
고강도	高強度
수분	水分
탈진	虛脫
탈수	脫水
난이도	難度
체력	體力

확인해 볼까요? p.260

전용	專用
출시하다	上市
선보이다	亮相
차고 넘치다	充滿
지면	篇幅
빠뜨리다	遺漏
핵심적	核心的
파악하다	掌握
단편적이다	片面
근거	根據
솔로몬 제도	所羅門群島
공용어	官方語言
불과하다	僅有
전형적이다	典型的
문맹	文盲
토착어	方言
방사능	放射能
공포	恐懼
반대에 부딪히다	遭到反對

400

單元 16　表示理所當然時

01　-기 마련이다　　pp.264~265

1　유흥비　　　　娛樂費
　　거만하다　　　傲慢
2　눈이 멀다　　　眼瞎，眼盲

02　-는 법이다　　p.269

1　해가 되다　　　有害
　　싫증이 나다　　厭煩
　　몸짱　　　　　身材好

2　중　　　　　　和尚
　　낙　　　　　　快樂
　　천 리　　　　 千里
　　결혼 정보 회사　婚姻介紹所
　　정작　　　　　實際上
　　끈질기다　　　堅持不懈
　　달성하다　　　達成

확인해 볼까요?　　p.270

작심삼일　　　　三分鐘熱度
해이해지다　　　鬆懈
거두다　　　　　收穫
제안서　　　　　提案書
작성하다　　　　撰寫
배치하다　　　　配置
좌절을 딛고 일어나다　戰勝挫折後再站起來
솔선수범　　　　以身作則
떠맡기다　　　　推托

단원 17　表示列舉時

01　-는가 하면　　pp.274~275

1　순탄하다　　　順利
　　납치하다　　　綁架
　　시련　　　　　考驗
　　탓하다　　　　怪罪

　　희생하다　　　犧牲
　　기회로 삼다　　當作機會
2　실상　　　　　實情
　　(어떤 사람에게) 찍히다　(給人)貼標籤

02　-느니 -느니 하다　　p.279

심사 위원　　　評審委員
야당 의원　　　在野黨議員
여당　　　　　執政黨
정책　　　　　政策
펼치다　　　　施展
거세다　　　　猛烈
비판하다　　　批判

03　-(으)랴 -(으)랴　　pp.281~282

1　취재하다　　　採訪
　　잔심부름하다　打雜
　　밥 한 술 뜨다　吃一口飯

2　집필하다　　　執筆
　　서빙하다　　　服務
　　무작정　　　　毫無計畫地，盲目地
　　수강료　　　　學費
　　와중　　　　　混亂中
　　틈틈이　　　　一有空就，得空時
　　영업이 끝나다　營業時間結束
　　열정　　　　　熱情

04　(이)며 (이)며　　p.285

유행이 지나다　退流行
정리 정돈　　　收拾
널리다　　　　散落
공간　　　　　空間
중고 시장　　　二手市場
아깝다　　　　捨不得
가치　　　　　價值
집중하다　　　專注

확인해 볼까요?　　p.286

인력　　　　　人力
실행　　　　　施行

生字・表現　　401

식량	糧食
골머리를 앓다	操心
심사 기준	評判標準
모호하다	模糊

單元 18 表示結果與回想時

01 -(으)ㄴ 끝에 pp.290~291

1
고심하다	左思右想
논란	爭論
투병	與疾病戰鬥
대출을 받다	貸款
무상 교육	免費教育
정책	政策
실시하다	實施
명문대	名門大學
사표	辭呈

2
진압하다	鎮壓
불길이 잡히다	火勢被撲滅
누전	漏電
출동하다	出動
뺑소니를 치다	肇事逃逸
추격하다	追擊
체포하다	逮捕
단속	取締
행인	行人
열애	熱戀
백년가약을 맺다	結成百年之好（結婚）
획기적이다	劃時代的
제거하다	清除

02 -아/어 내다 pp.294~295

1
발명하다	發明
털다	抖掉，彈掉
전구	燈泡
거듭하다	反覆
영재	天才
성과를 거두다	獲得成果
유전자	基因
애달프다	悲慘

공감을 얻다	得到共鳴

2
밝히다	查明
담다	反映，描寫，表現
취재	採訪
간부	幹部
거액	巨額
얼룩이 묻다	沾染污漬
설레다	悸動
왠지	莫名地
망신을 주다	讓人難堪
되묻다	反問

03 -(으)ㄴ 나머지 pp.298~299

결근하다	缺勤
잠을 설치다	沒睡好
들락거리다	進進出出
마음이 상하다	傷心
이성을 잃다	失去理性
자동차를 받다	撞車
처리	處理

04 -데요 p.303

1
몰라보다	認不出來
전경	全貌

2
해안	海岸
그야말로	的確是
사색	思考
치유되다	治癒
옥돔	馬頭魚
갈치	白帶魚
경관	景觀

확인해 볼까요? p.304

절망하다	絕望
등반하다	攀登
낭떠러지	懸崖
중상을 입다	受重傷
실종	失蹤
일대	一帶
샅샅이	地毯式地
뒤지다	搜尋，翻找

위기에 처하다	處於危機中
근교	近郊
쉼터	休息區
모금하다	募款
사들이다	買下來
자발적이다	自發性的
이윤 추구	追求利潤
치중하다	注重
소홀하다	疏忽

單元 19 表示狀況或基準時

01 -는 가운데 p.308

1
취업난	就業難
해결의 실마리	解決的線索
펼쳐지다	展開
환경미화원	清潔隊員
대거	大舉
눈길을 끌다	引起注意
차원	層面
문화 교류	文化交流
제기되다	被提起

2
유쾌하다	愉快
중대 발표	發表重要消息
유산 분배	遺產分配
해결책	解決方式

02 -는 마당에 pp.310~311

1
공개되다	被公開
단둘	兩人單獨
다정하다	親密、深情
투자 유치	引進資金
가려서 먹다	挑食
노조	工會

2
모범을 보이다	以身作則
도덕적 불감증	道德麻木症
이중 고충	裡外不是人
탓하다	怪罪
간이 크다	大膽
십년지기	十年知己

사기(를) 치다	詐騙

03 치고 p.314

1
근무 연한	工作年限
실적	實績

2
중소기업	中小企業
감안하다	考慮
내부	內部
재정이 튼튼하다	財務狀況穩定，財政健全

04 -(으)ㅁ에 따라 p.317

1
향상되다	提高
이상 고온 현상	異常高溫現象
열풍	熱潮
보급	普及
확산되다	擴散
농산물	農產品
재배	栽培
출판물	出版品
등장하다	面世
친환경	環保
수강생	學員
급증하다	激增

2
빈번히	頻繁地
합리적이다	合理的
육아 휴직	育嬰留職停薪
수당	津貼
급성장세	急速成長趨勢
이어가다	持續
의무화하다	義務化
범칙금	罰金
부과하다	徵收
진출하다	進軍
저출산	低生育率
대책	對策
출산율	出生率
고물가	高物價
경제 불황	不景氣
사례	案例

확인해 볼까요?	p.318
일부	一部分
비양심적	無良的
각별한 주의	格外注意
혼인율	結婚率
기피하다	逃避
풍조	風潮
기용하다	起用
개막식	開幕典禮
중계되다	轉播

單元 20 強調的表現法

01 여간 -지 않다   pp.322~323

1
손이 가다	費工
유괴	誘拐
절이다	醃漬
취향	愛好
허리띠를 졸라매다	縮衣節食
노부부	老夫婦
선교사	傳教士
헌신하다	獻身

2
수산 시장	水產市場
어두컴컴하다	一片漆黑
흥정하다	講價
시끌벅적하다	嘈雜
비릿하다	腥味

02 -기가 이를 데 없다   p.326

뻔뻔하다	厚臉皮
무책임하다	不負責任
숨이 막히다	喘不過氣
심지어	甚至
재산을 날리다	揮霍財產
경기 불황	不景氣

03 -(으)ㄹ래야 -(으)ㄹ 수가 없다   p.329

2
정수기	淨水器
명세서	明細表

확인해 볼까요?	p.330
노후	老後
선정되다	被選為
지점	地點
번거롭다	麻煩
여가 활동	休閒活動
둘러싸이다	被環繞
민원	民怨
보육	托兒
활성화	啟用
탄력 근로 시간제	彈性工時制度
차량	車輛

單元 21 表示尊待法時

01 하오체   pp.334~335

1 손대다   碰觸
2 대감   大監

02 하게체   pp.338~339

1 모과차   木瓜茶

2
몇 자 적다	寫幾個字，抒發感想
인연을 맺다	結緣
철이 없다	不懂事
서방	女婿

확인해 볼까요?	p.340
최소한	最低限度
확보하다	確保
빈번히	頻繁地

單元 22 其他實用表現

01 -(으)므로, -(으)나, -(으)며   p.345

1
갈등을 겪다	經歷矛盾
복구	重建

	중퇴하다	中途退學
2	도심	市中心
	현장 경험	實地經驗
	혼잡하다	混亂
	교차로	十字路口
	통행	通行
	주행법	行駛法
	핵심	核心
	강추위	嚴寒
	빙판	結冰的路面
	골절상	骨折
	속출하다	層出不窮
	심혈관계	心血管系統
	개통되다	通

02 피동과 사동 p.350

1	대륙	大陸
	지배하다	統治
	구조 조정	改組
	진정하다	鎮定
	제작진	製作團隊
2	치솟다	飆漲
	조회 수	點閱數
	패러디하다	惡搞
	점령하다	佔領
	열광하다	狂熱

03 -(으)ㄹ세라, -는 양, -는 한편, -(으)ㄹ 턱이 없다 pp.354~355

1	얼굴을 찌푸리다	愁眉苦臉
	속삭이다	說悄悄話
	죽는 소리를 하다	叫苦連天
	박람회	博覽會
	채용	招聘
2	남존여비	男尊女卑
	사상	思想
	(어떤 사람이) 안되다	（人）沒有用
	지향하다	嚮往
	창출	創造出
	기여하다	貢獻
	체계적이다	有系統的

인재	人才
털어놓다	傾吐

확인해 볼까요? p.356

무기질	礦物質
소모되다	消耗
두뇌 회전	大腦運轉
변신시키다	改頭換面
호응을 얻다	獲得迴響
꾸지람	責備
인격체	人格體
생생하다	清晰
회고하다	回顧
생기	活力
호평을 받다	獲得好評
명성	名聲

文法索引

-(느)ㄴ다고 치다 ········· 110
-(느)ㄴ다기보다는 ········· 21
-(느)ㄴ다는 것이 ········· 222
-(느)ㄴ다는 듯이 ········· 238
-(느)ㄴ다니까 ········· 29
-(느)ㄴ다면서 ········· 32
-(느)ㄴ답시고 ········· 79
-(으)ㄴ 끝에 ········· 288
-(으)ㄴ 나머지 ········· 296
-(으)ㄴ들 ········· 103
-(으)ㄹ 게 뻔하다 ········· 246
-(으)ㄹ 리가 없다 ········· 254
-(으)ㄹ 바에야 ········· 15
-(으)ㄹ 법하다 ········· 250
-(으)ㄹ라치면 ········· 133
-(으)ㄹ래야 -(으)ㄹ 수가 없다 ········· 327
-(으)ㄹ망정 ········· 106
-(으)ㄹ뿐더러 ········· 185
-(으)ㄹ세라, -는 양, -는 한편, -(으)ㄹ 턱이 없다 ········· 351
-(으)ㄹ지라도 ········· 99
-(으)랴 -(으)랴 ········· 280
-(으)려고 들다 ········· 225
-(으)려다가 ········· 229
(으)로 말미암아 ········· 63
(으)로 인해서 ········· 56
-(으)리만치 ········· 212
-(으)ㅁ ········· 42
-(으)ㅁ에 따라 ········· 315
-(으)ㅁ에도 불구하고 ········· 163
-(으)ㅁ으로써 ········· 82
-(으)므로, -(으)나, -(으)며 ········· 342

(이)며 (이)며 ········· 283
-거니와 ········· 178
-건 -건 ········· 18
-건만 ········· 156
-고도 ········· 160
-기 나름이다 ········· 143
-기 마련이다 ········· 262
-기 십상이다 ········· 257
-기 일쑤이다 ········· 203
-기가 무섭게 ········· 120
-기가 이를 데 없다 ········· 324
-기는커녕 ········· 182
-기로서니 ········· 73
-기에 ········· 85
-기에 망정이지 ········· 76
-길래 ········· 89
-노라면 ········· 136
-느냐에 달려 있다 ········· 139
-느니 ········· 12
-느니 -느니 하다 ········· 276
-느니만큼 ········· 66
-는 가운데 ········· 306
-는 김에 ········· 151
-는 데 ········· 47
-는 둥 마는 둥 하다 ········· 206
-는 듯이 ········· 234
-는 듯하다 ········· 242
-는 마당에 ········· 309
-는 바 ········· 51
-는 법이다 ········· 266
-는 셈치다 ········· 114
-는 이상 ········· 70

-는 통에	59
-는 한	130
-는가 하면	272
-다 못해	215
-다시피 하다	172
-더라도	96
-데요	300
-되	188
-듯이	168
마저	191
보고	26
-아/어 내다	292
-아/어 대다	200
에 의하면	36
여간 -지 않다	320
은/는 대로	148
을/를 비롯해서	194
-자	123
치고	312
피동과 사동	346
하게체	336
하오체	332

台灣廣廈 國際出版集團
Taiwan Mansion International Group

國家圖書館出版品預行編目（CIP）資料

全新!我的第一本韓語文法. 高級篇／安辰明, 宣恩姬著. -- 3版. -- 新北市：國際學村出版社, 2025.05
　　面；　公分
ISBN 978-986-454-418-9(平裝)

1.CST: 韓語 2.CST: 語法

803.26　　　　　　　　　　　　　　　　　　　114003403

國際學村

全新！我的第一本韓語文法【高級篇】

作　　　　者／安辰明, 宣恩姬	編輯中心編輯長／伍峻宏・編輯／邱麗儒
審　　　　訂／楊人從	封面設計／陳沛涓・內頁排版／菩薩蠻數位文化有限公司
翻　　　　譯／李禎妮	製版・印刷・裝訂／東豪・弼聖・紘億・秉成

行企研發中心總監／陳冠蒨　　　　線上學習中心總監／陳冠蒨
媒體公關組／陳柔彣　　　　　　　企製開發組／張哲剛
綜合業務組／何欣穎

發　行　人／江媛珍
法律顧問／第一國際法律事務所 余淑杏律師・北辰著作權事務所 蕭雄淋律師
出　　　版／國際學村
發　　　行／台灣廣廈有聲圖書有限公司
　　　　　　地址：新北市235中和區中山路二段359巷7號2樓
　　　　　　電話：（886）2-2225-5777・傳真：（886）2-2225-8052

讀者服務信箱／cs@booknews.com.tw

代理印務・全球總經銷／知遠文化事業有限公司
　　　　　　地址：新北市222深坑區北深路三段155巷25號5樓
　　　　　　電話：（886）2-2664-8800・傳真：（886）2-2664-8801
郵政劃撥／劃撥帳號：18836722
　　　　　　劃撥戶名：知遠文化事業有限公司（※單次購書金額未達1000元，請另付70元郵資。）

■出版日期：2025年05月　　ISBN：978-986-454-418-9
　　三版1刷　　　　　　　　版權所有，未經同意不得重製、轉載、翻印。

活学活用韩语语法 - 高级 (Korean Grammar in Use - Advanced_중국어판) by Darakwon, Inc.
Copyright ⓒ 2013, 安辰明(Ahn Jean-myung), 宣恩姬(Seon Eun-hee)All rights reserved.

Traditional Chinese Language Print and distribution right ⓒ 2018, 2025,
Taiwan Mansion Publishing Co., Ltd.
This traditional Chinese language published by arrangement with Darakwon, Inc. through MJ Agency